PROBLEMAS DE GENTE RICA

KEVIN KWAN

PROBLEMAS DE GENTE RICA

Tradução de
Ana Carolina Mesquita
e
Mariana Mesquita

1ª edição

EDITORA RECORD
RIO DE JANEIRO • SÃO PAULO
2021

EDITORA-EXECUTIVA
Renata Pettengill

SUBGERENTE EDITORIAL
Mariana Ferreira

ASSISTENTE EDITORIAL
Pedro de Lima

AUXILIAR EDITORIAL
Juliana Brandt

REVISÃO
Marco Aurelio Souza
Mauro Borges

DIAGRAMAÇÃO
Abreu's System

TÍTULO ORIGINAL
Rich People Problems

CIP-BRASIL. CATALOGAÇÃO NA PUBLICAÇÃO
SINDICATO NACIONAL DOS EDITORES DE LIVROS, RJ

K98p

Kwan, Kevin, 1973-
   Problemas de gente rica / Kevin Kwan; tradução de Ana Carolina Mesquita, Mariana Mesquita. - 1. ed. - Rio de Janeiro: Record, 2021.
   23 cm.

   Tradução de: Rich People Problems
   Sequência de: Namorada podre de rica
   ISBN 978-85-01-11935-3

   1. Ficção americana. I. Mesquita, Ana Carolina. II. Mesquita, Mariana. III. Título.

20-65186

CDD: 813
CDU: 82-3(73)

Camila Donis Hartmann – Bibliotecária – CRB-7/6472

TÍTULO ORIGINAL EM INGLÊS:
RICH PEOPLE PROBLEMS

Copyright © 2017 by Tyersall Park Ltd.

Todos os direitos reservados. Proibida a reprodução, no todo ou em parte, através de quaisquer meios. Os direitos morais do autor foram assegurados.

Texto revisado segundo o novo Acordo Ortográfico da Língua Portuguesa.

Direitos exclusivos de publicação em língua portuguesa somente para o Brasil adquiridos pela
EDITORA RECORD LTDA.
Rua Argentina, 171 – Rio de Janeiro, RJ – 20921-380 – Tel.: (21) 2585-2000, que se reserva a propriedade literária desta tradução.

Impresso no Brasil

ISBN 978-85-01-11935-3

Seja um leitor preferencial Record.
Cadastre-se no site www.record.com.br e receba informações sobre nossos lançamentos e nossas promoções.

Atendimento e venda direta ao leitor:
sac@record.com.br

Para meus avós,
e para Mary Kwan

Shang Loong Ma + Wang Lan Yin
China & Cingapura

OS YOUNGS
Sir James Young + Shang Su Yi

Cingapura

Felicity Young + Harry Leong
Cingapura

Harry Leong Jr. + Cathleen Kah
Cingapura

Dr. Peter Leong + Dra. Gladys Tan
Kuala Lumpur, Malásia

Alexander Leong + Dr. Salimah Ibrahim
Los Angeles

ASTRID LEONG + Michael Teo
(um filho, Cassian)
Cingapura

Catherine Young + M.C.¹ Príncipe Taksin Aakara
Bangcoc, Tailândia, e Lausanne, Suíça

M.R. James Aakara²
Bangcoc, Tailândia, e Lausanne, Suíça

M.R. Matthew Aakara
Bangcoc, Tailândia, e Lausanne, Suíça

M.R. Adam Aakara +
M.R. Piyarasmi Apitchatpongse
Bangcoc, Tailândia, e Lausanne, Suíça

Philip Young + Eleanor You
Sydney, Austrália, e Cingapur

NICHOLAS YOUNG + RACHEL
Nova York

O CLÃ DOS YOUNGS, T'SIENS E SHANGS
(uma árvore genealógica simplificada)

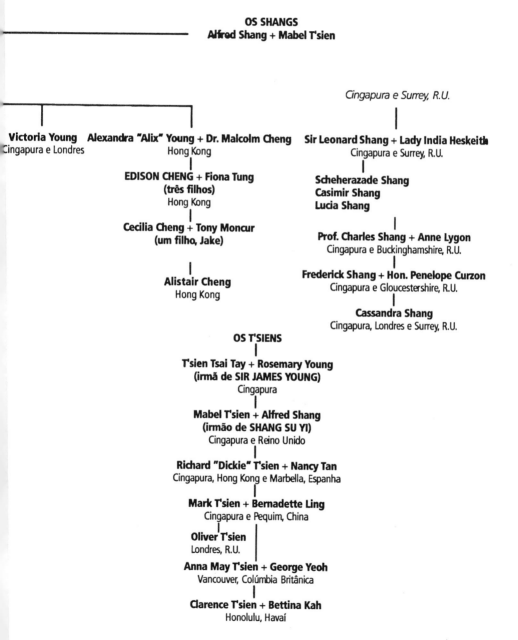

PROBLEMA Nº 1

Sua mesa de sempre, no fabuloso restaurante da ilha exclusiva onde você tem uma casa de praia, está ocupada.

ILHA HARBOUR, BAHAMAS,
21 DE JANEIRO DE 2015

Bettina Ortiz y Meña não estava acostumada a esperar. Ex-Miss Venezuela (e segunda colocada no Miss Universo, é claro), a loira arruivada excessivamente bronzeada era hoje a esposa do milionário do ramo de autopeças de Miami, Herman Ortiz y Meña, e em todo restaurante que escolhia dar o ar da graça era sempre recebida com reverência e conduzida exatamente à mesa que escolhia. Hoje ela desejava a mesa de canto no terraço do Sip, seu lugar preferido para almoçar na Ilha Harbour. Queria se sentar em uma das confortáveis cadeiras estilo diretor de cinema cor de laranja e observar as águas turquesa que batiam suavemente na praia, enquanto degustava sua salada Caesar de couve kale, porém um grupo enorme e barulhento havia tomado conta do terraço inteiro, e não parecia estar com a menor pressa de pedir a conta.

Bettina, possessa, olhava feio para os turistas que saboreavam alegremente seu almoço ao sol. Como eram bregas... as mulheres eram bronzeadas demais, enrugadas e tinham a pele flácida, nenhuma delas tratada de forma adequada com Botox ou lifting. Ela teve vontade de ir até a mesa e distribuir cartões de visita de seu dermatologista. Os homens eram ainda piores! Todos usavam camisas velhas amassadas e shorts, e de quebra aqueles chapéus de palha baratos vendidos nas lojas de bugigangas na rua Dunmore. Por que essa gente tinha de vir para cá?

Aquele paraíso de quase 6 quilômetros de extensão, com praias imaculadas de areia cor-de-rosa, era um dos segredos mais bem guardados do Caribe, um porto seguro para os ultrarricos, repleto de casinhas de madeira exóticas pintadas em tons de *sherbet*, butiques charmosas, mansões chiques à beira-mar transformadas em pousadas e restaurantes cinco estrelas que rivalizavam com os de St. Barths. Os turistas deviam ser submetidos a um exame de estilo para conseguir autorização para colocar os pés naquela ilha! Sentindo que já tinha sido mais do que compreensiva, Bettina entrou como um furacão na cozinha, fazendo a franja de seu caftan de crochê Pucci se sacudir vigorosamente, enquanto seguia até a mulher de cabelos loiros curtíssimos que pilotava o fogão principal.

— Julie, querida, o que está acontecendo aqui? Estou esperando há mais de *15 minutos* pela minha mesa! — Bettina suspirou, olhando para a dona do restaurante.

— Desculpe, Bettina, hoje está sendo um daqueles dias. O grupo de 12 pessoas no terraço chegou um pouco antes de você — respondeu Julie, enquanto entregava uma tigela de chili de escargot apimentado a um garçom.

— Mas o terraço é o seu espaço mais exclusivo! Por que raios você deixou aqueles *turistas* tomarem conta do lugar?

— Bom, acontece que aquele *turista* de boné vermelho é o duque de Glencora. O grupo dele acabou de aportar vindo de Windermere... o barco dele, o *Royal Huisman*, é aquele ali atracado perto da praia. Não é o veleiro mais maravilhoso que você já viu na vida?

— Eu não ligo para barcos grandes — bufou Bettina, embora, por dentro, ligasse, e muito, para quem tinha títulos importantes de nobreza.

Da janela da cozinha, ela agora observava com outros olhos o grupo reunido no terraço. Que raça mais estranha a desses aristocratas britânicos. Sim, claro, eles tinham seus ternos da Savile Row e suas tiaras que eram relíquias de família, mas, quando estavam viajando, pareciam uns desmazelados.

Foi só então que Bettina notou três homens altos e bronzeados de camiseta branca e calça preta kevlar sentados à mesa ao lado. Aqueles caras não estavam comendo, eles apenas observavam atentamente, bebericando suas águas com gás.

— Suponho que aqueles sejam os seguranças do duque. Não podiam ser mais discretos, não é? Será que eles não sabem que todos nós somos bilionários aqui em Briland* e que não é assim que fazemos as coisas? — Bettina revirou os olhos com desdém.

— Na verdade, aqueles seguranças são do convidado especial do duque. Eles fizeram uma varredura completa do restaurante antes do grupo chegar. Olharam até na minha câmara frigorífica. Está vendo aquele chinês na cabeceira?

Bettina apertou os olhos por trás de seus óculos de sol Dior Extase para enxergar melhor o homem oriental corpulento de 70 e poucos anos e cabelos ralos trajando uma camisa de golfe de mangas curtas comum e calça cinza.

— Nossa, eu nem o tinha notado! Alguém que eu deveria conhecer?

— Aquele é *Alfred Shang* — disse Julie, em um sussurro.

Bettina deu uma risadinha.

— Parece mais o chofer deles. Ele não parece aquele homem que fazia o motorista da Jane Wyman em *Falcon Crest*?

Julie, que estava tentando se concentrar em selar um filé de atum de forma perfeita, balançou a cabeça com um sorriso de lábios cerrados.

— Pelo que ouvi dizer, aquele "chofer" é o cara mais poderoso da Ásia.

— Como é mesmo o nome dele?

— Alfred Shang. É cingapuriano, mas mora a maior parte do tempo em uma propriedade na Inglaterra que, segundo me disseram, tem a metade do tamanho da Escócia.

— Bom, eu nunca nem vi o nome dele na lista dos VIPs — desdenhou Bettina.

— Bettina, tenho certeza absoluta de que você sabe que existe gente rica demais nesse planeta para nem sequer aparecer nessas listas!

---

* Ligeiro exagero, mas essa ilha — apelidada carinhosamente de "Briland" pelos moradores locais — é lar de 12 bilionários (segundo a última contagem, e de acordo com quem está contando).

PROBLEMA Nº 2

O médico com quem você assinou um contrato anual de 1 milhão de dólares para que fique à sua disposição 24 horas por dia está ocupado, atendendo outro paciente.

Sentado no terraço, diante da lendária praia da Ilha Harbour, Alfred Shang se maravilhava com a vista espetacular à sua frente. *É verdade mesmo... a areia é cor-de-rosa!*

— Alfred, suas quesadillas de lagosta vão esfriar! — O duque de Glencora intrometeu-se em seus pensamentos, interrompendo seu devaneio.

— Quer dizer que foi por isso que você me arrastou até aqui? — questionou Alfred, olhando com ceticismo para os triângulos posicionados com esmero à sua frente. Ele não era um grande fã de comida mexicana, exceto quando preparada pelo chef de seu grande amigo Slim, na Cidade do México.

— Experimente antes de julgar.

Alfred deu uma mordida calculada e não disse nada, enquanto a combinação de tortilla semicrocante, lagosta e guacamole faziam sua mágica.

— É ou não é uma maravilha? Estou tentando convencer o chef do Wilton a replicar isso aqui há anos! — disse o duque.

— Faz meio século que eles não mudam nada no Wilton... acho que a chance deles um dia incluírem esse prato no menu é mínima. — Alfred riu, apanhando com os dedos um pedaço de lagosta que havia caído em cima da mesa e enfiando-o na boca. Seu celular começou a vibrar no bolso de trás da calça. Ele o retirou e olhou para a tela, aborrecido. Todos sabiam que não deviam perturbá-lo durante a viagem de pesca que fazia com o duque todos os anos.

Na tela estava escrito: PRIMEIRO ANDAR DE TYERSALL.

Era sua irmã mais velha, Su Yi, a única pessoa cujos telefonemas ele aceitava independentemente da hora. Ele atendeu no mesmo instante, e uma voz inesperada disse em cantonês:

— Sr. Shang, é Ah Ling.

Ele demorou alguns segundos para se lembrar de que era a governanta de Tyersall Park.

— Ah... Ling Jeh!*

— Minha senhora me pediu que telefonasse para o senhor. Ela se sentiu muito mal essa noite e acabou de ser levada para o hospital. Achamos que é um infarto.

— Como assim, *achamos?* Ela teve ou não teve um infarto? — De seu inglês britânico refinado, Alfred mudou rapidamente para o cantonês, alarmado.

— Ela... ela não sentiu dores no peito, mas suava muito e acabou vomitando. Disse que sentia o coração disparado — gaguejou Ah Ling, nervosa.

— E o professor Oon foi vê-la? — quis saber Alfred.

— Tentei ligar para o celular do doutor, mas a ligação caiu direto na caixa postal. Depois liguei para a casa dele, e alguém me informou que ele estava na Austrália.

— Por que *você* é que está me telefonando? Victoria não está em casa?

— Sr. Shang, Victoria não está na Inglaterra?

Alamak. Ele tinha se esquecido completamente de que sua sobrinha — filha de Su Yi, que morava em Tyersall Park — estava naquele momento na casa dele em Surrey, sem dúvida fofocando com a esposa e a filha dele.

— E Felicity? Não foi vê-la? — perguntou Alfred, incisivo, sobre a filha mais velha de Su Yi, que morava na Nassim Road, perto da mãe.

— A Sra. Leong não pôde ser contatada essa noite. A empregada dela nos disse que ela tinha ido à igreja, e que sempre desliga o celular quando está na casa de Deus.

Bando de imprestáveis, todas elas!

— Bem, você chamou uma ambulância?

---

* Em cantonês, "irmã mais velha". Frequentemente usado como um termo que indica familiaridade para com os serviçais, tal como "*boy*" em inglês, a exemplo de Sonny Boy ou Johnny Boy.

— Não, ela não quis ambulância. Vikram a levou de carro até o hospital na Daimler, acompanhada pelas suas damas de companhia e dois gurkhas. Mas, antes de ir, ela disse que o senhor saberia como entrar em contato com o professor Oon.

— Ok, ok. Deixe que eu cuido desse assunto — disse Alfred, bufando, e desligou o celular.

Todos na mesa olharam para ele, cheios de expectativa.

— Minha nossa, parece que aconteceu alguma coisa séria — comentou o duque, apertando os lábios, preocupado.

— Me deem só um instante... por favor, continuem — disse Alfred, levantando-se da cadeira. Os seguranças o seguiram enquanto ele cruzava o restaurante a passos largos e saía pela porta que dava para o jardim.

Alfred apertou outro número em sua lista de discagem rápida: CASA DO PROF. OON.

Uma mulher atendeu o telefone.

— É Olivia que está falando? Alfred Shang.

— Oh, Alfred! Está procurando Francis?

— Sim. Me disseram que ele está na Austrália, é verdade? — *Por que raios eles pagavam 1 milhão de dólares para esse médico ficar 24 horas à disposição se ele nunca estava disponível?*

— Ele partiu para Sydney faz uma hora. Vai fazer uma cirurgia tripla de ponte de safena naquele ator que ganhou Oscar pelo...

— Quer dizer que ele está em um avião agora?

— Sim, mas vai chegar daqui a algumas horas, se o senhor precisar de...

— Me diga logo o número do voo dele — interrompeu-a Alfred. Ele se virou para um de seus seguranças e perguntou: — Quem está com o telefone de Cingapura? Alguém coloque o Istana* na linha agora mesmo.

Virando-se para outro segurança, disse:

— E faça o favor de pedir outra daquelas quesadillas de lagosta.

---

* Em malaio, "palácio". Aqui, Alfred está se referindo ao Istana, em Cingapura, residência oficial do presidente.

PROBLEMA Nº 3

Seu avião é forçado a aterrissar antes que você consiga terminar seu Dom Pérignon.

JAVA ORIENTAL, INDONÉSIA

Os lençóis de seda tinham acabado de ser distribuídos nas suítes da primeira classe, o enorme Airbus A380-800 de dois andares tinha atingido uma confortável altitude de cruzeiro de 38 mil pés, e a maioria dos passageiros estava confortavelmente instalada em seus assentos, navegando pelas opções de filmes disponíveis. Instantes depois, os pilotos do voo 231 da Singapore Airlines com destino a Sydney receberam instruções estranhíssimas da torre de controle de Jacarta, ao sobrevoarem o espaço aéreo indonésio:

TORRE DE CONTROLE: Cingapura Dois Trinta e Um Super Jacarta.

PILOTO: Cingapura Dois Trinta e Um Super na escuta.

TDC: Recebi instruções para que deem meia-volta imediatamente e retornem ao Aeroporto Changi de Cingapura.

PILOTO: Jacarta, querem que retornemos ao Changi de Cingapura?

TDC: Sim. Manobrem o avião e retornem imediatamente a Cingapura. Tenho a rota alterada disponível aqui.

PILOTO: Jacarta, qual o motivo para a mudança de rota?

TDC: Não tenho essa informação, mas a ordem veio do Diretório Central de Aviação Civil.

Os pilotos se entreolharam, sem acreditar no que ouviam.

— Será que temos mesmo que fazer isso? — perguntou-se em voz alta o comandante. — Vamos desperdiçar 250 mil litros de combustível antes de aterrissar!

Nesse exato momento, o sistema de rádio de chamadas seletivas acendeu-se com a chegada de uma mensagem. O copiloto leu a mensagem rapidamente e olhou, incrédulo, para o comandante.

— *Wah lan!* É do ministro da Defesa, *pqp!* Ele mandou a gente voltar para Cingapura agora!

Quando o avião fez um pouso inesperado no Aeroporto Changi apenas três horas depois de ter decolado, os passageiros estavam desorientados e espantados frente ao curso inesperado dos acontecimentos. Um aviso foi dado pelo alto-falante:

— Senhoras e senhores, devido a um imprevisto, tivemos de realizar uma mudança emergencial de rota para retornar a Cingapura. Por favor, permaneçam sentados em seus lugares com os cintos de segurança afivelados, pois nosso voo para Sydney será retomado imediatamente após o reabastecimento da aeronave.

Dois homens em discretos ternos escuros entraram no avião e se aproximaram do homem sentado na suíte 3A — o professor Francis Oon, a maior sumidade em cardiologia de Cingapura.

— Professor Oon? Sou o tenente Ryan Chen da SID.* Por gentileza, queira nos acompanhar.

— Mas vamos desembarcar do avião? — perguntou o professor Oon, assustado. Em um minuto ele estava no meio de *Garota exemplar*, e, no instante seguinte, o avião tinha aterrissado novamente em Cingapura. Ele nem sequer se recuperara da trama eletrizante do filme.

O tenente assentiu, secamente.

— Sim. Por favor, reúna todos os seus pertences; o senhor não irá mais retornar a esse voo.

— Mas... mas... mas o que foi que eu fiz? — perguntou o professor Oon, sentindo-se subitamente apreensivo.

— Não se preocupe, o senhor não fez nada. Mas precisamos que desembarque desse avião imediatamente.

---

* A Security and Intelligence Division (Divisão de Segurança e Inteligência), o equivalente em Cingapura à CIA, nos Estados Unidos, ou ao MI5, na Grã-Bretanha. É tão secreta que a maioria das pessoas nem sequer sabe que ela existe. Mas, sim, aquele homem comendo espeto de bolinho de peixe em frente à NTUC FairPrice poderia ser o James Bond cingapuriano — e você nunca iria saber.

— Serei o único a sair?

— Será. Vamos escoltá-lo diretamente ao Hospital Mount Elizabeth. O senhor foi solicitado a atender uma paciente VVIP.

Naquele momento, professor Oon soube que algo devia ter acontecido com Shang Su Yi. Só os Shangs possuíam esse tipo de influência, capaz de obrigar um avião da Singapore Airlines com 440 passageiros a bordo a dar meia-volta.

Parte Um

"A única coisa de que gosto nos ricos é o dinheiro."

— NANCY ASTOR, VISCONDESSA ASTOR

1

•

DAVOS, SUÍÇA

Edison Cheng olhou para o altíssimo teto com estrutura hexagonal no vasto auditório branco, sentindo-se no topo do mundo. *Estou aqui. Finalmente, estou aqui!* Depois de anos de networking a um nível olímpico, Eddie por fim havia conseguido: fora convidado para a reunião anual do Fórum Econômico Mundial em Davos. O prestigioso evento, ao qual se poderia comparecer somente com convite,* era a reunião mais exclusiva de elite do planeta.

Todos os anos, em janeiro, os mais importantes chefes de Estado, políticos, filantropos, CEOs, gurus da tecnologia, líderes de inovações, ativistas sociais, socioempreendedores, e, claro, estrelas de cinema,** desembarcavam naquele recluso resort no alto dos Alpes suíços em seus jatinhos particulares, se hospedavam nos mais luxuosos hotéis, trajavam suas jaquetas e botas de esqui de 5 mil dólares e se entretinham em debates relevantes sobre questões urgentes, como aquecimento global e aumento da desigualdade social.

E agora Eddie fazia parte daquele clube ultraexclusivo. Como vice-presidente executivo sênior de Private Banking (Global) do Grupo Liechtenburg, ele se via agora no meio do auditório fu-

---

* E, se você por acaso for convidado, saiba que mesmo assim terá de desembolsar uma taxa de US$ 20 mil para garantir sua vaga, a menos que seja uma das pessoas listadas na nota de rodapé a seguir. (Pessoas bonitas nunca precisam pagar nada.)
** Entre os que já compareceram estão Leo, Brad, Angelina e Bono.

turístico do Centro de Convenções, respirando seu ar rarefeito e vendo fragmentos do próprio reflexo na elegante perna cromada de uma cadeira do auditório. Usava o terno novo sob medida da Sartoria Ripense que fora revestido internamente com cashmere de dez fios para que não fosse preciso usar uma jaqueta de esqui por cima. Suas novas chukkas de camurça de esquilo da Corthay tinham solas de borracha especiais, para que ele não deslizasse nas ruas escorregadias dos Alpes. Em seu pulso repousava sua mais recente aquisição horológica — um A. Lange & Söhne Richard Lange "Pour Le Mérite", que saía da sua manga na quantidade exata para que os demais aficionados por relógios de pulso soubessem o que ele estava usando. Porém o mais importante de tudo era o que ele exibia sobre todo aquele esplendor de elegância sartorial — um cordão preto em cuja extremidade estava preso um crachá de plástico com seu nome impresso no meio: *Edison Cheng*.

Eddie acariciou o crachá de plástico como se fosse um amuleto de joias incrustadas concedido a ele pessoalmente pelo Deus de Davos. Aquele crachá o distinguia de todos os peões da conferência. Ele não era um relações-públicas qualquer, um jornalista ou um dos ouvintes comuns. Aquele crachá branco de plástico com a linha azul embaixo indicava que ele era um *delegado oficial*.

Eddie olhou em torno do salão para todos os grupos de pessoas entretidas em conversas em voz baixa, tentando ver qual ditador, déspota ou diretor ele conseguiria reconhecer e com quem, posteriormente, poderia interagir. Pelo canto do olho, avistou um chinês alto usando uma parca de esqui cor de laranja fosforescente espiando pela porta lateral do auditório, parecendo meio perdido. *Espere aí, eu conheço esse cara. Não é o Charlie Wu?*

— Ei... Charlie! — berrou Eddie, um pouco alto demais, enquanto andava apressado em direção ao homem. *Espere só até ele ver meu crachá oficial de delegado!*

Charlie sorriu ao reconhecê-lo.

— Eddie Cheng! Acabou de chegar de Hong Kong?

— De Milão, na verdade. Estava nos desfiles de moda masculina... primeira fila da Etro.

— Uau. Acho que ser um dos Homens Mais Bem-Vestidos segundo a *Hong Kong Tattle* é coisa séria, não? — brincou Charlie.

— Na verdade, fui escolhido para integrar o Hall da Fama dos Mais Bem-Vestidos do ano passado — respondeu Eddie, com seriedade.

Ele avaliou rapidamente Charlie da cabeça aos pés, notando que estava usando calças cáqui com bolsos cargo e um pulôver azul-marinho por baixo daquela parca laranja fosforescente. *Que pena... ele costumava ser tão elegante quando mais jovem, e agora se vestia como um zé-ninguém geek da tecnologia.* — E cadê o seu crachá, Charlie? — perguntou Eddie, exibindo o dele com orgulho.

— Ah, é. Temos que usar direto, não é? Obrigado por me lembrar... está em algum lugar na minha bolsa carteiro.

Charlie remexeu a bolsa por alguns segundos até retirar de lá seu crachá, e, quando Eddie o viu, sua curiosidade se transformou em espanto. Foi como se ele tivesse sido atingido por um balde de água fria. O que Charlie tinha nas mãos era um crachá completamente branco com um adesivo holográfico brilhante. *Puta que pariu! Aquele era o crachá mais cobiçado de todos! Só os líderes mundiais recebem aquele crachá! A única pessoa que ele tinha visto com um daqueles até agora foi Bill Clinton. Como é que Charlie conseguiu um? Tudo o que ele fazia era dirigir a maior empresa de tecnologia da Ásia!*

Tentando esconder sua inveja, Eddie soltou:

— Ei, você vai assistir ao meu painel? Apocalipse asiático: como proteger seus bens quando a bolha da China explodir?

— Na verdade, vou dar uma palestra no IGWEL* agora. A que horas você vai falar?

— Às duas. Sobre o que vai ser sua palestra? — perguntou Eddie, achando que poderia dar um jeito de se infiltrar na reunião exclusiva com Charlie.

— Não preparei nada, na verdade. Acho que a Angela Merkel e alguns dos escandinavos só querem que eu dê uns conselhos.

---

* Acrônimo para Informal Gathering of World Economic Leaders (Reunião Informal dos Líderes Econômicos Mundiais), o mais exclusivo dos santuários da conferência, tão secreto que os encontros são realizados em uma localização não divulgada, escondida no Centro de Convenções.

Naquele instante, a assistente-executiva de Charlie, Alice, aproximou-se deles.

— Alice, veja quem eu encontrei! Sabia que ia topar com alguém da terrinha mais cedo ou mais tarde — comentou Charlie.

— Sr. Cheng, que prazer vê-lo aqui. Charlie... posso dar uma palavrinha com você?

— Claro.

Alice olhou para Eddie, que parecia bastante ansioso para que ela falasse o que tinha a dizer enquanto ele ainda estava por perto.

—Hã... você se importaria de me acompanhar um momentinho? — perguntou ela, de forma diplomática, conduzindo Charlie até uma sala lateral mobiliada com diversas *chaises longues* e mesinhas de centro de vidro em formato de cubo.

— O que foi? Ainda não conseguiu se recuperar por ter compartilhado a mesa de café da manhã com Pharrell? — brincou Charlie.

Alice deu um sorriso tenso.

— Há uma situação se desenrolando desde o início da manhã, mas não quisemos perturbá-lo até termos mais informações.

— Ok, desembucha.

Alice respirou fundo antes de falar.

— Acabei de receber as últimas atualizações do nosso chefe de segurança em Hong Kong. Não sei exatamente como dizer isso, mas Chloe e Delphine estão desaparecidas.

— Como assim, *desaparecidas*? — Charlie estava atônito. As filhas dele viviam sob vigilância 24 horas e eram conduzidas a qualquer lugar com precisão militar pela sua equipe de seguranças, treinada pela SAS. *Desaparecidas* não era uma variável na vida delas.

— A equipe Chungking foi destacada para pegá-las em frente à Diocesan às três e cinquenta da tarde, mas as meninas não foram localizadas na escola.

— Não foram localizadas... — murmurou Charlie, chocado.

Alice continuou:

— Chloe não respondeu a nenhuma das mensagens no celular, e Delphine não apareceu para o ensaio do coral às duas. Eles pensaram que ela talvez tivesse matado aula com a coleguinha Kathryn Chan e ido àquele lugar que vende frozen iogurte, como fizeram da última vez, mas Kathryn compareceu ao ensaio de coral, e Delphine, não.

— Alguma das duas ativou o código de pânico? — perguntou Charlie, tentando manter a calma.

— Não. Parece que os celulares das duas foram desativados, portanto não conseguimos rastreá-las. A Equipe 2046 já falou com o comandante Kwok. A polícia de Hong Kong está em alerta. Quatro das nossas próprias equipes também estão buscando as meninas em toda parte, e a escola está nesse momento revendo as imagens das câmeras de segurança com o Sr. Tin.

— Suponho que alguém já falou com a mãe delas, não? — A mulher de Charlie, de quem ele estava separado, morava na casa do casal no The Peak, e as crianças passavam semana sim, semana não com ela.

— Isabel não pôde ser contatada. Ela informou à governanta que iria almoçar com a mãe no Clube de Críquete Kowloon, mas, segundo a mãe dela, as duas não se falaram durante a semana.

Justamente naquele momento, o celular de Alice tocou de novo e ela o atendeu de imediato. Escutou em silêncio, assentindo de vez em quando. Charlie observou-a, seus pensamentos estavam longe. *Aquilo não podia estar acontecendo. Aquilo não podia estar acontecendo. Dez anos atrás seu irmão Rob fora sequestrado pela organização criminosa chinesa Eleven Finger Triad. Era como um déjà-vu.*

— Certo. *Tor jeh, tor jeh** — disse Alice, desligando. Ela olhou para Charlie e falou: — Era o líder da Equipe Angels. Eles agora acreditam que Isabel tenha deixado o país. Falaram com a empregada do andar de cima, e o passaporte da Isabel não está lá. Mas, por algum motivo, ela não levou nenhuma mala.

— Ela não está fazendo um novo tratamento?

— Sim, mas parece que não compareceu a nenhuma das consultas com o psiquiatra essa semana.

Charlie deu um suspiro profundo. Aquilo não era um bom sinal.

---

* Em cantonês, "obrigado, obrigado".

2

•

HOTEL FULLERTON, CINGAPURA

Todos os meses, Rosalind Fung, a herdeira da propriedade, oferecia um Banquete da Fraternidade Cristã para trezentas de suas amigas mais próximas no opulento salão de baile do Hotel Fullerton. Um convite para aquele encontro era bastante cobiçado por certo segmento da sociedade de Cingapura, independentemente de filiação religiosa, porque era um selo de aprovação da velha guarda (não havia nem um único *chindo** ou chinês do continente à vista) — e também porque a comida era *divina*: Rosalind trazia seus chefs particulares, que tomavam conta da cozinha do hotel por um dia e preparavam um gigantesco banquete estilo bufê com os mais maravilhosos pratos da culinária de Cingapura. Mais importante: esse bacanal bíblico era *totalmente gratuito*, graças à generosidade de Rosalind, embora as convidadas devessem fazer uma contribuição para o cesto de doações imediatamente após a oração de encerramento.**

Tendo escolhido estrategicamente uma mesa bem próxima da área do bufê, Daisy Foo suspirou ao ver Araminta Lee de pé na fila da estação de macarrão, servindo-se de um pouco de *mee siam*.

---

* Gíria pejorativa para chinês da Indonésia. (*N. da T.*)

** A maioria das convidadas deixava cinco ou dez dólares, exceto a Sra. Lee Yong Chien, que nunca deixava nada. "Faço todas as minhas contribuições por meio da Fundação da Família Lee", era o que ela sempre dizia.

— *Aiyah*, essa Araminta! *Bein kar ani laau*!*

— Ela não parece velha, só está sem maquiagem nenhuma, só isso. Mulheres que fazem o tipo top model não são nada sem maquiagem — comentou Nadine Shaw, enquanto devorava sua tigela fumegante de macarrão *mee rebus*.

Colocando mais pimenta em seu *mee goreng*, Eleanor Young comentou:

— Não é nada disso. Eu costumava vê-la nadar no Clube Churchill, e ela parecia linda até quando saía da piscina toda encharcada, mesmo sem um pingo de maquiagem. O rosto dela mudou, ponto. Ela tem um tipo de rosto que eu sempre soube que não envelheceria bem. Quantos anos ela tem? Vinte e sete? Vinte e oito? Para ela já era, *lah*.

Naquele momento, Lorena Lim e Carol Tai chegaram à mesa com pratos cheios de comida empilhada em montes perigosamente altos.

— Esperem aí, esperem aí... Quem é que está envelhecendo mal? — perguntou Lorena, ansiosa.

— Araminta Lee. Naquela mesa ali, com todas da família Khoo. Ela não está toda chupada? — perguntou Nadine.

— *Alamak*, não diga uma coisa dessas, Nadine! Não sabe que ela acabou de sofrer um aborto espontâneo? — sussurrou Carol.

As mulheres todas olharam para Carol, boquiabertas.

— De novo? Está brincando? Quem te disse isso, *lah*? — perguntou Daisy, incisiva, ainda mastigando seu *mee pok*.

— E quem mais? Kitty, *lor*. Kitty e Araminta estão superamigas agora, e, desde esse último aborto, ela tem passado um bom tempo na casa da Kitty brincando com a Gisele. Ela está arrasada.

— E com que frequência você vê Kitty e Gisele? — perguntou Lorena, espantada com o fato de Carol estar sendo tão boazinha com sua ex-nora, a mesma mulher que traiu seu filho, Bernard, com um homem que ela conheceu no enterro do falecido sogro e que depois arrastou Bernard para um divórcio e uma batalha de custódia especialmente destrutivos. (Claro, não faz mal saber que Carol

---

* Em *hokkien*, "Como está velha!"

abominava o novo estilo de vida do filho, à base de ioga e "daquela dieta jurássica ridícula", duas coisas que ela considerava satânicas.)

— Vou à casa da Kitty pelo menos uma vez por semana, e Gisele me acompanha na igreja todo domingo — relatou Carol, toda orgulhosa.

— E é saudável Araminta brincar com a sua neta quando ela acabou de perder um bebê? — Nadine se perguntou em voz alta.

— *Aiyah*, tenho certeza de que a velha Sra. Khoo deve estar pressionando *muuuito* Araminta para que lhe dê logo um neto! Faz cinco anos que ela se casou com Colin! Meu Nicky e minha Rachel já estão casados há dois anos e ainda não me deram nenhum! — reclamou Eleanor.

— Mas Araminta ainda é jovem, tem muito tempo, *lah* — argumentou Nadine.

— Com todo o lado de Dorothy Koo deserdado, o lado de zés--ninguéns de Puan e de Nigel Khoo fugindo para se casar com aquela *cantora de cabaré russa*, que obviamente é velha demais para *seh kiah*,* Colin e Araminta são a última esperança de levar adiante o nome da família Khoo — comentou Daisy.

Sendo uma Wong de berço, dos Wongs das minas de alumínio, Daisy possuía um conhecimento enciclopédico da história social de Cingapura.

Todas as senhoras balançaram a cabeça, lançando olhares cheios de pena para Araminta, que, para todos os outros a não ser aquelas mulheres de olhos hipercríticos, estava perfeitamente magnífica em seu minivestido amarelo listrado Jacquemus.

— Bem, Eleanor, sua sobrinha Astrid acabou de chegar. Está aí uma garota que parece que nunca envelhece — comentou Carol.

Todas elas se viraram para observar Astrid descendo a escada em caracol com sua mãe, Felicity Leong; a rainha da sociedade Mrs. Lee Yong Chien; e outra mulher de idade toda vestida em um *hijab* azul-cobalto de lantejoulas.

---

* Em *hokkien*, "ter filhos".

— Quem é essa malaia com aquela gargantilha de rubi gigante? Se aquela pedra do meio for tão grande de perto quanto parece ser daqui, é do tamanho de uma lichia! — exclamou Lorena.

Casada com um integrante da família da joalheria L'Orient há mais de três décadas, ela definitivamente sabia como reconhecer uma pedra.

— Ah, aquela é a sultana viúva de Perawak. Está hospedada com os Leongs, óbvio — declarou Eleanor.

— *Alamak*, que aborrecimento ter hóspedes da realeza em casa! — reclamou Daisy.

Lorena, como a maioria das outras mulheres no salão, olhou Astrid de cima a baixo enquanto ela caminhava até sua mesa usando o que parecia ser uma camisa social masculina impecável enfiada por dentro da calça *cigarrette* azul-marinho e branca de guingão com corte perfeito.

— É verdade. Sempre que a vejo, Astrid parece mesmo cada vez mais jovem. Ela não está com quase 40 anos? Parece mais uma garota MGS* saltando do ônibus da escola! Aposto que ela deve estar se tratando escondido em algum lugar.

— Eu garanto que ela não fez cirurgia *nenhuma*. Isso não é do feitio dela — afirmou Eleanor.

— É a forma como ela se veste. Mulheres da idade dela normalmente se vestem como árvores de Natal, mas olhem só para Astrid... o cabelo num rabo de cavalo, sapatilhas, nem uma única joia a não ser aquela cruz... é de turquesa? *E a roupa!* Ela parece a Audrey Hepburn indo fazer um teste para um filme — comentou Daisy, com aprovação, enquanto procurava um palito de dentes em sua nova bolsa Céline. — *Puta merdaaa!* Estão vendo só o que a minha nora esnobe me obriga a carregar? Ela me deu essa bolsa estilosa de presente de aniversário porque fica muito constrangida de ser vista comigo quando estou com a minha bolsa sem marca,

---

* Sigla para Methodist Girl's School (Escola Metodista para Meninas), que nós, garotos da ACS (Anglo-Chinese School — Escola Anglo-Chinesa), costumávamos chamar de "Monkey Girls' School" (Escola de Macacas).

mas não consigo encontrar nada nessa aqui! É tão funda, e tem tantos bolsos. Que merda!

— Daisy, por favor, dá para parar de xingar? Estamos na presença do Senhor essa noite — repreendeu-a Carol.

Como se aquilo fosse uma deixa, a anfitriã do Banquete da Fraternidade Cristã, Rosalind Fung, levantou-se de sua mesa e foi até o palco. Rosalind, uma mulher baixinha e gordinha com 60 e poucos anos e um permanente meio ondulado, usava o que parecia ser o uniforme oficial de toda mulher de meia-idade de família rica tradicional de Cingapura: uma blusa floral sem mangas, provavelmente comprada na liquidação da John Little, calças folgadas com elástico na cintura e sandálias ortopédicas abertas. Ela sorriu alegremente do alto do púlpito para as amigas reunidas.

— Senhoras, obrigada por terem vindo juntar-se à fraternidade em Cristo essa noite. Um rápido aviso a todas antes de começarmos: me disseram que o *laksa** está bem apimentado essa noite. Não sei o que aconteceu, mas até Mary Lau, que como todos sabem coloca mais pimenta em tudo, me disse que *buey tahan*** o *laksa*. Agora, antes de continuarmos a nutrir nossa barriga e nosso espírito, o bispo See Bei Sien dará início ao nosso programa com uma bênção.

Quando o bispo começou a recitar uma de suas orações tediosas de sempre, ruídos bizarros vieram de trás de uma das portas laterais do salão de baile. Parecia que havia uma discussão intensa lá fora, seguida por uma série de batidas e arranhões abafados. De repente, a porta se escancarou.

— NÃO, EU DISSE QUE A SENHORA NÃO PODE ENTRAR! — berrou um dos organizadores do evento a plenos pulmões, quebrando o silêncio.

Ouviu-se o barulho de algo correndo na lateral do salão e uivando intermitentemente, feito um animal. Daisy cutucou a mulher da mesa ao lado, que tinha se levantado para ver melhor.

— O que você está vendo? — perguntou, ansiosa.

---

* Uma sopa apimentada servida com berbigões, bolinhos de peixe e macarrão grosso de arroz.

** Em cinglês (mistura de cinpapuriano e inglês): não aguentou.

— Não sei, *lah*... parece uma... uma sem-teto maluca. — Foi a resposta.

— Como assim, uma *sem-teto*? Isso não existe em Cingapura! — exclamou Eleanor.

Astrid, que estava sentada do outro lado do salão, perto do palco, não entendeu direito o que estava acontecendo até que uma mulher de cabelos extremamente desgrenhados usando calças de ioga manchadas parasse de repente à sua mesa, arrastando duas meninas de uniforme escolar atrás de si. A Sra. Lee Yong Chien soltou um grito abafado de susto e puxou a bolsa com força de encontro ao peito, quando Astrid se deu conta, atônita, de que as duas meninas eram Chloe e Delphine, as filhas de Charlie Wu. E a mulher desgrenhada não era ninguém menos que a ex-mulher de Charlie, Isabel! A última vez que Astrid viu Isabel, ela estava linda na Bienal de Veneza com um Dior de alta-costura. Agora, estava completamente irreconhecível. O que elas estavam fazendo ali em Cingapura?

Antes que Astrid pudesse reagir, Isabel Wu agarrou a filha mais velha pelos ombros e a virou na direção dela.

— Aqui está ela! — berrou, com saliva se acumulando nos cantos da boca. — Quero que você veja com seus próprios olhos! Quero que veja a piranha que abre as pernas para o seu papaizinho!

Todas na mesa sufocaram um grito assustado, e Rosalind Fung imediatamente fez o sinal da cruz, como se aquilo de alguma maneira pudesse impedir seus ouvidos de absorver aquela obscenidade. Os seguranças do hotel chegaram na mesma hora, mas, antes que Isabel pudesse ser contida, agarrou a tigela de *laksa* mais próxima e a atirou com força em Astrid. Astrid recuou, num ato reflexo, e a tigela ricocheteou na beira da mesa, espirrando o caldo escaldante extra-apimentado em Felicity Leong, na Sra. Lee Yong Chien e na sultana viúva de Perawak.

3

•

Radio City Music Hall, Nova York

Patti Smith estava cantando "Because the Night" a plenos pulmões quando o celular de Nicholas Young se acendeu como fogos de artifício no bolso de seu jeans. Nick ignorou a chamada, mas, quando as luzes se acenderam de novo na última música do show, ele olhou de relance para a tela e ficou surpreso ao ver uma mensagem de voz de sua prima Astrid, outra de seu melhor amigo Colin Khoo, e cinco mensagens de texto de sua mãe. Eleanor nunca lhe mandava mensagem. Ele nem tinha ideia de que ela *sabia* como fazer isso. As mensagens diziam:

> ELEANOR YOUNG: 4?Z Nicky#
> ELEANOR YOUNG: p or favo m ligu agora! Cade vo
> ELEANOR YOUNG: ce? Por que nao atendeu nenhuma chamad minha?
> ELEANOR YOUNG: Ah Ma teve um ataque do coracao!
> ELEANOR YOUNG: L igapracasa agora!

Nick entregou o celular para sua mulher, Rachel, e afundou em seu assento. Depois do ápice eufórico do show, parecia que alguém de repente tinha lhe dado um soco e o deixado sem ar.

Rachel leu as mensagens o mais rápido possível e olhou para Nick, alarmada.

— Será que não é melhor ligar?

— É, acho que sim. Mas vamos sair daqui primeiro. Preciso tomar um ar.

Assim que os dois saíram do Radio City Music Hall, andaram depressa pela Sexta Avenida para evitar as multidões que ainda se aglomeravam sob a famosa marquise. Nick estava nervoso e começou a andar de um lado para o outro na praça em frente ao prédio da Time & Life enquanto ligava. Ouviu a pausa familiar de alguns segundos, que geralmente era seguida pelo toque distintivo de Cingapura, mas hoje a voz de sua mãe atendeu de imediato.

— NICKY? Nicky, ah? É você?

— Sim, mamãe, sou eu. Está me ouvindo?

— *Aiyah,* por que demorou tanto para ligar? Onde você está?

— Eu estava num show quando você ligou.

— Um show? Você foi ao Lincoln Center?

— Não, eu estava num show de rock no Radio City Music Hall.

— O quê? Você foi ver aquelas Rockettes que dançam cancã?

— Não, mãe, era um SHOW DE ROCK, não as Rockettes.

— Um SHOW DE ROCK! *Alamak,* espero que você tenha usado protetores de ouvido. Li em algum lugar que as pessoas estão perdendo a audição cada vez mais cedo hoje em dia porque ficam indo a esses shows de *rock and roll.* Aqueles hippies de cabelo comprido estão ficando surdos como uma parede. Bem feito.

— O volume estava ótimo, mãe. O Radio City tem uma das melhores acústicas do mundo. Onde você está?

— Acabei de sair do Mount E. Ahmad vai me levar para a casa da Carol Tai. Ela vai oferecer caranguejo apimentado para o jantar. Precisei sair da ala hospitalar porque estava ficando caótico demais lá. Felicity, mandona como sempre, disse que eu não podia entrar para ver Ah Ma porque muita gente já tinha entrado e eles tiveram que começar a restringir o número de visitas. Então fiquei sentada do lado de fora por um tempinho, beliscando o bufê com a sua prima Astrid. Queria mostrar a cara para que depois ninguém pudesse dizer que eu não cumpri meu dever de esposa do filho mais velho.

— Bom, como está Ah Ma? — Nick não queria admitir nem para si, mas parecia bastante ansioso para saber se sua avó estava viva ou morta.

— O estado dela é estável agora, então por enquanto ela está bem.

Nick olhou para Rachel e murmurou: "Ela está bem", enquanto Eleanor continuava atualizando o filho:

— Eles colocaram Ah Ma na morfina, então no momento ela está sedada na Suíte Real. Mas a mulher do professor Oon me disse que a situação não parece boa.

— A mulher do professor Oon é médica? — perguntou Nick, confuso.

— Não, *lah*! Mas ela é mulher dele, e ouviu da boca do próprio que Ah Ma não vai durar muito. *Alamak*, e você esperava o quê? Ela tem insuficiência cardíaca e está com 96 anos; não dá para enfrentar uma cirurgia a essa altura.

Nick balançou a cabeça, zombeteiro: estava claro que respeitar o código de ética entre médico e paciente não era uma prioridade para Francis Oon.

— O que a Sra. Oon está fazendo aí?

— Você não sabia que a Sra. Oon é sobrinha da primeira-dama de Cingapura? Ela trouxe a primeira-dama, a tia-avó Rosemary T'sien e Lillian May Tan. Todo esse andar do Mount E está fechado ao público. Virou um andar VVIP por causa da Ah Ma, da Sra. Lee Yong Chien e da sultana viúva de Perawak. Teve uma briguinha para decidir quem ficaria na Suíte Real,* porque o embaixador da Malásia insistiu que deveria ficar com a sultana, mas aí a primeira-dama interveio e disse para o diretor do hospital, "Isso não está em questão. É claro que a Suíte Real deve ficar com Shang Su Yi".

— Espere um instante, Sra. Lee e a sultana viúva de Perawak? Não estou entendendo...

— *Aiyoh*, não está sabendo do que aconteceu? Isabel Wu teve um ataque psicótico, sequestrou as filhas na escola e veio de avião com elas para Cingapura. Ela invadiu o Banquete da Fraternidade

---

* A Suíte Real do Hospital Mount Elizabeth foi construída originalmente para uso exclusivo da família real de Brunei, mas atualmente é aberta a outros pacientes VVIP.

Cristã da Rosalind Fung e atirou uma tigela de *laksa* fervendo na Astrid, mas errou e o *laksa* acabou caindo em cima dessas senhoras, mas graças a Deus Felicity estava usando um de seus vestidos de poliéster de *pasar malam** daquele alfaiate de Tiong Bahru, então a sopa não fez NADA com ela, só deslizou direto pelo tecido como se fosse de Teflon. Mas a coitada da Sra. Lee e a sultana viúva ficaram ensopadas e sofreram queimaduras de primeiro grau.

— Tá, agora estou completamente perdido. — Nick balançou a cabeça, exasperado, enquanto Rachel lhe lançava um olhar inquisidor.

— Achei que você, antes de qualquer outra pessoa, devesse saber. Isabel Wu acusou Astrid de abrir as pernas para... quer dizer, de ter um caso com o marido dela, Charlie! Bem na frente do bispo See Bei Sien e de todo mundo que estava no banquete! *Aiyoh*, que vergonha... Agora isso está na boca de todos, e Cingapura inteira não fala de outro assunto! É verdade? Astrid é mesmo amante do Charlie?

— Ela não é amante dele, mãe. Isso eu garanto — afirmou Nick, cautelosamente.

— Você e sua prima sempre escondendo segredos de mim! A pobre Astrid parecia chocada no hospital, mas ainda tentou manter a classe com todos os visitantes. Enfim, quando você volta para casa?

Nick parou por um instante, antes de dizer, totalmente decidido:

— Eu não vou voltar.

— Nicky, deixe de besteira! Você *precisa* voltar! Todos estão voltando: seu pai já está vindo de Sydney, tio Alfred chega daqui a alguns dias, tia Alix e tio Malcolm vão vir de Hong Kong e até a tia Cat vem de Bangcoc. E parece que todas as suas primas tailandesas também estão a caminho! Dá para acreditar nisso? Aquelas suas primas de nariz empinado da realeza *nunca* se dignam a vir até Cingapura, mas estou te falando... — Eleanor parou de falar, olhando para seu motorista, então cobriu o celular com a mão em

---

* "*Pasar malam*", literalmente "mercado noturno" em malaio, é uma feira de rua itinerante onde se vendem coisas por uma pechincha. Aqui, Eleanor está sugerindo que a roupa de Felicity Young feita sob medida parece trapos vendidos em feira de rua.

concha e sussurrou de um jeito bastante indiscreto: — *Todos estão achando que dessa ela não escapa.* E querem dar as caras no leito de morte da Ah Ma só para garantir que estarão no testamento!

Nick revirou os olhos.

— Só você para dizer uma coisa dessas. Tenho certeza de que isso é a última coisa que passa pela cabeça das pessoas.

Eleanor riu, zombando do comentário.

— Ah, meu Deus, não seja tão ingênuo. Garanto a você que essa é a *única* coisa que passa pela cabeça de todo mundo! Os abutres estão rondando que nem loucos, portanto pegue logo o primeiro voo para cá! Essa é a sua última chance de fazer as pazes com a sua avó... — Ela baixou a voz novamente. — *E, se fizer tudo certinho, talvez ainda consiga Tyersall Park!*

— Acho que sou carta fora do baralho. Acredite em mim, acho que não serei bem recebido.

Eleanor suspirou, frustrada.

— Nisso você se engana, Nicky. Eu sei que Ah Ma não vai fechar os olhos antes de falar com você pela última vez.

Assim que Nick encerrou a chamada, atualizou Rachel sobre o estado de sua avó e o incidente da sopa quente com Isabel Wu. Então ele se sentou na beirada do espelho de água da praça, sentindo-se subitamente esgotado. Rachel sentou-se ao seu lado e passou um braço em volta de seu ombro, sem dizer nada. Ela sabia que as coisas eram complicadas entre o marido e a avó dele. Os dois costumavam ser muito próximos — Nick era o neto adorado que carregava o sobrenome Young e o único neto que morara em Tyersall Park —, mas agora fazia mais de quatro anos que eles não se viam nem se falavam. E tudo por causa dela.

Su Yi havia armado uma emboscada para os dois durante o que supostamente seria um fim de semana romântico em Cameron Highlands, na Malásia, ordenando ao neto que terminasse o namoro com Rachel. E Nick não só se recusara como também, de modo nada característico, insultara a avó na frente de todos — algo que provavelmente nunca tinha acontecido com aquela venerada mulher em toda a sua vida. Ao longo dos últimos anos, o abismo entre eles só havia aumentado depois que Nick se casara com Rachel, na Califórnia, deixando a avó e a maioria de sua enorme família de fora da lista de convidados de seu casamento.

Essa menina não vem de uma família decente! Rachel ainda se lembrava, como se fosse ontem, da condenação de Su Yi, e, por um instante, sentiu um leve calafrio percorrer sua espinha. Mas ali, em Nova York, a sombra de Shang Su Yi não era tão grande, e, durante os últimos dois anos, ela e Nick haviam desfrutado de uma alegre vida de casados, longe de qualquer interferência familiar. Rachel tentou abordar o assunto com Nick algumas vezes para quem sabe descobrir algo que pudesse ser feito para reparar o estrago entre ele e a avó, mas o marido era teimoso e sempre se negava a falar sobre o assunto. Ela sabia que Nick não reagiria com tanta raiva se não gostasse tanto da avó.

Rachel encarou Nick.

— Quer saber, por mais que me doa admitir isso, acho que sua mãe tem razão... você devia voltar para casa.

— Minha casa é em Nova York — respondeu Nick.

— Você entendeu o que eu quis dizer. A situação da sua avó parece ser bastante grave.

Nick olhou para as janelas do Rockefeller Center lá no alto, ainda acesas apesar de ser bem tarde, evitando os olhos de Rachel.

— Escute, estou morrendo de fome. Onde podemos jantar a essa hora? Buvette? Blue Ribbon Bakery?

Rachel percebeu que não adiantaria pressioná-lo.

— Vamos ao Buvette. Acho que o *coq au vin* deles é exatamente do que precisamos agora.

Nick parou por um instante.

— Talvez seja melhor evitar qualquer lugar com sopa quente hoje!

4

•

Hospital Mount Elizabeth, Cingapura

Após cinco horas na unidade de terapia intensiva do hospital, onde se revezou entre ficar sentada ao lado da avó, administrar as visitas dos dignitários, acalmar os nervos da mãe e gerenciar os funcionários do Min Jiang, que haviam montado um buffet* no lounge da sala de visitas VIP, Astrid precisava de uma pausa e de um pouco de ar fresco. Então desceu de elevador até o saguão do hospital, saiu para o pequeno bosque de palmeiras, adjacente à entrada lateral do Jalan Elok e começou a conversar com Charlie pelo WhatsApp.

ASTRID LEONG TEO: Desculpe por não ter conseguido te responder antes. Celulares são proibidos na UTI.

CHARLES WU: Não se preocupe. Como está sua Ah Ma?

ALT: Descansando com todo o conforto no momento, mas o prognóstico não é bom.

CW: Sinto muito por isso.

ALT: Isabel e as crianças estão bem?

---

* Sim, você pode ter certeza de que, no bufê improvisado por Felicity Leong na UTI, havia o lendário pato a lenha de Pequim do Min Jiang — servido com uma primeira porção de pele de pato crocante mergulhada em açúcar granulado fino, envolvido em panquecas caseiras com molho doce, alho-poró ralado e pepino, seguido de uma segunda porção do pato fatiado acompanhado por macarrão frito.

CW: Sim. O avião deles pousou há algumas horas e, felizmente, a mãe da Isabel conseguiu mantê-la calma durante o voo. Ela foi internada no Sanatório de Hong Kong e já foi atendida pelos médicos dela. As crianças estão bem. Um pouco abaladas. Chloe está grudada no celular, como sempre, e eu estou deitado aqui ao lado da Delphine enquanto ela dorme.

ALT: Olha, preciso dizer que elas foram uns anjos. Dava para ver que estavam tentando manter a compostura durante aquele calvário. Delphine correu para o lado da Sra. Lee Yong Chien, e Chloe tentou ajudar a acalmar Isabel enquanto ela era contida.

CW: Desculpe MESMO por isso.

ALT: Que isso! Não foi culpa sua.

CW: A culpa FOI minha, sim. Eu devia ter imaginado que isso podia acontecer. Era para ela ter assinado os papéis do divórcio essa semana. Meus advogados estavam pressionando Isabel, e foi por isso que ela surtou. E, para piorar, minha equipe de segurança pisou na bola feio.

ALT: Não foi a escola que pisou na bola quando deixou Isabel entrar e tirar as meninas da sala de aula no meio do período escolar?

CW: Ao que parece, ela fez uma performance digna de Oscar. Pela aparência dela, eles realmente pensaram que se tratava de uma emergência familiar. É isso o que acontece quando você doa dinheiro demais para uma escola... Eles nunca te questionam.

ALT: Acho que ninguém nunca poderia prever que uma coisa dessas fosse acontecer.

CW: Ah, a minha equipe de segurança deveria prever, sim! Foi uma cagada épica. Eles nem viram Isabel saindo com as crianças, porque só estavam vigiando o portão da frente. E, como Izzie também foi aluna do Diocesan, conhecia de cor e salteado todas as maneiras de escapar de lá.

ALT: Caramba, eu não tinha pensado nisso!

CW: Ela saiu com as meninas pela porta da lavanderia e foi direto com elas pelo MTR até o aeroporto. Falando nisso, descobrimos como ela ficou sabendo onde poderia te encontrar. Rosalind Fung marcou você numa foto do evento da Fraternidade Cristã no mês passado no Facebook.

ALT: Sério? Eu nunca entro no FB. Checo minha página uma vez por ano e olhe lá.

CW: A mãe da Isabel é amiga da Rosalind no Facebook. Isabel mandou uma mensagem para ela há três dias perguntando se você iria a esse evento. Rosalind respondeu que sim, e até falou que você estaria na mesa de honra!

ALT: Ah, então foi ASSIM que ela soube onde me encontrar naquela multidão! Fiquei TÃO chocada quando ela começou a berrar comigo...

CW: Quer saber? Eu acho que agora já era. Todo mundo já deve estar falando da gente a essa altura.

ALT: Sei lá. Provavelmente.

CW: O que a sua mãe falou? Ela surtou quando descobriu sobre nós?

ALT: Mamãe não disse nada até agora. Não sei se ela ligou todos os pontos. Ela estava muito ocupada limpando a Sra. Lee e a sultana viúva com lencinhos de papel quando tudo aconteceu. Aí, no meio daquela confusão, Araminta Lee veio correndo e falou: "Vocês estão sabendo? Sua avó sofreu um ataque cardíaco!"

CW: Você realmente teve um dia de cão, hein.

ALT: Nada comparado ao das suas filhas. Sinto muito por elas terem sido obrigadas a passar por isso. Ver a mãe naquele estado...

CW: Elas já tinham visto isso antes. Só que nunca num estado tão grave.

ALT: Eu tive vontade de abraçá-las, de tirar as duas de lá e levá-las de volta para você, mas foi uma confusão só... aconteceu tudo ao mesmo tempo.

CW: Quem precisa de um abraço é VOCÊ.

ALT: Mmm... isso seria tão bom.

CW: Eu não sei como você me aguenta, e aguenta esse bando de merda que está acontecendo comigo.

ALT: Eu poderia dizer o mesmo.

CW: Sua vida não é nem de longe tão louca quanto a minha.

ALT: Espere só pra ver. Com Ah Ma na condição em que está, não sei mais o que pode acontecer. Teremos uma invasão familiar essa semana, e pode apostar que não será algo bonito de se ver.

CW: Tipo *Modern Family*?

ALT: Está mais para *Game of Thrones* e O casamento vermelho.

CW: Minha nossa! Por falar em casamento, alguém sabe dos nossos planos?

ALT: Ainda não. Mas acho que essa pode ser a oportunidade perfeita para começar a preparar minha família... Avisar alguns dos meus parentes mais próximos que estou me divorciando do Michael, e que há um novo homem na minha vida...

CW: Peraí, tem um novo homem na sua vida?

ALT: Sim, ele se chama Jon Snow.

CW: Odeio ter que te contar isso, mas o Jon Snow morreu.*

ALT: Não morreu, não. Você vai ver. :-)

CW: Sério... estou aqui se você precisar de mim. Quer que eu vá até aí?

ALT: Não, está tudo bem. Chloe e Delphine precisam de você.

CW: Eu preciso de você. Posso mandar o avião a hora que você quiser.

ALT: Vamos ver como vai ser essa semana com a minha família, aí, depois, podemos realmente começar a fazer planos...

CW: Estou contando os minutos...

ALT: Eu também... bjo bjo bjo

---

* Em 2015, o mundo estava mais preocupado em descobrir se a economia continuaria a se recuperar, em como impedir que o surto de ebola na África se tornasse uma pandemia global, onde os terroristas do Estado islâmico agiriam depois dos horrendos ataques de Paris, como ajudar o Nepal após os terremotos devastadores, quem lideraria a campanha para a próxima eleição presidencial dos EUA, e se Jon Snow, comandante da Patrulha da Noite e um dos heróis na série de TV *Game of Thrones*, de George R.R. Martin, realmente morreria no final da temporada.

5

•

Rue Boissy D'Anglas, Paris

Ela estava em uma plataforma espelhada elevada no meio do ateliê elegantemente decorado de Giambattista Valli, olhando para o lustre deslumbrante acima e tentando não se mexer enquanto as duas costureiras ajustavam meticulosamente a bainha da delicada saia de tule que estava provando. Ao olhar pela janela, avistou um garotinho andando pela rua de paralelepípedos com um balão vermelho nas mãos e se perguntou para onde ele estaria indo.

O homem com um colar de pérolas barrocas sorriu para ela.

— *Bambolina*, vire-se para mim, sim?

Ela girou, e as mulheres que a cercavam soltaram suspiros de admiração.

— *J'adore*! — bajulou Georgina.

— Oh, Giamba, você tinha razão! Cinco centímetros a menos e a saia ganha outra vida. Parece uma flor desabrochando diante dos nossos olhos! — Wandi derramou-se em elogios.

— Como uma peônia rosa! — disse Tatiana, elogiosa.

— Acho que, para esse vestido, eu me inspirei no ranúnculo — declarou o estilista.

— Não conheço essa flor. Mas Giamba, você é um gênio! Um gênio! — exclamou Tatiana.

Georgina andou pela plataforma, examinando o vestido de todos os ângulos.

— Confesso que, quando Kitty me disse que esse vestido de alta-costura custaria 175.000 euros, fiquei um pouco surpresa. Mas agora acho que vale cada centavo!

— Sim, eu também acho — murmurou Kitty, baixinho, avaliando o comprimento do vestido, um pouco abaixo do joelho, pelo reflexo no espelho rococó encostado na parede. — Gisele, você gostou?

— Gostei, mamãe — respondeu a menina de 5 anos. Ela estava cansada de ficar ali de pé, naquele vestido, com o spot de luz quente em cima dela, e só pensava na recompensa que receberia. Mamãe lhe prometera um sundae gigante se ela ficasse bem quietinha durante a prova.

— Tudo bem, então — disse Kitty, olhando para o assistente de Giambattista Valli. — Precisaremos de três desses.

— Três? — O assistente alto e magro olhou para Kitty, surpreso.

— Claro. Eu compro tudo triplicado para mim e para a Gisele: precisamos de um de cada para nossos closets em Cingapura, Xangai e Beverly Hills. Mas esse aqui tem que estar pronto para a festa de aniversário dela em Cingapura no dia primeiro de março...

— É claro, *Signora* Bing — interrompeu-a Giambattista. — Agora, queridas, espero que não se importem por eu deixar Luka lhes mostrar nossa nova coleção. Preciso correr para um compromisso com o diretor de moda da Saks.

As mulheres trocaram beijos no ar com o estilista, que estava de saída, Gisele foi despachada com a babá para tomar sorvete na Angelina, que ficava na esquina, e, enquanto mais Veuve Clicquot e café *crèmes* eram trazidos para a sala de provas, Kitty se alongou na elegante *chaise longue* com um suspiro satisfeito. Era apenas o segundo dia delas ali, e ela já estava se divertindo horrores. Viera para aquela maratona de compras parisienses com suas melhores amigas de Cingapura — Wandi Meggaharto Widjawa, Tatiana Savarin e Georgina Ting — e, de alguma forma, as coisas estavam correndo de forma bem diferente naquela viagem.

Desde o momento em que desembarcou do *Trenta*, o Boeing 747-81 VIP que ela havia reformado recentemente para que ficasse exatamente igual ao bordel de Xangai que aparece em um dos filmes de Wong Kar-wai,* ela vinha sendo alvo de bajulações até então sem precedentes. Quando a carreata de Rolls-Royces delas chegou ao Peninsula de Paris, toda a equipe da gerência do hotel postou-se em uma fila perfeita para cumprimentá-la na entrada, e o gerente a acompanhou até a impressionante Suíte Peninsula. Quando elas foram jantar no Ledoyen, os garçons foram tão frenéticos em reverências que Kitty pensou que eles acabariam dando cambalhotas. E então, ontem, durante sua sessão de prova na Chanel, na rue Cambon, *ninguém menos que o assistente pessoal de Karl Lagerfeld desceu as escadas com um bilhete de próprio punho do grande homem!*

Kitty sabia que todo aquele tratamento digno da realeza era porque, desta vez, ela havia desembarcado em Paris como a SRA. JACK BING. Ela não era mais apenas a esposa de um bilionário qualquer; era a nova esposa do segundo homem mais rico da China,** e um dos dez homens mais ricos do mundo. E pensar que Pong Li Li, filha de garis de Qinghai, alcançara uma posição tão elevada em uma idade relativamente jovem, 34 anos (embora ela dissesse a todos que tinha 30)! Não que nada daquilo tivesse sido fácil: ela precisou dar duro a vida inteira, sem descanso, para chegar até ali.

Sua mãe vinha de uma família instruída de classe média que fora banida para o campo durante a campanha do Grande Salto para a Frente de Mao Tsé-Tung. Apesar disso, havia incutido em Kitty que a educação era sua única saída. Durante toda a juventude, Kitty se esforçou ao máximo para ser sempre a melhor da classe, a melhor da escola e a melhor nos exames estaduais... Apenas para ver sua única chance de conseguir uma educação superior arrancada de suas mãos quando deram a um garoto com todas as conexões certas a única vaga na universidade do distrito — vaga que, por direito e mérito, era dela.

---

* Ver *O grande mestre*, de Wong Kar-wai. Dele, eu prefiro *Amor à flor da pele*, mas o cenário de *O grande mestre* é incrível.

** Ou terceiro, ou quarto, ou sétimo, dependendo de qual tabloide financeiro você levar em consideração.

Mas Kitty não desistiu; continuou lutando. Primeiro se mudou para Shenzhen para trabalhar em um bar da KTV, onde foi obrigada a fazer coisas indescritíveis; depois seguiu para Hong Kong, onde atuou em uma novela local interpretando um papel coadjuvante que se transformou em uma personagem relevante depois que ela virou amante do diretor; em seguida namorou uma série de homens bastante irrelevantes até conhecer Alistair Cheng, um rapaz fofo, inocente e bonzinho demais para seu próprio bem e com quem ela foi ao casamento de Colin Khoo, onde conheceu Bernard Tai; então correu para Vegas para se casar com Bernard; conheceu Jack Bing no enterro do pai do marido; divorciou-se de Bernard; e então, finalmente, se casou com Jack, um homem verdadeiramente digno de todos os seus esforços.

E, agora que ela havia lhe dado seu primeiro filho (Harvard Bing, nascido em 2013), podia fazer o que bem entendesse. Podia ir para Paris em seu próprio jumbo particular com um tradutor francês, dois filhos, três amigas fabulosas (todas tonificadas, maravilhosas e que usavam roupas tão caras quanto as dela, e todas esposas de ricos expatriados de Xangai, Hong Kong e Cingapura), quatro babás, cinco empregadas domésticas e seis guarda-costas, e reservar todo o último andar do Hotel Peninsula (o que ela fez). Podia comprar toda a coleção de alta-costura *Automne-Hiver* da Chanel e encomendar todas as peças — e triplicadas (o que ela fez). Podia fazer uma visita guiada exclusiva a Versalhes com o curador chefe, seguida de um almoço especial ao ar livre preparado por Yannick Alléno no vilarejo de Maria Antonieta (que aconteceria no dia seguinte, graças a Oliver T'sien, que havia cuidado de tudo). Se alguém escrevesse um livro sobre a vida dela, ninguém acreditaria.

Kitty bebericou um gole do champanhe e olhou para os vestidos de baile que estavam sendo desfilados à sua frente, sentindo-se ligeiramente entediada. Sim, eram lindos demais, mas, depois do décimo vestido, começavam a parecer mais do mesmo. Seria possível ter overdose de beleza? Ela seria capaz de comprar a coleção inteira em seu sono e esquecer que um dia possuíra alguma daquelas peças. Precisava de algo diferente. Precisava sair dali e talvez dar uma olhada nas esmeraldas da Zâmbia.

Luka reconheceu aquele olhar no rosto de Kitty. Era a mesma expressão que já vira com frequência demasiada em algumas de suas clientes mais privilegiadas — as mulheres que tinham acesso constante e ilimitado a tudo o que seus corações desejavam: herdeiras, celebridades e princesas, que, quando apareciam, se sentavam exatamente ali. Ele sabia que precisava mudar o rumo daquilo, mudar a energia da sala, a fim de inspirar sua cliente de múltiplos cifrões.

— Ladies, preciso mostrar às senhoras algo muito especial em que Giamba vem trabalhando há semanas. Por gentileza, queiram me acompanhar. — Ele pressionou um painel na parede *boiserie*, revelando o santuário particular de Giambattista: uma sala de trabalho que continha apenas um único vestido, exibido em um manequim, no centro do espaço intocado. — Esse vestido foi inspirado no de *Adele Bloch-Bauer I*, de Gustav Klimt. Conhecem o quadro? Foi comprado por 135 milhões de dólares por Ronald Lauder e está exposto na Neue Galerie, em Nova York.

As mulheres encararam, incrédulas, a maestria dos detalhes do vestido de ombros de fora, que se transformava de um corpete de tule cor de marfim em uma coluna de ouro cintilante, com uma saia que caía em cascata em uma longa cauda, bordada com milhares de pedacinhos de ouro, lápis-lazúli e pedras preciosas, meticulosamente ordenados em um mosaico rodopiante. Realmente, era como se um quadro de Klimt tivesse ganhado vida.

— Oh, meu Deus! É inacreditável! — gritou Georgina, correndo uma das unhas compridas e bem-cuidadas pelo corpete incrustado de pedras preciosas.

— *Ravissement*! — comentou Tatiana, na tentativa malfadada de exibir seu francês de ensino médio. — *Combien?*

— Ainda não decidimos o preço. Essa foi uma encomenda especial que até agora exigiu um trabalho em período integral de quatro bordadeiras e três meses para a montagem, mas ainda temos semanas de trabalho pela frente. Eu diria que esse vestido, com todas as suas pastilhas de ouro rosé e pedras preciosas, acabará custando mais de 2 milhões e meio de euros.

Ao encarar o vestido, o coração de Kitty de repente começou a bater daquela maneira deliciosa, como acontecia sempre que ela via algo que a deixava excitada.

— Eu quero esse vestido.

— Oh, madame Bing, lamento, mas esse vestido já tem dona. — Luka sorriu para ela, se desculpando.

— Bem, faça outro para mim. Quero dizer, outros três, é claro.

— Receio não podermos fazer esse exato vestido para a madame. Kitty olhou para ele, sem compreender.

— Ah, eu tenho certeza de que vocês podem, sim.

— Madame, espero que entenda... Giamba ficaria feliz em colaborar com a senhora em outro vestido, no mesmo espírito, mas não podemos replicar esse. Trata-se de uma peça única, feita para uma cliente especial. Ela também é da China...

— Eu não sou da China, sou de Cingapura — declarou Kitty.*

— Quem é essa "cliente especial"? — perguntou Wandi, impertinente, sua juba espessa *à la* Beyoncé tremelicando, indignada.

— Uma amiga de Giamba, portanto eu a conheço apenas pelo primeiro nome: Colette.

As damas de repente se calaram, sem ousar fazer a pergunta que queriam fazer. Wandi finalmente abriu o bico:

— Hã... Você está se referindo a Colette Bing?

— Não sei se esse é o sobrenome dela. Deixe-me verificar a folha de especificações. — Ele virou uma folha de papel. — Ah, sim, é mesmo Bing. *Une telle coïncidence!* É parente sua, madame Bing? — perguntou Luka.

Kitty parecia um cervo paralisado diante dos faróis de um carro. Estaria Luka brincando? Certamente ele devia saber que Colette era filha do primeiro casamento de seu marido.

Tatiana rapidamente se intrometeu na conversa.

— Não, não é. Mas nós sabemos quem ela é.

— E como sabemos. — Wandi fungou, imaginando se deveria contar a Luka que o vídeo em que Colette solta os cachorros viralizou na China, que tinha mais de 36 milhões de visualizações somente no WeChat e que se tornou um exemplo tão famoso do

---

* Kitty só morava em Cingapura fazia dois anos, e ainda assim apenas parte do tempo — mas, tal como tantos outros imigrantes da China continental, começara a dizer que era de Cingapura.

mau comportamento dos *fuerdai** que ela se viu obrigada a fugir para Londres, em desgraça. Wandi acabou achando melhor não trazer o assunto à tona naquele momento.

— Quer dizer então que esse vestido é para Colette... — falou Kitty, acariciando uma das finíssimas mangas de organdi.

— Sim, será o vestido de noiva dela. — Luka sorriu.

Kitty olhou para ele, atordoada.

— Colette vai se casar?

— Oh, sim, madame. Não se fala em outra coisa na cidade. Ela vai se casar com Lucien Montagu-Scott.

— Montagu-Scott? O que a família dele faz? — perguntou Wandi, pois tudo em seu universo girava em torno das implicações de fazer parte de uma família indonésia incrivelmente rica.

— Não sei nada sobre a *famille* dele, mas acredito que ele seja advogado — respondeu Luka.

Tatiana jogou imediatamente o nome no Google, clicou no primeiro link que apareceu e leu em voz alta:

— Lucien Montagu-Scott é um dos novos advogados ambientalista da nova geração da Grã-Bretanha. Formado no Magdalen College...

— A pronúncia correta é "Maudlin" — corrigiu-a Georgina.

— No Maudlin College, Oxford, Lucien velejou pelo Pacífico em um catamarã feito com 12.500 garrafas de plástico resgatadas do mar com seu amigo David Mayer de Rothschild para chamar a atenção para o problema da poluição marinha mundial. Recentemente, esteve envolvido na divulgação da crise ambiental na Indonésia e em Bornéu...

— Acho que vou cair no sono — zombou Tatiana.

— É um cavalheiro encantador; ele a acompanha em todas as provas do vestido — comentou Luka.

— Não consigo imaginar por que Colette Bing, de todas as pessoas, iria se amarrar a esse cara. Ele nem sequer é advogado de

---

* Em mandarim, "ricos da segunda geração", um rótulo bem semelhante ao de "nascidos em berço de ouro" — e que carrega consigo todo o desprezo e a inveja implícitos nisso.

fusões e aquisições; o salário anual dele provavelmente não paga sequer um vestido dela! Acho que ela deve estar desesperada para ter filhos miscigenados, isso sim — disse Georgina, olhando de soslaio para Kitty, esperando que ela não estivesse muito chateada com a notícia. Kitty apenas continuou olhando para o vestido, com uma expressão inescrutável.

— Oooh... Eu quero ter um bebezinho lindo e miscigenado também! Luka, você conhece algum conde francês bonitão e solteiro? — perguntou Wandi.

— Sinto muito, *mademoiselle*. O único *comte* que conheço é casado.

— Casado é bom também... Eu também sou casada, mas largaria meu maridinho chato se pudesse ter um lindo bebê que fosse metade francês! — Wandi riu.

— Wandi, cuidado com o que você deseja. Nunca se sabe que tipo de bebê você pode arrumar — disse Tatiana.

— Imagine... Se você tiver um bebê com um homem caucasiano, é quase certo que será atraente. Há uma chance de 99 por cento de que nasça parecido com Keanu Reeves. É por isso que tantas mulheres asiáticas ficam desesperadas para arrumar maridos brancos.

— Primeiro, Keanu não é metade branco. Ele é três quartos: a mãe é apenas parte havaiana e o pai dele é americano.* E, sem querer estourar sua bolha de alegria, mas eu já vi uns bebês miscigenados de aparência bastante lastimável — insistiu Georgina.

— Sim, mas é muito raro. E muuuuito trágico quando isso acontece! Ai, meu Deus! Vocês ouviram falar daquele homem na China que processou a mulher porque todos os filhos nasceram muito feios? Ele se casou com uma mulher bonita, mas parece que ela tinha feito um monte de cirurgias plásticas antes de conhecê-lo! Então os filhos saíram parecidos com ela antes da cirurgia! — Wandi riu.

— Essa história é mentira! — insistiu Tatiana. — Até lembro quando viralizou. O jornal tinha inventado tudo e feito uma ses-

---

* Na verdade, Keanu Reeves nasceu em Beirute, no Líbano, de mãe inglesa e pai de ascendência havaiana, chinesa e inglesa.

são de fotos *fake* com duas modelos posando com um monte de crianças feias.

Luka tentou mudar de assunto, querendo fugir do desagradável tema crianças feias.

— Acho que *Monsieur* Lucien e *Mademoiselle* Colette terão filhos lindos. Ela é tão bonita, e ele é muito atraente, sabiam?

— Que ótimo. Bom para eles — disse Kitty, em um tom alegre. — Essa conversa toda sobre bebês me deu vontade de procurar roupas para Gisele para o dia a dia. Podemos fazer isso? E vocês teriam algo divertido e unissex para o Harvard?

— *Oui, madame.*

Enquanto ele seguia até o show-room principal, Georgina segurou-o pelo braço.

— Me diga uma coisa, Luka, você mora no segundo andar?

Sem se abalar, Luka respondeu com um sorriso:

— Sim, *mademoiselle*, acho que a senhorita já me viu antes.

Wandi e Tatiana estavam paradas junto à porta observando Kitty se demorar mais um instante com o vestido. Ao se virar para sair, ela agarrou a parte de trás da preciosa saia inspirada em Klimt e deu um puxão rápido e forte nela — rasgando-a pela metade.

6

•

Nassim Road, N. 11, Cingapura

Serpenteando pelo coração de Bukit Timah, a Nassim Road era uma das poucas ruas longas e pitorescas de Cingapura que ainda conservavam um ar da graciosa exclusividade do Velho Mundo, com seu desfile de mansões históricas convertidas em embaixadas, com seus modernos bangalôs tropicais com gramados bem-cuidados e seus casarões imponentes em estilo revivalista preto e branco remanescentes da era colonial. O número 11 da Nassim Road era um exemplo particularmente belo deste estilo arquitetônico, pois havia trocado de mãos apenas uma vez desde sua construção, um século antes. Originalmente encomendado pela Boustead and Company, fora adquirido por S. K. Leong em 1918, e, desde então, todos os detalhes originais foram preservados e cuidadosamente conservados por três gerações de Leongs.

Quando Astrid começou a percorrer a longa entrada de carros ladeada por ciprestes italianos rumo à casa onde havia crescido, a porta da frente se abriu e Liat, o mordomo, fez sinal para que ela descesse. Astrid franziu a testa: viera apanhar a mãe para irem visitar Ah Ma no hospital, e as duas já estavam atrasadas para o boletim matinal do professor Oon. Astrid parou seu Acura azul-escuro no *porte-cochère* arqueado e entrou no foyer, onde deu de cara com sua cunhada Cathleen, que estava sentada em um banquinho de madeira amarrando os cadarços de seus tênis de caminhada.

— Bom dia, Cat — cumprimentou-a Astrid.

Cathleen olhou para ela com uma expressão estranha.

— Eles ainda estão comendo. Tem certeza de que quer mostrar a cara hoje?

Astrid imaginou que Cathleen estivesse se referindo ao fiasco de Isabel Wu. Com toda a atenção voltada para sua avó, o incidente não havia sido mencionado pelos seus pais, mas ela sabia que aquilo não demoraria a acontecer.

— É agora ou nunca, eu acho — disse Astrid, preparando-se para o pior, enquanto seguia na direção do salão de café da manhã.

— Boa sorte, que Deus te acompanhe! — desejou Cathleen, apanhando sua surrada sacola de compras da Jones The Grocer enquanto saía porta afora.*

O café da manhã na Nassim Road era sempre servido no alpendre envidraçado adjacente à sala de estar. Com uma mesa redonda de teca com tampo de mármore vinda das Antilhas Holandesas, cadeiras de vime com estofado de chintz com extravagante estampa de macaco, e uma profusão de samambaias provenientes das estufas de Tyersall Park, era um dos cômodos mais adoráveis da mansão. Quando Astrid entrou, seu irmão mais velho, Henry, lançou-lhe um olhar feio e se levantou da mesa para ir embora. Murmurou qualquer coisa entre os dentes ao passar por ela, mas Astrid não entendeu o que ele disse. Olhou primeiro para seu pai, que estava sentado em sua habitual cadeira de vime passando Marmite metodicamente em uma torrada, e depois para sua mãe, sentada diante de uma tigela intocada de mingau e apertando com força uma bolinha de lenço de papel, o rosto inchado e vermelho de tanto chorar.

— Meu Deus, aconteceu alguma coisa com Ah Ma? — perguntou Astrid, alarmada.

---

* Cathleen Kah Leong, esposa do filho mais velho de Harry e Felicity Leong, Henry, tem muito orgulho de sua parcimônia. Sócia da firma de advocacia mais renomada de Cingapura, vai de ônibus para o trabalho todos os dias. Neta do finado milionário banqueiro Kah Chin Kee, usa sacolas de plástico das lojas de produtos gourmet do bairro para carregar seus documentos processuais, quando poderia muito bem comprar Goyard. (Não estou falando de comprar uma bela bolsa de couro Goyard. Eu quis dizer a Goyard, empresa.)

— Humpf! Creio que a pergunta deveria ser: "Você vai acabar de liquidar sua avó com mais um ataque do coração quando ela ler *isso*? — Felicity atirou uma folha de papel sobre o tampo de mármore, enojada.

Astrid apanhou-a e a leu, consternada. Era uma página impressa da coluna de fofocas on-line mais popular da Ásia.

PRATO DO DIA,
DE LEONARDO LAI

A encantadora herdeira que está no centro do escândalo do caso da sopa de Isabel Wu!

Para quem vem acompanhando o escaldante escândalo envolvendo **Isabel**, esposa do bilionário da tecnologia **Charlie Wu**, que quase provocou um incidente internacional entre a Malásia e Hong Kong, é melhor se sentar para não cair, porque o babado agora é fortíssimo! Todo mundo sabe que Charlie e Isabel anunciaram a separação em 2013, e alguns passarinhos me contaram que eles vêm negociando os termos do divórcio desde então. O que está em jogo é uma parte da fortuna da família Wu, a mansão histórica do casal em Peak Road e a guarda de suas duas filhas. Mas uma amiga íntima de Isabel me disse o seguinte: "Tudo isso está sendo muito difícil para Isabel. Ela teve esse surto recente devido ao estresse emocional do divórcio e por causa daquela *outra mulher*."

Sim, meu povo, vocês leram isso mesmo. BABADO NÚMERO UM: O Prato do Dia pode agora confirmar que essa *outra mulher* não é ninguém mais ninguém menos que **Astrid Leong Teo**, a linda esposa, que parece uma modelo, do delicioso pedaço de mau caminho **Michael Teo**, investidor de risco de Cingapura (que na minha opinião devia ter continuado com a vocação de modelo de roupas íntimas da Calvin Klein), e mãe de **Cassius**, um menino de 7 anos! Sim, Charlie e Astrid estão tendo um tórrido caso secreto há cinco anos, e, falando nisso, lá vem o BABADO NÚMERO DOIS: A incrível casa projetada por **Tom Kundig** atualmente em construção em Shek O, que todo mundo pensava que seria o novo museu particular de Leo Ming, na verdade será o ninho do amor de Charlie e Astrid assim que eles puderem juntar as escovas de dentes legalmente! (Parece que Astrid e Michael Teo também estão se preparando para uma disputa judicial.)

A deslumbrante e sedutora Astrid pode ser um nome desconhecido para os leitores de Hong Kong, mas seu *background* é extraordinário: segundo uma fonte minha de Cingapura, Astrid é a única filha de **Harry Leong**, oficialmente o presidente emérito do Instituto de Negócios da ASEAN. Extraoficialmente, ele é um dos figurões políticos mais influentes de Cingapura que, por acaso (segundo minhas fontes), é também o presidente da S. K. Leong Holdings Pte Ltd., a gigantesca empresa secreta que dizem possuir o Banco de Bornéu, a mineradora Selangor, o *New Malaysia Post* e a Palmcore Berhad, uma das maiores empresas de *commodities* do mundo. E isso não é tudo: a mãe de Astrid, **Felicity Young**, vem de uma das famílias mais nobres de Cingapura. "Os Youngs orbitam em sua própria estratosfera. Primos dos T'siens, dos Tans e dos Shangs, são parentes de praticamente todo mundo que é alguém na vida, e a mãe de Felicity, **Shang Su Yi**, é dona de Tyersall Park, a maior propriedade privada de Cingapura", segundo minha fonte.

Educada em Londres e Paris, Astrid frequenta os círculos mais exclusivos e, entre seus amigos, estão nobres depostos da realeza europeia, estilistas do primeiro escalão e artistas famosos. "Como Isabel pode competir com isso? Izzie não é uma herdeira podre de rica. Ela tem uma carreira importante como advogada, defende pobres e miseráveis de Hong Kong e está ocupada criando as duas filhas, e não correndo o mundo de jatinho, assistindo aos desfiles de moda da primeira fila. Não é para menos que ela tenha tido um colapso nervoso! É claro que Charlie seria seduzido pela vida ultraglamorosa de Astrid... ele já foi seduzido por ela uma vez."

O que nos leva ao BABADO NÚMERO TRÊS: Na época da faculdade, Astrid e Charlie na verdade foram *noivos*, mas o namoro foi rompido pela família dela porque os Wus de Hong Kong não foram considerados dignos o bastante por aqueles cingapurianos metidos a besta! Parece que os amantes predestinados nunca de fato se esqueceram um do outro, o que levou a essa tremenda confusão. Fiquem ligados no Prato do Dia para mais babados!

Astrid afundou em uma cadeira, tentando se recompor depois de ler aquela coluna incendiária. Ela estava tão chateada que nem sabia por onde começar.

— Quem mandou isso para você?

— Que diferença isso faz? A notícia está em todos os lugares agora. Todo mundo sabe que o seu casamento está acabando e que você tem culpa no cartório! — Felicity gemeu.

— Ora, mãe. Você sabe que não foi culpa minha. Você sabe quão cuidadosa e discreta eu fui nos últimos dois anos, enquanto esperamos os trâmites do divórcio. Esse artigo não passa de um bando de imprecisões e mentiras. Quando foi que eu assisti a algum desfile de moda da primeira fila? Eu estou sempre nos bastidores, ajudando. Olha, até escreveram o nome de Cassian errado.

Felicity olhou para a filha de forma acusadora.

— Então você está negando tudo? Você não está tendo um caso com Charlie Wu?

Astrid soltou um suspiro profundo.

— Não durante os últimos cinco anos! Charlie e eu estamos juntos há apenas um ano e meio, mais ou menos, e isso foi *depois* de eu deixar Michael e Charlie pedir o divórcio a Isabel.

— Então é verdade! Foi *por isso* que Isabel Wu ficou furiosa e tentou atacar você! Você destruiu o casamento dela... Você acabou com a família dela! — murmurou Felicity através das lágrimas.

— Mãe, o casamento da Isabel Wu com Charlie nunca foi uma união feliz. Eu não tive nada a ver com a separação deles. Se você quer mesmo saber a verdade, ela o trai faz muitos anos, com vários homens...

— Mesmo assim isso não é desculpa para você bancar a Anna Karenina! Você continua sendo infiel! Vocês dois ainda estão casados com outras pessoas, aos olhos da lei e de Deus! Minha nossa senhora, o que o bispo See vai pensar quando ficar sabendo de tudo isso?

Astrid revirou os olhos. Ela não dava a mínima para o que o bispo See iria pensar ou deixar de pensar.

— E agora então? Você vai se mudar para esse "ninho de amor" com Charlie depois do divórcio e viver em pecado?

— Essa é a outra mentira... Aquele *não* é o nosso ninho de amor. Charlie começou a construir essa casa muito antes de nós começarmos a namorar. Ele comprou o terreno depois que se separou da Isabel pela primeira vez, há *quatro anos*! — Astrid respirou fundo e se preparou: era a hora de contar toda a verdade aos pais. — Mas imagino que vocês devam saber que eu e Charlie pretendemos nos casar quando nós dois estivermos divorciados, e que provavelmente eu passarei mais tempo em Hong Kong.

Felicity olhou para o marido, horrorizada, esperando que ele reagisse.

— Você *imagina* que devemos saber? Você está planejando se casar esse ano e só nos conta isso agora? Não acredito que você vai mesmo se casar com Charlie depois de tudo o que aconteceu. Que vergonha... Que vergonha!

— Eu não vejo nada de vergonhoso nisso, mãe. Charlie e eu estamos apaixonados. Nós dois agimos de maneira honrosa durante uma época muito difícil para nós. É uma pena que Isabel tenha tido outro ataque, só isso.

— Esse ataque! As coisas obscenas que ela disse sobre você na frente de todo mundo... eu nunca me senti tão humilhada em toda a minha vida! E aquelas pobres senhoras! Como poderei olhar de novo para o sultão de Perawak? Quase matamos a pobre da mãe dele.

— Tia Zarah está bem, mãe. Você mesma viu; o *hijab* dela tinha tantos diamantes que quase nada passou por ele. Ela ficou mais chocada porque o *laksa* não era *halal*.

— Aquele Charlie Wu... É tudo culpa dele que nossos nomes estejam sendo arrastados pela lama! — Felicity continuou a esbravejar, furiosa.

Astrid suspirou, frustrada.

— Eu sei que vocês nunca gostaram do Charlie nem da família dele. Foi por isso que vocês nos separaram, para começo de conversa, no passado. Mas as coisas mudaram agora, mãe. Ninguém se importa mais com a linhagem deles e todo esse absurdo. Os Wus não são mais considerados novos-ricos. Eles são uma família estabelecida agora.

— Estabelecida uma ova! O pai do Wu Hao Lian vendia molho de soja de bicicleta!

— Foi assim que eles começaram, mas eles percorreram um longo caminho desde o tempo do avô do Charlie. E ele criou uma das empresas mais admiradas do mundo. Olhe o seu celular novo: a tela, a carcaça, tenho certeza de que pelo menos metade dos componentes são fabricados pela Wu Microsystems!

— *Detesto* esse telefone! Nunca consigo usar essa coisa idiota! Eu deslizo e deslizo o dedo e, em vez de fazer uma ligação, toda hora aparece na minha tela um vídeo bobo de uma vovozinha indiana cantando "Brilha, brilha, estrelinha"! Sou obrigada a pedir a Lakshmi ou Padme que façam todas as malditas ligações para mim! — Felicity estava espumando de raiva.

— Bem, lamento muito que você ainda não saiba como usar seu smartphone. Mas isso não tem nada a ver com o modo como os Wus são tratados hoje em dia. Veja quanto dinheiro a Sra. Wu doa para aquela igreja da Barker Road...

— Esses Wus são mais do que simplórios, e doar uma quantia tão obscena de dinheiro para aquela igreja só reforça isso. Acham que o dinheiro sujo deles pode lhes comprar uma vaga no céu!

Astrid apenas balançou a cabeça.

— Pare de falar absurdos, mãe...

— Sua mãe *não* está falando nenhum absurdo. — Astrid foi interrompida pelo pai, que falou pela primeira vez naquela manhã. — Veja o que aconteceu. Até hoje, nossa família pôde usufruir dos privilégios da total privacidade e do anonimato. O nome Leong nunca tinha aparecido em colunas de fofocas, muito menos em uma tão boba quanto essa... essa... Eu nem sei como chamar essa coisa idiota que tem na internet!

— E você está culpando o Charlie por isso? — Astrid balançou a cabeça, sem conseguir entender a lógica do pai.

— Não. Estou culpando *você*. Suas ações, mesmo que inconscientemente, levaram a isso. Se você nunca tivesse se envolvido com essas pessoas, nossa vida agora não estaria sob os holofotes.

— Ah, papai, você está fazendo uma tempestade em copo de...

— CALE A BOCA E NÃO ME INTERROMPA ENQUANTO EU ESTIVER FALANDO! — Harry bateu com o punho fechado na mesa, assustando Astrid e a esposa. Nenhuma das duas sequer se lembrava da última vez em que ele havia levantado a voz daquela maneira. — Você se expôs completamente! E você expôs sua família, comprometendo todo mundo! Durante mais de duzentos anos, nossos interesses comerciais nunca foram examinados, mas agora serão. Você não percebe como isso afeta você? Acho que você realmente não consegue entender o tamanho do estrago que foi feito, e não apenas para nós, mas para a família da sua mãe também! Os Shangs foram mencionados. Tyersall Park foi mencionada. E tudo isso no momento mais inoportuno possível, quando sua avó está tão doente. Me diga, como você planeja enfrentar o tio Alfred quando ele chegar, hoje à tarde?

Astrid ficou pasma por alguns segundos. Ela não tinha se dado conta das repercussões daquele site de fofocas, mas finalmente disse:

— Vou enfrentar o tio Alfred, se é isso que você quer que eu faça. Vou explicar tudo o que aconteceu.

— Bem, pode agradecer aos céus por não precisar fazer isso. Essa coluna e esse site ridículo já foram retirados do ar.

Astrid olhou para o pai, momentaneamente surpresa.

— Esse artigo realmente sumiu?

— Foi apagado da face da Terra! Embora tenha conseguido fazer um bom estrago antes... Não há como saber quantas pessoas leram esse lixo antes de ele ter sido retirado do ar.

— Bem, espero que a exposição seja mínima. Obrigada, pai... obrigada por ter feito isso — murmurou Astrid, aliviada.

— Ah, eu não tive nada a ver com isso. Agradeça ao seu marido.

— *Michael* derrubou essa coluna?

— Sim. Ele comprou a empresa que era dona desse site dos infernos e colocou um ponto-final nesse absurdo todo. Provavelmente a primeira coisa útil que ele fez para proteger você. O que é muito mais do que posso dizer do Charlie Wu!

Astrid recostou-se na cadeira, sentindo seu rosto ficar vermelho de raiva. Aquilo tudo era coisa de Michael. Provavelmente fora ele quem alertara os pais dela sobre aquela coluna de fofoca, para início de conversa, e claro que deve ter ficado felicíssimo por dar a notícia de que havia salvado o dia. Inferno! Era bem provável que ele fosse a tal "fonte de Cingapura" de Leonardo Lai, e estava desfrutando da chance de sabotar Astrid e Charlie.

7

•

WEST 4TH STREET, N. 19, NOVA YORK

Rachel estava em sua sala na Universidade de Nova York dividindo um pedaço de bolo de chocolate alemão da Amy's Bread com a colega com quem compartilhava a sala, Sylvia Wong-Swartz, quando sua mãe ligou.

— Oi, mãe! Como está aí no Panamá? — perguntou Rachel em mandarim. Kerry Chu estava fazendo um cruzeiro pelo Canal do Panamá com a família.

— Sei lá. Não saí do navio.

— Vocês estão viajando há quatro dias e não atracaram nenhuma vez?

— Não, não... o navio atracou, mas nós não descemos. Ninguém está a fim de sair. Tia Jin e tia Flora querem fazer valer cada centavo que gastaram, aí ficam sentadas na frente do bufê o dia inteiro comendo tudo o que conseguem, e é claro que o tio Ray e o tio Walt não estão mais se falando de novo. Então ambos ficam no cassino, mas em extremos opostos. Walt está na mesa de *blackjack* e, ao que parece, Ray está perdendo até as calças no bacará, só que não para de jogar.

— Bem, tio Ray tem condições de arcar com isso. — Rachel riu. Ela estava felicíssima por ter decidido não ir àquela reunião de família.

— Ha! Sim. Você tinha que ter visto a mulher dele! Ela troca de roupa quatro vezes por dia, e toda noite coloca um vestido de baile diferente e joias diferentes. Não sei onde ela pensa que está... isso é um navio de cruzeiro, não a cerimônia do Oscar.

— Tia Belinda está apenas fazendo o que ama, mãe.

— Ela está tentando esfregar isso na cara da gente, é isso que ela está fazendo! E, é claro, todas as vezes sua prima Vivian tem que perguntar o que ela está vestindo, e Belinda sempre responde algo do tipo "Ah, esse eu comprei em Toronto, na Holt Renfrew", ou "esse é um Liberace, comprei numa liquidação. Era 7.500 dólares, mas consegui por 3 mil".

— Liberace? Acho que ele nunca desenhou roupas, mãe.

— Você sabe quem é. É aquele designer italiano, aquele que levou um tiro em Miami.

— Ah, você quer dizer *Versace*.

— *Hiyah*, Liberace, Versace, é tudo a mesma coisa para mim. Se não estiver à venda na Ross Dress for Less, não quero nem saber qual é a marca.

— Bem, tenho certeza de que tia Belinda aprecia a atenção de Vivian. Ela é obviamente a única pessoa no cruzeiro com quem tia Belinda pode conversar sobre alta-costura. — Rachel comeu mais um pedaço da sua parte do bolo.

— Você e Nick deviam ter vindo. Seus primos teriam gostado de passar um tempo com você. Sabia que essas foram as primeiras férias que Vivian tirou desde que Ollie nasceu?

— Eu adoraria ver todo mundo, mãe, mas as datas simplesmente não batem com meu horário das aulas. Por outro lado, não consigo imaginar o Nick em um navio de cruzeiro. Acho que ele pularia no mar antes que o navio saísse do porto.

— Hahaha. Seu marido só gosta de iates particulares!

— Não, não. Você não entendeu. Ele curtiria muito mais algo rústico do que um cruzeiro de luxo... Consigo imaginar o Nick em uma fragata de expedição à Antártida ou em um barco de pesca na Nova Escócia, mas não em nenhum tipo de palácio flutuante.

— Um barco de pesca! Esses ricos que cresceram com tudo cismam em viver como se fossem pobres. Como está o Nick, por falar nisso?

— Ele está bem. Mas, você não sabe... A avó dele sofreu um ataque cardíaco na semana passada.

— Sério? Ele vai voltar para Cingapura?

— Não sei, mãe. Você sabe como ele fica quando o assunto é a avó dele.

— O Nick precisa voltar. Você tem que convencê-lo a voltar... Essa pode ser a última chance que ele tem de ver aquela velha senhora.

O radar de Rachel disparou de repente.

— Espere aí... Você andou falando com a mãe do Nick, não foi?

Kerry Chu fez uma pausa longa demais antes de protestar:

— Imagiiiiina. Faz séculos que a gente não se fala.

— Não minta para mim, mãe. Só Eleanor chama a avó de Nick de "velha senhora"!

— *Hiyah*, não consigo mentir para você. Você me conhece bem demais! Sim, Eleanor me ligou. Ligou algumas vezes e não larga do meu pé. Ela acha que só você pode convencer o Nick a voltar para casa.

— Eu não posso convencer o Nick a fazer nada que ele não queira.

— Você sabia que ele é quem deveria herdar aquela casa?

— Sim, mãe, eu sei. Mas *eu* sou a razão pela qual a avó dele o retirou do testamento. Consegue entender que eu sou a última pessoa que poderia dizer a ele que deve voltar?

— Mas a avó dele só tem algumas semanas de vida. Se ele jogar direitinho, ainda consegue ficar com a casa.

— Meu Deus do céu, mãe. Pare de repetir o que Eleanor Young diz!

— *Hiyah*, essa ideia não é da Eleanor! Estou falando como sua mãe. Estou pensando em você! Pense em como essa casa poderia beneficiar a sua vida.

— Mãe, nós moramos em Nova York. Essa casa não traria vantagem nenhuma para nós. Seria um pesadelo gigante para limpar!

— Eu não estou sugerindo que vocês se mudem para lá. Vocês poderiam vendê-la. Imagine que herança inesperada caindo bem no seu colo!

Rachel revirou os olhos.

— Mãe, já somos tão afortunados em comparação com o restante do planeta.

— Eu sei, eu sei. Mas imagine como a sua vida poderia mudar da noite para o dia se Nick herdasse aquela casa. Ela vale *centenas de milhões* de dólares, pelo que me disseram. É como ganhar na Powerball. É um dinheiro absurdo, capaz de mudar a vida de uma pessoa, dinheiro o bastante para que a pobre da sua mãe não precise mais trabalhar tanto.

— Mãe... Você sabe que poderia ter se aposentado há muitos anos, mas você ama o que faz. Você é a maior corretora de imóveis de Cupertino há três anos consecutivos.

— Eu sei, mas eu só queria que você pensasse em como seria ter uma fortuna dessas nas mãos. Queria ver todas as coisas boas que você e Nick poderiam fazer com esse dinheiro. Tipo aquela garota chinesa que é casada com aquele cara do Facebook. Eles fazem doações de bilhões de dólares. Pense em como os pais dela devem se sentir orgulhosos!

Rachel olhou para Sylvia, que estava perigosamente inclinada na cadeira enquanto se esticava para pegar o bolo na mesinha de centro.

— Não posso falar sobre isso agora, mãe. Sylvia está prestes a cair e quebrar o pescoço.

— Me ligue de volta! Nós precisamos...

Rachel desligou o celular na cara da mãe, enquanto sua amiga raspava um pouco da cobertura de chocolate e coco com o dedo e confortavelmente voltava à sua posição sentada.

— Parabéns! Me usando como desculpa para desligar na cara da sua mãe. — Sylvia riu, enquanto lambia o dedo.

Rachel sorriu.

— Às vezes esqueço que você sabe falar mandarim.

— Muito melhor que você, asiática de araque! — Pelo jeito, ela estava no modo turbo chatice.

— É, ela colocou uma coisa na cabeça e não quer largar o osso.

— Se ela for parecida com a minha mãe, vai ligar de novo hoje à noite e tentar a abordagem da culpa.

— Provavelmente é isso que vai acontecer. E é por isso que preciso checar quais são os planos do Nick para o almoço.

Algumas horas depois, Rachel e Nick estavam sentados à mesa favorita deles junto à janela no Tea & Sympathy. Nicky Perry, a proprietária, passara por ali para compartilhar um vídeo engraçado do Cuthbert, o buldogue dela, e o almoço dos dois havia acabado de ser servido. Nevava naquela tarde de janeiro, e as janelas haviam embaçado dentro do restaurante acolhedor, criando um ambiente ainda mais convidativo para Rachel apreciar a torta de frango com alho-poró à sua frente.

— Essa ideia foi perfeita. Como você sabia que eu estava com desejo de comer no T&S? — perguntou Nick, enquanto provava seu sanduíche de bacon, abacate e tomate que sempre pedia.

Aproveitando o bom humor dele, Rachel foi direto ao ponto.

— Então, falei com a minha mãe hoje cedo. Aparentemente, nossas mães andam se falando...

— Ah, meu Deus. Não me diga que elas voltaram àquela conversa sobre netos!

— Não, dessa vez o assunto era você.

— Deixa eu adivinhar... Minha mãe pediu sua ajuda para me convencer a voltar para Cingapura.

— Nossa, você é vidente.

Nick revirou os olhos.

— Minha mãe é tão previsível. Sabe, eu não acho que ela realmente se importe com a morte da minha avó. Acho que ela só cismou que eu tenho de abocanhar Tyersall Park. É a *raison d'être* dela.

Rachel quebrou a grossa massa dourada de sua torta de frango com um garfo e deixou escapar um pouco do vapor. Provou o recheio cremoso extremamente quente antes de voltar a falar.

— O que eu de fato nunca entendi foi por que todo mundo pensa que a casa deve ficar com você? E o seu pai e as suas tias? Eles não têm mais direito à casa?

Nick suspirou.

— Ah Ma, como você bem sabe, é uma chinesa antiquada. Ela sempre privilegiou o filho em detrimento das filhas... Para ela, todas deveriam se casar, e a família dos maridos é que deveria cuidar delas. Então meu pai herdaria Tyersall Park. É a mistura distorcida de costumes chineses arcaicos e regras britânicas de primogenitura.

— Mas isso é tão injusto — murmurou Rachel.

— Eu sei, mas é assim que as coisas são, e minhas tias cresceram sabendo que receberiam a menor fatia do bolo. Lembre-se: apesar disso, cada uma delas vai herdar dinheiro das participações financeiras da Ah Ma, então ninguém ficará sem grana nessa história.

— Então como é que você subitamente passou a ser o primeiro da fila para herdar Tyersall Park?

Nick recostou-se na cadeira.

— Você se lembra de quando Jacqueline Ling veio a Nova York há alguns anos e me chamou para almoçar a bordo do iate dela?

— Ah... lembro. E ela fez duas loiras suecas sequestrarem você no meio de uma aula! — Rachel riu.

— Sim. Jacqueline é afilhada da Ah Ma, e elas sempre foram muito próximas. Jacqueline me contou que, no início dos anos noventa, quando meu pai decidiu se mudar para a Austrália praticamente por tempo integral, minha avó ficou tão brava com ele que decidiu mudar o testamento e deserdá-lo de Tyersall Park. Então ela pulou uma geração e fez de mim o herdeiro da propriedade. Mas, depois que me casei com você, supostamente ela alterou o testamento mais uma vez.

— Quem você acha que deve herdar Tyersall Park agora?

— Honestamente, não tenho ideia. Talvez Eddie, talvez um dos meus primos da Tailândia. Ou quem sabe ela deixe tudo para suas amadas goiabeiras. A questão é que Ah Ma usa sua fortuna para controlar a família. Ela está sempre mudando o testamento de acordo com seus caprichos mais recentes. Ninguém sabe de verdade o que ela vai fazer, e, a essa altura, eu parei de me importar.

Rachel encarou Nick.

— O negócio é o seguinte. Eu sei que você não se importa com o que vai acontecer com a fortuna da sua avó, mas você não consegue fingir que não se importa com *ela*. E essa é a única razão pela qual eu acho que deveria voltar agora.

Nick olhou pela janela embaçada por um momento, evitando o olhar de Rachel.

— Eu não sei... Acho que uma parte de mim ainda está muito brava com ela, pela forma como ela tratou você.

— Nick, por favor, não se apegue a isso por minha causa. Eu perdoei a sua avó há muito tempo.

Nick olhou para ela com ceticismo.

Rachel colocou a mão na dele.

— Perdoei mesmo. De verdade. Eu percebi que não valia a pena ficar brava com ela, porque ela nunca me conheceu de verdade. Ela nunca me deu uma chance; para ela eu era só uma garota que saiu do nada e roubou o coração do neto dela. Mas, quanto mais o tempo passa, mais eu me sinto grata por ela agora.

— Grata?

— Pense bem, Nick. Se a sua avó não tivesse sido tão resistente à nossa união, se ela não tivesse apoiado sua mãe em todas aquelas armações malucas, eu nunca teria encontrado meu pai verdadeiro, nunca teria conhecido o Carlton. Você pode imaginar como seria a minha vida se eu não os tivesse conhecido?

Nick amoleceu por um momento ante a menção do meio-irmão de Rachel.

— Bem, eu consigo imaginar como seria a vida do Carlton se ele nunca tivesse conhecido você. Provavelmente ele já teria destruído mais uma dúzia de carros esportivos a essa altura.

— Ai, meu Deus, nem me fale! O que estou tentando dizer é que acho que você precisa encontrar uma maneira de perdoar a sua avó. Porque é óbvio que isso é uma questão para você, que vai continuar te corroendo por dentro, se você não a perdoar. Você se lembra do que aquela apresentadora de rádio, a Delilah, sempre diz? "O perdão é um presente que damos a nós mesmos." Se você acha que é capaz de deixar tudo para trás sem vê-la novamente, está ótimo, eu não vou obrigar você a entrar num avião. Mas acho que você precisa vê-la. E acho que provavelmente ela também quer reencontrar o neto, mas, assim como você, é orgulhosa demais para admitir isso.

Nick olhou para sua xícara de chá. No pires havia uma imagem estampada da rainha Elizabeth II, e a visão do padrão de ouro na borda da porcelana de repente lhe trouxe uma lembrança de Tyersall

Park de quando ele tinha 6 anos, sentado com a avó no ornamentado pavilhão francês do século XVIII com vista para o lago de lótus enquanto ela o ensinava a servir corretamente uma xícara de chá para uma dama. Ele se lembrou do peso do bule cinza-esverdeado de Longquan em suas mãos, enquanto cuidadosamente o erguia em direção à xícara de chá. *Se o mordomo não perceber que a xícara dela está quase vazia, você deverá servi-la. Mas nunca levante a xícara do pires ao fazê-lo, e sempre tome cuidado para que o bico do bule esteja afastado dela,* sua avó o havia ensinado.

Emergindo daquela memória, Nick disse:

— Não podemos ir juntos para Cingapura, no início do semestre letivo.

— Em momento nenhum eu disse que nós dois devíamos ir... Acho que essa é uma viagem que você deveria fazer sozinho, por sua conta. Você está num período sabático agora, e nós dois sabemos que não avançou muito no livro que planejava escrever.

Nick afastou os cabelos despenteados da testa com as duas mãos, num suspiro.

— Tudo está tão perfeito na nossa vida agora. Você realmente quer que eu volte para Cingapura e abra outra caixa de Pandora?

Rachel balançou a cabeça, exasperada.

— Nick, preste atenção. A caixa já foi aberta! Ela foi escancarada, destruída, há quatro anos! Você precisa voltar e consertar essa caixa. Antes que seja tarde demais.

8

•

Mumbai, Índia

As unhas dele eram como ônix. Tinham o formato perfeito e um leve brilho. Su Yi nunca vira unhas tão perfeitas em um homem e não conseguia tirar os olhos dos dedos dele, enquanto ele entregava algumas rupias para a mulher que empurrava um carrinho cheio de velas e estranhas esculturas de cera, algumas em formato de bebês, outras em formato de casas e algumas lembrando pernas e braços.

— Para que servem essas esculturas de cera? — perguntou Su Yi.

— Algumas pessoas acendem essas velas como oferendas, na esperança de que suas preces sejam atendidas. Os bebês são para as pessoas que querem ter filhos, as casas para aqueles que querem uma casa nova, e os doentes escolhem uma parte do corpo que corresponda à sua doença. Por exemplo, se você está com o braço quebrado, deve comprar uma dessas em formato de braço — explicou ele, erguendo uma vela em formato de braço, com o punho cerrado. — Comprei duas velas, escolhi azul claro e vermelho clarinho, foram as cores que mais se assemelhavam às da bandeira da Inglaterra.

— Você precisa me dizer o que devo fazer — pediu ela, insegura.

— É muito simples. Basta colocar a vela no altar, acender e fazer uma oração.

Enquanto seguiam pela colina, tendo uma bela visão do mar Arábico, Su Yi olhou para a imponente fachada gótica da Igreja Mount Mary.

— Você tem certeza de que não tem problema se eu entrar na igreja? Não sou católica.

— É claro que tenho. Eu também não sou católico, mas todos são bem-vindos. Se alguém perguntar o que estamos fazendo aqui, podemos dizer que estamos acendendo velas para Cingapura. Todos sabem da situação do país nesse momento.

Esticando o braço, ele gesticulou gentilmente na direção aos portões arqueados. Su Yi entrou no santuário, constrangida pelo barulho que seus saltos altos faziam no chão de mármore preto e branco. Era a primeira vez que ela entrava numa igreja Católica e ficou admirada com os afrescos nas paredes e com as palavras pintadas em ouro no majestoso arco: *Todas as gerações me chamarão de abençoado*. O altar principal fez com que ela se lembrasse dos altares dos templos chineses, porém, em vez da imagem de Buda, havia uma pequena e bela estátua de madeira da Virgem Maria com um manto azul e dourado, segurando um Menino Jesus ainda menor.*

— Eu não sabia que havia tantas igrejas Católicas na Índia — sussurrou ela, observando as pessoas que lotavam as primeiras quatro ou cinco fileiras de bancos, algumas ajoelhadas, rezando em silêncio.

— Durante o século XVI, Mumbai era colônia, e eles converteram muitos indianos. Essa região toda, chamada Bandra, é o principal bairro católico.

Su Yi estava impressionada.

— Você está aqui faz só alguns meses, mas já conhece a cidade muito bem, não é?

— Gosto de explorar áreas novas. Na verdade, eu perambulo pela cidade para espantar o tédio.

— A vida tem sido tão entediante assim?

— Antes de você chegar, tudo era entediante — disse ele, fitando-a.

Su Yi baixou os olhos, sentindo o rosto enrubescer. Eles caminharam pelo transepto até chegarem a uma capela lateral onde

---

* Chamada de Moti Mauli, ou "Pérola Mãe", na língua marata, segundo diz a lenda, a estátua foi levada para a Índia no século XVI pelos jesuítas portugueses, mas foi roubada por piratas. Um dia, um pescador sonhou com a estátua boiando no mar, e foi assim que ela acabou sendo descoberta.

centenas de velas tremeluziam Ele entregou a vela vermelha para ela, guiando gentilmente sua mão para que acendesse o pavio na chama de uma das velas. O ritual era estranhamente romântico.

— Isso. Agora é só achar um lugar para a sua vela. Qualquer lugar que você escolher — sussurrou ele.

Ela pousou a vela na fileira mais baixa, perto de outra vela que estava prestes a se apagar. Enquanto Su Yi observava a chama ficar mais intensa, pensava na ilha da qual tinha sido obrigada a fugir. Ela se arrependia de não ter desafiado o pai e permanecido lá, mas sabia que deveria se sentir grata por isso, e não com raiva dele, principalmente à luz dos acontecimentos recentes. A linha de defesa Jurong-Kranji havia finalmente sido rompida na manhã anterior, e soldados japoneses invasores provavelmente estavam em Bukit Timah naquele momento, dominando seu bairro enquanto seguiam em direção ao centro da cidade. Tentou imaginar o que estaria acontecendo em Tyersall Park, se o terreno havia sofrido algum bombardeio ou se as tropas haviam descoberto a casa e pilhado seu interior.

Su Yi fechou os olhos e fez uma prece silenciosa para todos que permaneceram em Tyersall Park e por seus primos, suas tias e seus tios, além de seus amigos — todos aqueles que não conseguiram deixar a ilha a tempo. Quando abriu os olhos, James estava parado na sua frente, tão perto que era possível sentir seu hálito quente.

— Nossa, você me assustou!

— Quer se confessar? — perguntou ele, guiando-a em direção a um confessionário de madeira.

— Não sei... Você acha que eu deveria? — perguntou Su Yi, com o coração batendo acelerado. Ela não tinha certeza de querer entrar naquela caixa escura de madeira.

— Acho que chegou a hora — disse ele, abrindo a porta para ela.

Ela entrou no confessionário, meio hesitante, e ficou surpresa com o conforto da almofada ao se sentar no banco. A almofada era de veludo macio, e de repente ela se sentiu no Hispano-Suiza que seu pai havia lhe dado de presente em seu aniversário de 16 anos. Todas as vezes que o motorista a conduzia pela cidade, uma multidão seguia o carro, empolgada. Os ingleses olhavam com curiosidade, tentando imaginar qual dignitário estaria dentro do veículo, e ela adorava ver a surpresa estampada em seus rostos quando percebiam que era uma jovem chinesa. As crianças tentavam se agarrar ao carro, enquanto jovens pretendentes se esforçavam para jogar flores pela janela, na esperança de chamar sua atenção.

A janela do confessionário se abriu, e ela viu James sentado do outro lado, fingindo ser um padre.

— Diga-me, minha criança, você pecou? — perguntou ele.

Ela não queria falar nada, mas de repente sentiu seus lábios se movendo, e não conseguiu se controlar.

— Sim, eu pequei.

— Não consigo ouvi-la...

— Eu pequei. Eu pequei contra você. — As palavras continuavam jorrando, contra sua vontade.

— Fale mais alto, minha criança. Você consegue me ouvir?

— Claro que consigo ouvir você. Está sentado na minha frente — respondeu Su Yi, irritada, quando um feixe de luz passou pelo entrelaçado de madeira, brilhando bem dentro de seus olhos.

— Você está me ouvindo? — A voz ficou distorcida, mudando de inglês para *hokkien*.

De repente tudo ficou iluminado. Ela não estava mais no confessionário em Mumbai. Estava num quarto de hospital, e seu cardiologista a observava com atenção.

— Sra. Young, está me ouvindo?

— Sim — murmurou ela.

— Bom, muito bom — disse o professor Oon. — A senhora sabe onde está?

— No hospital.

— Sim. A senhora está no Mount Elizabeth por causa de uma parada cardíaca, mas conseguimos estabilizá-la e estou muito satisfeito com o seu progresso. A senhora está sentindo dor?

— Não.

— Ótimo. Não era para estar sentindo nada mesmo. Estamos administrando doses constantes de hidrocodona, por isso a senhora não deve sentir desconforto nenhum. Vou pedir a Felicity que entre. Ela está muito ansiosa para ver a senhora.

Felicity se aproximou da cama da mãe na ponta dos pés.

— Mamãe! Finalmente a senhora acordou. Eles a mantiveram sedada nos últimos dois dias para que seu coração pudesse descansar. Como está se sentindo? A senhora nos deu um susto e tanto!

— Onde estão Madri e Patravadee?

— Oh, suas criadas estão lá fora. Elas estiveram ao seu lado esse tempo todo, mas a senhora estava inconsciente. Francis permite apenas um visitante por vez.

— Estou com muita sede.

— Sim, sim. É por causa desse medicamento que eles estão administrando e do oxigênio no seu nariz. Ele deixa a garganta bem seca. Vou pegar um pouco de água. — Felicity olhou ao redor e viu uma jarra de água na mesinha de cabeceira. — Hum... Será que é água mineral ou da torneira? Ah, não, só tem copos descartáveis aqui. A senhora se incomoda? Vou providenciar copos de vidro o mais rápido possível. Não consigo entender por que só há copos descartáveis aqui. Não sei se dá para perceber, mas essa é a Suíte Real, construída para a Família Real de Brunei. Mandamos arrumá-la especialmente para a senhora. Mas, meu Deus, eles têm que colocar copos de verdade aqui!

— Eu não me importo — disse Su Yi, impaciente.

Felicity colocou um pouco de água num copo e o levou até a mãe. Ela levantou o copo em direção aos lábios de Su Yi e começou a incliná-lo, notando que suas mãos estavam tremendo.

— Ai, que tolice a minha, precisamos de um canudo. Não queremos que nenhuma gota caia na senhora.

Su Yi suspirou. Mesmo delirando, percebeu que a filha mais velha sempre apresentava certa energia frenética. Ela estava sempre ansiosa para agradar, mas de uma maneira tão excessiva que Su Yi achava irritante. Era assim desde criança. De quem teria puxado essa característica?

Felicity então viu um punhado de canudos na mesa de cabeceira e rapidamente colocou um no copo.

— Ah. Muito melhor.

Enquanto levava o canudo aos lábios da mãe, Felicity olhou para o monitor e percebeu que os batimentos cardíacos estavam acelerando: 95... 105... 110. Ela sabia que estava deixando a mãe agitada, e suas mãos começaram a tremer de novo. Alguns pingos de água escorreram pelo queixo de Su Yi.

— Fique quieta! — sussurrou Su Yi.

Felicity segurou o copo com firmeza, tendo a impressão de que tinha voltado a ter 10 anos e que estava sentada no divã do quarto da mãe, enquanto uma das criadas tailandesas arrumava seus cabelos numa trança elaborada. Ela se mexeu um pouco e a mãe soltou, irritada:

— Fique quieta! Siri está fazendo um penteado elaborado e, se você se mexer, vai estragar tudo! Você quer ser a única menina no chá da condessa Mountbatten com o cabelo bagunçado? Todo mundo vai reparar em você por ser minha filha. Você quer me envergonhar por estar mal-arrumada?

Felicity podia sentir as veias em seu pescoço começando a pulsar ao se lembrar da cena. Onde estava seu remédio de pressão? Ela não podia lidar com a mãe naquele estado. Detestava ver a mãe assim, com roupa de hospital e com os cabelos despenteados. Mamãe nunca deveria estar desarrumada. Agora que ela acordou, eles precisavam trazer as roupas dela para cá e chamar Simon para fazer seu cabelo. E trazer algumas joias. Onde estaria aquele amuleto de jade que ela sempre usava? Felicity olhou para o monitor, ansiosa: 112... 115... 120. Ah, não. Ela não queria ser responsável por outro infarto. Precisava sair daquele quarto agora!

— Sabe, mamãe... Astrid está morrendo de vontade de ver a senhora — disse Felicity, surpresa com as próprias palavras. Ela afastou o copo da mãe e saiu do quarto.

Alguns instantes depois, Astrid entrou no quarto, a luz do corredor emoldurando sua figura, fazendo-a parecer um anjo. Su Yi sorriu. Sua neta favorita sempre aparentava tanta calma e compostura, independentemente da situação. Hoje ela estava usando um vestido num tom claro de lilás com uma faixa na cintura e uma saia pregueada. Seus cabelos longos estavam presos num coque baixo, e as mechas soltas emolduravam seu rosto como se ela fosse a Vênus de Botticelli.

— *Aiyah*, como você está linda! — elogiou Su Yi em cantonês, o dialeto que ela preferia usar com a maioria dos netos.

— Reconhece o vestido? É um dos seus Poirets, dos anos vinte — falou Astrid, sentando-se na cadeira ao lado da cama da avó e segurando sua mão.

— Ah, claro. Na verdade, era da minha mãe. Quando ela me deu, eu o achava muito fora de moda, mas ficou perfeito em você.

— Eu queria ter conhecido minha bisavó.

— Você teria gostado dela. Ela era muito bonita, como você. Ela sempre me disse que eu tinha tido o azar de parecer com meu pai.

— Oh. Mas, Ah Ma, a senhora é tão linda! Não foi a debutante mais cobiçada da sua época?

— Eu não era feia, mas não tinha nem a metade da beleza da minha mãe. Meu irmão mais velho era mais parecido com ela. — Su Yi suspirou. — Se você tivesse tido a oportunidade de conhecê-lo.

— O tio-avô Alexander?

— Eu sempre o chamava pelo nome chinês, Ah Jit. Ele era tão lindo e tão bondoso.

— A senhora sempre diz isso dele.

— Morreu jovem demais.

— De cólera, não foi?

Su Yi ficou calada por um instante, depois continuou:

— Sim, houve uma epidemia na Batávia, para onde ele tinha sido enviado por nosso pai, para tomar conta dos negócios da família. As coisas teriam sido bem diferentes para todos nós se ele tivesse sobrevivido, sabe?

— Como assim?

— Para começar, ele não teria se comportado como Alfred.

Astrid não tinha certeza do que a avó queria dizer com aquilo, mas não queria irritá-la fazendo perguntas demais.

— O tio-avô Alfred está vindo para casa, sabia? Ele chega na quinta-feira. Tia Cat e tia Alix estão a caminho também.

— Por que todos estão vindo? Eles acham que estou morrendo?

— Não, não. Todo mundo quer ver a senhora, só isso — respondeu Astrid, sorrindo.

— Hum. Se é assim, eu quero ir para casa. Por favor, diga a Francis que quero ir para casa hoje.

— Acho que a senhora ainda não pode ir para casa, Ah Ma. Precisa melhorar mais um pouco primeiro.

— Bobagem! Onde Francis está agora?

Astrid apertou o botão ao lado da cama e, depois de alguns minutos, Francis Oon entrou no quarto, acompanhado pelo seu grupo de enfermeiras.

— Está tudo bem? — perguntou ele, um pouco agitado. Ele sempre ficava ligeiramente agitado perto de Astrid.

Astrid percebeu que o canto da boca do médico estava sujo de molho de pimenta, mas tentou ignorar aquilo, e se dirigiu a ele em inglês:

— Minha avó quer ir para casa.

Professor Oon se inclinou em direção à sua paciente e disse, em *hokkien*:

— Sra. Young, ainda não podemos permitir que vá para casa. Primeiro é necessário que a senhora se fortaleça mais um pouco.

— Eu me sinto bem.

— Bom, queremos que se sinta *ainda melhor* antes de liberá-la...

Astrid interrompeu o médico.

— Professor Oon, acredito que minha avó ficaria muito mais confortável em casa. Não podemos providenciar os equipamentos necessários e levá-los para Tyersall Park?

— Hum... Não é tão simples assim. Por favor, me acompanhe para que a gente possa conversar — pediu o médico, pouco à vontade.

Astrid o seguiu para fora do quarto, ligeiramente irritada por ele ter lidado com a situação de maneira tão pouco cortês. Agora era óbvio que sua avó saberia que eles estavam no corredor discutindo o estado de saúde dela.

Professor Oon percebeu que encarava Astrid. Ela era tão linda que ele ficava nervoso quando estava perto dela. Sentia como se a qualquer momento pudesse perder o controle e deixar escapar algo inapropriado.

— Hum, Astrid, preciso ser bem... hum... direto. O estado de saúde da sua avó é extremamente... delicado nesse momento. O coração dela está com muitas cicatrizes e sua ereção... quero dizer, sua fração de ejeção é de apenas 27 por cento. Sei que parece que ela está melhorando, mas você precisa saber que estamos fazendo um esforço enorme para mantê-la viva. Todas aquelas máquinas às quais ela está ligada... ela precisa delas e também de cuidados intensivos.

— Quanto tempo ela ainda tem?

— É difícil precisar, mas é uma questão de semanas. O músculo cardíaco está danificado e não há como ser reparado, e o estado dela está piorando a cada dia. Ela pode falecer a qualquer momento, para ser sincero.

Astrid deixou escapar um longo suspiro.

— Bom, então é ainda mais urgente que a gente a leve para casa. Tenho certeza de que minha avó não gostaria de passar seus últimos dias aqui. Por que não podemos simplesmente levar todas as máquinas para casa? Podemos montar uma unidade médica exatamente como essa em casa. Podemos ter o senhor e os demais profissionais da sua equipe instalados lá.

— Algo assim jamais foi feito antes. Montar uma unidade de tratamento cardíaco intensivo em casa, com todos os equipamentos necessários e médicos e enfermeiras 24 horas... é uma tarefa árdua e o custo seria extremamente proibitivo.

Astrid inclinou a cabeça, fuzilando o médico com um olhar que parecia dizer: *Sério? O senhor quer mesmo entrar nesse assunto?*

— Professor Oon, acredito que posso falar em nome de toda a minha família. Os custos não são um problema. Vamos simplesmente preparar tudo para ela, está bem?

— Muito bem, vou providenciar tudo — afirmou o médico, corando.

Astrid voltou para a Suíte Real, e Su Yi sorriu para ela.

— Tudo resolvido, Ah Ma. Eles irão mover a senhora para casa o mais rápido possível. Só precisam providenciar os equipamentos médicos primeiro.

— Obrigada. Você é muito mais eficiente que a sua mãe.

— Hum... Não deixe que ela escute isso. E a senhora não deveria estar falando tanto. Descanse.

— Oh, sinto que já descansei demais. Agora há pouco sonhei com o seu avô, Ah Yeh.

— A senhora sonha com Ah Yeh frequentemente?

— É muito raro. Mas esse sonho foi muito estranho. Uma parte dele pareceu real, porque foi uma lembrança de algo que realmente aconteceu durante a guerra, quando fui mandada para Mumbai.

— Mas Ah Yeh não estava em Mumbai, estava? A senhora o conheceu quando retornou para Cingapura, não foi?

— Sim, quando voltei para casa. — Su Yi fechou os olhos e ficou em silêncio por alguns instantes, o que fez Astrid pensar que ela havia adormecido. De repente, ela arregalou os olhos. — Preciso da sua ajuda.

Astrid se sentou mais empertigada na cadeira.

— Sim, é claro. O que a senhora quer que eu faça?

— Preciso que faça algumas coisas para mim imediatamente. Coisas muito importantes...

9

•

Tyersall Park, Cingapura

A tampa da chaleira esmaltada começou a tilintar, e Ah Ling, a governanta, retirou a chaleira do fogo e colocou um pouco de água fervente em sua xícara. Ela relaxou na poltrona e inspirou o aroma terroso e almiscarado do chá *ying de hong* antes de dar o primeiro gole nele. Nas últimas duas décadas, seu irmão mais novo enviava, todo ano, um pacote da China contendo as folhas do chá, embrulhadas em papel pardo e seladas com fita adesiva amarela. Essas folhas eram cultivadas nas colinas de sua vila de origem, e beber aquele chá era uma de suas últimas ligações com o lugar onde havia nascido.

Assim como tantas outras jovens de sua geração, Lee Ah Ling deixou sua pequena vila nos arredores de Ying Tak quando tinha apenas 16 anos, embarcando em Cantão em direção a uma ilha distante em Nanyang, os Mares do Sul. Ela lembrava que a maioria das outras garotas que dividiam a apertada e sufocante cabine com ela choravam amargamente todas as noites durante a viagem, e Ah Ling se perguntava se era uma pessoa ruim por não se sentir triste, e sim um tanto quanto animada. Ela sempre sonhara em ver o mundo além de sua vila e não ligava se, para realizar esse sonho, tivesse de abandonar a família. Estava deixando para trás um lar complicado: seu pai havia falecido quando ela tinha 12 anos e sua mãe parecia nutrir um ressentimento por ela desde o dia de seu nascimento.

Pelo menos agora podia fazer algo para apaziguar aquele ressentimento — em troca de uma pequena quantia em dinheiro que permitiria que seu irmão estudasse, ela deixaria sua vila, faria um voto de celibato que toda *amah* era obrigada a fazer e se comprometeria a servir uma família desconhecida numa terra estrangeira pelo resto de sua vida.

Em Cingapura, ela tinha sido escolhida para trabalhar para uma família chamada Tay. Eles eram um casal por volta dos 30 e tantos anos, que tinha dois filhos e uma filha, e moravam numa mansão maior e mais luxuosa do que ela jamais havia sonhado ser possível. Na verdade, era um bangalô em Serangoon Road sem nada de espetacular, mas, para os olhos destreinados de Ah Ling, poderia ser o Palácio de Buckingham. Havia outras *amahs* como ela na casa, mas que já trabalhavam lá fazia anos. Ah Ling era a novata e, pelos seis meses seguintes, ela foi treinada assiduamente nos detalhes dos afazeres domésticos, que para ela significavam aprender como limpar de maneira correta móveis de madeira e polir a prataria.

Um dia, a criada mais antiga anunciou:

— A Sra. Tay acha que você já está pronta. Arrume suas coisas... vamos enviá-la para os Youngs.

Foi somente naquele momento que Ah Ling percebeu que aquele período na casa dos Tays havia sido um treinamento e que ela havia passado no teste. Ah Lan, a empregada mais jovem, que estava com a família fazia dez anos, disse para ela:

— Você tem muita sorte. Nasceu com um rosto bonito e provou ser boa polindo a prataria. Então agora você vai trabalhar no casarão. Mas não deixe que isso lhe suba à cabeça!

Ah Ling não fazia a menor ideia do que ela estava tentando dizer com aquilo — não conseguia imaginar uma casa maior do que aquela em que estava. Logo ela se viu no banco do passageiro do Austin-Healey, com o Sr. Tay ao volante e a Sra. Tay no banco de trás. Ela jamais esqueceria aquele passeio. Eles haviam adentrado o que parecia ser uma estrada no meio de uma floresta e pararam numa clareira diante de um grande portão de ferro pintado de cinza claro. Ela pensou que estivesse sonhando ao se deparar com um portão daquele tamanho no meio do nada.

Um *jaga** indiano com cara de poucos amigos usando um uniforme verde-oliva impecável e um turbante amarelo emergiu da cabine e olhou para eles atentamente pela janela do carro antes de acenar de maneira cerimoniosa para que seguissem adiante. Então dirigiram por uma estrada de cascalhos que havia sido cortada em meio às árvores, dando lugar a uma avenida ladeada por majestosas palmeiras, até que subitamente a casa mais magnífica que ela já tinha visto apareceu.

— O que é esse lugar? — perguntou ela, ficando com medo.

— Esse lugar se chama Tyersall Park, é a casa do senhor James Young. Você vai trabalhar aqui a partir de agora — informou a Sra. Tay.

— Ele é o governador de Cingapura? — perguntou Ah Ling, espantada. Ela jamais imaginou que uma casa pudesse ser tão majestosa... Era como um dos antigos prédios na orla de Xangai que ela havia visto num cartão-postal.

— Não. Mas os Youngs são muito mais importantes do que o governador.

— O que o Sr. James faz?

— Ele é médico.

— Nunca imaginei que médicos pudessem ser tão ricos.

— Ele é um homem de grande fortuna, mas, na verdade, essa casa pertence à esposa dele, Su Yi.

— A dona dessa casa é uma *mulher*? — Ah Ling jamais havia ouvido algo parecido com aquilo.

— Sim. Ela foi criada aqui. Essa casa era do avô dela.

— Ele era meu avô também — disse o Sr. Tay, virando-se para Ah Ling e sorrindo.

— Essa casa pertenceu ao seu avô? E por que o senhor não mora aqui então? — perguntou Ah Ling, curiosa.

— *Aiyah*, pare de fazer tantas perguntas! — ralhou a Sra. Tay.

— Você vai aprender mais a respeito da família com o passar do

---

* Em hindi, "guarda". O termo é usado para qualquer tipo de segurança. Os *jagas* de Tyersall Park eram, obviamente, gurkhas altamente treinados que podiam desentranhar um homem com apenas dois golpes de suas adagas.

tempo. E tenho certeza de que os demais criados em breve irão atualizar você sobre as fofocas. Você logo vai entender que é Su Yi quem manda em tudo. Apenas trabalhe duro e nunca faça nada que a irrite, então ficará bem.

E tudo deu mais do que certo para Ah Ling. Nos 63 anos seguintes, ela deixou de ser uma das 12 criadas júnior e se tornou uma das babás mais confiáveis da família — ajudando a criar os filhos mais novos de Su Yi, Victoria e Alix, e depois a geração seguinte, Nick. Atualmente ela era a chefe de todas as criadas e administrava uma equipe de funcionários que chegou a atingir o pico de 58 pessoas, mas durante a última década havia permanecido em 32. Hoje, quando estava sentada em seu quarto bebendo chá e comendo alguns cream crackers com pasta de amendoim e geleia — um dos estranhos hábitos ocidentais que ela havia aprendido com Philip Young —, um rosto redondo e familiar apareceu do nada em sua janela.

— Ah Tock! Meu Deus, eu estava aqui sentada pensando na sua avó e de repente você apareceu! — disse ela, surpresa.

— Ling Jeh, você não sabe que eu não tinha escolha a não ser aparecer aqui essa tarde? Sua Alteza Imperial me convocou — explicou Ah Tock em cantonês.

— Eu havia me esquecido disso. Estou com um milhão de coisas na cabeça hoje.

— Posso imaginar! Olhe, detesto tornar a sua vida ainda mais difícil, mas você se importa? — perguntou Ah Tock, erguendo uma sacola cheia de roupas. — São uns vestidos da mamãe...

— Claro, claro — concordou Ah Ling, pegando a sacola. Ah Tock era primo dos Youngs pelo lado de Su Yi,* e Ah Ling conhecia a mãe dele, Bernice Tay, desde que ela era menina — ela era filha do casal que a recebeu primeiro e a "treinou" quando chegou a Cingapura. Bernice frequentemente enviava suas melhores roupas

---

* Ah Tock é o trineto de Shang Zhao Hui, o avô de Shang Su Yi, mas, por ele ser descendente da segunda esposa das cinco oficiais do patriarca, nenhum dos filhos da família dela herdou nenhuma fortuna substancial dos Shangs e eles eram considerados "primos distantes", embora não fossem tão distantes assim.

em segredo para Tyersall Park, sabendo que lá havia uma equipe de lavadeiras que lavava todas as peças à mão, as deixava secar no sol e as passava a ferro com água de lavanda. Não havia lavanderia melhor em toda a ilha.

— Mamãe queria que eu mostrasse esse *sam fu* para você... O fecho descosturou.

— Não se preocupe, vamos consertá-lo. Eu conheço esse *sam fu vintage*... Sun Yi o deu para ela faz anos.

De outra sacola, Ah Tock tirou uma garrafa de rum chinês.

— Mamãe mandou de presente.

— Diga à sua mãe que ela não deveria ter se preocupado! Ainda nem terminei a garrafa que ela me deu no ano passado. Eu quase não tenho tempo de apreciar essa maravilha.

— Se eu tivesse que administrar uma casa como essa, beberia todas as noites! — brincou Ah Tock, rindo.

— Então vamos? — disse Ah Ling, se levantando.

— Claro. Como está Sua Alteza Imperial hoje?

— Irritável, como sempre.

— Espero poder consertar isso — declarou Ah Tock, rindo.

Ele era uma presença constante em Tyersall Park, não porque era um parente querido, mas por causa da maestria com que atendia às necessidades de seus primos mais abastados. Durante as duas últimas décadas, Ah Tock havia utilizado sabiamente as conexões da família e fundado o FiveStarLobang.com, um serviço de *concierge* executivo que atendia aos desejos dos cingapurianos mais abastados — desde comprar aquele Bentley Bentayga preto-beluga meses antes de ele estar nas concessionárias até providenciar liftings de glúteos secretos para amantes entediadas.

Cruzando o quadrante que separava a ala dos empregados do restante da casa, eles passaram pelo jardim da cozinha, cujas plantações eram em fileiras meticulosamente organizadas, com ervas e vegetais.

— Céus! Veja essas pimentinhas vermelhas. Tenho certeza de que são bem picantes! — exclamou Ah Tock.

— Sim. Do tipo que queimam a boca. Não podemos nos esquecer de colher algumas para a sua mãe. Temos muito manjericão por agora também... estão se espalhando como erva daninha. Você quer um pouco também?

— Não sei o que mamãe faria com manjericão. Não é uma erva *ang mor*?*

— Aqui nós utilizamos nos pratos tailandeses. Os tailandeses usam bastante manjericão em sua culinária. E algumas vezes Sua Alteza Imperial exige comida *ang mor* sofisticada. Ela gosta de um molho nojento chamado "pesto". É necessária uma quantidade enorme de manjericão para fazer uma porção de molho pesto! Depois, ela come só um pratinho de linguine com pesto e o resto nós jogamos fora.

Uma criada jovem passou pelos dois e, falando agora em mandarim, Ah Ling ordenou:

— Lan Lan, você poderia pegar um punhado generoso de pimenta para o Sr. Tay levar para casa?

— Sim, senhora — respondeu a garota, toda tímida, e se retirou depressa.

— Uma graça, ela. É nova aqui? — perguntou Ah Tock.

— Sim, mas não vai durar muito. Passa tempo demais olhando para a tela do celular, mesmo sabendo que não é permitido. Essas jovens chinesas não têm a mesma ética profissional que a minha geração tinha — reclamou Ah Ling, enquanto guiava Ah Tock pela cozinha, onde havia meia dúzia de cozinheiros. Sentados ao redor de uma grande mesa de madeira, eles dobravam pequenas folhas de massa com todo o cuidado.

— *Shiok*!** Vocês estão fazendo tarteletes de abacaxi! — exclamou Ah Tock.

— Sim. Sempre fazemos em grande quantidade quando Alfred Shang vem visitar.

— Mas ouvi dizer que ele tinha levado o próprio chef cingapuriano para a Inglaterra. Um chef renomado.

---

* O significado literal em *hokkien* é "cabelos ruivos", porém é conhecido como um termo coloquial pejorativo utilizado para descrever qualquer coisa de origem ocidental, já que, para muitos dos cingapurianos de origem chinesa, todos os ocidentais eram considerados *ang* mor kow sai — "cocô de cachorro ruivo".

** Em malaio, gíria equivalente a "legal", "fantástico" ou "incrível".

— Sim, mas Alfred ainda prefere as nossas tarteletes de abacaxi. Ele reclama que o sabor não é o mesmo quando Marcus tenta fazê-las na Inglaterra... Tem alguma coisa a ver com o fato de a farinha e a água serem diferentes.

Cretino podre de rico, pensou Ah Tock consigo mesmo. Muito embora ele frequentasse Tyersall Park desde sempre, ainda ficava fascinado com o lugar. É claro que ele havia frequentado as casas de muitos dos mais abastados e poderosos de Cingapura, mas nada se comparava a Tyersall Park. Até a cozinha da casa era impressionante — uma série de espaços cavernosos com teto arqueado, paredes cobertas por azulejos com a técnica majólica e fileiras de panelas wok de bronze penduradas sobre gigantes fornos Aga. Parecia a cozinha de um resort histórico no sul da França. Ah Tock se lembrava de uma história que seu pai contava: *antigamente, antes da guerra, Gong Gong* adorava receber — todos os meses havia festas para trezentas pessoas em Tyersall Park e nós, as crianças mais novas,* não podíamos participar, *então ficávamos da sacada, de pijamas, observando os hóspedes.*

Eles subiram até o segundo andar por uma escada de serviço e passaram por outro corredor que levava até a ala leste. Lá, Ah Tock encontrou sua prima Victoria Young no sofá do estúdio adjacente ao seu quarto, revisando pilhas de documentos antigos com uma de suas criadas pessoais. Victoria era a única dos filhos de Su Yi que ainda morava em Tyersall Park e, em muitos aspectos, ela era ainda mais arrogante do que a mãe, daí o apelido de "Sua Alteza Imperial", que Ah Tock e Ah Ling usavam pelas costas dela. Ah Tock permaneceu de pé no estúdio por vários minutos, aparentemente sendo ignorado. Ele já deveria estar acostumado com esse tipo de tratamento, já que toda a sua família, fazia três gerações, basicamente servia aos primos mais ricos como criados especiais, mas, mesmo assim, sentia-se um pouco insultado.

— Lincoln, você chegou cedo — comentou Victoria, finalmente, chamando o primo pelo seu nome inglês enquanto repassava alguns aerogramas azuis. — Essas podem ser destruídas — disse ela, en-

---

* Em cantonês, "avô".

tregando as cartas para a criada, que imediatamente as passou pelo triturador de papéis.

Os cabelos curtos até a altura do queixo de Victoria estavam mais frisados e grisalhos do que nunca. Será que ela já tinha ouvido falar em condicionador. Victoria estava usando uma espécie de jaleco branco manchado de tinta sobre uma blusa de poliéster com estampa de oncinha e o que pareciam calças de pijama de seda. *Se ela não tivesse nascido uma Young, poderia ser confundida com uma foragida de Woodbridge.** Cansado de esperar, Ah Tock tentou quebrar o silêncio:

— Parece uma tonelada de papéis isso aí!

— São cartas pessoais da mamãe. Ela quer que tudo seja destruído.

— Hum... Tem certeza de que deveria estar mesmo fazendo isso? Será que alguns historiadores não ficariam interessados nas cartas da tia-avó Su Yi?

Victoria olhou para o primo de cara feia.

— É exatamente por isso que estou olhando uma por uma. Vamos guardar algumas para os Arquivos Nacionais ou para os museus, se tiverem relevância. Mas mamãe quer ver tudo que seja de cunho pessoal destruído antes de morrer.

Ah Tock ficou surpreso com a naturalidade com que Victoria explicou sua tarefa. Ele tentou falar sobre algo mais agradável.

— Você vai ficar satisfeita... tudo será entregue a tempo. O fornecedor de frutos do mar vai mandando um caminhão enorme amanhã. Eles me prometeram as melhores lagostas, camarões e caranguejos. É o maior pedido particular que eles já atenderam.

---

* Oficialmente conhecido como Instituto de Saúde Mental, o primeiro hospital psiquiátrico de Cingapura foi fundado em 1841, na esquina das ruas Bras Basah e Bencoolen. Inicialmente ficou conhecido como Hospital dos Loucos, mas foi renomeado de Asilo de Lunáticos em 1861, quando passou a funcionar em um lugar próximo à antiga Maternidade Kandang Kerbau. Em 1928, um novo prédio foi construído na rua Yio Chu Kang, depois de várias mudanças de nome — entre eles Novo Asilo de Lunáticos e Instituto de Saúde Mental —, foi rebatizado de Hospital Woodbridge num esforço para apagar o estigma associado aos seus antigos nomes. Porém, para várias gerações de cingapurianos, Woodbridge significava apenas uma coisa: *Você ficou maluco!*

— Ótimo — assentiu Victoria.

Ah Tock estava feliz com a gorjeta polpuda que iria receber do fornecedor, mas ainda achava difícil acreditar que as duas noras tailandesas de sua prima Catherine Young Aakara — a segunda filha mais velha de Su Yi — subsistiam de uma dieta que consistia exclusivamente em frutos do mar.

— E eu consegui entrar em contato com aquele fornecedor de água mineral em Adelboden — continuou Ah Tock.

— Então eles vão conseguir mandar a água a tempo?

— Bem, o carregamento está vindo da Suíça, por isso vai levar mais ou menos uma semana...

— Cat chega na quinta-feira com a família. A água não pode vir de frete aéreo?

— Já está sendo trazida de avião.

— Bem, Lincoln, peça a eles que acelerem o processo. Ou providencie algum *courier*, se eles falarem que não conseguem mandar a encomenda a tempo.

— Vai custar uma fortuna trazer quase 2 mil litros de água mineral em caráter de emergência! — exclamou Ah Tock.

Victoria olhou para ele como se dissesse: *estou me lixando para quanto isso vai custar.*

Em momentos como esse, Ah Tock não conseguia acreditar que aquelas pessoas eram seus parentes. Ele não conseguia entender por que os Aakaras precisavam beber aquela água mineral especial de uma fonte obscura em Bernese Oberland. A água da torneira em Cingapura era uma das mais puras do mundo. Não era o suficiente para essas pessoas? Ou Perrier, caramba! Essa realeza tailandesa cairia dura no chão se bebesse Perrier?

— E como estão os preparativos do quarto? — perguntou Victoria.

— A equipe estará aqui amanhã de manhã para instalar tudo. Também aluguei dois trailers, que podemos deixar estacionados atrás do jardim murado. É onde ficarão os médicos e as enfermeiras, já que você não os quer na casa — explicou Ah Tock.

— Não é que a gente não queira que eles fiquem aqui, mas, com Alix e Malcom vindo de Hong Kong e os Aakaras trazendo suas criadas, simplesmente ficaremos sem espaço para mais ninguém.

Ah Tock não conseguia acreditar. Aquela era a maior residência familiar de Cingapura — ele nunca havia conseguido contar quantos quartos havia ao todo —, e eles não conseguiam arrumar um espaço para a equipe médica que ficaria 24 horas cuidando da matriarca da família em seu leito de morte?

— Quantas criadas tia Cat vai trazer?

— Normalmente ela traz três de suas criadas, cinco quando Taksin a acompanha, mas, com todos os filhos e noras vindo, não faço a menor ideia de quantas pessoas teremos aqui — suspirou Victoria.

— A equipe do hospital veio hoje mais cedo dar uma olhada na casa e eles acham que o melhor lugar para instalar a unidade de tratamento cardíaco é no conservatório — disse ele, tentando convencer a prima.

Victoria balançou a cabeça, irritada.

— Não, isso não vai dar certo. Mamãe vai querer ficar instalada lá em cima, em seu próprio quarto.

Nesse momento, Ah Ling sentiu que teria de interceder.

— Mas Victoria, o conservatório é o lugar perfeito. Eles não precisarão subir escada com ela, sem contar todas as máquinas e geradores. Ela ficaria livre de qualquer som vindo da ala de serviço, e todas as máquinas podem ser instaladas na sala de jantar ao lado. A fiação pode passar pelas portas do conservatório.

— Não adianta discutir. Há anos, quando sugeri à mamãe que ela mudasse seu quarto para o térreo para que não tivesse que continuar subindo as escadas, ela me disse: "Jamais dormirei no térreo. Os criados dormem no térreo. E todos os membros da minha família que já dormiram no térreo o fizeram em seus caixões." Acreditem em mim, ela vai querer que tudo seja instalado no quarto dela.

Ah Tock teve de se controlar para não revirar os olhos. Mesmo em seu leito de morte, sua tia-avó Su Yi ainda tentava controlar o mundo inteiro. E teria sido bom receber um pouquinho de gratidão de Sua Alteza Imperial — ele havia trabalhado sem parar para dar conta de tudo em tempo recorde, e Victoria não tinha lhe dito "obrigada" nem uma única vez.

Naquele momento, uma criada bateu de leve à porta e ficou espiando os três.

— O que foi? — perguntou Victoria.

— Tenho uma mensagem para Ah Ling — respondeu a moça, baixinho.

— Então entre e repasse a mensagem para ela. Não fique aí olhando da porta! — ralhou Victoria.

— Desculpe, senhora — disse a criada, olhando para Ah Ling, nervosa. — Hum, o segurança da guarita ligou. A Sra. Alexandra Cheng e a família estão chegando.

— O que você quer dizer com *chegando*? — perguntou Ah Ling.

— Estão estacionando em frente a casa nesse momento.

— *Agora*? Mas eles chegariam na quinta-feira, junto com os demais hóspedes! — exclamou Ah Ling, exasperada.

— Ah, pelo amor de Deus. Será que eles nos passaram a data errada? — questionou Victoria, irritada.

Ah Ling olhou pela janela e viu que não eram apenas Alix e o marido Malcolm que estavam saindo do carro. Havia seis carros, e a família inteira estava desembarcando: Alistair Cheng, Cecilia Cheng Moncur e seu marido, Tony, com o filho deles, Jake. E quem era aquele saindo do carro de terno de linho branco? Oh, Deus do céu. Não podia ser. Ela olhou para Victoria em pânico e falou:

— *Eddie* está aqui!

— Alix não avisou que ele também vinha. Onde vamos acomodá-lo?

— E não é só ele... Fiona e as crianças vieram também.

— E agora? Ele vai dar um chilique e exigir a Suíte Pérola de novo. E ela já está reservada para Catherine e Taksin, que chegam na quinta.

Ah Ling balançou a cabeça.

— Na verdade, a criada da Catherine em Bangcoc me ligou para dizer que Adam e a esposa devem ficar na Suíte Pérola.

— Mas Adam é o filho mais novo deles. Por que ele deve ficar na Suíte Pérola?

— Aparentemente, a mulher do Adam é filha de um príncipe, o que os coloca num ranking mais alto do que Taksin. Sendo assim, eles devem ficar na Suíte Pérola.

— Ah, sim. Eu me esqueci de todo esse protocolo. Bom, Ah Ling, será sua tarefa dar a notícia a Eddie — disse Victoria, dando um sorriso irônico para ela.

10

•

Propriedade Porto Fino Elite, Xangai

Alinhados com precisão militar nos degraus em frente à estrutura de granito e concreto estavam seis criados. Antigamente, quando Colette Bing era a senhora da casa — graças a seu indulgente pai, Jack —, o uniforme dos criados era camiseta preta chique e jeans preto James Perse. Mas, desde que Kitty Pong Tai Bing havia assumido a residência no coração da Propriedade Porto Fino Elite, ela havia mandado vestir os homens com uniformes de mordomo e as mulheres em clássicos uniformes preto e branco de criadas francesas.

Quando o comboio de SUVs Audi pretas estacionou em frente a casa, Kitty, sua filha Gisele, seu bebê Harvard, e as babás desceram do carro, então os criados fizeram reverência em perfeita sincronia, antes de se apressarem para descarregar todas as malas.

— Oooh! Como é bom estar em casa! — guinchou Kitty, descalçando suas sandálias vermelhas de franjas Aquazzura enquanto entrava no grande hall, que agora estava reduzido a um canteiro de obras, com andaimes encostados às paredes, lonas de plástico cobrindo os móveis e fios expostos pendendo do teto. Num esforço para remover qualquer traço que pudesse remeter a Colette, Kitty havia passado o último ano "colaborando" com Thierry Catroux — o celebrado designer de interiores que trabalhava apenas com bilionários — para redecorar cada milímetro da mansão.

— Onde está meu marido? — perguntou Kitty a Laurent, o mordomo que ela havia "roubado" da casa de um ricaço do ramo de tecnologia para substituir Wolseley, o mordomo inglês de Colette, que já havia trabalhado para a princesa Michael de Kent, no Palácio de Kensington.

— O Sr. Bing está fazendo sua massagem diária, madame.

Kitty seguiu para o pavilhão onde ficava o spa e desceu as escadas para a piscina subterrânea, cercada de pilares de mármore. Enquanto seguia pelo corredor que levava às salas de tratamento, sorriu ao pensar que aquilo tudo também seria remodelado — o spa turco inspirado no *hammam* seria transformado num spa egípcio futurista inspirado no filme *Stargate*. A ideia fora dela mesma!

Kitty entrou na sala de tratamento iluminada por velas aromáticas e viu Jack deitado de barriga para baixo numa maca de massagem. O perfume de incenso pairava no ar, enquanto Céline Dion cantava baixinho ao fundo. Uma das esteticistas* estava fazendo reflexologia nos pés de Jack, enquanto outra estava em pé em suas costas como se fosse uma corda bamba, segurando em barras de ferro presas ao teto para controlar seu peso e imprimir a pressão exata nos músculos doloridos do homem.

— Aaaaaaah! Isso! É aí mesmo! — gemeu Jack, enquanto a mulher que estava de pé em suas costas pressionou o calcanhar no músculo abaixo das escápulas.

— Parece que alguém está se divertindo! — declarou Kitty.

— Siiim! Ah! Você chegou!

— Pensei que ia encontrar você à minha espera!

— Quando fiquei sabendo que o voo ia atrasar, pensei que... aaaah... que pudesse fazer minha massagem antes de você chegar!

— Aqueles franceses idiotas atrasaram nossa decolagem por duas horas por causa de uma ameaça de bomba imbecil. Eles não permitiram nem que eu embarcasse no nosso avião, por isso fiquei presa naquele terminal horrível com todas aquelas pessoas — contou ela, fazendo biquinho, enquanto se esticava na poltrona ao lado de Jack.

---

* Kitty também havia substituído as atraentes esteticistas do Leste Europeu que Colette contratara por chinesas de meia-idade que lembravam a Madame Mao.

— Sinto muito que você tenha tido que esperar junto com todo mundo, minha coelhinha. Você se divertiu em Paris?

— Com certeza! Quer ouvir a boa notícia que fiquei sabendo quando estava lá?

— Aaah! Calma, mais leve aí! O que foi?

— Você vai ficar feliz de saber que sua filha finalmente vai se casar — contou Kitty, com a voz cheia de sarcasmo.

Jack grunhiu.

— Huuumm... Sério?

— Sim. E com um *inglês*. Mas é claro que você já sabia, né?

— Como eu poderia saber? Colette parou de falar comigo há dois anos... desde o nosso casamento.

— É que você não me parece muito surpreso.

— E por que eu deveria estar surpreso? Ela tinha que se casar em algum momento.

— Mas com um *inglês*?

— Bem, Carlton Bao deixou de falar com ela e Richie Yang não a queria mais, então acho que as opções dela na China ficaram bem limitadas. Quem é esse cara?

— Ele é um zé-ninguém. Um advogado de uma ONG qualquer que está tentando salvar o planeta. Imagino que sua ex-mulher vai ter que sustentá-los para sempre. E você sabe o que mais eu descobri? O vestido de casamento dela vai custar 2 milhões de dólares.

— Isso é um absurdo! É feito de ouro, por acaso?

— Na verdade, tem pepitas de ouro costuradas nele, sim, e também é incrustado de pedras preciosas. Um absurdo! — exclamou Kitty, enquanto cheirava um pote de hidratante que estava na mesinha ao lado da cadeira. Em seguida, passou o creme nos braços.

— Bom, acho que Colette tem o direito de fazer o que quiser com o dinheiro dela.

— Mas eu pensei que você tivesse cortado completamente o direito dela à herança, não?

Jack ficou em silêncio por alguns instantes, então grunhiu do nada.

— Aaaaahh!!! Por que isso dói tanto?

A terapeuta pressionou com o dedão e o indicador um ponto no pé dele e disse, séria:

— Senhor, esse ponto corresponde à sua vesícula biliar, que está totalmente inflamada. Acredito que o senhor deva ter consumido conhaque e comida gordurosa em excesso ontem à noite. O senhor por acaso comeu aquelas ostras fritas e frutos do mar, contrariando meus conselhos?

— Ai, ai! Solta, solta! — gritou Jack.

— Jack, me responda. O que você quis dizer com *dinheiro dela*? — pressionou Kitty, ignorando a dor do marido.

Jack respirou aliviado quando a terapeuta finalmente largou seu pé.

— Colette recebe os dividendos de um fundo fiduciário. Foi parte do acordo quando me divorciei de Lai Di.

— E por que estou ouvindo isso só agora?

— Bom, eu não queria importunar você com os detalhes do meu divórcio.

— Eu pensei que Lai Di tinha levado apenas 2 bilhões.

— E tinha, mas a condição para que ela fosse embora sem causar mais nenhum atrito foi fazer um fundo fiduciário para Colette.

— Ah, é mesmo? E quanto vale esse fundo?

Jack murmurou algo baixinho.

— Fale mais alto, querido, não consigo ouvir você direito... quanto vale em dólares?

— Cerca de 5 bilhões.

— VOCÊ DEU 5 BILHÕES DE DÓLARES PARA A SUA FILHA? — gritou Kitty, se levantando da cadeira.

— Eu não dei 5 bilhões para ela. Ela recebe os dividendos de um fundo que tem esse valor. De qualquer maneira, o fundo está atrelado a ações das minhas companhias, assim a renda dela varia ano a ano, dependendo da divisão de dividendos. E só é válido enquanto ela estiver viva.

— E o que acontece quando ela não estiver mais viva?

— O fundo passa para os filhos dela.

De repente, imagens de Colette e dos futuros filhos mestiços dela começaram a inundar a mente de Kitty. Ela podia ver Colette em um vestido de verão branco, correndo descalça pelos campos de uma mansão no interior da Inglaterra, acompanhada de crianças loiras sorridentes. Ela começou a ferver de raiva enquanto calculava os números em sua cabeça. Mesmo se o fundo estivesse rendendo meros um por cento de juros sobre os 5 bilhões, isso significava que Colette — que ela sempre imaginou que vinha sendo sustentada pela pobre mãe que possuía apenas 2 bilhões de dólares — receberia pelo menos 50 milhões de dólares por ano! E seus filhos fotogênicos, que nem mesmo conheceriam o avô chinês, também se beneficiariam do fundo!

— Então onde nós ficamos nessa história? — perguntou Kitty, séria.

— O que você quer dizer com isso?

— Se você dispôs de tanto dinheiro para a sua filha querida, que a propósito nem fala mais com você, e para os filhos mestiços dela, que ainda nem nasceram, o que você vai fazer pelos seus outros filhos e pela sua pobre esposa?

— Não estou entendendo a sua pergunta. O que eu faço por você? Eu trabalho pesado por você e te dou uma vida fantástica. Você tem tudo o que deseja. Você não acabou de gastar 10 milhões de dólares em Paris?

— Foram apenas 9,5 milhões. Sou cliente preferencial *privé* da Chanel, e eles me deram um desconto especial. Mas e se algo acontecer com você? Como eu fico? — Kitty queria saber.

— Não vai acontecer nada comigo. Mas não se preocupe, você vai ficar bem assistida.

— O que você quer dizer com "bem assistida"?

— Você também vai ter um fundo de 2 bilhões de dólares.

Então eu não valho tanto quanto sua filha, pensou Kitty consigo mesma, sentindo a raiva borbulhar dentro de si.

— E quanto Harvard vai ganhar?

— Harvard é meu filho. É claro que ele vai ganhar todo o restante da minha fortuna. E deixe eu refrescar a sua memória: isso é muito mais do que 5 bilhões de dólares.

— E a Gisele?

— Não vejo por que eu deveria deixar alguma coisa para a Gisele. Ela vai herdar todos os bilhões dos Tais algum dia.

Kitty se levantou da cadeira e andou em direção à porta.

— Que *interessante* ficar sabendo disso. Agora vejo perfeitamente quais são as suas prioridades.

— O que você quer dizer com isso?

— Você não está pensando em mim... ou nos nossos filhos — disse Kitty, com a voz trêmula.

— Claro que estou!

— Não! Você não está pensando nem um pouquinho na gente.

— Coelhinha, seja razoável... aaaaaaah... devagar aí! — gritou Jack para a terapeuta, que havia subido na maca e agora estava massageando as nádegas dele com todo o seu peso.

— O senhor passa tempo demais sentado... é por isso que suas nádegas doem tanto. Eu mal estou pisando — disse a mulher num tom calmo.

— Não acredito que você deu 5 bilhões para a sua filha assim tão fácil! E depois de tudo o que ela fez! — gritou Kitty.

— Aaaah... Kitty, essa conversa não faz o menor sentido! Colette é minha única filha. O que importa se eu dou 5 bilhões para ela, se eu te dou tudo o que você quer?

— Pise na bunda dele com mais força! E aproveite e pise também no saco enrugado dele! — gritou Kitty, indo embora aos prantos.

11

•

Hong Kong

Chloe finalmente havia pegado no sono depois de Charlie ter lhe feito carinho nas costas por meia hora, então ele saiu de fininho do quarto da filha e foi para seus aposentos. Sentou-se encostado nos pés da cama, de frente para a parede de vidro com vista para o porto Victoria e discou o número particular de Astrid em Cingapura. O telefone tocou algumas vezes e, quando ele se deu conta de que poderia ser muito tarde para ligar para ela, Astrid atendeu com uma voz sonolenta.

— Desculpe. Acordei você? — sussurrou Charlie.

— Não. Eu estava lendo. Você chegou agora?

— Fiquei em casa a noite toda, mas estava tentando acalmar os ânimos por aqui.

— Isabel de novo?

Charlie suspirou.

— Não. Dessa vez não teve nada a ver com ela. Chloe estava no meu pé há semanas para assistir a um filme e eu, estupidamente, deixei que ela e Delphine vissem hoje... *A culpa é das estrelas*.

— Não conheço.

— Achei que fosse um filme para crianças, mas, acredite em mim, não é! É tipo uma versão moderna de *Love Story*: *uma história de amor*.

— Ai, não. Dois jovens apaixonados, final trágico?

— Você não tem ideia. Quando percebi o rumo que o filme estava tomando, tentei desligar, mas as meninas começaram a gritar, então fui obrigado a deixar as duas assistirem até o fim. Chloe está obcecada pelo menino do filme, um rapaz loiro e engraçado. Mas no final... Oh, Deus.

— No final você estava com duas meninas aos prantos?

— Soluçando incontrolavelmente. Acho que Delphine vai ficar traumatizada para sempre.

— Charlie Wu! Ela tem só 8 anos! Onde você estava com a cabeça? — repreendeu-o Astrid.

— Eu sei, eu sei. Fui meio displicente. Vi a capa do DVD e li as duas primeiras frases da sinopse. Parecia inofensivo.

— Nesse ritmo, você poderia ter colocado *Laranja mecânica* para elas.

— Sou um péssimo pai, Astrid. É por isso que preciso de você na minha vida. As meninas precisam de você. Elas precisam de alguém por perto que seja uma boa influência.

— Ha! Acho que a minha mãe não concordaria com essa afirmação.

— Elas vão amar você, Astrid. Tenho certeza disso. E vão amar o Cassian também.

— Seremos a versão oriental da Família Sol, Lá, Si, Dó, só que com menos alguns filhos.

— Mal posso esperar por isso. A propósito, ontem tive uma reunião muito boa com os advogados da Isabel. Graças a Deus eles não têm mais nenhuma objeção. De certa forma, o surto dela em Cingapura acabou beneficiando a gente. Os advogados dela ficaram com tanto medo que eu pedisse a guarda total das meninas que retiraram a maioria das exigências e querem chegar a um acordo.

— Essa é a melhor notícia que ouvi essa semana! — falou Astrid, fechando os olhos. Aos poucos, ela estava começando a ver sua vida ao lado de Charlie se tornar realidade. Ela se imaginava deitada ao lado dele na cama, na linda casa dos dois em Shek O, longe das multidões de Hong Kong e de Cingapura, iluminados pela luz da lua e ouvindo as ondas do mar quebrando nas rochas. Ela podia imaginar Chloe e Delphine assistindo a um filme infantil na sala de cinema da casa com o agora irmão Cassian, dividindo um pote de sorvete.

A voz de Charlie subitamente a acordou do sonho:

— Então... Eu viajo para a Índia amanhã. Vou visitar nossas novas fábricas em Bangalore, depois tenho que ir a Jodhpur participar de um evento beneficente que estamos patrocinando. Por que você não vem comigo?

— Esse fim de semana?

— Sim. Podemos ficar no Palácio Umaid Bhawan. Você já esteve lá? É um dos palácios mais lindos do mundo, e o grupo Taj o administra agora como um hotel superexclusivo. Shivraj, o futuro marajá, é um grande amigo meu, e tenho certeza de que seremos tratados como realeza — disse Charlie.

— É uma oferta tentadora, mas não tenho como deixar Cingapura agora, com Ah Ma tão doente.

— Ela não está se sentindo um pouco melhor? E você não disse que vários parentes estavam indo para Tyersall Park? Eles não vão sentir sua falta por dois ou três dias.

— É justamente por isso que preciso estar aqui. É meu dever ajudar a entreter a todos.

— Desculpe. Sei que estou sendo totalmente egoísta. Você é uma santa para a sua família. É que estou com tanta saudade...

— Também estou com saudade. Nem acredito que já faz mais de um mês que não nos vemos! Mas, levando em conta a situação da minha avó e tudo o que está acontecendo com Michael e Isabel, além da nossa extraordinária equipe de advogados, você não acha que é melhor sermos discretos? Talvez seja melhor não sermos vistos juntos nesse momento.

— Quem vai saber que estamos na Índia? Vou de avião para Mumbai e você pode voar direto para Jodhpur. Estaremos completamente isolados no hotel. Na verdade, se tudo sair conforme os meus planos, não vamos sair do quarto durante o fim de semana inteiro.

— Se tudo sair conforme os seus planos? O que você quer dizer com isso, Sr. Grey? — provocou-o Astrid.

— Não vou dar nenhum detalhe, mas posso adiantar que meu plano envolve musse de chocolate, penas de pavão e um cronômetro.

— Hum... Eu adoro um cronômetro.

— Vamos. Vai ser divertido.

Astrid avaliou a proposta.

— Bom, Cassian ficará com Michael esse fim de semana, e eu fiquei de representar minha família num casamento real na Malásia, na sexta-feira. Talvez eu pegue um voo de Kuala Lumpur depois do banquete...

— Meu avião estará pronto esperando você.

— Khaleeda, a noiva, é minha amiga. Tenho certeza de que ela vai me dar cobertura. Posso alegar que não tive escolha a não ser permanecer o fim de semana todo para participar do restante das festividades.

— E eu estou louco para ver você. Eu *preciso* ver você.

— Você não é uma boa companhia. Desde os tempos da faculdade, quando morávamos em Londres, você sempre me levou para o mau caminho.

— Porque eu sempre soube que, no fundo, você adora quebrar as regras. Admita, você quer que eu providencie seu voo para a Índia, encha seu corpo de joias e faça amor com você o fim de semana inteiro num palácio.

— Já que você insiste...

12

•

Aeroporto Changi, Cingapura

Enquanto empurrava seu carrinho de bagagem pela área de desembarque do Terminal 3, Nick reconheceu o rosto de um homem segurando um cartaz que dizia PROFESSOR NICHOLAS YOUNG, ESQ, PHD. A maioria das pessoas no aeroporto poderia pensar que o homem segurando o cartaz — que usava uma camiseta amarela desbotada, calça de moletom Adidas azul-marinho e chinelos — era um surfista contratado como motorista particular, e não o herdeiro de uma das maiores fortunas de Cingapura.

— O que você está fazendo aqui? — perguntou Nick, abraçando o melhor amigo, Colin Khoo.

— Você não vem a Cingapura desde 2010. Eu não podia deixar que você chegasse sem o devido comitê de boas-vindas — disse Colin, sorrindo.

— Olhe só para você! Bronzeado e arrasando no coque samurai! O que o seu pai acha desse visual?

Colin sorriu.

— Ele odeia! Disse que eu pareço um usuário de ópio e que, se estivéssemos na década de setenta e eu chegasse ao Aeroporto Changi, Lee Kuan Yew viria me receber na imigração pessoalmente, me pegaria pela orelha, me levaria ao barbeiro mais próximo e mandaria raspar minha cabeça em estilo *botak*!*

---

* Em malaio, "careca". Por algum motivo, essa palavra também se tornou um apelido popular para garotos com corte militar.

Eles desceram pelo elevador de vidro até o nível B2, onde o carro de Colin estava estacionado.

— Que carro é esse? Um Porsche Cayenne? — perguntou Nick, enquanto o amigo o ajudava a colocar a bagagem no porta-malas.

— Não. Esse é o Macan 2016. Ele só começará a ser vendido em março, mas o pessoal da Porsche me deixou fazer esse *test drive* especial.

— Maneiro demais! — disse Nick, abrindo a porta do passageiro. Havia uma manta de cashmere no banco.

— Ah, pode jogar isso aí atrás. É da Minty. Ela congela sempre que anda comigo. A propósito, ela mandou lembranças. Está no Butão, no resort da mãe, em um retiro de meditação.

— Parece interessante. Você não quis ir com ela?

— Não... Você sabe como meu cérebro funciona. Sou totalmente hiperativo. Não consigo meditar de jeito nenhum! Minha meditação esses dias é Muay Thai — disse Colin enquanto dava ré no carro ao que parecia ser quase 100 quilômetros por hora.

Tentando não se encolher no banco, Nick perguntou:

— Então Araminta está se sentindo melhor, não?

— Hum... Ela está melhorando — respondeu Colin, meio hesitante.

— Que bom saber disso. Eu sei que as coisas não têm sido fáceis para vocês.

— Sim... Você sabe como é... A depressão vem em ondas. E ela ficou bem pra baixo quando perdeu o bebê. Está tentando se cuidar, está indo para vários retiros e diminuindo o ritmo do trabalho. Ela está se consultando com um ótimo psicólogo, embora os pais dela não estejam muito felizes com isso.

— Ainda?

— É. O pai da Minty obrigou o psicólogo a assinar um acordo de confidencialidade cheio de coisas, mesmo que todos os psicólogos já estejam presos ao código de confidencialidade dos pacientes. Mas Peter Lee queria ter certeza de que o médico jamais admitiria que Minty era sua paciente ou que ela precisava fazer algo tão vergonhoso como terapia.

Nick balançou a cabeça.

— Ainda fico impressionado que haja tanto estigma em torno de problemas psicológicos por aqui.

— O estigma deixa implícito que o problema existe, mas a sociedade tem preconceito. Aqui, as pessoas simplesmente negam a existência do problema!

— Bom, isso certamente explica por que você ainda não foi internado! — brincou Nick.

Colin deu um tapinha no amigo, de brincadeira.

— É muito bom ver você de novo e poder conversar sobre essas coisas abertamente.

— Mas com certeza você tem com quem conversar, não?

— Ninguém quer ouvir que Colin Khoo e Araminta Lee têm problemas. Somos ricos demais para termos problemas. Somos o casal de ouro, lembra?

— Vocês são o casal de ouro. E eu vi as fotos que provam isso!

Colin riu, lembrando o infame ensaio fotográfico para a *Elle Singapore*, no qual ele se vestiu como James Bond e Araminta foi pintada de dourado da cabeça aos pés.

— O maior erro que já cometi na vida foi participar daquele ensaio fotográfico! As pessoas nunca vão esquecer aquilo. Um dia eu estava mijando no banheiro do Paragon e o cara no mictório do lado olhou para mim de repente e falou: "*Wah lao!* Você não é aquele Deus dourado?"

Nick deu uma gargalhada.

— E aí, você deu seu telefone pro cara?

— Vá se foder! — respondeu Colin. — E, por mais estranho que pareça, sabe quem tem sido uma boa amiga para Minty? Kitty Pong!

— Kitty? Sério?

— Sério. Foi ela quem indicou o contato do psicólogo para Minty. Acho que as duas se deram bem porque ela não é daqui. Kitty não carrega a mesma bagagem que a gente traz da vida, e Araminta se sente à vontade para conversar abertamente com ela, porque ela não faz parte do mesmo círculo que nós. Ela não estudou na Raffles, na MGS ou na SCGS* e também não é sócia do Churchill Club. Está sempre com aquele grupo de bilionários estrangeiros.

---

* Escola Chinesa para Garotas de Cingapura, que nós, meninos da ACS, costumávamos chamar de... Ah, é melhor deixar pra lá.

— É o grupo perfeito para ela, agora que virou a Sra. Jack Bing.

— É. Tenho um pouco de pena do Bernard Tai. Por mais idiota que ele seja, no fim das contas ele se tornou um bom pai, pelo que ouvi falar. Mas Kitty queimou o cara. Acho que ele não esperava esse lance todo com Jack Bing. Ei, o que aconteceu com aquela filha dele?

— Colette? Não faço a menor ideia. Depois que ela tentou envenenar Rachel, fizemos questão de manter distância dela. Eu queria prestar queixa contra ela, mas Rachel não deixou.

— Hum... Rachel tem um coração enorme.

— Com certeza. E é por isso que eu estou aqui. Recebi ordens expressas para voltar e fazer as pazes com minha Ah Ma.

— É isso mesmo que você quer?

Nick pensou por um momento.

— Sendo bem sincero, não tenho certeza. Às vezes parece que essa confusão toda aconteceu há muito tempo. Nossa vida agora está a anos-luz de tudo o que acontece aqui. Por outro lado, nunca vou me esquecer da maneira como trataram Rachel e que a minha avó não confiou em mim. Mas agora a aprovação da Ah Ma é irrelevante para mim.

— Tudo se torna irrelevante diante da perspectiva perda — disse Colin, enquanto acelerava em direção a East Coast Parkway. — Então, vamos direto para a casa ou quer parar em algum lugar e comer alguma coisa antes?

— Já está tarde. Acho melhor ir direto para casa. Tenho certeza de que terá comida para a gente lá. Com os parentes todos aqui, a cozinha da Ah Ching deve estar funcionando durante 24 horas.

— Beleza. Então, Tyersall Park, aqui vamos nós! Estou visualizando cem espetinhos de *satay* me esperando lá. Sem querer pressionar nem nada... mas eu gosto da sua avó. Ela sempre foi legal comigo. Você se lembra da vez que eu fugi de casa quando minha madrasta ameaçou me colocar no colégio interno na Tasmânia e sua avó deixou a gente se esconder na casa da árvore em Tyersall Park?

— Lembro. E todo dia de manhã ela fazia o cozinheiro mandar uma cesta grande de comida para a gente — completou Nick.

— É disso que estou falando! Todas as minhas lembranças da sua avó têm a ver com comida! Eu nunca vou me esquecer dos *chee cheong fun* e dos *char siew baos* servidos nas bandejas de bambu e dos *roti prata* fresquinhos! Nós comemos como reis naquela casa da árvore! Quando eu finalmente voltei para casa, queria inventar qualquer desculpa para fugir para aquela casa na árvore de novo. Nosso cozinheiro não chegava aos pés do de vocês!

— Hahaha! Lembro que você fugiu de casa várias vezes.

— Foi mesmo. Minha madrasta fazia da minha vida um inferno. E você só fugiu de casa uma vez, pelo que me lembro.

Nick assentiu quando as lembranças começaram a inundar sua mente, levando-o de volta ao tempo em que tinha 8 anos...

Eles estavam jantando, só os três. Seu pai, sua mãe e ele, comendo no salão de café da manhã ao lado da cozinha, o que eles sempre faziam quando os pais não estavam entretendo hóspedes na sala de jantar formal. Nick se lembrava até do que estavam comendo naquela noite. Bak ku teh. Ele tinha exagerado no caldo em cima do arroz, deixando a comida aguada demais para seu gosto, mas sua mãe insistira que ele teria de terminar de comer o que estava no prato antes de se servir de mais um pouco. Ela estava mais irritada do que o normal... parecia que ambos os pais estavam um pouco mais tensos naqueles últimos dias.

Alguém passou pela entrada da garagem acelerando e, em vez de estacionar ali na frente, como de costume, o carro seguiu e parou na parte de trás da casa, estacionando atrás da garagem.

Nick olhou pela janela e viu tia Audrey, uma amiga de seus pais, saindo de seu Honda Prelude. Ele gostava de tia Audrey, ela sempre fazia o mais delicioso nyonya kueh. Será que ela tinha trazido alguma sobremesa gostosa para o jantar? Ela entrou de supetão pela porta dos fundos, e Nick viu imediatamente que seu rosto estava inchado e com hematomas e que seus lábios sangravam. A manga da blusa dela estava rasgada, e ela parecia estar completamente atordoada.

— *Alamak, Audrey! O que aconteceu?* — *perguntou a mãe dele, ao mesmo tempo em que diversas criadas entraram na sala correndo.*

Audrey ignorou sua mãe e encarou seu pai, Philip:

— *Olhe o que meu marido fez comigo! Eu queria que você visse o que aquele monstro fez comigo!*

Sua mãe se apressou e foi para o lado de tia Audrey.

— Desmond fez isso? Oh, minha querida.

— Não toque em mim! — gritou Audrey, e se jogou no chão.

O pai dele se levantou da mesa.

— Nick, suba imediatamente!

— Mas pai...

— Agora! — gritou ele.

Ling Jeh correu para o lado de Nick e o guiou para fora da sala.

— O que está acontecendo? Tia Audrey está bem? — perguntou Nick, preocupado.

— Não se preocupe com ela. Vamos para o seu quarto. Vou jogar dominó com você — respondeu sua babá em cantonês, enquanto o acompanhava até o quarto.

Eles ficaram no quarto por cerca de 15 minutos. Ling Jeh havia arrumado os dominós, mas ele estava distraído demais com as vozes que vinham do andar de baixo. Escutou gritos abafados e o choro de uma mulher. Seria sua mãe ou tia Audrey? Então correu para a escada e escutou tia Audrey gritando:

— Só porque vocês são Youngs acham que podem sair por aí fodendo com quem quiserem?

Ele não conseguia acreditar no que tinha ouvido. Jamais havia escutado um adulto usar aquele palavrão daquela maneira. O que queria dizer?

— Nicky, volte para o quarto agora! — gritou Ling Jeh, puxando-o de volta.

Ela fechou a porta, começou a fechar todas as janelas e ligou o ar-condicionado. De repente, o ruído familiar de um táxi antigo foi ouvido na entrada da casa. Nick correu para a varanda e, se debruçando, viu que era tio Desmond, o marido de tia Audrey, saindo do táxi. O pai de Nick foi para a entrada da casa, e ele ouviu os dois discutindo no escuro, tio Desmond suplicando:

— É mentira dela! Tudo mentira, acreditem em mim!

O pai dele murmurou alguma coisa e então, súbita e duramente, ergueu o tom de voz:

— Na minha casa, não! NA MINHA CASA, NÃO!

Ele deve ter pegado no sono em algum momento. Quando acordou, não sabia que horas eram. Ling Jeh já não estava mais no quarto e o ar-condicionado tinha sido desligado, mas as janelas ainda estavam fechadas. O quarto estava abafado, quente. Ele abriu a porta com cuidado e viu, do outro lado do corredor, um feixe de luz sob a porta do quarto dos pais. Será que ele devia sair do quarto? Será que os pais estavam brigando de novo? Ele não queria escutar a briga... Sabia que não devia escutá-los. Ele estava com sede e foi até um frigobar no corredor que sempre era abastecido com gelo e uma garrafa de água. Quando abriu o frigobar, sentindo o ar frio que saía de dentro dele, ouviu soluços vindos do quarto dos pais. Ele andou na ponta dos dedos até a porta do quarto dos pais e pôde ouvir sua mãe gritando:

— Não se atreva! Não se atreva! Senão você vai ver seu nome estampado na primeira página dos jornais amanhã!

— Fale baixo! — ralhou o pai.

— Vou arruinar seu precioso sobrenome. Escute o que estou dizendo! Todos os sapos que tive que engolir da sua família esses anos todos... Eu vou fugir. Vou pegar o Nicky e fugir para os Estados Unidos. Você nunca mais o verá!

— Eu mato você se levar meu filho embora!

Nick sentiu o coração batendo acelerado. Nunca tinha ouvido os pais tão bravos antes. Ele correu para seu quarto, tirou o pijama e colocou uma camiseta e os shorts de jogar futebol. Depois pegou todo o dinheiro ang pow que tinha guardado em sua caixinha de metal — 790 dólares — e sua lanterna prateada, prendendo-a no elástico dos shorts. Então saiu pela porta que dava para a varanda, onde uma grande goiabeira arqueava seus galhos no segundo andar. Agarrou um dos galhos mais grossos, desceu pelo tronco e chegou até o chão, como já tinha feito centenas de vezes.

Pulando em sua bicicleta, ele saiu da garagem apressado em direção à Tudor Close. Podia ouvir os cachorros latindo na casa do vizinho, o que fez com que ele pedalasse ainda mais rápido. Acelerou na ladeira da Harlyn Road até chegar à Berrima Road. Na segunda casa à direita, parou em frente a um portão de ferro alto e olhou ao redor. O muro de concreto tinha cacos de vidro no topo, mas Nick ficou imaginando se ainda assim poderia escalá-lo, segurando nas pontas e se jogando para o outro lado rápido o bastante para não se machucar. Ele ainda estava sem fôlego da pedalada até ali. Um *guarda malaio saiu da guarita ao lado do portão, surpreso por ver um menino do lado de fora às duas da manhã.*

— O que você quer, garoto?

Era o segurança noturno, que não o conhecia.

— Preciso falar com o Colin. Você pode dizer pra ele que o Nick está aqui?

O guarda pareceu momentaneamente perplexo, mas mesmo assim entrou na guarita e pegou o telefone. Alguns minutos depois, Nick viu luzes se acendendo na casa, e o portão de metal começou a abrir. A avó inglesa de Colin, Winifred Khoo, que sempre o fazia se lembrar de uma versão mais gordinha de Margaret Thatcher, apareceu na porta usando um robe de seda cor de pêssego.

— Nicholas Young. Está tudo bem?

Ele correu até ela e, resfolegando, lhe contou tudo:

— Meus pais estão brigando! Eles querem se matar, e minha mãe quer me levar embora!

— Calma, calma. Ninguém vai levar você embora — disse a Sra. Khoo suavemente, abraçando-o. A tensão que havia se acumulado durante a tarde toda saiu de vez, e ele começou a soluçar incontrolavelmente.

Meia hora depois, Nick estava sentado num banquinho na biblioteca do segundo andar, tomando sorvete de baunilha com Colin, quando Philip e Eleanor Young chegaram à residência da família Khoo. Ele podia ouvir suas vozes educadas enquanto conversavam com Winifred Khoo na sala do térreo.

— Obviamente, nosso menino exagerou. Acho que a imaginação dele foi além. — Ele ouviu sua mãe rindo, falando naquele sotaque inglês que ela usava sempre que conversava com ocidentais.

— De qualquer maneira, acho que seria melhor se ele passasse a noite aqui — disse Winifred Khoo.

Naquele momento, outro carro chegou e estacionou na entrada da casa. Colin ligou a televisão, que se conectou a uma câmera de segurança que mostrou uma limusine Mercedes 600 Pullman preta. Um gurkha alto fardado saiu do carro e abriu a porta do passageiro.

— É a sua Ah Ma! — disse Colin, animado, enquanto ambos corriam para se debruçar no parapeito e espiar o que acontecia lá embaixo.

Su Yi entrou na casa, acompanhada de duas criadas tailandesas, e a babá de Nick, Ling Jeh, apareceu também, segurando três grandes caixas de bolo lunar. Nick imaginou que Ling Jeh provavelmente alertara sua avó sobre o que havia acontecido em casa. Embora ela trabalhasse para seus pais agora, sua lealdade era para com Su Yi.

Su Yi estava com seus característicos óculos escuros e usava calças de linho elegantes e uma blusa de gola alta. Parecia que ela tinha acabado de sair de uma reunião das Nações Unidas.

— Devo me desculpar imensamente por tamanho incômodo. — Nick ouviu a avó dizer a Winifred Khoo num inglês perfeito. Nick não fazia a menor ideia de que sua avó sabia falar inglês tão bem. Ele viu os pais darem um passo para o lado, parecendo bastante envergonhados.

Ling Jeh entregou a Winifred as caixas de metal.

— Meu Deus! Os famosos bolos lunares de Tyersall Park! É muita generosidade da sua parte! — disse Winifred.

— De forma alguma. Eu lhe agradeço imensamente por ter me ligado. Onde está o Nicky? — perguntou Su Yi.

Nick e Colin correram de volta para a biblioteca, fingindo não ter escutado nada, até serem chamados lá embaixo pela babá de Colin.

— Nicky, aí está você! — disse a avó dele. Ela colocou a mão em seu ombro e disse: — Agora agradeça a Sra. Khoo.

— Obrigado, Sra. Khoo. Boa noite, Colin — disse ele, sorrindo.

Sua avó o guiou até a Mercedes. Ela entrou depois dele e Ling Jeh também, sentando-se na poltrona retrátil na fileira do meio da limusine com as criadas tailandesas. Quando a porta do carro estava quase fechando, seu pai saiu da casa correndo.

— Mamãe, a senhora está levando Nicky para...

— Wah mai chup!* — disse Su Yi rispidamente em hokkien, *dando as costas para o filho enquanto o segurança fechava a porta do carro.*

Quando o carro estava saindo da residência da família Khoo, ele perguntou à avó em cantonês:

---

* Em *hokkien*, "não dou a mínima".

— *Estamos indo para a sua casa?*

— *Sim, estou levando você para Tyersall Park.*

— *Quanto tempo posso ficar lá?*

— *Quanto tempo quiser.*

— *Meus pais vão me visitar?*

— *Só se eles aprenderem a se comportar — respondeu Su Yi.*

Então sua avó estendeu os braços, puxando-o para mais perto dela, e Nick se lembrava de ter ficado surpreso com o gesto, pela maciez de seu corpo enquanto ele se encostava nela e o carro balançava levemente de um lado para o outro, percorrendo as ruas cobertas de folhas.

E agora, como em um flash, Nick se viu na mesma estrada escura novamente, mais de duas décadas depois, com Colin ao volante de seu Porsche. Enquanto o carro percorria a avenida Tyersall, Nick percebeu que conhecia cada curva da estrada — a súbita inclinação que os colocava no mesmo nível dos antigos troncos das árvores, a densa folhagem que mantinha a estrada fresca mesmo nos dias mais quentes. Ele provavelmente caminhara ou andara de bicicleta por essa estrada milhares de vezes quando criança. Pela primeira vez, ele percebeu que se sentia animado por estar de volta e que a mágoa que sentiu nos últimos anos estava diminuindo. Sem ao menos se dar conta, Nick já tinha perdoado a avó.

O carro parou em frente aos portões de Tyersall Park, e Colin anunciou informalmente ao segurança que se aproximava:

— Estou trazendo Nicholas Young.

O gurkha de turbante amarelo olhou para o banco da frente do carro, fitando os dois jovens, e disse:

— Sinto muito, mas não estamos esperando mais nenhum visitante essa noite.

— Não somos visitantes. Esse aqui é Nicholas Young. Essa é a casa da avó dele — insistiu Colin.

Nick se inclinou para a frente, tentando ver o guarda melhor. Ele não reconheceu o homem — devia ter começado a trabalhar em Tyersall Park depois de sua última visita.

— Oi. Acho que nunca nos vimos antes. Sou o Nick. Eles estão me esperando.

O guarda se virou e entrou na guarita, onde ficou por alguns instantes. Então retornou com uma lista e começou a virar as páginas. Colin se virou para Nick e riu, sem acreditar.

— Sério? Você acredita nisso?

— Sinto muito, mas não encontrei aqui o nome de nenhum dos dois, e no momento estamos trabalhando em alerta máximo. Terei que pedir que deixem o local.

— Vikram está aí? Por favor, você poderia ligar para o Vikram? — pediu Nick, começando a perder a paciência. Vikram, que coordenava a unidade de segurança fazia vinte anos, iria resolver esse absurdo rapidinho.

— O capitão Ghale está de folga no momento. Ele retornará às oito horas da manhã.

— Bom, ligue para ele ou para quem quer que seja o supervisor no momento.

— O supervisor é o sargento Gurung — informou o guarda, pegando seu rádio. Ele começou a falar em nepalês e, alguns minutos depois, um segurança emergiu das sombras, vindo da casa principal.

Nick o reconheceu imediatamente.

— Oi, Joey. Sou eu, o Nick! Você poderia pedir para o seu amigo deixar a gente entrar?

O guarda musculoso de uniforme verde-oliva foi até a janela do passageiro, sorrindo.

— Nick Young! Que bom ver você! Quanto tempo faz desde a última vez? Quatro, cinco anos?

— A última vez que estive aqui foi em 2010. Por isso que seu companheiro não me conhece.

O sargento Gurung se apoiou na janela do carro.

— Veja bem, estamos obedecendo ordens. Não sei exatamente como dizer isso, mas temos ordens para não deixar você entrar.

13

•

Tyersall Park, Cingapura

Vinte e quatro horas antes...

— Três, quatro, cinco — contou Eddie, enquanto observava a entrada da casa pela janela do salão superior.

Havia cinco carros chegando... Na verdade, quatro, se você deixasse de fora a minivan que transportava as criadas. Tia Catherine e a família haviam acabado de chegar de Bangcoc, e Eddie ficou surpreso ao ver que seu comboio tinha tão poucos carros. À frente havia um Mercedes Classe S com placa oficial, obviamente providenciado pela embaixada tailandesa, mas os demais carros eram todos diferentes: um BMW X5 SUV seguia atrás do Mercedes, seguido por um Audi que parecia ter ao menos uns cinco anos de uso, e o último carro ele não fazia a menor ideia do modelo — era um sedã de quatro portas que nem sequer era europeu, algo que ele nem sonhava em colocar em sua lista de carros aceitáveis nos quais ser visto dirigindo.

Ontem, quando ele chegara de Hong Kong com sua família, sua assistente executiva, Stella, havia providenciado uma frota de seis Range Rovers prateados idênticos, uma entrada impressionante, digna da *famille* Cheng chegando às portas de Tyersall Park.

Hoje ele se sentia quase envergonhado por tia Catherine e seu clã. O marido dela, M.C. Taksin Aakara,* era um dos descendentes do rei Mongkut, e Eddie se lembrava, como se fosse ontem, de cada detalhe de sua última viagem à Tailândia, quando tinha 19 anos: o majestoso condomínio com 19 *villas* situadas num jardim paradisíaco nos bancos do rio Chao Phraya; seus primos, James, Matt e Adam, tinham três serventes cada um, que se prostravam aos seus pés, prontos para atender a qualquer pedido; a frota de BMWs verde-oliva à espera deles no pátio de entrada, prontos para levá-los ao clube de polo, ao clube de tênis ou a qualquer uma das melhores boates de Sukhumvit; e Jessieanne, a prima gostosa que fez um boquete nele no banheiro do andar de cima da pizzaria em Hua Hin.

Então por que será que os Aakaras estavam chegando nesses carros? Ei, peraí — o que está acontecendo lá fora? Sanjit, o mordomo, e todos os outros criados da casa, inclusive os seguranças gurkhas, estavam enfileirados na entrada principal! E Ah Ling e tia Victoria também faziam parte da recepção! *Puta merda, por que eles não tinham dado a ele e à sua família essa mesma recepção ontem?*

Eddie ficou irritado ao ver que seus pais também haviam se juntado aos demais lá fora e decidiu que em hipótese nenhuma iria se juntar a eles. Ainda bem que Fiona havia levado as crianças ao zoológico, do contrário eles com certeza iriam querer participar desse circo e fazer os Aakaras se sentirem ainda mais superiores. Ele se agachou, se escondendo no corredor de serviço, esperando alguém subir, sabendo que era tradição em Tyersall Park receber os convidados na sala de estar e oferecer chá *longan* gelado assim que chegavam. Dois criados passaram empurrando carrinhos cheios de copos e jarras de chá, olhando para Eddie sem entender nada. Ele lhes deu um olhar fuzilante e sussurrou:

---

* M.C. é abreviação de Mom Chao, que se traduz como Alteza Serena e é o título reservado aos netos do rei da Tailândia. Já que o rei Chulalongkorn (1853-1910) tinha 97 filhos com 36 esposas e o rei Mongkut (1804-1868) tinha 82 filhos com 39 esposas, existem centenas de pessoas ainda vivas que usam o título de Mom Chao.

— Vocês não me viram aqui! Façam de conta que não estou aqui! De repente Eddie começou a ouvir vozes; alguém estava subindo a escada. Ele se esgueirou para a sala de estar, como se nada estivesse acontecendo, andando despreocupadamente, com as mãos nos bolsos de sua calça Rubinacci salmão. Tia Cat foi a primeira a chegar ao topo da escadaria. Estava toda animada conversando com a mãe de Eddie, com aquele seu jeito de menina.*

— Que surpresa ver você e Malcolm aqui! Vocês não chegariam na quinta-feira?

— Esse era o nosso plano, mas Eddie quis trazer todos nós num jatinho privado ontem.

— *Wah, gum ho maeng!*** — exclamou Catherine, quando um garçom se aproximou deles trazendo uma bandeja de prata com copos altos de chá gelado.

Eddie estudou a tia por alguns segundos, enquanto ela se sentava num divã ao lado de sua mãe, admirando como as duas irmãs eram tão diferentes. A aparência física de tia Cat, atlética e forte, era invejável para uma mulher na casa dos 70 anos, contrastava com suas outras tias, de corpo magrelo e aristocrático, quase desnutridas. Infelizmente, quando o assunto era estilo pessoal, ela era igualzinha às irmãs — em um dia de bom humor, Eddie poderia educadamente definir o estilo dela como "excêntrico". Mas, para ele, hoje ela estava simplesmente horrorosa numa calça de seda roxa bufante, obviamente feita sob medida e obviamente bastante antiga, sandálias Clark e o mesmo par de óculos azuis estilo Sophia Loren de lentes bifocais que ela usava havia décadas.

Reparando no sobrinho, Catherine exclamou:

— Meu Deus, Eddie. Quase não reconheci você. Está bem mais magro, não?

— Obrigado por ter notado, tia Cat. Sim, perdi quase 10 quilos no ano passado.

---

* Catherine Young Aakara, como várias de outras mulheres de sua geração e classe social, estudou no Convento do Santo Menino Jesus em Cingapura, onde foi educada por freiras britânicas e desenvolveu o curioso e distinto sotaque que fazia com que todas parecessem figurantes das séries de época da BBC.

** Em cantonês, "Uau, que vida boa".

— Que bom! E sua mãe está me contando que você trouxe a família inteira ontem.

— Bem, eu estava participando do Fórum Econômico em Davos, como delegado oficial, e meu cliente, Mikhail Kordochevsky, a senhora sabe, um dos homens mais ricos da Rússia, insistiu para que eu usasse o Boeing particular dele quando ficou sabendo que Ah Ma tinha sofrido um infarto. Como o avião é enorme, achei um desperdício voar sozinho. Então, em vez de vir direto para Cingapura, fizemos um desvio em Hong Kong para que eu pudesse pegar a família toda.

Catherine se virou para a irmã:

— Viu só, Alix? Não sei do que tanto você reclama... Seu filho é tão bondoso!

— Sim, sim, muito bondoso — comentou Alix, tentando não pensar em Eddie gritando com ela ontem ao telefone: *Vocês têm duas horas para arrumar as coisas e ir para o aeroporto de Hong Kong, senão eu vou embora sem vocês! Meu amigo especial está nos fazendo um favor muito especial nos emprestando o avião especial dele, sabia? E, pelo amor de Deus, leve roupas decentes e umas joias dessa vez! Não quero que você seja confundida com uma turista da China continental quando estiver ao meu lado em Cingapura. Da última vez trataram a gente supermal no Crystal Jade Palace por causa da sua aparência!*

— E vocês, vieram como? — perguntou Eddie, imaginando que tipo de jatinho os Aakaras tinham no momento.

— Bom, a Thai Airways estava com uma promoção especial válida só hoje. Na compra de três passagens na classe econômica, a quarta saía de graça. Uma economia e tanto para todos nós. Mas, quando chegamos ao aeroporto e o pessoal da companhia aérea viu que era seu tio Taksin, eles fizeram um *upgrade* e nos colocaram na primeira classe.

Eddie não estava acreditando no que ouvia. Os Aakaras nunca voavam em aviões comerciais — pelo menos não desde que tio Taksin se tornara membro especial da Força Aérea Tailandesa nos anos setenta. Naquele momento, Eddie viu o tio entrando na sala de estar acompanhado de seu pai. Fazia anos que Eddie não via o tio, mas ele parecia não ter envelhecido nem um pouquinho — era mais velho que seu pai, mas parecia dez anos mais jovem. O rosto bronzeado não tinha rugas, e ele ainda possuía o garbo e a postura ereta de um homem acostumado a ver e a ser visto. Se seu pai pelo menos não parecesse tão velho e se se vestisse de forma elegante como seu tio Taksin!

Eddie sempre admirou o bom gosto e estilo do tio e, nas visitas a Bangcoc, quando era adolescente, sempre dava um jeito de se esgueirar até o closet dele para olhar as etiquetas de suas roupas. Não era uma tarefa fácil, considerando a quantidade de criados pela casa toda. Hoje, tio Taksin trajava uma camisa laranja claro de alfaiataria impecável — a considerar pelo algodão, devia ser Ede & Ravenscroft — combinada com uma calça azul-marinho e um par lustroso de sapatos com alça de monge. Seriam Edward Green ou Gaziano & Girling? Eddie teria de perguntar ao tio mais tarde. E o detalhe mais importante: que relógio ele estaria usando hoje? Ele esperava ver um Patek Philippe, um Vacheron ou um Berger, mas ficou horrorizado ao ver um Apple Watch no pulso do tio. Deus do Céu, como eles tinham decaído!

Atrás de Taksin veio seu primo, Adam. Eddie não o conhecia muito bem, pois ele era dez anos mais novo. Sendo o bebê da família, Adam era levemente musculoso e tinha as feições esculpidas, quase felinas. Ele parecia um daqueles cantores tailandeses de bandas juvenis e inclusive se vestia como um. Estava usando jeans skinny e camisa havaiana. Eddie não ficou impressionado. Mas espere aí, quem era aquela beldade que estava subindo a escada, com pele de alabastro e cabelos pretos até a cintura? Finalmente alguém com estilo! A moça usava um macacão azul-claro sem manga Emília Wickstead, botas de camurça azul e, pendurada nos ombros, estava uma bolsa que Eddie tinha certeza de que era de uma lista de espera de pelo menos três anos. Essa deve ser a mulher de Adam, a princesa Piya, sobre quem sua mãe não parava de falar desde o ano passado, quando foi ao casamento deles.*

---

* Para sua eterna decepção, Eddie não tinha sido convidado para o casamento do primo com M.R. Piyarasmi Apitchatpongse. Apenas os pais dele haviam sido convidados para a pequena e íntima cerimônia, realizada numa *villa* privada nas Ilhas Similan.

— Tio Taksin! Que bom ver o senhor! E Adam... nossa, quanto tempo! — exclamou Eddie, dando tapinhas nas costas do primo, animado. Adam se virou para a esposa e disse:

— Esse é o filho mais velho da tia Alix, Eddie, que também mora em Hong Kong.

— Princesa Piya, é um prazer conhecê-la! — Inclinando-se para a frente, Eddie pegou a mão dela e se curvou para beijá-la.

Adam riu baixinho, enquanto Piya explodiu na risada diante do gesto ridículo e exagerado de Eddie.

— Por favor, me chame de Piya. Só os filhos e os netos do rei usam qualquer tipo de título. Eu sou uma parente bem distante.

— Acho que você está sendo muito modesta. Quero dizer, você ficou com a Suíte Pérola.

— O que é isso? — perguntou Piya.

Adam começou a explicar antes que Eddie pudesse responder:

— É uma suíte onde todas as paredes são forradas de madrepérola. É realmente impressionante.

— Sim, é um conjunto de suítes, perfeito para famílias, na verdade. Minha mulher e eu normalmente ficamos nela com nossos filhos quando fazemos uma visita — comentou Eddie.

— E em qual quarto vocês estão agora? — perguntou Adam.

— Estamos na Suíte Amarela. É bem... aconchegante.

Piya franziu o cenho.

— Adam, isso não me parece certo. Nós temos que nos mudar para outro quarto para que Eddie e a família dele fiquem com a suíte maior.

— Mas você é nossa hóspede de honra, é realeza! A Suíte Pérola tem que ser sua. Eu não quis insinuar nada com o meu comentário. Constantine, Augustine e Kalliste estão se divertindo muito dividindo a mesma cama, e Fiona até conseguiu dormir três horas a noite passada.

— Ai, não! Não vou me sentir confortável na Suíte Pérola sabendo disso. Adam, você pode resolver isso? — insistiu Piya.

— Com certeza. Vou falar com Ah Ling assim que a vir — respondeu Adam.

Eddie sorriu, agradecido.

— Vocês são muito gentis. Onde estão seus irmãos, Adam? Pensei que veria a família inteira aqui hoje. Temos um caminhão de frutos do mar esperando por eles.

Adam olhou para ele, sem entender.

— Eu e Piya somos os únicos que viemos com meus pais. Jimmy é médico, como você sabe, por isso é um pouco difícil para ele tirar folga, e Mattie está esquiando com a família em Verbier.

— Ah! Eu também estava na Suíça! Em Davos, como delegado oficial no Fórum Econômico Mundial.

— Oh! Eu estive em Davos há dois anos — comentou Piya.

— Sério? O que você foi fazer lá?

— Fui dar uma palestra para a IGWEL.

Eddie ficou momentaneamente surpreso, então Adam explicou, todo orgulhoso:

— Piya é uma virologista baseada na sede da OMS em Bangcoc. Ela é especialista em vírus transmitidos por mosquitos, como dengue e malária, e se tornou uma das maiores autoridades em doenças tropicais.

Piya sorriu, toda tímida.

— Oh! Adam está exagerando. Não sou nenhuma autoridade, sou parte do time. Mas aquele homem ali parece ser uma autoridade.

Eddie se virou e viu o professor Oon, ainda de jaleco, entrar na sala de estar. Catherine se levantou do divã e correu até ele.

— Francis. Que bom ver você! Como a mamãe está hoje?

— Os sinais vitais dela estão estáveis no momento.

— Podemos entrar para vê-la?

— Ela está oscilando entre momentos de consciência e inconsciência. Vou permitir que quatro pessoas entrem, mas dois de cada vez e apenas por cinco minutos cada um.

Alex olhou para a irmã.

— Pode ir. E leve Taksin, Adam e Piya com você. Eu a vi hoje de manhã...

— Eu ainda não vi Ah Ma hoje — interrompeu-os Eddie. — Dr. Oon, com certeza um visitante a mais não vai fazer muita diferença, não é?

— Muito bem, deixo você entrar depois que os outros saírem, mas só por alguns minutos. Não queremos forçá-la demais hoje — disse o médico.

— Claro. Vou ficar quietinho.

— Eddie, você pode fazer uma oração para Ah Ma quando estiver no quarto com ela? — pediu tia Victoria, de repente.

— Hum, claro. Posso, sim — prometeu ele.

Os cinco seguiram pelo corredor em direção aos aposentos de Ah Ma. A antessala, na entrada do quarto, havia sido transformada numa unidade de tratamento cardíaco, sendo metade do quarto uma área clínica e a outra metade lotada de equipamentos médicos. Diversos médicos e enfermeiras estavam debruçados diante de telas de computadores, analisando cada alteração nos sinais vitais de sua paciente VVIP, enquanto as criadas tailandesas de Su Yi aguardavam na porta, prontas para entrar em ação se fosse necessário. Assim que viram o príncipe Taksin se aproximar, caíram ao chão, se curvando em reverência. Eddie sentiu um frio na barriga, ao mesmo tempo impressionado e com inveja, quando percebeu que seus tios passaram direto pelas moças, sem nem sequer as notar. *Puta merda, por que eu não nasci nessa família?*

Enquanto Catherine e Taksin entraram no quarto de Su Yi, Eddie aguardou no corredor com Adam e Piya. Sentando-se ao lado de Piya numa poltrona Ruhlmann, ele sussurrou:

— Imagino que você tenha usado um crachá da IGWEL?

Piya ficou confusa por alguns instantes, mas depois falou:

— Ah, desculpe. Você está se referindo a Davos?

— Sim. Quando você esteve em Davos, há dois anos, que crachá você recebeu? O branco com a linha azul na parte de baixo ou o todo branco com um adesivo em holograma?

— Eu não me lembro do meu crachá.

— E o que você fez com ele?

— Eu o usei — respondeu ela, pacientemente, imaginando por que o primo de seu marido estava tão obcecado pelo crachá.

— Não... Quero dizer, o que você fez com o crachá depois da conferência?

— Hum... Devo ter deixado no quarto do hotel ou jogado fora.

Eddie olhou para ela sem acreditar. O crachá dele de Davos estava guardado numa bolsa especial, junto com seu estimado relógio Roger W. Smith* e suas preciosas abotoaduras de safira e platina. Ele mal podia esperar para emoldurá-lo assim que voltasse para Hong Kong. Depois de permanecer em silêncio por alguns instantes, ele se virou para Adam:

— E você? O que tem feito? Trabalha ou leva uma vida de curtição?

Adam controlou a vontade de fazer cara feia para o primo, mas fora muito bem-educado para não demonstrar nenhuma reação. Por que tanta gente pensava que, só porque ele tinha um título de nobreza, não precisava trabalhar para sobreviver?

— Estou no ramo de C&B**. Tenho um restaurante no Central Embassy, que é o mais novo shopping da cidade, e tenho também alguns *food trucks* gourmets, que servem autênticos petiscos *würstelstand* austríacos, como *bratwurst, currywurst* e *Käsekrainer.* Aquelas salsichas austríacas recheadas com queijo, sabe?

— Um *food truck* que vende salsichas! É sério que dá para ter lucro com isso? — perguntou Eddie.

— A gente está indo muito bem. Paramos os *trucks* em todos os pontos de balada da cidade. As pessoas amam fazer um lanche tarde da noite, depois que saem dos bares e das boates.

— As salsichas ajudam a chupar o álcool — completou Piya.

— Hum... Petiscos para bêbados. Que lucrativo — disse Eddie com um desdém nada sutil. Ele ficou esperando que Adam e Piya perguntassem o que ele fazia da vida, mas então seus tios saíram do quarto.

— Ela está dormindo, mas vocês podem entrar — disse Catherine ao filho.

---

* Um dos relógios mais cobiçados do mundo. Cada Roger W. Smith é feito à mão, leva 11 meses para ficar pronto e há uma lista de espera de quatro anos para comprá-lo (provavelmente cinco anos depois que este livro for publicado).

** Abreviação para comida e bebida, atualmente um dos ramos mais promissores da Ásia. Todos os asiáticos podres de ricos que trabalhavam em M&A querem entrar para o ramo de C&B.

Catherine se sentou ao lado de Eddie, parecendo bastante desanimada.

— Como ela está hoje? — perguntou Eddie.

— Difícil dizer. Francis falou que ela não sente dor, por causa da morfina. É que eu nunca a vi assim tão... tão frágil! — disse Catherine, com a voz trêmula. Taksin pousou a mão em seu ombro, consolando-a, enquanto ela continuava: — Eu devia ter vindo em novembro, como tinha programado. E os meninos... Por que não os fizemos vir com mais frequência?

— Tia Cat, a senhora devia ir para o seu quarto e descansar um pouco — sugeriu Eddie. Ele sempre se sentia um pouco incomodado quando uma mulher chorava perto dele.

— É, acho que pode ser uma boa ideia — disse Catherine, levantando-se.

— Vou chamar Jimmy e Mattie. Vamos mandar que venham imediatamente. Não temos nem um minuto a perder — disse Taksin para a esposa, enquanto os dois se dirigiam para o quarto.

Nem um minuto a perder, Eddie pensou consigo mesmo. Mas tia Cat não tinha feito nada além de perder tempo. Passara décadas tão distante de todos que os primos dele mal conheciam a avó. E agora que Ah Ma estava morrendo, eles finalmente vinham dar as caras? Já era meio tarde demais! Ou será que havia algum outro motivo por trás disso tudo? Será que os Aakaras estavam sem dinheiro? Foi por isso que pegaram um voo comercial? Ele não podia nem imaginar a humilhação. Um príncipe tailandês voando de classe econômica! E tinham trazido apenas cinco criadas dessa vez. E Adam tinha que trabalhar nesses patéticos carrinhos de cachorro-quente. Tudo estava começando a fazer sentido. Estaria tio Taksin reunindo seus filhos em Cingapura com urgência para tentar colocar as mãos em Tyersall Park? Todos sabiam que Nick tinha sido retirado do testamento e que Ah Ma jamais deixaria Tyersall Park para os Leongs, que já eram donos de metade da Malásia. Os únicos concorrentes que restavam eram os homens da família Aakara, seu irmão Alistair e *ele*. Ah Ma nunca teve muita admiração por Alistair, principalmente depois que ele tentara trazer Kitty Pong para casa, mas os Aakaras... ela sempre teve uma queda por eles por serem tailandeses. Ela amava comida tailandesa, seda tailandesa e suas criadas tailandesas... Tudo o que vinha daquele país! Mas ele não ia deixar que os Aakaras ganhassem. Eles viviam uma vida de luxo e só vinham visitar Ah Ma a cada três ou quatro anos, enquanto ele fazia questão de visitar a avó pelo menos uma vez por ano. Sim, ele era o único que merecia ficar com Tyersall Park!

Adam e Piya saíram do quarto, e Eddie entrou imediatamente — ele não tinha *nem um minuto* a perder. A cama de dossel de Su Yi com cabeceira entalhada *art nouveau* havia sido substituída por uma moderna cama hospitalar, daquelas com colchão magnético que constantemente mudava de posição para evitar escaras. Com exceção do oxigênio em suas narinas e alguns poucos fios conectados ao seu braço, ela parecia serena, coberta com seus elegantes lençóis de seda de flor de lótus. Um monitor de batimentos cardíacos emitia suaves bipes ao lado dela, mostrando seus batimentos irregulares. Eddie permaneceu ao pé da cama, pensando se deveria ou não fazer uma oração. A ideia parecia um tanto absurda, visto que ele não acreditava em Deus, mas havia prometido à tia Victoria. Eddie se ajoelhou ao lado da avó, juntou as mãos e, assim que fechou os olhos, ouviu uma voz brava, falando em cantonês:

— *Nay zhou mut yeah?* O que você está fazendo?

Eddie abriu os olhos e viu a avó o encarando fixamente.

— Put... Quero dizer, Ah Ma! A senhora finalmente acordou! Eu ia faz uma oração.

— *Nay chyee seen ah*!* Nem comece! Estou cansada de todo mundo querer rezar por mim. Victoria ficava mandando o bispo See Bei Sien fazer aquelas preces idiotas toda manhã enquanto eu estava no hospital e eu estava fraca demais para falar qualquer coisa.

Eddie riu.

— Se a senhora quiser, posso garantir que o bispo See não tenha mais acesso ao seu quarto.

— Por favor!

— A senhora estava acordada quando Adam e Piya entraram?

— Não. Adam está aqui?

---

* Em cantonês, "Você ficou maluco?".

— Está e trouxe a esposa. Ela é bonita, tem aquela beleza tailandesa.

— E os irmãos dele?

— Não estão aqui. Falaram que Jimmy está ocupado demais com o trabalho para vir. Acho que, como ele é cirurgião plástico, deve ter muitas plásticas de nariz e liftings urgentes que requerem a atenção dele no momento.

Su Yi deu um sorrisinho com o comentário de Eddie.

— E sabe o que Matt está fazendo?

— Me diga.

— Está de férias com a família. *Esquiando na Suíça*! Dá para acreditar nisso? Eu estava na Suíça também, participando de uma conferência com os executivos mais importantes do mundo, líderes políticos e Pharrell, mas larguei tudo e vim direto para Cingapura assim que fiquei sabendo que a senhora estava doente! — Eddie olhou para o monitor e percebeu que os batimentos da avó estavam subindo de 80 para 95 por minuto.

Su Yi suspirou.

— Quem mais está aqui?

— Minha família inteira veio de Hong Kong. Até Cecilia e Alistair.

— Onde eles estão?

— Foram todos ao zoológico. Fiona, Constantine, Augustine, Kalliste, Cecilia e Jake. Ah Tock conseguiu ingressos VIP para aquele safári no rio, mas eles devem voltar à tarde. Tio Alfred chega hoje mais tarde e... hum, fiquei sabendo que Nicky chega amanhã.

— Nicky? Ele vem de Nova York? — murmurou Su Yi.

— Sim. Foi o que me disseram.

Su Yi permaneceu em silêncio, e Eddie observou que seus batimentos estavam acelerando muito rápido: 100, 105, 110 batidas por minuto.

— A senhora não quer vê-lo, não é? — perguntou Eddie. Su Yi simplesmente fechou os olhos, uma lágrima solitária rolando pela sua face. Eddie olhou preocupado para o monitor: 120, 130. — Eu não culpo a senhora, Ah Ma. Aparecer aqui dessa maneira, depois de tudo o que ele fez para contrariar seus desejos...

— Não, não — disse Su Yi finalmente, e Eddie olhou para ela, surpreso.

Quando seus batimentos chegaram a 150, o monitor começou a emitir um apito ensurdecedor, e o professor Oon entrou correndo no quarto, acompanhado de outro médico.

— Os batimentos estão acelerando muito rápido! — disse um dos médicos, preocupado. — Devemos desfibrilar?

— Não, não. Vou administrar uma pequena dose de digoxina. Eddie, por favor, saia do quarto — ordenou o médico, enquanto duas enfermeiras corriam para ajudar.

Quando Eddie estava saindo do quarto, tia Victoria apareceu na antessala.

— Está tudo bem?

— Não entre agora. Acho que Ah Ma está tendo outro infarto! Eu mencionei o Nicky e ela começou a ficar nervosa.

Victoria grunhiu.

— Por que você foi mencionar o Nicky?

— Ela queria saber quem estava aqui e quem ainda viria. Mas uma coisa eu posso garantir: Ah Ma não quer ver o Nicky. Não quer nem que ele coloque os pés nessa casa! Foi a última coisa que ela me disse.

14

•

JODHPUR, ÍNDIA

Astrid estava na sacada, sentindo o delicioso aroma de rosas que emanava do jardim abaixo. De onde estava, no Umaid Bhawan Palace Hotel, ela tinha uma visão panorâmica da cidade. A leste, avistava um belíssimo forte no topo de uma montanha, enquanto, a distância, o conjunto de construções azuis vibrantes que formavam a cidade medieval de Jodhpur brilhavam na luz da manhã. A Cidade Azul, pensou Astrid. Ela se lembrava de ter ouvido em algum lugar que as casas da cidade haviam sido pintadas de azul porque se acreditava que a cor afastava os maus espíritos. A cor a fazia se lembrar da propriedade de Yves Saint Laurent e Pierre Bergé em Marrakesh — Jardim Majorelle —, também predominantemente azul, a única casa em uma cidade rosada a ter autorização, por decreto real, para ser pintada de outra cor.

Astrid se espreguiçou na *chaise longue* e se serviu de mais um pouco do *chai* que estava numa chaleira de prata *art déco*. Aquele palácio monumental havia sido construído pelo avô do atual marajá, em 1929, com a finalidade de criar trabalho para a população durante uma grande escassez de comida. Assim, cada detalhe ainda tinha o estilo *art déco* original — dos pilares rosa-queimado da rotunda aos mosaicos azuis da piscina subterrânea, construída para que a *maharani* pudesse nadar com privacidade. O lugar a fazia se lembrar de Tyersall Park e, por um momento, Astrid se sentiu extremamente culpada. Sua avó estava de cama, cercada de médicos, enquanto ela estava em um encontro amoroso secreto num palácio.

Mas a culpa se arrefeceu quando Astrid viu Charlie chegar na sacada usando apenas a calça do pijamá Como ele conseguiu ficar tão sarado? Quando os dois estavam na universidade, em Londres, Charlie era magrelo, mas agora seu tronco tinha aquele formato em V e o abdome era definido. Ele parou atrás dela e se inclinou para beijar seu pescoço.

— Bom dia, linda.

— Bom dia. Dormiu bem?

— Eu não me lembro de ter dormido nada ontem à noite, mas fico feliz que *você* tenha dormido — provocou-a Charlie, enquanto se servia de uma xícara de café do samovar que estava no carrinho de vidro. Ele bebeu um gole e murmurou: — Humm! O café daqui é maravilhoso!

Astrid sorriu.

— Na verdade, acho que o café deles deve ser bom, mas quem trouxe esses grãos fui eu. Eu sei o quanto você aprecia o primeiro café do dia, por isso mandei moer hoje cedo. Para ficar fresquinho. É um Yirgacheffe da Etiópia, do Café Verve, de Los Angeles.

Charlie olhou para ela, todo bobo.

— Está decidido! Vou sequestrar você e nunca mais vou deixar que volte para Cingapura. Vamos ficar juntos por... Bom, para todo o sempre.

— Pode me sequestrar, mas depois vai ter que se ver com a minha família. Tenho certeza de que meu pai vai mandar uma tropa de elite se eu não aparecer para tomar café da manhã na Nassim Road na segunda-feira de manhã.

— Não se preocupe. Vou levar você de volta a tempo, e você pode até levar uma bandeja enorme desses deliciosos *parathas* para o café — disse Charlie, dando uma mordida no pão folhado indiano amanteigado ainda quentinho.

Astrid riu.

— Não! Tem que ser algo malaio, do contrário eles vão suspeitar. Parece que estou brincando de esconde-esconde, mas estou feliz que você tenha me convencido a vir para cá... Eu estava precisando.

— Você tem ficado muito tempo ao lado da sua avó, lidando com as confusões da família. Imaginei que você estivesse precisando de uma folga.

Charlie se apoiou no beiral da sacada, observando um homem de turbante sentado numa pilha de almofadas no meio do pátio principal, tocando uma música suave em sua flauta *bansuri*, enquanto um grupo de pavões andava de um lado para o outro atrás dele no grande jardim.

— Astrid, você tem que ver isso! Tem um homem no pátio tocando flauta cercado de pavões!

— Eu vi. Ele está ali desde cedo. Isso aqui é um paraíso, não é? — Astrid fechou os olhos, ouvindo a melodia encantadora enquanto desfrutava do calor do sol em seu rosto.

— Pois é. Mas nós ainda nem passeamos pela cidade — disse Charlie, com um tímido brilho no olhar.

Astrid também sorriu, achando graça de sua expressão de menino levado. O que ele estaria tramando? Ele parecia Cassian quando estava escondendo algo dela.

Depois de saborearem um clássico café da manhã indiano em sua sacada privativa, com ovos mexidos temperados com *akuri* em *lachha paratha*, *samosas* de frango e pudim de manga fresco, Astrid e Charlie foram andando até a entrada principal do palácio. Enquanto esperavam pelo Rolls-Royce Phantom II do marajá, os guardas começaram a encher Astrid de elogios.

— Madame, nunca vimos ninguém tão bela de *jodhpurs*.* — Astrid sorriu, envergonhada. Ela estava usando uma túnica branca de linho para dentro de um novo par de *jodhpurs* brancas que haviam sido feitas sob medida. Mas, em vez de cinto, ela usava um colar de turquesa nos passadores da calça.

O motorista os levou para o Forte de Mehrangarh, uma imponente construção de arenito vermelho que ficava em uma falésia de mais de 120 metros acima de Jodhpur. Ao pé da colina, eles passaram para um jipe pequeno que os conduziu até a entrada principal, um portal em arco magnífico ladeado por afrescos, conhecido como Jai Pol, O Portão da Vitória. Logo, ambos estavam caminhando de mãos dadas pela rede de palácios interligados e museus que formavam o complexo do forte, maravilhados com as paredes esculpidas e os pátios amplos que ofereciam uma vista espetacular da cidade.

---

* Calças de montaria (*N. da T.*)

— Isso é incrível! — sussurrou Astrid, enquanto eles entravam em uma câmara onde as paredes e o teto eram inteiramente forrados de mosaicos de espelho.

— Bom, eles não chamam esse lugar de o forte mais bonito do Rajastão por nada — disse Charlie.

Enquanto andavam por um corredor onde todas as superfícies — do chão ao teto — eram pintadas em coloridos padrões florais, Astrid não pôde deixar de comentar:

— Mas está tão vazio. Onde estão todos os turistas?

— O forte está fechado para visitação hoje, mas Shivraj mandou abrir só para a gente.

— Que delicadeza! Então o forte pertence à família dele?

— Desde o século XV. É um dos únicos fortes na Índia que permanecem no controle da família que o construiu.

— Eu terei a chance de agradecer a Shivraj pessoalmente?

— Ah, esqueci de falar... fomos convidados para jantar com a família do marajá hoje na residência dele em Umaid Bhawan.

— Ótimo! Será que eles são parentes dos Singhs? Conhece Gayatri Singh, a amiga da nossa família que faz aquelas festas maravilhosas onde põe à mostra todas as suas joias? O pai dela era o marajá de um dos Estados da Índia... mas não consigo me lembrar de qual.

— Pode ser. Acho que muitas das famílias reais da Índia se casam entre si — falou Charlie, um pouco distraído.

— Tudo bem? — perguntou Astrid, percebendo a mudança no humor dele.

— Sim, estou bem. Tem uma sala incrível que quero que você veja... Tenho certeza de que você vai adorar. Acho que fica lá em cima — disse ele, guiando Astrid por uma escadaria em formato de gota e, lá em cima, chegaram a um salão cercado de janelas arqueadas em todas as paredes. No meio do salão havia uma coleção de berços dourados, cada um mais enfeitado que o outro.

— Aqui é o berçário? — perguntou ela.

— Não. Na verdade, essa sala faz parte do Zenana, onde as mulheres do palácio ficavam reunidas. Esse prédio é chamado de Palácio da Espreita, porque as mulheres vinham até aqui para espiar as atividades do pátio sem serem vistas.

— Oh, é verdade. As esposas reais e as concubinas jamais podiam ser vistas pelo público, não é? — disse Astrid, se inclinando numa janela emoldurada por um beiral em estilo Bengali, espiando pelos buracos em formato de estrela na tela. Então ela abriu a janela completamente, observando o grande pátio de mármore cercado pelos três lados pelas varandas dos palácios.

— Ei, você quer pintar suas mãos com hena?

— Oh! Claro que quero!

— O concierge no hotel me disse que tem uma artista aqui que faz um trabalho incrível. Acho que ela fica na lojinha do museu. Espere aqui que vou chamá-la.

— Vou com você.

— Não. Fique aqui e aprecie essa vista incrível. Vou chamá-la e já volto.

— Está bem, então — concordou Astrid, um pouco desconfiada. Ela se sentou no banco que havia no salão, imaginando como teria sido ser esposa de um marajá no tempo em que eles eram os senhores absolutos de seus reinos. Deveria ser uma vida de luxo inimaginável, mas ela não sabia se gostaria de fazer parte de um harém com dezenas de rainhas e concubinas. Como ela poderia dividir o homem que ama com outras mulheres? E será que as mulheres tinham permissão para caminhar além dos muros do palácio ou até mesmo ir ao elegante pátio lá embaixo?

Astrid escutou risadas a distância e viu várias mulheres passando por um portão arqueado no pátio. Como elas estavam lindas, vestindo *lehenga cholis* vermelho e branco. Atrás dela, outra fila de mulheres usando os mesmos tops justos e saias longas bordadas. Logo havia cerca de 12 mulheres no pátio. Elas andavam em fila, formando um círculo, quando tambores soaram de dentro do forte. De repente, as mulheres formaram uma fileira bem debaixo da janela onde Astrid estava. Elas ergueram as mãos, olharam para ela e começaram a bater os pés ao ritmo dos tambores.

Dos arcos sob o pavimento onde Astrid estava, uma dúzia de homens vestidos de branco veio correndo por entre as mulheres em direção ao outro lado do pátio. Uma música pop indiana começou a tocar, e os casais dispararam a dançar cara a cara, de forma sedutora. Logo outras dançarinas usando sári azul e roxo se juntaram ao grupo, vindas dos portões norte e sul. Então a música começou a ficar mais alta.

De repente, a música parou e as janelas do outro lado do pátio se abriram, revelando um homem usando um *sherwani* dourado. Ele ergueu os braços em direção a Astrid, cantando em hindi. Então a música recomeçou, e os dançarinos voltaram a sapatear e a girar. Astrid começou a rir, maravilhada com o espetáculo de Bollywood que estava se desenrolando bem diante de seus olhos. *Charlie deve estar por trás disso tudo! Por isso que ele estava tão estranho desde que chegamos!*, pensou ela.

O homem desapareceu da torre, reaparecendo no pátio momentos depois, guiando uma banda de músicos. A trupe inteira dançava ao ritmo da música, em perfeita sincronia. Ela olhou para o belo vocalista vestido de dourado e ficou chocada ao ver que era Shah Rukh Khan, uma das maiores estrelas da Índia. Antes que ela pudesse esboçar qualquer reação, clarinetes soaram, seguidos por um estranho som. Virando-se para o arco principal, Astrid arregalou os olhos, surpresa.

Um elefante enfeitado de pedras e com pinturas em cor-de-rosa e amarelo em sua cabeça entrou pelo portão, guiado por dois adestradores usando trajes oficiais da corte real de Jodhpur. Nas costas do elefante, um majestoso *howdah* prateado e, sobre ele, num dos assentos, usando um *sherwani* azul-marinho com calças e turbante da mesma cor, estava Charlie. Astrid ficou boquiaberta e correu para a varanda:

— Charlie! O que significa isso tudo?

O elefante foi andando até a varanda e ela ficou praticamente cara a cara com Charlie. Os adestradores guiaram o animal para que ele ficasse de lado, e Charlie pulou do *howdah* para o terraço onde Astrid estava.

— Eu queria que fosse surpresa. Não falei nada antes, mas Isabel assinou os papéis do divórcio na semana passada.

Astrid estava surpresa.

— Sim. Agora sou um homem livre. Completamente livre! E percebi que, no meio de toda a loucura dos últimos anos, nós conversávamos sobre casamento como se fosse algo já certo, mas... eu nunca pedi você em casamento oficialmente.

Charlie se ajoelhou e olhou para ela.

— Astrid, você é e sempre foi o amor da minha vida... meu anjo, minha salvadora. Não sei o que faria sem você. Meu amor, você quer se casar comigo?

Antes que ela pudesse responder, o elefante bramiu novamente e então enrolou a tromba para cima e pegou alguma coisa nas mãos de Charlie. O animal, então, entregou a Astrid uma caixa de couro vermelha. Ela a pegou timidamente e abriu. Lá dentro, brilhava um anel de diamante canário de 5 quilates. A joia tinha um floral delicado em ouro branco. Era um modelo incomum, bem diferente do que um joalheiro moderno desenharia.

— Espere um pouco... esse... esse anel é exatamente igual à aliança da minha avó!

— Essa *é* a aliança da sua avó.

— Mas como? — perguntou ela, confusa.

— Fui a Cingapura no mês passado e tive um encontro secreto com a sua avó. Sei o quanto ela é importante para você, por isso queria ter certeza de que teríamos a bênção dela.

Astrid balançou a cabeça, sem acreditar, enquanto olhava para a aliança, cobrindo a boca com a mão direita enquanto lágrimas rolavam pelo seu rosto.

— E então? Você quer se casar comigo? — perguntou Charlie com um olhar melancólico.

— Sim! Sim! Mil vezes sim! — gritou Astrid. Charlie se levantou e lhe deu um abraço apertado, então os dançarinos começaram a comemorar.

O casal desceu até o pátio, e Shah Rukh Khan foi na direção dos dois para ser o primeiro a dar os parabéns.

— Você ficou surpresa? — perguntou ele.

— Meu Deus! Ainda estou chocada. Não imaginei que ainda pudesse ser surpreendida a essa altura do campeonato, mas Charlie conseguiu!

Na euforia do momento, ninguém percebeu uma série de flashes vindos da torre mais alta na face sul do forte. Os flashes eram da luz do sol refletindo nas lentes de uma Canon EOS 7D, a câmera favorita dos detetives particulares e *paparazzi*.

E ela estava apontada diretamente para Astrid e Charlie.

Parte Dois

"Fiz fortuna do jeito antigo. Fui muito legal com um parente abastado pouco antes de ele morrer."

— MALCOLM FORBES

1

•

LONDRES, INGLATERRA

Wandi Meggaharto Widjawa estava em Londres com sua mãe, Adeline Salim Meggaharto, em teoria para assistir ao seu sobrinho Kristian competir em um torneio de esgrima, mas, na verdade, as duas estavam ali para as consultas trianuais à clínica do Dr. Ben Stork, na Harley Street, considerado pelos mais exigentes viciados em preenchimento o Michelangelo do Botox. Suas mãos eram tão precisas na inserção das agulhas nos pequenos vincos, nas bochechas frágeis e nas dobras nasolabiais delicadas que nem suas pacientes com as peles mais finas ficavam com hematomas, e tão sutil era sua maestria que cada paciente que ia à sua clínica saía de lá com a garantia de que poderia escolher fechar ambas as pálpebras completamente, caso desejasse piscar.*

Enquanto Wandi estava sentada na elegante sala de espera, de estilo Regência Hollywoodiana, em seu vestido floral bordado Simone Rocha, aguardando que sua mãe completasse o tratamento usual de injeções de Botox®, Juvéderm Voluma®, Belotero Balance®, Restylane Lyft®, e Juvéderm Volbella®, ela virava as páginas da edição mais recente da revista *British Tattle*. Ela sempre começava pelo fim da revista, para ver a seção Espectadores, que reunia fotos das únicas

---

* Sorrir, rir, franzir a testa, ou arquear as sobrancelhas era bastante desencorajado, no entanto.

festas importantes que aconteciam pelo país. Ela adorava julgar as socialites inglesas da cabeça aos pés — as mulheres ou pareciam cisnes elegantes ou camas desarrumadas (não havia meio-termo).

Naquele mês a seção Espectadores estava bem decepcionante — nada além de fotos da festa de 21 anos de outro garoto chamado Hugo, a festa de lançamento de mais um livro de Simon Sebag Montefiore, e alguns casamentos interioranos entediantes. Ela nunca conseguia entender por que todos aqueles aristocratas adoravam se casar em igrejinhas dilapidadas no interior quando poderiam organizar as festas nupciais mais luxuosas na Abadia de Westminster ou na St. Paul's Cathedral.* De repente os olhos de Wandi se fixaram na foto obrigatória da noiva e do noivo. Como era costume de todas as fotos de casamento da *British Tattle*, o casal posava sob um arco de pedras da modesta paróquia decorada com alguns galhos anêmicos de rosas, sorrindo de forma esquisita enquanto as pessoas jogavam arroz sobre eles. Mas o que chamou a atenção de Wandi foi o fato de que a noiva era *asiática*, e isso imediatamente a colocou em alerta.

Wandi fazia parte de um tipo muito particular de chindocrata,** que havia sido criado de uma forma bem específica — filha única de um oligarca indochinês, ela era a típica criança de terceira geração, que havia crescido pelo mundo afora. Nascida em Honolulu (para ter passaporte americano), sua infância foi vivida entre a mansão da família em Cingapura do tamanho de uma ala hospitalar, e o histórico *joglo* de sua família em Jacarta, onde ela cursou o jardim de infância na exclusiva Escola Internacional de Jacarta (JIS). Quando já estava no terceiro ano, fora estudar na Escola Americana de Cingapura (JIS) para elites, antes de um incidente infeliz com tráfico de mochilas Prada falsas que levara à sua expulsão e matrícula posterior em Aiglon, o internato preferido dos rebeldes privilegiados, em Chesières-Villars, na Suíça. Depois de Aiglon, Wandi passara dois

---

* O que Wandi não sabe é que as únicas pessoas que podem se casar na Abadia de Westminster são os membros da Família Real britânica, membros da Honorabilíssima Ordem do Banho e seus filhos, ou qualquer um que resida na abadia. St. Paul só aceita casamentos de integrantes da Distintíssima Ordem de São Miguel e São Jorge, Excelentíssima Ordem do Império Britânico, contemplados com a Medalha da ordem do Império Britânico, e membros da Sociedade Imperial dos Cavaleiros Celibatários e seus filhos (mas não seus netos).
** Chinês + indonésio x aristocrata = chindocrata.

anos na Universidade da Califórnia, em Santa Bárbara, tentando conseguir um diploma em marketing, até largar os estudos e se casar com o filho de outro oligarca indochinês, indo e vindo entre as casas de Cingapura e Jacarta, dando à luz seu bebê no Centro Médico Kapiolan, em Honolulu, e passando pela crise existencial associada à decisão de mandar seu primogênito para JIS, SAS ou ACS.*

Como a maioria das mulheres que compunham o *jet set* asiático, Wandi tinha um radar interno para OASOs — Outros Asiáticos em Situações Ocidentais. Quando ela viajava para fora da Ásia e se encontrava, por exemplo, almoçando no Tetsuya's, em Sydney, ou participando do Baile da Cruz Vermelha, em Mônaco, ou visitando a casa número 5 na Hertford Street, em Londres, e outra pessoa de ascendência asiática de repente entrava no local, Wandi reparava naquela pessoa muito antes dos não asiáticos, e o rosto dela imediatamente passava por um escâner de posicionamento social em dez etapas, dentro de seu próprio cérebro:

1. **Que tipo de asiático é essa pessoa?**
   Em ordem descendente de importância: indochinês, cingapuriano, honconguês, chinês malaio, euroasiático, asiático americano que morava em Nova York ou Los Angeles, asiático americano que trabalhava com capital privado em Connecticut, asiático canadense de Vancouver ou Toronto, chinês australiano de Sydney ou Melbourne, tailandês, filipino de Forbes Park, chinês nascido na América, taiwanês, coreano, chinês do continente, indonésio comum.**

2. **Conheço esse OASO?**
   Especificamente, seria um ator/cantor pop/político/figura social/estrela da mídia social/médico/celebridade sem portfólio/bilionário/editor de revista. Adicionar 50 pontos se realeza ou se Joe Taslim. Se for Joe Taslim, fazer o segurança entregar as chaves do meu quarto de hotel para ele.

---

* Quando Hugo tinha 3 anos, ela já sabia que ele não era inteligente o suficiente para ir para a Raffles.
** Se a pessoa fosse japonesa, vietnamita ou qualquer outro tipo de asiático não mencionado na lista, a função escâner era abortada. Era totalmente irrelevante.

3. **Conheço algum membro da família desse OASO?**
   Conheci/fui colega de escola/socializei/comprei/organizei uma festa de gala junto/tive relações sexuais/traí alguém relacionado a essa pessoa?

4. **Quanto vale esse OASO ou sua família?**
   Avaliar o real valor líquido contra o valor líquido publicado. Adicionar 25 pontos se a família tiver um escritório, 50 pontos se tiver uma fundação, 75 pontos se tiver um museu.

5. **Esse OASO ou sua família esteve envolvido em algum escândalo?**
   Adicionar 100 pontos se essa pessoa esteve envolvida em derrubar um servidor público eleito, partido político, ou melhor amigo no Olivier Café no shopping Grand Indonesia.

6. **Esse OASO ou a família dele possui algum hotel fabuloso/ companhia aérea/spa resort/marca de luxo/restaurante/ bar/casa noturna que poderia me beneficiar?**
   Adicionar 25 pontos se a família possuir uma ilha particular, 500 pontos se for um estúdio de cinema grande.

7. **Quão atraente e estiloso é esse OASO em comparação a mim? Observar o corpo nessa ordem:**
   Mulheres: rosto, palidez da pele, físico, joias, relógio, bolsa, sapatos, roupa, cabelo, maquiagem. Subtrair 50 pontos se for detectada alguma marca brega ou qualquer procedimento estético visível.
   Homens: densidade capilar, relógio, sapatos, físico, roupa. Subtrair 100 pontos se estiver usando um cinto Hermès com "H" na fivela, que só combina com franceses ou italianos bem bronzeados e/ou títulos de nobreza.

8. **Quão atraentes, bem-vestidas, importantes, ou famosas são as pessoas brancas com quem esse OASO está?**
   Subtrair 20 pontos se for uma situação de negócios com americanos em vestimenta corporativa, adicionar 25 pontos se forem europeus, e 50 se forem franceses ou italianos bem bronzeados e/ou títulos de nobreza.

9. **Quantos seguranças este OASO tem?**
Avaliar o nível de intimidação dos seguranças, prestando atenção à massa muscular, uniformes, e armas visíveis, qualidade dos fones de ouvido, tipo de óculos de sol, e quão perceptíveis são naquele espaço. Quanto mais parecerem com halterofilistas prontos a atirar suas Sig Sauers à menor provocação em uma multidão noturna no Nobu Malibu, melhor.

10. **Quando foi a última vez que esse OASO ou sua família apareceu na edição local deles das revistas _Tattle_, _Pinnacle_, ou _Town & Country_?**
Adicionar 100 pontos se eles nunca apareceram em nenhuma dessas revistas e você _ainda assim_ o reconheceu.

Àquela altura da vida, o teste de posicionamento social de Wandi estava tão precisamente calibrado que ela era capaz de avaliar um rosto asiático em meros nanossegundos e assim determinar o quanto se sentia mais bonita, mais rica, ou mais importante que aquela OASO, e qual seria sua reação apropriada — fosse um simples contato visual, um aceno de cabeça em reconhecimento, um leve sorriso, ou até mesmo se aproximar da pessoa fisicamente e cumprimentá-la.

Claro que naquele exato momento a OASO em questão aparecia apenas em uma fotografia retangular, mas o fato de um rosto asiático aparecer na seção Espectadores da _British Tattle_ era algo tão fora do comum que Wandi não teve como não notar. O bloco de texto no meio da página dizia simplesmente:

CASAMENTO INVERNAL MÁGICO

A inesperada nevasca não impediu que os ingleses chiquérrimos removessem a neve dos casacos de pele e encarassem as estradas congeladas para o casamento de **Lucien Montagu-Scott** na igreja de St. Mary's, em Chipping Norton. Naturalmente, os **Glencoras** compareceram em peso, assim como os **Devonshires**, os **Buccleuches**, e alguns **Rothschilds** e **Rochambords**, dos dois lados do canal. Muitas garotas se lamentaram de que Lucien,

#OMaisLindo não estivesse mais disponível, mas ninguém podia culpar a noiva, **Colette Bing**, cuja pele de porcelana e o sorriso encantador poderiam aquecer todas as capelas congeladas em cada condado doméstico.

Wandi não acreditava no que seus olhos viam ao encarar mais uma vez a imagem do casal. Era impossível que a noiva naquele vestido simples, de gola alta, quase monástico, fosse a mesma Colette Bing que ela vira em todos os tabloides da Ásia. O que havia acontecido com sua maquiagem costumeira, lápis de olho preto e batom vermelho matador? O rosto da garota parecia não ter um pingo de maquiagem, os lábios pálidos lembravam os de um fantasma. Onde estava o espetacular vestido dourado que ela havia encomendado de Giambattista Valli para o casamento? E, mais importante, por que ela não estava usando uma tiara reluzente?

Wandi puxou seu celular da bolsa de couro de cobra branca Mark Cross, tirou rapidamente uma foto da página da revista e a mandou por WhatsApp para Georgina Ting, que naquele exato momento estava deitada à beira da piscina no American Club em Cingapura, sem se dar conta de que a filha nadava na parte mais funda da piscina.

WANDI MEGGAHARTO WIDJAWA: Olha isso!!!
GEORGINA TING: Britânicos sem senso de estética?
WMW: Não, olha a noiva!!!!
GT: MEU DEUS!!! Onde você encontrou isso???
WMW: British Tattle!
GT: O casamento da Colette saiu na BRITISH TATTLE? Uau, ela botou a mão no Santo Graal! Você mandou isso pra Kitty?
WMW: Não!!! Não quero deixá-la chateada.
GT: Verdade. Acabaria sobrando pra você. Você não poderia perder os privilégios de spa no avião dela.
WMW: Pelo menos eu sou verdadeira. Se eu odeio você, você vai saber. A Kitty é tão imprevisível! Você se lembra do que aconteceu no ateliê do Giambattista Valli em Paris? Ela parecia tão calma e tranquila e do nada destruiu o vestido de casamento da Colette!

GT: É. Não é à toa que ela não o usou. Provavelmente eles não conseguiram consertar a tempo.

WMW: Mesmo assim, estou boba de ver o vestido que ela escolheu. Por que raios...? Ela parece a Fräulein Maria num convento. Está irreconhecível! Você acha que ela fez plástica no rosto em Seul, Buenos Aires ou Londres?

GT: Acho que é o rosto dela natural mesmo, sem maquiagem. Conheço esse estilo... ela está emulando o estilo elegante das britânicas. Elas todas querem parecer virgens recém-esfoliadas no dia do casamento.

WMW: Esse cara com quem ela casou parece um verdadeiro sangue azul.

GT: Pensei que ele fosse um cientista nerd, não?

WMW: Não, advogado.

GT: Você não deu um Google nele quando estávamos em Paris?

WMW: Foi a Tatiana.

GT: E a Tatiana já viu isso?

WMW: Ainda não.

GT: Espera um pouquinho..

Georgina encaminhou a foto para Tatiana Savarin e depois fez uma busca no Google. Instantes depois, Tatiana, que estava de férias na ilha de Mustique, respondeu.

TATIANA SAVARIN: Foi com ELE que Colette Bing se casou?!?!

WMW: Você acredita nisso?

TS: O McGostosoDemais! Não tem nenhuma cara de advogado chato!

GT: Tatiana, você é uma péssima detetive. Acabei de buscar no Google, e olha o que encontrei. Confiram esse link, meninas...

De AVALIEMEUCONHECIDO.CO.UK

O lorde Lucien Plantageneta Montagu-Scott, conde de Palliser, é o filho mais velho do duque de Glencora. Em 2013, a revista Tattle *o apontou como um dos solteiros mais cobiçados do Reino Unido. De acordo com a Lista dos Ricos do* Sunday Times, *o duque de Glencora é o quinto maior dono de terras da Inglaterra, com propriedades em Northamptonshire, Suffolk e na Escócia. Mas a joia resplandecente do portfólio deles são as inúmeras propriedades no centro de Londres. Próximos dos duques de Westminster e Portland, os Glencoras estão entre os maiores proprietários de Londres, tendo como posses grandes quantidades de terras em Bloomsbury e Chelsea. Além disso, a mãe de Lucien, Liliane, é descendente dos Rochambords franceses. C'est formidable!*

TS: Isso é novidade! Não apareceu quando eu pesquisei o nome dele!

WMW: Meu Deus!

GT: Colette, a futura duquesa de Glencora! A Kitty vai morrer de inveja se descobrir isso.

TS: Como assim SE? Eu acabei de mandar tudo pra ela.

GT: Você o quê?!?

De repente, os telefones das três mulheres começaram a vibrar com uma solicitação de chamada em grupo iniciada por um número de Xangai.

WMW: É a Kitty ligando!

TS: Será que a gente atende? Ela pode ver que estamos conversando num grupo.

— Tatiana, sua idiota — sussurrou Georgina ao passar o dedo pela tela do telefone, aceitando a chamada em grupo.

— Oi, Kitty! — disse Wandi, num tom excessivamente alegre.

— Oi para todas. O que é isso que você me mandou? — perguntou Kitty.

— Ah, você viu a foto ou acessou o link que eu enviei? Olhe a foto. Não precisa ver os links — respondeu Tatiana com urgência. Houve uma pequena pausa enquanto Kitty analisava a foto na tela de seu celular.

— E eu deveria ver o que aqui? Tem um monte de mulheres grisalhas e de dentes amarelos.

— Você está vendo a noiva? — perguntou Wandi.

— Não...

Georgina a cortou.

— Kitty, desce até o fim da página. Está vendo a foto do noivo e da noiva?

Houve silêncio por alguns momentos, e as três mulheres seguraram a respiração, pois não sabiam como Kitty reagiria.

— Que interessante — comentou Kitty num tom estranhamente neutro.

— Colette está horrível, não? Sem a maquiagem e as joias, ela é tão comunzinha... os traços simples dela realmente saltam aos olhos. — Wandi riu entre os dentes.

— Parece que ela está passando por dificuldades financeiras — comentou Tatiana.

Kitty soltou uma risadinha.

— Posso garantir a vocês que ela não está passando por nenhuma dificuldade. Ela só está tentando parecer modesta para impressionar a nova família. Eles parecem o tipo de pessoa que Corinna Ko-Tung vive tentando apresentar para mim. Bom, boa sorte para ela em sua nova vida inglesa.

Georgina ficou aliviada por Kitty estar aceitando bem a situação. Ela estava com os dedos cruzados, torcendo para que a amiga não tivesse visto os artigos sobre o noivo, quando Kitty de repente perguntou:

— E o que sabemos sobre os Rochambords?

Droga, ela leu tudo, pensou Wandi.

— Nunca ouvi falar deles — respondeu Georgina com desdém.

— Ei, estou numa festa aqui em Mustique, e tem uma garota que talvez saiba — falou Tatiana, continuando aquilo de forma completamente desnecessária. — Ela é de uma família francesa da alta sociedade, pelo que ouvi dizer.

Tatiana foi andando até o terraço da casa de praia em estilo balinês, onde a namorada do parceiro de negócios do marido dela estava sentada, tomando café puro de um bowl.

— Lucie, estou conversando com algumas amigas... Você já ouviu falar de uma família francesa chamada Rochambord?

— Qual lado?

— Ah... não sei. Conhecemos uma pessoa que se casou com um cara cuja mãe é uma Rochambord. Espere, vou colocar você no viva voz.

— O nome da mãe é Liliane Rochambord — explicou Georgina.

Os olhos de Lucie se arregalaram.

— *Liliane de Rochambord*? Você está falando da mãe do Lucien Montagu-Scott?

— Sim! Você conhece? — perguntou Tatiana, animada.

Lucie fez que não com a cabeça, suspirando.

— Não o conheço pessoalmente, mas, meu Deus, todas as mulheres na França eram apaixonadas por ele. Ele é um futuro *duque*, e a mãe dele é uma Rochambord da *Bretanha*, não de Paris, que são os primos mais pobres.

— Mas quem são os Rochambords? — insistiu Georgina.

— Oh, são uma *ancienne famille de la noblesse*... como eu posso dizer... uma família antiga da nobreza que casou entre si e com os Bourbons, e a linhagem deles vem de Luís XIII. O lado de Paris é dono de todas as vinícolas, sabe, Château de Rochambord... Mas os Rochambords da Bretanha são donos de uma das maiores companhias de defesa militar da França. Fazem todos os submarinos e navios para a Marinha francesa. Então... Quem é a sua amiga que se casou com Lucien?

— Colette Bing. Mas não é uma amiga nossa, exatamente — respondeu Tatiana, um pouco sem jeito.

— Ela é uma socialite e blogueira de moda de Xangai que... — começou a dizer Wandi.

— Ela é uma bostinha mimada! — completou Kitty, de repente.

Todas estavam chocadas demais para continuar falando, mas Georgina tentou transformar aquilo em uma piada.

— Ha, ha, sim, ela é famosa por um vídeo dela reclamando muito que viralizou, não é Kitty?

Houve silêncio na linha por uns instantes.

— Uh... Acho que a Kitty desligou — concluiu Tatiana.

2

•

RANAKPUR, ÍNDIA

Su Yi tocou a coluna de mármore branco e, com os dedos, acompanhou os entalhes delicados do desenho de uma deusa, sentindo cada curva ondulante da figura, bem fria ao toque. A coluna toda era entalhada com desenhos de mulheres dançando, desde o chão até a imensa cúpula. Su Yi olhou ao redor e viu que estava cercada por milhares de colunas brancas, tantas que seria impossível contar.* E cada uma delas havia sido esculpida com deidades, animais, cenas românticas, cenas de guerra — cada qual tão cuidadosamente entalhada que parecia mais renda do que pedra. Ela mal podia acreditar no quão belo aquilo era.

Su Yi se sentiu muito agradecida pelo *maharani* ter organizado aquela visita ao Templo Adinatha, escondido na remota Cordilheira Aravalli entre Jodhpur e Udaipur. Ao seguir pelo caminho de mármore, sentia como se estivesse num sonho, e, depois de passar

---

* Na verdade, há 1.444 colunas no templo, que também possui 29 salões e 80 abóbadas numa área de quase 5 mil metros quadrados. Construído por um rico homem de negócios jainista, chamado Dharma Shah, a construção do templo começou em 1446 e levou mais de cinquenta anos para ser finalizada. Se for a Jodhpur, por favor, vá até esse local maravilhoso em vez de perder tempo e dinheiro comprando mantas de cashmere de vendedores charmosos que dizem que foram "feitas à mão exclusivamente para a Hermès" (ou Etro, ou Kenzo) "em uma vila próxima dali que emprega 800 mulheres". Não foram, e Richard Gere também não esteve lá na semana passada, comprando milhares de echarpes.

para o outro lado do templo, ela encontrou uma linda árvore crescendo no meio de um tranquilo pátio de pedras. Abaixo da árvore havia um jovem com um manto simples cor de açafrão, colhendo folhas caídas. Ele ergueu a cabeça por um momento e sorriu para ela. Tímida, Su Yi sorriu para ele também, antes de seguir seu caminho por outro átrio entalhado de tirar o fôlego, no qual havia uma deidade entalhada em meio a centenas de cobras.

— Com licença, você fala inglês? — perguntou uma voz atrás dela.

Su Yi se virou e viu que era o jovem. Desta vez, viu um círculo dourado meio apagado no meio de sua testa.

— Sim — respondeu ela.

— Você é da China?

— Não, sou da ilha de Cingapura, nos Estabelecimentos dos Estreitos...

— Ah, sim, na ponta da Malásia. Há alguns templos jainistas em Cingapura. Permita que eu me apresente: meu nome é Jai, sou o sacerdote daqui. Meu avô é o sumo sacerdote do templo, e um dia meu pai será o sumo sacerdote, e então, um dia, a responsabilidade será minha. Mas isso vai levar um bom tempo ainda.

— Que sorte. Esse é o templo mais bonito que já conheci — elogiou Su Yi.

— Posso oferecer uma bênção?

— Seria uma honra.

O sacerdote a conduziu até um canto silencioso do templo que possibilitava uma visão completa do local. Eles se sentaram na escadaria do altar de mármore e observaram os morros ondulantes enquanto uma brisa passeava entre eles. O monge sorriu mais uma vez para ela.

— Não recebemos visitantes de Cingapura com tanta frequência aqui no templo. Eu reparei em você logo que entrou com seu acompanhante, porque está vestida lindamente. Mas, quando sorriu, percebi uma grande tristeza em você.

Su Yi balançou a cabeça, concordando, e abaixou os olhos.

— Estou longe da minha família, e minha ilha está em guerra.

— Sim, eu soube que a guerra está chegando ao sul da Ásia. Não consigo entender essa guerra. Mas sinto que sua tristeza vem de algo mais profundo... — Ele a encarou, e Su Yi notou pela primeira vez que as íris dele possuíam um tom meio azul acinzentado. De repente ela percebeu que seus olhos se enchiam de lágrimas.

— Meu irmão — disse Su Yi, em um esforço, com a voz engasgada. — Meu irmão mais velho está desaparecido há um tempo.

Ela não havia contado isso a ninguém, e não sabia por que estava lhe contando aquilo naquele momento. Ela já ia procurar um lenço na bolsa quando o monge lhe ofereceu um, tirando-o sabe-se lá de onde. Era um lenço de seda com um padrão de folhas curvadas, em tons de azul-escuro e roxo, e não parecia combinar com as roupas austeras dele. Su Yi enxugou as lágrimas e olhou para o sacerdote, que, de repente, parecia estar usando óculos de armação fina iguais aos que seu irmão usava.

— Sim, seu irmão Alexander quer dizer uma coisa para você. Você gostaria de ouvir a mensagem?

Su Yi o observou, sem entender o que ele queria dizer. Antes que ela pudesse responder, o sacerdote começou a falar sem parar *hokkien: Sete. Oito. Nove. Chegando à praia. Merda, são tantos. Isso não vai funcionar. Não vai funcionar mesmo.*

Um calafrio lhe subiu pela espinha. Era a voz do irmão dela saindo da boca do sacerdote, e ele estava dizendo as mesmas coisas sem sentido que dissera quando estava muito doente.

— O que não vai funcionar? Ah Jit, me diga, o que não vai dar certo? — perguntou Su Yi, desesperada.

— Não consigo dar conta de tantos. É perigoso demais. Temos que ir embora rápido. E não podemos revidar?

— Ah Jit, se acalme, quem está revidando? — Su Yi retorceu as mãos em frustração, sentindo que estavam ficando pegajosas. Quando ela olhou para o lenço de seda, viu que estava coberto de um muco estranho, que parecia uma teia de aranha, misturado com sangue. De repente a fala incoerente do irmão se transformou em um tom lúcido e claro.

— Acho que você sabe o que fazer agora, Su Yi. Confie nos seus instintos. Essa é a única forma de reparar tudo o que nossos ancestrais fizeram. Você não pode nunca contar a ninguém, principalmente ao papai.

Em um instante, ela soube do que seu irmão falava.

— Como farei isso sozinha?

— Eu confio em você, minha irmã. Você é a nossa última esperança... Está acordada? Mamãe, está acordada?

Su Yi sentiu alguém tocar seu ombro, e de repente ela não estava mais naquele lindo templo em Ranakpur, e o sacerdote com os olhos azulados tinha sumido. Ela estava acordando no seu quarto em Tyersall Park, com os raios solares acertando seus olhos.

— Mamãe, está acordada? O bispo See está aqui — disse Victoria, animada.

Su Yi soltou um grunhido baixo.

— Acho que ela pode estar com dor — disse o bispo.

Su Yi grunhiu de novo. *Essa minha filha irritante interrompeu um dos sonhos mais vívidos da minha vida. Ah Jit estava falando comigo, Ah Jit estava tentando me dizer alguma coisa, e agora ele sumiu.*

— Vou chamar a enfermeira — disse Victoria, em um tom preocupado. — Ela está dopada de hidrocodona, não deveria sentir nada. Eles falaram que ela poderia ter alucinações, só isso.

— Não estou com dor. Você só me acordou de supetão — sussurrou Su Yi, frustrada.

— Bom, o bispo See está aqui para rezar por você...

— Por favor, um gole de água... — pediu Su Yi, com a garganta mais seca do que de costume naquela manhã.

— Ah, sim, água. Bom... Bispo See, poderia me fazer um favor e dar um pulo no closet da minha mãe? Em uma bandeja ao lado da penteadeira, há uns copos venezianos maravilhosos, feitos à mão, com alças de golfinhos. São de uma loja perto de Danieli. Traga um deles.

— *Aiyah*, tem um copo de plástico bem aqui. — Su Yi apontou para a mesa de cabeceira.

— Ah, que boba eu, não tinha visto. Bispo See, está vendo uma garrafa de água nessa mesa atrás de você? Uma garrafa térmica de prata, com um padrão *art nouveau* de flores entalhadas na alça?

— Apenas me traga a droga do copo — disse Su Yi.

— Ah, mamãe, olhe o *linguajar*. O bispo See está aqui — falou Victoria, tentando passar o copo para ela.

— Você não está vendo que as minhas mãos estão presas aos tubos? Você tem que me ajudar a tomar água com o canudo! — retrucou Su Yi com frustração.

— Aqui, deixe eu ajudar. — O bispo tomou o lugar e o copo de Victoria, já desgastada.

— Obrigada — agradeceu-lhe Su Yi, após alguns preciosos goles.

— Então, mamãe, o bispo See e eu conversamos mais cedo, durante o café da manhã, e fui lembrada de que a senhora nunca foi batizada. Ele foi muito gentil em trazer um pequeno frasco de água benta do rio Jordão, e eu acho que poderíamos fazer um ritual de batismo aqui mesmo.

— Não, eu não quero ser batizada — respondeu Su Yi, categórica.

— Mas, mamãe, a senhora não entende que, se não for batizada, nunca entrará no reino dos céus?

— Quantas vezes preciso dizer que não sou cristã?

— Não seja boba, mamãe, claro que é. Se não for cristã, não poderá ir para o céu. Não quer se encontrar com o papai... E com *todos nós* no futuro que é a eternidade?

Su Yi não conseguia imaginar um destino pior do que estar presa com sua filha *eem zheem** por toda a eternidade. Ela apenas suspirou, cansada de ter a mesma conversa o tempo todo.

— Bem, senhora Young... se me permite perguntar — disse o bispo, cauteloso — se não é cristã, o que se considera?

— Eu respeito todos os deuses — respondeu ela, baixinho.

Victoria revirou os olhos com desdém.

— Meu avô Shang Loong Ma e sua família eram budistas, taoistas, adoradores de Quan Yin, toda aquela mistura de religiões... Sabe, daquele jeito *démodé chinês* de ser.

O bispo ajustou a gola de sua vestimenta, parecendo um pouco desconfortável.

— Bem, Victoria, não podemos forçar sua mãe a ser batizada, mas talvez possamos rezar para que ela aceite Jesus Cristo em seu coração. Devemos deixar que Jesus entre nela gentilmente, suavemente.

---

* Em cantonês, "difícil, exigente"

— Não preciso que Jesus entre em mim — retrucou Su Yi, agitada. — Não sou cristã. Se sou alguma coisa, sou jaina.

— Mamãe, do que raios a senhora está falando? Quem é Jaina? Você está confusa e de repente se lembrou da sua amiga Jane Wrightsman? — perguntou Victoria, olhando para a bomba de infusão para saber se sua mãe estava recebendo algum opioide maluco em excesso.

— Jainismo é uma antiga religião que vem do hinduísmo...* — começou a explicar o bispo See.

Victoria encarou a mãe, horrorizada.

— Hinduísmo? A senhora não pode ser hindu. Meu Deus, *nossas lavadeiras são hindus!* Não diga que é hindu, mamãe... Isso partiria meu coração!

Su Yi balançou a cabeça, cansada, e apertou o botão no controle que estava em sua mão direita. Alguns instantes depois, suas criadas entraram no quarto.

— Madri, Patravadee, por favor, tirem a Victoria daqui — ordenou ela.

— Victoria, vamos, podemos rezar juntos lá fora — chamou o bispo, olhando preocupado para o monitor de batimentos cardíacos de Su Yi.

— Mãe, a senhora não pode me expulsar do seu quarto dessa forma. Sua alma está em perigo! — gritou Victoria, no momento em que Alix entrava no quarto, em meio a toda confusão.

Su Yi olhou para Alix em súplica.

— Por favor, peça a Victoria que saia. Ela está me irritando até a morte!

— Está bem então — disse Victoria, baixinho, virando-se abruptamente e saindo do quarto a passos pesados.

Patravadee se virou para Su Yi com um sorriso cordial.

— Madame, o *congee* de sempre nessa manhã?

— Sim. E peça que coloquem um ovo hoje — instruiu Su Yi. Assim que a empregada saiu, ela suspirou profundamente.

---

* Na verdade, o bispo See está errado. Embora os jainas e os hindus concordem sobre o conceito de karma, o ciclo da vida e da morte, e alguns outros aspectos da emancipação, libertação e liberação, são duas religiões distintas e independentes.

— Ela tem boas intenções, mamãe — disse Alix, com diplomacia.

— Por que ela é sempre tão irritante? E não suporto aquele gordinho *lan jiau bin** See Bei Sien. Você sabe que ele só quer o dinheiro para o fundo de construção da catedral dele, não é? Victoria dá tantos cheques para ele que todo mês a conta dela fica no negativo.

— Victoria pode ser meio irritante, mas tem um bom coração. Ela é a pessoa mais generosa que eu conheço.

Su Yi sorriu para Alix.

— E você é sempre a apaziguadora. Mesmo quando ainda era uma garotinha, era sempre você quem resolvia os conflitos entre suas irmãs. Você manterá a paz quando eu me for?

— Claro, mamãe. Mas não se preocupe, o professor Oon me garantiu que seu coração está melhor a cada dia. Até Malcolm disse que está feliz com o seu progresso.

— Pode ser... Mas eu sei que não viverei para sempre.

Alix não soube o que dizer. Ela simplesmente se ocupou em endireitar os lençóis da cama de sua mãe, alisando-os.

— Alix, não precisa ter medo por mim. Eu não tenho medo da morte. Você não faz ideia de quantas vezes eu a encarei. Só não quero sentir dor, só isso.

— O professor Oon está cuidando disso — falou Alix, de forma prática.

— Alix, pode me fazer um favor? Ligue para Freddie Tan e peça a ele que venha até aqui.

— Ah, Freddie Tan, seu advogado? — perguntou Alix, desconcertada com o pedido.

— Sim. É muito importante que ele venha o quanto antes. O número dele está na agenda na minha penteadeira.

— Claro. Vou ligar para ele imediatamente — disse Alix.

Su Yi fechou os olhos, tentando relaxar por um momento. Ela ainda se esforçava para esquecer o olhar de mágoa que havia visto no rosto de Victoria depois de tê-la reprimido. *Garota idiota!* As palavras ecoaram de uma lembrança antiga...

— *Sua garota idiota!*

---

* Em *hokkien*, "cara de pinto"

O pai dela vociferou, com raiva, quando Su Yi apareceu no porão da loja na rua Telok Ayer.

— Você tem ideia da fortuna que eu tive que gastar, do número de favores que tive que prometer, só para tirá-la de Cingapura em segurança? Por que está aqui?

— O senhor achou que eu conseguiria ficar no Taj Mahal Palace enquanto recebia notícias diárias das coisas horríveis que estão acontecendo por aqui? De todas as bombas, de todos que estão sendo torturados e mortos?

— Foi exatamente por isso que eu mandei você para longe de Cingapura! Na última fragata que partiu!

— Eu não sabia o que estava acontecendo aqui, Pa. Eu recebi as notícias dos outros... de Tan Kah Kee, tio SQ, tio Tsai Kuen, mas nunca tinha notícias do senhor. Quando Chin Tuan chegou à Índia, falou que não tinha tido notícias do senhor. Foi quando achei que tivesse sido capturado ou talvez até morto!

— Eu avisei que você não teria notícias de mim. Eu disse que eu ficaria bem!

— Bem? Olhe a sua situação... Escondido num buraco no chão, usando trapos! — disse Su Yi, com lágrimas nos olhos ao observar o pai em sua camiseta manchada e calça cheia de cinzas de cigarro. Ela nunca o vira sem seu terno. Com a cabeça raspada e o rosto sujo, ele estava irreconhecível.

— Garota boba! Não percebe que estou vestido assim de propósito? O único modo de sobreviver é ser invisível. Estou me fazendo passar por um estivador analfabeto. Os soldados japoneses nem mesmo cospem na minha direção! Agora, como foi que você conseguiu voltar para o país sem ser estuprada ou morta?

Su Yi apontou para o vestido de seda tailandês que estava usando.

— Fui da Índia para Burma de trem, depois vim para Bangcoc como parte da comitiva do embaixador tailandês... Estou disfarçada de empregada da princesa Narisara Bhanubhakdi.

Shang Loong Ma soltou uma risada cheia de muco e olhou para a filha. Por um lado, estava furioso com ela por ter voltado para a ilha destruída pela guerra, mas, por outro, tinha de reconhecer a desenvoltura dela. Ela sabia como ser invisível também, e tinha provado que era mais corajosa do que seus irmãos.

— O que faremos com você, agora que voltou? É perigoso demais para você ir para Tyersall Park, você sabe. — Ele suspirou.

— Eu irei para Tyersall Park quer o senhor queira ou não! Vou ficar lá e vou fazer tudo que eu conseguir fazer para ajudar quem estiver sofrendo e em perigo.

O pai de Su Yi riu, zombando da filha.

— Os japoneses controlam tudo agora. De onde foi que você tirou a ideia de que seria de alguma ajuda?

— Um sacerdote me contou, Pa. Um jovem monge no templo mais lindo do mundo.

3

•

CINGAPURA

Em todos os anos que trabalhara para a família Young como chefe de segurança, o capitão Vikram Ghale nunca tivera de lidar com uma situação como a que encarava agora. Em frente ao portão de Tyersall Park estava Philip Young, o único filho de Su Yi. Fora ele quem o entrevistara e o contratara fazia 32 anos, e era o homem que deveria ser seu futuro chefe, caso não tivesse estupidamente despertado o ódio de sua mãe duas décadas atrás ao se mudar do nada para a Austrália e então perder o direito de herdar a casa em que havia crescido.

Normalmente, o Jaguar Vanden Plas verde-floresta de Philip Young teria passado pelo portão sem hesitação, mas o problema era o homem que estava no banco do carona — Nicholas Young, que Vikram conhecia desde pequeno. Até 5 anos antes, Nicky era o favorito de sua avó e o nome cotado para herdar Tyersall Park. Ele era, para todos, o pequeno lorde da mansão. Mas agora Vikram tinha ordens explícitas para não permitir que Nicky entrasse.

Vikram sabia que deveria lidar com a situação da forma mais diplomática possível. Sabendo o quanto sua empregadora, Shang Su Yi, podia ser mercurial, ainda havia uma chance de que ela mudasse de ideia no último momento e restabelecesse Nicky ou Philip como herdeiros da mansão. Por Deus, as iniciais de Philip formavam o elaborado labirinto de buxeiros nos jardins, e o quarto de Nicky ainda permanecia desocupado e intocado — exatamente como da última vez que ele a visitara. Um desses homens poderia em breve se tornar seu chefe, e ele não poderia ofendê-los.

— Sinto muito, senhor Young. Estou de pés e mãos atados. Por favor, não leve isso para o lado pessoal — pediu Vikram, com sinceridade, lançando um sorriso envergonhado a Nick.

— Eu entendo. Diga, quem lhe deu essa ordem? — O tom de Philip era educado, mas sua irritação estava aparente.

Eleanor abriu a porta do carro em um ímpeto e saltou do veículo com raiva.

— Vikram, que palhaçada é essa? Não me diga que não podemos entrar!

— Senhora Young, é o que expliquei ao senhor Young, vocês dois são mais do que bem-vindos aqui. Mas tenho ordens explícitas para não deixar Nicky entrar. Confirmei a informação depois de ele ter vindo aqui na noite anterior, quando eu estava de folga. Eles falaram que não, absolutamente não.

— Quem são *eles*? Quem deu as ordens? Su Yi vive praticamente em estado vegetativo agora... Ela não pode ter dito nada disso!

— Perdoe-me, senhora Young, mas a senhora Young não está em estado vegetativo! — soltou Vikram.

Nick abaixou o vidro da janela.

— Mãe, pai, por que vocês dois não entram e eu...

— Fique quieto, *lah*! — Eleanor balançou as mãos na frente do rosto de Nick, com desdém. — Vikram, quanto dinheiro você juntou ao longo dos anos em títulos com as minhas dicas? Sino Land, Keppel Corp, Silverlake Axis. Hnn! Eu juro por Deus que nunca mais vou ajudar você. Eu fiz de você um homem rico e é assim que você nos retribui? *Mangkali kow sai!**

Vikram suspirou, tentando pensar em uma solução para aquele problema.

---

* Em *hokkien*, "Merda de cachorro bengali". No entanto, Eleanor está tecnicamente equivocada no palavrão, já que Vikram — sendo gurkha — é nepalês, e não bengali. Mas para ela só há dois tipos de indianos: ricos, como seus amigos, e pobres, como o resto.

— Vou interfonar de novo e o senhor conversa diretamente com a senhorita Victoria.

A paciência de Philip havia se esgotado.

— Não, Vikram, já estou de saco cheio disso. Essa casa é minha também, e não vou receber ordens da minha irmãzinha! Se minha mãe não quer ver o Nicky, ela mesma pode me dizer isso. Ele não irá ao quarto dela a não ser que seja chamado. Mas não deixarei meu filho esperando no portão como se fosse um pedinte. Interfone para a casa se quiser, mas nós *todos* vamos entrar.

Philip voltou para o assento do motorista e ligou o carro. Vikram permaneceu parado na frente do portão de ferro em tom cinza com os braços cruzados, enquanto Philip avançava com o carro centímetro a centímetro até que aos poucos o para-choque dianteiro quase tocasse os joelhos do segurança imponente. Os outros guardas ficaram ali parados, sem saber o que fazer.

Cinco, quatro, três, dois, um. Vikram contou mentalmente. Deixei isso acontecer por tempo suficiente? Philip era um homem decente, então Vikram sabia que não teria problemas com ele. Pelo que sabia, não haveria problema de segurança nenhum se ele os deixasse entrar. Era apenas briga de família, e, agora que ele havia exercido seu papel e feito um bom espetáculo, sairia da frente. Deu um passo largo, saindo do alcance do carro, e ordenou aos homens:

— Abram o portão!

Philip pisou fundo no acelerador, com raiva, e deslizou pelo caminho de pedregulhos em velocidade máxima. Na área em que o caminho se curvava próximo à entrada da casa, ocorreu uma cena bem curiosa. Organizadas na grama, havia várias cadeiras de ferro protegidas por coloridos para-sóis de seda. A maioria dos membros da família que estava em Tyersall Park — Victoria Young, os Aakaras, e os Chengs — estava sentada observando uma partida de duplas de *badminton* junto a alguns convidados, como o bispo See Bei Sien, Rosemary T'sien e o embaixador tailandês. Atrás das cadeiras, um elaborado bufê de sorvete havia sido organizado junto a uma mesa na qual havia uma enorme tigela de cristal repleta de ponche de frutas gelado.

Eleanor balançou a cabeça em desdém.

— Que vergonha! Sua mãe está no leito de morte enquanto todo mundo está fazendo festa no jardim!

— O que eles deveriam fazer? Ficar ajoelhados o dia inteiro ao lado da cama dela rezando? — perguntou Philip.

— Bem, o bispo está aqui! O mínimo que ele deveria fazer era ficar ao lado dela e rezar em vez de tomar sorvete!

— Mamãe odeia esse homem. A única razão para que ele esteja aqui é porque Victoria ainda está apaixonada por ele. Ela o adora desde que os dois estudaram juntos na NUS.*

— Meu Deus... Como eu nunca fiquei sabendo disso? Isso explica por que ela é tão ríspida com a senhora See.

— Mãe, você não notou que a tia Victoria é uma chata com qualquer pessoa que não tenha um doutorado em divindade? — Nick riu.

Quando o Jaguar se aproximou da rotatória na frente da casa, Nick viu Eddie Cheng e seu irmão, Alistair, competindo com tio Taksin e Adam Aakara. Taksin, Adam, e Alistair estavam usando roupas casuais, shorts e camisas polo. Mas Eddie estava todo de branco — da camisa de linho de manga comprida às calças de linho vincadas até os sapatos brogue. Nick riu ao perceber que a esposa de Eddie, Fiona, e seus três filhos também suavam sob o sol da tarde em trajes de linho branco com suéteres de cashmere creme, amarrados ao redor dos ombros, sem dúvida por ordens de Eddie.

Quando Philip, Eleanor e Nick saíram do carro, a partida parou abruptamente, e o grupo se reuniu na grama, observando os recém--chegados. Por um momento, Nick se perguntou se seus parentes o tratariam de forma diferente agora que ele havia sido oficialmente banido de Tyersall Park. Seu primo Alistair jogou a raquete no chão e correu em sua direção imediatamente.

— Que bom que você está aqui, cara — disse ele, dando um abraço apertado em Nick. Nick sorriu, aliviado. Ele sempre podia contar com o bom e velho Alistair.

Atrás dele veio Catherine. Das quatro irmãs Youngs, ela sempre fora a mais próxima do pai de Nick, já que havia apenas dois anos

---

* Universidade Nacional de Cingapura.

de diferença entre eles e ambos tinham sido mandados para estudar na Inglaterra juntos.

— *Gor Gor** — disse ela, de forma calorosa, dando um beijo rápido no rosto de Philip. — Acabou de chegar?

— Oi, Cat! Eu cheguei hoje de manhã. A família toda está aqui?

— Apenas Tak, Adam, e Piya, por enquanto. Os outros meninos estão planejando vir em breve.

— Vejo que é Tailândia *versus* Hong Kong. Quem está ganhando?

— Cinco a dois. Tailândia na frente. Foi Eddie quem sugeriu a partida, mas não está dando conta. Alistair está fazendo o melhor que pode, mas acho que ele ainda não percebeu que Tak costumava competir na seleção olímpica da Tailândia.

— Puta merda! Então é por isso que ele está me dando uma surra! — grunhiu Alistair.

Catherine deu um beijo em Eleanor antes de se virar para Nick.

— Que bom ver você, Nicky. Faz tanto tempo. Rachel não veio com você? Não acredito que eu ainda não a conheci.

— Vim sozinho dessa vez — respondeu Nick, abraçando a tia. Catherine olhou-o nos olhos, querendo dizer alguma coisa, mas Victoria marchou até o grupo antes que ela pudesse continuar.

— *Gor Gor.* — Victoria inclinou a cabeça na direção do irmão enquanto se abanava com um leque de madeira entalhada. Então olhou para Nick e disse: — Sinto muito, mas você não pode entrar na casa. Por favor, não leve isso para o lado pessoal.

— Como devo levar então? — perguntou Nick, com um sorriso torto.

Eleanor se pronunciou:

— Isso é ridículo! Por que Nicky não pode entrar na casa? Ele só quer uma chance de pedir desculpas para a mamãe.

Victoria fez cara feia. Mesmo depois de quatro décadas, ela ainda não tinha se acostumado a ouvir a cunhada chamar sua mãe de *mamãe.*

— Eleanor, o que eu devo fazer? Você, mais do que ninguém, sabe como minha mãe é. Só estou respeitando um pedido dela.

---

* Em cantonês, "irmão".

Philip encarou a irmã com ceticismo.

— Nossa mãe disse para você *especificamente* que não queria ver o Nick?

— Na verdade, ela disse para o Eddie.

— Para o Eddie?! Meu Deus! E você acreditou nele? Eddie tem ciúmes do Nicky desde que eles eram crianças! — retrucou Eleanor.

Ouvindo seu nome na conversa, Eddie foi até o grupo.

— Tio Philip, tia Elle, permitam-me ser franco. Três dias atrás, quando estava com Ah Ma no quarto dela, eu disse a ela que o Nicky estava vindo para casa. Eu achei que ela fosse se acalmar por saber que ele vinha para se desculpar, mas, em vez disso, ela ficou tão chateada que teve uma parada cardíaca. A tia Victoria estava lá quando isso aconteceu. Quase a perdemos naquele dia.

— Bem, mas isso foi há três dias. Vou ver minha mãe agora. Ela pode me dizer pessoalmente se não quiser olhar na cara do Nicky — insistiu Philip.

— Você vai *mesmo* colocar a vida de Ah Ma em risco outra vez?

Philip encarou com desprezo o sobrinho, que estava ensopado de suor, sua pele pegajosa transparecendo por manchas grandes nas áreas menos atraentes da roupa branca. Que menino ridículo ele era, e vestido como se estivesse jogando críquete no Lord's. Philip não confiava nada nele.

— Eddie, pode deixar que *eu* me preocupo com a minha mãe. Talvez você devesse se preocupar mais com os seus filhos nesse momento.

— O que você quer dizer com isso? — Eddie se virou e viu os filhos ao lado do bufê de sorvete com o primo deles, Jake Moncur. Constantine, Augustine e Kalliste estavam muito felizes saboreando casquinhas com duas bolas de sorvete, sem perceber que escorria pelas suas mãos e pingava sobre as roupas brancas de linho deles.

Eddie correu até eles e começou a berrar:

— FI! FIONA! OLHE O QUE AS CRIANÇAS ESTÃO FA-ZENDO! EU DISSE QUE NÃO PODIAM TOMAR SORVETE ENQUANTO ESTIVESSEM USANDO ESSAS ROUPAS DO BRUNELLO CUCINELLI!

Fiona Tung-Cheng, que conversava com Piya Aakara e Cecilia Cheng Moncur, levantou a cabeça por um breve momento. Então revirou os olhos e rapidamente retomou a conversa com as duas.

Com Eddie correndo com as três crianças em busca de Ah Ling e da lavadeira-chefe, Nick tomou o lugar do primo na partida de *badminton* enquanto seus pais entravam na casa com Victoria.

— Ela realmente não deveria receber mais visitas hoje — sussurrou Victoria ao conduzir Philip e Eleanor pelo corredor até o quarto/suíte hospitalar de Su Yi.

— Eu não sou visita, sou o filho dela — retrucou Philip, irritado.

Victoria conteve a raiva dentro de si. *Sim, sei que você é filho dela. O único filho dela. Mamãe sempre deixou isso bem claro para mim a minha vida toda. Seu único e precioso filho ganhou sopa de ninho comestível especialmente preparada para ele toda semana durante a infância inteira enquanto as garotas só ganham no aniversário. O único filho dela tem roupas de alfaiataria da Savile Row enquanto nós temos que costurar nossos próprios vestidos. O único filho dela ganha o próprio Jaguar conversível no minuto que retorna da universidade, enquanto as garotas têm de compartilhar um miserável Morris Minor. O único filho dela pode se casar com quem quiser, não importa quão comum ela seja, enquanto qualquer homem que eu traga para casa é considerado "inadequado". O único filho dela a abandona para viver suas fantasias de ser Crocodilo Dundee na Austrália enquanto eu sou forçada a ficar aqui e cuidar dela na velhice. Seu precioso único filho.*

Quando chegaram à antessala da suíte de sua mãe, Victoria começou a interrogar as enfermeiras enquanto Philip e Eleanor entraram no quarto. Alix estava sentada numa poltrona ao lado da cama da mãe quando eles entraram.

— Oh, *Gor Gor*, vocês estão aqui. Mamãe acabou de pegar no sono. A pressão arterial dela estava variando demais, então deram um sedativo para ela.

Philip olhou para a mãe, de repente chocado com a aparência dela. Quando a vira pela última vez, no Natal, há apenas cinco semanas, ela estava subindo uma escada para alcançar o topo da caramboleira. Mas naquele momento ela parecia tão pequena naquela cama hospitalar, tão perdida em meio aos tubos e às máquinas ao seu redor. Durante toda a sua vida, ela parecera tão forte, invencível, que ele não conseguia nem imaginar a possibilidade de ela não estar mais ali.

— Acho que vou passar a noite aqui com a minha mãe — disse ele, em tom baixo.

— Não há razão para isso. Vai dormir a noite toda, e, além disso, as empregadas se revezam durante a noite para ficar com ela, caso acorde. Volte amanhã. Ela geralmente fica consciente por algumas horas de manhã — falou Alix.

— Não importa que ela esteja dormindo. Vou ficar com ela — insistiu Philip.

— Tem certeza? Parece que algumas horas de sono fariam bem para você... — Alix começou a dizer.

Eleanor concordou.

— Sim, *lah*, você não dormiu muito no voo, não foi? Está com uma aparência de cansado... Dá para ver as olheiras embaixo dos seus olhos. Vamos para casa. Amanhã cedo a gente volta.

Philip finalmente cedeu.

— Ok. Alix, você pode fazer um favor para mim? Se a mamãe acordar logo mais, você avisa a ela que eu estive aqui?

— Claro. — Alix sorriu.

— E diz que Nicky também esteve aqui? — pressionou Philip.

Alix hesitou por um momento. Ela tinha medo de que qualquer menção a Nicky chateasse sua mãe outra vez, mas também achava que ela precisava acertar as contas com o neto. Era o único modo de ela realmente descansar em paz.

— Vamos ver. Vou tentar, *Gor Gor.*

4

•

SURREY, INGLATERRA

Se você for sortudo o suficiente para visitar Harlinscourt deveria acordar a tempo de assistir ao sol nascer acima dos jardins, pensou Jacqueline Ling ao tomar um gole do chá preto *orange pekoe* que havia sido trazido em uma bela bandeja de bambu. Reclinada sobre quatro travesseiros de penas de ganso, ela tinha uma vista perfeita da pura simetria dos parterres do jardim, as majestosas cercas vivas de teixo, e a névoa matinal cobrindo Surrey Downs. Eram esses momentos silenciosos antes de todos estarem reunidos lá embaixo para o café da manhã de que Jacqueline mais gostava durante suas frequentes visitas aos Shangs.

Na atmosfera rarefeita habitada pela maioria das famílias de elite da Ásia, dizia-se que os Shangs haviam abandonado Cingapura. "Eles se tornaram tão imponentes que se acham britânicos", era o pensamento comum. Embora fosse verdade que Alfred Shang tivesse um estilo de vida que superasse muitos marqueses em sua mansão de 6 mil hectares em Surrey, Jacqueline sabia que seria um engano pensar que ele havia transferido toda a sua lealdade para a rainha e o país. A verdade era que, no decorrer das décadas, seus três filhos (todos educados em Oxford e Cambridge, naturalmente) haviam se casado com mulheres inglesas (todas de famílias aristocráticas apropriadas, claro) e escolhido construir a vida na Inglaterra. Então, no início dos anos oitenta, Alfred e sua esposa, Mabel, tinham sido forçados a passar boa parte do ano lá — pois era a única maneira de verem seus filhos e netos com regularidade.

Mabel, sendo filha de T'sien Tsai Tay e Rosemary Young T'sien, era bem mais chinesa em seu modo de ser que o marido, que era um anglófilo antes mesmo de sua época em Oxford no fim dos anos cinquenta. Em Harlinscourt, Mabel se dispusera a construir um domínio luxuoso que abraçava seus aspectos favoritos do Oriente e do Ocidente. Para restaurar a casa do século XIX em estilo veneziano neoclássico construída por Gabriel-Hippolyte Destailleur, ela convencera o grande historiador de artes decorativas, o chinês Huang Pao Fan, a abandonar a aposentadoria para trabalhar junto ao lendário decorador britânico David Hicks.* O resultado foi uma magnífica mistura ousada de móveis europeus com algumas das mais finas antiguidades chinesas não pertencentes a acervos públicos.

Harlinscourt logo se tornou uma daquelas casas magníficas sobre a qual todos comentavam. Começou com várias pessoas da Burke's Peerage argumentando quão brega era para um cingapuriano comprar uma das mais belas casas do Reino Unido para tentar administrá-la do "jeito antigo" com um número alarmante de empregados e tudo o mais. Mas, de qualquer forma, os proprietários de terra aceitaram seus convites e, após suas visitas, foram obrigados a admitir, de má vontade, que os Shangs não haviam estragado nada. A restauração fora esplêndida, a área aberta havia ficado incrível, e a comida... bem, era dos deuses. Nas décadas seguintes, pessoas do mundo todo começaram a desejar serem convidadas porque os rumores eram de que o chef de Harlinscourt, Marcus Sim — um prodígio nascido em Hong Kong que havia estudado com Frédy Girardet — era um gênio tanto na culinária francesa como na chinesa. E foi só pensar no café da manhã, naquele dia, que Jacqueline relutantemente se levantou da cama.

Ela caminhou pelo closet anexo ao quarto dela e descobriu que a lareira já estava acesa, um vaso de rosas Juliet recém-colhidas

---

* O interior da casa foi renovado maravilhosamente na metade da década de 1990 por David Mlinaric, coincidindo com a (muito menos maravilhosa) renovação do rosto de Mabel.

estava disposto na penteadeira, e a roupa que ela havia separado para aquela manhã já estava pendurada no cabide aquecido de cobre. Jacqueline vestiu seu vestido de cor creme, ajustado ao corpo e que terminava em uma saia larga, com detalhes icônicos do tricô *pointelle*, encantada com o fato de ele ter sido aquecido à temperatura perfeita. Ela se lembrou de fins de semana em outras mansões inglesas, onde os quartos pareciam gélidos e suas roupas, congeladas, quando ela as vestia. *Acho que nem a rainha vive tão bem assim*, pensou Jacqueline, recordando-se que, antes de Alfred e Mabel se mudarem, a avó dela, Su Yi, havia enviado uma equipe de Tyersall Park para ajudar a treinar os empregados ingleses de forma adequada. Os padrões asiáticos de hospitalidade estavam unidos às tradições de casas inglesas, e até mesmo seu namorado Victor havia se mostrado impressionado em sua última visita. Segurando seus sapatos Aubercy em uma noite quando se vestiam para o jantar, ele dissera, espantado:

— Querida, eles passaram até a merda dos meus cadarços!

Naquela manhã, foram os ovos feitos pelo chefe que mais impressionaram Jacqueline, sentada à imensa mesa de jantar no salão de café da manhã.

— Ummmm, como é que Marcus consegue preparar ovos mexidos tão bons assim? — Ela suspirou, olhando para Mabel, ao saborear outra garfada.

— O seu chef não prepara ovos direito? — perguntou Mabel.

— Os omeletes do Sven são maravilhosos, e ele faz ovos escalfados perfeitos. Mas esses ovos mexidos são absolutamente *divinos*. Macios, cremosos e com a medida certa de gema. Só de pensar neles fico animada com a ideia de visitar vocês. Qual é o segredo?

— Não faço a menor ideia; nunca como os ovos. Mas você precisa experimentar um pouco desse *yu zhook*.* Foi preparado com o linguado que foi pescado hoje cedo — explicou Mabel.

— É o creme. Marcus usa creme de leite feito com o leite das nossas vacas leiteiras Guernsey nos ovos mexidos — respondeu a pequena Lucia Shang, de 12 anos, do outro canto da mesa.

---

* Em cantonês, "mingau de peixe".

— Enfim... *ela fala!* É o primeiro comentário que ouço você falar a manhã toda, Lucia. Diga, que livro é esse que tanto prende você? Não está lendo aqueles romances vampirescos dos *Jogos vorazes* ainda, está? — perguntou Jacqueline.

— *Jogos vorazes* não é sobre vampiros. E parei de ler isso há eras. Estou lendo *Sidarta* agora.

— Ah, Hesse. Ele é ótimo.

— Parece indiano — comentou Mabel, olhando para a neta e torcendo o nariz.

— É sobre o Buda.

— *Aiyah*, Lucia, o que você está lendo sobre o Buda? Você é cristã, e não se esqueça de que vem de uma longa linhagem de metodistas.

— É isso mesmo, Lucia, sua bisavó do lado da Rosemary... os Youngs... Seus ancestrais, na verdade, foram os primeiros cristãos no sul da China — reforçou Jacqueline.

Lucia revirou os olhos.

— Na verdade, se não fosse pelos missionários soltos pela China depois que a Inglaterra venceu as Guerras do Ópio, seríamos todos budistas.

— Fique quieta, *lah*! Não responda sua tia Jacqueline! — repreendeu-a Mabel.

— Não tem problema, Mabel. A Lucia só está falando o que pensa.

Mabel não deixou aquilo passar, sussurrando para Jacqueline:

— *Neh gor zhap zhong syun neui; zhan hai suey toh say!**

— Ah Ma, eu entendo tudo o que você está dizendo! — falou Lucia, indignada.

— Não, não entende nada. Fique quieta e leia o seu livro!

Cassandra Shang, a filha de Mabel (e mais conhecida pelo seu círculo de amigos como "Rádio Um da Ásia"), entrou na sala, com o rosto ainda corado devido à sua cavalgada matinal. Jacqueline olhou para ela e desviou o olhar, mas depois se virou para Cassandra de novo. O cabelo dela, normalmente dividido ao meio e preso

---

* Em cantonês, "Essa neta mestiça será a minha morte".

em um coque na parte baixa do pescoço à la Frida Kahlo, estava preso em uma trança elaborada ao lado do rosto, mas meio solta na parte de trás.

— Cass, eu não vejo seu cabelo assim há eras! É um retorno aos dias em Slade. Está lindo!

Mabel olhou para a filha através das lentes bifocais.

— *Chyee seen, ah!** Você não é mais uma garotinha. Está ridículo.

Cassandra sentiu a vontade de dizer à mãe que era possível ver as marcas de suas cirurgias plásticas através do cabelo ralo em sua cabeça, mas resistiu à tentação. Em vez disso, decidiu aceitar o elogio de Jacqueline.

— Obrigada, Jac. E você continua perfeitamente bem-vestida. Vestido novo?

— Não, *lah*. Tenho essa velharia há anos — respondeu Jacqueline, com um sorriso depreciativo.

Cassandra sorriu, sabendo muito bem que Jacqueline estava usando um exclusivo Azzedine Alaïa. Não que importasse o que ela vestia — Jacqueline possuía o tipo de beleza que tornava qualquer coisa que ela usava elegante. Cassandra foi até o aparador, e se serviu de uma única torrada, um pouquinho de Marmite e algumas ameixas frescas. Ao se sentar de frente para Jacqueline, um lacaio se aproximou, e com destreza colocou seu cappuccino matinal (preparado com grãos individuais de safra exclusiva) e um iPad ao lado dela.

— Obrigada, Paul — agradeceu-lhe Cassandra, ligando o aparelho e percebendo que sua caixa de mensagem estava muito mais cheia do que o normal logo cedo. A primeira mensagem era de seu primo Oliver, de Londres:

OTSIEN@CHRISTIES.COM: Já viu as fotos? *Oy vey*! Já estou imaginando o que a sua mãe vai dizer...
CASSERASERA@GMAIL.COM: Quais fotos?

---

* Em cantonês, "Tão maluca".

Enquanto esperava a resposta, uma mensagem de sua cunhada India Heskeith Shang apareceu. Cassandra levantou a cabeça e anunciou para todos:

— India acabou de mandar uma mensagem. Ao que tudo indica, as fotografias de Casimir ficarão em exibição a partir de hoje à noite na Central Saint Martins e ele não contou para ninguém. Ela quer saber se vocês querem ir fazer uma surpresa para ele. Lucia, sua mãe quer saber se você quer ir a Londres para ver as fotos mais recentes do seu irmão.

— Se for mais fotos dos amigos dele vomitando curry em frente a pubs, não estou interessada — respondeu Lucia.

— *Aiyah*, não diga isso! É arte. Casimir ganhou um prêmio de fotografia no ano passado — contou Mabel a Jacqueline, defendendo seu neto favorito.

Cassandra pensou que Oliver provavelmente estava se referindo às fotos de Casimir.

— Bem, eu acho que as fotos serão bastante... ousadas. Acabei de receber um e-mail do Oliver, e pelo jeito ele já as viu.

— Oh. Oliver voltou para Londres? Ele vai à exposição também? — quis saber Mabel.

— Não tenho certeza, mas India está falando que Leonard pode vir nos buscar no helicóptero na volta de Southampton. Podemos ir ao vernissage todos juntos e depois jantar no Clarke's.

— *Alamak*, outro jantar britânico sem graça — grunhiu Mabel.

Cassandra atualizou seu *feed* do Facebook e soltou um gritinho.

— *Meu Deus*. — Ela colocou as mãos sobre a boca, olhando para as fotos que apareceram pela tela do seu iPad. Oliver não estava se referindo à exposição boba de Casimir, afinal de contas. Ele estava falando *dessas* fotos aqui.

— O que está vendo aí agora? Outra fofoca boba de um dos seus *kang taos** não confiáveis? — perguntou sua mãe, com desdém.

— Jacqueline, você precisa ver isso! — disse Cassandra, passando o iPad para ela, que olhou para a tela e viu uma imagem de Astrid em uma torreta ao lado de um elefante.

---

* Em *hokkien*, "contatos" ou "conexões".

— Não entendi... Qual o problema? — perguntou Jacqueline.

— Ah, você está na última foto. Suba a página. Acompanhe a sequência de fotos.

Jacqueline passou o dedo pela tela, e seus olhos se arregalaram ao ver as imagens.

— São de verdade?

— Tudo parece bem real para mim. — Cassandra riu.

— Meu Deus...

— O que é? — perguntou Mabel.

Jacqueline ergueu o iPad, e, do outro lado da mesa, Mabel pôde ler a chamada em letras garrafais:

FOTOS EXCLUSIVAS DO TITÃ DA TECNOLOGIA CHARLES WU DURANTE O EXTRAVAGANTE PEDIDO DE CASAMENTO À NA-MORADA ASTRID LEONG — MAS ELA AINDA É CASADA!

— *Alamak!* Passe pra cá! Passe pra cá! — exigiu Mabel, animada. Um lacaio apareceu ao lado de Jacqueline. Ela passou o iPad para ele e o empregado, obedientemente e sem falar uma palavra, foi até o outro lado da mesa onde Mabel estava sentada. Lucia, claramente não tão entretida no *Sidarta* quanto pretendia estar, correu para o lado da avó para ver as fotos e começou a ler em voz alta:

A tinta ainda nem bem secou nos papéis de divórcio do titã da tecnologia honconguês, Charles Wu, mas aparentemente isso não o impediu de orquestrar uma proposta de casamento extravagante para sua linda namorada Astrid Leong. A proposta milionária envolveu alugar o Forte de Mehrangarh, em Jodhpur, digno de conto de fadas, contratar centenas de músicos e dançarinos, e convidar a superestrela de Bollywood Shah Rukh Khan para cantar para eles enquanto um elefante ajudava a entregar um anel com um diamante gigante. Analisando as fotos, é óbvio que Astrid disse que sim, mas ainda há um problema — pelo que sabemos, essa beldade de alta classe AINDA ESTÁ CASADA com o rival de Charlie, o gênio da tecnologia cingapuriano Michael Teo.

Mabel observou as fotos.

— *Aiyah, hou sal ga!** Quando essas fotos foram tiradas?

— No fim de semana passado, ao que parece — respondeu Jacqueline.

— No fim de semana passado? Mas Astrid não está em Cingapura com o restante da sua família?

— Obviamente ela escapou da cidade com Charlie. Meu Deus, você consegue imaginar como Felicity e Harry ficarão furiosos quando descobrirem isso? — falou Cassandra, balançando a cabeça.

— E não é só isso. Isso é um desastre para o divórcio dela. Michael terá muito o que usar contra ela. Pobre Astrid! — Jacqueline suspirou.

Mabel bufou:

— Pobre Astrid uma ova! Ela deveria estar ao lado da avó dela em vez de estar estampada no noticiário! Como Charlie Wu ousou pedi-la em casamento outra vez?! Que cara de pau a dele... Ainda tentando entrar na *nossa família*! Pensei que Felicity tivesse se livrado dele há anos!

— Ah, mamãe, esses dois estão apaixonados um pelo outro desde o dia em que se conheceram. Se Felicity tivesse permitido a união logo de cara, esse desastre todo com Michael Teo não teria nem acontecido! — disse Cassandra.

— Felicity tinha razão de não deixar nada acontecer. Esses Wus são inaceitáveis! Aquela mãe vulgar e horrorosa dele... Nunca esquecerei o que ela me aprontou!

— O que foi que Irene Wu fez contra você? — perguntou Jacqueline.

Cassandra revirou os olhos.

— Isso é história antiga, mãe. Por favor, não ressuscite isso.

— Aquela! Mulher! Tentou! Roubar! Minha! Costureira! Descobri uma moça, Minnie Pock era o nome dela, que fazia a mais bela alfaiataria. Ela tinha uma lojinha ao lado do Fitzpatrick's na Dunearn Road, tããããão conveniente, e sabia reproduzir perfeitamente os vestidos Nina Ricci, Scherrer e Féraud que eu amava.

---

* Em cantonês, "Que vergonha".

— Meu Deus, Mabel, aqueles Louis Férauds eram falsos? Parecia que eles tinham saído direto de uma butique de Paris! — mentiu Jacqueline.

Mabel concordou, balançando a cabeça, indignada.

— Sim, enganei todo mundo. Mas então essa Irene Wu apareceu e tentou contratar a garota para trabalhar em tempo integral na "mansão" brega dela! Então tive que contratá-la por tempo integral!

— Então você ganhou? — perguntou Jacqueline.

— Sim, mas isso não deveria nem ter acontecido. Tive que oferecer a Minnie Pock quase *15 por cento* a mais do que Irene tinha oferecido a ela!

— Foi em 1987, mãe. Está na hora de deixar isso para lá — falou Cassandra.

— Pessoas como os Wus... nunca sabem quando parar. E agora veja o que aconteceu? Estão mais uma vez sujando o nome da nossa família. Quem mandou esse artigo para você, afinal?

— A senhora Lee Yong Chien postou na página dela no Facebook — respondeu Cassandra.

— *A senhora Lee Yong Chien está no Facebook?* Não acredito! Essa velha nem consegue mais pintar as próprias sobrancelhas! — exclamou Mabel.

— Rosie, aquela filha adotada dela que é tratada como escrava, faz tudo por ela! Desde que a senhora Lee descobriu o Facebook, não para de postar. Dia sim, dia não, tem uma foto dos netos dela ganhando algum prêmio ou um registro dela em algum velório.

— *Aiyah*, se a senhora Lee já sabe disso, então Cingapura inteira logo saberá também. Todas as suas *kakis** de *mahjong* descobrirão! — concluiu Mabel.

— Ah Ma, acho que você não entendeu: está no *Facebook*. Qualquer um pode ver isso — explicou Lucia.

Mabel soltou um som de repreensão e tristeza.

— Então fico realmente triste por Su Yi! Isso está acontecendo no pior momento. Astrid era a última esperança dela, mas, um a

---

* Em malaio, "companheiras" ou "amigas". Mas será que você deveria chamar mesmo as pessoas que tentam ferrar você e roubam sempre nos jogos de *mahjong* de amigas?

um, os netos a decepcionaram. Como ela vai conseguir descansar em paz? Não é à toa que mudou o testamento dela de novo!

— *É mesmo?* — perguntaram espantadas Jacqueline e Cassandra, ao mesmo tempo.

Jacqueline se endireitou na cadeira.

— Foi por isso que Alfred voltou correndo para Cingapura?

Mabel pareceu um pouco incomodada.

— *Aiyah*, eu não devia ter falado nada.

— Falado o quê? O que foi que o meu pai contou para você? — insistiu Cassandra, se inclinando para a frente, cheia de expectativa.

— Nada, nada! — reforçou Mabel.

— Mãe, você é uma péssima mentirosa. É óbvio que sabe de alguma coisa. Vamos, fale logo!

Mabel encarou a tigela de *congee*, em conflito.

— Ah, está bem. Melhor não a pressionar. Depois de todos esses anos, sua mãe ainda não confia em nós. Que triste. — Jacqueline suspirou, lançando a Mabel um olhar sedutor, de canto de olho.

— Viu o que fez, mãe? Você insultou a Jacqueline! — repreendeu-a Cassandra.

— *Hiyah*! Vocês duas! Sei que são duas linguarudas. Se eu contar, vocês têm que prometer que não vão falar nada para ninguém, ok?

As duas mulheres concordaram com a cabeça ao mesmo tempo, parecendo estudantes obedientes.

Mabel, que havia crescido cercada de empregados e geralmente falava o que pensava sem nem sequer considerar a presença deles, fez algo raro, estabelecendo contato visual com George, o mordomo--chefe, que imediatamente entendeu o pedido de privacidade. George gesticulou rapidamente para os outros quatro empregados, e eles saíram discretamente do salão do café da manhã.

Assim que a porta se fechou, Mabel disse baixinho:

— Sei que seu pai teve uma reunião importante com todos os advogados da Tan e Tan há dois dias. Tudo muito secreto. E então Freddie Tan foi falar com Su Yi. *Sozinho.*

— Ummmm — disse Jacqueline, digerindo aquela informação tão interessante.

Cassandra piscou para Jacqueline.

— Não se preocupe, tenho certeza de que você ainda está no testamento!

Jacqueline riu, baixinho.

— Ora, por favor, sou a *última* pessoa que esperaria estar no testamento da Su Yi. Ela já foi tão generosa comigo ao longo dos anos.

— O que será que ela fez dessa vez? — questionou Cassandra.

— Bem, até o vazamento dessas fotos, eu pensava que Astrid tinha grandes chances de herdar Tyersall Park — confessou Jacqueline.

— Astrid? Nunca, *lah*. Su Yi é muito conservadora. Ela nunca deixaria a casa para uma *mulher*! Se fosse assim, seria melhor deixar para as próprias filhas! — insistiu Mabel.

— Não tenho certeza de que seria Eddie. Su Yi me disse uma vez que não consegue levá-lo a sério — contou Jacqueline.

— Então ela está ficando sem opções. Acho que em hipótese alguma ela deixaria a casa para um dos Leongs. Mas quem sabe talvez para um dos Aakaras? — especulou Mabel.

Cassandra bufou.

— Seria irônico demais! Será que ela realmente deixaria Philip e Nicky de lado... os únicos verdadeiros Youngs... para favorecer os netos estrangeiros? Acho que não.

— Talvez ela tenha mudado de ideia, então. Será que não recolocou Nicky no testamento? — perguntou Jacqueline.

— Definitivamente não. Ele ainda por cima está proibido de entrar na casa! Ouvi dizer que ele vai até lá todos os dias pedir desculpas de joelho, querendo vê-la, mas mesmo assim não pode entrar. Por que ela deixaria Tyersall Park para ele? — retrucou Cassandra.

Mabel franziu o cenho.

— Aquele menino idiota. Abrir mão de tudo por aquela garota feia.

— Ora, *lah*, Mabel, ela não é feia. Na verdade, ela é bem bonita. Ela só não tem o tipo de beleza que eu imaginei para Nicky — disse Jacqueline, diplomaticamente.

— Entendo o que você quer dizer. Rachel é bonita, mas de um jeito bem convencional. A falta de estilo dela também não a favorece em nada — comentou Cassandra.

Jacqueline sorriu.

— Gostaria de poder dizer para ela que precisa deixar o cabelo crescer mais um pouco. Aquele corte médio é tão *americano*.

Cassandra balançou a cabeça, concordando.

— E o nariz dela é redondo demais. Os olhos poderiam ser maiores também.

— E já notou como ela se senta? De um jeito tão comum — zombou Mabel.

— Ah! Não consigo mais ouvir isso! — gritou Lucia com raiva, empurrando a cadeira de forma dramática. — Vocês estão falando da Rachel como se ela estivesse num concurso de beleza! De que importa a aparência dela, se eles se amam? O tio Nicky desistiu de tudo por ela. Isso é tããããão romântico! Mal posso esperar para conhecê-la. E vocês estão erradas. Eu sei o que vai acontecer com Tyersall Park, e não é nada do que vocês estão imaginando!

— Quieta, Lucia! Pare de inventar histórias! — ralhou Mabel.

— Ah Ma, você e a tia Cassie só falam besteiras, mas não têm a menor ideia do que realmente está acontecendo! Já escutaram de verdade as conversas do vovô e do papai? — Dito isso, Lucia saiu do salão do café da manhã, deixando as mulheres boquiabertas olhando para ela.

— Quanta besteira! — resmungou Cassandra.

Mabel balançou a cabeça, cheia de pesar.

— Você vê como essa garota ficou mal-educada? Eu sabia que Bedales seria uma péssima escolha para ela. Aqueles professores só fazem encorajar a confiança dela! Meu Deus, se eu respondesse alguém desse jeito quando eu estava no convento,* as freiras teriam me batido com uma régua de madeira até eu ficar roxa! *Neh kor suey neui mo yong, gae!***

Os olhos de Jacqueline se cerraram.

— Ao contrário, Mabel, acho que ela não é nem um pouco inútil. Acho que você tem uma garota muito esperta aqui. Mais esperta do que nós imaginávamos...

---

* Mabel, como muitas mulheres de posse de sua geração, frequentou o venerável Convento do Sagrado Infante Jesus. Atualmente, as freiras se aposentaram e, pelo que se sabe, a punição corporal não é mais praticada.
** Em cantonês, "Essa garota boba é uma inútil". (Uma ladainha ouvida por filhas cantonesas desde o início dos tempos.)

5

•

Pulau Club, Cingapura

Godfrey Loh, o estimado juiz da Suprema Corte, não conseguia acreditar no que estava escutando no reservado ao lado do seu no banheiro masculino do Pulau Club.

— É, isso é tão sexy. Puta merda! Preciso de detalhes. Me manda uma foto mais de perto, por favoooor.

Em nome de Jesus, o que está acontecendo?

— Espere. A imagem ainda está baixando. O wi-fi é péssimo aqui. Meu Deus... estou vendo. *Uau!* Que... sexy!

Alguém está vendo fotos pornográficas no celular bem ao meu lado! Mas quem é? O sotaque é de Hong Kong. Só podia ser. Todos os homens de Hong Kong são pervertidos. É o que se ganha por ser um país onde é possível comprar revistas pornôs logo no aeroporto!

— Parece que está brilhando. É lindo demais, quero lamber tudo! Vamos, vamos, já estou pronto!

Esse pervertido está mesmo fazendo sexo pelo telefone no reservado ao lado? Godfrey já tinha escutado demais. Ele saiu do reservado correndo e foi até a pia, lavando as mãos com pressa e usando o dobro da quantidade de sabonete que costumava usar. Ele se sentia sujo só de escutar aquela respiração pesada na outra cabine.

— Quero enfiar meu pé inteiro aí.

Ele quer fazer O QUÊ com o pé? Esse homem deveria ser preso. Godfrey bateu com o punho na porta do reservado e disse em voz alta:

— Você é um degenerado! Uma desgraça total para esse clube de respeito! Vá fazer suas safadezas em outro lugar! Não aqui nesse banheiro!

Dentro da cabine, Eddie levantou a cabeça, tirando os olhos do telefone, completamente confuso.

— Perdão, não tenho a menor ideia do que foi isso. Algum estranho falando demais... Está cheio de gente assim aqui em Cingapura. Que seja, quando a última camada fica seca? Pare de me tentar, Carlo. Preciso desses sapatos agora!

— Mais alguns dias só. Estamos esperando a última camada de verniz secar, e então vamos aplicar mais uma. Quando a pátina estiver perfeita, mandamos para você em Cingapura no dia seguinte — respondeu Carlo.

— Meu tio Taksin... sabe, ele é um príncipe tailandês... mal posso esperar para que ele me veja com esses sapatos. Taksin começou a usar John Lobb feitos especialmente para ele quando tinha 5 anos. Ninguém mais vai apreciar esse par tanto quanto ele — disse Eddie, olhando, cheio de desejo, para as fotos dos sapatos Marini feitos exclusivamente para ele. Os sapatos *loafers* com borlas tinham um verniz de um lápis-lazúli escuro, um processo que demorava até quatro semanas no ateliê de Marini, em Roma, e o sapateiro, Carlo, estava mandando fotos para lhe mostrar o progresso durante o mês todo.

— Você os terá até o fim de semana — prometeu Carlo.

Eddie encerrou a conversa, levantou as calças, deu descarga, e voltou para o Lookout — o restaurante casual com vista ampla da reserva natural onde o *country club* mais antigo e de maior prestígio de Cingapura estava localizado.* Ao voltar para a mesa na qual os membros de sua família estavam reunidos para o almoço organizado pela sua tia Felicity, ele perguntou para Fiona, sua mulher:

— Você pediu o *satay* e o arroz com frango para mim?

— Ninguém pediu nada ainda — respondeu Fiona, olhando para ele de forma estranha. Foi então que Eddie percebeu que ninguém na mesa estava conversando e que todos olhavam para Felicity. Os

---

* Se você presumiu que Eddie não lavou as mãos, você acertou.

olhos dela estavam vermelhos e inchados de tanto chorar, e a mãe dele, Alix, estava ocupada abanando-a.

— O que aconteceu? Foi Ah Ma? — sussurrou Eddie para Fiona.

— *Hiyah!* Ah Ma está bem, mas a tia Felicity acabou de receber notícias bem chatas.

— O que aconteceu? — perguntou Eddie, irritado por ter estado no toalete por apenas dez minutos e de alguma forma perdido todo o primeiro ato.

Sua tia Cat agora falava em um tom baixo e tranquilizador com Felicity.

— Se quer saber, isso tudo é uma tempestade em copo de água. É um dia de poucas notícias, e a impressa só queria publicar alguma coisa.

— Não se preocupe, Felicity, daqui a alguns dias isso tudo vai ter passado — concordou Taksin.

Eddie, que estava sentado no meio da mesa comprida, pigarreou com força:

— Será que alguém poderia me explicar o que está acontecendo?

Alistar passou um celular para ele, e Eddie logo correu os olhos pelas fotos de Astrid e Charlie Wu na Índia, feitas por um *paparazzi*, sentindo o coração começar a acelerar. Ó céus, ó céus, ó céus. A prima sempre tão perfeita e boazinha finalmente tinha pisado na bola! O que Ah Ma pensaria quando descobrisse isso? Um a um, seus primos estavam caindo em desgraça, e ele era o último homem de pé. Eddie observou as centenas de comentários deixados nas fotos vazadas:

Uau! Que lindo. É meu noivado dos sonhos! — AngMohKioPrincess

Que desperdício! É um ultraje que asiáticos podres de ricos gastem tanto dinheiro em um só dia quando 75 milhões de indianos nem têm acesso à água potável! — clement_desylva

Astrid é uma delícia. Charlie Wu é o cara da hora! — shoikshoik69

De repente, aquelas palavras fizeram Eddie pensar em algo que ele não havia percebido antes. *O cara da hora.* No início da semana, o advogado de sua avó, Freddie Tan, um sócio sênior na firma de advocacia mais prestigiada de Cingapura, Tan e Tan, havia feito uma visita inesperada a Tyersall Park. Ele e o bispo See foram as únicas pessoas que não eram da família que tiveram permissão para entrar no santuário privado que era o quarto da avó dele, e o distinto senhor de cabelos brancos havia chegado com uma bela pasta Dunhill e passado um bom tempo a portas fechadas com Su Yi. E, em algum momento, professor Oon e seu médico assistente haviam sido chamados no quarto. Será que eles teriam sido as testemunhas em um novo testamento?

Eddie naturalmente ficara rondando o quarto da avó como um cão à espera de um agrado, e, quando Freddie Tan finalmente saiu de lá, ele estudou Eddie da gravata até a ponta do sapato, e disse:

— Você é o filho mais velho da Alix Young, não é? Não vejo você desde que era adolescente, e agora olhe só para você... O cara da hora! — Freddie então ficara conversando com Eddie por mais dez minutos, queria saber de sua mulher e em qual escola seus filhos estudavam. Naquele momento, Eddie não havia entendido por que um homem que nunca lhe dera atenção de repente engatara um papo como se ele fosse seu maior cliente. Foi aí que ele compreendeu... Será que sua avó havia feito dele o herdeiro de Tyersall Park? Era por isso que Freddie o chamara de o *cara da hora*?

Enquanto Eddie tinha essa epifania, escutou Alistar dizer de repente:

— Então... você não pode culpar Astrid por isso. Como ela poderia saber que haveria *paparazzi* por lá? Tenho certeza de que ela queria que fosse um momento de privacidade.

Merdinha de merda!, pensou Eddie, irritado. Por que raios Alistar estava defendendo Astrid? Será que o irmão não percebia que eles tinham de ser estratégicos, especialmente agora que ele seria o herdeiro de tudo? Eddie rapidamente interrompeu a conversa, abafando a voz de Alistair:

— Tia Felicity, sinto muito que você esteja passando por esse escândalo horrível. Que desgraça!

Alix olhou para o filho franzindo o cenho, como se dissesse: *Não torne as coisas piores do que estão!*

Victoria comentou:

— Na verdade, eu concordo com Eddie. É uma desgraça total. Não acredito que Astrid tenha sido tão descuidada.

Felicity tirou outro lenço de sua bolsa Jim Thompson de seda e dramaticamente assoou o nariz.

— Minha filha não tem jeito! Passamos tantos anos protegendo Astrid da imprensa, gastamos tanto dinheiro a protegendo dessa atenção indesejada. E agora veja como ela nos agradece!

No outro canto da mesa, Piya Aakara sussurrou no ouvido do marido:

— Não entendo por que tanto drama. A filha dela só ficou noiva, e as fotos são maravilhosas. Ela não deveria estar feliz?

— Acho que a tia Felicity não aprova esse rapaz. E a minha família não gosta de aparecer na imprensa. Nunca — explicou Adam.

— Nem na *Tattle*?

Ao escutar o comentário de Piya, Victoria logo disse:

— Especialmente na *Tattle*! Meu Deus, essa revista é horrível! Sabe, eu cheguei a escrever algumas coisas para eles na década de 1970. Mas então um dia o editor disse que o que eu escrevia era "cultural" demais. Sim, foi a palavra que ele usou. Ele disse, e nunca me esquecerei: "Não precisamos de mais artigos sobre artistas chineses emergentes. Pensamos que você escreveria sobre seus parentes. Por isso contratamos você." E foi aí que eu me demiti!

Eddie continuou alimentando as chamas.

— Uma coisa é aparecer na *Tattle* ou na *Town & Country*... Eu saio nessas revistas o tempo todo. Sendo bem honesto, Piya: Fiona e eu já fomos capa da *Hong Kong Tattle*, e eu sozinho já fui três vezes. Mas é diferente ver fotos da Astrid nesses *sites de fofoca medíocres*. Como se ela fosse uma atriz qualquer, ou pior, uma estrela pornô. Como aquela tal Kitty Pong que Alistar namorou por cinco minutos.

Alistar ficou indignado.

— Pela milionésima vez, Kitty não era atriz pornô! Aquela era outra garota que se parecia com ela!

Eddie ignorou o irmão e continuou falando.

— Ainda não consigo acreditar que Astrid ousaria sair de Cingapura com Ah Ma tão doente assim. Quer dizer, todos estamos aqui, passando cada precioso momento com ela.

— Ela deveria estar na Malásia, representando a família no casamento do príncipe Ismail. Não acredito que ela nos enganou! Ainda por cima fugindo para a Índia! Ficando noiva em cima de um elefante! Quem Charlie Wu acha que é? Um marajá? — Felicity estava com raiva.

— Tão vulgar. Esses Wus são todos iguais... Não mudaram nada em todos esses anos. — Victoria fez sons de reprovação, balançando a cabeça. — Você sabe que essa mulher Wu ridícula tentou roubar a costureira da Mabel Shang? Uma cara de pau! Ainda bem que Mabel conseguiu resgatar aquela garota talentosa das mãos dela! Ela já costurou várias blusas de seda *jacquard* para mim, copiando perfeitamente o modelo dessa blusa Liz Claiborne que Lillian May Tan trouxe dos Estados Unidos e me deu. Dei uma de presente para mamãe, que ela ama. Não dei uma de presente para você também, Cat, quando fiz uma visita em 1992?

Catherine pareceu um cervo parado sob as luzes de um carro por um momento.

— Oh, sim, é verdade... linda! — disse ela, lembrando-se de que tinha dado aquela blusa horrorosa para uma de suas empregadas assim que a ganhara.

Eddie franziu o cenho e tentou aparentar estar muito preocupado.

— Eu encontrei com Charlie Wu em Davos. Vocês acreditam que ele nem teve a decência de usar um terno e uma gravata decentes para uma das conferências mais importantes do mundo! Meu Deus, e se Astrid e Charlie estiverem voltando para Cingapura agora? E se ela quiser que ele conheça Ah Ma? Ou pior, que a mãe dele conheça Ah Ma? Queremos correr o risco de chatear Ah Ma num momento em que a saúde dela está tão frágil?

— Ela não ousaria trazer esse homem para Tyersall Park! Nem a mãe dele, aquela ladra de costureiras! — resmungou Victoria.

— Ela não terá a chance de fazer isso. Vou garantir que essa garota não dê as caras em Tyersall Park! — decretou Felicity, com raiva.

Eddie tentou esconder seu sorriso de satisfação apreciando a vista do campo de golfe por um momento. Nicky havia sido banido de Tyersall Park, e agora a maior rival dele, Astrid, também seria. As coisas não poderiam estar dando mais certo se ele as tivesse planejado tintim por tintim. Além disso, seus exclusivos sapatos Marinis, mais sexies que tudo no mundo, estavam a caminho.

6

•

Propriedade Porto Fino Elite, Xangai

O Bentley Mulsanne azul-claro parou em frente à escadaria e um segurança saltou do assento do passageiro para abrir a porta de trás. Quando Araminta Lee Khoo saiu do carro em um vestido Delpozo escultural, sem alças, da cor rosa-bailarina, com um laço amarelo exagerado e uma minissaia cor-de-rosa de lantejoulas, os *paparazzi* começaram a fotografá-la de maneira furiosa devido ao look de parar o trânsito.

— Araminta! Araminta! Olhe para cá!

— Algumas poses, Araminta?

Araminta ficou parada ali por um momento, girou com uma das mãos na cintura, como alguém acostumada com aquilo, andou na direção do fotógrafo, segurando na outra mão sua maravilhosa *minaudière* Neil Felipp Suzy Wong, antes de seguir até a escadaria coberta por um tapete vermelho.

Esperando na frente da porta recém-envernizada da mansão estavam Kitty e Jack. Kitty usava uma explosão de penas cor azul-bebê, cortesia da Armani Privé, e escolhera aquela ocasião para debutar seus novos brincos de diamante e safira em cabochão birmanês em estilo antigo, da Chaumet. Jack se mexeu, incomodado, ao lado dela com um jeans preto apertado e um paletó de smoking branco com gola em estilo xale Balmain, que havia sido feito sob medida, mas parecia dois números menor.

— Minty! Você conseguiu vir! — Kitty se inclinou e deu beijos no ar, enquanto outro grupo de fotógrafos parados em frente à porta iniciava uma nova rodada de cliques.

— Meu retiro de ioga fica praticamente aqui ao lado em Moganshan, então achei que não teria problema dar uma escapadinha só por uma noite! — explicou Araminta.

— Estou feliz que tenha vindo. E agora você finalmente pode conhecer meu marido. Jack, essa é a minha melhor amiga de Cingapura: Araminta Lee, ou, melhor, Khoo.

— Obrigada por ter vindo — disse Jack, de maneira rígida.

— Fabuloso conhecer você! Sinto como se já nos conhecêssemos! — Araminta tentou dar um beijinho no ar em Jack, mas ele se inclinou para trás automaticamente ao ver os lábios vermelhos brilhantes vindo em sua direção. Kitty o cutucou com força usando o cotovelo e ele rapidamente se endireitou, mas acabou batendo a cabeça na de Araminta.

— *Aiyoh!* — grunhiu Jack. Araminta viu estrelas por um segundo, mas logo se recompôs e riu.

— Por favor, perdoe meu marido. Ele só está animado por conhecer você. Ele sempre fica animado quando conhece supermodelos famosas — disse Kitty, na mesma hora, tentando se desculpar.

Araminta adentrou a casa, enquanto Kitty lançava adagas com o olhar na direção do marido.

— Você não sabe como fazer um perfeito beijo no ar estilo fashionista europeu? Você quase fez Araminta ter uma concussão!

Jack resmungou baixo:

— Me diga de novo por que estamos fazendo isso?

— Querido, fomos especialmente escolhidos pela *Vogue China* para organizar a festa mais exclusiva da Semana de Moda de Xangai! É a festa em que as mais importantes *lao wais** estão! Você sabe quantas pessoas venderiam os órgãos de seus empregados para ter essa oportunidade? Pare de reclamar, por favor.

— Que perda de tempo... — reclamou Jack, em tom baixo.

— Perda de tempo? Você por acaso sabe quem é minha amiga?

---

* Um termo pejorativo para caucasianos; em mandarim é traduzido como "estrangeiro / branco / caucasiano".

— Uma modelo qualquer.

— Ela não é só uma modelo: ela é mulher do Colin Khoo.

— Não faço ideia de quem seja esse.

— Ora, por favor... Ele é o herdeiro do império Khoo em Cingapura. E, além disso, Araminta é também a única filha de Peter Lee. Tenho certeza de que você sabe quem ele é... O primeiro bilionário chinês, em dólares americanos.

— Peter Lee é notícia velha. Eu tenho um valor exponencialmente maior que o dele.

— Você pode ter dinheiro, mas os Lees têm mais influência. Você não percebeu que estou apresentando você para as pessoas mais influentes do mundo?

— Essas pessoas fazem roupas. Como podem ser influentes?

— Você não faz a menor ideia. Eles controlam o mundo. E a nata da sociedade de Xangai quer estar perto deles. Apenas pense em quem já chegou: Adele Deng, Stephanie Shi. E a primeira-dama vai chegar daqui a pouco...

— E parece que Mozart veio com ela.

— Meu Deus. Não é Mozart, é Karl Lagerfeld. Ele é um homem muito, muito, *muito* importante! Ele é o kaiser da moda.

— Que merda isso significa?

— Ele é tão poderoso que poderia me banir da Chanel para sempre com um leve toque no nariz, e para mim seria o mesmo que estar morta. Por favor, *por favor,* seja educado.

Jack bufou:

— Vou tentar não peidar na frente dele.

Depois que todos os *lao wais* VVIP haviam sido cumprimentados, Kitty fez sua entrada triunfal enquanto Jack fugia para a sala de projeção até a hora do jantar. ("Contanto que você apareça para o meu brinde e diga a Peng Liyuan o quanto você adora a voz dela em algum momento do banquete, não me importo com o que você faça", Kitty havia dito a ele.) Aquela festa era apenas uma desculpa para que Kitty mostrasse a reforma do interior da casa. Ela agora estava no topo da escada do antigo salão principal — que ela havia renomeado de Grande Salão — observando a cena.

A decoração inspirada no Hotel PuLi com seu estilo zen, criada por Colette, tinha desaparecido e, em seu lugar, Thierry Catroux havia criado um estilo que ele chamava de "imperador Ming encontra Luís Napoleão Studio 54". Urnas da dinastia Ming estavam misturadas com raros tapetes Aubusson e móveis de couro e Lucite italiano no estilo *mod* dos anos 1960, enquanto as monocromáticas paredes de tijolo cinza tipo Shikumen estavam agora cobertas de pelo de iaque tibetano tingido em tons de cáqui. A parede leste de 25 metros de comprimento havia sido coberta em painéis de renda roxa e vermelho-escura — em homenagem à Galeria Dispersante de Nuvens do Palácio de Verão em Pequim. A estimada coleção de pergaminhos de caligrafia em preto e branco de Wu Boli fora banida para a ala do museu, e em seu lugar estavam enormes quadros de cores vibrantes de Andy Warhol, Jean-Michel Basquiat e Keith Haring, em antigas molduras estilo rococó. Os convidados de Kitty vinham em hordas até ela, elogiando a transformação radical.

— Está incrível, Kitty — elogiou Pan TingTing.

— Tão... original, Kitty — completou Adele Deng.

— Você *realmente* colocou sua marca na casa — disse Stephanie Shi, sorrindo.

— É uma viagem pura, só falta é quaalude! — comentou Michael Kors.*

Durante algum momento da interação social, Araminta apareceu ao lado dela com uma taça de champanhe.

— Achei que você precisava disso. Estou vendo que você não para de circular.

— Ah, obrigada. Sim, todos têm sido gentis demais, com exceção daquele inglês que está ali conversando com Hung Huang.

— Philip? Mas normalmente ele é tão charmoso! — Araminta franziu o cenho, surpresa.

— Charmoso? Sabe o que esse esnobe falou para mim? Quando eu perguntei o que ele fazia, teve a ousadia de dizer "sou milionário!".

Araminta segurou o braço de Kitty e se inclinou, rindo. Tentando recuperar o fôlego, ela disse:

— Não pode ser, você deve estar enganada!

Kitty continuou com a história:

— Então eu falei para ele: "Bem, eu sou *bilionária*!"

---

* Michael, o *Project Runway* não é mais o mesmo sem você. Por favooooooor, volte.

Enxugando as lágrimas dos cantos dos olhos, Araminta explicou:

— Kitty, aquele homem é Philip Treacy. Ele não é milionário, ele é um *milliner*, um chapeleiro, um designer de chapéus. Tenho certeza de que foi isso que ele falou. Ele é um dos melhores chapeleiros que há: Perrineum Wang está usando um dos chapéus dele agora.

Kitty olhou para a jovem socialite de Xangai, que usava um disco nude enorme com uma estrela-do-mar gigantesca em rubis rosados no meio que cobria quase oitenta por cento do rosto dela.

— Não é para menos que ele tenha me dado uma olhada estranha.

— Ah, Kitty, você sempre me faz rir! — Araminta ainda ria quando um par de mãos surgiu ao lado do rosto dela, cobrindo seus olhos.

— Oh, quem seria? — perguntou Araminta, sorrindo.

— Três chances — sussurrou um homem no ouvido dela com um sotaque francês extremamente falso.

— Bernard?

— *Non.*

— Ah... Antoine?

— *Non.*

— Não poderia ser Delphine? Eu desisto! — Araminta se virou e viu um aristocrata chinês em um terno completo e pequenos óculos redondos com aros de tartaruga sorrindo para ela.

— Oliver T'sien, seu malandro! Você me enganou com esse sotaque ridículo. — Araminta riu. — Oliver, você já conhece a *chatelaine* dessa... maravilhosa propriedade, Kitty Bing?

— Estava esperando que você me apresentasse a ela — ronronou Oliver.

— Kitty, esse é Oliver T'sien, um velho amigo de Cingapura... e... não somos agora, de alguma forma, todos parentes por causa do Colin? Oliver é parente de praticamente todas as famílias importantes da Ásia, e também é consultor da Christie's.

Kitty apertou a mão dele, em um cumprimento educado.

— É um prazer conhecer você. Então trabalha na casa de leilões Christie's?

— Sim, isso mesmo.

— Oliver é um dos maiores especialistas em arte e antiguidades asiáticas — continuou Araminta.

— Hmm... Tem uma pequena estátua de cavalo na biblioteca que eu adoraria mostrar para você. Meu marido está convencido que é da dinastia Tang, mas eu acho que é falso. Foi a ex-mulher dele quem comprou — comentou Kitty, com desdém.

— Estou à sua disposição, madame — disse Oliver, oferecendo a ela o braço.

Eles seguiram até a biblioteca, e Kitty o conduziu a um magnífico armário Macassar e Gabon Boulle em um canto da sala. Ela pressionou as portas com detalhes em marchetaria tartarugadas e em bronze, que se abriram para revelar uma passagem escondida para a sala de fumantes privada de Jack Bing.

— Bem, mas isso é esplêndido! — exclamou Oliver, observando o cômodo decadente e cheio de móveis acolchoados.

Assim que as portas se fecharam atrás deles, Kitty se jogou em uma das poltronas de veludo com borlas estilo Luís Napoleão e respirou com alívio.

— Estou aliviada que estamos a sós finalmente! Como você avalia as coisas?

Sem que nenhum de seus convidados soubesse, muito menos amigos como Araminta, Kitty conhecia Oliver muito bem: ele a estivera aconselhando pelos últimos anos em segredo, e sua ajuda fora decisiva para que Kitty adquirisse O Palácio das Dezoito Perfeições, um par de pergaminhos chineses valorizados que haviam quebrado os recordes de leilão fazia dois anos e se tornado o item de arte chinesa mais caro a ser vendido.

— Você não tem com o que se preocupar. Todos estão impressionados. Você percebeu que Anna até tirou os óculos escuros por um momento para analisar o seu barco dragão Qianlong?

— Não, eu perdi isso! — respondeu Kitty, animada.

— Foi muito rápido, mas aconteceu. Também conversei com Karl e... dedos cruzados... acho que você conseguirá aqueles lugares na primeira fila no próximo desfile em Paris.

— Oliver, você faz milagres! Acredita-se que gastar 9 milhões de dólares na Chanel todos os anos seria suficiente para conseguir assentos na primeira fila daquele maldito desfile.

— Você estará bem no meio da primeira fila na próxima temporada! Viu? Você não tem com o que se preocupar. Vamos voltar para a festa antes que alguém suspeite de alguma coisa. Já ficamos tempos demais aqui só olhando um cavalo Tang. Que, aliás, não é falso, mas é bastante comum. Cada sala de estar da Park Avenue tem pelo menos um acumulando poeira em cima de uma pilha de livros. Jogue fora, ou doe para a Sotheby's leiloar. Algum filisteu o comprará.

Quando Oliver e Kitty estavam prestes a sair da sala de fumantes escondidos, três mulheres entraram na biblioteca. Oliver olhou pela fresta na porta do armário e sussurrou para Kitty:

— São Adele Deng, Stephanie Shi e Perrineum Wang!

Eles ouviram Stephanie dizendo:

— Bem, Kitty conseguiu remover qualquer traço da Colette da casa. O que achou do Picasso em cima da mesa?

— Estou cansada de ver Picassos... Todo bilionário iniciante em Pequim tem um. Você sabia que nas duas últimas décadas da vida dele o homem pintava quatro quadros por dia, como uma prostituta desesperada? O mercado está lotado de Picassos medíocres. Use um bom Gauguin pra variar, como aquele que está no museu do meu pai — disse Adele Deng, com desdém.

— A visão da Colette para essa casa era perfeita, e agora foi tudo arruinado — lamentou Stephanie.

— Eu não ligo para o que as pessoas digam: para mim essa sempre será a casa da Colette — completou Perrineum.

Adele foi até o armário Boulle, passando os dedos pelos detalhes em marchetaria.

— Essa peça é bacana, o que raios está fazendo aqui no canto? Se alguém me perguntasse, eu diria que Kitty está tentando desesperadamente impressionar. Cada objeto dessa casa é um item de museu. Tudo grita: "Olhe pra mim! Olhe pra mim!" Kitty não entenderia a ideia de sutileza nem se o conceito a acertasse no meio daqueles peitos falsos. Como Marella Agnelli diria: "Vai demorar uma vida inteira para que ela entenda de vime."

— *Hiyah*, o que esperar de uma atriz pornô? Ela nunca terá o bom gosto da Colette: isso é algo com que a pessoa nasce — decretou Perrineum, reajustando o chapéu gigantesco pela milionésima vez.

— Será que a gente consegue entrar na ala do quarto dela? Quero ver o que ela fez com aquele espaço — sugeriu Stephanie.

— Ela provavelmente colocou espelhos no teto — disse Perrineum, rindo.

— Espelhos Luís XIV. Roubados de Versalhes! — completou Adele, dando risadas, ao seguir as mulheres para fora do cômodo.

No canto da sala de fumar, Kitty não conseguiu esconder o olhar de desolação.

— Meus peitos *não* são falsos! — gritou ela.

— Não ligue para o que elas dizem, Kitty.

— Adele Deng me falou que a casa era "tão original". Por que ela mentiria na minha cara?

Oliver parou por um momento, pensando que Adele tinha entendido tudo: Kitty com certeza não percebia os sinais mais sutis.

— Elas só estão com inveja da atenção que você está recebendo. Ignore-as.

— Sabe, não é tão fácil ignorar aquelas mulheres. Adele Deng e Stephanie Shi... elas são as donas do pedaço. Se é isso o que elas realmente pensam de mim, nunca conseguirei competir.

— Kitty, veja bem: você já conquistou o palco mundial. Essas mulheres não são mais suas rivais. Você não percebeu isso ainda?

— Eu entendo, mas também entendo algo além. Não importa o que eu faça, essa sempre será a casa da Colette. E essa sempre será a cidade da Colette, mesmo ela não estando mais aqui. Ela nasceu aqui... Esses são os conhecidos dela. Eu sempre serei uma forasteira em Xangai, não importa o que eu faça. Por que perdi dois anos redecorando essa casa? Eu deveria estar aonde sou apreciada.

— Eu não poderia concordar mais. Você tem casas no mundo todo, pode ir para onde quiser, criar seu próprio universo social. Honestamente, não sei por que você não mora em Hong Kong em tempo integral. É a minha cidade favorita na Ásia...

— Corinna Ko-Tung me disse que demoraria pelo menos uma geração para que eu conseguisse penetrar na alta sociedade de Hong Kong. Harvard talvez tenha alguma chance, se eu o colocar no jardim de infância certo, mas, para Gisele, agora já é tarde demais. Sabe, o único lugar onde os chineses me trataram bem foi em Cingapura. Olha como Araminta Lee é gentil. E minhas amigas Wandi, Tatiana e Georgina moram lá em meio período também.

Oliver não quis lembrar a Kitty que Araminta na verdade tinha nascido na China continental, e que Wandi, Tatiana e Georgina não eram nativas de Cingapura, mas percebeu que havia uma nova oportunidade ali.

— Sabe, você já é dona de uma das casas mais históricas em uma das melhores ruas de Cingapura. Achei que passaria mais tempo lá depois da aquisição.

— Também achei isso. Mas aí fiquei grávida do Harvard e Jack insistiu que ele nascesse nos Estados Unidos. Então depois acabamos passando mais tempo em Xangai porque eu precisava redecorar a casa.

— Mas sua pobre mansão Frank Brewer em Cingapura está totalmente abandonada. E apenas metade decorada. Pense no que você poderia conquistar se focasse sua atenção lá. Pense nos elogios que receberia de arquitetos preservacionistas se realmente a restaurasse à sua glória anterior. Meu Deus, tenho certeza de que meu amigo Rupert insistiria em publicar uma matéria sobre isso na revista *The World of Interiors*!

As engrenagens na mente de Kitty começaram a girar.

— Sim, sim. Eu poderia transformar aquela casinha. Torná-la ainda mais espetacular que esse lugar amaldiçoado! E seria *cem por cento minha*! Você me ajudaria?

— Claro. Mas, sabe... Além da casa, acho que é hora de *você* passar por outra transformação radical. Você precisa de um estilo que abra de verdade as portas da sociedade cingapuriana. Meu Deus, os leitores da *Tattle* com certeza vão amar você. Vamos conseguir uma sessão de fotos e uma matéria na revista. Olhe, tenho certeza de que consigo a capa também.

— Você acha mesmo que consegue?

— Com certeza. Já consigo até ver... Vamos pedir a Bruce Weber que seja o fotógrafo. Você, Gisele e Harvard passeando pela sua propriedade histórica, um patrimônio em Cingapura, cercada por uma dúzia de cachorros *golden retriever*. Todos de Chanel! Até os cachorros!

— Hmmm... podemos conseguir que Nigel Barker seja o fotógrafo? Ele é tãããããão bonito!

— Claro, querida. Quem você quiser.

Os olhos de Kitty brilharam.

7

•

Residências da Rua Cairnhill, Número Um, Cingapura

O cozinheiro havia trazido para casa as iguarias mais deliciosas do mercado para o café da manhã. Havia *chwee kueh* — delicados bolinhos de farinha de arroz com molho de pimenta e picles de rabanete salgado; *roti prata* recém-grelhado — pão indiano fresco servido com molho de curry para acompanhar; *chai tow kway* — bolinhos de rabanete japonês fritos com ovo, camarão e cebolinha; e *char siew bao* — pãozinho adocicado com recheio de carne suína ao molho *barbecue*. Enquanto Eleanor e Philip alegremente abriam as embalagens de papel-manteiga marrom, Nick entrou na cozinha de mármore Calacatta e seguiu até a bancada em elegante estilo *diner* que havia sido fechada com um vidro para que os convidados de Eleanor pudessem aproveitar a experiência de uma "mesa do chef" sem ter de se preocupar que os aromas defumados impregnassem suas roupas caras ou seus penteados perfeitos.

— Oh, que bom, você está de pé. Venha, venha, coma enquanto está quente — disse Eleanor, mergulhando um pedaço de seu *roti prata* no molho de curry de coco apimentado.

Nick parou ao lado da mesa, sem dizer nada. Eleanor ergueu o olhar na direção do filho e viu seu rosto contorcido.

— Qual o problema? Está constipado? Sabia que não devíamos ter ido àquele restaurante italiano ontem à noite. Tão superestimado e tão ruim.

— Eu gostei do meu linguine com trufas brancas — comentou Philip.

— *Aiyah*, nada de especial, *lah*. Eu poderia abrir uma lata de creme de cogumelo da Campbell's e colocar em cima de um punhado de macarrão e você nem notaria a diferença! Não vale o dinheiro gasto, mesmo que a conta tenha sido paga por Colin, e aquela quantidade de queijo não faz bem a ninguém.

— Às vezes não acredito no que você diz — Nick puxou uma cadeira e se sentou à mesa.

— Não acredita no quê? Coma uma banana madura ou tome um pouco de Metamucil se isso não funcionar.

— Não estou com prisão de ventre, mãe, estou irritado. Acabei de falar com a Rachel no telefone.

— Ah, como ela está? — perguntou Eleanor em um tom contente, ao colocar uma generosa porção de *chai tow kway* em seu prato Astier de Villatte.

— Você sabe exatamente como ela está. Falou com ela ontem.

— Ah, ela contou para você?

— Ela é minha esposa e me conta tudo, mãe. Eu não acredito que você perguntou para ela o que estamos fazendo para evitar filhos!

— E o que tem de errado nisso? — perguntou Eleanor.

— Você pirou de vez? Ela não é uma garotinha de Cingapura que você pode interrogar para saber tudo o que acontece no corpo dela. *Ela é americana.* Eles não falam sobre certas coisas com qualquer um!

— Eu não sou qualquer uma. Sou a sogra dela. Tenho o direito de saber quando ela está ovulando! — retrucou Eleanor.

— Não, você não tem! Ela ficou tão envergonhada e chocada que nem soube o que responder.

— Não é à toa que ela tenha desligado tão rápido. — Eleanor riu.

— Você tem que parar com essa história de netos, mãe. Não vamos resolver ter filhos só porque você quer.

Eleanor bateu os hashis na mesa com irritação.

— Acha que estou fazendo pressão? *Hiyah*, você não sabe o que é pressão! Quando eu e seu pai voltamos da lua de mel, sua querida Ah Ma mandou as criadas dela vasculharem nossas bagagens! Quando ela descobriu nossas cartas francesas,* ficou tão chateada que disse que eu teria que engravidar em até seis semanas ou ela me colocaria para fora de casa! Você realmente quer saber o que eu tive que fazer para engravidar? Seu pai e eu tivemos que...

— Pare, pare! Vamos manter os limites, por favor! Não preciso saber de nada disso! — grunhiu Nick, balançando as mãos na frente do rosto de sua mãe freneticamente.

— Acredite, eu não estou pressionando vocês para que tenham um filho. Só estou querendo ajudar!

— Como? Tentando arruinar meu casamento outra vez?

— Você não consegue entender? Achei que, se soubéssemos exatamente quando Rachel estivesse ovulando, poderíamos trazê--la para Cingapura. Sua tia Carol já ofereceu o novo Gulfstream G650 dela — é bem rápido e Rachel estaria aqui em 18 horas. Ela poderia até vir nesse fim de semana. E meu *kang tao* no Resort Capella pode conseguir uma suíte com uma bela vista para o mar.

— E depois?

— *Aiyah*, você faz sua parte e engravida sua mulher, e aí podemos anunciar a notícia imediatamente. Então talvez, talvez, Ah Ma concorde em receber você!

Nick olhou para o pai com uma expressão de incredulidade.

— Você pode com isso?

Philip apenas colocou um *char siew bao* no prato do filho em um gesto silencioso de apoio.

— Pode com o quê? Estou tentando de tudo para fazer com que você entre naquela maldita casa! Sua melhor chance é se Rachel estiver grávida. Temos que provar para Su Yi que você pode de fato gerar o próximo herdeiro de Tyersall Park!

Nick suspirou.

— Acho que a essa altura isso não importa, mãe.

---

* As mulheres da geração de Eleanor — especialmente as que temem a Deus e foram educadas na MGS — cresceram usando esse termo pitoresco para camisinhas.

— Hnh! Você não conhece a sua avó. Ela é uma pessoa conservadora. Claro que isso importa para ela! Isso fará com que você caia nas graças dela de novo. Aí ela não terá escolha a não ser receber você!

— Escute, mãe. Rachel *não* vai engravidar só para que eu possa falar com Ah Ma. Esse é o plano mais ridículo que eu já ouvi. Você tem que parar com esses esquemas para me fazer entrar em Tyersall Park. Isso só vai piorar ainda mais a situação. Eu já estou conformado. Vim para Cingapura e tentei visitar Ah Ma. Se ela não quer me ver, eu vou superar. Pelo menos eu tentei.

Eleanor não o escutava mais. Em vez disso, seus olhos se cerraram quando uma nova ideia surgiu em sua mente.

— Não me diga... humm... Nicky, como vocês falam mesmo... os... os rapazes estão nadando bem?

Nick franziu o cenho, sem entender nada.

— Nadando bem? Como assim? Que rapazes, mãe?

— *Aiyah*, quando foi a última vez que foi ao médico? Você tem um bom urologista em Nova York? — perguntou Eleanor, incisiva.

Philip riu, entendendo o que sua mulher estava querendo dizer.

— Ela quer saber se você não é infértil, Nicky.

— Sim, isso, infértil! Você já verificou sua contagem de espermatozoides? Você costumava sair com muitas garotas quando era mais jovem, talvez já tenha gastado todo o esperma bom.

— Meu Deus do céu, mãe. Meu Deus. — Nick levou a mão à testa e balançou a cabeça, completamente envergonhado.

— Não venha com "meu Deus" para cima de mim, não. Estou falando sério — disse Eleanor, mastigando a comida, indignada.

Nick se levantou de repente, irritado.

— Não vou responder a mais nenhuma dessas perguntas. Isso é muito bizarro. E inapropriado! E nem ouse falar nada disso com a Rachel, mãe. Respeite um pouco a nossa privacidade!

— Ok, *lah*, ok, *lah*. Não precisa ficar tão sentido. Gostaria de não ter mandado você para a Inglaterra para estudar. Não sei em que tipo de homem eles transformaram você. Tudo é tão íntimo, particular, até problemas de saúde. Você é meu filho. Eu vi suas babás trocarem suas fraldas, você sabe disso! E você não vai comer nada do que compramos? O *chwee kueh* está mais gostoso do que o normal hoje — falou Eleanor.

— Eu não só perdi completamente o apetite como marquei de encontrar Astrid para o café da manhã.

— *Aiyah*, aquela pobre garota. Você já leu a fofoca mais recente?

— Não, mãe. Não presto atenção em fofoca — respondeu Nick, saindo com passos pesados.

8

•

EMERALD HILL, CINGAPURA

Assim que se separou de Michael, Astrid havia se mudado para uma das antigas casas que herdara da sua tia-avó Mathilda Leong na Emerald Hill. Ao caminhar até a casa da prima, não pôde deixar de admirar os frisos ornamentais, as janelas com esquadrias de madeira e a elaborada entrada das casas com sacadas em estilo Peranakan belamente restauradas que tornavam aquela rua tão singular.* Nenhuma fachada era igual à outra — cada uma misturava elementos diferentes do barroco chinês, do período vitoriano tardio e detalhes *art déco*.

Quando Nick era criança, muitas dessas casas onde as antigas famílias peranakans moravam e trabalharam acabaram sendo um pouco negligenciadas, e a rua adquiriu o ar de um lugar que possuía certa grandeza no passado, mas, agora, com a subida dos preços do mercado imobiliário a níveis absurdos e pelo fato de o bairro ter passado a ser uma área de conservação patrimonial, as casas agora eram muito cobiçadas, chegando a valer dezenas de milhões

---

* Originalmente uma área de pomares e plantações de noz-moscada durante a era colonial, Emerald Hill foi transformada em um bairro residencial para famílias peranakan no início do século XX. Esses peranakans — ou chineses do Estreito, termo usado na época — recebiam educação inglesa (muitos estudavam em Oxford ou Cambridge) e eram muito leais ao governo colonial britânico. Servindo como meio de campo entre os britânicos e os chineses, eles então se tornaram ricos e poderosos, o que fica claramente evidente pelas casas opulentas que construíram.

de dólares. Muitas tinham sido transformadas em bares modernos ou cafés, o que fazia com que alguns dos parentes mais esnobes de Nick se referissem à Emerald Hill como "aquela rua onde os *ang mor kow sai* vão para *leem tzhiu*",* mas Nick a achou bem charmosa. Ao chegar à bela casa branca com detalhes em madeira cinza esfumaçada, ele parou e tocou a campainha.

Uma garota loira de 20 e poucos anos olhou pela *pintu pagar* — uma meia-porta de madeira elaboradamente entalhada, típica desse tipo de casa — e perguntou com um forte sotaque francês:

— Você é Nicolas?

Nick acenou com a cabeça, concordando, e ela abriu a porta, permitindo que ele entrasse.

— E sou a Ludivine, a *au pair* do Cassian — disse ela.

— *Salut, Ludivine. Ça va?* — perguntou Nick, sorrindo.

— *Comme ci comme ça* — respondeu Ludivine, de forma sedutora, perguntando-se por que nunca havia conhecido o primo bonitão e que falava francês da madame.

Ao atravessar o hall de entrada, Nick percebeu que o cômodo havia sido detalhadamente restaurado ao seu estilo original. O chão era de um mosaico elaborado de ladrilhos pintados com um padrão floral tipo William Morris, e biombos de madeira folheada a ouro intricadamente entalhados criavam uma divisão entre a entrada e o restante da casa. O detalhe principal de uma típica área de entrada Peranakan era o santuário ancestral, e Astrid havia honrado a tradição ao instalar um altar vitoriano na parede mais ao fundo. Mas em vez de colocar ali fotos de parentes falecidos ou deuses de porcelana, ela havia pendurado um pequeno desenho de Egon Schiele de uma figura masculina nua.

Ludivine conduziu Nick da entrada por uma antecâmara até o *chimchay* — o pátio aberto que fornecia a ventilação natural e a luz essencial a essas casas compridas e estreitas. Ali, Astrid tinha fugido do tradicional e transformado completamente o espaço: o teto agora era de vidro e o espaço tinha ar condicionado, enquanto o chão, que

---

* Embora a frase em *hokkien* literalmente se traduza como "merda de cachorro de cabelo ruivo, vá tomar álcool", pode ser interpretada como "a rua onde o lixo europeu vai se embebedar".

normalmente seria de cimento, havia sido coberto por ladrilhos de obsidiana, que brilhavam como uma piscina de tinta preta.

Mas a *pièce de résistance* era a face leste do pátio, onde Astrid havia instalado, com o arquiteto paisagista francês pioneiro Patrick Blanc, um jardim vertical de três andares. Trepadeiras, samambaias e palmeiras exóticas pareciam sair da parede, desafiando a gravidade. Em frente ao espetacular afresco floral havia uma seleção de divãs de bronze cobertos com almofadas macias de linho branquíssimo. O espaço possuía uma quietude monástica e frondosa, e no meio daquilo tudo estava Astrid, sentada de pernas cruzadas em um divã, apoiando uma xícara de chá no colo, vestida de forma zen com uma regata e uma saia preta volumosa.*

Astrid se levantou e deu um abraço apertado em Nick.

— Senti a sua falta!

— Digo o mesmo! Então é aqui que você se esconde.

— É. Você gostou?

— É incrível! Eu me lembro de ter vindo aqui quando criança em um daqueles banquetes de *nyonya* organizados pela sua tia-avó. E você fez uma bela de uma transformação aqui!

— Eu me mudei para cá achando que seria apenas temporário, mas acabei me apaixonando pela casa, então achei legal dar uma renovada. Consigo sentir a presença da minha tia-avó aqui em todos os cantos. — Astrid fez um sinal para que Nick se sentasse ao lado dela no divã e começou a lhe servir chá de um bule de ferro. — É um chá Nilgiri, do Dunsandle Tea Estate, no sul da Índia... Espero que goste.

Nick tomou um gole do chá, apreciando seu delicado sabor defumado.

— Hmmm... fantástico. — Ele olhou para o teto, apreciando a claraboia em padrão ocular bem acima deles. — Você realmente se superou nessa reforma!

— Obrigada, mas não posso levar o crédito. O Studio KO, de uma dupla francesa maravilhosa, projetou tudo.

---

* Não tão simples assim, na verdade — Astrid estava usando uma camiseta com nervuras perfeitas The Row sobre uma saia de seda preta *vintage* Jasper Conran com um padrão de camadas festivas estilo *rah-rah*.

— Bem, tenho certeza de que você inspirou essa dupla mais do que deixa transparecer. Acho que nunca estive numa casa como essa antes. Parece Marrakesh daqui a uns duzentos anos.

Astrid sorriu e deu um leve suspiro.

— Gostaria de poder estar em Marrakesh daqui a duzentos anos.

— É? Pelo visto você não teve uma manhã fácil. Tem alguma coisa a ver com essa tal fofoca da qual ouvi falar? — perguntou Nick, ajeitando-se melhor no sofá confortável.

— Ah, você ainda não viu?

O primo fez que não com a cabeça.

— Bom, eu sou *muito* famosa agora — disse Astrid, rindo de si mesma, ao passar a Nick um jornal. Era o *South China Morning Post*, e, na primeira página, a manchete gritava:

MICHAEL TEO QUER UM ACORDO DE $5 BILHÕES NO DIVÓRCIO COM A HERDEIRA ASTRID LEONG

CINGAPURA — Há dois anos, o bilionário de capital de risco Michael Teo, 36, está envolvido em um processo de divórcio com a herdeira cingapuriana Astrid Leong. O que deveria ter sido uma separação amigável tomou um novo rumo, agora que a equipe jurídica do Sr. Teo está exigindo $5 bilhões em um acordo, devido aos recentes acontecimentos.

Na semana passada, fotos da Sra. Leong, 37, viralizaram em sites internacionais de fofoca. As imagens mostram a Sra. Leong sendo pedida em casamento pelo titã da tecnologia honconguês Charles Wu, 37, no Forte de Mehrangarh em Jodhpur, na Índia. Ao redor deles havia cem dançarinos clássicos indianos, vinte tocadores de sitar, dois elefantes e a superestrela de Bollywood Shah Rukh Khan, que, segundo relatos, fez uma serenata para o casal com uma versão hindi da balada de amor de Jason Mraz "I'm Yours".

O Sr. Teo está agora acusando a Sra. Leong de "crueldade intolerável e adultério" na última versão dos documentos do divórcio. Ele alega que possui evidência incontestável de que sua mulher estava tendo um caso com o Sr. Wu "desde o início dos anos 2010". É um triste final para o que já foi um dia uma história de amor, uma Cinderela às avessas: o Sr. Teo, filho de professores, cresceu numa família de classe média em Toa Payoh e conheceu a Sra. Leong, herdeira de uma das maiores fortunas da Ásia, na festa de aniversário de um de seus amigos do Exército. Depois de um namoro e de um noivado rápidos, o casal incrivelmente fotogênico se casou em 2006.

Foi uma união que surpreendeu muitos círculos sociais da Ásia. A Sra. Leong é a única filha de Henry Leong, presidente da S. K. Leong Holdings Pte Ltd, o reservado conglomerado que supostamente é o maior fornecedor de óleo de palma no mundo. Antes de se casar com o Sr. Teo, ela teve um curto noivado com Charles Wu, além de ter parentesco com um príncipe muçulmano e com vários membros da nobreza europeia. Assim como o restante de sua família, a Sra. Leong é uma pessoa extremamente discreta, que nunca concedeu entrevistas e não aparece nas mídias sociais. O *Heron Wealth Report* ranqueou a família Leong na terceira posição entre as famílias mais ricas da Ásia e estima que a fortuna pessoal da Sra. Leong seja "superior a $10 bilhões".

Agora, metade da fortuna da Sra. Leong está em jogo, junto com a guarda de Cassian, o filho de 7 anos do casal. "Meu cliente é um empreendedor que ficou bilionário sozinho. A questão não é o dinheiro", afirma o advogado do Sr. Teo, Jackson Lee, da respeitada firma de advocacia Gladwell & Malcolm. "É sobre o que é certo. Michael Teo, um marido leal e devoto, foi humilhado diante do mundo inteiro. Imagine como você se sentiria se ainda estivesse casado e sua esposa recebesse uma proposta de casamento de outro homem, de forma tão pública e cheia de pompa."

Alguns advogados de Cingapura dizem que as manobras legais do Sr. Teo provavelmente não funcionarão, devido ao fato de os ativos da Sra. Leong estarem protegidos no fundo labiríntico S. K. Leong. Mas esse novo acontecimento já causou danos. Um conhecedor da cena social de Cingapura comenta: "Os Leongs não gostam de aparecer nos jornais. Isso foi uma grande vergonha para eles."

— Puta merda — disse Nick, jogando o jornal no chão, enojado. Astrid sorriu sem humor para ele.

— Como é que o *Post* consegue publicar algo assim? Nunca li tanta merda na vida.

— Pois então. Empreendedor que ficou bilionário sozinho uma ova.

— E se você realmente é dona de uma fortuna de 10 bilhões, tem um box set edição limitada do David Bowie que eu quero de presente de aniversário. Custa 89 dólares e 95 na Amazon.

Astrid riu por um momento, então balançou a cabeça.

— Minha vida inteira eu fiz de tudo para não sair nos jornais, mas parece que, nos últimos tempos, quanto mais eu tento, mais eu acabo nas matérias de capa. Meus pais ficaram furiosos. Ficaram com muita raiva quando as fotos vazaram, mas isso aqui piorou tudo. Minha mãe está de cama e vivendo a base de Xanax, e eu nunca ouvi meu pai gritar tão alto quanto essa manhã, quando ele apareceu aqui para trazer o jornal. As veias dele começaram a saltar da testa que achei que ele fosse sofrer um ataque cardíaco.

— Mas eles não percebem que nada disso é culpa sua? Quer dizer, eles não conseguem ver o óbvio? Que Michael armou isso tudo?

— Parece óbvio para mim, mas é claro que não faz diferença para eles. Eu sou a garotinha rebelde que fugiu para a Índia. Ou seja, sou uma mulher de 37 anos, mãe, e ainda preciso da permissão dos meus pais para viajar no fim de semana. É tudo culpa minha. Fui eu quem "expus" a família, quem tornou o nome da família uma desgraça por uma centena de gerações.

Nick balançou a cabeça em simpatia, estalando os dedos quando algo surgiu em sua mente.

— Você tem que dar crédito ao Michael... ele *sabia* que os jornais de Cingapura não tocariam nessa história, então ele vazou tudo de propósito para o *South China Morning Post* de Hong Kong.

— Foi uma boa jogada. Ele está tentando causar o máximo de estrago ao Charlie e ao nosso futuro juntos.

— Aposto o que você quiser que ele também está por trás daquelas fotos de *paparazzi*.

— Charlie também acha isso. Ele colocou a equipe inteira de segurança dele para descobrir como Michael conseguiu me seguir.

— Sei que isso pode parecer meio Jason Bourne, mas não seria possível que Michael pudesse ter colocado algum aparelho de rastreamento em você antes da sua viagem? Quero dizer, ele já *hackeou* o seu celular uma vez.

Astrid fez que não com a cabeça.

— Faz quase um ano que Michael e eu não nos encontramos. Nós nos comunicamos apenas através dos nossos advogados agora, e isso foi ideia dele, não minha. Depois que ele contratou aquele Jackson Lee, que ouvi dizer ser um gênio jurídico, as coisas só ficam cada vez mais hostis.

— Com que frequência Michael vê Cassian?

— Tecnicamente, ele tem direito a vê-lo três vezes na semana, mas o Michael raramente faz isso. Ele sai com o Cassian para almoçar ou jantar uma vez na semana, mas às vezes passa até três semanas sem vê-lo. É como se tivesse esquecido que tem um filho — comentou Astrid, com tristeza.

Uma criada entrou no pátio e colocou uma bandeja na mesinha.

— Torrada com *kaya*! — exclamou Nick, todo feliz ao ver as torradas em formato de triângulo perfeito com uma camada de geleia de coco. — Como você sabia que era isso que eu queria comer quando acordei essa manhã?

Astrid sorriu.

— Você não sabe que eu consigo ler a sua mente? É a geleia caseira da Ah Ching de Tyersall Park, claro.

— Maravilha! — disse Nick.

Astrid notou certa tristeza no olhar do primo quando ele deu a primeira mordida no pão fofo e ao mesmo tempo crocante.

— Então... Ouvi dizer que você foi banido de Tyersall Park. Isso é ridículo. Sinto muito por não poder ter ajudado antes, mas agora que voltei vou tentar resolver isso de alguma forma.

— Ora, Astrid, você já está com muita coisa na cabeça. Não se preocupe com isso. Sabe que ideia minha mãe teve agora? Ela quer que eu engravide Rachel o quanto antes, para poder anunciar a novidade para Ah Ma, na esperança de que ela queira me ver.

— Você não está falando sério!

— Ela ligou para Rachel dizendo que precisava saber se ela estava ovulando. Ela já tinha preparado o avião da Carol Tai para trazê-la para Cingapura nesse fim de semana especificamente para que eu pudesse engravidá-la. E já tinha até reservado a suíte de lua de mel num resort de um amigo dela em Sentosa.

Astrid cobriu a boca, segurando a risada.

— Jesus! E eu achando que tinha uma mãe maluca.

— Ninguém é mais maluca que Eleanor Young.

— Bom, pelo menos ela ainda está tentando cuidar de você. Ela faria qualquer coisa para que você se reconciliasse com Ah Ma.

— Para minha mãe, tudo gira em torno daquela casa. Mas, você sabe, eu só queria ver Ah Ma. Demorou um pouco, mas percebi que devo a ela um pedido de desculpas.

— Isso é um gesto grandioso da sua parte, Nicky. Quero dizer, ela foi horrível com você e com a Rachel.

— Eu sei, mas, ainda assim, eu não deveria ter dito aquelas coisas para ela. Eu sei que ela ficou magoada.

Astrid refletiu sobre aquilo, olhando para sua xícara de chá por um momento antes de erguer a cabeça e se virar para o primo.

— Eu só não entendo por que Ah Ma de repente não quer ver você. Eu fique ao lado dela por uma semana inteira enquanto ela estava no Mount E. Ela sabia que você estava vindo, e nunca disse nada sobre não querer ver você. Alguma coisa aconteceu. Acho que a tia Victoria ou Eddie ou alguém a influenciou enquanto estive fora.

Nick olhou para Astrid com esperança.

— Talvez você consiga tocar no assunto com ela... de forma delicada. Você sempre teve um jeito com ela que ninguém mais tem.

— Ah, você não sabe? Eu também sou *persona non grata* em Tyersall Park. Meus pais não querem que eu dê as caras lá. Nem que apareça em público, aliás, até que esse escândalo passe.

Nick não conseguiu segurar a risada perante toda aquela situação.

— Então ambos fomos excomungados, como se fôssemos os filhos do diabo.

— Sim. Como naquele filme *Colheita maldita*. Mas o que podemos fazer? Minha mãe não quer arriscar chatear Ah Ma agora.

— Eu acho que Ah Ma fica mais chateada com o fato de você não estar ao lado dela — disse Nick, indignado.

Os olhos de Astrid se encheram de lágrimas.

— Estamos perdendo a chance de aproveitar o tempo que ela ainda tem, Nicky. A cada dia, mais um pouco dela vai embora.

9

•

TYERSALL PARK, CINGAPURA

Eddie seguia pelo corredor leste na direção do quarto de sua avó, admirando as fotos antigas que haviam sido penduradas como em uma galeria sobre um sofá coberto por tecido adamascado. No centro estava uma fotografia ampliada e emoldurada de seu bisavô Shang Loong Ma ao lado de várias presas enormes de elefantes e de um marajá com um turbante cheio de joias, após um safári na Índia. Ao lado dela, uma foto de estúdio de seu avô Sir James Young, no fim dos anos 1930, parecendo um ídolo adolescente com uma jaqueta com padrão *pied de poule*, chapéu Fedora branco, e segurando um cachorro terrier Norwich, que não combinava com aquilo, em seus braços. *Que elegante ele estava! Quem fez esse blazer? Seria Huntsman, ou Davies & Son?*, Eddie se perguntou. *Gostaria de tê-lo conhecido naquela época. De todos os netos, obviamente fui o único que herdou o estilo dele.*

Mais abaixo na parede, havia uma foto retangular de sua avó Su Yi em um vestido informal, reclinada elegantemente sobre uma toalha de piquenique no que parecia ser o Jardim de Luxemburgo. Ao lado dela havia duas mulheres francesas, e cada uma segurava uma sombrinha de renda trabalhada que parecia sofrer contra uma rajada de ar. As duas mulheres riam, mas Su Yi encarava a câmera, perfeitamente serena. Que bonita ela havia sido em sua juventude. Eddie estudou a assinatura na parte inferior da foto: J. H. Lartigue. *Santo deuzinho, o grande fotógrafo francês Jacques Henri Lartigue realmente tirou essa foto da Ah Ma? Jesus, isso tem um valor incalculável. Preciso ter isso no meu escritório. Poderia ficar ao lado da minha foto do garoto segurando as garrafas de vinho, tirada por Cartier-Bresson. Ninguém mais apreciaria essa foto como eu. Será que alguém perceberia se eu substituísse essa foto por outra pendurada nessa parede?*

Eddie olhou ao redor para ver se havia alguma empregada por perto. Sempre havia uma droga de uma criada em algum canto, e ninguém tinha privacidade nenhuma naquela casa. Foi quando ele ouviu o gemido profundo e lento. *Ooaaaah! Oooooaaaahhh!* O som vinha de uma porta entreaberta no final do corredor. Eddie logo se deu conta de que era a suíte em que seu primo Adam e Piya Aakara estavam hospedados. Ele sabia que os tailandeses eram safados, mas será que realmente deixariam a porta aberta enquanto estivessem fazendo sexo de manhã? Qualquer pessoa que passasse pelo corredor poderia ouvi-los. Na verdade, se ele fosse casado com Piya, aquela mulher sexy, ele a comeria o tempo todo e não se importaria se a casa toda ouvisse.

Com cuidado, Eddie se aproximou da porta e ouviu a voz de uma mulher rindo. De repente, outra voz gutural pôde ser ouvida acima da voz anterior. *Guaaa! Guaaaa!* Espere aí, eram *dois homens* no quarto. E então a segunda voz masculina gemeu: *Oh! Sim. Sim, aí. Mais fundo! Guaaaa!* Os olhos de Eddie se arregalaram quando ele reconheceu a voz. Era seu irmão, Alistair. Mas que merda estava acontecendo ali? Alistar estava fazendo um *ménage à trois* com seus primos tailandeses *dentro da casa da sua avó, enquanto ela morria?* Que sacrilégio! Quando Eddie vinha visitar a avó, ele sempre tinha a decência de hospedar sua amante mais recente no hotel Shangri-La, que ficava próximo dali. Ele *jamais* pensaria em dormir com qualquer pessoa que não fosse sua esposa na casa de sua adorada Ah Ma.

Eddie entrou no quarto de supetão, movido a falsa moralidade.

—EM NOME DE DEUS, O QUE VOCÊS PENSAM... — ele começou a dizer, mas logo parou, surpreso. Piya estava sentada na *chaise longue* tomando um cappuccino, elegantemente vestida com uma regata de seda *faille* verde e calças do mesmo tecido Rosie Assoulin. Eddie se virou e viu uma cena muito curiosa. Sentado ao pé da cama de dossel com verniz em prata estava Alistair, sem camisa, e sobre seu corpo estava tio Taksin, calcando os cotovelos nos ombros do sobrinho. Adam estava deitado de bruços na cama, nu, enquanto sua mãe se apoiava em suas coxas, massageando sua lombar com óleo de coco.

— Oooaaaaahh! — grunhiu Adam, enquanto Piya não parava de rir.

— Falei para vocês se alongarem um pouco antes da partida de *badminton*, mas vocês não me escutaram, não é? — disse Catherine, massageando vigorosamente a lombar de Adam.

— Caaara, o tio Taksin está fazendo a melhor massagem tailandesa do planeta! Você deveria experimentar — comentou Alistair.

Eddie observou a cena, incrédulo. Ele não podia acreditar que o príncipe tailandês estava massageando seu irmão.

— Hmmm, não seria melhor as empregadas fazerem isso?

— Não... Mamãe é a melhor. — Adam suspirou contra o travesseiro.

Piya riu.

— Os meninos Aakaras são mimados desde pequenos com massagens dos pais. Adam não gosta nem quando eu faço massagem nele. Só a mamãe sabe fazer direito.

Catherine olhou para Eddie, o queixo dela ligeiramente sujo de óleo de coco enquanto enfiava os dedos cada vez mais forte nos músculos da bunda de Adam.

— Você quer uma massagem? Estou quase acabando.

— Ah... não, estou bem, obrigado. Não estou dolorido — eu... eu... só joguei no primeiro set, lembram? — gaguejou Eddie, sem jeito ao ver sua tia tocar o filho dela *naquele lugar*.

— Você não sabe o que está perdendo — suspirou Alistar, contente.

— Estou indo visitar Ah Ma — disse Eddie, saindo do quarto o mais rápido possível.

Esses Aakaras eram muito estranhos. Imagine fazer massagem nos filhos quando eles tinham uma multidão de empregados só esperando serem chamados! Ele mal conseguia acreditar que tia Cat e sua mãe eram irmãs — as duas eram o oposto uma da outra. Sua mãe era sempre contida e elegante, enquanto Cat era uma mulher sem frescuras e meio moleca. Os braços, o rosto dela... Praticamente toda a parte da frente do corpo dela estava lambuzada de óleo de coco enquanto ela massageava o filho. Sua mãe não gostava nem de passar creme nas próprias mãos. Como é que Cat tinha conseguido fisgar um príncipe? De todas as irmãs, sua mãe claramente tinha feito o pior casamento, tirando a tia Victoria que continua solteira, claro.

Ele entrou no escritório particular de sua avó e viu seu pai conversando com o professor Oon. Malcolm Cheng era um dos cirurgiões cardíacos mais respeitados da Ásia e havia se aposentado apenas recentemente como chefe do Centro Cardiológico do Hospital e Sanatório de Hong Kong. O professor Oon era um de seus discípulos e obviamente estava monitorando atentamente a condição de Su Yi.

— Como está a paciente hoje? — perguntou Eddie com entusiasmo.

— Não me interrompa quando estou falando! — repreendeu-o o pai, voltando-se para o professor Oon. — E não estou contente com o acúmulo de fluidos nos pulmões dela.

— Eu sei, Malcolm — sussurrou o professor Oon, preocupado.

Eddie foi até o quarto, onde encontrou sua mãe reorganizando os vasos de flores que haviam sido enviados para Su Yi. Todos os dias, dúzias de novos arranjos eram enviados para a casa, junto com caixas e caixas da bebida Essência de Galinha, da Brand.

— Mamãe detesta hortênsias. Quem mandou isso? — resmungou Alix, abrindo o envelope de cor creme para ler o cartão. — Meu Deus, é dos Shears. Bem, acho que temos que deixá-las aqui até que mamãe acorde e as veja. Ela era tão próxima do Benjamin. Sabia que ele foi o médico que fez o meu parto?

— Oh, veja, acho que ela acordou! — disse Eddie, animado, correndo e se abaixando ao lado dela. — Querida Ah Ma, como está se sentindo hoje?

A garganta de Su Yi estava seca demais, o que dificultava a fala, mas ela conseguiu sussurrar:

— Água...

— Sim, claro, claro. Mamãe, Ah Ma precisa de um pouco de água agora!

Alix olhou ao redor e pegou a jarra mais próxima.

— Ah, por que está sempre vazia? — reclamou ela, correndo até o banheiro para encher a jarra. Ela voltou e começou a colocar a água em um copo de plástico com um canudo.

— Isso é água da torneira? Você quer matar Ah Ma? — gritou Eddie para a mãe.

— Como assim? A água de Cingapura é ótima! — retrucou Alix.

— Ah Ma só deve beber água esterilizada, na condição dela. Onde está a merda daquela água suíça que os Aakaras vivem bebendo? Por que não tem um pouco aqui também? E onde estão as merdas das criadas, quando precisamos delas?

— Eu as mandei preparar o café da manhã.

— Bem, interfone e peça a elas que tragam água suíça também — ordenou Eddie.

Su Yi suspirou, balançando a cabeça em irritação. Por que todos os seus filhos e netos eram incapazes de fazer algo tão simples?

Alix viu o olhar de frustração no rosto de sua mãe e rapidamente decidiu passar por cima do filho.

— Saia da frente, Eddie, deixe eu dar água para ela agora.

— Não, não, deixe comigo — insistiu Eddie, tomando o copo da mão da mãe e se reclinando sobre a avó enquanto fazia sua melhor imitação de Florence Nightingale.

Após Su Yi se reidratar, sentindo-se mais revigorada, ela olhou pelo quarto, como se procurasse algo.

— Onde está Astrid? — perguntou ela.

— Er... Astrid não está aqui no momento — respondeu Alix, sem querer mencionar nada do escândalo que ainda assombrava a sobrinha. Ela trocou olhares com Eddie, silenciosamente o alertando para não dizer nada.

— Astrid foi para a Índia — anunciou Eddie, com um sorriso de canto de boca.

Alix fuzilou Eddie com o olhar, desesperada. Será que ele queria deixar a avó agitada?

— Ah, bom. Ela foi — disse Su Yi.

Eddie não conseguiu conter a surpresa.

— A senhora sabia disso? Sabia que Charlie Wu a pediria em casamento?

Su Yi não falou nada. Ela fechou os olhos, a boca formando um pequeno sorriso. De repente ela abriu os olhos outra vez e se virou para Alix:

— E Nicky?

— O que tem Nicky? — perguntou Alix, cautelosa.

— Ele já não deveria ter voltado?

— A senhora está dizendo que quer ver Nicky? — perguntou Alix, tentando esclarecer as coisas.

— Claro. Onde ele está? — quis saber Su Yi.

Antes que Alix pudesse responder, Eddie falou:

— Ah Ma, infelizmente Nicky teve que cancelar a viagem no último momento. Algo relacionado ao trabalho, e ele ainda não conseguiu vir. Você sabe como ele é dedicado ao emprego de professor de história. Ele teve que ficar para lecionar sobre a Guerra intergaláctica.

— Oh — disse Su Yi, simplesmente.

Alix encarou o filho, abismada com a mentira descarada. Ela já ia dizer algo quando as criadas de Su Yi entraram no quarto, cheias de bandejas.

— Mamãe... — começou a dizer Alix, quando de repente sentiu Eddie puxar seu braço com força, por trás do corpo dela, e conduzi-la até o closet de Su Yi. Dali, ele levou a mãe até a sacada e fechou firmemente a porta de vidro.

— Eddie, não sei o que está acontecendo com você. Por que disse aquilo sobre o Nicky? O que você está aprontando dessa vez? — perguntou Alix, estreitando os olhos sob os raios de sol da manhã.

— Não aprontei nada, mamãe. Só estou deixando a natureza seguir seu curso.

Alix olhou bem nos olhos do filho.

— Eddie, diga a verdade: Ah Ma disse *mesmo* que não queria Nicky nessa casa?

— Ela... quase teve um ataque do coração quando eu mencionei o nome dele! — retrucou Eddie, em um tom explosivo.

— Então me explique por que ela acabou de perguntar por ele?

Eddie andou pela sacada como um animal encurralado, procurando uma sombra.

— Você não entende que Nicky só quer vir até aqui para poder implorar pelo perdão da Ah Ma?

— Sim, e eu apoio isso. Por que ele não pode querer fazer as pazes com ela?

— Você está doida ou o quê? Preciso mesmo explicar? Estou lutando pelo que é meu por direito!

Alix jogou os braços para o alto, exasperada.

— Você está iludido, Eddie. Você realmente acha que minha mãe vai mudar o testamento dela e deixar Tyersall Park para *você*?

— Ela já fez isso, mamãe! Não viu como Freddie Tan agiu outro dia quando ele veio visitar Ah Ma?

— Ele pareceu amigável como sempre.

— Talvez ele sempre tenha sido amigável com você, mas comigo ele se comportou como nunca tinha feito antes. Aquele homem mal trocou duas palavras comigo nos últimos trinta anos, mas naquele dia ele conversou comigo como se eu fosse seu maior cliente. Ele me disse que eu era o "cara da hora". E então passou um tempo considerável conversando comigo sobre minha coleção de relógios. Isso significa alguma coisa para você?

— Apenas que Freddie Tan é obcecado por relógios como você.

— Não, mamãe, Freddie Tan estava tentando me alertar que eu era o *cara da hora* no novo testamento da Ah Ma! Ele já está bajulando a gente, não percebe? E agora você quer estragar tudo e ver Ah Ma entregar a casa para o Nicky? A casa em que você cresceu?

Alix suspirou, cansada.

— Eddie, essa casa era para ser dele desde o início. Nós sabemos desde o dia em que Nicky nasceu que a casa seria dele. Ele é um *Young*.

— Tá bom, ele é um Young, ele é um Young! Durante minha vida inteira as pessoas me disseram que ele é um Young e que eu sou apenas um Cheng. Isso tudo é culpa sua!

— Culpa minha? Eu nunca entendo você...

— Por que raios você teve que casar com o meu pai, um zé-ninguém de Hong Kong? Por que não se casou com outra pessoa, como um Aakara ou um Leong? Alguém com um sobrenome respeitável? Você não pensou em como isso afetaria seus filhos? Não percebeu que estragaria a minha vida toda? — reclamou Eddie, furioso.

Alix observou a expressão petulante do filho por um momento e sentiu uma vontade repentina de dar um tapa na cara dele. Em vez disso, ela respirou profundamente, sentou-se em uma das cadeiras de ferro e respondeu com os dentes cerrados:

— Estou feliz por ter me casado com seu pai. Ele pode não ter herdado um império ou ter nascido um príncipe, mas para mim ele é muito mais extraordinário. Ele se fez do nada e se tornou um dos melhores cardiologistas do mundo, o esforço dele fez com que você estudasse nas melhores escolas e nos deu uma casa maravilhosa.

Eddie riu, cheio de deboche.

— Uma casa maravilhosa? Meu Deus, mãe, o seu apartamento é uma desgraça!

— Acho que 95 por cento da população de Hong Kong diria o contrário. E não se esqueça, nós te demos o seu primeiro apartamento quando você se formou da universidade para ajudar...

— Ha! Leo Ming ganhou uma empresa de 100 milhões de dólares quando se formou.

— E o que isso fez por ele, Eddie? Não vejo o que mais Leo conquistou na vida do que aumentar o número de ex-mulheres. Nós demos todo o suporte a você para que se tornasse bem-sucedido por conta própria. Não acredito que você não consegue perceber todos os privilégios que seu pai e eu proporcionamos a você. O que deu errado para que você fosse tão ingrato? Não vejo Cecilia nem Alistar reclamarem da vida ou do sobrenome deles.

— Eles são dois perdedores que não querem nada da vida! Cecilia é tão obcecada com os cavalos dela que você deveria tê-la chamado de Catarina, a Grande! E Alistair e a merdinha de produtora de filmes dele... quem em Hong Kong já assistiu a qualquer um daqueles filmes estranhos que aquele diretor amigo dele faz? *Anjos caídos?* Devia era se chamar *Caí no sono!* Eu sou o único dos seus filhos que conquistou alguma coisa! Você quer mesmo saber o que o sobrenome Cheng fez por mim? Eu não fui à festa de aniversário de Robbie Ko-Tung no Parque Oceânico quando estávamos no segundo ano do primário. Eu não fui escolhido para a equipe de debate no Diocesan. Eu não fui padrinho de casamento do Andrew Ladoorie. Eu sabia que nunca conseguiria um emprego bacana em nenhum banco de Hong Kong e tive que passar metade da minha vida puxando o saco dos membros do Liechtenburg Group para conseguir chegar ao topo!

— Nunca percebi que você se sentia assim. — Alix balançou a cabeça com tristeza.

— É porque você nunca se deu ao trabalho de conhecer os próprios filhos! Nunca teve tempo para se preocupar com as nossas necessidades!

Alix se levantou da cadeira, sua paciência tinha se esgotado.

— Não vou ficar aqui debaixo desse sol quente ouvindo você reclamar como se fosse uma criança por ter sido negligenciado, enquanto você passeia pelo mundo todo e mal dá atenção aos seus próprios filhos!

— Bem, era de se esperar, não é? Meu pai passou a maior parte da minha infância viajando para conferências na Suécia ou Suazilândia enquanto você estava em Vancouver, comprando imóveis. Você nunca me escutou! Nunca me perguntou o que eu realmente queria! VOCÊ NUNCA FEZ UMA MASSAGEM NA MINHA BUNDA! — gritou Eddie, caindo em cima das cadeiras de ferro, seu corpo tomado por um choro incontrolável.

Alix encarou o filho, concluindo que ele devia estar sofrendo de insanidade temporária.

Eddie enxugou as lágrimas e olhou para a mãe, com raiva:

— Se você realmente se importa com seus filhos, se realmente ama a gente como diz, você não dirá NADA sobre Nicky para Ah Ma. Não vê que essa é a oportunidade perfeita para nós? Precisamos garantir que ele nunca mais a veja, e temos que reforçar para tia Felicity que Astrid não é bem-vinda aqui! Podemos dizer para o tio Philip que Ah Ma está fraca demais para receber visitas. Eu ficarei do lado de fora do quarto da Ah Ma dia e noite. Ninguém vai entrar aqui sem a minha permissão!

— Isso é loucura, Eddie. Você não pode impedir que os outros membros da família vejam Ah Ma.

— Isso não é loucura! — gritou Eddie. — VOCÊ é louca se nos privar dessa oportunidade. Pode ser nossa única chance de conseguir Tyersall Park. Sim: NOSSA. Veja bem, eu sempre penso no melhor para a nossa família! Eu não estou fazendo isso só por mim, mas por Alistair e Cecilia e para todos os seus preciosos netos também. Se formos os novos donos de Tyersall Park, ninguém jamais poderá dizer que os Chengs não são tão bons quanto os Youngs ou os Shangs. Por favor, não coloque tudo a perder agora!

10

•

Tyersall Park, Cingapura

— Qual garrafa? — perguntou Jiayi em cantonês, do terceiro degrau mais alto da escada de madeira.

— Hum... Procure qualquer garrafa que seja anterior a 1950 — instruiu Ah Ling.

A criada estreitou os olhos ao ler as etiquetas amareladas fixadas na parte da frente dos grandes recipientes de vidro, analisando as datas. Ela se lembrou de quando visitou uma loja de ervas cara em Shenzhen quando era adolescente e viu uma preciosa lata dourada de *yen woh* em um armário de vidro trancado, em um lugar de destaque atrás da caixa registradora. Sua mãe havia lhe explicado que a lata continha ninhos de pássaros comestíveis — uma das iguarias mais caras da China. Agora ela estava olhando para uma prateleira inteira repletas de garrafas disso.

— Não acredito que todas essas garrafas contenham *yen woh*. Devem valer uma fortuna!

— É por isso que essa despensa fica sempre trancada — explicou Ah Ling. — Todas as garrafas vieram do pai da senhora Young. O Sr. Shang era dono de uma companhia que fornecia os melhores *yen woh* da Ásia, colhidos nas cavernas mais valorizadas de Bornéu.

— Foi assim que eles ficaram tão ricos?

— *Hiyah*, não há como acumular uma fortuna como a dos Shangs apenas com *yen woh*. Essa era apenas uma das várias empresas que o Sr. Shang possuía.

A empregada desceu da escada segurando uma garrafa de vidro que era quase do tamanho de seu torso. Ela olhou para o recipiente e viu o que pareciam ser cascas brancas envelhecidas, encantada com o tesouro precioso ali dentro.

— Você já experimentou?

— Claro. A senhora Young sempre manda preparar uma tigela para mim no meu aniversário.

— E tem gosto de quê?

— Não sei descrever exatamente... Não se parece com nada que já comi antes. A textura é o importante... É tipo um fungo da neve, mas muito mais delicado. Mas, aqui, Ah Ching transforma isso em sobremesa. Ela cozinha o ninho em uma panela a vapor com longana desidratada e açúcar em pedra por 48 horas, e então coloca raspas de gelo por cima. Fica maravilhoso. Agora na terceira prateleira de baixo para cima, naquela estante ali. Pegue três xícaras de longana desidratada — instruiu Ah Ling, enquanto marcava cuidadosamente a quantidade de ninho de pássaro que havia tirado da garrafa em um livro contábil.

— É aniversário de quem agora? — perguntou Jiayi.

— De ninguém. É que Alfred Shang, o irmão da senhora Young, virá para o jantar na sexta. E todos sabemos que ele adora *yen woh*.

— Então ele come sempre que quer?

— Claro! Ele costumava morar aqui também, sabia?

— A vida é tão injusta... — sussurrou Jiayi, enquanto lutava com a tampa do frasco de longanas desidratadas.

Elas ouviram uma batida na porta, e Vikram, o chefe dos seguranças, enfiou a cabeça pela abertura da despensa e sorriu para Ah Ling.

— Aqui está você! Ah Tock disse que você estava aqui na despensa, mas não falou em qual. Procurei em duas outras antes de te encontrar!

— Só venho até a despensa de itens desidratados porque sou a única que tem a chave. Nunca vou até as outras despensas. Precisa de alguma coisa?

Vikram observou a jovem empregada retirar as longanas desidratadas do recipiente e as colocar numa tigela e disse para a governanta:

— Posso falar com você um minutinho depois que terminar aqui?

Ah Ling olhou para Jiayi.

— Leve tudo para Ah Ching agora. E talvez, se você for legal, ela deixe você experimentar um pouquinho do *yeh woh* na sexta.

Assim que a jovem saiu da despensa, Ah Ling perguntou em um tom levemente cansado:

— Qual o problema hoje?

— Bem, tenho repassado algo pela minha cabeça já faz uns dias — Vikram começou a dizer. — Joey está de licença desde a cirurgia da mãe dele, lembra? Então, eu passei a fazer a ronda dele, e outro dia, quando estava no telhado, escutei algo muito interessante vindo da sacada da Sra. Young.

As orelhas de Ah Ling se eriçaram.

— O que aconteceu de tão interessante?

— Era uma conversa entre Eddie Cheng com a mãe dele. Pelo que entendi, parece que a Sra. Young nunca disse que não queria ver o Nicky. Acho que Eddie inventou tudo.

Ah Ling sorriu.

— Suspeitei disso desde o início. Su Yi nunca baniu ninguém dessa casa antes, e certamente não faria isso com Nicky.

— Achei estranho também, mas o que eu poderia dizer? Obviamente Eddie tem um plano, e foi ele quem instigou essa proibição. E Victoria caiu na conversa dele.

— O que Alix disse? Estou surpresa que ela esteja aceitando isso. Mãe e filho geralmente não concordam em nada.

— Ela não falou muita coisa. Ele gritou tanto com ela, que a pobre mulher mal conseguiu responder. Parece que Eddie está ressentido com a mãe já faz um bom tempo porque ela não faz massagem na bunda dele.

— O quêêêêêê? — Ah Ling fez cara de espanto.

Vikram não conseguiu segurar a risada.

— Sim, é isso mesmo. Família estranha. Mas o que esperar de quem é de Hong Kong? De qualquer forma, Alix tentou acalmar Eddie, mas ele está determinado a impedir que Nicky veja a Sra. Young outra vez. Ele colocou naquela cabeça gorda dele que ele e somente ele será o herdeiro de Tyersall Park, por isso está plantado na frente do quarto dela há dois dias, parecendo um dobermann. Ele não deixa entrar ninguém que possa estragar os planos dele!

— *Sek si gau!* *— resmungou Ah Ling, com raiva.

Vikram colocou a cabeça para fora da despensa por um momento para verificar se não havia ninguém bisbilhotando, antes de abaixar a voz:

— Agora, pelo que entendi, a Sra. Young acha que o Nicky teve que cancelar a viagem para cá por causa de uma guerra intergaláctica. Ela não tem a menor ideia do que está acontecendo, e você sabe que nenhuma das filhas dela vai falar nada. Precisamos fazer alguma coisa!

Ah Ling deu um longo suspiro.

— Não sei exatamente o que podemos fazer. É um problema de família. Não quero me meter nas brigas deles. E, principalmente, não quero que nenhum de nós se comprometa por conta disso... Depois que Su Yi se for.

— A Sra. Young... não vai a lugar nenhum! — argumentou Vikram.

— Vikram, temos que encarar a realidade... Acho que Su Yi não viverá por muito mais tempo. Ela está indo embora aos poucos, a cada dia. E nós não temos ideia de quem controlará Tyersall Park. Que Deus nos livre, mas pode ser Eddie. Temos que tomar muito cuidado, principalmente agora. Eu sei o que pode acontecer nessa família. Você não estava aqui quando T'sien Tsai Tay se foi. Meu Deus, foi um drama só.

— Acho que terá drama de qualquer forma. Mas você praticamente criou o Nicky... Não gostaria de vê-lo como herdeiro dessa casa?

Ah Ling fez um gesto para que Vikram a acompanhasse até os fundos da despensa.

— Claro que gostaria — sussurrou ela.

— Ambos sabemos que seria o ideal se Nicky fosse o novo dono de Tyersall Park. Ele é a melhor opção, com ele há mais chances de que as coisas fiquem como estão. Por isso temos que garantir que ele veja a Sra. Young.

---

* Em cantonês, "Bastardo que come merda".

— Mas o que podemos fazer? Como vamos colocar Nicky dentro da casa e do quarto dela sem que toda a família saiba? Sem perder nossos empregos?

Vikram sentiu um nó na garganta, mas continuou falando:

— Ah Ling, eu fiz um juramento, um juramento gurkha, de proteção e lealdade à Sra. Young, pela minha vida. Sinto que a estaria traindo se não garantisse que os desejos dela sejam realizados. Você acabou de confirmar que ela quer ver o Nicky, não é?

Ah Ling balançou a cabeça, concordando.

— Tenho a impressão de que ela está apenas esperando que ele venha.

— Bem, é meu dever garantir que isso aconteça. Mesmo que eu perca meu emprego.

— Você é um homem honrado — disse Ah Ling sentando-se em um banco de madeira, momentaneamente perdida em pensamentos.

Ela olhou para as prateleiras repletas de frascos de vidro contendo as iguarias mais raras do mundo — ginseng selvagem da montanha, abalone em conserva, *kira jari* — ervas preciosas que estavam guardadas ali desde antes da Segunda Guerra Mundial —, e de repente se lembrou de uma tarde no início dos anos 1980...

Su Yi havia tirado do cofre uma caixa de couro cheia de medalhas antigas que ela queria que Ah Ling polisse com todo o cuidado. A maior parte era de honrarias concedidas ao longo dos anos para o marido de Su Yi — sua insígnia da Excelentíssima Ordem do Império Britânico, uma medalha dos Cavaleiros da Ordem de São João de Jerusalém, várias condecorações da realeza malaia —, mas uma medalha se destacava: uma cruz maltesa de oito pontas feita de peltre, com uma grande ametista no centro.

— O Sr. Young recebeu essa medalha pelo quê? — perguntou Ah Ling, observando a joia translúcida contra a luz.

— Ah, essa não é dele. Essa eu ganhei da rainha depois da guerra. Não precisa polir essa — respondeu Su Yi.

— Por que eu nunca soube que a senhora recebeu essa honraria da rainha?

Su Yi expirou com desdém.

— Não foi muito importante para mim. Por que eu deveria me importar com o que a rainha da Inglaterra pensa de mim? Os britânicos nos abandonaram durante a Segunda Guerra Mundial. Em vez de mandar mais tropas para defender a colônia que os ajudou a ficar ricos, eles se retiraram como covardes, sem nos deixar nem armas de verdade. Tantos jovens... meus primos, meus meios-irmãos... morreram tentando conter os japoneses.

Ah Ling balançou a cabeça, cheia de pesar.

— Pelo que você ganhou essa medalha?

Su Yi deu um sorriso amargo para ela.

— Uma noite durante o auge da ocupação, fui descuidada. Estava no Jardim Botânico com um pequeno grupo de amigos, e nenhum de nós deveria estar lá. Havia um toque de recolher na ilha, e o jardim era fechado à noite, e esse lugar, em particular, estava fora dos limites permitidos. Uma patrulha de Kempeitai, a cruel polícia militar japonesa, surgiu do nada e nos pegou de surpresa. Alguns dos meus amigos não podiam correr o risco de ser presos pelos japoneses, pois estavam na lista de procurados, então eu fiz com que eles fugissem e me deixei ser pega. Eu tinha documentos que me protegiam. Um amigo da nossa família, Lim Boon Keng, havia conseguido para mim uma insígnia especial que dizia "Oficial de Relações Internacionais", e isso significava que eu podia andar pela ilha sem que os policiais pudessem colocar as mãos em mim.

Mas os soldados não acreditaram em mim. Eu disse que nós éramos um grupo de amigos que estava apenas passeando, mas ainda assim eles me prenderam e me levaram até o comandante deles. Quando percebi que estava sendo levada até uma certa casa na propriedade Dalvey, eu me lembro de ter me sentido bastante nervosa. Aquele coronel era conhecido pela brutalidade. Uma vez ele atirou em um garoto na rua só porque o rapaz não o saudou da maneira correta. E ali estava eu, prestes a encará-lo depois de cometer uma grave infração.

Ao chegar à porta de entrada, vi alguns soldados saindo carregando um corpo coberto por um lençol ensanguentado. Eu achei que era o meu fim, que seria estuprada ou morta, ou as duas coisas. Meu coração batia desesperadamente. Eles me arrastaram para *uma sala de estar, onde me deparei com a cena mais inesperada. O coronel era um homem alto e elegante, e estava sentado em frente a um piano, tocando Beethoven. Fiquei apenas observando-o tocar a peça inteira, e, quando ele terminou, por alguma razão, decidi falar primeiro, algo que jamais deveria ser feito. Eu disse para ele: "O Concerto para Piano n. 5 em Mi Bemol Maior é um dos meus favoritos.*

O coronel se virou e me lançou um olhar afiado antes de dizer em um inglês perfeito: "Conhece essa peça? Sabe tocar piano? Toque algo para mim."

Ele se levantou do banco, e eu me sentei para tocar, completamente aterrorizada, sabendo que o que escolhesse tocar poderia ser a diferença entre a vida e a morte. Então respirei fundo e pensei: se vou morrer, é isso que quero tocar. Clair de Lune, de Debussy.

Dei tudo de mim e, quando terminei, levantei os olhos do piano e vi que havia lágrimas nos olhos dele. Eu não sabia, mas, antes da guerra, ele tinha feito parte do corpo diplomático em Paris. Debussy era seu favorito. Ele me liberou, e duas vezes na semana, durante um ano, me fez ir até a casa e tocar piano para ele.

Ah Ling balançou a cabeça, sem conseguir acreditar naquela história.

— Você teve muita sorte de escapar dessa. Como foi que você e seus amigos conseguiram entrar no Jardim Botânico?

Su Yi lhe deu um sorriso enigmático, como se estivesse pensando se contava alguma coisa a ela ou não. Então ela compartilhou seu segredo.

*

Após se lembrar da história de Su Yi, uma ideia começou a se formar na mente de Ah Ling. Ela se virou para Vikram e falou:

— Essa casa tem um segredo que nem mesmo você sabe. Algo do tempo da guerra.

Vikram a encarou, surpreso.

Ah Ling continuou:

— Veja bem, você não tem uns contatos na mansão Khoo?

— Claro, conheço bem o chefe da segurança de lá.

— Então o que você precisa fazer é...

*

Nick e Colin estavam passando a tarde no Red Point Record Warehouse na Playfair Road, onde costumavam ficar inúmeras horas escutando discos obscuros quando eram adolescentes. Enquanto Nick passava os dedos pelos cestos meticulosamente organizados, chamou Colin:

— Você sabia que os Cocteau Twins fizeram uma parceria com Faye Wong?

— Jura?!

— Veja só isso — disse Nick, entregando um disco para ele.

Enquanto Colin lia o encarte do raro EP gravado pela diva de Hong Kong cujo título era *The Amusement Park*, seu telefone vibrou com uma mensagem de texto. Ele olhou para a tela e leu a mensagem de Aloysius Pang — o chefe da equipe de segurança de sua família — chamando-o na casa do seu pai para coletar um pacote o mais rápido possível. Colin se perguntou do que se tratava, pois não era comum que Aloysius fizesse esse tipo de coisa.

— Ei, Nick, preciso dar um pulo rápido na casa do meu pai e pegar uma coisa que parece ser bem urgente. Quer ficar aqui ou você vem comigo?

— Eu vou com você. Se ficar mais tempo aqui vou acabar comprando a loja toda — respondeu Nick.

Os dois foram correndo até a casa do pai de Colin na Leedon Road, uma mansão georgiana imponente que parecia ter sido transportada diretamente de Bel Air, na Califórnia.

— Nossa, tem anos que não piso aqui — comentou Nick quando eles entraram na casa pela entrada principal. Um relógio carrilhão marcava as horas, fazendo um barulho alto no hall de entrada circular, e todas as cortinas da sala de estar formal tinham sido fechadas para bloquear o sol da tarde. — Tem alguém em casa?

— Meu pai e minha madrasta estão em um safári no Quênia no momento — respondeu Colin, e viu uma empregada filipina surgir no corredor.

— Aloysius está aqui?

— Não, mas tem um pacote para você, senhor Colin — respondeu a mulher. Ela foi até a cozinha e voltou instantes depois com um grande envelope que não parecia ter a marca de nenhum serviço de entrega.

— Quem deixou isso aqui? — perguntou Colin.

— O senhor Pang, senhor.

Ele rasgou o envelope, e dentro havia outro envelope menor, de papel pardo e com uma estampa que dizia PRIVADO & CONFI-DENCIAL. Havia um post-it colado na frente. Colin olhou para Nick, surpreso.

— Esse pacote não é para mim... É para você!

— Jura?

Ao pegar o pacote, Nick viu que no post-it estava escrito:

Por favor, entregue essa carta em mãos ao seu amigo Nicholas Young.

É de extrema importância que ele a receba até hoje à noite.

— Mas que conveniente! Pelo jeito quem mandou isso sabe que estou aqui na sua casa — comentou Nick, abrindo o envelope lacrado.

— Espere! Espere! Tem certeza de que quer abrir isso? — interrompeu-o Colin.

— E por que eu não abriria?

Colin olhou desconfiado para o pacote.

— Não sei... E se tiver antrax ou alguma coisa assim?

— Acho que a minha vida não é tão emocionante assim. Mas, seja lá o que for, por que você não abre então?

— De jeito nenhum.

Nick riu e continuou abrindo o envelope.

— Alguém já disse que você tem uma imaginação muito fértil?

— Cara, não sou quem recebe pacotes misteriosos enviados para a casa do meu melhor amigo! — disse Colin, recuando alguns passos.

11

•

Cluny Park Road, N. 28, Cingapura

Nigel Barker havia fotografado algumas das mais bonitas e famosas mulheres do mundo, de Iman a Taylor Swift. Mas nunca tinha viajado no Boeing 747-81 de nenhuma cliente VIP antes, e nunca havia recebido uma drenagem linfática e uma esfoliação corporal com algas em um spa privado em um jatinho privado. Naturalmente, ao chegar ao adorável bangalô tombado de Kitty Bing no n. 28 da Cluny Park Road com sua equipe de quatro fotógrafos assistentes, havia outro drama inédito acontecendo.

Um homem chinês usando um *jelaba* marroquino preto desconstruído estava na frente da casa, gritando:

— CHUAAAAAAAAN! Onde raios você colocou o Oscar de la Renta? Se você não o colocou na mala, vou tirar o seu couro! CHUAAAAAAAAN! — Ao gritar, ele pulava vários centímetros do chão, parecendo um Jedi descontrolado.

A 6 metros da casa principal, havia sido montada uma tenda gigantesca, e Nigel viu dezenas de assistentes de moda usando jalecos brancos, correndo da casa para a tenda levando várias roupas, enquanto outro grupo de assistentes dentro da tenda vasculhava as araras que deslizavam de um lado para o outro repletas de centenas de vestidos de gala vindos direto das passarelas de Paris. Um homem de macacão jeans saiu correndo da tenda.

— Ainda estamos desamarrotando! Tem trinta minutos que ele acabou de chegar de Nova York!

— *Ka ni nah!* Preciso do vestido agora, seu *goondu** que não serve pra nada!

Nigel se aproximou do Jedi irritado com cuidado.

— Esse é o local da sessão de fotos da revista *Tattle*?

— *Wah laooooo!* — disse o homem, cobrindo a boca com as mãos logo em seguida. Ele de repente se empertigou, assumindo uma postura ereta, sua cara de maníaco se transformou em zen em uma questão de segundos, e sua voz saiu com um sotaque "pseudo-inglês-encontra-lixo-europeu". — Nigel Barker, é você mesmo! *Merde!* Você é ainda mais elegante pessoalmente! Como isso é possível? Sou *Patric*, o consultor de *couture*. Sou o estilista responsável pela sessão de fotos.

— É um prazer conhecer você — respondeu Nigel, com um autêntico sotaque inglês.

Patric continuou olhando Nigel de cima a baixo.

— É uma honra trabalhar com você! Já trabalhei com Mert e Marcus, Inez e Vinoodh, Bruce e Nan, Alexis e Tico, já trabalhei com todos eles! Agora venha comigo. Estamos passando por uma minicrise no momento, mas acho que sua presença ajudará a acalmar os ânimos!

Eles entraram na casa, onde havia um grupo maior de funcionários correndo pelo local a toda a velocidade.

— Como você sabe, a Sra. Bing não economizou nessa sessão. Oliver T'sien chamou a melhor cabeleireira de Nova York, a melhor maquiadora de Londres e os melhores cenógrafos da Itália. Todos são os melhores de suas áreas, e temos que brigar por espaço aqui. Não é a forma como prefiro trabalhar — disse Patric, erguendo as sobrancelhas.

Subindo pela bela escadaria de madeira em estilo *Arts & Crafts*, ele conduziu Nigel até a porta da biblioteca.

---

* Não sei dizer ao certo, mas acredito que *goondu* seja o primo malaio de um *goondusamy* (Índia), que tem um parente distante de um *goombah* (Jersey Shore e certos subúrbios de Long Island).

— Prepare-se — avisou Patric ao abrir a porta lentamente.

Lá dentro, Nigel viu uma mulher sentada em uma cadeira de cabeleireiro em frente a um espelho iluminado por várias lâmpadas, com o rosto tomado de lágrimas, cercada por meia dúzia de estilistas.

— Kitty... Kitty... trouxe um presente para você... — sussurrou Patric.

Kitty olhou pelo espelho e viu os dois se aproximando.

— Nigel! Nigel Barker! Oh, não, não era assim que eu queria conhecer você. Olhe o meu cabelo! Olhe o que fizeram! Está horrível, não está?

Nigel olhou para o chão rapidamente e viu que haviam cortado cerca de noventa por cento do cabelo dela. Kitty agora estava com um corte joãzinho que, na verdade, era incrivelmente elegante.

— Kitty, é um prazer conhecê-la, e acho que você está maravilhosa.

— Viu? Queríamos uma mudança radical, e esse estilo é perfeito para você. É muito andrógino — disse Oliver em um tom tranquilo, tentando acalmá-la.

— Está parecendo a Emma Watson. Espere até mudarmos a cor — disse Jo, a cabeleireira.

— Não, não, não pareço mais desejável assim. Pareço... *uma mãe*! Nigel, o que você acha? Você faria amor comigo? — Kitty girou dramaticamente a cadeira e lhe lançou um olhar penetrante.

Nigel hesitou por um momento.

— Ah, não complique as coisas para Nigel! Ele é um homem casado — disse uma mulher loira com um sotaque britânico.

— Olá, Charlotte, não sabia que você estaria aqui — falou Nigel, dando um rápido abraço na maquiadora.

Patric continuou tentando acalmá-la.

— Kitty, assim que Jo Blackwell-Preston finalizar o seu cabelo, Charlotte Tilbury fizer a sua maquiagem, eu colocá-la num vestido maravilhoso e Nigel fizer a mágica dele, você será a própria definição de uma mãe gostosa! Todos os homens casados e garotos adolescentes que virem as suas fotos vão querer levar a revista para o banheiro, pode ter certeza disso.

— Kitty, lembre-se do que conversamos — disse Oliver. — O motivo dessa sessão de fotos é reposicionar a sua imagem. Você não será mais uma *femme fatale* da alta moda. Será uma socialite muito elegante que não está tentando impressionar ninguém. Uma força cultural e uma líder cívica em ascensão. Charlotte, pense naquelas fotos da Jacqueline de Ribes feitas pelo Skrebneski no apartamento dela em Paris. Ou na C. Z. Guest se inclinando para fazer carinho no poodle dela. Ou na Marina Rust no dia do casamento dela. Queremos algo jovem, majestoso, *comme il faut.*

— Ollie, vamos deixá-la o mais *comme il faut* possível! Kitty, enxugue essas lágrimas. Precisamos aplicar um dos meus boosters de ácido hialurônico de emergência no seu rosto imediatamente, antes que seus olhos inchem — disse Charlotte.

— E depois vamos fazer umas mechas bem discretas no seu cabelo, que vão deixá-lo com ar de queimado de sol. Vai parecer que você acabou de voltar de uma temporada nas ilhas Seychelles! — declarou Jo.

Duas horas depois, Kitty estava posando em um sofá estilo Regência em frente ao *Palácio das Dezoito Perfeições,* o magnífico pergaminho chinês que ela havia comprado dois anos antes pelo valor de 195 milhões de dólares. Usava um vestido de gala tomara que caia Oscar de la Renta num tom claro de cor-de-rosa, com a saia de cetim *duchesse* se espalhando gloriosamente ao seu redor, e em sua cabeça havia uma delicada tiara de pérolas eduardianas.

Gisele, usando um adorável vestido Mischka Aoki azul-bebê, com penas e babados, estava deitada no sofá, com uma perna para fora do assento e a cabeça encostada no colo de sua mãe. Harvard estava do outro lado de Kitty, com os braços ao redor do pescoço dela, fofíssimo com sua roupa de marinheiro branca com listras azuis da Bonpoint e meias brancas que iam até os joelhos. Os cães estavam deitados ao pé do sofá, dois setters irlandeses com o pelo reluzente.

Nigel havia imaginado a foto de capa de Kitty como uma espécie de recriação moderna de uma pintura de Watteau e, para conseguir o efeito, ele havia trazido de Nova York uma enorme câmera Polaroid de 50 x 60 cm. No mundo todo só existiam seis dessas câmeras únicas, feitas à mão, e as fotos eram tão preciosas que cada uma que Nigel tiraria custaria 500 dólares. Porém, de alguma forma, a câmera conseguia captar uma alquimia indescritível, criando imagens surpreendentemente nítidas e ainda assim de outro mundo. Para seguir esse conceito, Nigel havia feito uma mistura extraordinária de luz natural com gigantescas luzes de estúdio, criando um ambiente elegante, com luz de final de tarde vindo da face norte, como se originasse diretamente de um ateliê do século XVIII.

— Gisele, o seu sorriso é lindo — comentou Nigel, enquanto olhava pelo visor. Harvard havia se distraído com os cachorros e volta e meia tentava fazer carinho neles.

— Harvard, dê um beijo na sua mãe! — encorajou Nigel, e, então, naquele exato momento, exatamente quando Gisele abriu um sorriso espontâneo, Harvard dava beijinhos no rosto de sua mãe e a luz solar atingia a pintura do jeito perfeito, Nigel perguntou:

— Kitty, no que você está pensando?

Ela ficou pensativa por um momento, e Nigel apertou o botão, sabendo que havia capturado a foto perfeita.

Minutos depois, a Polaroid gigantesca estava pronta, e Toby, o primeiro assistente, com todo o cuidado, colocou a imagem em um cavalete especial no fundo da sala, para que todos pudessem ver.

— Oh, essa é a foto! Parece uma imagem de Sir Joshua Reynolds viva! Não é a cena mais perfeita que você já se viu? — perguntou Oliver a Patric.

— Se Nigel pudesse se juntar a eles, e tirar a camiseta... seria perfeita — sussurrou Patric, em resposta.

— Nem sei o que dizeeeeer! É tão lindo que nem consigo acreditar. Nigel, essa será nossa melhor capa! — elogiou Violet Poon, a editora-chefe da *Singapore Tattle*.

— Oliver, preciso admitir que achei que você estava maluco quando disse que queria cortar o cabelo dela todo. Mas foi uma ideia genial! Kitty ficou bem *soigné*. Igual a Emma Stone! Está majestosa! Já posso ver as chamadas na capa: *Princesa Kitty!* Vou tirar uma foto dessa imagem gloriosa para minha amiga Yolanda, já que ela tão gentilmente nos emprestou os setters irlandeses dela para a sessão!

Violet tirou uma foto com o celular dela e imediatamente a enviou em uma mensagem de texto. Minutos depois, ela explicou, animada:

— Yolanda simplesmente adorou a foto!

— Você está se referindo a Yolanda Amanjiwo? — perguntou Oliver.

— Ela mesma!

— Aquela que é tão pretensiosa que colocou um quadro do Picasso no lavabo dela acima do vaso sanitário para que ninguém pudesse evitar olhar para ele quando fosse urinar?

— Ela não é assim, Oliver. Vocês não se conhecem?

— Não tenho certeza de que ela nem perderia tempo comigo, já que não tenho nenhum título de nobreza nem meu próprio avião.

— Ora, por favor, Oliver. Você sabe que Yolanda adoraria conhecer você. Ela vai oferecer um dos famosos jantares dela essa noite. Vou ver se você pode ir — disse Violet, ainda digitando na velocidade da luz. Alguns instantes depois, ela olhou para Oliver. — Adivinhe só? Yolanda quer convidar todo mundo para o jantar. Você, Nigel, e principalmente Kitty.

— Sem dúvida ela já ouviu falar dos três aviões da Kitty — retrucou Oliver.

— Oliver T'sien, não seja assim! — repreendeu-o Violet.

Oliver se aproximou de Kitty, que agora estava reclinada em estilo Madame Récamier, usando um vestido de gala com listras verde--esmeralda e branco estilo *vintage* de Anouska Hempel, enquanto Nigel e a equipe dele rearranjavam as luzes para que elas dessem um ar mais dramático, mais noturno.

— Acha que essa pose está boa? — perguntou Kitty.

— Está maravilhosa. Então... adivinhe o que colocarão na capa da *Tattle* como chamada para a sua foto? "Princesa Kitty".

Os olhos de Kitty se arregalaram.

— Oh, meu Deus, eu adorei!

— Eeee... adivinhe quem convidou você para um jantar hoje à noite? Yolanda Amanjiwo.

Kitty não acreditou no que ouviu.

— Essa é a mulher que a revista *Tattle* chama de Imperatriz do entretenimento?

— A própria — confirmou Violet, animada. — Eu mandei para ela uma amostra da sua sessão de fotos e ela está louca para conhecer você. Sabe, suas fotos ainda não estão nem nas bancas e você já é um sucesso, Princesa Kitty! Por favor, diga que irá ao jantar!

— Claro. Vou cancelar meus planos — respondeu Kitty. Ela havia planejado um passeio à luz do luar com Nigel, mas sentia que aquilo era mais importante.

— Esplêndido! Às oito horas em ponto, traje *white tie*.

— *White tie*? Em Cingapura? — Oliver franziu o cenho.

— Oh, sim. Você vai ver. Tudo envolvendo Yolanda é grandioso. Ela sabe entreter como ninguém.

*

Muitas horas depois, Oliver, Nigel e Kitty estavam na sala de estar de Yolanda Amanjiwo, um vasto espaço com piso de travertino preto que pareciam mais o lobby de um hotel resort do que uma casa. Metade do cômodo continha um espelho de água que se estendia até o lado de fora, terminando em um espelho de água ainda maior, de onde, bem no centro, havia um imenso *Balloon Dog* dourado de Jeff Koons.

Yolanda e o marido, Joey, estavam mais ao fundo da sala, em frente a uma peça de mármore que exibia uma coleção de antigos vasos da Apúlian. Enquanto Kitty era conduzida até a fila de recepção, percebeu que havia tomado a decisão certa ao usar um vestido Givenchy preto de ombro caído com luvas de cetim brancas e seu discreto colar de diamantes, que terminava em um diamante amarelo em formato de gota de 40 quilates. Ao se aproximar dos anfitriões, seguida por dois elegantes companheiros em seus smokings, um mordomo anunciou, em tom nasalado:

— O Honorável Oliver T'sien, senhor Nigel Barker, e senhora Jack Bing.

Yolanda era uma mulher alta e magra com um penteado armado que desafiava a gravidade, e estava usando um vestido tomara que caia exuberante, cor de carmim, que Kitty reconheceu como sendo um Christian Dior. Ela obviamente havia escolhido seu cirurgião plástico com extremo cuidado, já que seu rosto parecia ser daqueles perfeitamente esticados e esculpidos. Porém nenhum músculo se mexia enquanto ela falava. O que era uma pena, já que ela falava com um sotaque indonésio extremamente caloroso e rápido:

— Oliver T'sien enfim nos conhecemos eu admiro tanto sua família e claro seu avô foi um grande homem Nigel Barker que prazer conhecê-lo meu Deus que fotos maravilhoooosas que você tirou hoje posso contratar você para tirar um retrato dos meus setters irlandeses?

— Na verdade, eu tirei algumas fotos só deles. Mandei imprimir e vou enviar para você de presente.

— Oh meu Deus Joey você ouviu que Nigel Barker tirou uma foto de Liam e Niall e nós nem tivemos que pagar um milhão para ele! — exclamou Yolanda, cutucando freneticamente o marido, que parecia estar acordando de um longo coma.

— Hummm — foi a resposta do homem baixo e com uma barriga grande, ainda com os olhos pesados.

— E você deve ser a divina Kitty Bing de quem tanto ouvi falar e meu Deus que vestido maravilhoso deve ser um clássico Givenchy e aquela festa que você organizou durante a Semana da Moda de Xangai ulalá eu queria ter ido Karl Lagerfeld me contou que a sua nova casa é de morrer e que o seu maior avião tem um spa nele e meu Deus que ideia de gênio eu tenho que conhecê-lo eu realmente preciso!

— Obrigada. Claro que você tem que conhecer o meu spa. Nós o chamamos de spa nas alturas.

— Rá rá ré ré spa nas alturas você é engraçada oh meu Deus Kitty eu sei que vamos nos dar muito bem.

Enquanto os Amanjiwos continuavam recepcionando os convidados, Kitty abriu um enorme sorriso ao ver que Wandi Meggaharto Widjawa havia chegado.

— Kitty! — Wandi gritou do outro lado do salão, e as duas mulheres correram para se abraçar como se não tivessem se visto na noite anterior.

— O que você está fazendo aqui? — perguntou Kitty, animada.

— Joey é meu primo. Sempre sou convidada para esses jantares porque Yolanda precisa que eu esteja sentada ao lado dele para mantê-lo acordado. Olhe só para você! Eu amei o corte de cabelo novo. Você parece a Emma Thompson! Como foi a sessão de fotos hoje?

— Foi incrível. Eu não poderia estar mais feliz.

— Bom, fico contente de ver você aqui! Vamos nos divertir muito! Sabe, Joan Roca i Fontané é o chefe-celebridade de hoje. Ele é o dono do melhor restaurante do mundo atualmente. O El Celler de Can Roca. É tão difícil fazer uma reserva lá, você tem que matar alguém para conseguir um lugar na lista. Quem mais será que a Yolanda convidou? Oh, veja quem chegou... a primeira-dama de Cingapura!

Kitty se virou e viu Oliver cumprimentando a primeira-dama como se ambos estivessem envergonhados de se encontrarem na mesma festa.

— Você está na *crème de la crème* de Cingapura hoje, Kitty. Essas festas são tão exclusivas que nem fotógrafos podem entrar — disse Wandi, e logo depois um fotógrafo de smoking preto passou por elas e tirou uma foto das duas.

— Esse é o documentarista pessoal da Yolanda. Não é nada para o público — explicou Wandi rapidamente. — Veja, os lacaios chegaram, isso significa que devemos ir para a sala de jantar!

Uma porta dupla grandiosa foi aberta, e Kitty atravessou a porta arcada. Seus olhos se arregalando em admiração. Parecia que ela havia sido transportada para um banquete real na França do século XVIII. O cômodo era uma sala espelhada decorada com *boiseries* barrocos dourados, espelhos com molduras de bronze que cobriam paredes inteiras e dezenas de lustres de cristal. Havia uma imensa mesa de jantar com trinta assentos no meio do salão, posta com porcelana Meissen, talheres de prata, e uma peça central que era uma gigantesca gaiola dourada com pombas brancas. O salão reluzia sob as centenas de velas acesas, e os lacaios, com perucas brancas e usando librés preto e dourado, aguardavam atrás de cada cadeira Amiens forrada com tapeçaria.

— Hashtag madamepompadourcomtudo! — sussurrou Oliver.

— Yolanda recuperou essa sala de jantar de um palácio húngaro em ruínas e a transportou para cá peça por peça. Demorou três anos para que ficasse assim — explicou Wandi, com orgulho.

— Podemos fazer isso na minha casa também? Encontrar um palácio antigo e transportar o salão de jantar para lá? — sussurrou Kitty para Oliver.

Oliver olhou de forma reprovadora para ela.

— De forma nenhuma! Alexis de Redé vomitaria no caixão se visse essa farsa.

Kitty não fazia ideia do que ele queria dizer, mas ficou mais do que feliz em ser conduzida até seu assento por um belo lacaio, onde viu que o cartão que indicava seu lugar era um antigo espelho emoldurado com seu nome gravado no vidro. Quando fez que ia se sentar, o homem ao seu lado segurou seu braço.

— Madame, ainda não. Nós não nos acomodamos até que a primeira-dama se sente. Yolanda segue os protocolos oficiais da corte aqui — disse ele, com um sotaque escandinavo.

— Oh, me desculpe. Eu não sabia disso — falou Kitty.

Ela permaneceu em pé ao lado de sua cadeira, observando as pessoas em suas posições. Por fim, o mordomo, que estava parado ao lado da porta dupla, anunciou:

— A honorável primeira-dama da República de Cingapura!

A primeira-dama entrou no salão e foi conduzida até seu assento. Os sapatos de salto de Kitty, Gianvito Rossi de 12 centímetros, estavam começando a machucar seus pés e ela não via a hora de se sentar, mas a primeira-dama resolveu permanecer em pé ao lado de sua cadeira na cabeceira da mesa. Por que merda todos ainda estavam de pé?

O mordomo entrou no salão novamente e anunciou em bom tom:

— O conde e a condessa de Palliser!

Os olhos de Kitty se arregalaram em choque quando um homem loiro e alto entrou no salão, vestido de forma casual com uma camisa, calças de cor creme e uma jaqueta azul-marinho amarrotada. Ao lado dela estava Colette, usando um longo vestido branco de algodão rendado, com o cabelo em um rabo de cavalo casual. Ela não parecia estar usando maquiagem nenhuma, e a única joia que ostentava era um par de brincos de pérola e coral.

Após o choque de ver sua rival em Cingapura, Kitty teve vontade de rir alto da forma inapropriada de Colette se vestir. Essa enteada dela era uma completa desgraça. Será que Colette não sabia onde estava?

E então, para o horror de Kitty, a primeira-dama de Cingapura fez uma reverência ao casal. Yolanda Amanjiwo e os outros convidados rapidamente imitaram o gesto — os homens se curvando e as mulheres dobrando os joelhos, enquanto o conde e a condessa de Palliser eram conduzidos até o local de honra na mesa.

12

•

JARDIM BOTÂNICO, CINGAPURA

Ainda estava escuro quando Colin e Nick entraram no Jardim Botânico.* Eles haviam seguido à risca as instruções na carta misteriosa que Nick recebera — estacionado no Hospital Gleneagels e cruzado a Cluny Road para entrar no jardim por um portão meio escondido. Exatamente como a carta dizia, o portão havia sido deixado destrancado.

Ao seguirem pelo caminho cercado de árvores, ouviam o som de macacos guinchando e pulando pelos arbustos, alarmados, sem dúvida, pela presença repentina de humanos naquela parte isolada do jardim.

— Meu Deus, faz anos que não piso aqui — comentou Nick.

— Por que você viria até aqui? Você tem seu próprio jardim botânico quase na porta da sua casa! — exclamou Colin.

— Às vezes eu e meu pai vínhamos até aqui fazer caminhadas, para variar um pouco, e eu só queria ir ao lago com as duas ilhas no

---

* Declarado um Patrimônio Mundial da Humanidade pela Unesco em 2015, o Jardim Botânico de Cingapura é adorado pelos locais da mesma forma que o Central Park é pelos nova-iorquinos ou o Hyde Park pelos londrinos. Um oásis frondoso no meio da ilha repleto de espécimes botânicos maravilhosos, pavilhões da época colonial e uma das mais belas coleções de orquídeas do planeta, não é à toa que tantos cingapurianos queiram que uma parte das suas cinzas seja espalhada no local. Em segredo, óbvio, já que isso é totalmente ilegal. (Ninguém escapa da lei em Cingapura, nem mesmo os mortos.)

meio. Eu o chamava de minha "ilha secreta". Espere aí, vamos ver as instruções mais uma vez — sugeriu Nick, desdobrando o mapa que havia sido colocado dentro do envelope. Colin pegou seu iPhone para iluminar o mapa, enquanto Nick o analisava com atenção.

— Tá, a topiaria de animais fica à direita, então acho que devemos cortar caminho por esse bosque aqui.

— Não tem nenhuma trilha — disse Colin.

— Eu sei, mas a seta aponta para cá.

Contando apenas com a iluminação fornecida por seus telefones, eles se enveredaram pelo meio da floresta. Colin estava um pouco assustado.

— Que escuridão aqui! Parece que a gente está em *A bruxa de Blair*.

— Talvez a gente dê de cara com uma *pontianak** — brincou Nick.

— Não brinque com isso, muita gente diz que essa área do Jardim Botânico é assombrada, sabia? Quer dizer, os japoneses torturaram e mataram pessoas por toda a ilha.

— Que bom que não somos japoneses — disse Nick.

Mais à frente, as árvores deram em uma trilha, e, depois de seguir por ela por alguns minutos, eles chegaram a uma pequena cabana de concreto embaixo de uma enorme árvore casuarina.

— Acho que é aqui. É uma espécie de casa de bombas — falou Nick, tentando ver o que havia em seu interior pelas janelas escuras.

---

* Se você leu *Namorada Podre de Rica*, já sabe o que é uma *pontianak*. Mas caso não tenha (e por que raios não leu?), permita que o Dr. Sandi Tan, o maior pontianako-logista do mundo, explique: "Combinação de vampira e dríade tropical, geralmente utiliza a forma de uma mulher graciosa, que usa um sarongue e habita os cantos escuros das florestas do Sudeste Asiático. A metamorfose para sua forma real revela carne cinzenta e putrificada, muitos dentes, várias garras e odores desagradáveis. Sua presa preferencial é o feto nascituro de uma mulher grávida, consumido *in situ*, embora durante momentos de fome extrema qualquer pessoa viva — até velhinhos enrugados e flatulentos — sirva. Ela pode ser convocada ao prender um barbante branco entre duas bananeiras e entoar um canto qualquer, mas ela é mais do que capaz de agir de forma independente. Não deve ser confundida com suas primas caipiras deselegantes, também chupadoras de sangue, as *penanggalan* (demônio feminino voador incorpóreo com cabelos longos e sujos, e vísceras expostas) e as *pelesit* (escrava do tipo comum, horrenda e pateticamente devota a seu conjurador, sem vontade própria).

De repente, uma figura escura surgiu de trás de uma árvore.

— *Pontianak!* — gritou Colin, assustado, deixando seu iPhone cair.

— Desculpe, sou apenas eu — disse uma voz feminina.

Nick virou o iPhone na direção da figura e, de repente, em frente ao dois, iluminada pela luz, surgiu Astrid, usando um moletom audaciosamente grande com mangas superlongas e calças justas com estampa camuflada.

— Nossa mãe, Astrid! Quase me borrei! — exclamou Colin.

— Perdão! Eu fiquei um pouco assustada quando ouvi alguém se aproximar, mas depois percebi que eram vocês — explicou ela.

Nick sorriu, aliviado.

— Presumo que você tenha recebido o mesmo bilhete que eu recebi sobre uma visita a Ah Ma, não?

— Sim! Foi tudo um mistério. Eu estava na casa dos meus pais vendo Cassian nadar na piscina e devo ter pegado no sono por um momento, porque, quando acordei, havia uma bandeja com chá gelado e bolo *pandan* ao meu lado, e o envelope estava debaixo do bolo. Cassian jura que não viu quem colocou o envelope ali.

— Que estranho. Você está bem? — perguntou Nick.

— Estou bem. Não me assustei tanto assim, na verdade.

Assim que Astrid disse isso, uma luz se acendeu dentro da casa de bombas e os três deram um pulo de susto. Então eles ouviram a porta de aço sendo destrancada pelo lado de dentro, em seguida, veio um barulho alto e a porta enferrujada se abriu, revelando uma silhueta de turbante que colocou a cabeça pela abertura.

— Vikram! — exclamou Nick, animado.

— Venham depressa — instruiu o segurança, gesticulando para que os três entrassem.

— Que lugar é esse? — perguntou Astrid.

— É a casa de bombas que controla o nível de água dos dois lagos — explicou Vikram enquanto os conduzia pelo local repleto de máquinas. Atrás de um imenso cano que terminava no chão, havia um painel quase imperceptível aberto, revelando um vão escuro. — É por aqui que iremos. Um de cada vez. Há uma escada na parede interna desse cano.

— Isso é mesmo o que eu acho que é? — perguntou Nick, atônito.

Vikram sorriu.

— Vamos, Nicky, você primeiro.

Nick se enfiou no espaço apertado e desceu o que pareceu ser uma dúzia de degraus. Depois de se firmar em chão sólido, ajudou Astrid em sua descida. Quando os quatro finalmente estavam lá embaixo, viram-se em um vestíbulo pequeno com paredes de aço. Um bilhete antigo preso em uma das paredes avisava, em inglês, chinês e malaio:

PERIGO! SEM SAÍDA!
A CÂMERA FICARÁ INUNDADA DURANTE A ABERTURA DA
VÁLVULA!

Vikram empurrou um dos painéis em uma das paredes e ele se abriu, revelando um túnel bem-iluminado. Nick, Astrid e Colin entraram, boquiabertos, atordoados com a existência de um lugar como aquele.

— Não. É. Possível! — exclamou Colin.

— Esse túnel dá em Tyersall Park, não é? — perguntou Nick, animado.

— Ele passa por baixo da Adam Road e nos leva até o terreno da propriedade. Vamos, não temos muito tempo — falou Vikram.

Enquanto seguiam pelo túnel, Nick observava ao redor, maravilhado. Havia trechos tomados de mofo nas paredes de concreto, e o chão era coberto por uma camada de terra, mas, fora isso, o túnel estava incrivelmente bem conservado.

— Quando eu era criança, meu pai costumava me contar sobre as passagens secretas de Tyersall Park, mas eu achei que era tudo invenção dele. Implorei para que ele me mostrasse uma, mas ele nunca me mostrou.

— Você sempre soube que esse túnel existia? — perguntou Astrid.

— Só descobri ontem — respondeu Vikram. — Ah Ling me contou a respeito. Ao que tudo indica, esse túnel foi usado durante a guerra pelo seu bisavô Shang Loong Ma. Era assim que ele entrava na propriedade e saía de lá sem nunca ter sido pego pelos japoneses.

— Eu já tinha ouvido falar desses túneis. Supostamente existe um túnel da casa do tio Kuan Yew na Oxley Street até o Istana — comentou Astrid. — Mas nunca imaginei que Tyersall Park teria um também.

— Incrível! É inacreditável um plano tão elaborado apenas para visitar a sua avó! — disse Colin para Nick.

— Sim, peço desculpas pelo excesso de cautela. Ah Ling e eu precisávamos descobrir uma forma de mandar mensagens para vocês sem nos incriminar. Tyersall Park está em isolamento completo há alguns dias, como vocês bem sabem — explicou Vikram, com um largo sorriso.

— Fico tão agradecido, Vikram — disse Nick para ele.

Eles chegaram ao fim do túnel e avistaram outra escada na parede. Nick foi na frente, e, ao sair do túnel, olhou para baixo, vendo Astrid subir:

— Você não vai acreditar quando souber onde estamos!

Astrid saiu do túnel e se viu no meio de várias orquídeas penduradas. Estavam no jardim de orquídeas da avó deles, e a imensa mesa redonda de pedra, entalhada com grifos na base, que ficava bem no meio do local, fora afastada para um lado, revelando a entrada do túnel.

— Eu passei sei lá quantas horas sentada a essa mesa, tomando o chá da tarde com Ah Ma! — exclamou Astrid.

Parada de pé sem se mexer e observando com cautela da porta do jardim, estava Ah Ling.

— Vamos, vamos, vamos entrar antes que o dia clareie e as pessoas comecem a se levantar.

Quando estavam em segurança no quarto de Ah Ling, na área dos empregados, ela não perdeu tempo e logo explicou-lhes seu plano:

— Colin, você tem que ficar aqui no meu quarto, fora de vista. Eu levarei Astrid e Nicky até o quarto de Su Yi. Conheço uma rota especial que nos dará acesso pela sacada do closet dela, e, Astrid, você deve ir primeiro, sozinha, para estar presente quando ela acordar. Ela vai acordar quando você abrir as cortinas e ficará feliz em vê-la, e então você poderá avisar que Nicky está do lado de fora aguardando. Assim ela não ficará assustada caso acorde e veja Nicky na frente dela.

— Boa ideia — elogiou Nick.

— Madri e Patravadee já sabem do plano. Elas estão plantadas do lado de fora, na sala de espera. Geralmente as enfermeiras dão uma olhada em Su Yi a cada 15 minutos, mas hoje elas serão barradas. O professor Oon costuma fazer a primeira visita às sete e meia. Agora, Astrid, conto com você para interceptá-lo nesse horário na porta do quarto de Su Yi. Já percebi que ele acata suas decisões.

Astrid balançou a cabeça, concordando.

— Não se preocupe, eu dou um jeito no professor Oon.

— O outro problema é Eddie. Atualmente ele gosta de ser o primeiro a ver Su Yi de manhã. Mas convenci Ah Ching a preparar os crepes favoritos dele com xarope dourado de Lyle. Vou dizer a ele que precisa comer enquanto ainda estiverem quentes. Vou tentar segurá-lo no café da manhã o máximo possível.

— Quem sabe você não coloca um sedativo na massa dos crepes — sugeriu Nick.

— Ou alguma coisa que o faça ter uma diarreia descontrolada — disse Colin.

Todos riram por um momento, então Ah Li se levantou da cadeira.

— Certo, todos prontos?

Nick e Astrid subiram pelas escadas dos empregados até o segundo andar, seguindo Ah Ling em silêncio enquanto ela os guiava pelos corredores de serviço até chegarem à sacada do closet de Su Yi. Astrid abriu a porta com todo o cuidado e entrou no cômodo na ponta dos pés. O espaço frio e de ladrilhos em mosaico ao lado do quarto de Su Yi tinha cheiro de jasmim e água de lavanda. Ela parou atrás da porta, espiou o quarto de sua avó e viu as empregadas silenciosamente preparando o cômodo para a manhã. Madri estava borrifando água nos vasos de orquídeas, enquanto Patravadee arrumava a mesa das enfermeiras.

Assim que viram Astrid, acenaram com a cabeça e abriram as cortinas do quarto. Então as duas saíram do aposento, fechando a porta atrás de si, e se colocaram diligentemente de guarda na frente da porta. Logo depois, ouviu-se uma enfermeira perguntando:

— A Sra. Young já acordou? Já estão indo pegar o café da manhã dela?

Uma das empregadas respondeu:

— Ela quer dormir um pouco mais hoje. Vamos pedir que subam com a comida dela às oito.

Astrid foi primeiro até a mesa. Abriu uma garrafa de água Adelboden e encheu um copo. Então ela o levou até a mesinha de cabeceira de Su Yi e se sentou na cadeira ao lado da cama.

Os olhos de Su Yi se abriram, e, ainda sonolenta, ela identificou Astrid ao seu lado.

— Bom dia, Ah Ma — cumprimentou-a Astrid com alegria. — Aqui, beba um pouco de água.

Su Yi aceitou a água de bom grado e, depois de hidratar a garganta seca, ela olhou ao redor e perguntou:

— Que dia é hoje?

— Quinta-feira.

— Você acabou de voltar da Índia?

— Sim, Ah Ma — mentiu Astrid, sem querer causar estresse desnecessário para sua avó.

— Quero ver seu anel — disse Su Yi.

Astrid ergueu a mão para mostrar o anel de noivado para a avó. Su Yi o estudou cuidadosamente.

— Sabia que ficaria perfeito em você.

— Não sei nem como agradecer à senhora por isso, Ah Ma.

— Saiu tudo como planejado? Charlie conseguiu surpreender você?

— Sim, eu fiquei sem palavras!

— Havia elefantes? Eu disse para o Charlie que ele precisava chegar em um elefante. Foi assim que meu amigo, o marajá de Bikaner, pediu a rainha dele em casamento.

— Sim, tinha um elefante. — Astrid riu, percebendo o quanto sua avó estivera envolvida no planejamento daquela surpresa.

— Você tem fotos?

— Não, nós não tiramos... Ou melhor, espere um momento.

Astrid pegou o celular e fez uma rápida busca no Google pelas fotos que os *paparazzi* haviam tirado deles. Ela nunca imaginara que poderiam ser úteis, até aquele momento. Ao mostrar algumas das imagens para sua curiosa avó, pensou no quão irônico era que o restante de sua família estivesse tão chateado com o que tinha sido um dos momentos mais felizes da vida dela.

Su Yi suspirou.

— Estava lindo, queria ter estado lá. Charlie ficou tão bonito com essa roupa. Me conte... ele está em Cingapura agora?

— Na verdade, ele chega amanhã. Ele vem visitar a mãe dele todo mês.

— Ele é um bom rapaz. Soube assim que o conheci que ele sempre cuidaria de você. — Su Yi observou a foto de Charlie colocando o anel no dedo de Astrid. — Sabe, de todas as joias que tenho, esse anel é o mais especial para mim.

— Eu sei, Ah Ma.

— Nunca tive a oportunidade de perguntar ao seu avô se foi ele quem o comprou.

— Como assim? Quem teria comprado esse anel de noivado, se não ele?

— Seu avô não tinha muito dinheiro quando eu o conheci. Ele era apenas um médico recém-formado. Como seria possível que ele tivesse dinheiro para pagar por esse diamante canário?

— A senhora tem razão. Deve ter custado uma fortuna na época — concordou Astrid.

— Sempre suspeitei de que o tio T'sien Tai Tay foi o responsável, já que ele ajudou a bancar o casamento. A qualidade da pedra não é perfeita, mas, quando eu usava esse anel, sempre me lembrava de que a vida pode nos surpreender. Algumas vezes, aquilo que de início parece imperfeito pode acabar sendo a coisa mais perfeita no mundo para você.

Então Su Yi ficou em silêncio por alguns instantes, depois voltou o olhar para a neta. Ela tinha um brilho nos olhos.

— Astrid, quero que me prometa uma coisa.

— Sim, Ah Ma?

— Se eu morrer antes do dia do seu casamento, por favor não cumpra aquele período besta de luto. Quero que você faça seu casamento conforme o planejado, em março. Você me promete que fará isso?

— Oh, Ah Ma, não vai acontecer nada. A senhora... a senhora estará lá, na primeira fileira na cerimônia do meu casamento — gaguejou Astrid.

— É o que eu planejo, mas só queria pedir isso a você, só por garantia.

Astrid desviou o olhar, tentando segurar as lágrimas. Ela ficou ali, sentada, segurando a mão da avó por um momento, então disse:

— Ah Ma, sabe quem voltou para Cingapura para visitar a senhora? O Nicky.

— Nicky está em casa?

— Sim, ele está aqui. Na verdade, está ali fora. A senhora gostaria de vê-lo agora?

— Mande-o entrar. Achei que ele viesse na semana passada.

Astrid se levantou da cadeira para ir até o closet quando sua avó falou:

— Espere um pouco.

Astrid parou e se virou.

— Sim?

— A mulher dele está aqui também? — perguntou Su Yi.

— Não, só ele.

Astrid ficou parada, achando que a avó faria outra pergunta, mas Su Yi já estava mexendo nos controles da cama, elevando a inclinação até o ângulo exato que desejava. Astrid foi até a sacada, onde encontrou Nicky pensativo, sentado à mesa de ferro forjado.

— Ela está acordada? — perguntou ele.

— Está.

— Como ela está?

— Está bem. Bem melhor do que eu esperava, na verdade. Agora é a sua vez.

— Humm... Ela realmente quer me ver? — perguntou Nick, temeroso.

Astrid sorriu para o primo. Por um momento ele parecia ter 6 anos outra vez.

— Não seja ridículo. Claro que quer. Ela está esperando você.

13

•

Aeroporto Changi, Cingapura

Oliver havia embarcado no voo para Londres e tinha acabado de roubar um travesseiro extra do assento atrás do dele quando Kitty ligou.

— Bom dia, Kitty — disse ele, alegremente, preparando-se para o que estava por vir. — Dormiu bem?

— Você está zoando com a minha cara? Foi a pior noite da minha vida!

— Conheço bilhões de pessoas que adorariam ter estado no seu lugar, Kitty. Você foi convidada para um dos lendários jantares da Yolanda Amanjiwo. O chefe mais aclamado do mundo preparou uma refeição de 12 pratos para você. Você não gostou? Eu achei o lagostim super...

— Argh! Aquele chefe metido a gênio daquele lugarzinho cha mado Le Cellar deveria ser preso na própria cela, e a chave devia ser jogada fora!

— Ah, Kitty. Você está exagerando. Só porque você não aprecia a culinária catalã fusion surrealista desconstruída não significa que ele deveria ser condenado à forca. Eu comeria mais dez pratos daquele arroz frito com *jamón ibérico*.

— Como eu podia apreciar a comida enquanto era torturada? Nunca fui tão humilhada em toda a minha vida! — disse Kitty, furiosa.

— Não sei do que você está falando, Kitty — rebateu Oliver, sem levar o que ela dizia muito a sério, pegando uma pilha de revistas fornecidas pela empresa aérea do bolso do assento à sua frente e colocando-as no bolso do assento ao seu lado antes que o outro passageiro chegasse. Tudo era válido para se ter um pouco mais de espaço para as pernas.

— Todos naquele jantar fizeram reverências a Colette! Aquele embaixador suíço fresco olhou feio para mim porque eu não me mexi. Nem morta eu faria uma reverência para minha própria enteada!

— Bem, Thorsten obviamente não sabia quem você era. E, Kitty, aquela reverência foi uma farsa total. Não sei qual edição da *Debrett* Yolanda Amanjiwo está lendo, o fato é que ela estava completamente equivocada. Um duque britânico *não tem* precedência sobre a primeira-dama do país onde ele não é nada mais que um visitante. *Eles* deveriam ter feito uma reverência para *ela*. Mas esses cingapurianos ficam tão fascinados com qualquer *ang mor* com um titulozinho que se dobram como puxa-sacos subservientes. Eu me lembro de uma vez em que a condessa Mountbatten foi a Tyersall Park, e Su Yi nem mesmo desceu para recebê-la!

— Não é disso que estou falando. Todos trataram Colette como se ela fosse da realeza durante o jantar inteiro. Eles estavam vestidos como uns caipiras, e as pessoas ainda assim puxaram o saco deles! O idiota do meu lado só levantou o garfo quando Colette pegou o dela. E, assim que ela parou de comer, todos tivemos que parar também. Aquele flan com perfume Carolina Herrera foi a única coisa de que eu gostei, mas o jantar acabou de repente quando o casal real foi embora.

— A última coisa que eu gostaria de fazer na vida era comer uma sobremesa com gosto de Carolina Herrera, mas estava incrível, não estava? Bom, pelo menos você não ficou feliz que o jantar tenha se passado sem incidentes? Colette não tentou insultar você nem causou nenhuma cena.

— Não, o que ela fez foi pior. Ela me ignorou completamente! Eu sou casada com o pai dela! O homem que paga todas as contas dela, embora ela não fale mais com ele! Sabe o quão triste ele fica com isso? Aquela garota mimada e ingrata!

— Kitty, eu não levaria isso para o lado pessoal se fosse você. Tinha trinta pessoas naquele salão horrível, sessenta se contar os empregados ridículos, e Yolanda monopolizou a atenção do Lucien e da Colette. Acredite em mim, eu estava na frente deles. Você estava na outra ponta da mesa, escondida atrás daquelas gaiolas ridículas no meio da mesa. Sinceramente, acho que ela nem viu você.

— Colette me viu, sim. Isso eu posso garantir. Ela não deixa nada passar. Aliás, por que ela está em Cingapura?

— Lucien é um ambientalista, e eles ficarão em Cingapura até o mês que vem, é só isso. Então vão para Sumatra ver a situação dos orangotangos.

— Que situação dos orangotangos?

— Oh, é uma tragédia. Centenas de orangotangos estão morrendo porque o habitat deles está sendo desmatado. Colette está bastante envolvida no resgate de orangotangos órfãos.

— Foi sobre isso que vocês conversaram? Não falaram sobre mim? Ou o pai dela?

— Kitty, posso garantir a você que os únicos nomes mencionados foram de orangotangos.

— Ela não sabe que eu e você nos conhecemos?

— Não, ela não sabe. Mas o que isso importa? Por que você não foi falar com ela para mostrar que é uma pessoa superior lhe desejando boas-vindas a Cingapura? Teria sido uma boa jogada — disse Oliver, forçando a mala de couro para que ela entrasse embaixo do assento à sua frente.

— Hnh! Eu sou a madrasta dela! Ela que deveria vir se apresentar a *mim*, não o contrário!

— Espere um pouco... Quer dizer que vocês não se conhecem pessoalmente? — Oliver estava realmente chocado.

— Claro que não! Já comentei que ela não fala com o pai desde que descobriu sobre o nosso caso. E não veio ao casamento. Ela não vem à China há mais de dois anos. Ela disse para ele que... que ele estava se casando com uma puta.

Oliver percebeu as lágrimas na voz dela e começou a ver a situação de outra forma. Era de se esperar que Kitty ficasse traumatizada com a entrada triunfal de Colette na noite anterior. Na

China, Kitty havia sido eclipsada por Colette, mesmo a jovem não estando presente e, em Cingapura, havia sido eclipsada mais uma vez, e de uma forma ainda mais dramática. Uma comissária de bordo gesticulou para Oliver.

— Kitty, meu voo para Londres vai decolar, então tenho que desligar o telefone.

— Ah, sério? Achei que ninguém ligasse se você usasse o celular na primeira classe.

— Bom, acho que você não sabe... mas eu sou um desses fanáticos por aviação que realmente gosta de assistir à demonstração de segurança.

— Eu não sabia que estava indo para Londres. Você deveria ter me avisado, eu teria emprestado um dos meus aviões.

— É muita gentileza sua. Kitty, vou passar as próximas 14 horas de voo pensando num plano. Eu prometo que a Colette não irá mais humilhar você.

— Promete?

— Óbvio. E, olhando por outro lado... Você ainda vai ter muito o que comemorar. A sua capa da *Tattle* sai no mês que vem. Será uma sensação, eu garanto! E você é a mais nova melhor amiga da Yolanda Amanjiwo. Isso é só o começo para você, Kitty. Colette vai ter que voltar para uma casa velha e fria na Inglaterra, enquanto estamos preparando para você a casa mais espetacular de Cingapura.

Kitty suspirou. Oliver tinha razão. Ainda havia muito para acontecer. Ela largou o celular e olhou para o pequeno espelho com moldura dourada que havia ganhado de presente na festa de ontem. Ela lembrava um pouco a Emma Watson, a atriz que interpretou Hermione Granger. E Oliver, com seus óculos redondos e grandes, lembrava o Harry Potter. Oliver era mesmo meio mágico. E agora ele faria um movimento com sua varinha e traria ainda mais magia para a vida dela.

No voo SQ 909 para Londres, Oliver desligou o celular e o colocou no bolso do assento. Uma comissária de bordo de repente se inclinou na fileira dele.

— Com licença, isso é um travesseiro extra? Preciso que o devolva — pediu ela com um sorriso de desculpas.

— Me desculpe. Nem percebi — mentiu Oliver.

— E essa mala é sua? Também terei que pedir que a coloque debaixo do seu assento. Tenha certeza de que as alças estejam bem presas. A classe econômica está cheia hoje — disse a comissária de bordo.

— Oh, certamente — falou Oliver, ao se inclinar para puxar a mala, xingando internamente. Seria um longo voo.

14

•

TYERSALL PARK, CINGAPURA

A luz matinal que entrava pelas janelas fazia com que os móveis de mogno estilo *art déco* do quarto de Su Yi reluzissem como âmbar, e Nick ficou chocado quando viu o quão pequena e frágil sua avó parecia naquela cama de hospital. As máquinas pareciam cercá-la como um exército de robôs invasores. Fazia quase cinco anos que ele não a via, e agora um grande remorso o tomava. Como foi que deixou passar tanto tempo? Perdera cinco preciosos anos por causa de uma briga, por causa do seu orgulho. Quando Nick se aproximou da cama, percebeu que não sabia o que dizer.

Astrid permaneceu ao lado do primo por um momento, então anunciou em uma voz gentil:

— Ah Ma, Nicky está aqui.

Su Yi abriu os olhos e encarou o neto. *Tien, ah. Ele está cada vez mais parecido com o avô*, pensou ela.

— Você está ainda mais bonito. Fico feliz que não tenha engordado um quilo sequer. A maioria dos homens engorda quando se casa. Veja só como Eddie ficou inchado.

Nick e Astrid riram, quebrando a tensão que pairava no ar.

— Volto em um instante — disse Astrid, passando delicadamente pela porta do quarto. Mal havia fechado a porta atrás de si, quando professor Oon entrou na sala de espera de Su Yi.

— Bom dia, professor Oon — cumprimentou-o Astrid alegremente, bloqueando a entrada dele no quarto.

O médico ficou atordoado por um momento. Fazia mais de uma semana que não via Astrid, e não conseguia acreditar que ela estava vestida daquela forma. Santa Annabel Chong! Ela estava ainda mais sexy do que ele poderia imaginar naquele traje punk skatista e com aquelas calças camufladas que valorizavam a bunda dela. Era melhor que qualquer site pornô com vídeos de estudantes japonesas. Será que ela estava usando um top esportivo por baixo daquele moletom largo? O corpo dela era uma obra de Deus. Ao se recuperar daquela visão, o professor Oon adotou um tom de voz blasé e clínico:

— Ah, Astrid. Bem-vinda. Eu estava indo checar os dados matinais da sua avó.

— Ah, não acha que isso poderia esperar um pouco? Pode me atualizar sobre a situação dela, já que estive ausente? Ah Ma me parece muito bem nessa manhã. É possível que o estado dela tenha tido uma melhora?

O professor Oon franziu o cenho.

— É possível. Iniciamos uma nova combinação de betabloqueadores, e esse período de descanso contínuo tem feito muito bem a ela.

— Fico tãããããão agradecida por tudo o que tem feito — disse Astrid, calorosamente.

— Bom... então... Assim que checar o eletrocardiograma mais recente dela, terei um prognóstico mais preciso.

— Me conte uma coisa, doutor... Você já ouviu falar de um especialista do St. Luke's Medical Center em Houston chamado David Scott? O Dr. Scott desenvolveu um tratamento experimental para insuficiências cardíacas — continuou ela, sem deixá-lo escapar.

Uau, beleza e inteligência. Uma mulher que consegue falar sobre doença cardíaca de forma tão sensual, pensou o professor Oon. Aquele maldito Charlie Wu é um sortudo de merda. Se pelo menos Astrid fosse de outra família, se ela não fosse podre de rica, poderia ser amante dele. Ela a levaria para seu apartamento secreto em The Marq e ficaria vendo-a nadar na piscina, nua, o dia inteiro.

*

No quarto, Nick se perguntava o que precisamente diria à sua avó.

— *Nay ho ma?** — perguntou, e então imediatamente se arrependeu de ter dito algo tão estúpido.

— Não tenho estado muito bem. Mas hoje me sinto melhor do que me senti em semanas.

— Fico tão feliz em ouvir isso. — Nick se agachou ao lado de Su Yi e a encarou. Ele sabia que havia chegado o momento de pedir desculpas à sua avó. Por mais que tivesse ficado magoado com ela, por mais que ela tivesse feito coisas erradas em relação a Rachel, ele sabia que era dever dele pedir perdão. Ele pigarreou e começou a dizer:

— Ah Ma, sinto muito pelo modo como me comportei. Espero que a senhora possa me perdoar.

Su Yi desviou o olhar e soltou o ar lentamente pela boca. Nicky estava em casa. Seu neto zeloso estava novamente ao seu lado, ajoelhado a seus pés e pedindo seu perdão. Se ele soubesse como ela de fato se sentia. Ela ficou em silêncio por alguns instantes e então olhou para ele outra vez.

— Você está confortável no seu quarto?

— Meu quarto? — questionou Nick, momentaneamente confuso com a pergunta.

— Sim, foi preparado de forma que lhe agrada?

— Bom... Eu não estou hospedado aqui. Estou na casa do Colin.

— Na Berrima Road?

— Não, a família do Colin vendeu aquela casa há anos. Ele mora em Sentosa Cove agora.

— Por que raios você está hospedado lá e não aqui?

Naquele momento, Nick percebeu que sua avó não tinha a menor ideia de que ele havia chegado fazia mais de uma semana já. Ela obviamente não tinha envolvimento nenhum com o banimento dele de Tyersall Park! Ele não soube como responder de início, mas então logo falou:

— Tem gente demais em Tyersall Park no momento, não sei se haveria espaço para mim.

---

* Em cantonês, "A senhora está bem?".

— Besteira. O seu quarto está reservado para você. — Su Yi apertou um botão em sua cama, e, em segundos, Madri e Patravadee estavam ao seu lado.

— Por favor, peçam a Ah Ling que prepare o quarto do Nicky. Não sei por que ele está hospedado em outro lugar e não aqui — instruiu Su Yi.

— Certo, madame — respondeu Madri.

Naquele momento, Nick percebeu que aquele era o modo implícito, de sua avó, de perdoá-lo. Então de repente se sentiu mais leve, como se um enorme peso tivesse sido tirado de suas costas.

Quando as empregadas de Su Yi saíram do quarto, Adam e Piya entraram na sala de espera e, por alguns segundos antes de a porta se fechar, viram o primo Nick agachado ao lado da avó deles.

Astrid acenou para os dois de sua posição no sofá, onde estava sentada conversando com o professor Oon.

— Adam! Que bom ver você!

— Oi, Astrid. Perdão, não vi você aí. Piya, essa é minha prima Astrid. Ela é filha da tia Felicity.

— Ouvi falar tanto de você — disse Piya, sorrindo.

— Era o Nicholas que estava ali com Ah Ma? Passamos aqui só para dar um oi antes do café da manhã — explicou Adam.

— Nicholas Young? — perguntou, professor Oon, alarmado. — Ele está no quarto de Su Yi? Mas temos ordens precisas para não...

— Francis, só um minutinho — interrompeu-o Astrid, colocando a mão sobre o colo dele, quase encostando seus dedos na parte interna da coxa do médico. Professor Oon estremeceu com o contato inesperado e imediatamente se calou. Astrid se virou para Adam e Piya e disse: — Tenho certeza que Ah Ma adoraria ver vocês daqui a pouco. Ela está bem melhor essa manhã. Por que não descem para o café da manhã primeiro? Ouvi rumores de que Ah Ching está preparando os famosos crepes dela.

— Oooh, eu adoro crepe — disse Piya.

— Eu também. E Ah Ching prepara uma calda especial com chocolate belga e xarope dourado de Lyle para colocar por cima. Professor Oon, você já experimentou crepe com calda de xarope dourado com chocolate?

— Humm, não — respondeu o médico, começando a suar no topo da testa.

— Então você tem que fazer isso. Por que não vem com a gente? Vamos descer e comer crepes juntos. Tenho certeza de que a família toda adoraria saber mais sobre o estado da Ah Ma — disse Astrid, levantando-se do sofá.

Os três ficaram ali, parados, esperando o médico.

— Hã, só um minuto — disse o professor Oon, com um ar envergonhado. Ele sabia que de jeito nenhum conseguiria se levantar naquele momento.

*

Enquanto isso, no quarto, Su Yi havia instruído Nick a abrir a gaveta mais alta da sua cômoda e pegar algo para ela.

— Você está vendo uma caixa azul-clara?

— Sim.

— No fundo da caixa tem umas bolsas de seda. Por favor, traga a amarela.

Nick abriu o fecho de metal na caixa de couro azul e levantou a tampa. Dentro dela, havia uma variedade de objetos e coisas curiosas. Antigas escovas de casco de tartaruga e moedas de vários países misturadas com cartas e fotos antigas dobradas. Então viu um montinho de fotos preso com uma fita e se deu conta de que eram todas as fotos que ele havia mandado quando estava estudando na Inglaterra. No fundo da caixa havia várias bolsinhas com joias, daquelas forradas com seda, típicas de lojinhas chinesas espalhadas no mundo todo que vendiam bijuterias. Ele pegou a bolsinha amarela e voltou para o lado de sua avó.

Su Yi abriu o zíper da bolsa, tirou de dentro dela um par de brincos e os colocou na palma da mão de Nick.

— Quero que fique com isso. São para a sua esposa.

Nick sentiu um nó na garganta quando percebeu o enorme significado daquele presente. Ele olhou para os brincos em sua mão. Eram de pérola simples, com armação dourada, mas a luminosidade de cada pérola era incrível — parecia reluzir de dentro para fora.

— Obrigada, Ah Ma. Tenho certeza de que Rachel vai amar.

Su Yi olhou bem nos olhos do neto.

— Meu pai me deu esses brincos quando fugi de Cingapura antes da guerra, quando os soldados japoneses finalmente alcançaram Johor e nós sabíamos que era o fim. Eles são muito especiais. Por favor, cuide bem deles.

— Nós cuidaremos deles, Ah Ma.

— Agora, acho que é hora dos comprimidos matinais. Pode pedir a Madri e Patravadee que entrem?

*

No salão do café da manhã, Ah Ching havia organizado uma bancada de preparação na ponta da longa mesa de jantar. Não era nada comum ela dispensar o uso de uma panela de crepe para preparar sua amada receita. Em vez disso, ela os cozinhava em sua wok de confiança, virando e girando a grande panela preta com experiência para moldar perfeitos crepes redondos e finos.

Eddie havia acordado Fiona e as crianças para experimentar aquela iguaria; e sua mãe, Victoria, Catherine e Taksin estavam aguardando também, ansiosos para provar os crepes de preparação única.

— Gostaria que o meu tivesse presunto e queijo — pediu Taksin.

— Prefiro crepe salgado a doce, principalmente de manhã.

— Tio Taksin, você não sabe o que está perdendo se não experimentar a calda maravilhosa que Ah Ching faz — disse Eddie.

— Quero o meu com sorvete — falou o pequeno Augustine.

— Augie, você vai comer exatamente como eu expliquei! — gritou Eddie para o filho.

Catherine trocou olhares com Alix, que simplesmente revirou os olhos e balançou a cabeça.

Enquanto a família começava a comer a primeira rodada de crepes, Astrid entrou no salão junto a Adam, Piya e o professor Oon.

— O que você está fazendo aqui? — perguntou Eddie, surpreso com a aparição repentina da prima na casa. Ele achou que ela tivesse recebido ordem dos pais para não sair de casa devido ao escândalo na Índia.

— Vou comer crepes, assim como você — respondeu Astrid com leveza.

— Bem, acho que *alguns de nós* não têm vergonha nenhuma — sussurrou Eddie.

Astrid achou melhor ignorar o primo. Então foi até as tias e deu um beijo em suas bochechas. Victoria ficou visivelmente rija quando Astrid a beijou e perguntou:

— Como está a sua mãe? Ouvi dizer que ela está de cama há dois dias. — Estava implícito no tom desaprovador dela que Astrid era a responsável por fazer a mãe passar mal.

— Considerando que ela conseguiu jogar bridge durante cinco horas ontem com a senhoras Lee Yong Chien, Diana Yu e Rosemary Yeh, acho que está bem — respondeu Astrid.

Alix se perguntou o que o médico fazia na mesa do café da manhã, mas, sempre educada, sorriu polidamente para seu antigo colega e disse:

— Francis, que bom você ter se juntado a nós.

— Ahannn... Astrid insistiu que eu experimentasse as famosas panquecas da Ah Ching.

— Você já esteve lá em cima? — perguntou Eddie, alarmado, querendo saber se ela havia contado para Ah Ma que Nicky tinha voltado.

Astrid olhou bem nos olhos do primo.

— Sim, passei um tempinho com Ah Ma. Ela queria ver as fotos do meu noivado, já que ajudou a planejá-lo. Foi uma tremenda sorte ter alguém lá preparado para capturar o momento.

Eddie a encarou, boquiaberto.

— Parabéns pelo noivado, Astrid — disse Fiona.

— É, parabéns — Catherine e Alix recitaram em uníssono.

Victoria foi a única que não cumprimentou a sobrinha. Em vez disso, se voltou para o professor Oon.

— Como está a minha mãe hoje?

— Bem, ainda não tive a oportunidade de vê-la essa manhã, já que Nicholas está com ela no momento.

— O QUÊÊÊÊÊÊ? Está me dizendo que o Nicky está lá em cima com a minha avó?! — exclamou Eddie, alterado.

— Se acalme, Eddie — repreendeu-o Fiona.

Astrid sorriu docemente para o primo.

— Qual é exatamente o problema com Nicky visitar Ah Ma? Quando foi que você virou o segurança dela?

— Ele foi banido dessa casa! — exclamou Eddie.

— E quem o baniu, exatamente? Porque, se quer saber, Ah Ma sem dúvida nenhuma ficou felicíssima em vê-lo agorinha — contou Astrid, colocando, com toda a calma do mundo, um pouco de calda sobre seu crepe.

— Tem certeza disso? — perguntou Victoria, indignada.

— Sim, eu estava no quarto quando Ah Ma me disse especificamente que queria vê-lo.

Eddie balançou a cabeça com raiva e deu um pulo da cadeira.

— Se ninguém vai fazer nada a respeito, eu farei! Nicky vai causar outro ataque cardíaco nela!

— Causar um ataque cardíaco *em quem*?

Eddie se virou e viu a avó sentada em uma cadeira de rodas, sendo empurrada por Nick até o salão. Atrás dela havia um balão de oxigênio e vários outros equipamentos médicos sendo trazidos com cuidado pelas empregadas tailandesas. E, mais atrás, um punhado de enfermeiras e o cardiologista assistente de plantão.

— Mamãe! O que a senhora está fazendo aqui? — gritou Victoria, com sua voz aguda.

— Como assim? Eu queria tomar o café da manhã no meu próprio salão de café da manhã. Nicky me contou que Ah Ching estava preparando os deliciosos crepes dela.

O jovem cardiologista assistente olhou para o professor Oon um tanto desesperado, mas entregou a seu chefe alguns papéis impressos.

— Professor, ela insistiu em descer, mas consegui fazer alguns testes antes.

O professor Oon analisou os papéis, e seus olhos se arregalaram.

— Meu Deus... Bravo, Sra. Young, estou maravilhado que esteja se sentindo tão bem essa manhã!

Su Yi ignorou o médico, focando seu olhar em Eddie.

— Que lugar interessante você escolheu para se sentar — disse ela, em um tom malicioso.

— Oh, perdão — disse Eddie, atrapalhando-se ao se levantar da cadeira na cabeceira da mesa, enquanto Nick cuidadosamente empurrava a cadeira de Su Yi para aquele lugar.

— Venha, sente-se ao meu lado — pediu Su Yi a Nick, dando tapinhas na mesa. Uma das empregadas rapidamente trouxe outra cadeira e, quando Nick se sentou ao lado da avó, estava sorrindo de orelha a orelha. Pela primeira vez desde que chegara a Cingapura, ele se sentia em casa.

Ah Ling entrou no salão e colocou um pires e uma xícara em frente a Su Yi.

— Aqui está seu chá favorito *da hong pao.**

— Esplêndido. Parece que não tomo chá há anos. Ah Ling, você recebeu minha mensagem para preparar o quarto do Nicky? Por algum motivo ele foi se hospedar logo em Sentosa!

— Sim, o quarto do Nicky está arrumado para ele — declarou Ah Ling, tentando conter a risada ao notar que as veias no pescoço de Eddie começavam a saltar.

— Meu irmão mais novo virá amanhã para o jantar de sexta--feira? — perguntou Su Yi.

— Sim. Prepararemos o prato favorito do Sr. Shang, *yen woh.*

— Ah, bom. Astrid, não deixe de convidar Charlie para o jantar.

O coração de Astrid se encheu de alegria.

— Tenho certeza que ele adoraria vir, Ah Ma.

— Todos já viram o anel de noivado da Astrid? — perguntou Su Yi.

Catherine, Alix e Victoria esticaram o pescoço para analisar o diamante no dedo da sobrinha, percebendo, com um susto, que estavam olhando para o antigo anel de noivado da mãe delas.

Alix, que não tinha nenhum interesse em joias, logo voltou a devorar seu crepe, mas Victoria não conseguiu evitar um olhar de decepção, pois sempre imaginara que aquele anel seria dela um dia.

---

* Cultivado nas montanhas Wuyi da província chinesa de Fujian, *da hong pao* — cuja tradução é "grande roupão vermelho" — é um dos chás mais raros do mundo. Cada grama custa US$ 1.400, o que faz com que valha trinta vezes mais do que seu peso em ouro.

— Astrid, ficou lindo em você — comentou Catherine, antes de continuar: — Você planeja fazer uma festa de noivado?

Su Yi a interrompeu, animada:

— Que ótima ideia! Ah Ling, ligue para os T'siens e os Tans e os convide para o jantar de amanhã. Vamos festejar!

— Certo — respondeu Ah Ling.

— Mamãe, acho que a senhora não deveria se agitar tanto logo quando começou a se sentir melhor. Deveria descansar — disse Victoria, em tom autoritário.

— Besteira, descansarei quando morrer. Amanhã quero ver todo mundo. Vamos comemorar o noivado da Astrid e a volta do Nicky! — decretou Su Yi.

Fiona notou que Eddie estava ficando roxo. Cutucando-o na costela, ela disse:

— Eddie, afrouxe o seu colarinho para não ficar sem ar. E respire, querido. Respire fundo.

15

•

Mansão Wu, Cingapura

— Sua carteira de identidade, por favor — pediu o segurança, com uma voz séria, quando Astrid abaixou o vidro do carro.

Astrid procurou a carteira em sua bolsa, tirou sua identidade de Cingapura e entregou-a ao guarda. Ele levou o documento até a altura dos olhos, comparando a fotografia semipixelada com o rosto dela, cerrando os olhos para ver bem os detalhes.

— Meu cabelo estava horrível nesse dia — brincou Astrid.

O segurança nem mesmo sorriu, mas levou o documento dela até a guarita e usou o sistema computacional para escaneá-lo.

Astrid se segurou para não revirar os olhos. Esse guarda, um chinês do continente, já a conhecia — quantas vezes ela estivera ali nos últimos meses? Astrid entendia por que os Wus haviam desenvolvido certa reputação entre os estabelecimentos de Cingapura quando o pai de Charlie, Wu Hao Lian, fez sua fortuna no início dos anos 1980. Os Wus pareciam pretensiosos — isso ninguém podia negar.

Em uma época em que a multidão endinheirada preferia ocupar os elegantes bangalôs escondidos nos enclaves frondosos dos Distritos 9, 10 e 11, Wu Hao Lian havia comprado um grande terreno em uma das ruas mais movimentadas e construído uma casa grandiosa bem ali, para que todos vissem. Erguera um muro grande e branco de estuque ao redor da propriedade, e, no alto do muro, ladrilhos vermelhos afiados e envernizados ondulavam, afiados, terminando no portão principal com duas cabeças de dragões entalhadas em bronze. Placas retangulares douradas colocadas em nichos a intervalos de 10 metros ao redor do muro estavam gravadas com um texto em caligrafia ornamentada na qual se lia:

Mansão Wu

Para os cingapurianos comuns — noventa por cento dos que vivem nos condomínios de habitação pública —, a impressão que dava era que os Wus eram a família mais rica da ilha. Eles eram vistos constantemente sendo conduzidos em uma frota de Rolls-Royces trocada de tempos em tempos, sempre acompanhada de seguranças em Mercedes aonde quer que fossem. Os Wus foram uma das primeiras famílias da ilha a ostentar um jatinho privado e passar todos os feriados na Europa, onde Irene Wu e as filhas desenvolveram um apetite voraz por alta-costura e joias caras. Sempre que Irene aparecia em público, estava usando as roupas mais elaboradas e coberta com tantas joias que todas as outras socialites começaram a chamá-la de "Árvore de Natal", sem que ela soubesse.

Mas isso foi há tanto tempo, pensou Astrid, enquanto o alto portão de aço com um elaborado W começou a deslizar para um dos lados e ela foi dirigindo pela entrada até a casa em estilo palladiano, com um pórtico de colunas brancas coberto de buganvílias. Os Wus haviam saído dos holofotes nos últimos tempos, especialmente depois da morte do pai de Charlie e do surgimento de uma nova geração de bilionários insolentes no início dos anos 2000, que construíra mansões ainda mais ostensivas e competia por visibilidade nas colunas sociais. Apenas a mãe de Charlie permanecia em Cingapura atualmente, relutante em abrir mão de sua casa.

Astrid estacionou atrás de uma Mercedes SUV cinza que estava embaixo do pórtico. Ela viu Lincoln Tay, seu primo distante, saltar do assento do motorista e seguir até o porta-malas do carro.

— Ah Tock! Não esperava encontrar você aqui — disse Astrid, ao sair do carro.

— O que posso dizer? Você está sempre visitando os ricos e famosos, e eu só trabalho para eles — brincou ele. — Astrid, me diga por que você ainda dirige esse Acura antigo? Ele ainda passa na inspeção?

— É o carro mais confiável que já tive. Vou continuar com ele até que seja obrigada a jogá-lo fora.

— Ora, *lah*, você é rica, pelo menos poderia comprar o novo modelo ILX. Ou talvez Charlie possa comprar a Acura e fazer com que eles projetem um carro novo só para você.

— Ha, ha, ha, muito engraçado — disse Astrid. Ela se deu conta de que, toda vez que encontrava esse primo distante, ele fazia alguma referência ao dinheiro dela.

— Ei, venha ver algo especial — chamou Ah Tock, ao abrir o porta-malas da SUV.

Um grande *cooler* Igloo estava amarrado em um dos lados do espaçoso porta-malas, e Ah Tock cuidadosamente tirou de dentro dele uma grande sacola de plástico que fora inflada com oxigênio. Dentro dela havia um peixe que parecia um dragão, de cerca de meio metro de comprimento.

— Oh, é um aruanã.

— Não é qualquer aruanã. É Valentino, o aruanã vermelho superpremiado da Sra. Wu. Ele valia pelo menos 175 mil dólares e agora valerá no mínimo 250 mil.

— E por quê?

— Acabei de levar Valentino ao cirurgião plástico. Ele estava começando a ficar com um olho meio caído, então fizemos uma cirurgia para reparar isso. E também uma minicirurgia para levantar o queixo. Ele não está bonito agora?

— Existe um cirurgião plástico para *peixes*? — perguntou Astrid, sem acreditar.

— O melhor do mundo, e bem aqui em Cingapura! Ele se especializou em aruanãs.*

Antes que Astrid pudesse absorver essa informação fantástica, a porta da casa se abriu, e Irene Wu veio correndo. Ela era uma mulher de rosto redondo, de pouco mais de 70 anos, e usava uma túnica em estilo marroquino laranja brilhante, calça capri branca e pantufas brancas bordadas com o logotipo do hotel Four Seasons. Em sua mão brilhava um anel de esmeralda; outro anel que eram três faixas unidas de diamantes em branco, amarelo e dourado-rosé; e um anel em formato de pera que era quase tão grande quanto a própria fruta.

— Como ele está? Como está meu bebê Valentino? — perguntou Irene, ofegante, correndo até Ah Tock e a sacola de plástico.

— Sra. Wu, ele está bem. A cirurgia foi um sucesso, mas ele ainda está um pouco lento por causa da anestesia. Vamos colocá-lo de volta em seu tanque.

— Sim, sim! *Aiyah,* Astrid, eu nem tinha visto você aí. Venha, venha. Me desculpe, estou tão *kan jyeong*** hoje por causa da cirurgia do Valentino. Meu Deus, você está linda. O que está usando hoje? — perguntou Irene, admirando o vestido transpassado inspirado em quimonos com estampa floral de Astrid.

— Ah, é um vestido que Romeo Gigli fez para mim há muitos anos, tia Irene — respondeu Astrid, inclinando-se para beijá-la na bochecha.

— Está certo. Tão bonito! E não acha que já passou da hora de me chamar de mama em vez de tia Irene?

---

* O aruanã-dourado é o peixe de aquário mais caro do mundo, cobiçado especialmente pelos colecionadores da Ásia, que pagam centenas de milhares por um espécime em bom estado. Conhecido em chinês por *lóng yú* — peixe-dragão —, esse peixe alongado com escamas reluzentes e bigodes saindo do queixo parece um mitológico dragão chinês. Aficionados acreditam que o peixe traz boa sorte e riqueza, e há histórias de aruanãs que sacrificaram as próprias vidas, pulando de seus aquários para alertar seus donos sobre algum perigo iminente ou transações comerciais desvantajosas. Não é à toa que os adoradores desse peixe gastam milhares para dar a seus bichinhos de estimação cirurgias de olho, de barbatana ou de queixo. Não há indício de que já exista Botox para aruanã, mas isso deve surgir logo.
** Em cantonês, "ansiosa, em pânico".

— Ora, mãe, deixe Astrid em paz! — disse Charlie, parado em frente à porta. Astrid abriu um largo sorriso ao vê-lo e correu pela escadaria para lhe dar um abraço apertado.

— *Aiyah*, vou começar a chorar e borrar a minha maquiagem. Olhe só para esse casal apaixonado! — Irene suspirou, contente.

Quando todos entraram na casa, Charlie conduziu Astrid até a grande escadaria dupla no estilo *E o vento levou,* em vez de seguir para a sala de estar.

— Aonde vocês dois vão? — perguntou Irene.

— Só vou dar um pulo lá em cima com a Astrid um minutinho, mãe — explicou Charlie, em um tom levemente exasperado.

— É que Gracie passou o dia inteiro preparando vários tipos de *nyonya kueh*! Vocês têm que vir tomar chá e comer *nyonya kueh* comigo daqui a pouco, está bem?

— É óbvio que iremos — disse Astrid.

Ao subirem a escada, Charlie falou em um tom baixo:

— Minha mãe está ficando cada vez mais grudenta.

— Ela sente sua falta. Deve se sentir muito solitária, agora que ninguém mais mora aqui em Cingapura.

— Ela vive cercada por uma equipe de vinte empregados!

— Não é a mesma coisa, e você sabe disso.

— Bem, ela tem uma casa em Hong Kong e poderia morar lá se quisesse, mas insiste em ficar aqui — retrucou Charlie.

— As lembranças dela estão todas aqui, assim como as suas — disse Astrid, ao entrar no quarto de Charlie.

O cômodo havia sido redecorado fazia alguns anos, em tons frios e masculinos com paredes cobertas em couro chagrem e móveis de madeira feitos sob encomenda em estilo contemporâneo, da loja BDDW em Nova York, mas Charlie havia mantido uma lembrança de sua infância no quarto: o teto inteiro possuía um mural mecanizado de todas as constelações, e, quando criança, Charlie ia dormir todas as noites observando as estrelas brilhantes que giravam diariamente conforme o zodíaco.

Naquele dia, ele não perdeu tempo em puxar Astrid para a cama, enchendo-a de beijos.

— Você não tem ideia de como senti sua falta — declarou Charlie, beijando a área delicada logo acima da clavícula dela.

— Eu também — suspirou Astrid ao colocar os braços ao redor dele, sentindo o movimento dos músculos das costas de Charlie.

Depois de passar um tempo se beijando, eles permaneceram deitados abraçados, observando o céu noturno e brilhante juntos.

— Eu me sinto uma adolescente de novo — disse Astrid, rindo.

— Lembra que você costumava me trazer aqui depois da AJM* aos sábados?

— É. E ainda sinto que estou fazendo algo safado trazendo você aqui, agora.

— A porta está escancarada, Charlie. Não fizemos nada que possa ser censurado — afirmou Astrid, rindo.

— Fico feliz em ver você assim, de bom humor — falou ele, passando os dedos pelo cabelo dela.

— Sinto que a tempestade finalmente passou. Você não tem ideia de como foi bom estar naquele salão de café da manhã quando minha avó desceu para comer!

— Posso imaginar.

— Ela fez todo mundo ver meu anel de noivado. É como se tivesse desafiado o restante da família a ir contra nós.

— Sua avó é uma mulher esperta. Estou animado para vê-la hoje à noite. Ela convidou a minha mãe também, sabia?

— É mesmo? — Astrid olhou para ele, surpresa.

— É, hoje de manhã chegou um convite. Minha mãe mal pôde acreditar. Ela nunca imaginou que um dia seria convidada para ir a Tyersall Park. Acho que ela vai emoldurar o cartão.

— Bem, será uma festa daquelas. Mal posso esperar para ver a cara de algumas pessoas quando eu entrar na sala de estar com a sua mãe!

— De quais pessoas?

— Ah, você sabe, algumas das minhas tias que são mais arrogantes. E um primo em particular vai ficar possesso!

---

* Associação de Jovens Metodistas.

— Rico Suave, o Homem Mais Bem-Vestido de Hong Kong? – brincou Charlie.

— Mais Bem-Vestido do Hall da Fama, diria ele. — Astrid riu.

— Vamos, está na hora de voltar lá para baixo, antes que a sua mãe ache que estamos fazendo algo indecente aqui em cima.

— Eu *quero* que ela pense isso.

Eles se levantaram da cama com relutância, alisaram as roupas e desceram a escadaria de curvas graciosas de mãos dadas. Passando pelo arco que ficava embaixo da escada, entraram na grandiosa sala de estar, belamente decorada em um estilo imperial francês combinado com antiguidades chinesas dignas de museus. No meio do espaço cavernoso havia um grande lago amorfo, onde um aglomerado de árvores tropicais crescia nas águas, quase alcançando o topo do domo de vidro. Grandes carpas ornamentais nadavam na água borbulhante, mas o ponto focal da sala era a parede principal, que possuía um aquário de quase 800 litros, pintado inteiramente de preto em um espaço recortado da parede.

— Valentino parece feliz por estar em casa! — comentou Charlie, animado, quando os dois foram até o aquário.

Dentro do tanque, o superprecioso aruanã vermelho nadava todo feliz, sozinho, a luz rosa de fibra óptica fazendo com que seu corpo emitisse um brilho vermelho ainda mais iridescente. Astrid olhou para a mesa de centro, que estava repleta de *nyonyas* coloridos em pratos Limoges, com detalhes em azul-marinho e dourado.

— *Kueh lapis*, meu favorito! — disse Charlie, atirando-se no elegante sofá de brocado dourado e pegando um dos pedaços de bolo amanteigado com os dedos.

— Não acha que deveríamos esperar a sua mãe?

— Ah, ela deve vir logo, tenho certeza. Vamos comer. Você nunca precisa fazer cerimônia aqui, sabe como a minha mãe é pé no chão.

Astrid começou a servir o chá na xícara de prata de Charlie.

— É disso que sempre gostei na sua mãe. Ela não é cheia de pompa, é uma senhora simples e acolhedora.

— Ah, é? Diga isso aos funcionários da Bulgari — brincou Charlie, quando Ah Tock entrou na sala de estar. — Lincoln! Você veio tomar chá com a gente? Cadê a minha mãe?

— Humm, ela está no quarto dela. Ela foi se deitar — respondeu Lincoln, digitando meio impaciente no celular.

— Por que ela foi se deitar? — perguntou Charlie.

Astrid ergueu a cabeça, ainda servindo chá:

— Ela não está se sentindo bem?

— Hã, não... — Ah Tock continuou parado, com um olhar esquisito. — Astrid, acho melhor você ligar para a sua família.

— Por quê?

— Hã... Sua avó acabou de falecer.

Parte Três

"O homem que morre rico, morre em desgraça."

— Andrew Carnegie, 1889

1

•

Tyersall Park, Cingapura

MADRI VISUDHAROMN
Dama de companhia de Su Yi desde 1999

A madame geralmente toma uma tigela de *congee* de manhã, às ve zes com um ovo cru fresco quebrado dentro do mingau fervente, às vezes apenas com alguns *ikan bilis*. Hoje ela pediu *ma mee hokkien*, uma escolha bastante incomum para o café da manhã. O macarrão que Ah Ching prepara para ela é feito de uma maneira bastante específica, usando massa amarela achatada feita à mão, que ela gosta que seja frita em um molho grosso feito com extrato de ostra e uma pitada de conhaque. Para o almoço, a madame apenas pediu que eu levasse algumas carambolas e goiabas frescas colhidas direto do pé. Pediu as frutas inteiras — não quis que as fatiassem ou nada assim, e ficou sentada na cama, observando as frutas que tinha nas mãos, sem comer nada. Foi quando percebi que havia algo muito errado.

PHILIP YOUNG
Único filho

Eu vi mamãe depois do café da manhã. Pela primeira vez em muito tempo, ela quis saber como era a minha vida em Sydney. Eu contei que todas as manhãs vou dirigindo até meu café favorito em Rose Bay e peço um *flat white*, e depois sempre tenho alguma coisa para resolver na cidade, ou algo que precise ser consertado em casa, ou um almoço em um dos clubes, ou uma partida de tênis com algum amigo. Nos finais de tarde eu gosto de me sentar na beirada da minha doca e pescar... É sempre nesse horário que eles mordem a isca. No jantar, geralmente como o que pesquei. Nosso chefe Mickey sempre prepara algo maravilhoso com o peixe — grelhado e servido com risoto, transformado em *tartare*, ou cozido no vapor ao estilo chinês com arroz ou macarrão. Às vezes eu vou até um bar e como algo por lá. (Mamãe balançou a cabeça em uma mistura de tristeza e descrença — a ideia de me ver sentado a uma mesa de bar comendo um hambúrguer sozinho como um trabalhador comum é demais para ela.) Mas eu adoro comer de forma simples quando Eleanor não está comigo. Se ela está na cidade, Mickey fica bem ocupado cozinhando jantares de 12 ou 14 pratos para ela. Então mamãe disse algo muito surpreendente. Ela me perguntou se eu havia perdoado Eleanor. Fiquei chocado por um momento; em todos esses anos, mamãe jamais mencionara aquilo. Eu disse que fazia muito tempo havia perdoado minha esposa. Ela pareceu feliz com isso, ficou olhando para mim por um bom tempo e depois falou:

— Você é igual ao seu pai, no fim de contas.

Eu avisei a ela que estava indo encontrar alguns amigos da época da ACS no Men's Bar do Clube de Críquete para tomar uns drinques, mas que voltaria antes que os convidados do jantar chegassem. Ao sair do quarto, parte de mim sentiu que ela não queria que eu fosse embora. Por um momento, me perguntei se deveria cancelar o encontro com os amigos e ficar ao lado dela, mas então pensei: *Philip, você está sendo ridículo. Em duas horinhas você estará de volta.*

LEE AH LING
Governanta

Por volta das quatro e meia da tarde, fui ao andar de cima para dar a Su Yi as informações finais sobre o cardápio da festa desta noite. Quando entrei no quarto, Catherine estava sentada ao lado da cama dela e percebi que alguém havia aberto todas as janelas e cortinas.

Su Yi geralmente prefere que as cortinas fiquem fechadas à tarde, para proteger os móveis antigos do sol poente, por isso comecei a fechá-las.

— Deixe aberto — disse Catherine.

Eu olhei para ela e já ia perguntar por quê, mas foi então que percebi que Su Yi tinha partido. Dava para ver que o espírito dela havia acabado de deixar o corpo. Fiquei tão chocada que entrei em pânico e perguntei:

— Onde estão os médicos? Por que os alarmes não soaram?

— Eles soaram. Os médicos vieram e eu os mandei embora — respondeu Catherine, em um tom estranhamente calmo. — Queria ficar as sós com a minha mãe pela última vez.

PROFESSOR FRANCIS OON, MÉDICO CIRURGIÃO, PÓS-GRADUADO (REINO UNIDO), MESTRE EM MEDICINA (INT MED), MEMBRO DO COLÉGIO REAL DE MÉDICOS (LONDRES), MEMBRO DA ACADEMIA DE MEDICINA DE CINGAPURA, MEMBRO DO COLÉGIO REAL DE MÉDICOS (EDIMBURGO), MEMBRO DO COLÉGIO AMERICANO DE CARDIOLOGIA (EUA)
Cardiologista particular

Eu estava recebendo Debra Aronson, editora da Poseidon Books, na minha adega, quando me ligaram. Veja bem, eu coleciono arte contemporânea chinesa, e a editora estava tentando me convencer a organizar um livro de arte com a minha coleção. Quando meu assistente, Dr. Chia, ligou com a notícia urgente de Tyersall Park, eu disse imediatamente:

— *Não* a ressuscite.

Eu sabia que não adiantaria nada. O coração dela estava tão danificado que não faria sentido tentar revivê-la. Era a hora dela. Nada daquilo foi surpresa para mim. Na verdade, depois de analisar os resultados dos exames médicos dela da manhã anterior, durante aquele maravilhoso café da manhã de crepes, fiquei surpreso por ela ter sequer conseguido sair da cama. O ritmo do coração dela, a pressão arterial, a fração de ejeção — tudo estava fora do normal. Mas, enfim, eu já vi isso acontecer antes. Um dia ou dois antes do falecimento de um paciente, ele pode ter um aumento de energia inexplicável. O corpo se prepara, como se soubesse que será sua última chance. No momento em que vi Su Yi aparecer para o café da manhã, concluí que era algo do tipo. Depois de tanto tempo, mesmo com todos os avanços médicos, o corpo humano ainda é um mistério insolúvel para nós. O coração, o maior deles.

ALEXANDRA "ALIX" YOUNG CHENG
Filha caçula

Eu estava na biblioteca com Fiona e Kalliste, mostrando para Kalliste as primeiras edições dos meus livros de Enid Blyton, quando os cachorros começaram a uivar. Devia ser umas três e meia da tarde. Não apenas a matilha dos nossos pastores-alemães que patrulham a propriedade, mas todos os cachorros das redondezas pareciam estar uivando, ganindo, agitados. Olhei para Fiona, e ela sabia exatamente o que eu estava pensando. Ela saiu da biblioteca sem falar nada e foi lá para cima ver mamãe. Os uivos haviam parado, mas eu me lembro de ter sido tomada por uma sensação de medo. Meu coração batia descontrolado, e eu encarava a porta. De alguma forma, queria que Fiona não voltasse. Não queria ouvir nenhuma notícia ruim. Estava tentando focar em Kalliste, que queria saber se poderia ficar com a série completa de *O colégio das quatro torres* — eram os favoritos dela também quando ela era criança. Então Fiona voltou e eu congelei, mas ela sorriu.

— Está tudo bem. Tia Cat está com ela — sussurrou ela para mim.

Eu fiquei muito aliviada, então retomamos aos livros. Uma hora depois, Ah Ling desceu correndo até a biblioteca para me avisar que fosse ao andar de cima. O olhar no rosto dela me disse tudo. Os cachorros já sabiam. Eles perceberam o que e quando estava acontecendo.

CASSANDRA SHANG
Sobrinha

Estava na cama em Harlinscourt, lendo o romance mais recente de Jilly Cooper, quando meu telefone começou a vibrar no modo silencioso. Eu reconheci o número imediatamente: era Garganta

Profunda, meu espião em Tyersall Park. (Claro que você sabia que eu tinha um informante naquela casa. Seria uma idiotice da minha parte não ter.) Inicialmente, Garganta Profunda simplesmente disse:

— *Boh liao.**

Eu falei:

— O que você quer dizer com *boh liao*?

Garganta Profunda estava elétrica demais, mas conseguiu dizer:

— Su Yi acabou de morrer. Está acontecendo uma briga gigante lá em cima agora. Tenho que ir.

Então é óbvio que a primeira coisa que eu fiz foi ligar para o meu pai. Eu falei com ele:

— Você está em Tyersall Park?

Ele respondeu:

— Humm, não.

Acho que o peguei na casa da amante — ele estava quase sem fôlego. Então eu continuei:

— É melhor você ir logo para lá. Aconteceu alguma coisa com a sua irmã.

LINCOLN "AH TOCK" TAY
Primo distante

O tio-avô Alfred me ligou. Acho que ele estava a caminho de Tyersall Park. Ele disse para avisar a todos da minha família que Su Yi havia falecido. Mas ele não queria nenhum de nós na casa naquela noite.

— Diga ao seu pai que fique em casa, e eu avisarei quando for para visitar. Hoje à noite é só para a família.

Como se nós não fôssemos parte da família, filho de uma égua!

Então ele falou:

— Melhor começar a pedir tendas e cadeiras dobráveis. Vamos precisar de muitas.

Eu ainda estava na casa de Irene Wu tentando colocar o peixe de volta no tanque. Quando lhe contei a notícia, ela entrou em pânico.

— Ah, não! *Alamak!* Como vou conseguir encarar Astrid? — disse ela, chorando, e correu para o quarto.

---

* Em *hokkien*, "acabou, chega"

Eu voltei para a sala de estar e então vi Astrid sentada lá, servindo chá como a princesa Diana, e percebi que aquela perua mimada não tinha a menor ideia de que a avó tinha acabado de bater as botas. *Kan ni na*, eu teria de contar a ela. É claro que ela ficou chocada, mas não sinto pena nenhuma. Ela tinha instantaneamente ficado milhões de vezes mais rica do que já era.

VICTORIA YOUNG
Terceira filha

A primeira coisa que passou pela minha mente ao vê-la deitada ali com Eddie chorando sobre seu corpo de forma histérica foi: *Obrigada, Jesus. Obrigada, Jesus. Obrigada, Jesus. Ela foi libertada, e eu também. Finalmente estou livre. Livre, enfim.* Meio apática, coloquei minha mão nas costas de Alix e tentei acalmá-la enquanto ela olhava para mamãe. Pensei que iria chorar, mas não chorei. Olhei para Cat, que estava sentada na poltrona, ainda segurando a mão de mamãe, mas ela também não estava chorando. Estava parada, olhando pela janela com um olhar estranho. Acho que todos nós provavelmente parecíamos estranhos naquele dia. Eu comecei a analisar as cortinas — as cortinas da mamãe com os detalhes de renda *point d'Alençon*, e imaginei como elas ficariam nas janelas das casas com sacada que eu compraria em Londres. Eu me imaginava me mudando para uma daquelas adoráveis casas em Kensington, talvez em Egerton Crescent ou Thurloe Square, quase ao lado do Victoria and Albert Museum. Eu frequentaria a gloriosa biblioteca do V&A todos os dias e tomaria o chá da tarde no Capital Hotel, ou no Goring. Iria à missa na All Souls Church todos os domingos, e talvez até começasse meu próprio clube de estudos bíblicos. Eu poderia doar dinheiro para conseguir uma posição na área de teologia no Trinity College, em Oxford, talvez até mesmo converter uma antiga paróquia de alguma cidadezinha charmosa do interior em Cotswolds — algum lugar com um clérigo particularmente inteligente e charmoso como Sidney Chambers, em *Grantchester*. Meu Deus, basta olhar para ele, com aquele colarinho clerical engomado, e meus joelhos ficam bambos!

SRA. LEE YONG CHIEN
Presidente emérita da Fundação Filantrópica Lee, mahjong
Kaki de Su Yi

Eu estava jogando minha habitual partida de *mahjong* das sextas
à tarde no Istana, com a primeira-dama, Felicity Leong e Daisy
Foo, quando Felicity recebeu a ligação. Ela não disse nada logo
de cara — só começou a revirar sua bolsa Launer, dizendo que
precisava achar seu remédio para pressão alta. Apenas depois de
tomá-lo, ela falou:

— Senhoras, me desculpem por abandonar o jogo no meio da
partida, mas tenho que ir. Minha mãe acabou de falecer.

Meu Deus, a primeira-dama ficou tão tocada que pensei que ela
fosse desmaiar em cima da mesa! Depois que Felicity foi embora, a
primeira-dama avisou que iria para o escritório no andar de cima
contar ao presidente, e Daisy falou:

— *Alamak*, preciso avisar Eleanor! Ela não me ligou, então
aposto que ainda não sabe!

Quando as duas voltaram, decidimos fazer um brinde em homenagem a Su Yi. Afinal de contas, ela era uma excelente jogadora de
mahjong. Nós sabíamos que era melhor nunca apostar muito dinheiro
quando Su Yi estava jogando. Com a partida dela, minha cartela de
ações não seria mais desfalcada, mas sei que sua família será. Su Yi
era a cola que os unia. Aqueles filhos dela são uma desgraça. Philip é
um simplório, Alix é uma *tai tai* de Hong Kong inútil, Victoria é uma
solteirona, e aquela que se casou com o príncipe tailandês... Eu nunca a
conheci de fato, mas sempre ouvi falar que é arrogante, como a maioria dos tailandeses que conheci. Eles acham que são os melhores só
porque nunca sofreram uma invasão. Só Felicity sabe como se portar,
porque é a mais velha. Mas todos aqueles netos também são uns sem
noção. É o que acontece quando uma quantidade enorme de dinheiro
cai no colo de quem é bonito demais. Aquela Astrid é lindíssima, mas
o único talento dela é gastar mais dinheiro em roupas do que o PIB
do Camboja. Veja os meus netos. Quatro deles são médicos, três são
advogados — um é o juiz mais novo a ser nomeado para o Tribunal
de Apelação, e o outro é um arquiteto premiado. (Não precisamos

mencionar o neto que mora em Toronto e é cabeleireiro.) É tão triste para Su Yi. Ela não pode se gabar de nenhum de seus descendentes. Espere só para ver: as coisas irão ladeira abaixo.

NICHOLAS YOUNG
Neto

Eu tinha acabado de chegar a Tyersall Park e estava tirando as roupas da mala quando ouvi um alvoroço do lado de fora do quarto. As criadas corriam para todos os lados como se um alarme de incêndio tivesse disparado.

— O que está acontecendo? — perguntei.

— Sua Ah Ma! — gritou uma delas freneticamente, ao passar por mim.

Imediatamente, corri pelas escadas do fundo até o quarto de Ah Ma. Quando cheguei, não consegui ver nada. Havia gente demais bloqueando a porta, e alguém chorava descontroladamente. Victoria, Alix, Adam e Piya estavam ao redor da cama, enquanto o tio Taksin abraçava a tia Cat, que permanecia sentada na poltrona à cabeceira de Ah Ma. Ah Ling era a mais próxima de mim, ali ao lado da porta, e se virou na minha direção, com o rosto coberto de lágrimas. Assim que Adam e Piya abriram espaço para que eu pudesse chegar mais perto, vi que Eddie estava deitado na cama, segurando o corpo de Ah Ma, tremendo violentamente enquanto chorava como um animal torturado. Ele me viu e, de repente, pulou da cama e começou a gritar:

— Você a matou! Você a matou!

Antes que eu pudesse entender o que estava acontecendo, ele estava em cima de mim, e nós dois estávamos no chão.

SUA ALTEZA SERENA *MOM RAJAWONGSE* PIYARASMI AAKARA
Esposa do neto

Que família estranha essa em que entrei. As tias do Adam parecem personagens saídas de um filme da Merchant Ivory. Ficam vagando por esse palácio, vestidas como funcionárias públicas mal pagas, mas então, quando falam, todas parecem Maggie Smith. Tia Felicity se porta como uma galinha cuidando dos pintinhos, criticando todo mundo, enquanto tia Victoria parece ser uma especialista em tudo, mesmo sem jamais ter trabalhado um único dia na vida. Ela até tentou me desafiar sobre a origem do hantavírus! E os primos de Hong Kong... Alistair Cheng é um amor, mas... Como dizer isso de forma educada... Não é lá muito esperto; e a irmã dele, Cecilia, e Fiona Tung-Cheng, ambas extremamente educadas, mas tãããão arrogantes. Por que todas as mulheres de Hong Kong se acham as melhores do mundo? Elas só conversam entre si em cantonês e fazem excursões culinárias todos os dias, com os filhos delas. Acho que só vieram a Cingapura para comer. Sempre que estão por perto eu sinto como se estivessem me avaliando da cabeça aos pés. Acho que Cecilia não aprova Balmain. E tem também o Eddie. Que cara doido. Vovó acabou de falecer, e todas as filhas ficaram paradas olhando para o corpo dela sem deixar escapar uma única lágrima. As únicas pessoas que parecem chorar são as criadas, os guardas Sikhs e Eddie. Meu Deus do céu, nunca vi um homem adulto chorar daquele jeito, se aninhando na cama e segurando o corpo da avó morta. Usando um paletó de veludo! E então Nick — a única pessoa mais ou menos normal dessa casa toda — entrou no quarto, e Eddie voou em cima dele. As tias começaram a gritar, mas na verdade foi uma luta bem patética, porque Eddie bate como uma menininha, e Nick simplesmente girou e o prendeu no chão.

— Se controle! — pediu Nick, mas Eddie gritou, chutou, empurrou, e finalmente Nick não teve escolha a não ser dar um soco no nariz dele, e voou sangue PARA TODOS OS LADOS. Principalmente nas minhas botas novas de pele de sapo Rick Owens. E agora fiquei sabendo que terei de passar mais uma semana com essas pessoas. Alguém me mate, por favor.

CAPITÃO VIKRAM GHALE
Chefe da segurança, Tyersall Park

Ah Ling me chamou, em pânico.

— *Aiyah*, venha rápido! Eles estão brigando! Eddie está tentando matar Nicky!

Eu subi correndo com dois gurkhas, mas, quando cheguei ao quarto, a briga já tinha terminado. Eddie se apoiava no pé da cama, com o rosto todo coberto de sangue, dizendo:

— Você quebrou o meu nariz! Vai pagar pela cirurgia!

Nicky ficou ali parado, atordoado. Alix sorriu para mim como se nada tivesse acontecido e disse, no tom mais calmo do mundo:

— Ah, Vikram, você chegou. Não sei qual é o procedimento correto. Para quem ligamos? Devemos chamar a polícia?

Fiquei confuso por um momento e perguntei:

— Você quer denunciar essa briga?

Ela respondeu:

— Ah, não, isso não. Minha mãe faleceu. O que devemos fazer agora?

Com toda a confusão, eu nem havia notado que a Sra. Young estava morta. Não consegui me conter. Caí no choro na frente de todo mundo.

FELICITY LEONG
Filha mais velha

Não importa sua idade, não importa o quanto você se ache pronto, nada de fato prepara você para a morte de um pai ou de uma mãe. Meu pai faleceu há anos, e eu ainda não consegui superar a perda. As pessoas me disseram a semana toda:

— Pelo menos sua mãe viveu muitos anos, e você passou esse tempo todo com ela.

E minha única vontade é de cuspir na cara deles. Quero gritar: *Calem a boca, todos vocês!* Minha mãe morreu. Por favor, não me digam que tenho sorte de ela ter vivido tanto tempo. Minha mãe esteve nesse mundo durante a minha vida inteira e agora, num piscar de olhos, ela se foi. Ela se foi, se foi, se foi. E eu sou órfã agora. E embora ela fosse uma mulher difícil, embora me deixasse doida durante boa parte do tempo, e eu não tenha sido tão boa quanto ela gostaria, estou arrasada. Sentirei falta dela todos os dias e todas as horas do resto da minha vida. Meu único arrependimento é não ter estado lá quando ela se foi. Cat era a única pessoa no quarto com ela, e fico me perguntando o que teria acontecido. Mas Cat parece angustiada demais para falar. Ela não me disse nada.

*

Uma pequena e discreta nota de falecimento foi publicada no obituário de *The Straits Times*:

SHANG SU YI, Sra. James Young
(1919-2015)
Esposa e mãe amada

Filho — Philip Young
Filhas — Felicity Young, Chaterine Young, Victoria Young, Alexandra Young
Genros — Tan Sri Henry Leong, M. C. Taksin Aakara, Dr. Malcolm Cheng
Nora — Eleanor Sung
Netos e seus cônjuges — Henry Leong Jr. (c. Cathleen Kah), Dr. Peter Leong (c. Dr. Gladys Tan), Alexander Leong, Astrid Leong, M. R. James Aakara (c. M. R. Lynn Chakrabongse), M. R. Matthew Aakara (c. Fabiana Ruspoli), M. R. Adam Aakara (c. M. R. Piyarasmi Apitchatpongse), Nicholas Young (c. Rachel Chu), Edison Cheng (c. Fiona Tung), Cecilia Cheng (c. Tony Moncur), Alistair Cheng
Bisnetos — Henry Leong III, James Leong, Penelope Leong, Anwar Leong, Yasmine Leong, Constantine Cheng, Kalliste Cheng, Augustine Cheng, Jake Moncur, Cassian Teo
Irmão — Alfred Shang (c. Mabel T'sien)

Visitas a partir desta noite em Tyersall Park, apenas convidados. Velório na St. Andrew's Cathedral, sábado às 14h, apenas convidados.

Nada de flores, por gentileza.
Doações poderão ser feitas à associação St. John Ambulance.

2

•

Tyersall Road, Cingapura

Goh Peik Lin se virou para Rachel do assento do motorista em seu Aston Martin Rapide.

— Como está se sentindo?

— Bom, eu não consegui dormir durante o voo, então para mim são sete e meia da manhã, horário de Nova York, e estou prestes a invadir o velório de uma mulher que não aprovava o fato de eu ter me casado com o neto dela e rever todos os seus parentes, provavelmente hostis, que não vejo há cinco anos. Eu me sinto *ótima*.

— Você não vai invadir o velório, Rachel. Você faz parte da família e está aqui para dar apoio ao seu marido. Está fazendo o que é certo — disse Peik Lin, tentando acalmá-la. Peik Lin era a melhor amiga dela da época de Stanford e sempre foi um pilar em sua vida.

Sentado ao lado de Rachel no banco de trás do sedã esportivo, Carlton apertou a mão dela, em sinal de apoio. Rachel apoiou a cabeça no ombro do irmão e falou:

— Obrigada por ter vindo de Xangai. Você realmente não precisava ter feito isso, sabia?

Carlton fez uma careta.

— Deixe de ser boba. Acha mesmo que vou ficar longe quando você está nesse lado do mundo?

Rachel sorriu.

— Bem, fico feliz de poder passar um tempo com vocês dois antes de ser sugada pela matrix. Obrigada de verdade por ter ido me buscar, Peik Lin.

— Nem precisa agradecer. Pobre Nick, sei que ele queria ter ido, mas está totalmente preso nessa visita noturna — falou Peik Lin.

— E o que é essa visita noturna mesmo? — perguntou Rachel.

— Visitas noturnas são como o Shivá, no judaísmo, mas no estilo cingapuriano. Oficialmente, é para que a família e os amigos mais próximos venham até a casa demonstrar suas condolências. Mas, na verdade, essa é a oportunidade que os *kaypohs** têm para saber as fofocas da família e começar a montar seus esquemas. Garanto a você que todo mundo em Tyersall Park está especulando loucamente sobre o que vai acontecer com a casa, agora que Shang Su Yi infelizmente se foi, e há muitas armações acontecendo por todos os cantos.

— Infelizmente acho que você pode estar certa — disse Rachel, torcendo o nariz.

— Óbvio que estou certa. Quando o meu avô morreu, todos os meus tios e minhas tias surgiram do nada e ficaram rondando pela casa dele durante a visita noturna, colocando etiquetas com nomes atrás de quadros e debaixo de vasos antigos para que pudessem alegar que ele os havia presenteado! — contou Peik Lin, com um riso irônico.

Logo eles se viram em um engarrafamento, pois havia uma fila de carros subindo a Tyersall Road, que eram barrados na entrada da propriedade para vistoria de segurança. Ao ver os policiais examinando os carros à frente do deles, Rachel sentiu um nó no estômago.

— Tem muito policiamento, acho que o presidente ou o primeiro-ministro devem estar aqui — comentou Peik Lin. Depois de passar por mais alguns pontos de vistoria, o carro subiu pela longa entrada, e, ao fazer a última curva, os três finalmente avistaram Tyersall Park.

— Puta merda! — soltou Carlton, impressionado com a cena diante de seus olhos. A enorme casa estava toda iluminada, e a entrada parecia um estacionamento repleto de carros sofisticados, muitos com placas diplomáticas. Havia Gurkhas e policiais à paisana por todos os cantos, tentando organizar a movimentação.

---

* Em *hokkien*, "intrometidos"

Assim que os três saíram do carro, um grande helicóptero militar preto sobrevoou a casa e pousou delicadamente sobre o gramado aparado. As portas se abriram, e um chinês corpulento de uns 80 anos, usando um terno preto com uma gravata de um roxo bem escuro, foi o primeiro a saltar do helicóptero. Uma mulher de vestido longo preto, com detalhes em contas no estilo *art déco,* desembarcou logo em seguida.

Rachel se virou para Peik Lin.

— São o presidente e a primeira-dama?

— Não. Não faço a menor ideia de quem sejam.

Então, um homem de meia-idade usando um terno preto apareceu, e Carlton exclamou:

— Bom, aquele é o presidente da China!

Peik Lin parecia atordoada.

— Meu Deus, Rachel! O *presidente da China* veio prestar condolências!

Para total surpresa deles, a pessoa que saiu do helicóptero em seguida foi um jovem alto e esguio, com o cabelo bagunçado, na altura dos ombros, usando calça jeans preta apertada, botas pretas com pontas de metal e um blazer preto. Um homem chinês de terno risca de giz e uma senhora de meia-idade loira num vestido preto com uma echarpe verde-clara sobre os ombros surgiram depois, seguidos por uma garota bonita de cabelos claros, de uns 12 anos.

— Cada vez mais estranho — comentou Peik Lin.

Uma pequena multidão havia se formado na frente da casa para observar a chegada dos dignitários e, ao seguir andando, Rachel avistou o primo de Nick, Alistair, acenando para ela.

Alistair recebeu Rachel com um grande abraço antes de abraçar Carlton e Peik Lin também de forma animada.

— Peik Lin, não vejo você desde o casamento da Rachel! Adorei seu novo cabelo ruivo! Estou tão contente que vocês tenham chegado, está tããããã

o chato lá dentro... O único assunto é: "Quem vai ficar com a casa?" E agora as coisas vão ficar *ainda mais* chatas — disse ele, apontando para os VIPs que haviam acabado de chegar.

— *Quem são* essas pessoas com o presidente da China? — perguntou Rachel.

Alistair pareceu momentaneamente surpreso.

— Ah, você ainda não os conheceu? São os Shangs imperiais. Os velhotes são meu tio Alfred e minha tia Mabel. Os mais novos são meu primo Leonard e a esposa elegantérrima dele, India, que, ao que tudo indica, é descendente de Maria, rainha dos escoceses, ou algo assim, e os filhos deles, Casimir e Lucia. Cass não parece o Harry Styles do One Direction?

Todos riram.

— Acho que o Harry é mais baixo — disse Peik Lin, fazendo graça.

— Então todos eles acabaram de chegar da China? — perguntou Rachel, ainda confusa.

— Não, os Shangs acabaram de jantar com o presidente na embaixada da China. O presidente só veio até aqui por causa do tio Alfred. Ele não conheceu Ah Ma, óbvio.

— Acho que meu pai o conhece — comentou Rachel.

— Eles são amigos desde a época da universidade, e o papai faz parte do comitê permanente dele — explicou Carlton.

— Mas é claro! Eu vivo esquecendo que você é filha do Bao Gaoliang — disse Alistair.

— Uma última pergunta... Quem é *aquela garota*? — perguntou Carlton.

Saindo do helicóptero por último, vinha uma estonteante beldade euro-asiática de 20 e poucos anos. O cabelo dela, com mechas douradas, ia até a cintura e ela usava um vestido de linho sem mangas Rochas e sandálias douradas Da Costanzo. Parecia que havia acabado de sair de uma festa na praia em Maiorca.

— Acho que acabei de conhecer minha futura esposa — declarou Carlton ao observar o cabelo da mulher formar uma escultura sensacional ao redor dela, devido à movimentação de ar causada pelos motores do helicóptero.

— Boa sorte, camarada! Aquela é a minha prima Scheherazade Shang. Está trabalhando na dissertação dela da Sorbonne. Tem beleza *e* inteligência. Sabe... Ouvi dizer que tem um outro cara tentando conseguir o número dela há um tempo, sem sucesso nenhum. O nome dele é príncipe Harry.

*

Os Shangs entraram na casa junto com o presidente da China, e Rachel, Carlton e Peik Lin os seguiram, alguns passos atrás. No grandioso *foyer*, encontraram Oliver T'sien encarando de forma reprovadora a multidão que passava por ali, abrindo caminho por entre as centenas de coroas de flores — algumas maiores que pneus Michelin — que agora dominavam o espaço.

— Rachel! Que incrível ver você! Isso não é horrível? — sussurrou Oliver no ouvido dela. — Os cingapurianos adoram mandar essas coroas de flores horrorosas.

Rachel viu um cartão em uma coroa próxima: A SEGURADORA GREAT EASTERN LIFE OFERECE CONDOLÊNCIAS PELO FALECIMENTO DE MADAME SHANG SU YI.

Ao passar pela sala de jantar, onde um enorme bufê havia sido montado, Rachel viu convidados parados em filas enormes que iam até as portas do terraço, aguardando para devorar as iguarias das inúmeras estações comidas. Um menininho passou correndo por Rachel, gritando:

— A tia Doreen quer mais caranguejo com chiliiiii!

— Opa! — disse Rachel. Por pouco, ela não desvia do menino, que carregava de forma imprópria uma travessa de crustáceos.

— Não era o que você esperava? — perguntou Peik Lin, rindo.

— Não muito. É tudo tão... Festivo — comentou Rachel.

— É o velório do ano! — brincou Oliver. — Você não sabe que qualquer pessoa importante daria a vida para estar aqui? Um pouco mais cedo, uma socialite bem insistente chamada Serena Tang tentou tirar uma *selfie* com o caixão da Su Yi. É claro que ela foi expulsa. Por aqui, vamos cortar caminho. — Ele os conduziu por uma porta que não era muito usada e a atmosfera mudou completamente.

Eles se encontraram em um magnífico claustro andaluz, um pátio fechado a céu aberto, rodeado por colunas entalhadas. Fileiras de cadeiras com capas brancas haviam sido organizadas ao redor de um espelho de água no meio do pátio, e os convidados que estavam reunidos ali conversavam em voz baixa em meio ao barulho da água corrente. Antigas lamparinas de seda haviam sido colocadas em cada uma das alcovas arqueadas ao redor do pátio, e as lâmpadas dentro delas tremulavam, conferindo ao espaço uma quietude monástica.

Ao fundo do pátio, em frente à fonte na qual havia uma flor de lótus esculpida, o caixão de Su Yi, simples, de madeira teca preta, descansava sobre um tablado de mármore cercado de orquídeas. Em uma alcova próxima, Nick, os pais dele e vários outros integrantes do clã Young estavam parados em uma fila informal de recepção. Nick estava usando uma camisa branca com calças pretas, e Rachel notou que todos os homens ali presentes — o pai de Nick, Alistair Cheng, e outros que ela não reconhecia — estavam vestidos da mesma maneira.

— Rachel, por que você não fala com o Nick primeiro? Não queremos atrapalhar o reencontro de vocês — sugeriu Peik Lin.

Rachel concordou e desceu os poucos degraus até o pátio na direção da fila, sentindo o estômago se contrair com uma repentina onda de ansiedade. Nick estava abraçando Lucia Shang e prestes a ser apresentado para o presidente da China quando a avistou. Ele rapidamente saiu da fila e correu na direção dela.

— Querida! — disse ele, levantando-a em um abraço.

— Oh, meu Deus. Você acabou de desrespeitar o presidente da China? — perguntou Rachel.

— Eu fiz isso? Ah, quem liga? Você é muito mais importante do que ele. — Nick sorriu para ela e, tomando Rachel pela mão, conduziu-a até a fila de recepção e anunciou com orgulho:

— Pessoal, minha esposa chegou!

Imediatamente, Rachel sentiu todos os olhares se voltarem para ela. Philip e Eleanor cumprimentaram-na e então a avalanche de apresentações começou. Os tios de Nick, as tias e os primos de todos os lados da família a receberam com muito mais simpatia do que Rachel havia imaginado, e de repente ela se viu frente a frente com o presidente da China. Antes que ela pudesse dizer qualquer coisa, Nick se adiantou e anunciou em mandarim:

— Essa é a minha esposa. Acredito que o pai dela, Bao Gaoliang, participa do seu comitê permanente, não?

O presidente pareceu momentaneamente surpreso, e então abriu um largo sorriso.

— Você é a filha de Gaoliang? A professora de economia de Nova York? É um prazer conhecê-la finalmente. Meu Deus, você se parece tanto com o seu irmão Carlton.

— Ele está bem ali — respondeu Rachel, em um perfeito mandarim, apontando para o irmão.

— Carlton Bao, parece que você está em todos os lugares ultimamente! Eu não encontrei com você há dois dias no jantar de aniversário da minha filha? Espero que esteja acumulando milhas — falou o presidente, brincando.

— Claro que estou, senhor — respondeu Carlton. Ele sorriu para o grupo reunido, fazendo questão de trocar olhares com Scheherazade.

Alfred Shang, que havia observado a cena toda em silêncio, olhou para Rachel e Carlton com outros olhos.

Rachel se voltou para Nick e disse em voz baixa:

— Posso prestar minhas condolências à sua avó?

— Claro — respondeu ele. Os dois foram até o caixão, que estava cercado por lindas orquídeas em delicados vasos de cerâmica verde-acinzentada. — Minha avó tinha um orgulho imenso de suas orquídeas premiadas. Acho que nunca a vi tão feliz quanto no dia em que a Sociedade Nacional de Orquídeas nomeou um dos seus híbridos em homenagem a ela.

Rachel olhou para dentro do caixão com certa hesitação, mas ficou surpresa ao perceber que Su Yi estava esplêndida. Ela estava deitada de forma majestosa, com um robe de seda amarelo reluzente, com flores bordadas, e em seu cabelo havia uma tiara Peranakan espetacular, feita de ouro e pérolas. Rachel inclinou a cabeça por um momento e, ao olhar para Nick, percebeu que os olhos dele estavam cheios de lágrimas. Colocando os braços em volta da cintura dele, ela disse:

— Fico tão feliz que você a tenha visitado antes de ela falecer. Ela parece tão serena.

— Sim, parece — concordou Nick, fungando baixinho.

Rachel percebeu algo brilhando entre os dentes de Su Yi.

— Hum, o que é isso na boca dela?

— É uma pérola negra. É uma antiga tradição chinesa... A pérola garante uma passagem tranquila para o além-mundo — explicou Nick. — E está vendo esse estojo Fabergé ao lado dela?

— Sim — Rachel viu que havia uma pequena caixa retangular coberta de pedras preciosas ao lado do travesseiro.

— São os óculos dela, para que ela possa ter uma visão perfeita na próxima vida.

Antes que Rachel pudesse fazer qualquer comentário, ouviu-se um som estranho e agudo ecoando em uma das alcovas. Eles se viraram e viram Alistair e seu pai, Malcolm, ajudando um homem frágil a andar enquanto ele cambaleava na direção deles, devagar. Rachel percebeu, com espanto, que aquele homem era o primo de Nick, Eddie, e atrás dele vinha sua esposa, Fiona, e os três filhos, todos com roupas pretas combinando, de linho e seda, feitas sob medida.

— O Kaiser Wilhelm chegou — pronunciou Oliver, revirando os olhos.

Eddie se jogou dramaticamente na frente do caixão e começou a chorar convulsivamente, soluçando.

— Ah Ma! Ah Ma! O que farei sem a senhora agora? — choramingou ele, agitando os braços de forma descontrolada, quase derrubando um dos vasos de orquídea.

Felicity Leong sussurrou para sua irmã Alix:

— É bom ele não quebrar nenhum vaso desses! Eles custam uma fortuna!

— Que neto devoto! — observou o presidente da China.

Ao ouvir isso, Eddie chorou, demonstrando ainda mais pesar:

— Como posso viver sem a senhora, Ah Ma? Como vou sobreviver? — Lágrimas corriam pelo rosto dele, misturadas com um fio de muco, enquanto ele se mantinha ajoelhado ao lado do caixão da avó.

Os dois filhos mais novos de Eddie, Augustine e Kalliste, se ajoelharam um de cada lado do pai e começaram a passar a mão em suas costas, tentando acalmá-lo. Ele rapidamente deu uma cotovelada nos filhos, que começaram a chorar também.

A certa distância dali, Alistair sussurrou para Peik Lin:

— Acho que não seria necessário contratar carpideiras.*

---

* Se você estiver a fim de fazer um dinheiro extra, muitas famílias em Cingapura podem contratar pessoas para chorar no velório de entes queridos. Isso porque, quanto mais pessoas chorando em um velório, mais impressionante o morto é considerado. As carpideiras profissionais geralmente atuam em grupo e oferecem uma variedade de pacotes (por exemplo: choro normal, choro histérico, aquele choro que causa excesso de saliva e desmaio em frente ao caixão).

— Bom, com certeza o seu irmão poderia fazer isso profissionalmente! As crianças estão se saindo muito bem também.

— Tenho certeza de que foram obrigadas a ensaiar um milhão de vezes — provocou Alistair.

Eddie subitamente se virou e olhou feio para o outro filho.

— Constantine, meu primogênito! Venha! Dê um beijo em sua bisavó!

— Nem fodendo, pai! Não quero nem saber quanto você diz que vai me pagar, eu não vou beijar um cadáver!

As narinas de Eddie se alargaram com raiva, mas, como todo mundo estava observando a cena, ele simplesmente sorriu para o filho daquele jeito que dizia você-vai-apanhar-tanto-mais-tarde, e se levantou do chão. Passou as mãos pela gola mandarim de seu paletó de linho e anunciou:

— Atenção, tenho uma surpresa em homenagem a Ah Ma. Por favor, me acompanhem.

Ele conduziu o grupo de parentes para o roseiral que ficava na ala leste da casa.

— Kaspar, estamos prontos! — gritou ele.

De repente, uma fileira de holofotes iluminou o jardim escuro, e todos arquejaram, surpresos. À sua frente, havia uma estrutura de três andares, feita de madeira e papel. Era uma maquete de Tyersall Park, com todos os pilares, bordas e toldos replicados nos mínimos detalhes.

— Kaspar von Morgenlatte, meu decorador pessoal, montou uma equipe completa de artistas que vinham trabalhando nisso fazia semanas — anunciou Eddie, com orgulho, reverenciando a multidão que agora havia se juntado em frente à maquete.

— Não sou uma decorrrador! Sou um arrrquiteta de interiores e consultorrr de arrrrte! — declarou um homem alto e extremamente magro, com cabelo loiro-claro penteado para trás, usando um suéter branco de gola rulê e calças brancas de linho de cintura alta. — Senhorrras e senhorrres, porrr favorrr prrresta atenção! O interrrior dessa magnífica *schloss* se abre...

Quatro assistentes igualmente loiros surgiram das sombras. Eles abriram algumas dobradiças nas colunas laterais, permitindo que a fachada frontal inteira se abrisse e revelasse os quartos interiores que haviam sido decorados nos mínimos detalhes, mas que infelizmente *não* replicavam o verdadeiro interior de Tyersall Park.

— As parrredes são feitas com folhas de ouro 24 quilaaates, os tecidos são todos Pierre Frey, os lustrrres de cristal são Swarrrovski, *und* os móveis foram feitos à mão pelas mesmas pessoas que crriarrram os sets de *O grande hotel Budapesssshte*, de Wes Anderson — continuou Kaspar.

— Meu Deus, que insulto a Wes. Isso parece mais um bordel ucraniano — sussurrou Oliver para Rachel. — Ainda bem que vão tacar fogo nisso.

Rachel riu.

— Tudo bem que você não tenha gostado, mas não acha que seria demais colocar fogo nisso?

— Rachel, Oliver não está brincando — interrompeu-a Nick. — Isso é uma oferenda. As pessoas queimam essas tumbas de papel em velórios como presentes para os falecidos "aproveitarem" no além-mundo. É um ritual antigo.

— É mais um hábito da... classe *trabalhadora* — continuou Oliver. — As famílias compram objetos e acessórios de papel que representam as aspirações dos falecidos que eles não conseguiram adquirir nessa vida: mansões de papel, Ferraris, iPads, bolsas Gucci.* Mas geralmente as mansões são pequenas, como casas de boneca. Eddie, é claro, exagera em tudo — comentou Oliver, enquanto Eddie caminhava ao redor da casa de três andares, mostrando, todo animado, os objetos que havia encomendado.

— Reparem no closet, mandei fazer alguns vestidinhos da seda lótus favorita dela. E também mandei fazer réplicas idênticas de bolsas Hermès Birkin, para que Ah Ma tenha uma boa seleção de bolsas para usar no céu!

---

* Em 2016, a Gucci mandou cartas de advertências sobre infrações de direitos de marca para várias lojinhas de Hong Kong que vendiam oferendas de papel de objetos da Gucci. Após uma grande revolta entre os consumidores chineses e uma avalanche de publicidade ruim, a Gucci proferiu um pedido de desculpas.

Os membros da família encararam a maquete em um silêncio constrangedor. Por fim, a mãe de Eddie falou:

— Mamãe jamais usaria uma bolsa Hermès. Ela nunca usou bolsas de mão, as criadas carregavam tudo para ela.

Eddie olhou para a mãe, com raiva.

— Argh! Você não entende, não é? Eu sei que ela não costumava usar uma Hermès. Só estou tentando dar para Ah Ma o que há de melhor. É só isso.

— É impressionante, Eddie. Mamãe ficaria emocionada — disse Catherine, tentando ser diplomática.

De repente, Victoria falou:

— Não, não. Está tudo errado. É uma falta de bom gosto absurda. E mais, não é nada cristão.

— Tia Victoria, essa é uma tradição chinesa, não tem nada a ver com religião — contrapôs Eddie.

Victoria balançou a cabeça, furiosa.

— Não quero mais ouvir essas besteiras! Nós cristãos não precisamos de bens materiais no reino do céu! Tire essa monstruosidade daqui imediatamente!

— Sabe o quanto eu gastei nessa mansão? Isso me custou mais de um quarto de um milhão de dólares! Vamos queimá-la, e vamos queimá-la *agora*! — gritou Eddie, fazendo um sinal para Kaspar.

— Wolfganga! Juergen! Helmut! Schatzi! *Entzündet das Feuer!* — comandou Kaspar.

Os servos arianos correram em volta da estrutura, cobrindo-a de querosene, e Eddie teatralmente acendeu um fósforo e o segurou ao alto para que todos pudessem ver.

— Não ouse! Não ouse queimar isso aqui dentro! É satânico, estou dizendo! — gritou Victoria, correndo até Eddie para tentar pegar o fósforo da mão dele. Eddie o jogou na estrutura, que pegou fogo na mesma hora. A intensidade das chamas formou uma nuvem que quase chamuscou a cabeça dos dois.

Enquanto a enorme réplica de Tyersall Park era consumida pelo fogo, todos os convidados saíram da casa e a cercaram como se fosse uma fogueira, pegando seus celulares para tirar fotos. Eddie observou a casa em chamas num silêncio triunfante, enquanto

Victoria chorava no ombro do presidente da China. Cassian, Jake, Augustine e Kalliste corriam ao redor da estrutura, animados.

— Até que é bem bonito, não é? — disse Rachel, quando Nick chegou por trás dela e a abraçou. Os dois observaram o fogo juntos.

— Sim. Tenho que concordar com Eddie dessa vez. Acho que Ah Ma teria gostado disso. E por que ela não pode ter uma bolsa Birkin no céu?

Carlton olhou para Scheherazade, maravilhado com o fato de o cabelo dela parecer reluzir com os tons mais espetaculares de dourado contra as chamas. Ele respirou profundamente, ajeitou o paletó e foi até onde ela estava.

— *Je m'appelle Carlton. Je suis le frère de Rachel. Ça va?*

— *Ça va bien* — respondeu Scheherazade, impressionada com o sotaque francês perfeito dele.

Passando para o inglês, Carlton disse:

— Não há nada parecido com isso em Paris, não é mesmo?

— Não, de fato não há — respondeu ela, com um sorriso.

Quando a maquete de papel e todos os adornos luxuosos haviam se tornado cinzas, a multidão começou a se direcionar de volta para a casa. Caminhando pelo jardim de rosas, a Sra. Lee Yong Chien balançou a cabeça e se inclinou na direção do ouvido de Lillian May Tan.

— O que foi que eu disse? O corpo de Su Yi nem mesmo esfriou e a família já está em chamas!

— Isso não é nada. As coisas vão ficar piores ainda quando descobrirem quem vai ficar com a casa — falou Lillian May, com os olhos brilhando de expectativa.

— Acho que eles sofrerão o maior choque da vida deles — sussurrou a Sra. Lee em resposta.

Uma nota gigantesca, colorida, que ocupava uma página inteira, foi publicada no obituário do jornal *The Straits Times* por cinco dias consecutivos:

O presidente, os membros do comitê executivo e funcionários do Grupo Liechtenburg, AG, oferecem as mais sinceras condolências ao nosso estimado e valioso parceiro

Edison Cheng

VICE-PRESIDENTE EXECUTIVO SÊNIOR DE PRIVATE BANKING (GLOBAL)

pelo falecimento de sua adorada avó

Shang Su Yi

"A partida é uma doce tristeza."

— WILLIAM SHAKESPEARE

Para mais informações sobre como administrar seus bens, acesse www.liechtenburg.com/meucapitaloffshore/edisoncheng

3

•

The Claymore, Cingapura

Oliver T'sien estava no meio de sua rotina matinal de fazer a barba, em seu apartamento, quando Kitty ligou. Por isso ele a colocou no viva voz.

— Vou ver você hoje! Irei ao velório da avó do Alistair Cheng hoje à tarde — disse Kitty.

— Você recebeu um convite? — perguntou Oliver, tentando esconder o espanto.

— Só achei que, como Alistair é meu ex-namorado, e eu *conhecia* a avó dele, seria simpático prestar minhas condolências pessoalmen te. Vai ser tão bom ver a família dele de novo.

— Onde foi que você ouviu falar do velório? — perguntou Oli ver, aproximando o pescoço do espelho, concentrado em passar a navalha nos pelos embaixo do queixo.

— Todos os convidados da festa de ontem à noite da Wandi Meggaharto Widjawa só falavam disso. Parece que ela conhece algumas das pessoas de Jacarta que vêm para o velório. Ela disse que será o enterro do século para a alta sociedade.

— Aposto que falou isso mesmo. Mas sinto dizer que o velório é só para convidados.

— Bem, você poderia conseguir um convite para mim, não? — Im plícito no tom persuasivo dela havia um *já que você trabalha para mim.*

Oliver enxaguou o creme de barbear.

— Kitty, sinto muito, mas desta vez eu realmente não tenho como ajudar você.

— E se eu usasse um vestido preto Roland Mouret bem conservador e um belo chapéu? Eu até usaria o Bentley em vez do Rolls e levaria alguns seguranças. Eles não iriam me barrar, iriam?

— Kitty, acredite em mim. Esse é um velório ao qual você *não pode* ir sem ser convidada. Seria uma gafe de proporções épicas. O velório é apenas para a família e para os amigos mais próximos. Eu garanto que não haverá ninguém que você conhece lá, e não tem a menor importância se você não for, de verdade.

— Você garante que *Colette* não estará lá?

— Kitty, eu garanto a você que ela provavelmente nunca *nem ouviu falar* da minha família.

— Mas isso não significa que ela não estará lá. Ouvi dizer que faz dois dias que ela voltou para Cingapura. Li isso no blog de fofocas da Honey Chai: "Condessa de Palliser hospedada no Hotel Raffles." Será que ela não deixou os orangotangos dela de lado para vir ao velório?

Oliver revirou os olhos, irritado.

— Não tem a menor chance da Colette, ou Lady Mary, ou seja lá como ela se chama atualmente, chegar nem perto daquele velório. Prometo.

— Acho que vou passar o dia no iate novo da Tatiana Savarin então. Ela me contou que foi projetado pelo mesmo cara que fez o barco do Giorgio Armani.

— Sim, está um dia lindo para velejar. Por que você não coloca seu biquíni Eres mais sexy, seus diamantes de velejar e passa o dia bebericando Aperol spritz em um iate? Pare de gastar seu precioso tempo pensando nesse velório horrível ao qual eu *gostaria* de não precisar ir!

(Oliver estava mentindo. Por mais que de fato adorasse Su Yi, ele tinha de admitir que aquele velório seria mesmo o evento social do século.)

— Tá bem, tá bem. — Kitty riu e desligou.

Oliver se apoiou na pia do banheiro e passou metodicamente um pouco de loção pós-barba Floris em suas bochechas e no pescoço. O telefone tocou outra vez.

— Olá, Kitty.

— O que são diamantes de velejar? Preciso comprar joias?

— É só uma expressão, Kitty. Eu inventei.

— Mas você acha que eu devo usar um colar de diamantes com meu biquíni? Eu poderia usar meus diamantes Chanel Joaillerie, aqueles de padrão floral. Diamantes são à prova de água, não são?

— Certo. Faça isso. Tenho que ir agora, Kitty, ou chegarei atrasado ao velório. — Dois segundos depois de desligar, a mãe de Oliver, Bernadette, entrou no banheiro.

— Mãe, não estou vestido! — grunhiu Oliver, apertando a toalha ao redor da cintura.

— *Hiyah*, o que você tem aí que eu já não tenha visto? Diga, está bom assim?

Oliver analisou sua mãe de 69 anos, ligeiramente irritado com a raiz branca aparente dela. O cabeleireiro dela em Pequim realmente não estava fazendo um bom trabalho em retocar suas raízes. Bernadette, que havia nascido Ling, vinha de uma família na qual todas as mulheres eram conhecidas pela beleza. Ao contrário de suas irmãs e primas — Jacqueline Ling sendo o exemplo perfeito, alguém que parecia preservada de forma sobrenatural —, Bernadette aparentava a idade que tinha. Na verdade, com aquele terninho de seda azul com uma fita amarrada na gola, ela parecia inclusive mais velha. *Isso é o que acontece quando você passa 25 anos trabalhando na China*, pensou Oliver.

— Esse é o único vestido escuro que você trouxe?

— Não, eu trouxe três vestidos, mas já usei os outros dois durante as visitas noturnas.

— Então acho que esse servirá. Foi feito pelo seu alfaiate de Pequim?

— *Aiyah*, esse foi bem mais caro se comparado com o alfaiate de Pequim! A menina da Mabel Shang fez esse para mim em Cingapura há mais de trinta anos. É a cópia de algum estilista famoso de Paris. Pierre Cardin, eu acho.

Oliver caiu na gargalhada.

— Mãe, ninguém copiaria um Pierre Cardin. Provavelmente é um daqueles estilistas dos anos oitenta que Mabel adorava. Scherrer, Féraud ou Lanvin, quando Maryll estava no comando. Bem, pelo menos você pode dizer que ele ainda serve. Você não trouxe nenhum de seus chapéus *cloche*, trouxe?

— Não trouxe. Fiz as malas pensando no tempo em Cingapura. Mas Oliver, o que acha disso? — perguntou Bernadette, tocando um impressionante broche de borboleta de jade e rubi preso na lapela do terninho.

— Oh, é fabuloso.

— Tem certeza de que ninguém vai perceber? Deus me livre de eu me sentar ao lado da sua avó e ela notar — Bernadette pareceu preocupada.

— Com o glaucoma da vovó, acho que ela não vai nem perceber que você está usando um broche. Confie em mim, mandei que o melhor joalheiro de Londres fizesse uma réplica.

— Eu não deveria nunca ter me desfeito do verdadeiro. — Bernadette suspirou.

— Não tivemos escolha, não é mesmo? Vamos esquecer que isso aconteceu. Você ainda tem o broche, bem aqui. O jade parece perfeito, os rubis parecem verdadeiros e os diamantes reluzem como se tivessem vindo diretamente das mãos de Laurence Graff. Garanto a você que ninguém perceberá.

— Se você diz. Ah, você tem uma gravata para emprestar ao seu pai? Ele manchou a única que trouxe com bolo de chocolate ontem à noite. Que tristeza. Quando Tyersall Park se for, sentirei falta daquele bolo de chocolate.

— Certo. Pode ir até o meu closet e escolher a que preferir. Uma das Borellis deve ficar boa. Na verdade, pode deixar que eu faço isso, só um segundo.

Assim que sua mãe saiu do banheiro, Oliver pensou consigo mesmo: *Aprendi minha lição. Da próxima vez, eles ficarão em um hotel, mesmo gritando e esperneando.* Esse flat é pequeno demais para três pessoas.*

---

* Pais asiáticos que visitam filhos que moram em outras cidades SEMPRE INSIS-TEM em ficar na casa deles, não importa se o filho ou a filha more numa quitinete ou que a casa esteja pulsando com hormônios adolescentes — mesmo que os pais possam reservar um andar inteiro do hotel Ritz-Carlton. E, óbvio, mesmo que você tenha 46 anos, sofra de apneia de sono e inflamação no nervo ciático, ainda assim você deve abrir mão do seu quarto e dormir em um colchão inflável na sala de estar. Porque as coisas são assim.

4

•

St. Andrew's Cathedral, Cingapura

De dentro da Mercedes que conduzia o cortejo funerário de Tyersall Park até a catedral, Harry Leong olhava pela janela, tentando ignorar a discussão sem fim de sua esposa, Felicity, com a irmã Victoria sobre detalhes de última hora.

— Não, nós *temos* que deixar o presidente de Cingapura falar primeiro. Esse é o protocolo oficial — disse Victoria.

— Mas então o sultão de Bornéu ficará muito insultado. A realeza deve vir primeiro, antes de qualquer oficial eleito — contra-argumentou Felicity.

— Besteira, esse é o *nosso* país, e o *nosso* presidente tem preferência. Você só está preocupada com o sultão porque todas as plantações dos Leongs são em Bornéu.

— Estou preocupada que ele não urine sobre o púlpito em St. Andrew. Sua Majestade é um senhor de idade diabético, com uma bexiga fraca. Ele deveria ser o primeiro a falar. Além do mais, ele conheceu mamãe antes mesmo de o presidente nascer.

— O reverendo Bo Lor Yong será o primeiro a falar. Ele vai ler as bênçãos.

— O QUÊ? Você convidou Bo Lor Yong também? Quantos pastores estarão nesse velório? — perguntou Felicity, sem acreditar.

— Apenas três. O reverendo Bo fará a bênção, o bispo See fará o sermão e o pastor Tony Chi fará a oração de encerramento.

— Que pena. Será que é tarde demais para pedir a Tony que faça o sermão? Ele é muito melhor que See Bei Sien... — zombou Felicity.

Harry Leong grunhiu.

— Será que vocês podem falar mais baixo? Estão me deixando com enxaqueca. Se eu soubesse que iam brigar o caminho todo, teria ido no carro da Astrid.

— Você sabe que seu segurança não deixaria você ir no carro dela. O carro dela não é blindado — disse Felicity.

*

Dentro do Jaguar XJ (que não era à prova de balas), seguindo atrás deles, Eleanor Young analisava com muita atenção o rosto do filho.

— Acho que vou marcar uma consulta para você com o meu dermatologista na semana que vem. Esse inchaço embaixo dos seus olhos... Não estou feliz com isso. O Dr. Teo pode fazer maravilhas com um laser.

— Mãe, está tudo bem. Só não dormi muito essa noite — disse Nick.

— Ele ficou acordado a noite inteira escrevendo o tributo para Ah Ma — explicou Rachel.

— Por que levou a noite inteira? — perguntou Eleanor.

— Foi a coisa mais difícil que já escrevi, mãe. Vá tentar resumir a vida inteira da Ah Ma em mil palavras.

Rachel apertou a mão de Nick, em apoio. Ele sabia o quanto o marido havia sofrido com o discurso, trabalhando nele até de madrugada e se levantando da cama várias vezes para fazer alguma mudança ou acrescentar uma anedota.

Eleanor não se dava por satisfeita.

— Por que precisa ter um limite de palavras?

— A tia Victoria cismou que eu só posso fazer um discurso de cinco minutos. E isso representa cerca de mil palavras.

— Cinco minutos? Que besteira! Você era o neto mais próximo dela, e o único *Young*. Deveria poder falar o quanto quisesse!

— Ao que tudo indica, teremos muitos discursos, então só estou fazendo o que me pediram — explicou Nick. — Está tudo bem, mãe. Estou contente com o meu discurso agora.

— Meu Deus. Quem é aquela mulher no carro ao lado? — perguntou Rachel, de repente. Todos se viraram para olhar para o Rolls que estava tentando passar na frente deles, no qual havia uma mulher de chapéu preto com um dramático véu sobre o rosto.

— Parece Marlene Dietrich — disse Philip rindo, enquanto dirigia.

— *Aiyah*, Philip! Atenção no volante! — gritou Eleanor. — Na verdade, *parece* mesmo Marlene Dietrich. Eu me pergunto qual esposa do sultão poderia ser?

Esticando o pescoço para ver melhor, Nick riu.

— Não é sultana nenhuma. É Fiona Tung por trás daquilo tudo.

*

No banco de trás do Rolls-Royce Phantom — o único Rolls na procissão de carros imponentes —, Fiona mexeu no chapéu, desconfortável.

— Não sei por que você me fez usar esse véu ridículo. Não consigo enxergar nada com ele, e mal consigo respirar.

Eddie bufou.

— Não sei do que você está falando. Kalliste consegue respirar com o dela, não consegue?

A filha adolescente de Eddie estava usando um chapéu com véu idêntico ao de sua mãe e olhava para a frente sem piscar, e sem responder ao pai.

— Kalliste, EU PERGUNTEI SE VOCÊ CONSEGUE RESPIRAR?

— Ela está com fones de ouvido, pai. Não vê nem escuta nada. Está igual a Helen Keller agora — explicou Augustine.

— Pelo menos Helen Keller conseguia falar! — disse Eddie, irritado.

— Humm, na verdade, ela não conseguia, pai. Ela era muda — falou Constantine do banco da frente. Eddie puxou o véu da filha para o lado.

— Tire esses fones! E não ouse usá-los dentro da igreja!

— Que diferença faz? Ninguém vai conseguir me ver com essa coisa. Não posso ouvir Shawn Mendes dentro da igreja? Prometo que as músicas dele vão me fazer chorar do jeito que você quer.

— Nada de Shawn Mendes! E nada de Mario López, Rosie Perez nem Lola Montez também! Crianças, vocês todos vão se sentar na igreja com postura ereta, cantar todos os hinos e chorar descontroladamente. Chorem como se eu tivesse cortado a mesada de vocês!

— Isso realmente vai funcionar, pai. *Buá, buá, o que eu vou fazer sem meus 20 dólares dessa semana?* — retrucou Constantine, com sarcasmo.

— Ok, vocês não vão receber mais mesada até o fim do ano! E se eu não vir vocês chorando até os olhos sangrem, principalmente quando eu estiver cantando...

— Eddie, CHEGA! De que adianta forçar as crianças a chorar quando elas não querem chorar? — retrucou Fiona.

— Quantas vezes preciso dizer... Precisamos ser os enlutados principais desse velório! Precisamos mostrar a todo mundo o quanto nos importamos, porque todos estarão olhando para nós! Todos sabem que nós seremos os maiores beneficiados!

— E como eles saberiam disso?

— Fiona, você por acaso passou a semana toda na Terra do Nunca? Ah Ma morreu antes que pudesse mudar o testamento dela! Vamos receber a maior parte de tudo! Daqui a alguns dias, vamos nos tornar membros *bona fide* do clube dos nove zeros!* Então temos que realmente demonstrar nosso luto!

Fiona balançou a cabeça, enojada. Naquele momento, o marido realmente a fazia querer chorar.

*

— Lorena, Lorena, aqui! Eu *choped*** esse lugar para você! — gritou Daisy, acenando de seu assento estrategicamente escolhido na nave da igreja.

Lorena correu na direção de Daisy e viu o pacote de lenços que ela havia colocado ao seu lado no banco de madeira.

---

* É só contar os zeros que você entenderá o que Eddie quis dizer: US$ 1.000.000.000
** Um termo cinglês que significa "reservar". Cingapurianos *chope* assentos em shows, complexos ao ar livre e outros locais públicos colocando um pacote de lenços de papel em cima da cadeira.

— Obrigada por guardar lugar para mim! Achei que teria que me sentar com a família do meu marido. Q. T. ainda está estacionando o carro?

— *Aiyah*, você sabe que meu marido não participa de velórios. Basta ver o caixão que ele tem diarreia. — Naquele momento, ouviu-se um barulho alto vindo da bolsa de Daisy. — Espere, vou pegar meu iPad. Nadine queria que eu fizesse FaceTime com ela de dentro da igreja. Ela está pra lá de irritada por não ter sido convidada.

— O quê? Ela e Ronnie não foram convidados?

— Não, o velho Shaw recebeu um convite, e claro que trouxe a esposa nova. Eles estão dois bancos na nossa frente.

Lorena virou o pescoço para ver o sogro de Nadine, o senhor de 85 anos, sobrevivente de derrame, Sir Ronald Shaw, e sua mais recente esposa, de 29 anos, de Shenzhen.

— Preciso dizer que ela é muito bonita, mas estou surpresa que Sir Ronald não esteja, você sabe, *chee cheong fun*.

— *Aiyah*, hoje em dia, com o Viagra, até mesmo *chee cheong fun* pode virar *you char kway*.* — Daisy riu enquanto abria o FaceTime. O rosto carregado de maquiagem de Nadine surgiu na tela. — *Alamak*, Daisy, fiquei esperando uma eternidade! Quem chegou? Quem você está vendo?

— Bem, seu sogro e sua nova... sogra... estão aqui.

— Ah, quem liga para eles? Como Eleanor está? E o que Astrid está usando? — perguntou Nadine.

— Eleanor, é claro, está ótima. Acho que ela está usando aquele terninho preto com lapela triangular Akirs que comprou quando fomos a uma liquidação da Harrods há alguns anos. Astrid ainda não chegou. Bom, eu não a vi em lugar nenhum. *Ai, meu Deus!* Quem é aquela? A noiva do Frankenstein acabou de chegar!

— O quê? Quem? Levante seu iPad para que eu possa ver! — exclamou Nadine, animada.

Daisy apontou o iPad para a nave central disfarçadamente.

---

* *Chee cheong fun*: um rolinho longo e mole de macarrão de arroz. *You char kway*: um bastão torrado de pão longo e duro.

— *Alamak*, é a esposa do Eddie Cheng, a pobre coitada da garota Tung! Ela está vestida como a rainha Vitória em trajes de luto, de chapéu com um véu que vai até o chão! E os filhos estão usando ternos brocados pretos Nehru. Deus do céu, parece um culto suicida!

*

Rachel acompanhou os pais de Nick até os belos bancos de madeira polida reservados para a família, maravilhada com os traços neogóticos da mais antiga catedral de Cingapura enquanto seguia pela nave central. Nick, enquanto isso, seguiu até a capela atrás do altar para conversar com sua tia Victoria, que estava coordenando todos que iam discursar. Ele apertou a mão do presidente e esperou pacientemente receber suas instruções. Victoria finalmente o avistou.

— Ah, Nicky, que ótimo, você chegou. Olhe, espero que não se importe, mas tive que cortar o seu discurso do programa. Simplesmente não temos tempo, com tanta gente falando.

Nick olhou desanimado para a tia.

— Você não está falando sério.

— Sinto dizer, mas estou. Por favor, entenda, já extrapolamos o tempo. São três pastores discursando, o sultão de Bornéu e o presidente. E depois o embaixador da Tailândia ficou de dar uma mensagem especial, e temos que encaixar a música do Eddie...

— *O Eddie vai cantar?* — Nick não estava acreditando naquilo.

— Oh, sim. Ele ficou ensaiando um hino especial a semana toda com um músico convidado especial que acabou de chegar de avião.

— Só para eu entender: serão seis pessoas discursando, mas *ninguém* da família vai ter a chance de falar sobre Ah Ma?

— Bem, temos uma adição de última hora. Henry Leong Jr. decidiu fazer um discurso.

— Henry Junior? Mas ele nem conhecia Ah Ma direito. Ele passou a maior parte da vida na Malásia sendo mimado pelos avós Leongs dele!

Victoria sorriu constrangida para o presidente, que estava observando a conversa com interesse.

— Nicky, devo lembrá-lo de que seu primo Henry é o neto mais velho. Ele tem todo direito de discursar. E, além do mais — Victoria abaixou a voz —, *ele está concorrendo a uma vaga no parlamento esse ano. Felicity disse que TEMOS que deixá-lo falar. E claro que o presidente quer que ele fale!*

Nick encarou a tia por um momento. Sem falar mais nada, virou-se de costas e seguiu para seu assento.

*

Michael Teo — o ex-marido de Astrid — veio marchando pela nave principal da St. Andrew's Cathedral, usando um novíssimo terno Rubinacci com sapatos brogue preto John Lobb. Ele olhou ao redor, procurando pelos membros da família Leong, e, assim que viu Astrid ajeitando o nó da gravata de Cassian no segundo banco da igreja, dois homens de terno preto de repente apareceram, bloqueando sua passagem.

— Me desculpe, Sr. Teo. *Apenas a família desse lado* — disse o homem com um microfone auricular.

Michael abriu a boca, prestes a dizer algo, mas, como sabia que todos os olhares estavam virados para ele, balançou a cabeça, assentindo, e sorriu de forma educada, sentando-se em um lugar vazio em outro banco.

Sentados no banco oposto ao de Michael, estavam os membros da família T'sien.

— Você viu aquilo? Foi *brutal* — sussurrou Oliver para sua tia Nancy.

— Hnh! Bem feito para ele. Não sei nem como ele conseguiu um convite — bufou Nancy, pensando consigo mesma: *Astrid não soube dar valor a esse homem. As coisas que eu poderia fazer com esse corpo ...*

Nancy se virou para a mãe de Oliver.

— Bernadette, que bonita você está nesse... vestido. — *Horroroso. Posso sentir o cheiro da naftalina.*

— Obrigada. Você está tão elegante, como sempre — respondeu Bernadette, olhando para o vestido de alta-costura Gaultier que

Nancy estava usando. *Torrando o dinheiro do meu cunhado. Não importa quão caro seja esse vestido, você ainda parece uma velha.*

— Sempre bom ver um jade T'sien dando uma volta. — Nancy olhou para o broche de Bernadette. *Deveria ter ficado comigo. Que horror vê-lo preso nesse trapo que ela chama de vestido.*

A joia, que era uma relíquia de família, havia sido passada da mãe de T'sien Tsai Tay's para Bernadette — sua nora favorita. E diziam que pertencera à imperatriz viúva Ci'an. Nancy se inclinou e falou com sua sogra:

— Você viu o broche da Bernadette? A borboleta de jade não parece mais translúcida e vibrante do que nunca?

Rosemary sorriu.

— É jade imperial. Sempre fica mais bonito quanto mais é usado. — *Fico tão feliz que tenhamos dado a Bernadette. É um presente que continua nos presenteando. É só reparar em como Nancy fica com inveja mesmo depois de todos esses anos.*

Bernadette sorriu com nervosismo para as duas mulheres e tentou desesperadamente desviar a atenção de si mesma.

— *Aiyah*, Nancy, isso não é nada. Não tenho grande coisa comparando com você. Olhe essas pérolas! Meu Deus, nunca vi tantas serem usadas de uma vez só. — *Ela parece uma maluca que acabou de assaltar a Mikimoto.*

Nancy passou o dedo pelo fecho em safira e diamante do Sri Lanka em seu colar de pérolas de oito cordões.

— Oh, isso? Tenho há anos. Acho que Dickie comprou para mim quando fomos convidados para o casamento do príncipe Abdullah da Jordânia com a bela Rania. Certo, isso foi muito antes de ele saber que seria o rei.

Ouvindo a conversa, Oliver completou:

— Acho que Abdullah nunca esperou isso. O tio dele deveria ter sido o próximo rei, mas Hussein o ignorou em seu leito de morte e apontou o filho dele como sucessor. Foi um choque para todos.

Nancy se reclinou no assento, pensando se seus parentes Youngs seriam surpreendidos por algum choque. O que seria feito com as joias de Su Yi? Diziam que a coleção dela era algo sem igual em toda a Ásia. Certamente haveria uma briga pelos tesouros.

*

Sentada no centro do banco da igreja, Astrid ouviu um discreto alarme vindo de seu telefone. Ela pegou o celular discretamente e leu a mensagem de texto.

> MICHAEL TEO: Primeiro vc me exclui do obituário no *Straits Times*, e agora me impede de me sentar do lado do meu filho! Vai pagar por isso.

Astrid começou a digitar furiosamente.

> ASTRID LEONG: Do que você está falando? Minha mãe e meu tio planejaram o obituário. Eu nem sabia que você vinha.
> MT: Eu não sou um monstro. Eu gostava da sua Ah Ma, ok?
> AL: Onde você está, então? Vai se atrasar!
> MT: Já cheguei. Estou sentado no banco atrás do seu, do outro lado.

Astrid se virou e viu Michael sentado do outro lado da igreja.

> AL: Por que está aí?
> MT: Não finja q vc não sabe. Os malditos seguranças do seu pai não me deixaram chegar até aí!
> AL: Juro q não tenho nada a ver com isso. Venha se sentar com a gente.

Michael se levantou, mas, antes que pudesse sair do banco, um aglomerado de convidados que vinha pelo corredor bloqueou sua saída. Eles estavam sendo direcionados para o banco dele, e uma mulher com um elegante vestido de seda *shantung* em cinza escuro com um casaco *bouclé* de franjas cinza meio prateado e luvas pretas foi conduzida ao assento ao lado do de Michael.

O queixo de Astrid caiu. Ela se virou e olhou para Oliver, que estava sentado logo atrás dela.

— Estou alucinando ou aquela ali de Chanel da cabeça aos pés é realmente quem estou pensando?

Oliver se virou e viu a mulher que havia acabado de se sentar na fileira oposta à que ele estava.

— Santa Anita Sarawak! — disse ele baixinho.

Era Colette, sentada ao lado do marido, o duque de Palliser, e o embaixador britânico. Que estupidez da parte dele... É claro que o duque compareceria ao velório. O pai, o duque de Glencora, era amigo íntimo de Alfred Shang.

Nancy T'sien, com seus olhos de águia, inclinou-se e sussurrou para Oliver:

— Quem é aquela garota ali?

— Que garota? — perguntou ele, fingindo ignorância.

— Aquela chinesa bonita sentada com todos aqueles *ang mors*. — Quando os dois olharam para Colette, ela de repente colocou o cabelo para o lado, revelando um enorme broche de jade em formato de borboleta pendurado do lado esquerdo de sua roupa. Oliver ficou pálido de repente.

Nancy quase gritou, mas se conteve. Em vez disso, ela falou:

— Que broche maravilhoso. Mamãe, você viu aquele broche de jade lindo que aquela mulher está usando? — Ela puxou com força o cotovelo de Rosemary T'sien.

— Oh. Sim — disse Rosemary, parando de falar por um momento, assimilando o que estava vendo. — Que lindo.

Então, naquele momento, o reverendo Bo Lor Yong se aproximou do púlpito e falou algo próximo demais do microfone. Sua voz saiu num estrondo:

— Suas Majestades, Altezas, Excelências, Sr. presidente, senhoras e senhores, gostaria de apresentar o amado neto de Shang Su Yi, Edison Cheng, acompanhado pelo único... Lang Lang!

A multidão sussurrou animada com o anúncio do celebrado pianista, e todos os olhares estavam voltados para o altar principal enquanto Lang Lang seguia até o piano e começava a tocar os acordes iniciais de uma melodia curiosamente conhecida. As portas da catedral se abriram, e a silhueta de oito guardas gurkhas de Tyersall Park apareceu na entrada, com seu exuberante arco, carregando o caixão de Su Yi nos ombros. O capitão Vikram Ghale liderava os outros e, enquanto eles avançavam lentamente pela nave da catedral, Eddie surgiu das sombras do transepto e se posicionou na frente do piano, com um único holofote voltado para ele. Enquanto os convidados na igreja se levantavam em respeito, o caixão fez seu trajeto pelo corredor principal e Eddie, com sua voz de tenor, começou a cantar tremulamente:

"It must have been cold there in my shadowwwwww,
to never have sunlight on your faaaaaaace..."*

— Isso só pode ser sacanagem — resmungou Nick, levando as mãos ao rosto.

— Eles cortaram o seu discurso para colocar *isso*? — Rachel estava furiosa, mas, mesmo assim, tentava desesperadamente não rir.

— *"Did I ever tell you you're my heeeeeeeeeeeero..."*** — berrou Eddie, sem exatamente acertar o tom.

Victoria se virou para Felicity com o cenho franzido.

— Mas que raios...?

Felicity sussurrou para Astrid:

— Você conhece esse hino?

— Não é um hino, mãe. É Wind Beneath My Wings, da Bette Midler.

— Bette quem?

— Exato. É uma cantora de quem Ah Ma nunca teria ouvido falar também.

Enquanto os guardas seguiam pelo corredor, todos na catedral de repente se calaram ao ver as duas leais criadas tailandesas de Su Yi. Usando vestidos de seda na cor cinza escuro com uma única orquídea presa ao peito, elas estavam cinco passos atrás do caixão, com lágrimas correndo pelo rosto

---

* Em tradução livre: "Deve ter sido frio à minha sombra, nunca recebendo sol em seu rosto."
** Em tradução livre: "Já te falei que você é meu herói..."

5

●

St. Andrew's Cathedral, Cingapura

Depois do velório, os convidados foram direcionados a uma tenda branca que havia sido montada perto da catedral, onde todos poderiam conversar desfrutando de um requintado bufê de chá. A tenda havia sido decorada de modo a retratar o conservatório de Tyersall Park. Centenas de vasos de orquídeas pendiam do teto, enquanto topiarias compostas de rosas do jardim de Su Yi enfeitavam cada uma das mesas forradas de renda Battenberg. Um batalhão de garçons servia aos convidados xícaras fumegantes de chá Darjeeling e *flutes* gelados de champanhe Lillet, enquanto chefs organizavam as mesas cheias de delícias apropriadas para a ocasião, como canapés, *scones* com creme e bolinhos *nyonya*.

Nick, Rachel e Astrid estavam sentados num canto afastado, relembrando a infância com os primos Alistair, Scheherazade e Lucia.

— Eu me pelava de medo da Ah Ma quando era pequeno — confessou Alistair. — Acho que talvez seja porque todos os adultos pareciam temê-la. E acabei adotando o mesmo comportamento.

— Sério? Para mim, ela sempre pareceu uma fada madrinha — disse Scheherazade. — Eu me lembro de um verão, há muitos anos, em que eu estava perambulando sozinha por Tyersall Park quando me deparei com a tia-avó Su Yi. Ela estava de pé na beirada daquele lago com os lírios e, quando me viu, disse: "Zhi Yi, venha até aqui." Ela sempre me chamava pelo meu nome chinês. Ela olhou para o céu e estalou a língua. Do nada apareceram dois cisnes e pousaram no lago! Su Yi colocou a mão no bolso daquele jaleco azul de jardinagem que ela sempre usava e pegou umas sardinhas. Os cisnes vieram na direção dela e calmamente comeram as sardinhas em sua mão. Eu fiquei completamente impressionada!

— Sim! Aqueles cisnes eram os mesmos que estavam sempre no lago do Jardim Botânico. Ah Ma costumava dizer: "Todo mundo acha que esses cisnes moram no lago do Jardim Botânico, mas na verdade a casa deles é aqui, eles apenas visitam o outro lago porque ficaram gordos e mimados pelos turistas que dão comida para eles lá!", lembrou Nick.

— Não é justo! Você teve a oportunidade de conhecer a tia-avó Su Yi muito melhor do que eu, Scheherazade! — disse Lucia, fazendo biquinho.

Rachel sorriu para Lucia e então percebeu Carlton vindo na direção deles.

— Carlton! Como você passou por Fort Knox?

— Pode ser que eu tenha sido convidado por alguém — disse Carlton, com uma piscadela, e Scheherazade corou.

— Astrid, posso trocar uma palavrinha com você? — perguntou Carlton.

— Comigo? — questionou Astrid, surpresa.

— Sim.

Astrid se levantou da cadeira na qual estava sentada, e Carlton a guiou para um canto reservado.

— Trago uma mensagem de um amigo. Vá para a capela, atrás do transepto norte da catedral. Agora. Confie em mim.

— Oh. Está bem — disse Astrid, franzindo o cenho ao ouvir a misteriosa mensagem.

Ela saiu da tenda e entrou na igreja por uma porta lateral, seguindo para o local instruído. Quando chegou a uma pequena capela dentro da catedral, seus olhos demoraram um pouco para se ajustar à escuridão. Um vulto saiu de trás de uma coluna.

— Charlie! Meu Deus! O que você está fazendo aqui? — exclamou Astrid, correndo para abraçá-lo.

— Eu não podia deixar você sozinha hoje. — Charlie a abraçou, beijando sua testa diversas vezes. — Como está você?

— Estou bem, eu acho.

— Sei que isso é a última coisa que você deve ter na cabeça hoje, mas você está linda! — disse Charlie, admirando seu vestido preto na altura dos joelhos com um bordado grego branco na saia e na gola.

— Era da minha avó, da década de 1930.

— Como foi o velório? Foi bonito?

— Eu não usaria essa palavra. Foi grandioso e estranho. O sultão de Bornéu falou sobre a guerra e contou que meu bisavô ajudou a salvar a família dele. Ele falou em malaio, então tudo teve que ser traduzido por uma mulher bem animada. Então meu irmão falou, e ele estava tão estranho e foi meio forçado... ele parecia um político. O momento mais emocionante foi quando trouxeram o caixão da minha avó para a igreja. Quando vi Madri e Patravadee acompanhando o caixão, não consegui me segurar.

— Eu sei que foi um dia muito triste. Eu trouxe uma coisa para você... Estava na dúvida se deveria ou não te mostrar isso hoje, mas acho que pode até te alegrar um pouco. — Charlie tirou um pequeno envelope do bolso e o entregou a Astrid. Ela o abriu e desdobrou um bilhete escrito à mão:

Prezada Astrid,

Espero que me perdoe pela minha intromissão, mas gostaria de expressar minha tristeza ao saber do falecimento de sua avó. Ela foi uma grande mulher, e sei o quanto significava para você. Eu também era muito ligada à minha Ah Ma, por isso consigo imaginar como você deve estar se sentindo neste momento.

Também gostaria de me desculpar pelas minhas atitudes de alguns meses atrás, em Cingapura. Sinto muitíssimo por qualquer dor ou embaraço que eu possa ter causado a você e à sua família. Tenho certeza de que você sabe que eu não estava em meu estado normal naquele dia. Mas já me recuperei completamente desde então e agora só posso torcer e rezar para que você aceite meu sincero pedido de desculpas.

Nos últimos meses, tive muito tempo. Tempo para me curar e me recuperar, para reavaliar a minha vida. Agora sei que não desejo interferir no que você e Charlie têm juntos e quero lhes dar minha bênção. Não que vocês precisem dela. Charlie foi tão bom comigo durante todos esses anos, e eu quero apenas o que for melhor para ele. Todos sabemos que a vida é preciosa e que passa muito rápido, por isso desejo que desfrutem de felicidade eterna.

Sinceramente,
Isabel Wu

— Que amável da parte dela! — disse Astrid, erguendo os olhos do bilhete. — Fico feliz que ela esteja melhor.

— Eu também. Ela me deu esse bilhete ontem à noite, quando passei lá para deixar as meninas. Ela ficou com receio de que você nem quisesse abrir o envelope.

— E por que eu não abriria? Estou tão feliz que você tenha me entregado isso. Foi a melhor coisa que me aconteceu hoje. É como se mais um fardo tivesse sido tirado dos meus ombros. Sabe, durante o velório eu fiquei lembrando da última conversa que tive com a minha avó. Ela realmente queria que eu fosse feliz. Ela queria que nós ignorássemos todas as regras de luto e nos casássemos o quanto antes.

— E nós iremos fazer isso. Eu prometo.

— Nunca pensei que Michael iria complicar as coisas — disse ela, com um suspiro.

— Vamos superar isso. Eu tenho um plano — afirmou Charlie.

De repente, eles foram interrompidos por vozes ecoando pelo transepto norte. Astrid espiou pela porta.

— É a minha mãe — disse ela a Charlie.

Victoria, Felicity e Alix se esgueiraram pelo transepto e entraram na capela do lado oposto. No meio da capela estava o caixão de Su Yi.

— Estou falando, a dentadura dela está torta! — disse Felicity.

— Não percebi nada — replicou Victoria.

— Vocês vão ver. Não sei quem foi o agente funerário idiota que fez isso, mas ele não colocou a dentadura direito.

— Acho que isso é uma péssima ideia — protestou Alix.

— Não. Precisamos fazer isso pela mamãe. Não vou conseguir dormir se deixar minha mãe ser cremada com dentes tortos. — Felicity tentou abrir a tampa do caixão. — Venham, me ajudem.

As três mulheres ergueram a tampa do caixão lentamente. Olhando para a mãe em seu robe dourado, as irmãs, normalmente pilares de disciplina e determinação, começaram a soluçar baixinho. Felicity abraçou Victoria, e as duas começaram a chorar ainda mais.

— Temos que ser fortes. Somos o que sobrou agora. — Felicity fungou, tentando se recompor. — Engraçado como ela está bonita. A pele dela está mais macia do que nunca.

— Já que estamos aqui, vamos mesmo deixar essa caixa de óculos Fabergé ser cremada? Que desperdício! — disse Victoria, fungando.

— Foram essas as instruções que ela deixou. Temos que honrá-las — insistiu Alix.

Victoria olhou para a irmã mais nova:

— Não acho que mamãe tenha considerado as reais implicações do que escreveu. Com certeza ela iria querer que a gente tirasse a caixa Fabergé daí depois do velório, não? Assim como tiramos a coroa de ouro. Vocês sabem como ela detestava desperdícios.

— Está bem, está bem. Tire os óculos da caixa e coloque ao lado do travesseiro dela. Agora me ajudem a abrir a boca dela. — Felicity se debruçou no caixão e puxou o maxilar rígido da mãe.

De repente ela soltou um gritinho.

— O que aconteceu? O que aconteceu? — perguntou Victoria, assustada.

Felicity gritou:

— A pérola! A pérola negra do Taiti! Quando eu abri a boca dela, a pérola rolou pela garganta!

6

•

EMERALD HILL, CINGAPURA

Eram onze e meia da noite de domingo, e Cassian finalmente tinha dormido. Astrid se arrastou de volta para seu quarto e se jogou na cama, exausta. Tinha sido um longo fim de semana depois de dias cansativos, com o velório de sua avó e tudo o mais. Astrid havia pensado que deixar Cassian na casa do pai lhe daria algum descanso. Mas não. Desde que voltara para casa, seu filho passara a maior parte da noite tentando causar uma revolução. Ela não se conteve e mandou uma mensagem para Michael:

> ASTRID LEONG: Só um pedido: quando Cassian passar o dia com vc, por favor, pode tentar não o deixar jogar 7 horas seguidas de Warcraft? Ele volta para casa parecendo um zumbi e assim fica impossível. Pensei que tínhamos chegado a um acordo sobre os videogames.

Alguns minutos depois, Michael respondeu:

> MICHAEL TEO: Pare de exagerar. Ele não ficou 7 hrs jogando.
> AL: 7 horas, 6 horas, obviamente foi tempo demais. Amanhã ele tem aula e ainda está acordado.
> MT: Não entendo qual o seu prob. Ele dorme numa boa na minha casa.

AL: Porque você deixa o seu filho ficar acordado até tarde! A rotina dele fica toda bagunçada quando ele volta. Você não tem ideia. Sou eu que tenho que lidar com ele a semana toda.

MT: Foi vc que quis assim. Ele deveria estar em Gordonstoun.

AL: Colégio interno na Escócia não é a solução. Não vou discutir isso com você de novo. Só não entendo por que você faz questão de que ele vá pra sua casa se vc nem quer passar um tempo com ele.

MT: Para afastá-lo de sua má influência.

Astrid suspirou, frustrada. Ela sabia que Michael estava tentando provocá-la e não ia se deixar arrastar para uma discussão. Ele estava querendo descontar nela por achar que foi maltratado no velório de sua avó. Ela já ia desligar o celular quando outra mensagem chegou:

MT: De qualquer maneira, isso vai acabar logo. Vou pedir a guarda total do Cassian.

AL: Você está delirando.

MT: Não, você é uma vadia traidora mentirosa.

O aplicativo de mensagens travou por alguns instantes e então chegou um arquivo em alta resolução. Era uma foto dela e de Charlie sentados em almofadas no deque de um barco chinês antigo que cruzava o Mar da China Meridional. A cabeça de Astrid estava encostada no peito de Charlie. Ela reconheceu a foto de cinco anos atrás, quando Charlie havia tentado alegrá-la depois que Michael jogou uma bomba no colo dela em Hong Kong, implorando para se separar. Em seguida, veio outra mensagem de Michael:

MT: Nenhum juiz vai conceder a guarda pra vc agora.

AL: Essa foto não prova nada! Charlie estava só me consolando depois que você foi embora.

MT: "Consolando". Isso incluía uns boquetes?

AL: Você precisa mesmo baixar o nível? Você sabe muito bem que jamais te traí. Foi você quem inventou que tinha me traído, querendo se separar de mim naquela época. E eu fiquei muito mal. Charlie estava apenas sendo um bom amigo.

MT: Amizade colorida. Eu tenho várias outras fotos. Vc nem imagina.

AL: Não sei do que vc está falando. Eu não fiz nada de errado.

MT: Tá. O júri vai muito acreditar em vc. Espere até eles verem o que eu tenho.

Quando Astrid leu aquelas palavras, ficou vermelha de raiva. Então imediatamente ligou para ele, mas a chamada caiu na caixa postal. *Oi, você ligou para Michael Teo. Esse é meu telefone particular, então você deve ser importante pra caramba. Deixe uma mensagem e eu te retorno, se for importante mesmo. Hahaha.*

Depois do bipe, Astrid falou:

— Michael, isso não tem mais a menor graça! Não sei que tipo de conselhos aquele seu advogado vem dando a você, mas essas táticas vão acabar te prejudicando. Por favor, pare e vamos tentar chegar a um acordo. Pelo bem do Cassian.

Astrid desligou a tela do celular, o colocou na mesinha de cabeceira e apagou o abajur. Ficou deitada no escuro, furiosa com Michael, porém mais furiosa ainda consigo mesma por ter caído direitinho na armadilha dele. Ela não devia ter mandado nenhuma mensagem para ele. Ele só queria deixá-la irritada. Foi isso que ele tentou fazer a semana toda a cada interação deles. O celular emitiu um bipe, e ela sabia que seria outra mensagem desaforada de Michael. Então decidiu não ler mais nenhuma mensagem dele. Era tarde e ela precisava dormir, pois amanhã seria um grande dia — a leitura do testamento de sua avó aconteceria às dez da manhã em ponto.

O celular vibrou mais uma vez com a chegada de outra mensagem. Depois de novo. Astrid se virou para o outro lado, fechando os olhos. De repente pensou: *e se não for Michael? E se for Charlie, que acabou de voltar para Hong Kong?* Com um suspiro, ela pegou o aparelho.

Havia três mensagens e, surpresa... eram todas de Michael. A primeira dizia simplesmente:

Pelo bem do Cassian.

A segunda mensagem era um vídeo, que ainda estava sendo transferido, e a terceira dizia:

$5 bilhões ou você perderá Cassian para sempre.

Alguns segundos depois, o arquivo foi completamente baixado, e Astrid clicou no ícone. Era um vídeo de trinta segundos de duração, e a imagem estava granulada. A filmagem havia sido feita à noite, e ela teve de apertar os olhos para identificar alguma coisa. Finalmente conseguiu perceber a imagem de uma mulher nua, de costas para a câmera, montada em um homem deitado na cama. O casal estava sem dúvida no meio do ato sexual e, enquanto o corpo da mulher se mexia, a cabeça dela saiu da frente do rosto do homem por alguns instantes e ela viu que, sem dúvida nenhuma, o homem na cama era Charlie. Foi somente naquele momento que ela se tocou, chocada, que *ela* era a mulher no vídeo.

Ela arquejou e deixou o celular cair como se ele tivesse queimado suas mãos. Aimeudeusaimeudeusaimeudeus!, sussurrou ela, antes de pegar o aparelho no chão e tentar discar o número de Charlie. Seus dedos trêmulos não conseguiram acessar o menu correto, e ela acabou clicando no vídeo mais uma vez. Finalmente Astrid conseguiu acessar seus contatos e clicou em CW1, o número pessoal de Charlie.

Depois de alguns toques, ele atendeu.

— Oi, amor. Eu estava pensando em você.

— Ai, Charlie...

— Está tudo bem? O que aconteceu?

— Meu Deus, eu não sei nem por onde começar...

— Calma. Estou aqui — disse Charlie, tentando acalmá-la. Ele conseguia perceber o terror na voz de Astrid.

— Michael me mandou um vídeo de nós dois.

— Que tipo de vídeo?

— Ele me mandou por mensagem. É um vídeo da gente... transando.

Charlie quase pulou da cadeira.

— O quê? Onde?

— Não sei. Não prestei muita atenção. Assim que vi o seu rosto, fiquei sem saber o que fazer.

— Me mande o vídeo agora!

— Hum... É seguro mandar por mensagem?

— Sei lá! Me mande pelo WhatsApp. Acho que deve ser mais seguro.

— Vou mandar. — Astrid achou o vídeo e o encaminhou para Charlie. Ele ficou em silêncio por alguns bons minutos e ela sabia que ele estava analisando os detalhes. Finalmente, ela ouviu a voz dele. Charlie disse com toda calma:

— Michael acabou de mandar isso para você?

— Foi. Estávamos discutindo por mensagem de texto. Sobre o Cassian, é claro. Charlie, somos nós dois mesmo?

— Somos. — Ele parecia sério.

— E onde isso foi filmado? Como...

— Foi aqui no meu quarto em Hong Kong.

— Então deve ter sido nesse último ano. Porque eu só comecei a dormir na sua casa três meses depois da minha separação formal do Michael.

Charlie grunhiu.

— Puta merda! Pode ser que eu ainda esteja sendo filmado nesse momento! Vou sair daqui e ligar para você.

Astrid começou a andar de um lado para o outro no quarto dela, esperando Charlie ligar de volta. Ela estava ficando paranoica. Michael havia trabalhado como especialista em segurança para o Ministério da Defesa. Será que ele de alguma forma conseguiu colocar uma câmera no quarto dela também? Astrid pegou o celular e desceu correndo as escadas em direção à sala de estar que ficava na entrada da casa. Talvez estar em lugar tranquilo a acalmasse um pouco. Ao se sentar no confortável sofá branco, ela se deu conta de que Michael poderia ter espalhado câmeras pela casa inteira. Ela não se sentia mais segura ali, então calçou os chinelos e saiu de casa. Era meia-noite, e alguns dos cafés da Emerald Hill ainda estavam lotados de pessoas conversando e bebendo. Ela estava vagando pela rua quando Charlie ligou de volta.

— Charlie! Tudo bem?

— Tudo. Estou aqui embaixo agora, falando de dentro do carro. Desculpe a demora. É que tive que colocar minha equipe de segurança a par de tudo. Eles estão fazendo uma varredura completa no apartamento nesse momento.

— Você acordou Chloe e Delphine?

— Por sorte as duas foram a uma festa do pijama hoje.

— Graças a Deus que elas não estão em casa.

— O que Michael está tentando fazer? Ela não sabe que isso é completamente ilegal? — bufou Charlie.

— Ele passou o fim de semana todo de mau humor. Desde o velório, quando os seguranças do meu pai tentaram impedi-lo de se sentar na área reservada à nossa família. Ele quer 5 bilhões de dólares para não vazar esse vídeo. Ele tem certeza de que eu vou perder a guarda do Cassian... e sabe que isso é a última coisa que eu quero no mundo.

— Não consigo acreditar que esse filho da puta esteja tentando usar o próprio filho para fazer chantagem!

— O que a gente faz, Charlie? Agora estou com medo de que a minha casa também esteja sendo monitorada.

— Amanhã vou mandar minha equipe de segurança para Cingapura, e eles vão cuidar disso. Vamos resolver tudo. Vá para casa. Vai ficar tudo bem. Mesmo que a sua casa esteja sendo monitorada, pelo menos sabemos quem está por trás disso. Não é nenhuma gangue planejando um roubo nem nada.

— É só um sacana que está tentando me roubar 5 bilhões de dólares — suspirou Astrid.

— Eu acho que deveríamos contratar uma equipe de segurança para acompanhar você. Deixe comigo, vou contratar a melhor equipe do mundo.

— Agora você está falando igualzinho ao meu pai. Ele está sempre tentando fazer isso. Mas eu não quero viver numa gaiola, Charlie. Você sabe que eu tento me manter invisível. Se eu não consigo me sentir segura dentro da minha própria casa, na minha cidade, não sei qual o sentido de viver aqui.

— Você está certa, você está certa. Acho que estou paranoico.

— Bom, estou na rua de pijama de linho e chinelos de ficar em casa e ninguém está me dando a menor bola.

— Ah, aposto que você está errada! Aposto que todos os caras estão pensando "uau, quem é aquela gata seminua?".

Astrid riu.

— Ai, Charlie. Eu te amo. Mesmo no meio de toda essa loucura você ainda consegue me fazer rir.

— Rir é importante. Do contrário, estamos deixando que o filho da puta ganhe.

Astrid tinha dado meia-volta e havia sentado no pequeno degrau em frente ao portão de sua casa.

— Ganhar, perder... Quando foi que isso virou uma batalha? Eu só queria que a gente conseguisse ser feliz.

Charlie suspirou.

— Bom, para mim está bem claro que Michael não quer ser feliz. Nunca. Ele só quer estar em guerra permanente com você. É por isso que ele está nos vigiando o tempo todo e travando as negociações do divórcio.

— Você está certo, Charlie. Ele mandou esse vídeo essa noite porque queria nos assustar e nos tirar das nossas próprias casas.

— E ele conseguiu. Mas sabe de uma coisa? Nós não nos assustamos assim tão fácil. Nós dois vamos voltar para nossas casas, trancar as portas e nunca mais vamos permitir que ele entre!

7

•

Escritório de Advocacia Tan e Tan, Cingapura

O centro OCBC na Chulia Street havia sido apelidado de "a calculadora" por causa de seu formato achatado e das janelas que lembravam botões. O arquiteto I. M. Pei tinha em mente com a torre cinza construir uma estrutura que simbolizasse força e permanência, já que se tratava da construção que abrigaria a sede do Oversea-Chinese Banking Corporation, o banco mais antigo da ilha.

A maioria das pessoas não sabe, mas o 38º andar da torre abrigava a Tan e Tan, um pequeno escritório de advocacia de perfil extremamente discreto, mas que era sem dúvida um dos mais influentes do país. O escritório representava a maioria das famílias tradicionais de Cingapura e não aceitava novos clientes — era necessário haver uma indicação especial.

Naquele dia, a mesa da recepção, de mogno e vidro, tinha sido polida, rosas recém-colhidas enfeitavam os banheiros e todos os funcionários haviam sido instruídos a usar seus trajes mais elegantes. Por volta de quinze para as dez, as portas do elevador se puseram a abrir e fechar sem parar, quando os descendentes de Shang Su Yi começaram a chegar. Os Leongs foram os primeiros — Harry, Felicity, Henry Jr., Peter e Astrid,* seguidos por Victoria Young e

---

* O terceiro filho dos Leong, Alexander, que se casou com uma malaia e tinha três filhos com ela, mora em Brentwood, Califórnia. Faz 11 anos que ele não volta à Cingapura nem fala com o pai.

pelos Aakaras. Às nove e cinquenta e cinco, Philip, Eleanor e Nick se juntaram aos outros na discreta recepção, com sofás de couro que eram imitações de Le Corbusier.

Sentando-se ao lado de Astrid, Nick perguntou:

— Está tudo bem? — Ele sempre percebia quando a prima estava com algum problema.

Astrid sorriu, tentando tranquilizá-lo.

— Está tudo bem. Só não dormi nada ontem à noite. Só isso.

— Eu também não tenho conseguido dormir. Rachel acha que meu corpo está finalmente sentindo o luto, mas tudo isso ainda parece um sonho bizarro — confessou ele.

Assim que Nick acabou de falar, o relógio de pêndulo na recepção começou a soar dez badaladas e Alix Young Cheng entrou com o marido, Malcolm, e Eddie, Cecilia e Alistair. Eddie pigarreou, como se estivesse se preparando para fazer um discurso, mas foi interrompido por Cathleen Kah,* que entrou na recepção para saudar a família.

Cathleen guiou a família pelo corredor e em seguida pelas portas duplas que se abriam para a sala de reunião. Uma mesa de carvalho maciço dominava a sala, de frente para um conjunto de janelas que emolduravam a vista da baía. Na cabeceira da mesa estava Freddie Tan, advogado de Su Yi havia anos, tomando café com Alfred Shang, Leonard Shang e Olivier T'sien.

Eu sabia que tio Alfred estava envolvido nisso, mas o que raios Leonard e Olivier estão fazendo aqui?, pensou Eddie consigo mesmo.

— Bom dia a todos! — disse Freddie, animado. — Por favor, fiquem à vontade.

Todos se sentaram ao redor da mesa, permanecendo agrupados por família, exceto Eddie, que se posicionou na outra cabeceira da mesa.

---

* Nenhum cônjuge dos netos foi convidado para participar da reunião, com exceção da esposa de Henry Leong, Cathleen Kah. O fato de ela ser sócia sênior do escritório e descender de uma família tradicional que provê a firma com quarenta por cento de seu trabalho pode ter tido alguma coisa a ver com isso.

— Foi uma despedida e tanto ontem, não? Eddie, eu não fazia ideia de que você cantava — comentou Freddie.

— Obrigado, Freddie. Vamos começar? — sugeriu Eddie, ansioso.

— Relaxe, meu jovem. Estamos esperando mais uma pessoa — disse Freddie.

— Quem mais vem? — perguntou Eddie, preocupado.

Naquele momento, o som de sapatos de grife de salto alto fazendo suaves cliques no chão de mármore foi ouvido no corredor lá fora. A recepcionista abriu as portas da sala de reuniões.

— Por aqui, senhora.

Jacqueline Ling entrou na sala usando um vestido envelope roxo, com seus óculos escuros Res Rei ainda no rosto e sobretudo azul Yves Saint Laurent cobrindo os ombros.

— Me desculpem por fazê-los esperar! Vocês acreditam que o meu motorista me levou para o lugar errado? Por alguma razão, ele achou que estávamos indo para a Singapore Land Tower.

— Não precisa se desculpar. Passamos só um pouquinho das dez, então você está elegantemente atrasada. Hahaha — brincou Freddie.

Jacqueline se sentou ao lado de Nick, que se inclinou e deu um beijinho no rosto dela. Freddie olhou ao redor da mesa para os rostos ansiosos e decidiu que era hora de pôr um fim ao sofrimento deles.

— Bom, todos sabemos por que estamos aqui, então vamos logo ao assunto.

Eleanor sorriu, pensativa, enquanto Philip se inclinou na cadeira. Alfred fitava a suntuosa madeira laqueada da mesa, imaginando se ela teria sido feita por David Linley. Nick piscou para Astrid, sentada em frente a ele, e ela sorriu para o primo.

Freddie apertou um botão no telefone em cima da mesa.

— Tuan, pode trazer agora.

Um assistente usando um elegante terno vermelho e uma gravata listrada entrou na sala de reunião trazendo uma enorme pasta parda de forma cerimoniosa. Ele colocou a pasta em cima da mesa, perto de Freddie, e entregou a ele um abridor de cartas com cabo de chifre. Todos podiam ver o selo oficial de Su Yi no envelope. Freddie pegou o abridor de cartas e, de forma dramática, correu a lâmina do abridor sob o selo vermelho. Eddie inspirou fundo.

Cuidadosamente, Freddie tirou um bloco de documentos de dentro do envelope, levantou o documento para que todos pudessem ver claramente o que era, e então começou a ler:

Últimos desejos e Testamento de Shang Su Yi

Eu, Su Yi, de Tyersall Park, avenida Tyersall, Cingapura, revogo todos os testamentos anteriores feitos por mim e declaro este como meu último testamento.

1. Nomeação de Executores: Eu nomeio como Coexecutores do meu testamento meu sobrinho, Sir Leonard Shang, e meu sobrinho-neto, Olivier T'sien.

(Eddie lançou um olhar fulminante para os primos. *Por que Ah Ma os escolheria como executores? Olivier eu até entendo, mas agora tenho que tolerar esse Leonard metido!*)

2. Monetários Específicos: Após o pagamento de todas as obrigações devidas, instruo meus executores a fazer o pagamento da seguinte herança:

Três milhões de dólares para a minha governanta, LEE Ah Ling, que serviu minha família com devoção e excelência desde sua adolescência.

(Victoria sorriu. *Ah, ela merece.*)

Dois milhões de dólares à minha chef pessoal, LIM Ah Ching, que alimentou minha família com seus excelentes talentos culinários desse 1965.

(Victoria, balançando a cabeça, pensou: *Ah Ching vai ficar furiosa quando descobrir que recebeu menos do que Ah Ling. Melhor não comer a sopa hoje* à *noite!*)

Um milhão de dólares para meu jardineiro-chefe, Jacob THE-SEIRA, que cuida com tanto amor da área verde de Tyersall Park. Eu transfiro para ele todos os direitos e futuros royalties relacionados às orquídeas híbridas que desenvolvemos juntos durante os últimos cinquenta anos.

Um milhão de dólares para cada uma das minhas queridas criadas, Madri VISUDHAROMN e Patravadee VARO-PRAKORN, assim como os braceletes Peranakan de ouro e diamantes etiquetados para elas no cofre em Tyersall Park.

Quinhentos mil dólares para o chefe de segurança, capitão Vikram GHALE, que me protegeu diligentemente desde 1983. Deixo para ele também a pistola Nambu tipo 14, dada a mim pelo conde Hisaichi Terauchi antes de sua partida de Cingapura, em 1944.

(Eleanor: *Oh, que generoso! Imagino se Su Yi sabia que ele ganhava uma fortuna com seu trabalho diurno?*)

Duzentos e cinquenta mil dólares para meu motorista, Ahmad BIN YOUSSEF. Deixo para ele também o Hispano-Suiza modelo 68 J12 Cabriolet* de 1935, que ganhei do meu pai no meu aniversário de 16 anos.

(Alfred: *Droga. Eu queria o Hispano! Acho que vou ter que comprar o carro de Youssef.*)

Cinquenta mil dólares para cada um dos demais funcionários de Tyersall Park não mencionados aqui.

Legados Específicos de Propriedade Pessoal.

Minha coleção de joias deve ser dada e distribuída de acordo com os detalhes do apêndice A deste Testamento e conforme etiquetado no cofre em Tyersall Park.

---

* A título de comparação, um Hispano-Suiza modelo 68 J12 Cabriolet de 1936 foi vendido em um leilão em 2010 em Scottsdale, Arizona, por $1.400.000,00.

(Cecilia Cheng Moncur: *Nem sei por que ela se deu ao trabalho. Todo mundo sabe que Astrid já ficou com as melhores.*)

Todas as obras de arte, antiguidades e demais itens da residência não citados aqui especificamente deverão ser distribuídos entre meus filhos pelos executores da maneira mais igualitária possível, com exceção dos seguintes itens:

À minha filha Felicity YOUNG LEONG, deixo minha coleção de porcelana Celadon, porque sei que ela cuidará dela e manterá tudo impecável durante toda a eternidade.

(Alix: *Hahaha! Felicity e seu TOC. Mamãe teve senso de humor ao escrever esse testamento.*)

À minha filha, Victoria YOUNG, deixo a pequena pintura de uma mulher à janela de seu quarto, de Édouard Vuillard. Sei que ela sempre detestou este quadro, por isso tenho certeza de que ela o venderá imediatamente e usará o dinheiro para comprar sua casa dos sonhos na Inglaterra.

(Victoria: *Pode me criticar o quanto quiser, mesmo do seu túmulo, mas já estou à procura de uma propriedade no* sothebysrealty.com.)

Para meu filho, Philip YOUNG, deixo todos os objetos em Tyersall Park que pertenceram a seu pai, Sir James Young.

(Philip: *Será que programei o DVR para gravar a nova temporada de* Arqueiro? *Mal posso esperar para voltar para Sydney. Que grande perda de tempo isso!*)

Para minha filha, Alexandra YOUNG CHENG, deixo minha coleção de selos de ferro e jade, já que ela é a única dos meus filhos que realmente sabe mandarim.

Para minha Nora, Eleanor SUNG, deixo uma caixa de sabonete de amêndoas Santa Maria Novella.

(Todas as mulheres presentes arquejaram alto, enquanto Eleanor simplesmente deu uma gargalhada. Nick olhou para a mãe, sem entender. Jacqueline sussurrou para ele: *Sua avó queria que todos soubessem que ela achava sua mãe uma mulher suja.*)

Para minha estimada neta, Astrid LEONG, que puxou em tudo o estilo da minha mãe, deixo minha coleção de *cheongsams*, robes cerimoniais, tecidos *vintage*, chapéus e acessórios.

Para minha querida neta, Cecilia CHENG MONCUR, campeã equestre, deixo um pergaminho chinês com a pintura de um rebanho de cavalos, de Li Gonglin, do período Northern Song.

Para meu leal e sempre divertido sobrinho-neto Oliver T'SIEN, deixo meu conjunto de abajures Émile-Jacques Ruhlmann que estão no meu closet e minha primeira edição assinada de *Far Eastern Tales*, de W. Somerset Maugham.

(Oliver: *Legal!!!*)

Para meu devotado neto, Eddie CHENG, deixo um par de abotoaduras de safira e platina, dadas de presente a meu marido, Sir James Young, em nossas bodas de ouro pelo sultão de Perawak. James era modesto demais para usar as abotoaduras, mas sei que Edison não se acanhará.

(Eddie: *Ótimo! Mas chega dessa balela, vamos direto ao que interessa!*)

Não fiz quaisquer provisões para meus netos Henry LEONG Jr. e Peter LEONG, por quem tenho muito afeto, porque receberam um legado generoso no testamento do meu falecido marido, Sir James Young, e porque sei que eles têm sido bem assistidos pelos investimentos da família Leong.

(Henry Leong Jr.: *Que legado generoso? Gong Gong só me deixou um milhão e isso foi quando eu era criança.*)

Legados de Arquivos Históricos, Fotografias, Documentos, Cartas Pessoais e Efêmeros: Deixo o direito, copyrights e direito de propriedade intelectual do meu arquivo pessoal em Tyersall Park, incluindo fotos de família, cartas, diários e documentos, para meu mais querido neto, Nicholas YOUNG, o historiador da família.

Legado de Ações: Deixo todas as minhas ações preferenciais da Ling Holdings Pte Ltd, no total de um milhão de ações — que Ling Yin Chao perdeu para mim em 1954, num épico duelo de mahjong — para minha querida afilhada Jacqueline LING. Se ela vier a falecer, as ações deverão ser transferidas para sua filha, Amanda LING. Espero que esse valor corrija o desequilíbrio de poder no clã Ling.

(As feições calmas de Jacqueline escondiam o que ela realmente sentia por dentro: *Querida, querida Su Yi, você me libertou! Deus do Céu, eu queria tanto poder abraçá-la agora!* Felicity e suas irmãs franziram a testa, sem entender realmente o significado daquilo, mas Eleanor, que estava por dentro do mercado, imediatamente começou a fazer as contas em sua cabeça: *um milhão de ações, Ling Holdings vale mais ou menos uns 145 dólares hoje. Nossa, Jacqueline ficou com um presente e tanto!*).

Restante dos Bens: O restante dos meus bens consiste em: dinheiro e outros instrumentos financeiros em minhas contas bancárias (OCBC em Cingapura, HSBC em Hong Kong, Bangkok Bank na Tailândia, C. Hoare & Co. em Londres, Landolt & Cie na Suíça). Todo o dinheiro presente nessas instituições deverá ser usado para o pagamento das heranças descritas na Cláusula 2 deste Testamento. Após cumprimento de todas as heranças, peço que os fundos restantes sejam usados para fundar uma nova instituição de caridade, a ser nomeada Fundação Young, em memória de meu marido, Sir James Young. Aponto Astrid Leong e Nicholas Young como coexecutores da fundação.

Herança de Propriedades Imobiliárias:

Deixo minha propriedade em Cameron Highlands, na Malásia, e todo o conteúdo do terreno de 80 acres, para meu querido neto Alexander LEONG. Se ele vier a falecer, a propriedade deverá passar para sua esposa, Salimah LEONG e meus bisnetos, James, Anwar e Yasmine LEONG, que eu infelizmente nunca pude conhecer, em partes iguais.

(Harry Leong ficou chocado. Isso era um grande tapa na cara! Felicity não ousou olhar para o marido, mas Astrid não pôde conter um sorriso: *Mal posso esperar para falar com Alex por Skype. Quero ver a cara dele quando ficar sabendo que Ah Ma deixou a maravilhosa propriedade na Malásia para ele — o filho que foi deserdado pelo pai por se casar com uma mulher nativa da Malásia.*)

Deixo minha propriedade em Chiang Mai, Tailândia, e tudo o que há em seus 300 acres, para minha querida filha, Catherine YOUNG AAKARA. Se ela vier a falecer, a propriedade será transferida para seus filhos James, Matthew e Adam AAKARA em partes iguais.

(Catherine começou a soluçar, enquanto Felicity, Victoria e Alix pularam das cadeiras, olhando para ela, chocadas. *Que propriedade em Chiang Mai?*)

Freddie Tan fez uma pequena pausa e, sem nenhuma entonação especial, leu a cláusula final do testamento:

Deixo minha casa em Cingapura para os seguintes membros da família, nas proporções indicadas abaixo:

Meu único filho, PHILIP YOUNG: 30 por cento

Minha filha mais velha, FELICITY YOUNG: 12,5 por cento

Minha segunda filha, CATHERINE YOUNG AAKARA: 12,5 por cento

Minha terceira filha, VICTORIA YOUNG: 12,5 por cento

Minha filha mais nova, ALEXANDRA YOUNG CHENG: 12,5 por cento

Meu neto, NICHOLAS YOUNG: 10 por cento

Meu neto, ALISTAIR CHENG: 10 por cento

ASSINADO por SHANG SU YI

Freddie colocou o documento em cima da mesa e olhou ao redor. Felicity, Victoria e Alix ainda estavam tentando digerir a surpreendente notícia de que sua mãe tinha uma propriedade secreta na Tailândia.

— Prossiga! — disse Eddie, impaciente.

— Já terminei — falou Freddie.

— Como assim, terminou? E Tyersall Park?

— Acabei de ler essa cláusula.

— Como assim? Você não mencionou Tyersall Park em momento nenhum! — insistiu Eddie.

Freddie suspirou e começou a recitar a última cláusula mais uma vez. Quando finalmente terminou, a sala ficou em silêncio completo por alguns instantes, então todos começaram a falar ao mesmo tempo.

— *Todos nós* ficamos com uma parte de Tyersall Park? — perguntou Felicity, confusa.

— Sim. Você, especificamente, tem 12,5 por cento da propriedade — explicou Freddie.

— Doze e meio por cento... Mas o que isso significa? — resmungou Victoria.

Eleanor sorriu para Nick, triunfante, então sussurrou no ouvido de Philip:

— Sua mãe pode me insultar o quanto ela quiser, mas, no fim das contas, você e Nick têm a maior parte de Tyersall Park, e é isso o que importa!

Nick olhou para o primo, Alistair, que balançou a cabeça, chocado.

— Não acredito que Ah Ma deixou alguma coisa para mim no testamento!

— Foi mais do que alguma coisa! — disse Nick, sorrindo para ele.

Observando a troca entre Nick e o irmão, Eddie ficou mais irritado ainda. Ele pulou de sua cadeira subitamente, gritando:

— ISSO É SACANAGEM! Cadê a minha parte de Tyersall Park? Quero ver o testamento! Você tem certeza de que essa é a última versão?

Freddie olhou para ele, todo calmo.

— Posso garantir a você que essa é a última versão do testamento da sua avó. Eu estava presente quando ela o assinou.

Eddie puxou o documento das mãos dele e o folheou até a última página. Ali, no final da página, estava o selo do cartório, juntamente com as seguintes palavras:

**Assinado na presença de FIONA TUNG CHENG
e ALFRED SHANG
neste dia 9 de junho de 2009.**

Os olhos de Eddie quase saltaram das órbitas.

— Puta que pariu! *Minha mulher* foi uma das testemunhas?

— Sim, ela foi — respondeu Freddie.

— Aquela vadia nunca me contou nada! E o testamento foi assinado em 2009? Como isso é possível? — perguntou Eddie, quase guinchando.

— Pare de fazer perguntas idiotas, seu *goblok*!* Ela pegou uma caneta e assinou. Pronto! — ralhou Alfred, irritado.

Eddie ignorou seu tio-avô.

— Mas isso quer dizer que ela nunca mudou o testamento? Nem mesmo quando Nicky se casou com Rachel?

Nick percebeu que o primo tinha razão. Depois das especulações intermináveis sobre ele ser deserdado, sua avó nunca desviou do plano original. Ela deixou a maior parte de Tyersall Park para seu pai, sabendo que um dia seria passada para ele. De repente, um sentimento de culpa o invadiu. Por que ele desperdiçou tantos anos bravo com Ah Ma?

---

* Gíria indonésia para alguém que é idiota ou tem retardo mental.

Mas Eddie não tinha terminado. Ele foi até a cadeira de Freddie e olhou para ele de forma acusadora.

— Dia desses que você foi visitar minha avó, você me disse que eu seria o principal beneficiário!

Freddie olhou para ele, surpreso.

— Não faço a menor ideia do que você está falando. Eu nunca disse uma coisa dessas.

— Você me disse que eu era o "cara da hora"!

Freddie teve vontade de rir, mas, vendo a expressão de Eddie, tentou aliviar um pouco.

— Eddie, eu estava fazendo uma piadinha. Estava me referindo ao Patek Philippe que você estava usando. Você estava com um Jump Hour Reference 3969, edição especial de 150 anos. Um dos meus modelos favoritos.

Eddie olhou para ele sem acreditar, depois caiu na cadeira, envergonhado. Alix olhou para o filho com pena, então se virou para o advogado.

— Freddie, não entendi como os bens financeiros da minha mãe serão divididos. E quanto às demais ações que ela tinha da Shang Enterprises?

Freddie ficou constrangido e virou sua cadeira na direção de Alfred.

— Sua mãe não tinha quaisquer outras ações além da Ling Holdings — explicou Alfred.

— Mas mamãe tinha um portfólio enorme... Ela me disse que tinha ações de todas as companhias mais lucrativas... Ela não era a maior acionista da Keppel Land, Robinson's, Singapore Press Holdings? — questionou Felicity.

Alfred balançou a cabeça.

— Não. Eu é que sou.

— Mas ela não partilha isso tudo com você? Como sócia da Shang Enterprises?

Alfred reclinou sua cadeira e olhou para Felicity:

— Você precisa entender uma coisa... A Shang Enterprises, o armador, a empresa de comércio e todos os nossos investimentos em negócios diversos ao redor do mundo, são controlados pelo

Shang Loong Ma Trust. Sua mãe era beneficiária do *trust*, mas nunca foi sócia.

— Então quem é o dono de Shang Enterprises? — perguntou Alix.

— De novo, o *trust* é dono da Shang Enterprises, e eu sou o guardião do *trust*. O testamento do seu avô estipulava que o *trust* deveria ser passado na linha de sucessão dos homens. Apenas os familiares do sexo masculino poderiam herdá-lo. Ele era extremamente conservador, como você bem sabe.

— Então de onde vinha todo o dinheiro da mamãe? — perguntou Alix.

— Ela não tinha nenhuma receita, era o *trust* que pagava todas as despesas dela. As ordens de meu pai foram bastante claras em seu testamento. Ele estipulou que "todas as necessidades, desejos e vontades de Su Yi deviam ser atendidos pelo *trust* durante toda a sua vida". E foi isso que fizemos.

— O *trust* pagou por tudo? — perguntou Felicity, incrédula.

Alfred suspirou.

— *Tudo*. E, como você sabe, sua mãe não tinha a mínima noção de dinheiro. Ela nasceu para viver como princesa e continuou levando essa vida por nove décadas. Sustentando todos vocês, mantendo o estilo de vida em Tyersall Park, em Cameron Highlands, para onde quer que ela viajasse. Quanto você acha que custa manter uma casa com setenta empregados por tantos anos? Fazer festas extravagantes todas as sextas-feiras? Acredite em mim, sua mãe gastou uma quantia considerável.

— E o *trust* vai custear o que agora? — perguntou Victoria.

Alfred reclinou na cadeira.

— Bom... Nada. O *trust* cumpriu com todas as suas obrigações fiduciárias para com a sua mãe.

Victoria olhou para o tio, com medo de fazer a pergunta seguinte.

— Então o que você está dizendo na verdade é que não herdamos *absolutamente nada* do Shang Trust?

Alfred assentiu, solenemente. A sala de reuniões ficou em silêncio por vários minutos, enquanto todos assimilavam aquela bomba.

Felicity ficou em silêncio. Naquele momento, sua ficha caiu, e ela começou a pensar nas implicações da revelação do tio. Durante todo esse tempo, ela achou que sua mãe fosse herdeira de um império de vários bilhões, mas, no fim das contas, Su Yi nunca havia feito parte daquilo. Isso queria dizer que, por consequência, ela não herdaria absolutamente nada da Shang Enterprises. *Ela* não era herdeira de coisa nenhuma. Tinha recebido 12,5 por cento de Tyersall Park, assim como suas irmãs. Só que isso não era certo. Ela era a filha mais velha. Como mamãe pôde fazer isso com ela? Ao se recompor, Felicity respirou fundo, encarou Alfred e perguntou:

— E quanto mamãe ainda tem em suas contas bancárias?

— Não muito. Algumas de suas contas são bem antigas. A do Hoare tem apenas cerca de 3 milhões de libras. Ela herdou essa conta da minha mãe. Era a conta particular da mamãe quando ela comprava coisas na Harrods. Landolt & Cie, na Suíça, guarda suas barras de ouro e foi uma conta criada para emergências. Acredito quer ela deva ter, no total, uns 45 ou 50 milhões.

Freddie o interrompeu:

— Mas esse dinheiro irá automaticamente para o pagamento das heranças que ela deixou... para Ah Ching, Ah Ling e para os demais.

Victoria olhou brava para Freddie.

— Eu não acredito nisso! Não posso acreditar que durante todos esses anos mamãe tivesse tão pouco dinheiro!

Freddie suspirou.

— Bom, ela tinha um bem que lhe gerava uma receita considerável. As ações preferenciais da Ling Holdings. Ela tinha um milhão de ações que pagavam um dividendo considerável, mas que era automaticamente reinvestido para comprar mais ações. Essas ações valem hoje cerca de meio bilhão de dólares, mas, como você sabe, elas já têm dona.

As irmãs olharam para Jacqueline completamente horrorizadas. A linda afilhada de Su Yi havia automaticamente herdado mais dinheiro da herança de sua mãe do que elas.

— Então o que você está dizendo é que a única coisa de valor que herdamos da minha mãe foi Tyersall Park? — questionou Felicity, sem acreditar no que estava acontecendo.

— Bom, não é pouca coisa, não é mesmo? Tyersall Park vale cerca de um bilhão de dólares, se vocês venderem hoje — disse Freddie.

— Dois bilhões — corrigiu-o Alfred.

Victoria balançou a cabeça veementemente.

— Mas nós nunca poderíamos vender Tyersall Park! A casa tem que ficar na família. Então o que nos resta? Nada! Ela espera que eu viva da receita minúscula de um Vuillard horroroso?

Felicity olhou para o marido com lágrimas nos olhos e disse, com a voz trêmula.

— Se formos forçados a vender Tyersall Park, ficarei com apenas algumas centenas de milhões. Vou ser uma *ninguém*!

Harry apertou a mão da esposa com todo o carinho.

— Querida, você é casada comigo. Você é *Puan Sri* Harry Leong, e nós temos nosso próprio dinheiro. Você jamais será uma ninguém.

Do nada, Philip se levantou e falou pela primeira vez:

— Obviamente esse era o plano da mamãe desde sempre. Se ela quisesse que um de nós ficasse com Tyersall Park, teria deixado a propriedade para essa pessoa especificamente. Mas, da maneira que ela dividiu, sabia que só nos restava fazer uma coisa: vender a maldita casa!

8

•

Dempsey Hill, Cingapura

O PS.Cafe era um oásis aninhado na área verde do antigo quartel de Dempsey Hill. No momento em que Nick entrou naquele espaço tranquilo com Astrid, já se sentiu melhor.

Como se pudesse ler seus pensamentos, Astrid falou:

— Ainda bem que conseguimos escapar!

— Duas horas com a família no escritório dos advogados... Acho que vou precisar de um ano para me recuperar! — disse Nick, rindo e olhando ao redor para ver se Rachel e Carlton tinham chegado. — Ah! Eles estão sentados ali no canto, escondidos.

— Então quer dizer que você tem um encontro promissor amanhã, é isso? — Rachel cutucou o irmão. Os dois estavam sentados a uma mesa banhada pelo sol que entrava através da janela de vidro.

— Eu *espero* que seja promissor! Sabe, às vezes um encontro mais formal só estraga as coisas — disse Carlton, tomando um gole de sua bebida de lichia e limão.

— Você e Scheherazade não se desgrudaram a semana inteira. Não consigo entender como você poderia estragar o que quer que seja a essa altura do campeonato. — Rachel viu que Astrid e Nick vinham por entre as mesas lotadas na direção deles. — Ei, eles chegaram. Vamos perguntar para Astrid...

— Nãããão! — disse Carlton, envergonhado.

— Perguntar o quê? — quis saber Astrid, enquanto se inclinava para dar um beijinho em Rachel.

— Na sua opinião, é uma má ideia Carlton convidar sua prima para sair?

— Como assim? Um encontro formal? Eu achei que eles já estavam prestes a fugir para se casar em Las Vegas! — brincou Astrid.

— Pare. Não tenho certeza de que ela está a fim de mim — disse Carlton.

— Carlton, se ela não estivesse a fim, você não teria nem conseguido chegar perto.

— Sério? — perguntou ele, inseguro.

Astrid se sentou ao lado dele.

— Para começar, os pais dela são patologicamente superprotetores. Você viu a quantidade de seguranças que ela tem. Fiquei sabendo que em Paris Scheherazade tem agentes secretos que a seguem por todos os cantos sem ela nem saber quem eles são. E, além disso, desde a adolescência, Scheherazade deixa uma trilha de corações partidos por onde passa. Mas você conseguiu passar pela guarda pretoriana.

— Então, para onde você vai levá-la nesse encontro promissor? — perguntou Nick.

— Eu pensei em algo sem muita pompa... Quem sabe uma caminhada seguida de drinques no LeVeL33?

Astrid fez uma careta.

— Hum... Acho melhor você repensar isso.

— Você vai ter que se esforçar mais, Carlton. Scheherazade Shang não se deixa impressionar tão facilmente — alertou-o Nick.

— Tudo bem. Entendi o recado — disse Carlton, rindo.

Enquanto isso, Rachel estava se mordendo para saber como tinha sido a leitura do testamento.

— Agora chega de falar da vida amorosa do Carlton. Como vocês estão? Correu tudo... hum... bem?

Nick olhou pela janela. De onde ele estava sentado, parecia que o café inteiro era uma casa na árvore feita de vidro. Ele queria mergulhar pela janela e ficar envolto pela folhagem.

— Não sei ao certo, meu cérebro fritou. Como você acha que as coisas correram, Astrid?

Astrid se recostou na cadeira e suspirou.

— Nunca estive numa sala tão tensa. Foram muitas surpresas, e tenho certeza de que todos estão chocados. Principalmente Eddie.

— Por que Eddie?

Nick riu.

— O pobre coitado achou que iria herdar Tyersall Park. — Sabendo exatamente o que Rachel queria perguntar, ele continuou.

— Não sou o herdeiro também. Recebi uma pequena porcentagem, mas Tyersall Park foi dividido como uma pizza entre meu pai, as irmãs dele, eu fiquei com uma parte e... surpresa, Alistair também.

Rachel ficou boquiaberta.

— *Alistair*? Nossa, não é para menos que Eddie tenha ficado chocado!

— Choque hoje, fratricídio amanhã — brincou Astrid.

— E você, Astrid? Ficou surpresa por não ter ficado com uma parte da casa? — perguntou Rachel.

— Eu nunca pensei que fosse herdar Tyersall Park. Fiquei feliz por Ah Ma ter me deixado algumas coisas pelas quais eu tenho muito carinho. — O celular de Astrid começou a tocar e, vendo que era Charlie, ela se levantou rapidamente e disse:

— Já volto. Se a garçonete vier, eu quero um *fizz* de lichia e pêssego.

Depois que Astrid deixou a mesa, Rachel perguntou:

— Então, se a casa ficou dividida entre tantas pessoas, o que vai acontecer agora?

Nick deu de ombros.

— Acho que eles estão tentando chegar a um acordo agora. O restante da família voltou para casa para uma reunião para discutir esses detalhes.

Rachel segurou a mão de Nick e a apertou. Ela imaginava o quanto deve ter sido difícil para ele se sentar naquela sala de reunião e descobrir que a vida de sua avó seria desmantelada e dispersada. Ela tentou mudar de assunto, animada:

— Vamos pedir. Estou morrendo de fome e ouvi dizer que o peixe empanado com cerveja e batata frita é delicioso.

De pé em frente à entrada do café, Astrid ouvia, preocupada, enquanto Charlie explicava a situação.

— Minha equipe de segurança fez uma varredura completa no meu apartamento, mas eles não encontraram nada. Nenhuma câmera escondida, nenhum aparelho de vigilância, nada. E acabei de receber uma ligação da equipe que está em Cingapura... Eles também não encontraram nada na sua casa.

Astrid fez uma careta.

— E o que isso significa?

— Não sei. É extremamente preocupante que haja um vídeo de nós dois na minha cama e que ninguém faça a menor ideia de como ele foi gravado.

— Pode ter sido com um drone? — perguntou Astrid.

— Não. Não seria possível naquele ângulo. Estudamos frame a frame da filmagem e parece ter sido gravada do pé da minha cama, não pela janela. Qualquer que tenha sido o dispositivo usado para a filmagem, foi retirado de lá.

— Que ótimo. Assim fico bem mais tranquila — disse Astrid, ironicamente. — Então quem quer que tenha plantado a câmera no seu quarto voltou para tirá-la de lá.

— É o que parece. Escute, vou trazer outra equipe de Israel, mais especializada, para fazer uma nova varredura. Quero que eles chequem tudo com mais afinco. E depois eles vão para Cingapura dar uma olhada na sua casa de novo. Até lá, acho que você não devia ficar em casa.

Astrid se recostou numa pilastra, frustrada.

— Não acredito que isso esteja acontecendo. Me sinto tão violada. É como se nenhum lugar fosse seguro. Sinto que Michael tem olhos espalhados pela cidade toda.

— Por que você não vem para Hong Kong? Estou hospedado no Peninsula, na Suíte Peninsula. É onde todos os chefes de Estado ficam. É realmente o lugar mais seguro em que você pode ficar no momento.

— Acho que sair daqui agora é admitir derrota. Michael vai saber que conseguiu nos intimidar.

— Astrid, escute. O que combinamos ontem à noite? Não vamos deixar Michael ganhar. Não vamos deixar que ele dite as regras. Você não está fugindo. Você está vindo para Hong Kong para me ver, para relaxar e começar a pesquisar coisas para o nosso casamento. O velório da sua avó já passou, e temos que seguir com a nossa vida — disse Charlie.

— Você está coberto de razão. Preciso ir para Hong Kong. Temos um casamento para planejar! — disse Astrid, com ânimo renovado na voz.

9

•

Tyersall Park, Cingapura

Era possível ouvir os gritos de Eddie da ala de serviços, no térreo. Ah Ling, Ah Ching e vários outros criados esticavam o pescoço em direção à janela da cozinha, impressionados com a barulheira vinda do quarto de Eddie e Fiona.

— Puta que pariu! Você sabia sobre o testamento da minha avó esse tempo todo e não me contou nada! — gritou Eddie.

— Eu já disse mil vezes que não sabia de nada! Você não entende que fui apenas uma testemunha durante a assinatura? Eu não ia me sentar lá e ler o testamento da sua avó! — contra-argumentou Fiona.

— E por que não?

— Fale baixo, Eddie! Todo mundo pode ouvir o que a gente está falando.

— Estou pouco me fodendo para quem está ouvindo a gente! Quero que o mundo inteiro saiba que você é uma idiota! Você teve a chance de ler o testamento da minha avó e não fez isso!

— Eu respeito a privacidade da sua avó!

— Respeito é o cacete! E quanto a mim? Eu não recebo o respeito que mereço?! — gritou ele.

— Não vou ficar sentada aqui escutando esse abuso! Tome um Effexor e se acalme. — Fiona se levantou da poltrona e tentou sair do quarto, mas Eddie segurou o braço dela com força.

— Você não entende? Você destruiu a vida dos seus filhos. Destruiu a minha vida! — gritou ele, segurando Fiona pelos ombros, chacoalhando-a.

— Me solte, Eddie! — gritou Fiona.

— *Aiyoh*! Esse Eddie é demais — disse Ah Ching, balançando a cabeça enquanto escutava a discussão. — Parece que ele não ficou com a casa, não é? Graças aos deuses!

— Ele é um grande idiota se achava que Su Yi deixaria essa casa para ele! — exclamou Ah Ling.

Naquele momento, elas ouviram um baque abafado de algo caindo no piso de marchetaria do andar de cima.

Jiayi, a jovem criada chinesa, se esquivou, aterrorizada.

— Meu Deus! Ele bateu nela? Pelo barulho parece que ela caiu no chão! Façam alguma coisa! Ah Ling, o que a gente faz?

Ah Ling apenas suspirou:

— Nós não devemos nos meter nisso. Lembre-se, Jiayi, nós não vemos nada e não ouvimos nada. É isso o que fazemos. Rápido! Vamos levar esses cinco pratos para a sala de jantar. Os animais estão famintos.

Enquanto as demais criadas se apressaram para servir o almoço, Jiayi subiu para o quarto de Eddie. Fiona tinha sido tão legal com ela. Ela não deixaria que Eddie a machucasse. Subiu as escadas na ponta dos pés e seguiu pelo corredor onde ficavam os quartos. À medida que se aproximava da porta do quarto de Eddie, começou a ouvir alguém gemendo. Então abriu a porta devagar e sussurrou:

— Madame, a senhora está bem?

Ela olhou para dentro do quarto e viu Eddie deitado no chão em posição fetal, a cabeça pousada no colo de Fiona. Fiona estava sentada no chão, calma como a Pietá, acariciando os cabelos dele enquanto o marido soluçava incontrolavelmente como um menininho. Ela olhou para Jiayi, e a criada fechou a porta bem devagar.

Na sala de jantar de Tyersall Park, todos estavam reunidos ao redor da enorme mesa de mogno, desenhada pelo grande artista de Xangai Huang Pao Fan. Antecipando que a conversa seria acalorada, Ah Ling e Ah Ching organizaram um almoço contendo os pratos de infância favoritos de cada um dos irmãos — sopa de camarão e abóbora (favorito de Catherine), arroz frito com *lap cheong* * e uma porção extra de ovos (favorito de Philip), peixe *pomfret* no vapor ao molho de gengibre (favorito de Felicity), *lor mai kai*** (favorito de Alix) e Yorkshire *pudding* (favorito de Victoria). Combinados, os pratos faziam o menu completamente esquizofrênico, mas ninguém percebeu, exceto os genros e as noras.

Victoria entrou no assunto enquanto provava o *pudding*:

— Philip, você estava mesmo falando sério quando sugeriu vender Tyersall Park?

— Não vejo outra solução — respondeu ele.

— Por que não compra a nossa parte? Você é o herdeiro majoritário. Podemos vender nossas partes e fazer um descontinho familiar. Assim, todos podemos manter nossos quartos e Tyersall Park pode ser nosso hotel particular.

Alix ergueu os olhos de seu perfumado prato de arroz e frango. O que Victoria estava sugerindo? Ela não tinha a menor intenção de vender a sua parte com desconto.

Philip balançou a cabeça enquanto comia uma garfada de arroz frito.

— Para começar, eu não tenho dinheiro para comprar a parte de vocês. E, mesmo se tivesse, o que eu faria com essa casa? Moro em Sydney a maior parte do ano... Não tenho como manter um elefante branco desses!

— Cat, você gostaria de ficar com Tyersall Park? Você tem como manter a casa, não tem? — perguntou Victoria, esperançosa.

— Tudo aqui me lembra a mamãe e eu ficaria muito triste nessa casa — respondeu Catherine, mexendo na sopa com pouco apetite.

— Cat está certa — concordou Alix. — Essa casa não é a mesma coisa sem mamãe. Para mim está claro que ela queria que a gente vendesse Tyersall Park. Sabia que nenhum de nós iria querer mantê-la.

Victoria parecia chateada.

---

* Salsicha chinesa.
** Arroz glutinoso com frango enrolado em folha de lótus. Meu *dim sum* favorito.

— Então o que vai acontecer comigo? Vou ter que me mudar para um apartamento? Deus do céu! Vou me sentir como se fizesse parte dos novos pobres!

— Victoria, ninguém mais dá a mínima para isso — disse Alix.

— Veja todos os nossos amigos e nossos primos. Os T'siens, os Tans, os Shangs. Ninguém que a gente conhece mora mais em suas casas originais. Buitenzorg, Eu Villa, 38 Newton Road, The House of Jade. Todas as grandes propriedades se foram. Até Command House agora faz parte de UBS. Eu moro num apartamento de três quartos há décadas e amo!

Harry assentiu, concordando.

— Eu sonho com o luxo de morar em algum lugar pequeno, como aqueles apartamentos HDB!* Ouvi dizer que a maioria deles tem até elevador hoje em dia!

Alix olhou ao redor da mesa, para cada um de seus irmãos.

— Uma propriedade desse tamanho não fica disponível no mercado há quase um século... Isso é como se o Central Park de Nova York fosse colocado à venda. Nessa região, a taxa é de mil dólares por pé quadrado. Temos mais de 2,8 milhões de pés quadrados, ou seja, aproximadamente 2,8 bilhões de dólares. Mas acho que empreiteiras pagariam até mais e é claro que haverá mais de um interessado, assim a concorrência vai elevar o preço. Escrevam o que estou dizendo, venho negociando propriedades em Hong Kong há décadas. Temos que orquestrar essa venda metodicamente, porque essa é a nossa única chance de ganhar muito dinheiro.

Victoria suspirou, embora secretamente já estivesse imaginando a topiaria fofa que colocaria nos degraus de sua casa em Londres.

— Muito bem. Vamos vender a casa. Mas não podemos parecer desesperados demais para vendê-la. Isso seria inconveniente.

---

* Harry Leong obviamente nunca pisou num apartamento HDB – órgão do governo de Cingapura responsável pela habitação social no país – em toda a sua vida, porém, assim como aqueles que fazem parte do um por cento da população, sempre fantasiou sobre fazer um "downsizing" e morar em um apartamento HDB, já que "tem direito a um deles".

— Acho que deveríamos esperar pelo menos seis meses. Não queremos dar a impressão de que somos uns porcos gananciosos — argumentou Felicity, enquanto chupava um ossinho de peixe.

Philip deu um gole no café e fez cara feia.

— Então está combinado. Volto para Sydney essa noite. Não aguento nem mais um dia sem um *flat white*. Volto daqui a seis meses e então podemos oficialmente colocar a casa à venda.

Naquele momento, Ah Ling entrou na sala de jantar com uma notícia:

— Acabou de chegar uma coisa que acho que todos deveriam ver.

Dois gurkhas entraram empurrando uma espécie de carrinho. Nele, havia uma montanha de caixas com fitas coloridas, todas da Ladurée, de Paris. Havia caixas e mais caixas de chocolates e trufas, macarons e bolos — as sobremesas mais deliciosas da lendária confeitaria. Coroando esse elaborado presente havia um *croquembouche*, com um cartão dourado preso na frente. Ah Ling pegou o cartão e o entregou a Philip. Ele o abriu e começou a rir.

— O que foi? — perguntou Eleanor, ansiosa.

Philip leu o cartão em voz alta.

— A Bright Star Properties deseja à família Young prosperidade e bons fluidos no próximo ano da Cabra. Gostaríamos de, com todo o respeito, fazer uma oferta de 1,8 bilhão por Tyersall Park.

Felicity arquejou, enquanto Alix se virou para Victoria, com um sorriso malicioso.

— Acho que não precisamos nos preocupar em não parecer porcos gananciosos.

10

•

Cluny Park Road, N. 28, Cingapura

Kitty boiava em sua espreguiçadeira inflável no meio da piscina num atraente maiô Araks de um ombro só quando ouviu o carro retornando para casa. Ela estava esperando impacientemente fazia uma hora, depois de ter enviado a empregada até a livraria para que comprasse uma pilha inteira da nova edição da revista *Tattle*, que havia acabado de ser publicada naquela manhã.

Kitty bateu os pés, direcionando a boia para a beirada da piscina quando viu a empregada descer as escadas correndo com uma pilha de revistas nas mãos, seguida do motorista, que também trazia outra grande pilha.

— Por que vocês demoraram tanto?

— Desculpe, madame. Quando chegamos à livraria, ela ainda não estava aberta, eles tiveram que primeiro abrir as caixas na qual estavam as revistas e registrá-las no computador. Mas aqui estão. Compramos todas as quarenta cópias — disse ela, entregando a Kitty a primeira revista de sua pilha.

A revista estava embalada com plástico, com um letreiro dourado cobrindo a capa que dizia: NOSSA EDIÇÃO MAIS SELVAGEM DE TODOS OS TEMPOS! Kitty sentiu o coração acelerar enquanto tentava rasgar o plástico, desesperada para ver a revista. Ela mal podia esperar para ver sua foto na capa sob a manchete "Princesa

Kitty". Sua boia balançava na água e seus dedos molhados escorregavam no plástico.

— Aqui, eu ajudo! — ofereceu a empregada, sentindo a ansiedade da patroa. Ela rasgou o plástico, desembalou a revista lustrosa e a entregou a Kitty.

Kitty encarou a capa, a expressão de expectativa em seu rosto se transformando em absoluto horror. Olhando para ela, da capa da *Tattle*, estavam Colette e seu marido, Lucien, sentados a uma mesa de café da manhã, com um enorme orangotango.

— Aaaahhh! O que é isso? Essa não é a edição certa! — gritou Kitty.

— Não, madame. Essa é a última edição. Novinha em folha. Eu vi quando eles tiraram das caixas.

Kitty analisou a capa, cuja manchete dizia: SENHORES DAS FLORESTAS: O CONDE E A CONDESSA DE PALLISER.

— Não! Não! Não! Isso não pode ser real! — Kitty se sentou propriamente na boia e folheou a revista freneticamente, à procura de sua entrevista. O que havia acontecido com seu lindo ensaio fotográfico feito pelo Nigel Barker? Com as fotos de Harvard beijando-a? Ela não as estava achando. Em vez disso, a matéria principal tinha dez páginas e era dedicada a fotos da visita de Colette e Lucien a um centro de conservação na Indonésia. Havia fotos de Colette oferecendo chá para uma família de orangotangos em uma mesa de ferro forjado à beira de um rio, de Colette caminhando pela floresta tropical com um grupo de primatologistas, com um deles segurando um bebê orangotango.

A essa altura do campeonato, a espreguiçadeira inflável de Kitty havia boiado para o meio da piscina e ela gritou para a empregada:

— Me dê meu celular!

Kitty golpeou seu celular com raiva enquanto ligava para Oliver T'sien. O telefone chamou algumas vezes antes que ele atendesse.

— Linha Direta de Serviços Psíquicos do Ollie — disse ele, brincando, ao atender.

— Você já viu a última edição da *Tattle*? — perguntou Kitty, a voz tremendo de raiva.

— Não. Saiu hoje? Estou em Hong Kong essa semana, então não tive a chance de ver ainda. Parabéns! Como ficou?

— Parabéns? Dê uma olhada na capa da revista e me diga o que você acha de mim na merda da capa! — gritou Kitty, antes de desligar.

Deus do Céu! O que foi agora?, pensou Oliver consigo mesmo. Será que eles acabaram publicando uma foto um pouco menos atraente do nariz dela? Ele não tinha como encontrar uma cópia da revista em Hong Kong, mas talvez a edição já estivesse disponível na internet. Ele abriu o navegador do telefone e logou em tattle.com.sg. A página carregou em segundos e então a capa apareceu.

— Puta que pariu! — xingou Oliver, ao começar a ler a matéria.

PRINCESA DEFENSORA DO MEIO AMBIENTE: UMA ENTREVISTA EXCLUSIVA COM COLETTE, CONDESSA DE PALLISER

A condessa de Palisser entra no jardim da embaixada britânica em Cingapura sem nenhuma pompa ou circunstância, nenhum assistente ou relações-públicas à vista. Ela aperta a minha mão e imediatamente se mostra preocupada por eu estar sentado ao sol. Pergunta se estou com calor, ou se eu gostaria de me sentar em outro lugar e se alguém me ofereceu alguma bebida.

Não era essa a mulher que eu estava esperando encontrar. Antes conhecida como Colette Bing, a blogueira de moda mais influente da China — com mais de 55 milhões de seguidores — a hoje condessa está sentada à minha frente usando um vestido florido simples porém adorável, e nenhuma maquiagem ou joias, exceto pela aliança simples de ouro de Gales. Eu pergunto quem desenhou seu vestido e ela ri. "Esse é um vestido Laura Ashley de segunda mão que comprei numa das araras da Oxfam na vila perto de onde moro."

É a primeira pista de que, por mais comum que a vida da condessa pareça ser, não é tão comum assim. A vila à qual ela se refere é Barchester, talvez uma das mais charmosas de toda a Inglaterra, onde a condessa e seu marido, Lucien Montagu-Scott, o conde de Pallister, moram numa charmosa e antiga casa paroquial com dez quartos, no coração do Castelo de Gatherum, a propriedade de 14 mil hectares de seu sogro, o duque de Glencora.

Ouvi rumores de que a designer de interiores Henrietta Spencer-Churchill, do Palácio de Blenheim, tem estado muito ocupada transformando a casa num paraíso, mas, quando tento perguntar sobre o assunto, a condessa simplesmente me diz que a casa está sendo remodelada e me direciona ao assunto mais importante: "Minha vida não é assim tão interessante. Vamos falar sobre a Indonésia", diz ela, com um sorriso animado.

A Indonésia é o motivo pelo qual ultimamente o conde e a condessa têm passado tanto tempo nessa parte do mundo. O conde, renomado ativista ambiental, e a condessa, na verdade, se conheceram lá. "Eu estava um pouco perdida, viajando sozinha por vários resorts e spas por meses", admite a condessa. "Conheci Lucien em Bali por acaso, e ele me disse que estava a caminho de uma parte remota do norte da Sumatra. Num impulso, decidi ir também."

Foi uma decisão que mudou a vida dela para sempre. "Lucien me levou a um centro de resgate de orangotangos, e foi a primeira vez que vi de perto a terrível tragédia ambiental que está acontecendo lá. Os orangotangos da Sumatra estão classificados como "clinicamente ameaçados de extinção", e a população está sendo dizimada, juntamente com diversas outras espécies, por causa da devastação florestal e da caça ilegal. Orangotangos filhotes estão sendo caçados e vendidos por traficantes, que, para capturá-los, matam as mães primeiro. Para cada bebê orangotango vendido, estima-se que cerca de seis ou oito orangotangos adultos sejam mortos. Você consegue imaginar uma coisa dessas?", questiona a condessa, a pele branca ficando rosada de raiva.

O que ela viu naquelas primeiras semanas na Sumatra deram à condessa sua única missão de vida: trazer à tona essa tragédia ambiental e lutar por mudança. "As pessoas falam sobre a Amazônia, mas é terrível o que vem sendo feito nesta parte do sudoeste da Ásia. A maior culpada é a indústria do óleo de palma. *Todo mundo* deveria parar de consumir produtos feitos com óleo de palma! Na busca por terras para plantar mais palmeiras, florestas milenares estão sendo queimadas, completamente destruídas, e estamos perdendo inúmeras espécies que jamais voltaremos a ver. Os orangotangos, um dos animais mais preciosos do planeta, podem estar extintos dentro de 25 anos", diz a condessa, com lágrimas nos olhos.

"E, além disso, veja o que as queimadas e o desmatamento têm causado na região — veja o que estão fazendo com a qualidade do ar aqui mesmo em Cingapura. É possível sentir os efeitos dessas queimadas neste momento se você respirar fundo!"

Nesse ponto da entrevista, o marido da condessa entra no terraço e se junta a nós. Ele é alto, loiro e tão incrivelmente lindo que na mesma hora me lembro de Westley de *A princesa prometida*. Fico surpresa com a sensibilidade do conde e, quando ele fala da esposa, seu rosto se ilumina como o de um adolescente apaixonado. "A dedicação da Colette aos bebês orangotangos — como ela cuida deles, a maneira como ela coloca a mão na massa e se dedica completamente à causa — realmente me surpreendeu. Isso me fez cair de amores por ela, cem por cento. Eu sabia que tinha encontrado minha princesa defensora da natureza. Depois de passarmos alguns dias juntos no acampamento, eu sabia que não poderia deixá-la escapar."

"Nossa missão é apenas o começo. Ainda há muito a ser feito, e é por isso que decidimos nos mudar para Cingapura pelos próximos anos", revela a condessa. "Essa será uma base excelente para o nosso trabalho em toda a região", afirma o conde.

O conde e a condessa vão morar numa das exclusivas propriedades de Cingapura? "Não sei se passaremos tanto tempo aqui, por isso acho que faz mais sentido alugarmos um apartamento pequeno num lugar mais central", revela a condessa. Caso você esteja pensando que os Pallisers abandonaram completamente seus robes de arminho e suas tiaras e os substituíram por calças cargo e sandálias, Colette revela que está organizando um evento que sem dúvida vai fazer cada leitor deste artigo polir suas melhores joias.

"Vou organizar um baile beneficente em prol dos orango-tangos com minhas amigas, a duquesa de Oxbridge e Cornelia Guest. As duas são dedicadas à preservação da natureza e fazem um lindo trabalho com animais — Alice com tartarugas mari-nhas e Cornelia com minicavalos. Espero que amigos de todas as partes do mundo venham para o baile, que será inspirado no lendário Baile Proust de Marie-Hélène de Rothschild no Castelo de Ferrières."

Se a história se repetir, a noite encantadora promete ser a festa de gala mais aguardada da primavera, e desejamos que seja o começo de muitas coisas boas no caminho deste maravilhoso, aristocrático e *consciente* casal.

Quando terminou de ler, Oliver imediatamente ligou para Violet Poon, da *Tattle*.

— Você pode me explicar por que tem uma porra de um macaco na capa da sua revista esse mês em vez da Kitty Bing?

— Oh, Oliver. Eu ia te ligar! Foi uma ordem de última hora que veio do meu chefe. Eles vão publicar essa matéria em todas as edições da *Tattle* ao redor do mundo esse mês. É uma matéria tão importante!

— Então o que vai acontecer com a matéria importante da Kitty?

— Bom, já que Colette foi a capa desse mês, pensamos que tería-mos que ser um pouco, digamos... diplomáticos. É claro que não poderíamos publicar a matéria da Kitty na mesma edição. Quer dizer, ela é a madrasta da Colette. Não queremos ofender nenhuma das duas. Mas você sabe que eu adorei a capa da Kitty! Aquelas fotos do Nigel são maravilhosas! Vamos guardar para publicar daqui a alguns meses. Seria ótimo para o outono, o que você acha? Não seria uma capa perfeita para a edição de setembro?

Oliver ficou calado por alguns instantes, tentando pensar numa forma de explicar isso para Kitty.

— Espero que Kitty não tenha ficado chateada por causa disso. Vamos dar a ela um tratamento de estrela, prometo. Faremos uma festa de lançamento em uma butique.

— Chateada? Violet, acho que você não tem ideia do que fez. Você acabou de começar a Terceira Guerra Mundial!

— Oh, meu Deus...

— Preciso desligar. Tenho que ver se consigo desarmar as bombas nucleares agora.

Oliver encerrou a ligação com Violet, respirou fundo e ligou para Kitty. Ela atendeu estranhamente calma e permaneceu assim enquanto ele lhe explicava a situação.

— Na verdade, eu até acho que vai ser bem melhor para você, Kitty. A capa da edição de outono é muito mais prestigiosa. Pense na edição de setembro da *Vogue*. É a edição mais importante do ano. Você vai ter muito mais exposição. Menos pessoas verão a edição de março da *Tattle* e, para ser sincero, a capa está horrorosa! Olha essa mãe orangotango e seus mamilos marrons caídos.

— Você leu a matéria? — perguntou Kitty, com toda a calma.

— Li.

— Então você sabe que Colette está se mudando para Cingapura com o marido. O casal real!

— Kitty, eles não são realeza.

— Ah, é? Então me diga por que eles receberam tratamento de realeza no velório da sua tia-avó? Nem tente negar, eu vi as fotos da Colette com a sultana viúva de Perawak no Instagram oficial real! Você mentiu para mim! Você *jurou* que ela não estaria lá!

— Kitty, eu não fazia ideia de que a família do marido dela conhecia a família do meu tio-avô Alfred. Isso não é uma conspiração contra você.

— Não? Então por que parece que ela está fazendo de tudo para me ofuscar? Ela é convidada para o velório do século, rouba minha capa da *Tattle* e agora vai organizar um grande baile beneficente em Cingapura para angariar fundos para esses malditos macacos dela!

— Os orangotangos precisam de toda a ajuda possível, Kitty.

— Isso não vem ao caso. Colette está organizando esse baile para que toda a sociedade de Cingapura possa se ajoelhar aos seus pés como se ela fosse a porra da rainha de Sabá! Você sabe que ela está fazendo isso tudo para se vingar, não sabe? Ela quer me insultar!

Oliver suspirou, irritado.

— Kitty, você não acha que está exagerando? Você nem conhece pessoalmente a Colette. Não faz a menor ideia do que está se passando pela cabeça dela! Sinceramente, não acho que ela tenha o menor interesse em insultar você.

— Claro que ela me insultou, e está insultando o meu marido! Você percebeu que ela não citou Jack nenhuma vez? Quem você acha que está bancando essas aventuras com esses macacos?

— Kitty, você está formulando teorias na sua cabeça e entrando em parafuso!

— Não. Estou colocando *você* em parafuso. Quero que você consiga um título para mim. Quero um título real que seja mais importante do que o da Colette.

Oliver suspirou.

— Kitty, conseguir qualquer tipo de título leva tempo. Morando em Cingapura, você pode tentar um título honorário de uma das famílias malaias. Mas terá que puxar muito saco para isso. Na melhor das hipóteses, se você fizer tudo direitinho, pode conseguir um título dentro de alguns anos.

— Não vou esperar tanto tempo. Não me interessa o que você terá que fazer, quanto terá que gastar. Eu quero um título e tem que ser antes desse baile idiota em homenagem aos macacos da Colette!

— Isso não é nada realista, Kitty. Quero dizer, conheço alguns príncipes italianos bissexuais que podem estar dispostos... Mediante alguns incentivos financeiros, claro... A se casar com você, mas você terá que se divorciar do Jack.

Kitty grunhiu.

— Como assim? Eu não vou me divorciar do meu marido!

— Então temo que não haja nenhuma maneira de conseguir um título real em um mês.

— Bom, então você está demitido! Não vou mais pagar seu salário. Na verdade, a partir desse momento, vou suspender todos os pagamentos. A taxa pelas fotos do Nigel Barker, todo o dinheiro que você gastou decorando a minha casa, *tudo*.

— Kitty, pare de ser irracional! Você está falando de quase 100 milhões de dólares. Você sabe que terei que arcar com essas contas se você não pagar — gaguejou Oliver, temeroso.

— Exatamente! Então me consiga esse título. O que é mais importante que uma condessa? Uma duquesa? Uma princesa? Uma imperatriz? Não quero nem saber se você vai ter que subornar o príncipe Bibimbap da Coreia, só quero que Colette tenha que fazer reverência para mim da próxima vez que nos encontrarmos. Quero limpar o chão com a cara dela! — gritou Kitty.

— Kitty, por favor, se acalme! Kitty? — Oliver percebeu que ela havia desligado na cara dele.

Um arrepio de medo passou pelo seu corpo. Kitty era uma cliente que ele não poderia se dar ao luxo de perder. O que ela lhe pagava por mês era uma das coisas que mantinha os lobos à distância.

Sem que os Youngs, os Shangs ou o resto do mundo soubesse, a família de Oliver estava passando por dificuldades, desde que a Barings, a companhia de banco de investimento, havia colapsado, em 1995. A maior parte do portfólio dos T'siens havia sido investida na tradicional empresa londrina, que gerenciava a riqueza da maioria das famílias da aristocracia inglesa, incluindo a da rainha. Mas, depois que a empresa foi à falência — ironicamente devido a um *trader* desonesto baseado em Cingapura —, os investimentos dos T'siens, assim como os demais clientes da Barings, haviam ido pelo ralo.

O que havia sobrado das demais contas bancárias era uma mixaria, cerca de 10 milhões, e esse valor foi usado para manter o estilo de vida da sua avó Rosemary. O dinheiro era dela por direito e ela estava autorizada a viver seus últimos anos com todo o conforto, porém isso significava que sobraria menos para repartir entre seus cinco filhos. Os T'siens haviam sido os maiores proprietários de terras de Cingapura nos anos noventa, mas havia restado apenas uma propriedade agora — o enorme bangalô da avó em Dalvey Road, que valia cerca de 35 milhões, ou 40, se o mercado voltasse a se recuperar. Dividindo esse valor por cinco, isso significava que seu pai herdaria apenas 6 ou 7 milhões, se um dia a casa fosse vendida. E isso era bem menos do que seus pais deviam aos bancos.

Durante anos, eles contraíram um empréstimo atrás do outro, e Oliver passou sua juventude levando a vida do filho de um homem rico, estudando nas melhores escolas do exterior — de Le Rosey a Oxford. Mas, depois do colapso da Barings, ele se viu na inconcebível posição de ter de trabalhar para sobreviver. Oliver sempre conviveu com o um por cento da população mundial, e poucas pessoas entendiam o inferno que era viver num mundo onde todos ao seu redor são podres de ricos, mas você não.

Ninguém sabia quais estratégias que ele tinha de usar para manter as aparências, pelo bem de sua família e de sua carreira. Havia os juros absurdos sobre os empréstimos. Dez cartões de crédito que ele tinha de revezar mês a mês. Os financiamentos do *hutong* dos pais em Pequim, o apartamento dele em Londres e o condomínio em Cingapura. O ano passado tinha sido o pior, quando sua mãe fora forçada a vender o lendário broche de jade dos T'siens e outras relíquias da família para poder pagar despesas médicas inesperadas. As contas continuavam chegando e não acabavam nunca. E agora Kitty ameaçava não pagar as monstruosas contas da reforma — contas que *ele* havia assinado. Se ele não conseguisse fazer um milagre para dar a Kitty o título que ela desejava, sua família, sua carreira, sua reputação, tudo iria por água abaixo.

11

•

Tyersall Park, Cingapura

Ao chegarem para almoçar no dia seguinte, Nick e Rachel descobriram que a sala de jantar havia sido transformada em uma sala de gestão de crises improvisada. Quadros brancos ou de cortiça giratórios haviam sido dispostos ao redor da sala, a mesa de jantar estava tomada por pilhas de documentos e vários folders institucionais, e sete ou oito jovens funcionários se apinhavam para analisar planilhas em seus laptops.

Ah Ling entrou com outro pacote que havia acabado de chegar e notou o casal perplexo.

— Ah, Nicky, o almoço será servido no terraço hoje.

— Hã... Quem são essas pessoas? — sussurrou Nick para ela.

— São do escritório do tio Harry. Estão ajudando com as ofertas que chegaram pela compra da casa — respondeu Ah Ling, dando a Nick um olhar que claramente registrava sua desaprovação.

Nick e Rachel foram para o terraço, onde encontraram uma reunião de parentes bem menor. Os Aakaras haviam pegado o avião de volta para Bangcoc no início da manhã, e a maioria dos Chengs partira no dia anterior. Os únicos hóspedes de fora da cidade que permaneceram foram Alix e Alistair, uma vez que ambos eram acionistas da propriedade.

Enquanto Nick e Rachel se postavam à mesa do bufê, onde uma variedade de pratos estava servida, Victoria falou enquanto lia uma das propostas:

— Essa oferta do Extremo Oriente é um insulto! Dois bilhões e meio, pagos ao longo de mais de cinco anos. Eles acham que a gente nasceu ontem?

— Não vamos nem nos dar ao trabalho de responder — declarou Alix. Ela levantou a cabeça quando Nick e Rachel se sentaram à mesa de ferro forjado com os pratos de comida. — Nicky, você tem ideia de que horas seu pai estará aqui? Temos muito o que conversar com ele.

— Papai voltou para Sydney.

— O quê? Quando ele foi embora?

— Ontem à noite. Ele não avisou que iria voltar?

— Sim, mas pensamos que ele mudaria de planos, agora que as ofertas não param de chegar. Ugggh! Aquele garoto irresponsável! Estamos no meio de uma guerra de lances, e ele *sabe* que não podemos fazer nenhum movimento sem ele — bufou Felicity.

— Papai virou aquela pessoa que faz a mesma coisa todos os dias, e estava sentindo muita falta do café da cafeteria que ele frequenta todas as manhãs em Rose Bay — Nick tentou explicar.

— Há bilhões de dólares em jogo aqui e ele está reclamando do café? Como se o café solúvel Folgers Crystals não fosse bom o suficiente para ele! — zombou Victoria.

Rachel se intrometeu na conversa.

— Algumas pessoas realmente não conseguem funcionar bem sem seu café. Em Nova York, tenho que pegar meu café habitual no Joe Coffee a caminho do trabalho, senão não consigo sobreviver à manhã.

— Eu nunca vou entender vocês, pessoas do café. — Victoria fez tsc-tsc, enquanto mexia cuidadosamente sua xícara de chá feita com folhas de chá ortodoxo GFBOP* que ela mandava vir de avião todos os meses de uma fazenda especializada na Tanzânia.

— Ligue para o seu pai. Diga que estamos no meio de uma férrea guerra de lances e que a casa poderá ser vendida antes do fim dessa semana — ordenou Felicity.

---

* Qualquer bom sommelier de chá dirá que GFBOP é a sigla de Golden Flowery Broken Orange Pekoe, é óbvio.

Nick olhou surpreso para as tias.

— Vocês realmente pretendem vender Tyersall Park assim tão rápido?

— Precisamos fechar o acordo enquanto a frigideira ainda está quente! O Ano-Novo Chinês está aí, e agora todo mundo está se sentindo particularmente próspero e ousado. Você sabia que nosso lance máximo já ultrapassa 3 bilhões? — relatou Alix, com entusiasmo.

Nick ergueu as sobrancelhas:

— De quem é o lance e como eles garantirão que a casa será preservada?

Felicity riu.

— Ora, Nicky, você está cansado de saber que ninguém vai preservar essa casa. Os empreendedores imobiliários estão interessados apenas no terreno. Eles vão demolir tudo.

Nick olhou para Felicity, horrorizado.

— Espere um minuto... Como eles podem demolir isso tudo aqui? Não é uma propriedade tombada?

Victoria balançou a cabeça.

— Se fosse uma casa no estilo Peranakan, ou construção do estilo colonial Preto e Branco, talvez estivesse tombada, mas essa casa é uma mistura de estilos. Foi construída por um arquiteto holandês que o proprietário anterior desse lugar, um sultão, mandou trazer da Malásia. É uma loucura arquitetônica.

— Mas, obviamente, é também isso que a torna tão valiosa. Essa é uma propriedade que não conta com absolutamente nenhum impedimento por herança ou lei de zoneamento. É o sonho de qualquer empreendedor! Tome, veja a proposta principal que recebemos — disse Alix, entregando a Nick um folheto brilhante.

Zion Empreendimentos

UMA COMUNIDADE CRISTÃ DE LUXO

Imagine um condomínio fechado exclusivo para famílias com alto patrimônio líquido que compartilham das bênçãos do Espírito Santo.

Noventa e nove casas esplêndidas, inspiradas nos Jardins Suspensos da Babilônia, com áreas entre 464 e 1.400 metros quadrados em lotes de meio hectare cercarão a Galileia, uma gloriosa lagoa artificial com a maior cachoeira artificial do mundo, abastecida unicamente com água importada do rio Jordão. No coração da comunidade estão o Doze Apóstolos, um exclusivo campo de golfe único de doze buracos projetado por nosso fiel irmão Tiger Woods, e um sofisticado clube — o Rei Davi —, que contará com uma trindade de restaurantes de alta classe mundial encabeçados por chefs com estrelas Michelin, além, é óbvio, de Jericó, que certamente virá a ser o spa e o *health club* mais badalado e de última geração de Cingapura.

Venha para Zion — viva em abundância e seja salvo.

Nick ergueu os olhos do folheto, sem acreditar.

— É sério que essas pessoas são os principais candidatos? Uma *comunidade cristã de luxo?*

— Não é inspirador? É da empresa da Rosalind Fung. Sua mãe frequenta os Banquetes da Fraternidade Cristã que ela organiza em Fullerton. Eles fizeram uma oferta de 3,3 bilhões de dólares, e além disso vão dar uma casa para cada um de nós! — disse Victoria, sem fôlego.

Nick mal conseguiu esconder sua repulsa.

— Tia Victoria, caso você tenha esquecido, Jesus serviu aos pobres.

— Certo. Não entendi aonde você quer chegar.

Felicity entrou na conversa.

— Jesus disse: "Enriquecer é glorioso."

— Na verdade, foi Deng Xiaoping, o finado líder comunista da China, quem falou isso! — rebateu Nick. Ele se levantou da mesa abruptamente e se dirigiu a Rachel: — Vamos embora.

Assim que entraram no Jaguar XKE conversível *vintage* do pai de Nick e aceleraram pela entrada da garagem, Nick virou-se para Rachel.

— Desculpe, eu perdi o apetite sentado ali com minhas tias. Eu simplesmente não aguentaria ouvi-las nem um minuto a mais.

— Acredite em mim, eu entendi tudo. Aonde estamos indo?

— Eu pensei em levar você ao meu restaurante favorito para um almoço decente... o Sun Yik Noodles. É um pequeno café que existe desde os anos trinta.

— Fantástico! Eu estava mesmo começando a ficar com fome.

Em 15 minutos os dois haviam chegado ao bairro de Chinatown e, depois de estacionar o carro, passearam pela Club Street, com suas pitorescas casas antigas, seguindo em direção a Ann Siang Road, enquanto Nick se punha a dar detalhes sobre o local para Rachel.

— É um lugar superdetonado. Eles não trocam as mesas de fórmica desde os anos cinquenta, aposto. Mas eles servem o melhor macarrão de Cingapura, e todo mundo vem comer aqui. O ex-chefe de Justiça da Suprema Corte costumava almoçar aqui todos os dias, porque o macarrão é viciante. Você vai morrer quando provar. É um macarrão de ovo feito à mão, com uma textura incrível, perfeitamente macia. E eles o servem com frango cozido que fica fervendo horas em um molho de alho. Cara, esse molho! Quero ver se você acha que seria capaz de replicá-lo. Já passou da hora do almoço, então provavelmente não vamos esperar muito tempo por uma...

Nick parou e olhou para uma fachada do outro lado da rua, que havia sido coberta por um tapume de metal.

— O que foi?

— É aqui! Sun Yik Noodles! Mas onde está?

Eles atravessaram a rua e viram uma plaquinha pregada nas lâminas de metal que dizia:

TORY BURCH

Inauguração: verão de 2015

Nick correu até a loja ao lado, e Rachel o viu gesticulando freneticamente para o vendedor perplexo lá dentro. Alguns instantes depois, ele voltou, com uma expressão que era de puro choque.

— Fechou, Rachel. O Sun Yik não existe mais. Essa área ficou tão badalada que aparentemente o filho do proprietário original vendeu o lugar por uma quantidade exorbitante de dinheiro e decidiu se aposentar. E agora isso será a merda de uma butique da Tory Burch.

— Sinto muito, Nick.

— Puta que pariu! — gritou Nick, chutando o tapume de metal com raiva. Ele se sentou na calçada e cobriu o rosto com as mãos, desolado.

Rachel nunca o vira tão arrasado. Sentou-se ao lado dele na calçada e passou o braço em volta de seu ombro. Nick ficou naquela posição por alguns minutos, olhando para o nada. Depois de alguns instantes, ele finalmente falou:

— Tudo o que eu amo em Cingapura se foi. Ou está desaparecendo rápido. Toda vez que volto, descubro que mais lugares favoritos meus foram fechados ou demolidos. Restaurantes, lojas, prédios, cemitérios, nada mais é sagrado. Todo o caráter da ilha que eu conhecia quando criança foi quase que completamente destruído.

Rachel simplesmente assentiu.

— O Sun Yik era uma instituição... Eu pensei que sempre estaria a salvo. Quer dizer, juro por Deus, *eles serviam o melhor macarrão do mundo inteiro.* Todo mundo adorava. Mas agora acabou para sempre, e nunca poderemos ter isso de volta.

— Acho que as pessoas só percebem o que perderam quando já é tarde demais — comentou Rachel.

Nick olhou nos olhos dela com uma intensidade repentina.

— Rachel, eu tenho que salvar Tyersall Park. Não posso deixar que o lugar seja destruído e transformado em um condomínio fechado grotesco que só permite cristãos milionários.

— Pensei a mesma coisa.

— Por um tempo, acreditei que lidaria bem com tudo isso. Pensei que não me importaria se não herdasse a propriedade, desde que alguém na família ficasse com ela e que a preservasse. Mas agora estou vendo que não é bem assim.

— Sabe... O tempo todo eu me perguntei se você tinha realmente aceitado bem o fato de ter perdido a casa — confessou Rachel.

Nick refletiu sobre o que ela disse por um momento.

— Eu acho que, de maneira inconsciente, parte de mim sempre se ressentiu de Tyersall Park, porque todo mundo sempre me associou à casa, e eu nunca consegui me dissociar dela quando era mais jovem. Acho que foi por isso que Colin e eu ficamos tão amigos... Eu sempre fui "o garoto de Tyersall Park", e ele sempre foi o "garoto dos Empreendimentos Khoo". Só que, no fundo, eu e ele não passávamos de *garotos.*

— Foi como uma maldição de certa forma, não foi? É incrível como vocês dois conseguiram não deixar que isso definisse vocês.

— Bem, em algum momento eu fiquei em paz com isso, e me afastar disso tudo também me ajudou a apreciar a casa sob uma nova luz. Eu percebi o quanto esse lugar me alimentou, que encontrei meu lado aventureiro escalando árvores e construindo fortes, e percebi que passar tantas horas na biblioteca lendo todos os livros antigos do meu avô, as memórias de Winston Churchill, as cartas de Sun Yat-sen, me fez ficar fascinado por história. Mas agora parece que estou assistindo a toda a minha infância ser vendida para quem der o maior lance.

— Eu sei, Nick. Tem sido doloroso até para mim, que estou de fora disso. Simplesmente não consigo acreditar que isso tudo esteja acontecendo assim tão rápido, e que suas tias, que também cresceram naquela casa, parecem não dar a mínima para o fato de ela ser vendida.

— Mesmo o testamento da minha avó afirmando claramente o que afirma, eu não acredito que ela queria ver Tyersall Park demolida e esquecida dessa forma. Para mim, tem muita coisa que simplesmente não faz o menor sentido no testamento dela.

— Isso também não sai da minha cabeça, mas não me senti à vontade para me intrometer no assunto — disse Rachel franzindo o cenho.

— Gostaria de ter mais tempo para me aprofundar nisso e descobrir por que minha avó desejaria que a casa fosse vendida dessa maneira. Mas as coisas estão indo rápido demais na mão das minhas tias.

— Espere um instante... Suas tias podem até querer que as coisas andem rápido, mas você mesmo ouviu que nada vai acontecer sem a aprovação do seu pai. E, até onde eu sei, ele está em algum lugar de Sydney tomando um cappuccino bem-feito. E Alistair? Ele também tem uma parte da casa.

— Hmm... Por falar em Alistair... ele não tem estado muito em casa ultimamente, não é?

— Se você, seu pai e Alistair juntarem forças, terão votos suficientes para bloquear qualquer venda.

Nick beijou Rachel animadamente e pulou da calçada.

— Você é brilhante, sabia disso?

— Não sei se isso exigiu muita inteligência.

— Não, você é um gênio e me deu a melhor ideia do mundo! Vamos ligar agora mesmo para o meu pai!

12

•

Helena May, Hong Kong

Astrid entrou no salão de jantar do Helena May, o histórico clube privado de Hong Kong exclusivo para mulheres, e Isabel Wu acenou para ela de sua mesa junto à janela. Um tanto temorosa, ela seguiu em direção à mesa da ex-mulher de Charlie. Aquela era apenas a terceira vez que as duas se encontravam, e o último encontro, em Cingapura, não tinha acabado muito bem.

— Astrid. Muito obrigada por concordar em almoçar comigo. Eu sei que esse é o seu último dia em Hong Kong e que você deve estar muito ocupada — disse Isabel, levantando-se da cadeira e dando um beijinho em Astrid.

— Obrigada pelo convite. Adoro esse lugar.

— Sim, é bem especial, não acha? Hoje em dia existem pouquíssimos lugares como esse.

Astrid demorou-se um instante para olhar em torno, observando as outras senhoras elegantemente vestidas que almoçavam juntas. O salão de jantar, com sua mobília estilo rainha Anne e gravuras botânicas nas paredes, era uma viagem no tempo para outra época, quando Hong Kong era uma colônia britânica e aquele lugar era o bastião exclusivo das esposas de oficiais de alto escalão e expatriados. Tudo muito civilizado.

Astrid ficou aliviada com a recepção calorosa da ex-mulher de Charlie, e feliz em ver Isabel tão bem e tão chique, com um jeans branco, um suéter de cashmere cor-de-rosa e um colete acolchoado por cima. Ela estava olhando para a personificação das famílias ricas e tradicionais de Hong Kong.

— O que você tem feito por aqui desde que chegou?

Astrid hesitou por um momento. Achou que não seria uma boa ideia dizer a Isabel que havia passado a maior parte da semana planejando seu casamento em Hong Kong, e que ontem Charlie a levara para ver a espetacular casa nova que ele mandara construir para os dois em Shek O.

— Não muita coisa, na verdade. Só relaxei um pouco. É bom estar longe de Cingapura, sabe?

— Sim, as últimas semanas devem ter sido bem difíceis para você. Eu sinto muito pela morte da sua avó. Ela era uma mulher maravilhosa, pelo que ouvi.

— Obrigada.

— Como disse no bilhete que escrevi para você, eu era muito ligada à minha Ah Ma. Para falar a verdade, ela costumava me trazer até aqui para o chá da tarde uma vez por mês. Então, esse lugar guarda muitas lembranças para mim.

— Minha avó também costumava me levar para tomar o chá da tarde. Uma das minhas primeiras lembranças, creio eu, é de tomar chá com ela no Raffles em Cingapura. Mas, pouco tempo depois disso, ela parou de sair de casa.

— Quer dizer que ela se tornou uma reclusa? — perguntou Isabel.

— Sim e não. Ela não saía muito, isso é fato, mas apenas porque sentia que os padrões haviam mudado muito, de uma forma geral. Ela era extremamente exigente e não dava grande importância para comida de restaurante. Sendo assim, só frequentava a casa dos amigos... As que ela sabia que contavam com bons chefs... Ou então recebia convidados em sua própria casa. Ela gostava de receber pessoas o tempo todo e sempre foi muito sociável, até o fim da vida.

— Ela parece ter sido uma figura. Todas as mulheres da geração dela, como minha avó, eram grandes figuras. Minha avó era conhecida como a senhora do chapéu. Tinha a coleção mais incrível de chapéus jamais vista, e nunca saía de casa sem um.

A garçonete veio anotar os pedidos. Depois que Astrid pediu o creme de aspargos, Isabel olhou para ela com uma expressão quase envergonhada.

— Então... Preciso confessar que passei a manhã inteira muito nervosa com esse almoço. Ainda estou com muita vergonha do que fiz em Cingapura!

— Está tudo bem, sério. Fico feliz em ver você tão bem de novo.

— Aquelas mulheres que eu escaldei... Uma delas era freira, ou algo assim? Ela está bem? Eu tenho uma lembrança tão estranha daquele dia. Porque eu me lembro de tudo, sabe... Eu só não tinha controle nenhum do que estava fazendo.

— Freira? — Astrid não sabia a quem Isabel estava se referindo.

— Eu me lembro da expressão no rosto dela quando joguei a sopa. Os olhos dela se arregalaram, e ela estava com um quilo de rímel e um hábito de freira.

— Ah! Você está falando da sultana viúva de Perawak... Ela estava de *hijab*. Ela ficou bem. No fim das contas, a sopa quase não caiu nela. Não se preocupe, isso provavelmente foi a coisa mais emocionante que aconteceu com ela em décadas.

— Bem, agradeço sua compreensão. E preciso muito agradecer também por cuidar tão bem das minhas filhas durante esse período difícil.

— Imagine. Chloe e Delphine são meninas adoráveis.

Isabel parou de falar por um momento e olhou pela janela para a paisagem do parque da colina. Para Astrid, era evidente que ela estava emocionada.

— Em breve você será a madrasta delas. Passará muito mais tempo com as duas, e eu fico... Fico muito feliz por elas terem você, e não apenas a mãe maluca delas.

Astrid estendeu a mão e colocou-a sobre a de Isabel.

— Não diga isso. Você fez um ótimo trabalho com elas. Você é a mãe delas, e eu não estou aqui para tentar ser uma espécie de mãe substituta. Só espero que, com o tempo, elas me vejam como uma amiga.

Isabel sorriu.

— Astrid, estou tão feliz por estarmos almoçando juntas. É como se agora eu finalmente soubesse quem você é.

Depois do almoço, quando as duas estavam se despedindo diante da entrada do Helena May na Garden Road, Isabel perguntou:

— O que você vai fazer agora? Vai fazer compras? Meu motorista poderia deixar você em algum lugar, se quiser.

— Bem, volto para Cingapura dentro de algumas horas, mas antes vou me encontrar com Charlie. Acho que ele está em casa, me esperando para tomar algumas decisões em relação à decoração.

— A nova casa em Shek O? Eu adoraria conhecê-la qualquer dia. Afinal, Chloe e Delphine irão passar metade de suas vidas lá.

— Claro. Pensando bem, se você estiver livre, por que não vem comigo agora?

— Oh... bom... Eu não quero me intrometer... — disse Isabel, hesitante.

— Não, não. Tenho certeza de que não será problema. Vou só mandar uma mensagem para o Charlie.

Astrid rapidamente disparou uma mensagem de texto:

ASTRID LEONG: Ei! Acabando o almoço com Isabel. Foi ÓTI-MO.

CHARLIE WU: Fico muito feliz.

AL: Isabel gostaria de ver a casa. Tudo bem se eu a levar comigo?

CW: Certo, se você não se importar.

AL: Óbvio que não. Nos vemos daqui a pouco.

— Vamos? — disse Astrid, olhando para o celular.

As duas embarcaram na parte de trás do Range Rover com mo-torista de Isabel e saíram em disparada.

Ao percorrerem o lado sul da ilha de Hong Kong, a paisagem começou a mudar drasticamente à medida que os arranha-céus densos que cascateavam na encosta da montanha davam lugar a baías pitorescas e a paisagens litorâneas.

A estrada percorreu a Repulse Bay e suas praias, serpenteando pelo litoral ao passarem pela baía Deep Water Bay e a vila de Stanley. Finalmente, chegaram a Shek O, uma histórica vila de pescadores na extremidade sudeste da ilha de Hong Kong, que também abrigava um dos bairros mais exclusivos do mundo.

— Charlie sempre quis morar aqui, mas eu nunca deixei. Prefiro estar mais perto da cidade. Eu jamais poderia viver aqui no meio do nada, sou uma mulher muito urbana — comentou Isabel quando elas pararam em frente a um imponente portão de metal com uma portaria ao lado.

— Não tem ninguém ali — avisou o motorista.

— Ah... Ainda não temos funcionários. Basta digitar 110011 no teclado — explicou Astrid, checando as instruções que Charlie havia lhe mandado por mensagem. O portão deslizou silenciosamente, e o carro seguiu pela longa entrada até a casa. Ao fazer uma curva, a vila à beira-mar situada sobre um rochedo tornou-se visível.

— Esse lugar é muito a cara do Charlie — comentou Isabel, rindo, enquanto elas se dirigiam para a imponente série de estruturas contemporâneas projetadas por Tom Kundig em aço, calcário e vidro.

— Sua casa em The Peak tem o estilo mais tradicional, não é? — perguntou Astrid.

— Não tenho certeza de onde você ouviu isso, mas é estilo palladianismo clássico, construída nos anos vinte. Escolhi o estilo provençal francês para a decoração. Queria que parecesse um solar de Provença. Você precisa visitá-la na próxima vez que vier para cá.

— Ouvi dizer que é uma das casas mais elegantes de Hong Kong — disse Astrid.

Elas saltaram do carro e adentraram um grande pátio onde havia um grande espelho de água. Ali, as paredes da casa principal eram inteiramente de vidro, permitindo uma transição perfeita entre o interior e o exterior. Ao entrar na casa, Astrid foi novamente surpreendida pela vista espetacular do mar que podia ser apreciada de todos os ângulos da casa.

No amplo salão, uma janela imensa emoldurava perfeitamente uma ilhota logo além do litoral, e, entrando na sala de estar, uma parede com várias janelas dava para o terraço, onde uma piscina infinita corria ao longo de um lado inteiro da casa: sua linha do horizonte fundia-se ao Mar da China Meridional.

Quando Charlie veio cumprimentá-las, Isabel graciosamente lhe disse:

— Charlie, você se superou. Finalmente conseguiu sua tão sonhada casa à beira-mar!

— Fico feliz que você a aprove, Izzie. Ainda estamos muito longe de terminar, e acabamos de receber os primeiros móveis grandes. Mas venha, vou mostrar a você a ala privativa da Chloe e da Delphine.

Depois de fazerem um tour com Isabel pelos quartos das filhas, os três foram para a sala de jantar, onde uma enorme mesa de jantar *vintage* George Nakashima havia acabado de ser entregue. Em pé ao redor da estrutura de forma livre que lembrava um imenso pedaço de madeira em estado bruto, Charlie olhou para Astrid.

— O que você acha? É Noroeste Pacífico demais?

Astrid analisou a peça durante um instante.

— Eu amei. Vai ficar linda sob o lustre Lindsey Adelman.

— Ufa, que alívio! — exclamou Charlie, dando uma risada.

Isabel olhou para o lustre de bronze que lembrava bolhas de vidro brotando das hastes de um galho de árvore intrincado e não disse nada. Em sua antiga vida como a Sra. Charles Wu, ela teria vetado aquilo tudo, mas, agora, enquanto os três se dirigiam para a porta da entrada, ela limitou-se a dizer:

— Acho que Chloe e Delphine vão adorar isso aqui.

— Bom, você sempre será bem-vinda — disse Astrid, com o coração cheio de felicidade. Isabel estava sendo muito simpática. O dia havia sido inesperadamente adorável! Quando eles saíram para o pátio, o telefone de Astrid emitiu um sinal sonoro e ela viu quatro mensagens surgirem de repente:

LUDIVINE DOLAN: Fui buscar o Cassian na escola, mas o pai dele já o tinha pegado.

FELICITY LEONG: ONDE VC ESTÁ? QUE HORAS VC VOLTA HJ À NOITE? VENHA DIRETO PARA TYERSALL PK! TEM UM MONTE DE COISA ACONTECENDO COM A CASA! PRECISAMOS DE VC!

OLIVER T'SIEN: Você não é amiga do príncipe Alois de Liechtenstein? E daquele poeta príncipe Fazza de Dubai? Poderia me passar os contatos deles? Ligue para mim que explico tudo.

LUDIVINE DOLAN: Acabei de falar com o Sr. Teo e perguntei se ele precisava de ajuda com o Cassian, mas ele me mandou tirar o resto do dia de folga. Não tenho ideia do que está acontecendo.

Astrid guardou o celular de volta na bolsa, sentindo-se subitamente meio enjoada. Por que diabos tinha de ter voltado para Cingapura?

13

•

BONDI BEACH, SYDNEY

— Você está pescando no cais? — perguntou Nick quando seu pai atendeu o celular, pois dava para ouvir as ondas batendo à beira-mar.

— Não, estou fazendo a trilha de Bondi a Coogee agora.

— Adoro essa trilha.

— E o dia está ótimo para fazer essa caminhada. Você sabia que a sua mãe convidou Daisy, Nadine, Lorena e Carol para virem a Sydney? A gangue inteira está aqui. Não aguento mais ouvir que tenho que abaixar a tampa do vaso sanitário, precisava sair de casa. Elas estão tramando alguma coisa... Acho que tem a ver com Tyersall Park.

— Eu liguei para você exatamente por isso, pai. Ao que parece, a venda da casa está avançando rápido demais. Suas irmãs parecem bastante determinadas a vendê-la para quem der o maior lance, e eu não quero nem falar o que esses empreendedores estão planejando fazer com a casa.

— E isso importa? Quando a casa não for mais nossa, os novos proprietários podem fazer o que bem quiserem com ela, ora.

— É que tenho a impressão de que está todo mundo perdendo um pouco a noção — argumentou Nick. — Tyersall Park é uma propriedade única, e precisamos garantir que seja preservada. Quero dizer, estou aqui agora, e, só de olhar da janela para os jardins, vejo as rambuteiras dando frutos. Parecem chamas vermelhas. Não existe nada igual.

— Acho que você está muito sentimental — disse Philip.

— Pode ser que eu esteja, mas fico surpreso por ninguém mais se importar com essa casa como eu. Todo mundo só está vendo cifrões, mas eu enxergo algo raríssimo que precisa ser protegido.

Philip suspirou.

— Nicky, eu sei que para você essa casa foi uma espécie de terra maravilhosa, mas para nós era praticamente uma prisão. Morar em um palácio não é nada divertido quando você é criança. Na minha infância não existia nada além de regras. Eu não podia entrar em vários cômodos, havia inúmeras cadeiras nas quais eu não podia me sentar porque eram valiosas demais. Você não faz ideia, porque, quando você nasceu, minha mãe era uma pessoa bem diferente.

— Sim, já ouvi essas histórias. Mas com certeza você deve ter boas lembranças também, não?

— Para mim, isso tudo não passa de uma grande dor de cabeça. Não se esqueça de que fui mandado para o internato praticamente quando comecei a andar, portanto essa casa nunca foi um lar de verdade para mim. E agora até a simples ideia de ter que voltar para Cingapura para lidar com esse pessoal de imobiliárias já me dá pavor. Você tem ideia de quantos caras da época da ACS já me ligaram do nada para me convidar para almoçar, jogar golfe e todo esse tipo de besteira? Pessoas que eu não vejo há eras de repente passaram a se comportar como se fossem minhas melhores amigas, simplesmente porque farejaram no ar o cheiro do dinheiro.

— Sinto muito por tudo isso que está acontecendo, pai. Mas preciso perguntar uma coisa para você. — Nick respirou fundo, enquanto se preparava para sua argumentação. — Se por acaso eu conseguir levantar o dinheiro, você consideraria a ideia de se juntar a mim e possivelmente também a Alistair para comprar a parte dos demais? Se me der um tempo, sei que conseguirei encontrar uma maneira de fazer esse acordo valer a pena para nós, do ponto de vista financeiro.

Houve um instante de silêncio, e Nick não sabia se seu pai estava chateado ou se apenas atravessando um trecho particularmente difícil da trilha. Do nada, ele falou:

— Escute. Se você se importa tanto com Tyersall Park, por que não assume a venda da casa? Faça o que achar melhor. Eu lhe darei autorização para atuar como meu representante, ou procurador, seja lá como isso se chame. Melhor ainda: posso transferir a posse dos meus trinta por cento para você agora mesmo.

— Está falando sério? — perguntou Nick, sem acreditar no que estava ouvindo.

— Claro. Quero dizer, um dia tudo isso será seu, de qualquer maneira.

— Não sei nem o que dizer.

— Faça o que quiser com a casa, só me deixe fora disso — falou Philip, subindo ao longo dos limites de um belo cemitério à beira do penhasco, com vista para o Pacífico Sul. — Nicky, estou naquele cemitério perto de Bronte agora. Você garante que...

— Sim, pai, você já me pediu isso várias vezes. Você quer ser enterrado aí. Quer ver as baleias-jubarte dando cambalhotas por toda a eternidade.

— E, se os lotes acabarem, promete que dará um jeito de encontrar outro cemitério à beira-mar? Na Nova Zelândia, na Tasmânia, em qualquer lugar, menos em Cingapura.

— Pode deixar — respondeu Nick, rindo. Quando desligou o celular, viu que Rachel olhava para ele cheia de curiosidade.

— Pelo pouco que ouvi, achei essa conversa toda muito estranha.

— Pois é, foi uma das ligações mais esquisitas da minha vida. Acho que meu pai acabou de me dar a parte dele de Tyersall Park.

— O QUÊÊ?? — Rachel arregalou os olhos.

— Ele disse que ia transferir a parte dele para mim e que eu podia fazer o que bem quisesse com a casa, desde que o deixasse fora dessa história.

— E qual é a pegadinha?

— Não tem pegadinha nenhuma. Meu pai nunca teve muito interesse por assuntos financeiros. Ele realmente prefere não precisar lidar com essa questão.

— Bem, quando você já nasce com dinheiro... — Rachel deu de ombros.

— Exatamente! Nem acredito que foi fácil convencê-lo. Pensei que teria que ir até Sydney e me ajoelhar.

— Com a parte do seu pai, agora você é o maior acionista! — exclamou Rachel, animada.

— Eu não, *nós*. E isso nos dá margem para interromper essa guerra de lances e ganhar um tempo.

— O que você acha de descer e dar a notícia para suas tias?

— Não existe momento melhor que agora — concordou Nick, sorrindo.

Eles saíram do quarto e foram até a sala de estar onde Felicity, Victoria e Alix estavam sentadas, estranhamente quietas.

— Tenho um aviso a fazer — disse Nick, corajosamente.

A expressão de Felicity era estranha.

— Nicky, acabamos de desligar o telefone. Parece que há uma nova proposta na mesa agora.

— Eu também tenho uma proposta para fazer.

— Bem, recebemos uma proposta bastante incomum... De alguém que deseja preservar a casa inteiramente, sem construir absolutamente nada — disse Alix.

Nick e Rachel trocaram olhares, surpresos.

— É mesmo? E eles ofereceram mais do que o povo do Zion — perguntou Rachel, desconfiada.

— Muito maior. A oferta é de 10 bilhões de dólares.

Nick não conseguiu acreditar no que ouvia.

— DEZ BILHÕES? Quem na face da Terra iria querer gastar tanto dinheiro *sem* construir nenhum empreendimento na propriedade?

— É um cara da China. Ele quer vir ver a casa amanhã.

— Da China? Qual é o nome dele? — perguntou Rachel.

Felicity franziu o cenho.

— Se bem me lembro, acho que Oliver disse que ele se chamava Jack qualquer coisa. Jack Ting? Jack Ping?

Nick pousou a mão na testa, consternado.

— Ai, meu Deus... É Jack Bing.

VINTE E QUATRO HORAS ANTES...
KUALA LUMPUR, MALÁSIA

— Então ela é a rainha?

— Não, Kitty, ela é mãe do atual sultão de Perawak, portanto ela é a rainha-mãe, mas é chamada de sultana viúva — explicou Oliver pelo *headset* durante a viagem de helicóptero dos dois.

— Ah. Então preciso fazer reverência para ela?

— Com toda certeza. Ela é total realeza. E lembre-se: só fale quando a palavra lhe for dirigida.

— Como assim?

— Quero dizer que você não tem permissão para se dirigir a ela. A sultana inicia a conversa e é ela quem fala, você deve se limitar a manter sua linda boca fechada até que ela lhe faça alguma pergunta. E, se você precisar sair do cômodo por qualquer motivo... coisa que você não deve nunca fazer antes dela... mas digamos que você precise vomitar urgentemente, saia do aposento *de frente* para ela. A sultana jamais deve ver a sua bunda, portanto você nunca deve virar as costas para ela, entendido?

Kitty assentiu, obedientemente.

— Entendi. Nada de falar, nem de vomitar, nem de virar a bunda para ela.

— Agora, como eu disse, não espere muito de hoje. Vocês serão só apresentadas, será a oportunidade de Sua Majestade conhecer você.

— Quer dizer que ela não vai me dar um título de dama honorária hoje?

— Kitty, as mulheres não recebem títulos de dama honorária na Malásia. Existe todo um sistema diferente de honrarias por aqui. A sultana pode conceder um título sempre que desejar, mas não tenha grandes esperanças de que isso aconteça hoje.

— Parece que você está com raiva de mim — disse Kitty, fazendo beicinho.

— Não estou com raiva, Kitty. Só estou tentando me fazer ouvir com o barulho do helicóptero. — A verdade era que Oliver estava à beira de um ataque de nervos desde que Kitty lhe dera seu ultimato, e estava ansioso para que tudo corresse conforme o planejado hoje.

Ele tinha muito a perder se as coisas saíssem do controle. Tentando acalmá-la um pouco, Oliver continuou: — Só estou tentando fazer com que você entenda que os títulos concedidos por membros da realeza, como a sultana, são honras *de verdade*. Essas honrarias são concedidas a pessoas que realmente fizeram por merecer, pessoas que fizeram um tremendo bem para a Malásia durante a vida inteira. Pessoas que construíram hospitais e escolas, que fundaram empresas que sustentam cidades inteiras e garantem empregos a milhares de habitantes locais. Tais honrarias significam muito mais do que o título da Colette, que só precisou abrir as pernas para um almofadinha bestalhão.

O helicóptero sobrevoou Kuala Lumpur, passando pelas icônicas Torres Petronas quando iniciou o procedimento de pouso.

— Então é aqui que a sultana mora? — perguntou Kitty, observando o bairro arborizado exclusivo de Bukit Tunku.

— Esse é apenas o lugarzinho onde ela se hospeda em KL quando vem à capital. Ela possui residências no mundo todo: uma casa em Kensington Palace Gardens, uma *villa* com vista para o Lago de Genebra e, óbvio, o gigantesco palácio em Perawak — explicou Oliver quando o helicóptero aterrissou no imenso gramado, onde eles eram aguardados por um oficial fardado. Ao desembarcarem, o senhor os cumprimentou:

— Sejam bem-vindos a Istana al Noor — disse, enquanto os conduzia em direção a um enorme palácio branco que mais parecia um bolo de noiva.

Quando Oliver e Kitty entraram no lugar, viram-se em um amplo salão de recepção com nove candelabros piramidais gigantescos que pendiam do teto debruado em ouro como se fossem versões em ponta-cabeça da árvore de Natal do Rockefeller Center.

— Então *esse* é o lugarzinho onde ela se hospeda? — comentou Kitty.

— Ah, Kitty, você não faz ideia. O palácio dela em Perawak é o dobro do tamanho do Palácio de Buckingham.

Os dois foram conduzidos até a sala de estar, que tinha um piso espetacular de mármore preto e paredes pintadas num tom cintilante de carmesim. O lugar estava repleto de peças de madeira Peranakan folheadas a ouro, de valor inestimável, misturadas a fantásticos móveis de bronze assinados por Claude Lalanne. À frente deles, via-se um tríptico vibrante rosa e amarelo de Andy Warhol que retratava a sultana viúva quando jovem.

— Uau, isso é bem diferente do que eu estava esperando — comentou Kitty, claramente abismada com o ambiente.

— Sim, a viúva sultana definitivamente aprontou bastante nos anos setenta — observou Oliver, enquanto ambos sentavam-se em um divã de veludo. Perto do sofá havia uma mesa redonda Lalanne com várias fotografias da sultana em molduras douradas, posando com personalidades famosas. Kitty olhou para as fotos e reconheceu a rainha da Inglaterra, o papa João Paulo II, Barack e Michelle Obama, Indira Gandhi e uma mulher com uma imensa cabeleira loira.

— Quem é essa loira? Ela me parece tão familiar. É alguma rainha?

Oliver estreitou os olhos para ver melhor a foto e soltou uma risadinha.

— Não, mas é adorada por muitas rainhas. É Dolly Parton.

— Ah — disse Kitty.

Então, subitamente, as portas duplas se abriram, e dois guardas de honra usando farda completa entraram. Flanquearam as portas e bateram continência, depois tocaram duas vezes a base das longas baionetas no chão de mármore.

— Precisamos ficar de pé, Kitty — disse Oliver.

Kitty rapidamente se levantou, alisando as dobras da frente da sua saia Roksanda que ia até o tornozelo e em seguida endireitando a postura.

O guarda à direita gritou severamente:

— *Sama-sama, maju kehadapan! Pandai cari pelajaran!*

Eles bateram as baionetas no chão mais uma vez, enquanto a sultana entrava na sala, envolta em uma *kebaya* de seda cor de violeta flamejante, seguida por quatro criadas. Sua cabeça estava coberta por um turbante em tons semelhantes, violeta, azul e branco, e ela mais parecia a rainha Mary, coberta de joias preciosas da cintura para cima. Preso no meio do seu *hijab* logo acima da testa estava um enorme broche de diamantes em formato de raios de sol com um diamante rosado de 45 quilates no meio. Nas orelhas, havia um par de brincos girândola de diamantes e pérolas, e, em seu pescoço, o que pareciam ser dez ou 12 colares volumosos de mais nada a não ser diamantes, diamantes e mais diamantes.

Kitty ficou boquiaberta ante a visão daquela rainha-mãe fulgurante coberta de diamantes e se curvou em uma reverência tão profunda que Oliver pensou que estivesse fazendo a dança caribenha do limbo. Oliver fez uma elegante reverência.

— Oliver T'sien, mas que prazer!

— O prazer é todo meu, senhora. Permita-me humildemente lhe apresentar a Sra. Kitty Bing, de Xangai, Los Angeles e Cingapura.

— É uma honra estar em seu lindo país, Vossa Majestade — disse Kitty abruptamente, nervosa, e só depois se lembrou de que não deveria falar antes da rainha.

A sultana viúva apertou os lábios e fixou o olhar em Kitty por um breve instante, sem dizer nada. Sentou-se em uma cadeira Bergère que mais parecia um trono, e Oliver e Kitty tornaram a se sentar. Um exército de criadas entrou no cômodo com bandejas de ouro repletas de doces malaios e bules de chá fumegantes.

Enquanto as criadas se punham a servir o chá para todos, a sultana viúva sorriu para Oliver.

— Ora, não seja tímido! Sei o quanto você ama *ondeh ondeh.*

— A senhora me conhece bem demais — disse Oliver, servindo-se de um dos bolinhos de arroz de tom verde intenso recheados de açúcar de palma e envoltos em coco ralado.

— Muito bem, o que o traz a esse fim de mundo hoje?

— Bem, Kitty recentemente tomou-se de encantos pela Malásia, portanto, já que estávamos de viagem por aqui, julguei que seria apropriado que ela conhecesse a maior lenda viva do país.

A viúva sultana sorriu.

— Oh, Oliver, falando assim parece que sou um fóssil! Diga-me, criança, o que lhe agrada em meu país?

Kitty olhou para a sultana, atônita. Até aquele dia, ela jamais havia colocado os pés na Malásia e não sabia absolutamente nada sobre o país.

— Hã... bem... Amo o povo mais que tudo, majestade. É um povo tão acolhedor e... trabalhador — disse Kitty, pensando em cerca de meia dúzia de criadas malaias que trabalhavam em Cluny Park Road.

A sultana viúva apertou os lábios mais uma vez.

— É mesmo? Eu não esperava ouvir isso, absolutamente. A maioria das pessoas me diz que ama nossas praias e nosso *satay*. Enfim, você está pensando em estabelecer raízes aqui?

— Bem, se eu conseguir encontrar um palácio tão belo quanto este, ficaria muito tentada.

— Ora, muito obrigada, mas isso não é um palácio. É apenas uma casa.

— O marido de Kitty, Jack Bing, é um dos industrialistas de maior destaque da China. Então eles estão muito interessados em investir na Malásia.

— Bem, nós temos um relacionamento maravilhoso com a China, de fato. E eu adoro a sua primeira-dama — disse a sultana viúva, apanhando um *ondeh ondeh* e mastigando-o lentamente.

— Oh, a senhora a conheceu? — perguntou Kitty, toda animada, esquecendo-se mais uma vez do protocolo real.

— Mas é óbvio. Eu a recebi no meu palácio em Perawak. Que mulher talentosa, e que voz! Agora me diga, Oliver, como anda sua querida avó desde que a vi pela última vez?

— A saúde dela anda excelente, senhora. Mas preciso confessar que os ânimos não estão em sua melhor forma ultimamente. Como sabe, o falecimento de minha tia-avó Su Yi a afetou profundamente.

Kitty, entediada, começou a viajar olhando a foto da sultana com Michelle Obama. Quem havia feito aquele vestido vermelho da Michelle? Seria Isabel Toledo ou Jason Wu? Sentiu pena da primeira-dama; a pobre mulher era obrigada a usar apenas roupas de estilistas americanos.

A sultana continuou falando.

— Ah, sim, foi um belíssimo velório. Não lhe agradou o discurso que meu filho fez em homenagem a Su Yi?

— Admirável. Eu não sabia que o sultão havia morado um ano em Tyersall Park.

— Sim, quando estava fazendo um curso especial na Universidade Nacional de Cingapura, Su Yi teve a grande bondade de hospedá-lo.

Temo que tenha considerado as acomodações na embaixada malaia pouco adequadas, e sentia-se mais à vontade em Tyersall Park. Você sabe que o bisavô dele foi o sultão que construiu aquela casa, não?

— Perdão, senhora, eu havia me esquecido. Não admira que ele sentisse uma afinidade especial com aquele lugar. Se me permite a ousadia de fazer a pergunta, Su Yi chegou a receber algum título?

Os ouvidos de Kitty subitamente se aguçaram.

— Até onde eu sei, não. Acredito que nos anos setenta Agong,* seja lá quem ele fosse naquela época, já perdi as contas, tentou condecorá-la, mas ela graciosamente recusou a honraria. Ela já era Lady Young e nem sequer usava o título. *Alamak*, para que Su Yi precisaria de um título? Nunca houve dúvidas de sua posição. Quero dizer, ela já era dona de Tyersall Park. Do que mais você precisa?

— Isso é verdade — concordou Oliver, tomando um gole de seu chá.

— Diga-me, Oliver, o que será feito daquele palácio espetacular agora? — questionou a sultana, franzindo o cenho.

— Ah, isso é o que todos gostariam de saber. Meus primos estão analisando uma avalanche de ofertas. Todos os dias ouço falar de uma nova, a um valor ainda mais alto. Estamos na casa dos bilhões agora.

— Não me surpreende nem um pouco. Se eu fosse mais jovem, talvez eu mesma estivesse considerando-a como uma casa para mim em Cingapura. É claro que Tyersall Park jamais será o mesmo lugar sem Su Yi, mas quem quer que acabe se mudando para lá será tremendamente afortunado.

Oliver suspirou dramaticamente.

— Infelizmente, porém, creio que não será isso o que irá acontecer. A casa certamente será demolida.

— Minha nossa, mas como? — A sultana levou a mão ao peito em estado de choque, exibindo seu anel de diamante azul de 58 quilates. Os olhos de Kitty acompanharam o solitário como um gato distraído acompanha um brinquedo brilhante.

---

* O Yang di-Pertuan Agong, ou apenas Agong, para abreviar, é o monarca da Malásia. Os nove estados malaios possuem cada qual seus próprios governantes hereditários e suas famílias reais, e o Agong é eleito por esses governantes a cada cinco anos.

— O terreno é valioso demais. Todos os investidores que deram lances pela casa têm planos de construção ambiciosos em Tyersall Park, e não creio que eles incluam a velha mansão.

— Mas que absurdo! Tyersall Park é uma das propriedades mais elegantes do Sudeste Asiático. Aquele jardim de rosas e o grande salão... Quanta sofisticação! Alguém precisa resgatá-la dos empreiteiros gananciosos!

— Eu não poderia concordar mais — disse Oliver.

Kitty os escutava com fascinação. Era a primeira vez que ouvia qualquer coisa sobre aquela velha mansão.

— Bem, Oliver, certamente você conhece alguém disposto a comprar a propriedade e mantê-la nos mesmos padrões de Su Yi. E aquela nova duquesa chinesa... Como ela se chama mesmo? A que está se mudando para Cingapura para salvar os chimpanzés? Eu a conheci no velório.

Kitty levantou os olhos do chá, alarmada.

— Hum, a senhora está se referindo à condessa de Palliser? — perguntou, olhando para Kitty, incomodado.

— Sim, essa mesma. Você a conhece? Ela devia comprar a casa. Então indiscutivelmente se tornaria a rainha de Cingapura! — exclamou a sultana viúva, enfiando outro doce de coco na boca.

Após a audiência com a sultana, Kitty permaneceu em silêncio durante o voo de helicóptero de volta a Cingapura. Quando desembarcou, virou-se para Oliver e disse:

— Essa casa a que a sultana se referiu... De quanto estamos falando?

— Kitty, eu sei exatamente o que você ouviu, mas a sultana viúva meio que vive numa terra de fantasia. Colette jamais compraria Tyersall Park.

— E por que não?

— Eu conheço meus primos. Eles jamais venderiam a casa para ela.

— É mesmo? Você disse que não havia chances de Colette ir ao velório da sua tia, e lá estava ela. Você falou que Colette não era uma ameaça, mas então ela tomou a capa da *Tattle* de mim. Acho que não posso acreditar em nada mais do que você me diz.

— Tudo bem, admito, eu não sou o Oráculo de Delfos. Mas existem algumas coisas que nem mesmo Colette poderia fazer acontecer. Primeiro porque ela não teria dinheiro para comprar aquela casa.

— É mesmo? E quanto custa?

— Bem, me disseram que a oferta mais alta no momento é de 4 bilhões. E eu sei que Colette sozinha não tem tanto dinheiro assim.

Kitty franziu a testa.

— Não mesmo, mas ela tem um fundo fiduciário no valor de 5 bilhões. Pode arrumar um jeito de conseguir esse dinheiro, se realmente quiser essa casa. E algo me diz que ela quer. Ela quer desesperadamente ser a rainha de Cingapura, a rainha da porra do universo!

— Olha, Kitty, se isso fizer você parar de surtar por causa dessa rivalidade ridícula, vá em frente, tente comprar a casa. Eu mesmo apresento aos meus primos a sua oferta. Mas tenha em mente que, para os Youngs levarem sua oferta a sério, ela precisa superar todas as demais que estejam na mesa.

— Então ofereceremos a eles 5 bilhões.

— Não vai funcionar. Entenda uma coisa, Kitty: você é uma *chinesa do continente* que se casou com um magnata dono de uma fortuna enorme porém recente. Ainda não conquistou o grau de respeitabilidade que essas pessoas tanto valorizam. Se quer roubar a propriedade mais cobiçada de Cingapura das famílias mais esnobes do país, precisa fazer isso de forma grandiosa. Precisa chocá-los e deixá-los abismados com o que você tem para oferecer.

— Quanto isso iria custar?

— Dez bilhões.

Kitty inspirou fundo.

— Tudo bem, então ofereça 10 bilhões.

Oliver ficou surpreso com a rapidez com que ela concordou.

— Está falando sério? Não é melhor conversar com Jack primeiro?

— Deixe que eu me preocupo com o meu marido. Você se preocupa em conseguir essa casa para mim, e é melhor que faça isso antes que aquela cobra da Colette apareça com a língua de fora. Se ela roubar essa casa embaixo do meu nariz, eu jamais vou te perdoar. E você sabe muito bem o que isso significa — avisou Kitty, enquanto entrava no carro que a aguardava.

Depois de se despedir dela, Oliver pegou o celular e apertou um número da discagem rápida.

— Aloooooou? — atendeu uma voz.

— Deu certo. Deu certo. — Oliver suspirou, aliviado.

— A garota vai comprar a casa?

— Pode acreditar. Tia Zarah, eu poderia beijar seus pés.

— Nem acredito que foi tão fácil convencê-la — disse a sultana viúva de Perawak.

— Assim que você começou a falar de Tyersall Park, ela se esqueceu completamente daquela história ridícula de título. Você foi brilhante!

— Fui?

— Eu não tinha ideia que você era capaz de atuar assim!

A sultana viúva riu como uma colegial.

— Ah, meu Deus, eu não me divertia assim fazia muito tempo! Aquele jeito formal ridículo que você estava falando comigo... Hahahaha, parecia que você estava em um romance da Jane Austen! Eu precisei morder o lábio para não rir. E ai ai ai, agora estou com uma dor horrível no pescoço por ter colocado todos aqueles malditos colares! Pensei que acabaria sendo estrangulada por aqueles diamantes, heeheeheeheeehee!

— Se não estivesse vestida assim, Kitty não teria ficado tão maravilhada com você. Ela foi muito mimada com joias, então realmente tínhamos que apelar para isso.

— Com certeza! Você gostou do que meus guardas cantaram antes de eu fazer a minha entrada triunfal?

— Ai, meu Deus, eu quase fiz xixi nas calças! Fiquei pensando... Por que será que eles estão cantando a música do Dia das Crianças de Cingapura?

— Heeheehee! Lembra quando sua mãe fez você cantar essa música para mim um dia, quando você chegou da escola? Você ficou tão orgulhoso por cantar uma música em malaio. Agora, você gostou da minha menção à primeira-dama da China?

— Adorei. Muito apropriado, tia Zarah.

— Eu nem a conheço. Heeheeheehee!

— Você merece um Oscar, tia Zarah. Eu devo muito a você.

— É só me mandar um jarro daquelas tortas de abacaxi que seu cozinheiro faz e estaremos quites.

— Tia Zarah, você receberá uma caixa enorme daquelas tortas de abacaxi.

— *Alamak*, não! Por favor, não! Estou de dieta! Eu estava tão nervosa durante minha performance que exagerei nos docinhos de coco hoje, heeheeheehee. Vou ter que me obrigar a ir para a aula de zumba da minha neta no salão de baile, agora!

14

•

RESERVA FLORESTAL DE MACRITCHIE, CINGAPURA

A trilha havia sido longa, quente e infestada de mosquitos, e, enquanto Carlton subia mais uma colina com esforço, perguntou-se por que raios sugeriu aquilo a Scheherazade. A camisa dele estava encharcada de suor, e ele tinha certeza de que nem uma quantidade enorme de colônia Serge Lutens seria capaz de mascarar o cheiro dele naquele momento. Ele se virou para checar como Scheherazade estava e viu que ela havia se agachado e olhava para alguma coisa. A uma distância discreta, três dos guarda-costas dela, com roupas de corrida, observavam os dois.

— Veja! É um lagarto-monitor! — disse ela, apontando para o bicho.

— Caramba, que bicho enorme — comentou Carlton, ao avistar o réptil de quase um metro de comprimento descansando sob uns arbustos.

— É fêmea, eu acho — corrigiu-o Scheherazade. — Tínhamos uma coleção enorme de animais de estimação quando eu era criança. Répteis eram a minha paixão.

— Isso foi em Surrey?

— Na verdade foi em Bali. Minha família morou lá por uns três anos quando eu era pequena. Eu era meio que uma menina selvagem naquela época. Andava descalça pela ilha toda.

— Está explicado por que você nem sequer está suando — disse Carlton, esforçando-se ao máximo para não ficar olhando demais para aquele corpo perfeito de deusa ressaltado por aquelas leggings com recortes de malha e pelo top esportivo colado ao corpo.

— Sabe que é estranho? Eu nunca suo. Nunca. Já me disseram que a rainha Elizabeth também não.

— Bem, então você está em boa companhia — observou Carlton, quando eles finalmente chegaram à TreeTop Walk, uma ponte suspensa de 250 metros de comprimento que se estendia de Bukit Peirce até Bukit Kallang, os dois morros mais elevados da reserva florestal. Quando começaram a atravessar a ponte estreita, a estrutura balançou ligeiramente, mas em seguida a vista ficou visível e de repente parecia que eles estavam flutuando acima das árvores.

Quando chegaram ao meio da ponte, ficaram parados em silêncio por algum tempo, desfrutando daquela vista incrível. A copa das árvores da floresta tropical estendia-se para todos os lados ao redor dos dois, até onde a vista alcançava, e o som dos pássaros ecoava na brisa.

— Inacreditável! Obrigada por ter me trazido até aqui — disse Scheherazade.

— Não parece nem que estamos em Cingapura, não é?

— Com certeza, não. É o primeiro lugar a que eu vou em muito tempo que me lembra a minha infância. Quero dizer, é um alívio e tanto ver que ainda existe toda essa natureza aqui. — Scheherazade observava a barragem tranquila à distância, as águas cintilando sob o sol do fim da tarde.

— A ilha mudou tanto assim? Comecei a frequentá-la tem uns cinco anos.

— Carlton, você nem imagina. Sempre que venho aqui mal consigo reconhecer alguma coisa. Muita coisa foi simplesmente apagada do mapa!

— Acho que é por isso que você gosta de morar em Paris, não?

— Em parte, sim. Paris é incrível porque toda rua pela qual você anda é como um romance que se desenrola na vida real. Eu amo aquela cidade porque, embora a gente veja história por tudo quanto que é lado, não é a *minha* história. Isso faz algum sentido?

— Claro. Minha Xangai é minha cidade natal, mas já não parece mais o meu lar. Sempre que volto, tenho a sensação de que não consigo escapar do meu passado. Todo mundo se lembra de tudo a seu respeito: a história da sua família, seus erros — disse Carlton, e seu rosto se fechou por um momento antes de ele se virar novamente para ela. — Mas não foi isso que você quis dizer, não é?

— Na verdade, não. Paris é como se fosse um território neutro para mim, porque não é nem Cingapura nem a Inglaterra. Sabe, mesmo tendo nascido em Cingapura e morado aqui até os 10 anos, nunca senti que aqui fosse realmente o meu lugar. Talvez por causa da minha aparência... Meu cabelo era praticamente loiro naquela época... Parecia que a grande parte das pessoas supunha que eu era *ang mor*. E minha mãe sem querer acabou reforçando isso, me criando basicamente como se eu fosse britânica. Tirando meus primos chineses, todas as pessoas que conhecíamos eram britânicas. Eu não a culpo, de modo nenhum. Ela sentia muita saudade de casa e, no início, acabou ficando sufocada pela família do meu pai. Então nós meio que morávamos em uma bolha de expatriados ingleses, e, durante os primeiros dez anos da minha vida, eu me considerava totalmente britânica.

Carlton lhe deu um sorriso compreensivo.

— E foi um choque quando você chegou à Inglaterra, não foi?

— Hã-hã. Quando nós finalmente nos mudamos para Surrey, percebi que os ingleses não me enxergavam da mesma forma que eu me via. Para eles eu era uma garota exótica, metade chinesa. Então, para mim, foi como se eu não fosse de nenhum dos lados: eu não era cingapuriana o suficiente, mas também não era inglesa o bastante.

Carlton assentiu, concordando.

— Estudei na Inglaterra durante a maior parte da minha vida, e agora não consigo me identificar com os chineses. Em Xangai, sou considerado muito ocidental. Aqui em Cingapura, sou visto como um chinês do continente não civilizado. Mas, em Londres, muito embora eu seja claramente um estrangeiro, sinto como se pudesse ser simplesmente eu mesmo, sem que ninguém fique julgando cada movimento meu. Acho que Paris deve ser meio assim para você também. Você se sente livre.

— Exatamente! — concordou Scheherazade, dando a Carlton um sorriso tão sedutor que ele teve de se controlar para não ficar olhando demais para ela.

Um grupo de homens entrou na ponte pela outra extremidade e, quando eles se aproximaram, Scheherazade reparou que todos pareciam italianos e que estavam impecavelmente vestidos, com paletós brancos e gravatas-borboleta.

— Parece que os figurantes de algum filme do Fellini estão vindo para cá — brincou Scheherazade.

— Sim, *La Dolce Vita*. E na hora certa — disse Carlton.

Os homens começaram a montar um bar elaborado bem na frente deles, sacando uma coleção de bebidas, ingredientes para coquetéis, copos e taças.

— Foi você que organizou isso? — perguntou Scheherazade, com os olhos arregalados.

— Bom, eu não podia convidar você para fazer uma trilha escaldante ao pôr do sol sem oferecer drinques adequados, não acha?

Três dos homens sacaram um baixo, um saxofone e um pequeno conjunto de bateria e começaram a tocar uma música de Miles Davis.

— Aceita um negroni, *signora*? — perguntou o bartender, entregando a Scheherazade um copo alto com Campari, gim e vermute vermelho com gelo picado, com uma casca de laranja curvada de forma elaborada na borda.

— *Grazie mille* — respondeu Scheherazade.

— *Salute!* — disse Carlton, fazendo um brinde.

— Como você sabia que esse era o meu drinque favorito?

— Hum... Talvez eu tenha *stalkeado* você no Instagram.

— Mas o meu perfil no Instagram é fechado.

— Hum... Posso ter olhado pelo perfil do Nick — confessou Carlton.

Scheherazade riu, totalmente encantada.

Carlton a encarou, e depois olhou por cima do ombro, para os seguranças dela, que aguardavam ao fim da ponte.

— Seria loucura se eu beijasse você? Quer dizer, seus seguranças me derrubariam no chão em menos de dois segundos?

— Seria loucura se você não me beijasse — disse Scheherazade, chegando mais perto para lhe dar um beijo.

Depois de um beijo demorado, os dois ficaram abraçados no meio da ponte observando o sol poente cintilar sobre a copa das árvores, cobrindo o horizonte com um brilho âmbar flamejante.

*

Eram quase sete e meia quando Carlton estacionou diante da entrada de carros da casa de Scheherazade. Ele não queria desgrudar dela tão cedo, e sua vontade era de arrastá-la para jantar com ele e ficar a noite inteira com ela. Porém, seu senso de decoro ainda falava mais alto, e ele queria que ela ditasse o ritmo das coisas.

Scheherazade sorriu para ele, e ficou óbvio que ela também não queria que o encontro deles terminasse naquele momento.

— Quer entrar? Meus pais normalmente tomam um drinque a essa hora.

— Tem certeza? Não quero invadir a privacidade deles.

— De jeito nenhum. Acho que eles gostariam de conhecer você oficialmente. Eles andam bem curiosos a seu respeito.

— Bem, se você não achar que estou pouco apresentável agora, com essa roupa de fazer trilha toda suja...

— Ah, você está ótimo. Eles são bem tranquilos.

Carlton entregou as chaves de seu Toyota Land Cruiser 1975 *vintage* ao manobrista, e eles atravessaram o elegante saguão da moderna torre de vidro. Para uma família que certamente detinha a maioria do PIB do país, os Shangs viviam modestamente quando estavam em Cingapura. Fazia muito tempo que Alfred havia se desfeito de todas as suas propriedades na ilha, porém construíra aquela torre de apartamentos particular extremamente discreta na Grange Road, e cada um de seus filhos tinha ganhado alguns andares para uso próprio.

— Boa noite, senhorita Shang — cumprimentaram os guardas da recepção em uníssono. Um deles os acompanhou até os elevadores e digitou o código de segurança no teclado interno. Eles subiram direto até a cobertura, e, quando as portas se abriram, Carlton ouviu o murmúrio de vozes logo além do foyer.

Os dois passaram por uma sala circular e rebaixada, semelhante a um átrio, e então Carlton congelou. De pé no meio da sala, com um vestido longo azul-esverdeado cintilante, estava sua ex-namorada, Colette. Ele não falava com ela nem a via fazia quase dois anos, desde que descobrira que fora ela a responsável por envenenar Rachel.

— Oh... olá. Parece que temos mais convidados do que eu imaginava — comentou Scheherazade.

O pai dela se virou para eles e disse:

— Ah, finalmente a filha pródiga à casa torna! Scheherazade, venha conhecer Lucien e Colette, o conde e a condessa de Palliser.

Scheherazade aproximou-se de ambos para cumprimentá-los e apresentou Carlton a todos os presentes. Ainda em estado de choque, Carlton apertou a mão de Leonard e India Shang, que estavam vestidos com elegância e lhe lançaram um olhar desaprovador dos pés à cabeça. Então veio o momento inevitável em que ele teve de ficar cara a cara com Lucien e Colette. Ela parecia diferente. Seu cabelo estava preso em um elegante coque de bailarina na altura da nuca e ela estava usando bem menos maquiagem do que ele se lembrava, porém o que o deixou de fato surpreso foi perceber como a raiva que sentia dela aflorou de repente, mais uma vez. Da última vez que os dois haviam se visto, ele a acusou de envenenar a irmã.

— Olá, Carlton — cumprimentou-o Colette, perfeitamente serena.

— Colette — murmurou Carlton em resposta, tentando valentemente manter a calma.

— Ah, vocês dois se conhecem? — perguntou India Shang, surpresa. — Mas é óbvio. Você morou em Xangai por um tempo.

— Por um tempo — repetiu Colette.

— Ora, então fique para o jantar — insistiu India.

— Sim, fique — pediu Colette, com meiguice.

Carlton deu um sorriso forçado para sua anfitriã.

— Seria um prazer me juntar a vocês para jantar, Sra. Shang.

Logo todos estavam sentados em torno da mesa de jantar, desfrutando de uma refeição de 12 pratos preparada por Marcus Sim, o personal chef dos Shangs. Carlton olhou em volta, reparando nos quadros minimalistas que os rodeavam, e comentou:

— Esses trabalhos são da Agnes Martin?

— Exatamente — respondeu Leonard Shang, impressionado por Carlton ter reconhecido a artista.

— Você é colecionador de arte? — quis saber India.

— Na verdade, não — respondeu Carlton.

— Carlton coleciona carros — informou Colette, com um brilho nos olhos.

— Ah, é mesmo? De que tipo? Estou restaurando um MG Midget no momento — disse Lucien.

— Eu adoro MGs, mas na verdade tenho uma empresa de importação de carros na China. Somos especializados em itens mais exóticos, como McLarens, Bugattis e Koenigseggs.

— Meu Deus! São carros bem velozes, não são? — questionou India.

— São automóveis que têm uma engenharia incrível. São obras de arte, na verdade. E, sim, são feitos para serem velozes — respondeu Carlton, com toda a calma.

— Carlton gosta de dirigir *muito* rápido. Ele apostava corridas. — Colette deu uma mordida em seu polvo grelhado e lançou um olhar inocente para ele, do outro lado da mesa.

Scheherazade olhou para Carlton, notando a tensão em seu rosto.

— Oh, meu Deus. Você já sofreu algum acidente? — perguntou India, decidindo naquele exato instante que Scheherazade jamais entraria no carro daquele jovem de novo.

— Na verdade, sofri — respondeu Carlton.

— O que aconteceu? Espero que não tenha detonado nenhum carro esportivo de um milhão de dólares — disse Lucien, rindo.

— Foi um acidente muito infeliz, mas me ensinou a ser extrema mente cuidadoso. Não corro mais — disse Carlton.

— Que bom que você está bem — comentou Scheherazade, com um sorrisinho.

— Bem — interveio Colette com um brilho nos olhos —, quando você mata uma garota e deixa outra paralisada da cintura para baixo, provavelmente é melhor mesmo parar de correr, não é?

Leonard Shang engasgou com seu Chardonnay, sua esposa congelou como se tivesse acabado de ser transformada em uma coluna de sal, e Colette abriu um sorriso para Carlton. Ele conhecia muito bem aquele sorriso, e, naquele exato momento, Carlton se deu conta de que Colette Bing poderia até ser a condessa de Palliser, mas não havia mudado nada.

15

•

THE PEAK, HONG KONG

Chloe fez a ligação de seu banheiro, com o chuveiro ajustado no máximo.

— Pai, você pediu que ligasse se... você sabe... se a mamãe começasse a ficar estranha de novo.

Charlie sentiu um aperto no estômago.

— O que aconteceu? Você e Delphine estão bem?

— Hã... Estamos bem, mas acho que é melhor você vir para cá.

Charlie olhou para o relógio de pulso. Passava pouco das onze da noite.

— Estou saindo do escritório agora. Chego aí em quinze minutos! Por favor, linda, fique com a sua mãe, tá?

— Hã, tá legal.

Charlie conseguiu ouvir o medo na voz da filha. Saiu depressa em direção à casa da ex-mulher em seu Porsche 911, derrapando perigosamente ao longo das curvas fechadas e dos morros íngremes no trajeto até The Peak. Pelo Bluetooth, fez uma ligação rápida para o principal segurança de Isabel, Jonny Fung, porém a chamada foi direto para a caixa postal. Durante todo o caminho, seu coração batia descontroladamente, pois ele temia o que poderia encontrar ao chegar à casa. Isabel estava indo tão bem ultimamente. Será que ela teve outro surto ou havia interrompido a medicação mais uma vez?

A alguns quarteirões da casa, Charlie se viu preso em um engarrafamento. Meteu a mão na buzina, depois pensou, foda-se. Ele cortaria caminho pela contramão. Então acelerou até ultrapassar a fila de carros e descobriu que estavam todos tentando ir para o mesmo lugar — a casa de Isabel. Havia um grupo de pessoas reunidas diante dos portões quando Charlie estacionou. Ele saltou do carro e se aproximou dos seguranças postados na frente na entrada.

— Que raios está acontecendo aqui?

— Festa particular — respondeu um dos guardas em cantonês.

— Festa? *Hoje?* Eu vou entrar.

— Espere um instante, o senhor está na lista? Qual é o seu nome? — perguntou o guarda com carinha de bebê, segurando um iPad no qual a lista dos convidados cintilava na tela.

— Meu nome? Deus do céu, saia da minha frente! — bufou Charlie, empurrando-o para abrir caminho e disparando pela entrada de carros. Justamente quando alcançou a *porte-cochére* da casa, três seguranças de terno preto surgiram do nada e pularam em cima dele.

— Peguei o penetra! — disse um deles no seu microfone de ouvido, enquanto outro empurrava a cabeça de Charlie para o chão.

— Me larga! Essa casa é minha! — grunhiu Charlie, enquanto um dos guardas o continha em uma chave de perna.

— Certo, certo — disseram os guardas, zombando dele.

— Chamem o Sr. Fung agora mesmo! Sou Charlie Wu e essa casa é minha! Sou eu quem pago o salário de vocês!

Ante a menção do nome do patrão, um dos guardas se pôs a falar urgentemente em seu fone de ouvido. Instantes depois, o chefe da segurança saiu da casa e começou a berrar:

— É o Sr. Wu! Larguem ele, seus idiotas do caralho!

Charlie se levantou do chão e limpou a sujeira do rosto.

— Jonny, que porra é essa? Por que você não atende o telefone?

— Desculpe, eu estava lá dentro, e o barulho é ensurdecedor — desculpou-se Jonny. — A Sra. Wu resolveu hoje à tarde que daria uma festa, para arrecadar fundos para as vítimas do terremoto na província de Yunnan.

— Você está de sacanagem comigo, só pode — murmurou Charlie ao entrar na casa, onde havia pelo menos cinquenta pessoas reunidas no foyer.

De repente, um homem o agarrou por trás e lhe deu um abraço de urso.

— Charlie! Você veio! — Era Pascal Pang, com o rosto inexplicavelmente empoado e ruge nas bochechas. — Eu estava justamente contando a Tilda que nunca tinha visto um divórcio tão amigável quanto o seu e o da Isabel. Olha, ele vem até às festas dela! Minhas ex-mulheres não atendem nem minhas ligações. Hahahaha.

Charlie ficou estupefato quando uma mulher muito pálida e magra com feições andróginas usando um macacão prateado sorriu para ele, toda meiga.

— Então você é o Charlie! Astrid me falou tanto de você — disse ela, com um sotaque britânico cantado.

— É mesmo? Com licença, preciso achar uma pessoa.

Charlie se apertou entre a multidão para abrir caminho no foyer e entrou no salão formal, que tinha sido completamente transformado em um ambiente escuro e fúnebre. Toda a bela mobília francesa de Isabel havia sido coberta com panos pretos, assim como as paredes. Os convidados estavam sentados em mesinhas de bistrô iluminadas por velas votivas vermelhas, e, deitada em cima do piano, havia uma mulher com um vestido longo de veludo vermelho com um microfone na mão. Enquanto o pianista tocava, ela cantava com voz profunda e rouca:

— *Fawwwwwwl-ling in love again, never wanted to,*
what am I to do, I can't help it...

Charlie avistou Isabel em uma das mesas da frente, trajando um smoking masculino com o cabelo todo penteado para trás e sentada no colo de um modelo que parecia não ter mais do que 25 anos. Chloe e Delphine estavam em pé atrás dela, usando roupas iguais — coletes pretos, shorts pretos com ligas e chapéus-coco, parecendo extremamente desconfortáveis. O rosto de Chloe se iluminou ao ver o pai.

Charlie marchou até a mesa de Isabel e falou:

— Podemos conversar?

— Shhh! Ute Lemper está cantando! — disse Isabel, fazendo um gesto para ele se afastar.

— Precisamos conversar *agora* — afirmou Charlie, o mais calmamente possível, pegando-a pelo braço e conduzindo-a para os fundos do salão.

— Qual é o seu problema? Temos uma das maiores cantoras do mundo bem aqui e você está atrapalhando! — O hálito de Isabel cheirava a vodca, e Charlie olhou dentro dos olhos dela, tentando entender se ela estava apenas bêbada ou se era mais um surto.

— Isabel, hoje é quinta-feira. Por que você está dando uma festa para duzentas pessoas? E o que é aquilo que as meninas estão usando?

— Será que você não entendeu? Estamos na República de Weimar. É 1931, em Berlim, e estamos no Kit Kat Club. Chloe e Delphine estão vestidas como Sally Bowles!

Charlie deu um suspiro e falou:

— Vou levar as duas comigo para casa agora mesmo. Já passa da meia-noite, e elas mal conseguem manter os olhos abertos.

— Do que você está falando? Elas estão se divertindo como nunca! Convidei Hao Yun Xiang especialmente para a festa porque Chloe tem uma paixonite por ele! — contou Isabel, apontando para o modelo cujo colo ela vinha aquecendo. — Você está só com ciúme, não é? Fique tranquilo, acho que o seu pau é maior.

Naquele momento, Charlie se deu conta de que ela não estava em seu estado normal. Isabel era capaz de fazer coisas malucas, mas nunca era tão baixa.

— Não estou com ciúmes... — ele começou a dizer, calmo.

— Bem, então pare de estragar a nossa diversão! — declarou Isabel, voltando para sua cadeira. Montando de pernas abertas no modelo, ela começou a balançar ao ritmo da música.

Para Charlie era óbvio que Isabel estava tendo um surto, e, mais cedo ou mais tarde, ela começaria a voltar a si, mas sabe-se lá o que poderia fazer. Era inútil argumentar com ela naquele estado. Ele pegou Chloe e Delphine pelas mãos e marchou com as duas na direção da saída. Na porta principal, sussurrou para Jonny Fung:

— Não perca Isabel de vista, está me entendendo? E não deixe que ela saia da casa antes que eu volte amanhã de manhã com os médicos dela!

— Pode deixar — assentiu o chefe da segurança.

Às três da manhã, Charlie foi despertado pelo telefone tocando. Ao ver que era Isabel, ele rolou de costas com um suspiro e atendeu.

— Onde estão as minhas filhas? — perguntou Isabel, parecendo misteriosamente calma.

— Estão aqui comigo. Dormindo.

— Por que você as arrastou daquele jeito?

— Eu não as arrastei. Elas simplesmente ficaram felicíssimas de sair daquele show de horrores e vir para a minha casa.

— Sabe, você privou as duas de assistir ao show completo da Ute. Ela fez três bis. Cantou "Non, Je Ne Regrette Rien". E eu queria que Chloe conhecesse Tilda Swinton. Quando ela vai ter uma chance dessas de novo?

— Lamento, Isabel. Lamento que Chloe não teve a chance de conhecer a Tilda. Mas parece que ela é amiga da Astrid, portanto talvez tenha ela outra chance...

— Não dou a mínima para a porra da Astrid! Você não consegue enxergar que tem gente sofrendo no mundo? Sabia que levantamos 2 milhões de dólares essa noite para ajudar as vítimas do terremoto? Pense em todas as crianças que estamos salvando!

Charlie soltou uma risada exasperada. Ele sabia que era inútil argumentar com ela quando estava tendo um daqueles episódios, mas não conseguiu se conter.

— Você devia começar pelas suas próprias filhas, isso sim.

— Quer dizer que você me acha uma péssima mãe? — questionou Isabel, parecendo subitamente muito triste.

— Não. Acho que você é uma mãe maravilhosa, mas que está tendo uma noite péssima.

— Eu NÃO estou tendo uma noite péssima! Estou tendo uma noite *fantabulosa!* Sou uma patrona das causas assistenciais *par extraordinaire* e estou tentando ajudar nossas crianças. — Isabel começou a cantar com uma voz lenta e profunda: — *I believe children are our future. Teach them well and leeeeeet them lead the way...*

— Izzie, são três da manhã. Será que dá para dar um tempo com a Whitney Houston?

— Jamais! Aqueles sacanas destruíram o espírito da Whitney, mas jamais farão o mesmo com o meu, está me ouvindo?

— Izzie, vou dormir agora. Nós nos vemos amanhã de manhã. Vou levar as meninas cedinho aí antes da escola para que elas possam colocar os uniformes.

— Não se atreva a desligar na minha cara, Charlie Wu! — ordenou Isabel. Mas, era tarde demais: Charlie já tinha desligado.

Ele não costumava fazer aquilo. A mente de Isabel desceu uma montanha-russa, enquanto ela olhava pela janela para as ondas do mar batendo na praia. O que Charlie não sabia é que ela estivera sentada no quarto da nova casa dele em Shek O durante toda a ligação. Depois de enganar a própria equipe de segurança, ela havia trocado de roupa com Ute Lemper após o segundo bis do espetáculo e saído sem ser notada da própria festa usando um vestido de veludo vermelho. Pegara o primeiro carro da fila do valet e dirigira num impulso maníaco até a casa de Charlie. Digitou o código de que se recordava: 110011. E agora estava vagando pela casa vazia projetada por Tom Kundig, se entregando a uma ira cada vez maior.

Então vai ser assim a partir de agora. Vai ser assim, agora que você tem uma nova vida nessa casa de vidro perfeita à beira-mar. Essa casa sem graça, nessa fantasia burguesa da Architectural Digest, *com toda essa mobília chata de meados de século e esse objetozinho tedioso ao lado do qual você acorda todas as manhãs. Porque é isso que ela é. Essa Astrid Leong e sua estética de mentira. Só porque ela usa Alexis Mabille em um almoço ela se acha a mais maravilhosa, acha que é original. Ela não passa de uma boneca decorativa de criação impecável, sem substância nenhuma e sem gana. Todo mundo acha que ela é tããão maravilhosa e tããão elegante, mas eu sei qual é a verdade. Eu sei que tipo de mulher ela realmente é.*

Isabel inclinou-se sobre a mesa de jantar, sacou o celular e correu o dedo pela tela furiosamente até encontrar o que procurava; um vídeo que ela havia salvado em uma pasta protegida por senha. Era o vídeo de Charlie e Astrid fazendo amor, e, ao apertar o play, o som dos gemidos dos dois ecoou pela casa vasta e vazia. *Olhe só para ela. Parece uma puta. Olha o jeito como ela cavalga nele, controlando o pau dele como se estivesse cavalgando um de seus puros-sangues. Isso aqui não é uma mulher que vai se conformar em ser "apenas uma amiga" da Chloe e da Delphine. Isso é uma mulher que quer tudo. E por causa de todo o dinheiro que ela tem, acha que pode comprar tudo o que quer. Comprou Charlie e agora quer comprar minhas filhas e o amor delas e transformá-las em fotocopiazinhas de si mesma, com longos pescoços de bailarina e modelitos de alta--costura perfeitos. Ela quer se sentar nessa casa perfeita e admirar a vista perfeita do mar com minhas filhas e acariciar o cabelo delas à luz dourada do sol e rodopiar com elas pelo jardim como se elas estivessem numa merda de filme do Terrence Malick e convencê--las de que esta é a única vida que elas poderiam desejar. "Você sempre será bem-vinda", disse ela. Vá se foder. No dia seguinte ao casamento ela vai me ignorar para sempre. Eu sei. Ela acha que vai me apagar da vida delas, mas isso nunca irá acontecer. Nunca, nunca, nunca!* Com dedos trêmulos, Isabel digitou uma mensagem no quadro do WeChat da colunista de fofocas Honey Chai:

Astrid Leong roubou a minha vida. Ela é uma piranha traidora, ladra de maridos. Veja como ela parece uma puta nesse vídeo. Ela não passa de uma ricaça sem graça, herdeira de uma fortuna maligna que destrói o nosso planeta. Eu a amaldiçoo! Amaldiçoo Charlie Wu! Amaldiçoo essa casa, construída sobre mentira e pecado! Pelo resto da eternidade, nunca poderá haver paz nessa casa!

Isabel anexou o vídeo e clicou em "Postar". O vídeo foi compartilhado com milhões de usuários do WeChat no mundo inteiro. Então subiu na mesa de jantar Nakashima de madeira como se ela fosse uma prancha de surfe gigante, tirou o longo vestido de veludo vermelho, transformou-o em uma corda comprida e apertada e prendeu uma de suas pontas no lustre Lindsey Adelman. Amarrou a outra ponta com firmeza na parte branca e macia de seu pescoço e andou até a beirada da mesa devagar, passo a passo, olhando pela janela para o mar banhado pelo luar. E, em seguida, pulou.

16

•

TYERSALL PARK, CINGAPURA

— Foi uma queda épica, um desastre de proporções gigantescas —
suspirou Carlton ao telefone com sua irmã, enquanto relembrava o
encontro com Scheherazade.

— Sinto tanto, Carlton... Parece ter sido traumático — disse
Rachel. — Mas o que aconteceu depois que Colette jogou a bomba?

— Bem, o jantar basicamente acabou ali para todo mundo.
Scheherazade não comeu nada depois disso, e eu saí em disparada
assim que serviram a sobremesa. Ficou óbvio para mim que os pais
de Scheherazade iriam abrir uma ordem de restrição contra mim se
eu ficasse mais um minuto que fosse lá.

— Tenho certeza de que não foi tão terrível assim.

— Não, na verdade provavelmente foi pior. Foi todo mundo
para a sala de estar para tomar drinques e café, e eu *sabia* que
Colette estava louca para contar todos os detalhes do que tinha
acontecido em Londres. Tenho certeza de que ela não mediu
esforços para convencer os Shangs de eu sou um monstro assassino. Scheherazade foi comigo até o meu carro, e eu tentei contar
a história toda para ela, mas saiu tudo errado. Fiquei nervoso e
ansioso, e acho que ela estava chocada demais para processar
qualquer informação.

— É muita coisa para um primeiro encontro, Carlton. Dê a ela
um tempinho para se recuperar — sugeriu Rachel, com gentileza.

— Ela terá todo o tempo do mundo... Ouvi dizer que partiu para Paris assim que o sol raiou hoje de manhã. *Game over.*

— Que nada. Talvez a partida dela não tenha nada a ver com você.

— Hã-hã. Acho que não. Ela não respondeu a nenhuma das minhas mensagens nas últimas 24 horas.

Rachel revirou os olhos.

— Meu Deus, vocês, *millenials*! Se você realmente quer reconquistá-la, pegue um avião e vá para Paris, mande mil rosas para ela, leve-a para jantar em algum restaurante romântico em um rooftop do Marais, *faça alguma coisa além de mandar mensagens!*

— Não é assim tão simples. Ela está rodeada de guarda-costas 24 horas por dia, sete dias por semana. Se ela não quer responder minhas mensagens, eu é que não vou bancar o *stalker* e aparecer do nada na casa dela.

— Carlton, mesmo que você tentasse, você nunca pareceria um *stalker*. Scheherazade obviamente ficou com medo porque foi bombardeada por um monte de mentiras da Colette. Então você precisa mostrar para ela quem realmente é. Ela está esperando que você faça isso. Você não entende?

— Acho que ela deve ter voltado à vida dela em Paris. A essa altura, provavelmente deve estar saindo com algum conde francês com uma barba de três semanas.

Rachel suspirou.

— Sabe qual o problema, Carlton? Você é mimado. Teve a sorte, ou talvez o azar, de ter nascido bonitão, e, durante toda a sua vida, as mulheres se atiraram em cima de você sem que você nunca tivesse que levantar um dedo. Scheherazade é a primeira garota que o está desafiando, que está fazendo você batalhar por ela. Você encontrou alguém à sua altura. Vai dar para trás agora?

Carlton ficou em silêncio por um instante.

— Então o que eu devo fazer agora, Rachel?

— Isso é você que vai ter que descobrir. Eu não vou dar nenhuma dica! Você precisa reconquistá-la com algum gesto romântico grandioso. Olha, preciso desligar. Vamos receber um comprador em potencial que vem dar uma olhada em Tyersall Park essa manhã, e você *nem queira* saber quem é.

— Por que não?

— Porque é Jack Bing.

— Mentira! Você está de sacanagem com a minha cara!

— Bem que eu queria estar. Ele ofereceu uma quantia insana de dinheiro pela casa.

— Caramba, a julgar por Colette e o pai dela, os Bings estão visivelmente atrás do sangue das pessoas em Cingapura. Não vendam a casa para ele.

Rachel suspirou.

— Gostaria que a decisão estivesse nas minhas mãos. Nick e eu estamos tentando evitá-lo. Acho que escutei alguém chegando.

— Tá bem. Me ligue mais tarde.

*

Jack Bing estava de pé no meio do claustro andaluz, baforando seu charuto, enquanto observava as colunas elaboradamente entalhadas.

— Isso é incrível. Nunca vi uma casa como essa em toda a minha vida — disse ele em mandarim.

— Adorei esse pátio interno! Podemos retirar esse espelho de água e colocar uma piscina *de verdade* aqui — sugeriu Kitty, em inglês.

Felicity, Victoria e Alix estremeceram, mas não disseram nada. Oliver intrometeu-se diplomaticamente na conversa.

— Kitty, nesse espelho de água foi trazido azulejo por azulejo de Córdoba, na Espanha. Está vendo esses azulejos azuis e coral que o ladeiam? São muito raros, do século XIII.

— Oh, eu não fazia ideia. Então é óbvio que vamos manter o espelho de água — disse Kitty.

Jack olhou para a rosa de quartzo no meio da fonte, da qual borbulhava um fio de água lento e hipnótico.

— Não, não devemos mudar nada. Essa casa pode não ser tão grandiosa quanto a nossa em Xangai, mas tem um feng shui impressionante. Posso sentir o chi fluindo por toda parte. Não admira que sua família tenha prosperado aqui — disse Jack às mulheres ali reunidas.

As irmãs Youngs assentiram com educação, pois nenhuma delas falava mandarim e as três só entenderam cerca de trinta por cento do que ele havia falado. Jack olhou para as irmãs vestidas com desmazelo e pensou consigo mesmo: *Só mulheres que foram criadas em um palácio como esse podem se safar se vestindo assim. E elas não sabem sequer uma palavra em mandarim. Parecem dodôs, um pássaro inútil. Não admira que estejam perdendo essa casa.*

O grupo seguiu até a arcada e foi para a biblioteca.

Jack olhou ao redor, para os livros antigos que tomavam as estantes que iam do chão ao teto de pé-direito duplo e para a mesa indiana lustrosa de pau-rosa.

— Adoro esse tipo de mobília. É *art déco*, não é?

— Na verdade, essa era a biblioteca de Sir James, e toda a mobília foi desenhada para ele especialmente por Pierre Jeanneret no final dos anos 1940 — informou Oliver.

— Bem, isso me lembra um pouco os antigos clubes de Xangai onde meu avô costumava tocar — comentou Jack. Virando-se para as mulheres, ele disse: — Meu avô trabalhava em uma fábrica de caldeiras, mas também era trompetista. Toda noite, para faturar um dinheiro extra, ele tocava com uma banda de jazz que se apresentava em todos os clubes frequentados por ocidentais. Quando eu era pequeno, era minha obrigação polir o trompete dele todas as noites. Eu cuspia e cuspia no trompete para limpá-lo, para fazer o lustro durar mais tempo.

Felicity deu um passo para trás, nervosa, temendo que Jack quisesse demonstrar aquilo perto dela.

— Quanto querem pela mobília? — perguntou Jack.

— Hã... Quais itens vocês têm em mente? Alguns deles são... itens... de que não podemos nos desfazer — explicou Victoria, com o mandarim rudimentar que ela usava com os criados. — Oliver, como se diz "relíquias" em mandarim?

— Ah, *chuan jia bao* — respondeu Oliver.

— Oh, eu adorei as mesas, as cadeiras e principalmente esse tapete azul e roxo — disse Jack, apontando para o chão. Felicity olhou para o tapete de seda roxo e, de repente, uma história que certa vez sua tia Rosemary T'sien lhe contou veio à sua memória...

Sabia que sua mãe uma vez encarou um general japonês e o desafiou a atirar nela? Isso aconteceu bem aqui nessa biblioteca, onde Su Yi estava dando uma festa para alguns oficiais de alta patente. Eles estavam sempre obrigando-a a fazer coisas desse tipo durante a ocupação, dar essas festas pervertidas horrorosas para eles. Meu marido — seu tio Tsai Tay — tinha acabado de ser preso por alguma ofensa ridícula, e, quando o general perdeu um jogo de cartas para sua mãe, ela exigiu que em troca ele libertasse Tsai Tay. É claro que o general ficou ultrajado com a ousadia dela e imediatamente sacou sua pistola e a encostou na têmpora de Su Yi. Eu estava sentada bem ao lado dela e achei que seria seu fim.

Su Yi permaneceu muito calma e falou daquele seu jeito imperioso: "General, o senhor vai arruinar o lindo cheongsam da Rosemary se atirar em mim agora. Vai explodir meus miolos nele, sem falar nesse belíssimo tapete art déco *que veio de Paris. O senhor sabe quanto vale esse tapete? Foi desenhado por um artista francês muito famoso chamado Christian Bérard, e seria um presente maravilhoso para a sua esposa, se não estivesse manchado com o meu sangue. Ora, o senhor não gostaria de desapontar sua esposa, não é?" O general ficou em silêncio por um momento e em seguida caiu na gargalhada. Então abaixou a arma, levou o tapete consigo e, no dia seguinte, meu marido foi libertado da prisão. Tsai Tay jamais se esqueceria do que Su Yi fez por ele.*

Hiyah, quantas histórias eu poderia contar a você sobre os anos da guerra, mas Su Yi não iria querer que eu fizesse isso. Acontece que ela salvou a vida de muita gente, e a maioria nem sequer veio a saber que estava viva graças a ela. Depois que a guerra acabou, soubemos que o general havia sido executado por crimes de guerra nos tribunais de guerra em Manila. Um dia, sua mãe me ligou e disse: "Você não vai adivinhar o que acabou de chegar em uma caixa enorme. Aquele tapete roxo art déco *que o general levou para o Japão. Desconfio de que a esposa dele nunca o tenha aprovado."*

Felicity acordou de seu devaneio e disse, decidida:

— Sr. Bing, esse tapete não está à venda. Mas há alguns outros itens que poderíamos oferecer com a casa.

395

— Tudo bem, então. Oliver, você poderia fazer uma estimativa de tudo o que há de valor? Vou ficar com todas as *chuan jia bao* que essas gentis senhoras estiverem dispostas a me vender — disse Jack, virando-se para as irmãs Youngs com um sorrisinho.

— Mas é óbvio — disse Oliver.

— Senhoras, gostei da casa e creio que minha família será muito feliz usando-a quando viermos a Cingapura. Agradeço por terem me mostrado tudo essa manhã. Minha oferta está de pé, portanto, por favor, levem o tempo que for necessário para decidirem. Sei que não deve ser uma decisão fácil para as senhoras — ponderou Jack.

Em seguida, ele saiu pelas portas da frente, atirou o charuto na trilha de cascalho da entrada de carros e acomodou-se no banco de trás do primeiro Audi SUV preto da fila. Kitty entrou depois dele, os seguranças entraram em seus SUVs e o comboio de carros se foi.

— Minha nossa, isso foi *mesmo* excruciante! — comentou Victoria assim que elas afundaram nos sofás da sala de estar.

— Oliver, de onde você tira essas pessoas? — perguntou Felicity, com desdém.

— Acredite se quiser, eles estão longe de ser dos piores. Jack se tornou um colecionador de arte bastante astuto. Eles têm uma das melhores coleções privadas de Xangai. E o gosto de Kitty na verdade amadureceu. Além disso, ela está disposta a aprender. Não se preocupem, eles não farão nada com a casa sem a minha aprovação.

Victoria olhou surpresa para Nick e Rachel, que entravam na sala.

— Não sabia que vocês dois estavam em casa! Por que não vieram conhecer essa gente? Rachel, poderíamos ter usado mais uma tradutora do chinês!

Nick caiu pesadamente em uma das cadeiras *art déco*.

— Ah, eu já os conheço... Conheci Jack em Xangai cerca de dois anos atrás e torci para nunca mais olhar na cara dele. E a esposa dele todos nós conhecemos no casamento do Colin.

— Espere aí... Aquela mulher foi ao casamento do Colin Khoo? — perguntou Felicity, parecendo surpresa.

— Tia Felicity, *ela esteve na sua casa*. Ela era namorada do Alistair — explicou Nick, irritado.

— Minha nossa senhora! Era *ela*? Aquela com os mamilos castanhos enormes de vaca? Pussy Ping ou seja lá qual era o nome dela?

— O nome dela é Kitty Pong — disse Rachel.

— Deus do céu, eu não a reconheci! O rosto dela está completamente diferente! Não admira que Alistair tenha voltado do nada para Hong Kong no primeiro voo hoje de manhã! Mas eu achei que ela fosse casada com aquele garoto horrível, o filho imprestável de Carol Tai, não? Aquele que também fez uma plástica horrorosa no rosto — falou Alix.

— Isso foi há muito tempo, Tia Alix. Kitty arrumou um marido melhor.

— Com certeza. Para falar a verdade, eu gostei do vestido floral que ela estava usando hoje. Ela não parecia nada vulgar! — observou Victoria.

— É *impossível* parecer vulgar com um Dries Van Noten — declarou Oliver.

— Então vocês estão pensando mesmo em vender a casa para eles? — perguntou Nick, de mau humor.

— Nicky, me diga como podemos recusar uma oferta de *10 bilhões de dólares*? Isso é três vezes mais que a nossa maior oferta. Seria muita estupidez recusar um dinheiro desses! — argumentou Felicity.

Oliver assentiu.

— Seria como olhar um cavalo dado nos dentes.

Nick olhou de relance na direção de Oliver, aborrecido.

— Para você é fácil falar. Você não foi criado nessa casa. Para alguns de nós, a questão não se resume ao dinheiro.

Oliver suspirou.

— Escute, Nicky, eu sei que você está chateado comigo, mas, de verdade, não era minha intenção magoar você com nada disso. Eu amava a sua avó e amo essa casa mais do que você pode imaginar. Achei que vocês quisessem preservar Tyersall Park e, quando fiquei sabendo que os Bings estavam à procura de uma nova mansão em Cingapura, juntei dois mais dois. Eles amaram a casa e estão comprometidos a manter sua integridade arquitetônica. E têm dinheiro suficiente para restaurar a casa e manter a propriedade em condições ideais durante gerações.

Rachel se intrometeu na conversa.

— E essas gerações incluem Colette Bing?

O rosto de Oliver ficou vermelho, e Felicity perguntou:

— Quem é Colette Bing?

— Colette Bing é a filha do Jack. Há dois anos, Roxanne, a assistente pessoal dela, tentou envenenar Rachel, a mando da própria Colette — respondeu Nick, curto e grosso.

— O QUÊÊÊÊ?? — gritaram Felicity e Victoria, horrorizadas.

— Minha nossa, eu tinha me esquecido completamente de que eles eram *essa família* — gemeu Alix, levando as mãos ao rosto.

— Rachel, esse incidente com certeza foi bastante infeliz, mas você precisa saber que Jack e Kitty não têm absolutamente mais nada a ver com Colette — disse Oliver.

O rosto de Nick corou de raiva.

— Não foi um incidente infeliz. Minha mulher quase morreu! Quanto você tolera para fazer esse negócio, Oliver? Fora a sua comissão na venda, que deverá estar na casa dos milhões, quanto você e aquela casa de leilões vão faturar vendendo itens novos para esses Bings gananciosos?

Oliver se levantou do divã e sorriu apologeticamente.

— Sabem, creio que é melhor eu deixar vocês agora. Estou vendo que ruflei algumas penas. A oferta está na mesa, e estou ansioso para saber a resposta.

Assim que Oliver saiu da sala, Victoria falou:

— Sabem, andei pensando... Tem uma coisa nisso tudo que parece muito providencial, tão inacreditável que só pode ser um sinal. Nicky, creio que essa oferta incrível dos Bings é em parte porque eles estão querendo reparar o que fizeram com a Rachel. Acho que deve ser tudo coisa da mamãe. Ela está olhando por nós, do paraíso.

Nick revirou os olhos, irritado.

— É difícil acreditar que alguém pagaria um valor tão acima do mercado por Tyersall Park... — Alix começou a dizer.

— Mamãe tinha tudo planejado. Ela sabia que não receberíamos nenhum dinheiro do Shang Trust, portanto quis que ganhássemos o máximo possível com a venda de Tyersall Park. Foi por esse motivo que ela dividiu a casa entre nós, e agora está operando um milagre para a gente. — A voz de Victoria transbordava de convicção.

Nick subitamente se levantou e olhou para as tias.

— Olhem, vocês podem se agarrar à história que quiserem se isso ajudá-las a dormir à noite. Eu não consigo tolerar a ideia de essa casa ir parar nas mãos da família que quase matou a minha mulher! Acho que não podemos confiar que eles irão manter a palavra de que preservarão a casa. Dá para ver que Kitty está só esperando colocar as garras nela para reformá-la de cima a baixo. Se eu conseguir oferecer a mesma quantia que Jack, vocês a venderiam para mim?

Rachel olhou para ele, surpresa, enquanto Alix respondia:

— Nicky, não seja bobo. Seria um absurdo comprar essa casa por esse valor! Não poderíamos permitir que você faça isso!

— Vocês não responderam à minha pergunta. Se eu arrumar os 10 bilhões, temos um acordo?

As três mulheres se entreolharam.

— Tudo bem. Nós lhe daremos um mês — concordou Felicity, por fim.

17

•

ILHA DE SENTOSA, CINGAPURA

Duas vezes por ano, o comitê de aquisições do Museu de Arte Moderna de Cingapura se reunia para analisar possíveis novas aquisições para o acervo permanente. O comitê exclusivo era composto da elite dos jovens colecionadores da cidade, a maioria dos quais descendente das famílias mais poderosas do país. Tal como ocorre com a maioria dos rebentos abastados, as instalações perfeitamente decentes, mas bastante comuns do museu, não estavam à altura de tais reuniões, portanto todas as vezes algum lugar novo e fabuloso com um chef celebridade era escolhido para a ocasião.

Hoje, o encontro seria em um café da manhã no Capella, em Sentosa, a ilha-playground na costa meridional de Cingapura. Quando o curador do museu, Felipe Hsu, chegou ao maravilhoso salão de recepções que dava de frente para uma linda piscina infinita com vários níveis, percebeu que o clima estava agitado entre os cerca de 12 membros que já se encontravam ali reunidos.

— Não acredito! Eu simplesmente não acredito! — sussurrou Lauren Lee Liang (esposa de Roderick Liang, dos Liangs do Liang Finance, e neta da Sra. Lee Yong Chien) em um canto para Sarita Singh (ex-atriz de Bollywood e nora de Gayatri Singh).

— Como é possível se recuperar de algo assim? — Sarita balançou a cabeça, mexendo nos medalhões de madrepérola de seu colar Van Cleef and Arpels como se fossem as contas de um rosário.

— Bem, o único consolo é que os peitos dela estavam maravilhosos. Será que ela fez lifting? — questionou Lauren, escondendo a boca com sua clutch VBH.

Felipe foi até o bufê para se servir de dois ovos cozidos e umas torradas. Patricia Lim (dos Lims da Rubber Lims), que estava de pé ao lado dele tentando se decidir entre os ovos beneditinos ou os ovos Norwegian, lançou-lhe um olhar.

— Que manhã, não?

— Sim, parece que estão todos cafeinados e prontos para arregaçar as mangas! Ótimo, ótimo, temos uma pauta bem extensa hoje.

— Está pensando em fazer algum tipo de anúncio ou planeja manter um silêncio honrado?

— Não tenho certeza de que entendi o que você está falando, Pat. — O curador franziu a testa.

— Não se faça de bobo comigo, Felipe! Oh, meu Deus do céu... ELA VEIO MESMO!

O salão caiu em um silêncio mortal quando Astrid entrou. Ela cumprimentou sua prima Sophie Koo (dos Khoos da Khoo Enterprises),* apanhou um *pain au chocolate* no bufê e se sentou na cabeceira da longa mesa de mármore enquanto todos se acomodavam em seus lugares. Então ela se levantou abruptamente.

— Bom dia a todos. Antes de mergulharmos de cabeça na nossa pauta, tenho uma confissão a fazer.

A maioria dos membros do comitê soltou uma expressão de espanto audível enquanto olhava, de olhos arregalados, para Astrid.

— Quando se trata de Anish Kapoor, não tenho a menor isenção. Há muitos anos que admiro seu trabalho e, como vocês provavelmente já sabem, possuo diversas de suas obras e, sim, eu fui a doadora anônima que ajudou a custear suas novas instalações na Antuérpia. Portanto, como iremos examinar duas de suas obras de arte para possível aquisição, eu me abstenho desse voto. — Astrid sorriu para todos e tornou a se sentar.

---

* Sophie é irmã de Colin khoo, e os dois são primos de Astrid por parte da falecida mãe deles, que era irmã de Harry Leong. Sim, Cingapura é um mundinho bem pequeno, e menor ainda no grupo dos seletos ricaços.

— I-na-cre-di-tá-vel, puta que pariu... — murmurou Lauren Lee, baixinho.

Sarita Singh deu uma batidinha com a colher em sua caneca de café, e todos olharam em sua direção, enquanto ela declarava com tom virtuoso:

— Eu estava esperando que nossa presidenta humildemente renunciasse seu posto, mas, já que ela não demonstrou a menor intenção de fazer isso, gostaria de iniciar um movimento solicitando a exclusão imediata de Astrid Leong do comitê de aquisições.

Astrid olhou para Sarita, chocada.

— Eu apoio essa moção — afirmou Lauren Lee na mesma hora.

— Mas o que raios está acontecendo aqui? — perguntou Felipe de repente, com a boca ainda cheia de ovo cozido, enquanto o salão explodia em comoção.

— Sarita, por que você está sugerindo essa moção do nada? — perguntou Astrid.

— Astrid, sejamos honestas aqui. Vamos perder patrocinadores por causa dos seus atos. A reputação do museu inteiro será afetada por sua causa. Mal consigo acreditar que você tenha tido a pachorra de dar as caras aqui essa manhã!

— Eu realmente não estou entendendo... É por causa do meu divórcio? — perguntou Astrid, tentando manter a graça e a calma.

Da outra ponta da mesa, Sophie Koo se levantou e correu até o lado de Astrid.

— Venha comigo — sussurrou ela, pegando a prima pelo braço.

Astrid se levantou e acompanhou Sophie para fora do salão.

— O que está acontecendo lá dentro? — perguntou ela, completamente perdida.

— Astrid, pelo que entendi, você não sabe de nada.

— Sei do quê?

Sophie fechou os olhos por um instante e respirou fundo.

— Vazou um vídeo seu ontem à noite, de madrugada. E viralizou.

— Um vídeo? — Astrid ainda não estava entendendo direito.

— Sim, de você... Com o Charlie Wu.

O rosto de Astrid perdeu a cor.

— Ai, meu Deus.

— Sinto muitíssimo... — começou a dizer Sophie.

Astrid permaneceu imóvel por causa do choque por um momento, depois entrou em um modo de resolução de crises.

— Preciso ir. Preciso pegar o Cassian na escola imediatamente. Por favor, avise a todos que precisei ir embora — pediu ela, enquanto saía correndo para pegar o carro.

Enquanto Astrid saía em disparada pelo portão de Sentosa, a caminho de Cingapura, percebeu que estava calma e composta. Tentou ligar para Charlie pelo Bluetooth algumas vezes, mas as chamadas só caíam na caixa postal. Então ela deixou uma mensagem: "Charlie, acho que você já deve estar a par do vazamento do vídeo, já que não está atendendo o celular. Eu só descobri agora, há alguns minutos. Estou bem, não se preocupe, estou indo à ACS pegar o Cassian. Sugiro que você faça o mesmo com Chloe e Delphine. Se elas ainda não descobriram, é melhor que saibam de tudo pela nossa boca do que por algum coleguinha. Você sabe como as crianças podem ser. Falo com você mais tarde."

Assim que Astrid desligou, seu celular começou a tocar.

— Charlie?

Houve um breve silêncio do outro lado, então uma voz estridente preencheu o carro.

— Oh, meu Deus, não acredito que você ainda esteja falando com aquele tarado horroroso! Não acredito! — Era sua mãe.

— Mãe, por favor, se acalme.

— Um vídeo de sexo! Aimeudeus, nem em meus piores pesadelos eu poderia imaginar que essas palavras e um dos meus filhos estariam na mesma frase! Acabei de voltar de Tyersall Park, depois de mostrar a casa para uns chineses abomináveis e recebo essa notícia da Cassandra Shang? Seu pai está com tanta raiva que estou até com medo de que ele caia morto no chão devido a um ataque cardíaco! — berrou Felicity.

Mesmo com tudo aquilo, Astrid não pôde deixar de reparar que sua mãe sempre conseguia soluçar histericamente, repreendê-la e fazê-la se sentir culpada ao mesmo tempo.

— Mãe, nós não fizemos nada de errado! Michael gravou aquele vídeo sem que a gente soubesse, na privacidade da casa do

Charlie e agora vazou a gravação em tudo quanto é canto. Isso é crime, mãe.

— O crime é você ter dormido com Charlie, para início de conversa!

— Como isso pode ser um crime?

— Você é uma rameira! Sua reputação foi parar na privada, e agora você vai ficar marcada pelo resto da vida!

— A senhora chegou a assistir ao vídeo? São dez segundos de uma gravação em péssima qualidade...

— Aimeudeus, se eu de fato assistisse a esse vídeo, acho que ficaria cega na hora! Como você pôde ir para a cama com aquele homem quando nem sequer é casada com ele? Isso é Deus te castigando!

— Me desculpe, mas eu fiz sexo antes do casamento, tá bem, e fiz sexo com o Charlie, com quem, aliás, eu transava quando ele era meu noivo, há mais de uma década!

— Vocês dois não trouxeram nada além de desgraça para a nossa vida. Você desgraçou seu pai e a mim, e desgraçou a sua família por gerações! E agora arruinou a vida do pobre Cassian! Como ele poderá dar as caras na ACS de novo?

— Estou indo pegar o Cassian nesse exato momento.

— Já fizemos isso. Ludivine acabou de pegá-lo na escola e está trazendo meu neto para cá.

— Ah, que bom, chego aí em dez minutos.

— De jeito nenhum! O que você está pensando? Não queremos que você chegue nem perto dessa casa!

— Pare de ser ridícula, mãe...

— Ridícula? Não sei nem como vou me recuperar disso um dia! Você tem que sair de Cingapura e voltar só quando as coisas se acalmarem! Não consegue entender o que esse escândalo fez com a sua reputação? Minha Nossa Senhora do céu, isso poderá afetar até as próximas eleições! Pode colocar a venda de Tyersall Park em risco! Deus meu, o preço poderá até despencar! Já estou sentindo minha pressão ir às alturas. Meu Deus, preciso tomar meu remédio agora. Sunali, cadê o meu remédio? — berrou Felicity para uma das empregadas.

— Se acalme, mãe. Não entendo o que isso tem a ver com Tyersall Park!

— Como você pode não entender? Você manchou o legado da família! Nem ouse chegar perto da Nassim Road, está me entendendo? Seu pai não quer nem ver a sua cara! Ele disse que você morreu para ele!

Astrid ficou sem ar por um instante, surpresa pelo ataque de sua mãe. Felizmente, seu celular bipou e o número de Charlie brilhou na tela.

— Tudo bem, mãe, não se preocupe, eu não vou aparecer aí. Não vou envergonhar vocês nem mais um minuto — disse ela, atendendo a ligação de Charlie.

Houve uma curta pausa, então a voz de Charlie:

— Astrid, você está bem?

— Sim, graças a Deus que é você! — falou ela, com um pesado suspiro.

— Você está dirigindo?

— Sim, estava indo pegar o Cassian na escola, mas...

— Pode encostar em algum lugar? — A voz de Charlie estava estranha.

— Claro, estou na Tanglin Road. Vou estacionar nesse posto Esso aqui.

Astrid estacionou no posto de gasolina e relaxou no assento do carro.

— Ok, já estacionei.

— Ótimo, ótimo. Antes de mais nada, você está bem? — perguntou Charlie.

— Bom, minha mãe acabou de berrar comigo de um jeito que nunca tinha feito antes na vida e ordenou que eu saísse do país. Fora isso, está tudo maravilhoso. E o seu dia, como tem sido até agora?

— Não sei direito como te contar isso, Astrid — disse Charlie, com a voz trêmula.

— Deixa eu adivinhar, você descobriu por que Michael vazou aquele vídeo?

— Na verdade, não foi Michael quem vazou o vídeo.

— Não?

— Não. Foi a Isabel.

— ISABEL? Como ela conseguiu o vídeo?

— Não temos certeza... Ainda estamos tentando juntar todas as peças desse quebra-cabeça, mas o vídeo veio do celular dela. Ela o postou em um blog de fofoca.

— Mas por que ela faria uma coisa dessas?

— Ela teve outro surto psicótico, Astrid. E dessa vez tentou se enforcar.

— Tentou o *quê?* — Astrid percebeu que estava sem chão.

— Ela tentou se enforcar na nossa casa nova, no lustre da sala de jantar. Queria amaldiçoar a casa e amaldiçoar nosso casamento para todo o sempre.

— E o que aconteceu? — Astrid mal conseguia pronunciar as palavras.

— O lustre quebrou, e isso a salvou. Mas agora ela está na UTI. Está em coma, e ninguém sabe se ela um dia sairá do coma — explicou Charlie, com a voz trêmula de tristeza.

— Não. Não, não, não, não, não — gritou Astrid, caindo em um choro incontrolável.

Parte Quatro

"Muitas vezes digo a mim mesma que a felicidade neste mundo é coisa muito desigualmente repartida."

— LIEV TOLSTÓI, GUERRA E PAZ

"O que é um bandejão?"

— PARIS HILTON

Quatro dias depois da tentativa de suicídio de Isabel, uma notícia exclusiva estampou as páginas do *Daily Post*:

HERDEIRA FAZ RIVAL COMETER TENTATIVA DE SUICÍDIO DEPOIS DE VÍDEO DE SEXO VAZAR!

O divórcio de 5 bilhões de dólares da maravilhosa herdeira cingapuriana, **Astrid Leong,** e do investidor de risco **Michael Teo** continua causando estragos. A mais recente vítima é **Isabel Wu,** ex-mulher do atual namorado de Astrid, o bilionário da tecnologia **Charles Wu.**

Aparentemente, um vídeo explícito da Sra. Leong na cama com o Sr. Wu levou a Sra. Wu a um colapso nervoso e, depois de vazar o vídeo para um blog de fofocas popular na China, a Sra. Wu tentou se enforcar na espetacular mansão, desenhada por Tom Kundig, que o ex-marido está construindo em Shek O.

Isabel está internada em coma no Sanatório de Hong Kong há mais de uma semana, e, segundo fontes, o Sr. Wu tem tentado de todas as maneiras manter a tragédia em segredo. Mas a mãe de Isabel, a **Honorável Juíza Deirdre Lai,** exige que seja feita uma investigação mais detalhada sobre a tentativa de suicídio da filha. "Charlie e Astrid são os responsáveis, e eu quero que o mundo inteiro saiba o que eles fizeram com a minha filha!", disse a juíza da Suprema Corte de Hong Kong, aos soluços.

O escândalo se tornou o assunto do momento na Ásia, dividindo a sociedade de Hong Kong, colocando amigos e familiares em lados opostos. Uma fonte do time de Charlie disse: "Isabel sofre de problemas psicológicos há mais de duas décadas. A filmagem em questão foi feita secretamente, muito tempo depois do casamento de Charlie e Isabel ter acabado, e Isabel vazou o vídeo enquanto sofria de um colapso nervoso. As verdadeiras vítimas dessa tragédia são Astrid e Charlie."

"Bobagem!", rebate uma fonte ligada a Isabel. "Izzie ficou arrasada com esse vídeo. Foi filmado enquanto Isabel e Charlie ainda eram casados, e ela perdeu o controle ao descobrir que Charlie e Astrid estavam tendo um caso fazia anos!"

Deirdre Lai lamenta o sofrimento das netas. "Minhas pobres netinhas Chloe e Delphine! Primeiro elas descobrem que o pai é um ator pornô, agora podem perder a mãe! Dá para acreditar que depois disso tudo aquela mulher ainda ousou aparecer no hospital onde minha pobre filha está internada em coma?"

O *Daily Post* tentou entrar em contato com a Sra. Leong, mas, desde sua visita ao Sanatório de Hong Kong, ela aparentemente desapareceu. Ao contatarmos a empresa da família dela, a Leong Holdings, para comentários, a porta-voz, **Zoe Quan**, disse que: "Astrid Leong não possui nenhuma ligação com esta companhia e não temos nenhum comentário a fazer." Quando perguntamos sobre o paradeiro dela, a Sra. Quan respondeu irritada que ela não faz ideia. "Ela saiu do país por um período indeterminado, *lah*."

1

•

PLACE DE FURSTENBERG, PARIS

Scheherazade entrou na moderna cozinha de seu apartamento em Saint-Germain, levantou a tampa da frigideira e tocou a crosta. Ainda não estava bom. Ela colocou a tampa novamente, voltou para o quarto e despiu a blusa Delpozo. Ela tinha acabado de voltar de uma festa no loft de um casal de fotógrafos de moda, onde a antiga chefe do restaurante Norma havia preparado o banquete mais elaborado de todos os tempos. Mas, durante todo o jantar, Scheherazade só pensava em voltar para casa, esquentar uma fatia da pizza de antes de ontem na frigideira,* abrir uma garrafa de vinho tinto e colocar *The Walking Dead* em dia.

Ela colocou o pijama, levou o prato com a pizza para a sala, afundou no sofá cinza de camurça, ligou a televisão e selecionou o último episódio. Quando sua série favorita começou, os diálogos foram subitamente abafados pelo som de uma música tocando do lado de fora. Scheherazade aumentou o volume da TV, esperando conseguir abafar o barulho na rua, mas a música ficou ainda mais alta. Alguns carros começaram a buzinar na rua, e um vizinho gritou da janela.

---

* Sem dúvida, é a melhor maneira de esquentar uma pizza que está há dois dias na geladeira. Fica com uma crosta crocante com o queijo todo derretido, se você tampa um pouquinho a frigideira.

Irritada, Scheherazade pausou a série, foi até a varanda e abriu as portas de vidro. De repente, o volume ensurdecedor da música invadiu seus ouvidos e, quando ela se debruçou na sacada, ficou chocada com a cena que viu! Carlton Bao estava em pé no teto de um Range Rover estacionado em frente ao prédio dela, segurando uma caixa de som que berrava a música de Peter Gabriel, *In Your Eyes*.

— Carlton! O que você está fazendo? — gritou Scheherazade, completamente constrangida.

— Tentando chamar a sua atenção! — berrou ele de volta.

— O que você quer?

— Que você me escute. Quero que você saiba que não sou um assassino! A única coisa da qual sou culpado é de me apaixonar...

— O quê? Desligue essa música! Não consigo escutar nada!

Carlton se recusou a abaixar a música, porém gritou ainda mais alto.

— Eu disse que a única coisa da qual sou culpado é de me apaixonar por vo...

Naquele momento, quatro seguranças vestido à paisana o agarraram pelas pernas, puxaram-no de cima do carro e o imobilizaram no chão.

— Merda! — Scheherazade começou a rir. Ela saiu da varanda correndo, desceu quatro lances de escada e chegou à porta.

— Soltem ele! — disse ela aos seguranças, que agora estavam em cima de Carlton.

— Senhorita Shang, tem certeza?

— Sim, tenho certeza. Está tudo bem. Ele está comigo — insistiu ela.

O segurança mais musculoso relutantemente tirou o joelho de cima das costas de Carlton e, quando ele se levantou do chão, Scheherazade viu que o lado esquerdo do rosto dele estava todo ralado por causa do asfalto.

— Ai, não. Vamos lá para cima. Precisamos desinfetar isso — disse Scheherazade. Quando eles entraram no elevador, ela olhou para ele de novo.

— O que você estava tentando fazer?

— Um gesto romântico!

Scheherazade franziu a testa.

— Aquilo era para ser romântico?

— Eu tentei imitar John Cusack.

— Quem?

— Você sabe, de *Digam o que quiserem?*

— Digam o quê?

— Você não viu esse filme, né? — questionou Carlton, arrasado.

— Não, mas você estava uma graça em cima daquele carro — elogiou Scheherazade, puxando Carlton para perto e beijando-o.

*

No outro extremo de Paris, Charlie estava voltando a pé para o Hotel George V, depois de um jantar frustrante com o amigo de Astrid, Grégoire L'Herme-Pierre. Grégoire tinha sido mais encantador do que de costume, e Charlie desconfiava de que ele sabia mais sobre o paradeiro de Astrid do que deixava transparecer. Ela havia ficado em Paris uns três dias mais ou menos, supunha ele, depois sumiu. Não, ela não parecia angustiada — *achei que ela estivesse fazendo sua habitual viagem à cidade para provar as roupas de alta-costura.*

Durante as duas últimas semanas, Charlie tinha viajado pelo mundo à procura de Astrid. Louco de preocupação, começara as buscas por Cingapura, depois Paris e Londres, indo a todos os lugares que eles frequentavam e entrando em contato com todos os amigos dela. Então ele seguiu para Veneza para ver se Astrid estava se escondendo no *palazzo* de sua amiga, Domiella Finzi-Contini, mas Domi, como tantos outros amigos de Astrid, permaneceu em silêncio. *Não falei com Astrid recentemente, mas eu estava em Ferrara no último mês. Sempre passamos o inverno em Ferrara. Não, não ouvi absolutamente nada sobre o escândalo.*

Agora estava de volta a Paris, tentando refazer os últimos passos conhecidos dela, tentando entender como ela pôde ter abandonado sua vida e por que a família dela parecia não se importar com o fato de ela estar desaparecida fazia um mês. Entrando no hotel, ele foi à recepção verificar se alguém tinha lhe deixado alguma mensagem. *Não, monsieur, nenhuma mensagem esta noite.*

Charlie subiu para sua suíte e abriu as portas da varanda, deixando entrar o ar gelado. O ar frio o deixava alerta e o ajudava a pensar com clareza. Sua busca em Paris havia sido um fracasso. Ela tinha estado na cidade, mas claramente não ia voltar. Deveria tentar Los Angeles. Mesmo o irmão dela, Alex, tendo lhe assegurado que Astrid não estava lá, ainda assim Charlie estava desconfiado. Sua equipe de segurança e todos os investigadores particulares que ele havia contratado estavam analisando todas as pistas desde o primeiro dia. Astrid havia sido meticulosa. Não tinha deixado nenhum registro em papel, nenhuma transferência bancária, nenhum gasto em cartão de crédito em mais de cinco semanas. Alguém a está ajudando. Só podia ser isso. Alguém próximo.

Ele saiu para a varanda e se debruçou no parapeito, olhando o leve brilho dourado que sempre parecia envolver Paris à noite. A cidade, encantadora como sempre, parecia muito solitária. Ele não devia ter permitido que ela fosse para Hong Kong. Ela havia insistido em ir, querendo estar ao seu lado naquele momento, mas, quando viu Isabel ligada a todos aqueles tubos na UTI... Charlie sabia que Astrid estava tentando se fazer de forte para ele, para as meninas, mas podia ver que ela tinha ficado arrasada. Então, quando a mãe de Isabel viu Astrid no hospital, ficou louca e revelou a história toda ao *Daily Post*, dando início ao escândalo! Era tudo culpa dele.

Charlie voltou para sua suíte e se sentou na cama. Então abriu a gaveta na mesa de cabeceira e pegou um pequeno envelope marrom. O envelope que havia sido enviado deste mesmo hotel para seu endereço em Hong Kong há algumas semanas. Dentro dele, havia uma caixa contendo o anel de noivado que ele dera a Astrid, juntamente com um bilhete, que Charlie já tinha lido milhares de vezes:

Querido Charlie,

Tenho pensado bastante durante os últimos dias. Desde que voltei para a sua vida há alguns anos, só tenho lhe causado problemas. Arrastei você para os meus problemas com Michael, para o meu divórcio horrível e agora arrastei você e suas filhas para uma tragédia inimaginável. Chloe e Delphine quase perderam a mãe, e a culpa é toda minha. Parece que não importa o quanto eu me esforce, nada do que eu faço resulta em algo bom, então o melhor que eu posso fazer é ir embora para que nada de ruim aconteça daqui para a frente. Acho que nunca serei uma boa esposa para você e posso apenas rezar e torcer para que sua família encontre felicidade e paz novamente.

Da sua,
Astrid

Ps.: Por favor, entregue este anel ao meu primo Nick da próxima vez que o vir. Acho que ele deve dá-lo a Rachel.

Charlie guardou o bilhete e se reclinou na cama, olhando para o teto. Astrid havia se deitado nesta mesma cama, provavelmente olhando para o mesmo ponto no teto. Esta era a suíte favorita dela no George V, e tinha sido ele quem a apresentou a ela na primeira vez que vieram a Paris juntos, quando ainda eram universitários. Parecia que tinha sido há uma vida. Ele queria poder voltar no tempo e fazer tudo diferente. Charlie se virou na cama e afundou o rosto no travesseiro, inspirando profundamente. Talvez, se inspirasse profundamente, conseguisse sentir o perfume dela.

2

●

Tyersall Park, Cingapura

Rachel estava andando pelas roseiras, apreciando os novos botões que se abriam e sentindo seu doce perfume, quando Nick voltou. Ele tinha ido conversar com Alfred Shang, na esperança de que pudesse conseguir dinheiro o suficiente para comprar a parte que suas tias tinham de Tyersall Park.

— E aí? Como foi? — perguntou ela assim que ele entrou no jardim, embora pelo olhar dele Rachel já soubesse a resposta.

— Eu expliquei toda a proposta e achei que ele fosse pelo menos tentar ajudar, já que Tyersall Park pertenceu ao pai dele. Mas você sabe o que ele me falou? Ele acha que outra bolha financeira está prestes a explodir e, quando isso acontecer, o mercado imobiliário da Ásia entrará com colapso. Ele falou assim: "Se esse idiota quer mesmo pagar 10 bilhões por Tyersall Park, você seria mais idiota ainda se não aceitasse. Pegue esse dinheiro e compre ouro. É o único investimento que vale a pena fazer a longo prazo."

Nick chegou perto de uma das roseiras e disse:

— Essa deve ser a terceira vez que paro aqui e sinto o perfume das rosas. É engraçado como não damos valor às coisas quando achamos que as teremos para sempre...

— Vamos plantar nossas próprias roseiras — sugeriu Rachel, tentando animá-lo. — Acho que agora podemos comprar uma casinha no campo, o que você me diz? Talvez em Vermont, ou até no Maine. Ouvi dizer que North Haven é lindo!

— Não sei, Rachel. Com 4 bilhões de dólares, acho que seria um pouco difícil encontrar alguma casa nesses lugares — brincou ele.

Rachel sorriu. Ela simplesmente não conseguia imaginar aquela quantidade de dinheiro nas mãos deles, principalmente levando em conta que Nick havia passado o último mês fazendo de tudo para conseguir o dinheiro a fim de comprar a casa e não tinha chegado nem perto do que precisava. Agora que o prazo tinha se esgotado e sua última tentativa, que era o tio Alfredo, havia falhado, Nick não tinha outra escolha a não ser aceitar as exigências das tias.

Pegando um lindo botão que pendia de um galho quebrado, Rachel olhou para Nick.

— Vamos?

— Sim. Vamos resolver isso logo. — Nick pegou a mão dela, e os dois subiram os degraus de pedra até a casa. As tias de Nick estavam sentadas, pensativas, ao redor da mesa na biblioteca.

Alix olhou para ele.

— Prontos para fazer a ligação?

Nick assentiu e Felicity pegou o telefone no meio da mesa e ligou para o número de Oliver.

— *Hiyah*! Esse é o telefone internacional dele. Agora teremos que pagar as taxas de ligação à longa distância — resmungou Felicity.

O telefone tocou algumas vezes antes de Oliver atender.

— Oliver, você está ouvindo? Estamos no viva voz aqui — gritou Alix.

— Sim, sim. Pode falar mais baixo. Estou escutando perfeitamente.

— Onde você está nesse momento, Oliver?

— Voltei para Londres.

— Oh, que maravilha. Como está o tempo hoje?

— *Hiyah, gum cheong hay!** Vamos logo com isso, Alix! — reclamou Victoria.

— Oh, está bem... Vou deixar Nick falar, já que ele, tecnicamente, tem a maior parte da casa — disse Alix.

— Oi, Oliver. Sim, eu só queria dizer que chegamos a um consenso. — Nick fez uma pausa, respirou fundo e continuou. — Es-

---

* Em cantonês, "quanta enrolação"

tamos prontos para aceitar a proposta de Jack Bing de 10 bilhões de dólares por Tyersall Park.

— Ótimo. Eu aceito em nome deles. Negócio fechado! — respondeu Oliver.

Felicity se intrometeu:

— Oliver, gostaríamos de contar com sua competência para avaliar os móveis. Vamos vender a maioria dos móveis e objetos da casa, com exceção de algumas coisas que queremos manter.

— Ele não vai levar as rendas Battenberg da mamãe, pode ter certeza — sussurrou Victoria.

— Perfeito. Os Bings vão ficar felicíssimos, e eu sei que não foi fácil para vocês chegarem a essa decisão, mas posso garantir que fizeram um ótimo negócio. Esse valor com certeza é um recorde no mercado imobiliário, e acho que vocês não teriam conseguido nada semelhante com nenhum outro comprador no planeta! Minha tia-avó Su Yi teria ficado satisfeita.

Nick revirou os olhos, enquanto Victoria e Alix assentiam.

— Você fala com eles, Oliver? — perguntou Felicity.

— Claro. Vou ligar para Jack assim que desligar com vocês e entro em contato com Freddie Tan para darmos início à papelada.

— Combinado, então. Tchau — disse Nick, desligando.

As mulheres suspiraram em conjunto.

— Está feito! — murmurou Felicity, arrasada.

— Fizemos a coisa certa. Dez bilhões de dólares! Mamãe ficaria tão orgulhosa da gente — comentou Alix, enxugando os olhos com um lenço de papel.

Felicity olhou para a irmã, pensando se o que ela dizia era verdade. Será que mamãe algum dia ficaria orgulhosa dela?

Nick se levantou da mesa e caminhou em direção ao jardim novamente. Rachel estava prestes a se levantar para segui-lo, quando Alix pousou uma das mãos no ombro dela.

— Ele vai ficar bem — disse ela.

— Eu sei que vai — respondeu Rachel, baixinho.

*

Acabei de colocar 4 bilhões de dólares no bolso desse sacana e ele nem ao menos disse obrigado, pensou Oliver após Nick desligar na cara dele. Então ele pegou o telefone de novo e ligou para Kitty.

— Kitty? Negócio fechado. Os Youngs aceitaram sua proposta... Sim, de verdade... Não, não, você não pode se mudar para lá na semana que vem, vai demorar pelo menos alguns meses para o negócio ser concluído... Sim, eles aceitaram vender alguns dos móveis... É óbvio que vou ajudar você a decidir o que vale a pena manter, não se preocupe... Acho que não podemos pagar mais para que eles se mudem amanhã. A casa pertence à família há mais de um século, Kitty. Eles precisam de um tempo para desmontar toda a estrutura. O lado bom é que você vai ter tempo para planejar a nova decoração... Henrietta Spencer-Churchill? Sim, eu a conheço... Mas, Kitty, mas por que você iria querer utilizar a mesma designer de interiores que está renovando a nova casa da Colette?... Eu sei que ela é parente da Princesa Diana, mas tenho uma ideia melhor ainda ... Só existe uma única pessoa no mundo inteiro para quem eu entregaria Tyersall Park. Você pode me encontrar na Europa na semana que vem?... Não, não em Paris. Vamos para a Antuérpia, Kitty... Não, não fica na Áustria. Antuérpia é uma cidade na Bélgica... Oh, você vai passar em Londres para me pegar? Que gentileza... Perfeito! Estou ansioso para nos encontrarmos.

Oliver desligou e ficou olhando para a tela do computador por alguns minutos. Então clicou no iTunes e percorreu sua biblioteca até encontrar uma música. Ele deu play e *Nessun Dorma*, de Puccini, começou a tocar a todo volume.* Oliver ficou sentado, escutando os primeiros versos da ária. Quando atingiu o *crescendo*, ele deu um pulo da cadeira e começou a dançar loucamente pelo apartamento. Todo o estresse foi liberado, então ele se jogou no chão e começou a soluçar.

Ele estava a salvo! Finalmente. Com a comissão que iria ganhar pela venda de Tyersall Park, o longo pesadelo das duas últimas décadas finalmente chegava ao fim. Sua comissão de 1,5 por cento na venda lhe renderia 150 milhões de dólares, o suficiente para pagar

---

* A versão de Pavarotti, é óbvio.

todos os financiamentos estudantis e as dívidas dos pais. Eles não sairiam dessa ricos, mas pelo menos teriam o suficiente para sobreviver. Sua família seria alçada novamente a um nível aceitável de respeitabilidade. Ele nunca mais teria de viajar de classe econômica. Enquanto estava deitado no carpete de seu apartamento em Londres fitando o teto rachado que ele precisava ter consertado dez anos antes, chorou de alegria: *All'alba vincerò! Vincerò, vinceròòòòòòò!*

3

•

HOTEL PENINSULA, LOS ANGELES

— Estou tão chocado quanto você — disse Alex Leong, mexendo o gelo do seu uísque com o dedo. — Astrid nunca ficou longe do Cassian por tanto tempo assim. Não consigo nem imaginar o que deve estar passando pela cabeça dela.

De sua cadeira do bar no terraço do hotel, Charlie fitou as palmeiras que pareciam ladear todas as ruas em Beverly Hills. Ele não sabia se o irmão de Astrid estava sendo sincero ou apenas encenando, especialmente porque ele sabia que Alex — há muito tempo afastado dos pais — era bastante próximo de Astrid. Tentando outra tática, Charlie falou:

— Estou preocupado que ela tenha tido um colapso nervoso e que não esteja conseguindo pedir ajuda. Faz semanas que ela está desaparecida! Você não acha que seus pais deveriam estar preocupados a essa altura?

Alex virou a cabeça na direção de Charlie, indignado. Seus óculos Persol refletiam o brilho do sol.

— Sou a última pessoa na face da Terra que poderia responder a essa pergunta, já que há anos não falo com meu pai.

— Mas com certeza você os conhece bem o suficiente para saber como eles reagiriam? — pressionou Charlie.

— Eu sempre fui a ovelha negra da família, por isso acho que já estava preparado quando meus pais mostraram sua verdadeira face. Mas Astrid sempre foi a princesinha. Ela foi criada para ser perfeita, para jamais pisar fora do trilho. Acho que deve ter sido muito difícil para ela quando as coisas não saíram conforme o esperado. O escândalo da Astrid me faz parecer um santo... Não consigo nem imaginar como eles devem ter reagido, tudo o que devem ter dito para ela.

— Astrid de fato me disse que os pais exigiram que ela sumisse. Mas se eles amam tanto a filha quanto eu sei que amam, não entendo como podem ser tão cruéis. Cara, ela não fez absolutamente nada de errado! Ela não tem culpa de nada!

Alex se recostou em sua cadeira e pegou um punhado de ervilhas apimentadas com wasabi de uma tigela em cima da mesa.

— O que você tem que entender sobre meus pais é que a única coisa que importa para eles é a reputação deles. Eles estão mais preocupados com as aparências do que com qualquer outra coisa na vida. Meu pai passou a vida inteira construindo um legado, sendo o mais velho político e toda essa baboseira, e minha mãe só se preocupa em ser a mais popular das amigas. Então tudo na vida deles tem que ser exatamente de acordo com seus padrões. Eles me excomungaram por eu ter desafiado seus desejos e me casado com uma mulher cuja pele era um pouco morena demais para eles.

— Ainda não consigo acreditar que eles tenham renegado você por ter se casado com Salimah. Caramba, ela é uma pediatra formada em Cambridge!

— O fato de ela ter uma excelente formação não faz a menor diferença para eles. Eu nunca me esquecerei das palavras do meu pai quando eu disse para ele que me casaria com Salimah com ou sem a bênção dele. Ele falou: "Se você não se importa com seu próprio futuro, pense no futuro dos filhos que terá com essa mulher. O sangue só vai se purificar depois de 11 gerações." E essa foi a última conversa que tive com o meu pai.

— Inacreditável! — exclamou Charlie, balançando a cabeça. — Você ficou surpreso com as palavras dele?

— Nem um pouco. Meus pais sempre foram extremamente racistas e elitistas, assim como várias pessoas do círculo de amizades deles. Tire o verniz da riqueza e da sofisticação e você encontrará pessoas extremamente provincianas e de mente fechada. O problema é que eles têm muito dinheiro, por isso acham que são gênios e nunca podem estar errados.

Charlie riu enquanto tomava um gole de sua cerveja.

— Então acho que tenho sorte. Meu pai sempre me dizia que eu era um idiota e que sempre estava errado em tudo.

— Por pura sorte, meu pai nasceu no lugar certo na hora certa, quando a região passava por um crescimento econômico sem precedentes. E, é óbvio, ele também herdou um império construído pelas quatro gerações anteriores. Acho que ele olha com desdém para pessoas como o seu pai, pessoas que enriqueceram por conta própria, porque no fundo, no fundo, ele é uma pessoa extremamente insegura. Ela sabe muito bem que não fez nada para merecer a fortuna que tem, por isso a única coisa que ele pode fazer é menosprezar aqueles que tiveram a audácia de *ganhar o próprio dinheiro*. E os amigos dele são iguais. Todos têm medo dos novos-ricos e por isso se fecham em seu pequeno mundo. Fico muito aliviado por ter conseguido me afastar dessas pessoas.

— Se Astrid um dia voltar para mim, ela nunca precisará tolerar os pais, se não quiser. Quero construir uma vida nova para nós dois, e nós vamos morar em qualquer lugar do mundo que ela desejar — disse Charlie, a voz embargada pela emoção.

Alex ergueu o copo para Charlie.

— Eu sempre achei uma pena o fato de vocês dois não terem se casado na primeira vez que namoraram. Vocês dois deixaram que meus pais te intimidassem. Juro para você que, se eu soubesse onde ela está, você seria o primeiro a saber. Mas minha irmã é uma mulher muito inteligente. Ela sabe como desaparecer e sabe os lugares onde provavelmente irão procurar por ela. Se eu fosse você, procuraria nos lugares mais improváveis, em vez de ficar dando incertas nos lugares que ela costuma frequentar e na casa dos melhores amigos dela.

Depois de se despedir de Alex, Charlie voltou para sua suíte e viu que o mordomo já havia preparado o quarto para a noite. As cortinas estavam fechadas, e a televisão, ligada em um canal com música new age tocando baixinho. Ele tirou os sapatos, desabotoou a camisa e afundou na cama. Depois de discar o número do serviço de quarto e pedir um hambúrguer, ele enfiou a mão no bolso, pegou o bilhete de Astrid e o leu mais uma vez.

Enquanto lia as palavras, o brilho da televisão ao pé da cama passou através do grosso papel, revelando pela primeira vez algo que Charlie não tinha visto antes. Próximo ao canto inferior direito, havia uma marca-d'água discreta, com um monograma:

DSA

De repente, Charlie se tocou que, enquanto o envelope que ele recebeu era do Hotel George V, em Paris, a carta em si tinha sido escrita em papel timbrado. Quem era DSA? Ele decidiu ligar para sua amiga Janice, em Hong Kong, que era uma dessas pessoas que parece conhecer todo mundo no planeta.

— Charlie! Nem consigo acreditar que é você! Faz décadas que não nos vemos! — murmurou ela ao telefone.

— Sim, muito tempo mesmo. Escute, estou tentando desvendar um mistério.

— Ah! Eu adoro um mistério!

— Tenho aqui um papel timbrado com um monograma. Estou tentando descobrir de quem é. Queria saber se você pode me ajudar.

— Você pode me mandar uma foto? Vou passar para todo mundo que eu conheço.

— Bom, prefiro que isso seja tratado como confidencial, se você não se incomoda.

— Tudo bem, então não vou passar para todo mundo, só para algumas pessoas-chave — disse ela, rindo.

— Vou tirar uma foto e mandar para você agora mesmo — disse Charlie.

Ele desligou o telefone, pulou da cama e abriu as cortinas. O pôr do sol inundou o quarto, quase o cegando por alguns instantes, enquanto ele apoiava o papel contra a janela. Charlie tirou algumas fotos e mandou a mais nítida delas para Janice.

Logo depois, a campainha tocou. Charlie foi até a porta e olhou pelo olho mágico. Era o serviço de quarto com seu hambúrguer.

Quando ele abriu a porta para deixar o garçom entrar, seu celular começou a tocar. Quando ele viu que era Janice, logo atendeu.

— Charlie? Hoje é seu dia de sorte. Pensei que teria que mandar a foto para algumas pessoas, mas reconheci esse monograma na hora! Conheço muito bem essas iniciais.

— Sério? E de quem são?

— Só existe um DSA que importa no mundo: Diego San Antonio.

— Quem é Diego San Antonio?

Ele é uma das figuras mais importantes da sociedade filipina. Ele é o melhor anfitrião de Manila.

Charlie se virou para o garçom no momento em que ele erguia o cloche de prata revelando seu delicioso sanduíche.

— Na verdade, acho melhor embrulhar o hambúrguer para viagem.

4

•

Tyersall Park, Cingapura

Rachel e sua melhor amiga, Peik Lin, estavam na varanda observando Nick se afastar enquanto seguia para a parte mais arborizada do jardim.

— Tem alguns dias que ele está assim. Sai para caminhar sozinho todas as tardes. Acho que ele está se despedindo de Tyersall Park.

— Não há nada mais a ser feito? — perguntou Peik Lin.

Rachel olhou para ela, triste.

— Não. Concordamos em vender ontem. Eu sei que essa tristeza não faz o menor sentido, já que vamos ficar bilionários, mas ainda assim meu coração dói por Nick. É como se eu estivesse sincronizada com as emoções dele.

— Eu bem que queria encontrar alguém com quem tivesse uma ligação assim — suspirou Peik Lin.

— Eu achava que havia um certo alguém sobre quem você ia me contar quando fosse a hora certa, não?

— Pois é, eu achava que sim. Pensei que finalmente tivesse encontrado um cara que não se sentisse intimidado pelo meu sucesso, mas ele foi igual a todos os outros babacas... Sumiu sem dar nenhuma explicação.

— Sinto muito.

Peik Lin se debruçou no parapeito da varanda e semicerrou os olhos, mirando o sol poente.

— Às vezes acho que seria bem mais fácil se eu não revelasse que estudei em Stanford, que administro uma megaempreiteira imobiliária e que eu amo o que faço.

— Peik Lin, deixe de bobagem. Você sabe muito bem que, se o cara não consegue lidar com o seu sucesso, então obviamente ele não merece você! — disse Rachel.

— Isso, não me merece mesmo! Agora vamos encher a cara! Onde tem vodca aqui? — perguntou Peik Lin.

Rachel levou a amiga de volta para seu quarto e lhe mostrou um botãozinho que ficava ao lado da cama.

— Se tem uma coisa de que vou sentir falta em Tyersall Park é esse botãozinho. Quando você o aperta, uma campainha toca em algum lugar lá embaixo e, antes que você possa contar até dez...

De repente alguém bateu de leve à porta, e uma jovem criada entrou no quarto, fazendo cortesia.

— Sim, senhora Young?

— Oi, Jiayi. Você poderia trazer uns drinques para nós, por favor? Queremos dois martínis com vodca *on the rocks*.

— E com azeitonas, por favor — complementou Peik Lin.

*

Nick andou pelo jardim, passou pelo lago com lírios e entrou na parte mais densa da floresta, na seção noroeste da propriedade. Quando ele era menino, nunca se aventurava por essa parte de Tyersall Park, provavelmente porque os antigos criados malaios haviam dito a ele que era onde os espíritos das árvores, que não deveriam ser perturbados, viviam.

Um pássaro na copa de uma das árvores cantou uma melodia penetrante que Nick nunca tinha ouvido antes, e ele olhou para cima, tentando ver no meio da densa folhagem que pássaro era aquele. De repente, um vulto branco passou bem em frente ao seu rosto, assustando-o. Assim que Nick se recompôs, viu novamente algo branco e brilhante do outro lado das árvores. Ele foi lentamente em direção às árvores e, além dos arbustos, viu Ah Ling de frente para uma árvore Tembusu, segurando alguns incensos. Enquanto ela rezava e se inclinava para a frente repetidamente, a fumaça dos incensos a envolvia, fazendo sua blusa branca brilhar ao refletir os raios de sol que passavam pelos galhos mais baixos.

Quando Ah Ling terminou suas orações, fincou os incensos numa lata de leite em pó na cavidade do tronco da árvore. Então ela se virou e sorriu quando viu Nick.

— Eu não sabia que você rezava aqui. Sempre pensei que você fizesse suas orações no jardim atrás da ala de serviço — disse ele.

— Eu rezo em lugares diferentes. Essa é a minha árvore especial. Venho até aqui quando quero muito que minhas preces sejam atendidas — explicou Ah Ling em cantonês.

— Se você não se importa de eu perguntar, você reza para quem aqui?

— Às vezes para os meus ancestrais, às vezes para o Deus Macaco e outra vezes para minha mãe.

Nick se tocou de que Ah Ling tinha visto a mãe menos de uma dúzia de vezes desde que se mudara para Cingapura, quando ainda era adolescente. De repente, uma lembrança de sua infância o tomou. Ele se lembrou de uma vez em que foi até o quarto de Ah Ling e a viu enchendo uma mala de biscoitos, doces, pacotes de sabonete e alguns brinquedos de plástico barato. Quando ele perguntou para quem era tudo aquilo, ela havia respondido que eram presentes para sua família. Ela passaria um mês com eles na China. Nick tinha feito um escândalo, porque não queria que ela fosse.

Haviam se passado décadas desde aquele dia, mas agora Nick estava no meio da floresta com a babá, sentindo-se muito culpado. Aquela mulher havia dedicado quase sua vida inteira servindo à família dele, deixando para trás os próprios pais e irmãos, visitando-os na China apenas algumas vezes, quando conseguia juntar dinheiro suficiente para viajar. Ah Ling, Ah Ching, a cozinheira-chefe, Jacob, o jardineiro, Ahmad, o motorista, todas essas pessoas tinham servido à família de Nick durante a maior parte da vida. Aquela era a casa deles, e agora eles também estavam prestes a perdê-la. Nick os estava decepcionando também.

Como se lesse sua mente, Ah Ling foi até ele e colocou as mãos em seu rosto.

— Não fique triste, Nicky. Não é o fim do mundo.

De repente, ele começou a chorar incontrolavelmente. Ah Ling o abraçou da mesma maneira que havia feito tantas vezes no passado, quando Nick era criança, acariciando a cabeça dele enquanto ele chorava no ombro dela. Nick não havia derramado uma única lágrima a semana inteira depois do enterro da avó, mas agora estava botando tudo para fora.

Depois de se recompor, ele foi andando silenciosamente ao lado de Ah Ling pela trilha arborizada. Quando chegaram ao lago com os lírios, sentaram-se no banco de pedra à beira da água, apreciando uma garça caminhar pelas beiradas à procura de peixinhos. Então Nick perguntou:

— Você planeja ficar em Cingapura?

— Acho que vou voltar para a China. Devo ficar lá pelo menos por um ano. Quero construir uma casa na minha antiga vila e passar um tempo com minha família. Meus irmãos estão envelhecendo, e eu tenho vários sobrinhos-netos que nunca conheci. Agora finalmente posso ser a tia velha rica que os mima.

Nick riu.

— Fiquei muito feliz por Ah Ma ter incluído você no testamento.

— Sua Ah Ma era muito generosa comigo. Eu morria de medo dela nas primeiras décadas aqui. Ela não era uma mulher fácil de agradar, mas acho que, nos últimos vinte anos, mais ou menos, ela começou a me ver como amiga, não apenas como criada. Eu já contei a você que há alguns anos ela me ofereceu um quarto na casa principal? Ela achava que eu estava ficando muito velha para ficar indo para a ala dos criados e voltando. Mas eu recusei a oferta. Nunca me sentiria confortável num daqueles quartos enormes.

Nick sorriu mas continuou em silêncio.

— Sabe, Nicky, eu sinceramente não acho que sua avó queria que essa casa permanecesse na família depois que ela se fosse. Foi por isso que ela fez tudo o que fez. Ela não teria deixado nenhuma herança para mim, para Ah Ching ou para os outros se não fosse por isso. Ela pensou em cada detalhe.

— Pode até ser que ela tenha pensado em todos os detalhes, mas, para mim, muitas perguntas ainda não foram respondidas. Fico me culpando por ter sido tão cabeça-dura, por ter me recusado a voltar e fazer as pazes com ela até o último momento. Perdi tanto tempo — lamentou ele.

— Nunca sabemos quanto tempo de vida nós temos. Sua Ah Ma poderia ter vivido por muitos meses ainda, até anos, nunca se sabe. Não se lamente por nada. Você tem sorte de ter voltado a tempo de se despedir dela — disse Ah Ling.

— Eu sei. Eu só queria poder falar com ela mais uma vez, entender o que ela realmente queria.

Ah Ling de repente deu um pulo do banco.

— *Alamak!* Estou ficando muito esquecida! Sua Ah Ma deixou algumas coisas para você. Venha, vamos até o meu quarto.

Nick acompanhou Ah Ling até o quarto dela, onde, no fundo de seu armário, havia uma antiga réplica de uma Samsonite. Ele reconheceu a mala. Era a mesma que ela havia usado para viajar para a China fazia anos. Ah Ling colocou a mala no chão e a abriu, então Nick viu que ela continha vários retalhos de tecidos diferentes, do mesmo tipo usado para fazer as lindas colchas que havia em todos os quartos de visitas. No fundo da mala havia um pacote embalado em cetim azul-escuro.

— Quando sua Ah Ma estava no hospital, pediu a Astrid que pegasse algumas coisas que estavam no cofre e em vários esconderijos espalhados pela casa. Acho que sua Ah Ma não queria que suas tias ficassem com isso — disse Ah Ling, entregando o pacote a Nick.

Ele desfez o nó de cetim e viu uma caixa de couro retangular. Dentro da caixa havia um relógio de bolso Patek, Philippe & Cie, com corrente de ouro, um saquinho de seda cheio de moedas de ouro e algumas cartas antigas amarradas com fita amarela. No fundo da caixa, havia uma carta mais recente em um envelope escrito "Nicky" na frente, na bela caligrafia de sua avó. Nick abriu a carta e começou a ler imediatamente.

Querido Nicky,

Sinto que meu tempo está chegando ao fim e não sei se o verei de novo. Tem tantas coisas que eu queria ter dito a você, mas nunca encontrei tempo ou coragem. Nesta caixa estão algumas coisas que deixarei aos seus cuidados. Elas não me pertencem, e sim a um cavalheiro chamado Jirasit Sirisindhu. Por favor devolva essas coisas para ele em meu nome. Ele mora na Tailândia, e sua tia Cat saberá como encontrá-lo. Confio essa missão a você também porque tenho certeza de que irá querer conhecê-lo pessoalmente. Quando eu já não estiver mais aqui, ele poderá prover você dos recursos que precisar. Eu sei que poderei contar com ele para ajudar você.

Com amor,
Sua Ah Ma

— Obrigado por ter guardado essas coisas para mim! — disse Nick, beijando Ah Ling no rosto e indo embora. Ele caminhou pelo pátio em direção à casa principal e subiu as escadas até seu quarto, onde encontrou Rachel em seu laptop.

— E aí, a caminhada foi boa? — perguntou ela, erguendo os olhos da tela.

— Você não vai acreditar, mas algo extraordinário acabou de chegar às minhas mãos! — revelou ele, balançando a carta, animado.

Nick se sentou ao pé da cama e leu a carta para Rachel.

Ela franziu o cenho ao escutar a enigmática carta.

— O que será que isso tudo significa? Você conhece esse homem, Jirasit?

— Nunca ouvi minha avó falar o nome dele.

— Vamos fazer uma busca rápida no Google — sugeriu Rachel.

Ela digitou o nome, e o resultado foi imediato. "M. C. Jirasit Sirisindhu é neto do rei Chulalongkorn, da Tailândia. Ele é uma figura extremamente reclusa, mas dizem que é um dos homens mais ricos do mundo, com negócios ligados a bancos, imóveis, agricultura, pesca e..."

Os olhos de Nick se iluminaram.

— Meu Deus! Você não vê? "Ele poderá prover você dos recursos que precisar." Ele é um dos homens mais ricos do mundo... Acho que esse homem tem o poder de nos ajudar a recuperar Tyersall Park!

— Não sei se devemos tirar tantas conclusões dessa carta — disse Rachel, cautelosa.

— Não, não. Você não conhece minha avó como eu conheço. Ela não faz nada que não seja extremamente calculado. Ela quer que eu vá para a Tailândia me encontrar com esse homem. Diz aqui que tia Cat, em Bangcoc, saberá como encontrá-lo. Rachel, era esse o plano dela esse tempo todo!

— Mas e o acordo que fizemos com os Bings?

— Faz apenas um dia, e ainda não assinamos contrato nenhum. Ainda não é tarde para voltar atrás, principalmente agora, se esse homem puder mesmo nos ajudar! Vamos pegar o primeiro voo para a Tailândia!

— Na verdade, *você* deveria pegar o primeiro voo para a Tailândia. É melhor eu ficar aqui para ganhar tempo e impedir que suas tias assinem qualquer coisa antes de você voltar — sugeriu Rachel.

— Você está coberta de razão! Meu amor, você é um anjo. Não sei o que eu faria sem você! — exclamou Nick, ofegante, pegando a mala no armário.

5

•

CHIANG MAI, TAILÂNDIA

Depois de pousar em Chiang Mai, a antiga cidade tailandesa conhecida como "a Rosa do Norte", Nick foi conduzido de jipe para uma residência aos pés da montanha Doi Inthanon. Assim como a maioria desses casarões escondidos nessa região, a casa murada ficava bem distante da estrada e praticamente invisível pelo lado de fora. Mas, ao passar pela entrada, que mais parecia a de uma fortaleza, Nick se viu entrando num paraíso difícil de descrever.

A residência era formada por oito pavilhões de madeira e pedra, construídos no tradicional estilo Royal Lanna da Tailândia ao redor de um lago artificial, todos interconectados por uma série de pontes e passarelas. Enquanto Nick era guiado pelos belos jardins e por uma passarela de madeira sobre o lago, uma fina camada de névoa pairava na água calma, dando a impressão de que ele havia voltado no tempo.

Em um pavilhão aberto que tinha vista para o centro do lago, um senhor bem-vestido usando calça de tweed, cardigã marrom e chapéu estava sentado a uma linda mesa de madeira, limpando uma antiga câmera Leica com um pequeno pincel. Na mesa havia outras três câmeras antigas em vários estados de conservação.

O homem olhou para Nick quando ele se aproximou e abriu um largo sorriso. Nick poderia ver que, por baixo do chapéu, os cabelos do homem eram brancos como neve e, embora ele provavelmente estivesse na casa dos 90 anos, seu rosto ainda conservava belas feições. Ele colocou a câmera em cima da mesa e se levantou com uma agilidade que surpreendeu Nick.

— Nicholas Young, que prazer conhecer você! Fez boa viagem? — perguntou o homem num inglês com leve sotaque britânico.

— Sim, Alteza, obrigado.

— Por favor, me chame de Jirasit. Espero que não tenha acordado muito cedo.

— De forma alguma... Foi ótimo começar o dia cedo, e o seu avião pousou assim que o sol estava nascendo.

— Pedi à sua tia Catherine que planejasse tudo exatamente assim. Acho que as montanhas são mais lindas ao amanhecer e, devo confessar, acordo muito cedo. Na minha idade, acordo às cinco da manhã e no meio da tarde já não sirvo para mais nada.

Nick simplesmente sorriu, e Jirasit segurou as mãos dele.

— Fico muito feliz que finalmente nos conhecemos. Ouvi falar tanto de você ao longo de todos esses anos!

— É mesmo?

— Sim. Sua avó tinha um orgulho enorme de você. Ela falava sobre você o tempo todo. Venha, sente-se. Aceita café ou chá? — perguntou Jirasit, quando vários criados apareceram com bandejas contendo bebidas e comida.

— Café seria ótimo.

Jirasit falou algumas palavras em tailandês enquanto os criados arrumavam um café da manhã elaborado em um canto de pedra do pavilhão.

— Desculpe a bagunça, tenho me dedicado ao meu passatempo favorito — explicou Jirasit, enquanto empurrava as câmeras para o lado, abrindo espaço para o café.

— Você tem uma coleção e tanto — elogiou Nick.

— Oh, elas já são obsoletas a essa altura do campeonato. Prefiro fotografar com minha Canon EOS digital, mas aprecio bastante limpar essas câmeras antigas. Para mim, é como uma meditação.

— Então você mantinha contato frequente com minha avó? — perguntou Nick.

— De vez em quando. Sabe como são amigos antigos... De vez em quando ficávamos um ano sem se falar, mas tentávamos manter contato. — Jirasit parou de falar por um momento, olhando para uma antiga câmera Rolleiflex em cima da mesa. — Aquela Su Yi... Sentirei saudades dela.

Nick deu um gole no café.

— Como vocês dois se conheceram?

— Nós nos conhecemos em Mumbai, em 1941, quando nós dois trabalhávamos no Escritório Britânico da Índia.

Nick se inclinou para a frente na cadeira, surpreso:

— Espere aí. Você está se referindo à sede indiana do Escritório de Guerra? Minha avó trabalhou lá?

— Sim! Ela nunca contou isso para você? Sua avó começou no escritório de criptoanálise, e eu trabalhei no departamento de cartografia, ajudando a criar um mapa detalhado da Tailândia. Os cartógrafos não conheciam a Tailândia muito bem, principalmente as partes remotas da fronteira norte, e precisávamos de mapas detalhados na hipótese de uma invasão.

— Fascinante. Eu sempre a imaginei desfrutando os dias no palácio de algum marajá durante a ocupação japonesa.

— Bom, ela fez isso também, mas os ingleses a recrutaram para fazer alguns serviços... diplomáticos, assim que perceberam do que ela era capaz.

— Eu não fazia a menor ideia...

— Sua avó tinha um encanto difícil de explicar. Ela nunca foi daquelas mulheres de beleza estonteante, mas os homens caíam aos seus pés. Isso foi muito útil durante a guerra. Ela era muito boa em influenciar os marajás a fazer o que queríamos.

Nick pegou em sua bolsa a caixa de couro que Su Yi havia lhe confiado e a colocou em cima da mesa.

— Bom, o que me trouxe aqui foi que minha avó queria que eu devolvesse isso a você.

— Ah! Meu antigo estojo Dunhill! Nunca imaginei que o teria de volta depois de todos esses anos — disse Jirasit, animado. — Sabe... sua avó era uma mulher muito teimosa. Quando ela insistiu em voltar para Cingapura no auge da guerra... O que foi uma loucura, diga-se de passagem... Eu dei a ela o que tinha de mais valioso. O Patek do meu pai, as moedas de ouro e algumas outras coisas, não me lembro exatamente o quê. Pensei que ela pudesse precisar deles para subornar os oficiais para chegar a Cingapura. Mas vejo que ela não usou praticamente nada disso! — Jirasit começou a dar corda no relógio de ouro e o levou ao ouvido. — Escute! Ainda funciona perfeitamente depois de todos esses anos! Preciso contar isso ao meu amigo Philippe Stern!

Jirasit pegou os antigos envelopes amarrados com fita amarela e os estudou por um momento.

— O que é isso?

— Não faço a menor ideia. Achei que eram seus, por isso não mexi — disse Nick.

Jirasit desamarrou a fita e folheou as cartas.

— Meu Deus! São as cartas que mandei para ela depois da guerra. Ela guardou todas! — Os olhos cinzentos dele se encheram de lágrimas, que ele limpou rapidamente.

Nick havia trazido um prospecto do plano de compra de Tyersall Park e estava prestes a mostrar a Jirasit, quando o homem se levantou bruscamente e anunciou:

— Vamos, venha comigo resolver o assunto.

Nick não fazia ideia do que ele estava falando, mas seguiu Jirasit enquanto ele seguia rapidamente em direção ao pavilhão do outro lado do lago, impressionado com o ritmo do homem.

— Jirasit, espero ser tão ágil quanto você quando tiver a sua idade.

— Sim, também espero. Você parece bem lento para a sua idade. Eu comecei a fazer ioga quando morei na Índia e desde então pratico todos os dias. Também é importante manter a alcalinidade do corpo, meu jovem. Você come frango?

— Eu adoro frango!

— Bom, pare de adorar. As galinhas reabsorvem a própria urina, o que torna sua carne extremamente ácida — explicou o homem, enquanto apertava o passo.

Quando chegaram ao pavilhão de paredes de vidro, Nick notou dois guardas protegendo a entrada.

— Esse é o meu escritório particular — explicou Jirasit. Eles entraram no prédio, que não continha nada além de uma antiga estátua de ouro de Buda em um nicho em uma das paredes e uma linda mesa preta com detalhes dourados virada para a janela que dava de frente para o lago. Jirasit foi até uma porta na parede dos fundos e colocou a mão no escâner de segurança. Alguns segundos depois, a trava se abriu automaticamente, e ele fez sinal para que Nick o seguisse.

Lá dentro, Nick se viu em uma sala que parecia um cofre com armários em todas as paredes. No canto havia um antigo cofre Wells Fargo que tinha sido chumbado no chão. Jirasit se virou para Nick e falou:

— Chegamos. Por favor, qual a senha?

— Me desculpe, mas você espera que *eu* diga qual é a senha?

— Óbvio! Esse é o cofre da sua avó, de Cingapura.

— Hum. Não faço a menor ideia de qual seja a senha — disse Nick, surpreso.

— Bom, a menos que você seja bom em abrir cofres, precisamos da senha. Vejamos, por que não tentamos ver se sua tia Catherine sabe de alguma coisa? — Jirasit pegou o celular e, instantes depois, Catherine estava na linha. Os dois conversaram animadamente em tailandês por alguns minutos, depois Jirasit olhou para Nick.

— Você trouxe os brincos?

— Que brincos?

— Os brincos de pérola da sua avó. A senha está neles.

— Oh, meu Deus! Os brincos! Vou ligar para a minha mulher! — disse Nick, espantado. Ele ligou rapidamente para o celular de Rachel e ela atendeu depois de alguns toques, sonolenta.

— Meu amor, me desculpe acordar você assim. Sim, estou em Chiang Mai. Lembra daqueles brincos que te dei? Os brincos de pérola da minha avó?

Rachel se levantou da cama, foi até a penteadeira e abriu a gaveta na qual guardava suas joias.

— O que devo procurar, exatamente? — perguntou ela, ainda sonolenta.

— Você consegue ver algum número gravado nas pérolas?

Rachel segurou o brinco contra a luz.

— Nada, Nick. As pérolas são completamente lisas e brilhantes.

— Sério? Você pode tentar de novo?

Rachel fechou um dos olhos e analisou cada pérola o mais perto que consegui.

— Desculpe, Nick. Não vejo nada. Você tem certeza de que está falando mesmo desses brincos? Eles são tão pequenos, não consigo imaginar como alguém poderia esconder alguma informação neles, a não ser que seja *dentro* das pérolas.

Nick se lembrou do que sua Ah Ma havia dito quando lhe entregou os brincos. *Meu pai me deu esses brincos quando eu fugi de Cingapura antes da guerra, quando os soldados japoneses finalmente alcançaram Johor e sabíamos que era o fim. Eles são muito especiais. Por favor, cuide bem deles.* Aquelas palavras adquiriam um significado totalmente novo agora. Ele olhou para o cofre, imaginando o que poderia haver lá dentro. Seriam barras de ouro, antigas ações ou algum outro tipo de documento financeiro que o ajudaria a salvar Tyersall Park? O que haveria de tão valioso ali dentro que faria sua avó usar desses artifícios para protegê-lo?

— Rachel, tenho certeza de que são esses brincos mesmo. Talvez tenhamos que abri-los. Ou talvez os números apareçam quando você colocar as pérolas na água? Sei lá, tente qualquer coisa — disse Nick, frustrado.

— Bom, antes de destruirmos essas lindas pérolas, me deixe tentar o truque da água.

Rachel foi até o banheiro e abriu a torneira para encher a pia. Ela olhou os brincos novamente — eram brincos simples de pérolas com base de ouro, cada um com um círculo dourado na parte de trás. Antes de mergulhar um deles na água, ela resolveu dar uma olhada na parte de trás do brinco. Então ela viu minúsculos caracteres chineses gravados no ouro.

— Nick, nunca pensei que diria essas palavras, mas... EUREKA, ACHEI! Tem uns caracteres chineses gravados no ouro, na parte de trás do brinco!

Rachel rapidamente decifrou os números: 9, 32, 11, 17, 8.

Nick virou o dial de acordo com os números, o coração batendo acelerado conforme acertava a combinação. Quando ele finalmente abriu o cofre, prendeu a respiração, se preparando para o que encontraria lá dentro.

Então a porta se abriu e, quando Nick olhou lá dentro, tudo o que viu foram livros de capa de couro vermelho, organizados em pilhas. Ele pegou um deles e começou a folhear as páginas. Todas estavam escritas em chinês. Nick percebeu que tinha nas mãos os diários pessoais da avó, que iam desde a infância até sua vida adulta.

— Por que esses diários estão aqui? — perguntou Nick, totalmente intrigado.

Jirasit deu um sorriso sereno.

— Sua avó era uma pessoa muito reservada, e acho que ela pensava que esse era o único lugar onde poderia mantê-los em segurança, sem correr o risco de que ninguém os visse ou os censurasse depois que ela não estivesse mais aqui. Ela nunca quis que eles ficassem em Cingapura e nunca quis que saíssem desse esconderijo. Pelo que Su Yi me contou, você é o historiador da família, por isso ela queria que você tivesse acesso a eles. Ela me disse que você viria até aqui um dia.

— Isso é tudo o que tem no cofre? Esses diários? — perguntou Nick, se ajoelhando para ver melhor o interior.

— Acho que sim. Você esperava encontrar algo mais?

— Não sei. Acho que pensei que encontraria outros tesouros valiosos escondidos aqui — confessou Nick, um pouco desanimado.

Jirasit franziu o cenho.

— Bom, acho que você deveria lê-los, Nicholas. Talvez encontre muitos tesouros inesperados nessas páginas. Vou deixar você à vontade e talvez possamos nos encontrar de novo para almoçar ao meio-dia?

Nick assentiu, enquanto pegava os diários e os colocava em cima da mesa. Ele decidiu que a melhor estratégia seria ler os diários em ordem cronológica, então pegou o último da pilha, o mais antigo deles. Enquanto levantava a capa com cuidado, sentindo o couro estalar depois de todas aquelas décadas, ele começou a escutar a voz de sua avó enquanto jovem ao ler suas palavras.

1 de março de 1943

Parece que estamos cavalgando há uma semana, mas Keng me disse que faz apenas três dias. Toda vez que chegamos a um posto avançado eu pergunto para ele se ainda estamos dentro da propriedade, e ele suspira irritado. Sim, estamos. Aparentemente, a família da minha mãe é a maior proprietária de terras na Sumatra Ocidental, e demoraria uma semana inteira a cavalo para atravessar a propriedade. As montanhas são magníficas — acidentadas e selvagens. Se fosse outra viagem, talvez tivesse sido romântico. Se pelo menos eu soubesse que passaríamos tantos dias cavalgando só para chegar à casa do meu irmão, teria trazido minha própria sela!

2 de março de 1943

Finalmente chegamos. Eles me levaram para o andar de cima para ver Ah Jit e inicialmente eu não entendi o que estava acontecendo. Meu irmão está inconsciente, seu belo rosto inchado e roxo, mal consigo reconhecê-lo. Há um corte profundo em seu maxilar inferior, do lado direito, e eles estão tentando evitar uma infecção. Perguntei o que estava acontecendo, pois achei que a cólera estava sob controle. "Não queríamos falar nada até que você chegasse. Não é cólera. Ele está com hemorragia interna. Foi torturado por agentes japoneses. Eles estavam tentando fazê-lo revelar a localização de pessoas importantes. Quebraram o corpo dele, mas não conseguiram a informação."

5 de março de 1943

Ah Jit morreu ontem. Ele ficou acordado por um tempo, e sei que ficou feliz em me ver. Ele tentou falar, mas eu o impedi. Eu o segurei em meus braços e fiquei sussurrando no ouvido dele "Eu sei, eu sei. Não se preocupe. Está tudo bem." Mas não está tudo bem. Meu querido irmão se foi, e eu não tenho ideia do que deve ser feito. Essa manhã dei uma caminhada lá fora, no jardim, e vi que todas os rododendros deram flores durante a noite. Todos estão carregados de flores, de um rosa que nunca pensei que pudesse existir. Flores tão grandes que roçavam meu rosto enquanto eu andava, chorando, inconsolável. Ah Jit sabia o quanto eu amava essas flores. Ele fez isso para mim. Sei que foi ele.

Nick ficou olhando para o diário, sentindo-se perdido. Nada daquilo fazia o menor sentido. Seu tio-avô Ah Jit havia sido torturado pelos japoneses e sua avó estava lá? Mas ela não estava na Índia durante a guerra? Ele folheou mais algumas páginas e uma carta caiu do meio do diário. Ao olhar para a carta amarelada, um arrepio percorreu seu corpo. Ele não podia acreditar no que estava vendo.

6

•

CASA STAR TREK, CINGAPURA

Eleanor andava de um lado para o outro da sala, ansiosa.

— Ela está atrasada. Talvez tenha mudado de ideia.

— *Aiyah*, Eleanor. Pare de ser tão *kan jyeong*. Ela não está atrasada. Acabou de dar uma e dois. Não se preocupe. Tenho certeza de que ela vai aparecer — disse Lorena, tentando confortar a amiga enquanto relaxava em um dos confortáveis sofás brancos no enorme quarto de Carol na ala da piscina.

— O trânsito está péssimo hoje! Meu motorista teve que pegar dois desvios para me trazer! Não sei o que está acontecendo. Parece que o trânsito está cada dia pior. De que adianta todos esses ERPs* se temos engarrafamentos para todos os lados? Vou falar com Ronnie para ligar para alguém que possa fazer alguma coisa e reclamar — observou Nadine.

Daisy repassou o plano mais uma vez, como se fosse a líder de um batalhão de infantaria.

— Todo mundo se lembra do plano para quando ela chegar, não é? Vamos servir champanhe primeiro, depois ler rapidamente um pequeno versículo da Bíblia, algo do Livro dos Provérbios. Depois

---

* O impressionante sistema eletrônico de cobrança de pedágio em Cingapura, o ERP (Electronic Road Pricing System), usado para monitorar engarrafamentos também alcançou níveis impressionantes de reclamações.

paramos para almoçar. Mandei meu cozinheiro preparar arroz com frango com bastante gordura, assim, entre o champanhe, o almoço e os *nyonya kueys*, ela já estará sonolenta e meio tonta. A combinação perfeita! Então, enquanto estivermos todas comendo, Nadine, você já sabe o que fazer!

Nadine sorriu de forma conspiradora.

— Sim, sim. Dei instruções bastante detalhadas para a babá.

— Senhoras, vou dizer mais uma vez. Acho que esse plano é uma péssima ideia — alertou Carol, esfregando as mãos, nervosa.

— Não, *lah*! Isso é boa sorte! Não é coincidência demais que minha sobrinha Jackie tenha vindo de Brisbane essa semana fazer uma visita? Talvez nunca mais tenhamos uma oportunidade como essa de novo! — Eleanor esfregou as mãos, animada, no momento em que sua sobrinha entrou na sala. — Está tudo certo? Eles prometeram que tudo estaria de primeira.

— Não se preocupe, tia Elle, tudo está prontinho — confirmou Jackie.

— Jackie, você não estará quebrando o código hipócrita, não é? — perguntou Lorena, delicadamente.

— Você quer dizer o Juramento de Hipócrates? Não, de jeito nenhum. Contanto que a pessoa não faça nenhuma objeção, não há problema — respondeu Jackie.

Nadine começou a folhear a última edição da *Tattle*.

— Ei, vocês irão ao baile de fantasia organizado por essa condessa Colette? Parece que *todo mundo do mundo todo* vai comparecer ao grande evento.

— Quem é *todo mundo*? — perguntou Lorena.

— Todas as socialites da Europa e dos Estados Unidos, celebridades de Hollywood e vários ambientalistas. Diz aqui que os estilistas do mundo todo estão loucos tentando atender a demanda de fantasias para o baile. Aparentemente todo mundo vai vestido de Proust.

— Hahahaha. Duvido muito que todo mundo vai se vestir de Proust. Ele era um homem baixinho e sem graça. As pessoas vão se fantasiar como os personagens dele nos livros! — corrigiu-a Lorena.

— Nunca li nenhum livro dele. Foi ele quem escreveu aquele *O código Da Vinci*? Eu vi o filme, mas não entendi nada! — confessou Nadine. — De qualquer maneira, há rumores de que uma princesa britânica será a convidada de honra! Ouvi dizer que Yolanda Amanjiwo comprou cinco mesas e que elas custaram meio milhão!

— Por mim, essa mulher pode rasgar dinheiro se quiser. Eu jamais pagaria nenhum centavo para ir a um baile a fantasia! — disse Daisy.

Nadine olhou para Daisy, suplicante.

— Mas é pelos orangotangos. Você não se importa com a situação deplorável deles?

— Ah, Nadine, quando Ah Meng* morreu você por acaso chorou? — perguntou Daisy.

— Hum... Não.

— Nem eu. Então por que eu iria querer pagar 10 mil dólares só para estar em um salão cheio de *ang mors*, comendo comida *ang mor*, para salvar um monte de Ah Mengs? — argumentou Daisy.

— Daisy, você simplesmente não sabe acolher os animais como eu. Beyoncé e Rihanna, meus dois lulus-da-pomerânia, me trazem tanta alegria. Você não faz ideia! — disse Nadine.

Naquele momento, uma criada entrou acompanhando Rachel.

— Rachel, você veio! — disseram as mulheres, animadas.

— Claro que eu vim! Nick me contou tantas histórias a respeito do estudo bíblico das quintas-feiras. Eu sempre tive curiosidade de ver como é! Me desculpem o atraso. Eu vim dirigindo e fiquei um pouco perdida tentando encontrar o bairro. O Google Maps não tinha previsto as mudanças de rota devido aos engarrafamentos.

— *Alamak*! Por que Ahmad não trouxe você? Ele passa o dia todo ocioso em Tyersall Park desde que Su Yi faleceu — disse Eleanor.

— Oh, eu nem pensei nisso — falou Rachel.

— Bom, Rachel, venha conhecer minha sobrinha, Jackie. Ela é médica e mora em Brisbane — continuou Eleanor.

— Oi. É um prazer conhecer você — disse Rachel, apertando a mão da bela mulher na casa dos 30 anos e se sentando ao lado dela

---

* Ah Meng era a incontrolável orangotango que, durante boa parte dos anos 1980, foi a estrela do Zoológico de Cingapura.

na *chaise longue*. Uma criada imediatamente enfiou uma grande flûte de champanhe nas mãos dela.

— Ah... Eu não sabia que as senhoras bebiam durante o estudo bíblico! — disse Rachel, surpresa.

— Óbvio que sim! Afinal de contas, Jesus transformou água em vinho — lembrou Eleanor. — Rachel, esse champanhe é muito caro, da adega do *Dato*. Você não pode desperdiçar nenhuma gota. Beba tudinho!

— Já que você insiste... — disse Rachel, alegremente, enquanto Carol dava a ela uma Bíblia.

— Irmã Daisy vai nos guiar na leitura de hoje — começou Carol enquanto as senhoras rapidamente abriram suas bíblias no Livro dos Provérbios.

— Muito bem, provérbio 31:10: *Mulher virtuosa quem a achará? O seu valor muito excede ao de rubis.* — O que isso significa para vocês? — perguntou Daisy.

— A única coisa mais valiosa que rubis são as esmeraldas bolivianas — observou Lorena.

— Bom, vocês não viram meus novos brincos de rubi da Carnet! São absolutamente maravilhosos e valem muito mais do que esmeraldas — revelou Nadine.

— Nadine! Você ainda compra joias na sua idade? Já não tem joias o suficiente? — repreendeu-a Daisy.

Nadine olhou para ela, irritada.

— Me desculpe, mas o que você quer dizer com "joias o suficiente"?

Naquele momento, um exército de criadas entrou na sala, cada uma trazendo uma bandeja contendo pratos cheios de arroz de frango hainanese.

— *Aiyah*, o almoço veio muito rápido hoje. Falei com o meu mordomo que não estaríamos prontas para comer antes da uma e meia da tarde! — exclamou Carol, fingindo reclamar.

— Bom, já que a comida está aqui, não devemos deixar esfriar! — declarou Lorena.

— Muito bem — disseram as outras senhoras, deixando as bíblias de lado e atacando seus pratos com vontade.

— Esperem! Acabou o estudo bíblico? — perguntou Rachel. Ela já imaginava que essas mulheres não levantariam nenhuma discussão teológica, mas ficou surpresa pelo estudo bíblico ter acabado tão rápido.

— Você deu muita sorte, Rachel. Tia Daisy ficou sabendo que você viria ao estudo de hoje e então foi *pessoalmente* pedir ao chef Swee Kee que fizesse seu famoso arroz de frango hainanese — revelou Eleanor, enquanto colocava um pedaço suculento de frango na boca.

— Oh, uau! Obrigada, tia Daisy. Fiquei viciada em arroz de frango desde que Nick me apresentou o prato! Eu bem que gostaria de encontrar um autêntico arroz de frango em Nova York — comentou Rachel.

Bem naquela hora, o iPad de Nadine começou a tocar

— *Alamak*! Me esqueci completamente! Está na hora da minha ligação diária de boa-noite com meu neto em Londres. — Ela pegou o iPad em sua bolsa Bottega Veneta Hobo e ligou o FaceTime. — Joshie! Joshie, é você?

Uma moça loira de rosto redondo apareceu na tela.

— Sra. Shaw, acabei de receber seu e-mail urgente. A senhora queria que eu colocasse...

Nadine a interrompeu rapidamente.

— Sim, sim, Svetlana. Você não precisa detalhar o e-mail. Só coloque Joshua na tela.

— Mas estamos no meio do banho dele agora.

— Não importa, mostre o menino, *lah*! — insistiu Nadine.

A babá virou o telefone, e um pequeno bebê nu apareceu na tela, sentadinho no meio de uma enorme banheira de mármore.

— *Alamak*, que gracinha! — elogiaram todas.

— Esse é meu pequeno Joshie! — derreteu-se Nadine.

— Ele não é tão pequeno assim. Você não acha que ele tem um *coo-coo* enorme para a idade? Meus meninos nunca tiveram *coo-coo* tão grande assim — sussurrou Daisy para Lorena.

— O pai não é árabe? Dizem que os homens árabes têm penduricalhos grandes como camelos! — respondeu Lorena, falando baixinho.

— O pai não é árabe. Ele é um judeu da Síria. E não deveríamos estar falando sobre essas coisas durante o estudo bíblico! — retrucou Carol, lançando um olhar fulminante para as demais.

— *Aiyah*, qual o problema? A Bíblia está cheia de pênis! Existem tantas escrituras sobre a circuncisão dos meninos e essas coisas! — disse Daisy.

— Sabe, na Austrália nós não temos mais o costume de circuncidar os meninos — comentou Jackie. — É uma prática ultrapassada, uma questão de direitos humanos. Os meninos devem ter o direito de decidir se querem cortar ou não seu prepúcio.

Rachel estava saboreando o almoço, mas toda aquela conversa sobre prepúcio subitamente fazia os pedaços brilhantes de carne de frango parecerem menos apetitosos. Depois que as senhoras se revezaram passando o iPad de uma para outra e babando no menininho, Nadine desligou o FaceTime, e as criadas apareceram com bandejas cheias de deliciosos *nyonya kueys*.

Daisy comentou ao dar uma mordida no *key dadar**:

— Esse seu netinho é muito fofo! Só de olhar para ele dá vontade de apertar aquelas bochechinhas!

— Depois da Beyoncé e da Rihanna, ele é a maior alegria da minha vida.

Rachel olhou para Nadine, curiosa, perguntando-se se havia escutado aquilo mesmo.

— Sério, Nadine... Você deveria estar em Londres curtindo o seu netinho. Ele está na fase mais gostosa! — sugeriu Carol.

— Eu amava meus netos nessa fase. Depois que eles saíram das fraldas, mas antes de terem a boca suja! — comentou Daisy, rindo.

— E você, Rachel? Quando você vai transformar Eleanor numa vovó orgulhosa? — perguntou Lorena, sem rodeios.

Rachel percebeu que todos os olhos estavam grudados nela.

— Nick e eu com certeza pretendemos ter filhos algum dia.

Lorena inclinou a cabeça.

— E quando será esse dia?

---

* Panqueca doce recheada com açúcar de palma de coco e, pela forma como é enrolada, principalmente na ponta, acaba parecendo um pequeno pênis circuncidado.

Rachel percebeu que Eleanor estava olhando fixamente para ela, mas em completo silêncio, por isso escolheu as palavras com bastante cuidado.

— Bom, os últimos anos têm sido tão... agitados... Estamos só esperando o momento certo.

— Acredite em mim, não tem momento certo para isso. Você só tem que fazer! Eu tive três filhos em três anos consecutivos. Resolvi tudo rápido, *lah*! — disse Daisy com toda a tranquilidade do mundo.

— Ter filhos hoje em dia é bem mais desafiador do que na época de vocês, tia Daisy. Principalmente em Nova York, você tem que...

— Então tenha seu bebê em Cingapura! Você pode escolher as babás aqui... filipinas, indonésias, do Sri Lanka... Ou até mesmo se dar ao luxo de contratar uma babá do Leste Europeu — sugeriu Lorena.

— Além disso, todas iríamos adorar ajudar a tomar conta dele — ofereceu Nadine.

Rachel ficou horrorizada só de pensar naquela possibilidade. Nadine não conseguia tomar conta nem mesmo de suas sacolas de compras. Ela sorriu para as senhoras e disse, toda diplomática:

— Obrigada por todos os conselhos, tias. Prometo que vou levar tudo em consideração e discutir o assunto com meu marido.

— É Nick que está se recusando a ter um bebê? — perguntou Daisy.

— Hum... não exatamente... — respondeu Rachel, sem graça.

— Então é você? Você tem medo de não conseguir ter um bebê na sua idade? — perguntou Daisy.

— Não, não estou preocupada com isso. — Rachel respirou fundo, tentando manter a calma diante do interrogatório.

— *Aiyah*, tias. Parem de pressionar a pobre da Rachel! — disse Jackie. — Ter filhos é uma das decisões mais importantes na vida de uma mulher.

— Está bem, *lah*, está bem, *lah*. Só estamos ansiosas para que Eleanor entre no nosso clube das vovós! — Daisy riu, quebrando a tensão.

Rachel olhou para Jackie, agradecida.

Jackie se levantou e disse para Rachel:

— Venha comigo. Vamos tomar um pouco de ar fresco.

Rachel colocou sua bandeja de lado e seguiu Jackie, que se virou para um canto e abriu uma porta que dava no quarto de oração de Carol.

— Vamos entrar aqui.

Quando Rachel entrou no cômodo, a primeira coisa que notou foi uma mesa ginecológica no meio da sala, daquelas com perneiras que se vê em consultórios de ginecologistas.

— Sabe, Rachel, sou ginecologista e obstetra em Brisbane. Então, se você tiver algum receio sobre a saúde do seu sistema reprodutor, podemos conversar agora — sugeriu Jackie, acendendo a luz. O quarto foi subitamente inundado por uma luz branca fluorescente.

Rachel olhou para Jackie por alguns segundos, chocada demais para falar.

Jackie sorriu enquanto dava a ela um avental de exames verde-claro.

— Tome. É só colocar isso e se deitar na mesa. Vou fazer um exame pélvico rápido.

— Hum, eu estou bem, obrigada — disse Rachel, se afastando dela.

Jackie tirou um par de luvas cirúrgicas do bolso e começou a calçá-las.

— Vai ser rapidinho. Tia Elle só quer saber se está tudo bem com seus ovários.

— Fique longe de mim! — gritou Rachel enquanto se virava para a porta. Ela correu de volta para a sala e pegou sua bolsa sem dizer nada.

— *Aiyah*, tão rápido? — comentou Nadine.

— Está tudo bem? — perguntou Carol, toda doce.

Rachel se virou para Eleanor, com o rosto vermelho de raiva.

— Justo agora que eu estava começando a achar que você poderia ser uma sogra seminormal, você vai e me apronta uma dessas?

— Do que você está falando? — perguntou Eleanor, fazendo-se de inocente.

— Você montou uma maldita sala de exames na casa da sua amiga! Foi você quem planejou essa emboscada, não foi? Só porque eu e Nick ainda não tivemos filhos, você acha que *eu tenho algum problema?*

— Bom, você não pode culpá-la por pensar assim. Todas nós sabemos que Nicky não tem nenhum problema... Os genes dele são ótimos — disse Lorena.

— O que há de errado com vocês? — ralhou Rachel.

Eleanor subitamente se levantou e começou a gritar:

— O que há de errado? Olhe para as minhas mãos, Rachel. Estão vazias! — Ela estendeu as palmas das mãos abertas para a nora. — Por que eu não estou segurando um bebê? Já faz mais de dois anos que vocês se casaram, cinco se contarmos todo o tempo que você tem dormido com o meu filho! Então cadê o meu neto? Por quanto tempo mais essas mãos ficarão vazias e geladas?

— Eleanor, NÃO CABE A VOCÊ DECIDIR ISSO! Eu e Nick teremos um bebê quando estivermos prontos! — gritou Rachel para a sogra.

Daisy se intrometeu, tentando defender a amiga.

— Não seja tão egoísta, Rachel! Você e Nick já se divertiram muito! Está na hora de cumprir seu dever e dar um neto para Eleanor! Quantos anos restam a ela e a Philip para aproveitarem os netos? Da próxima vez que eu encontrar você em Cingapura, quero ver você segurando um bebezinho gordinho!

Rachel estava indignada.

— Vocês acham que é simples assim? Que é só estalar os dedos e aparece um bebê como num passe de mágica?

— Óbvio! Hoje em dia é muito fácil ter filhos! — exclamou Nadine. — Quero dizer, minha Francesca nem precisou engravidar. Ela tinha tanto medo de ficar com estrias que contratou uma garota bem bonita do Tibete para gerar o bebê. No dia seguinte ao nascimento de Joshie, ela já estava indo para uma festa no Rio!

Carol tentou acalmar os ânimos de todas.

— Senhoras, não vamos brigar. Acho que deveríamos rezar todas juntas...

— Você quer rezar? Então eu vou começar. Senhor, obrigada por me tirar dessa merda de lugar! Amém — disse Rachel, indo embora.

7

•

MANILA, FILIPINAS

Da coluna diária de fofocas de Tommy Yip:

As tias ficaram agitadas ontem à noite, depois do que aconteceu no meio da elegante festa na maravilhosa mansão de **China Cruz**, em Dasmariñas. Aparentemente, enquanto **Chris-Emmanuelle Yam** (num Chloé voluptuoso) cantava a plenos pulmões "*Love Will Keep Us Together*", de Captain e Tennille, acompanhada de uma orquestra completa, uma quebradeira terrível levou os elegantes convidados a saírem do salão de baile em direção ao salão principal. Lá, eles encontraram o charmoso **Diego San Antonio** lutando com um intruso no chão de mármore.

"Era um chinês muito bonito mas obviamente perturbado. Ele agarrou Diego pela gola da camisa e gritou 'Me diga onde ela está!'", me contou ofegante a socialite **Doris Hot** (encantadora num Elie Saab esmeralda). "Foi surreal. Dois homens rolando pelo chão com cacos de vidro roxos para todos os lados e um porco assado do ladinho deles!" Aparentemente, a briga começou no andar de cima, quando Diego deu de cara com o intruso na biblioteca de China. Os dois começaram uma discussão e acabaram rolando escada abaixo, em estilo *E o vento levou*, caindo em cima da mesa do bufê, onde um grande *lechon**

---

* Um tradicional porco assado e um dos pratos típicos da culinária filipina.

estava prestes a ser fatiado, e destruindo uma escultura de vidro **Ramon Orlina**.

"Era uma escultura dos meus seios. Era uma obra de arte linda, que foi destruída!", lamentou China (estonteante em um Saint Laurent sem alças). "Que desperdício! Eu estava doida para provar o *lechon*. Ouvi dizer que era um porco especial que tinha sido alimentado exclusivamente de trufas durante a vida inteira e tinha sido trazido de avião da Espanha", lamentou com um suspiro **Josie Natori** (usando um vestido de sua própria coleção, é claro). Por sorte, antes que o intruso pudesse causar mais estragos ao fabuloso blazer Brioni de Diego, **Brunomars** — o mastim tibetano de 113 quilos de China — pulou no intruso e, conforme relatos dos presentes, "o mordeu na bunda".

Mas a intrépida jornalista **Karen Davila** (maravilhosa em um sedutor Armani) negou essa história. "Tommy, por favor, cheque suas fontes! Brunomars *não* mordeu a bunda de ninguém! Ele ainda é um filhote e pulou em cima dos homens porque estava tentando comer o *lechon*! Ele mordeu a bunda do *lechon*!". Independentemente da bunda que ele mordeu, Brunomars salvou o dia, porque o intruso de repente se acalmou ao perceber que todos os convidados estavam olhando para ele, como se assistissem a uma luta de boxe de **Manny Pacquiao**. (Manny estava na festa também, mas na hora da briga estava num complicado jogo de xadrez com o filho de China.) Ele saiu correndo pela porta da frente, se enfiou em um Toyota Alphard preto, que o esperava, e saiu em alta velocidade antes que os seguranças de China pudessem pará-lo.

*

Charlie se recostou na pia do banheiro em sua suíte no Raffles Makati, segurando uma toalha com gelo contra o rosto para evitar o inchaço. Como ele pôde ter deixado as coisas chegarem a esse ponto? Ele havia entrado na festa de China Cruz sem que ninguém percebesse e conseguido chamar a atenção de Diego, quando uma mulher começou a cantar. Diego havia sugerido que eles subissem para conversar na biblioteca, mas a discussão acabou esquentando quando Diego se recusou a revelar o paradeiro de Astrid.

— Posso lhe assegurar, Sr. Wu, que o senhor pode procurar por todos os cantos de Manila e em todas as sete mil ilhas das Filipinas que ainda assim nunca irá encontrá-la. Se Astrid quisesse que o senhor soubesse onde ela está, teria lhe contado — disse Diego.

— Você não entende! Se ela soubesse o que está acontecendo, teria saído de seu esconderijo. A situação mudou muito e ela precisa saber de algumas informações muito importantes! — implorou Charlie.

— Bom, e quem foi que a colocou nessa situação, para início de conversa? Pelo que sei, tudo de ruim que aconteceu com Astrid nos últimos meses tem a ver com o envolvimento do senhor na vida dela. As fotos que vazaram para os *paparazzi*. O vídeo que caiu na internet. Sua ex-mulher. Me desculpe, mas meu único dever aqui é proteger Astrid *do senhor*.

E foi aí que as coisas saíram do controle. Charlie sabia que não deveria ter atacado Diego, mas uma força brutal tomou conta de seu corpo. E agora ele havia causado outro escândalo, dessa vez na alta sociedade de Manila. E essas pessoas com certeza iriam dar com a língua nos dentes. As fofocas se espalhariam por toda a cidade, por toda a Ásia, e com certeza chegariam aos ouvidos de Astrid rapidinho. Puta merda, ele tinha pisado feio na bola de novo.

Charlie jogou o gelo da toalha na pia e lavou o rosto com água gelada. Ao fechar a torneira, ouviu uma leve batida na porta. Ele saiu do banheiro e olhou pelo olho mágico. Lá fora, uma garota filipina de vestido de lamê dourado estava parada em frente à porta de seu quarto.

— Quem é?

— Meu nome é Angel. Tenho uma mensagem para o senhor.

Charlie abriu a porta e fitou a garota. Ela parecia ter por volta de 20 e poucos anos, tinha cabelos na altura dos ombros e um rosto amigável.

— Senhor Charlie, meu chefe me pediu que passasse algumas instruções para o senhor. Vá ao Terminal Privativo ITI, na Andrews Avenue, na Cidade de Pasay, amanhã de manhã e pegue o voo das sete e meia. O nome do senhor estará na lista de passageiros.

— Espere um pouco. Como você me conhece?

— Eu estava na festa da China hoje. Eu o reconheci imediatamente.

— Quem é seu chefe? Como ele sabe que estou hospedado aqui?

— Meu chefe sabe de tudo — disse Angel com um sorriso enigmático, antes de se virar e ir embora.

Na manhã seguinte, Charlie seguiu as instruções que haviam sido fornecidas pela garota misteriosa e foi até o Terminal Privativo na Cidade de Pasay, onde descobriu que estava prestes a embarcar num voo fretado que seguia para diferentes resorts na costa oeste das Filipinas. Charlie embarcou no avião com turistas ansiosos para darem início às suas férias. O avião decolou e voou baixinho por sobre a costa, aterrissando 45 minutos depois numa pista de pouso erma na beira do oceano.

O tempo estava nublado e chuvoso quando Charlie desembarcou. Todos os passageiros foram guiados até um ônibus colorido e então conduzidos por um caminho enlameado que levava a uma série de cabanas de madeira. AEROPORTO EL NIDO, anunciava uma charmosa placa de madeira. Havia uma fileira de mulheres filipinas na chuva, em frente às cabanas, cantando uma música de boas-vindas. Charlie desembarcou e estava prestes a seguir os turistas quando um jovem filipino usando uma camisa polo branca e calças cargo azul-marinho se aproximou dele, segurando um grande guarda-chuva branco.

— Senhor Charlie? Meu nome é Marco. Por gentileza, queira me acompanhar — pediu o homem, em um inglês com sotaque americano.

Charlie seguiu o homem por um caminho que levava a uma doca privativa, onde uma elegante lancha Riva os aguardava. Eles embarcaram e Marco ligou o motor.

— O tempo está meio úmido. Tem uma capa de chuva embaixo do banco — disse Marco, enquanto habilidosamente manobrava a lancha e acelerava em direção ao mar aberto.

— Não precisa, eu gosto de chuva. Para onde estamos indo? — gritou Charlie tentando se fazer ouvir com o barulho das ondas.

— Seguimos para 25 milhas náuticas a sudoeste.

— Como você me reconheceu?

— Ah, meu chefe me mostrou uma foto sua. Foi fácil encontrá-lo no meio de um monte de turistas americanos.

— Parece que você também passou algum tempo nos Estados Unidos — disse Charlie.

— Estudei na Universidade da Califórnia, Santa Cruz.

— E, pelo que entendi, você não vai me dizer quem é o seu chefe, não é?

— O senhor vai descobrir em breve — disse Marco, com um aceno de cabeça.

Cerca de trinta minutos depois, as nuvens cinzentas abriram caminho para o céu límpido de nuvens brancas, fazendo o mar adquirir uma coloração azul-safira. Enquanto a lancha continuava seu curso pelo Mar de Sulu, Charlie observou o horizonte e as fantásticas formações rochosas que se erguiam das águas como aparições. Logo eles estavam cercados pelo que pareciam centenas de pequenas ilhas em meio ao mar azul-celeste. Cada ilha lembrava uma rocha monolítica esculpida em formas etéreas, cercada de uma exuberante vegetação tropical e praias de areia branca.

— Bem-vindo a Palawan — anunciou Marco.

Charlie ficou maravilhado com a paisagem mística.

— Parece um sonho. Como se essas ilhas não pertencessem a esse mundo... parecem saídas da Atlântida!

— Elas têm mais de 14 milhões de anos — informou Marco, ao passarem por uma rocha que brilhava, iluminada pela luz do sol. — Tudo isso faz parte de uma reserva marinha.

— E a maioria é deserta? — perguntou Charlie enquanto passavam por uma ilha imaculada cuja praia tinha formato de meia-lua.

— Algumas, mas não todas. Aquela que acabamos de ver tem um bar na praia que só abre depois do pôr do sol. Eles fazem a melhor marguerita do mundo! — disse Marco, com um enorme sorriso.

O Riva passou rapidamente por algumas outras ilhas antes de parar em uma das maiores.

— O senhor trouxe roupa de banho? — perguntou Marco.

Charlie balançou a cabeça.

— Eu não fazia a menor ideia de onde estava indo.

— Tem um calção naquela gaveta sob o assento. Deve servir. O senhor vai precisar dele.

Enquanto eles contornavam a ilha, Charlie rapidamente vestiu o calção listrado azul e branco Parke & Ronen, que serviu perfeitamente. Marco ancorou a lancha e entregou a Charlie uma máscara de mergulho e um snorkel.

— A maré está um pouco alta agora, então teremos que seguir por baixo da água. Tudo bem dar um mergulho?

Charlie assentiu.

— Aonde vamos? Ah, já sei, vou descobrir logo, logo.

Marco sorriu novamente.

— Essa é a única maneira de encontrar o chefe.

Ele se despiu, ficando só de sunga vermelha e mergulhou na água. Charlie o acompanhou no mergulho e, enquanto boiavam ao lado da lancha, Marco disse:

— Essas rochas são muito traiçoeiras quando as ondas quebram nelas. Quando estiver embaixo da água, você vai ver a abertura de uma caverna sob as rochas. Nós vamos nadar pela abertura. Você terá que prender a respiração por cerca de 15, no máximo vinte segundos.

— Agora?

— Espere pelo meu sinal. Vamos depois que essa próxima onda grande passar. Senão seremos esmagados contra as rochas. Entendeu?

Charlie assentiu, colocando a máscara e o snorkel.

— Muito bem. Agora! — Marco mergulhou e Charlie foi atrás dele. Os dois nadaram pelo lado das pedras e de repente elas se abriram, revelando a entrada de uma caverna. Marco seguia sem máscara, guiando Charlie pela passagem subaquática.

Depois de alguns segundos, eles emergiram para a superfície novamente. Charlie recuperou o fôlego e, quando removeu a máscara de mergulho, o que viu lhe deixou boquiaberto. Eles estavam no meio de uma calma lagoa completamente cercada por rochas. A única entrada para aquele local secreto era através da caverna. As águas turquesa estavam repletas de peixinhos coloridos, corais e anêmonas, e de um lado da lagoa havia uma perfeita praia secreta, de areia branca, sombreada por palmeiras.

Charlie estava impressionado com a beleza do lugar e ficou boiando em silêncio por alguns segundos, olhando ao redor como um bebê que vê o mundo pela primeira vez. Marco olhou para ele e disse, assentindo.

— Ali está meu chefe.

Charlie se virou em direção à praia deserta e ali, em meio a várias palmeiras, estava Astrid.

8

•

TYERSALL PARK, CINGAPURA

Antes mesmo de despertar completamente, Rachel sentiu o aroma do café. Eram os grãos Homacho Waeno de que ela tanto gostava, torrados, moídos e feitos na prensa francesa com água fervente. Mas espere um minuto... Ela ainda estava em Cingapura, e a única coisa que não era perfeita em Tyersall Park era o café. Rachel abriu os olhos e viu sua habitual bandeja de café da manhã pousada no divã próximo à poltrona xadrez, os belos contornos do bule de chá Mappin & Webb brilhando contra a luz do sol, e o lindo Nick sentado na poltrona e sorrindo para ela.

— Nick! O que você está fazendo aqui? — perguntou Rachel, se sentando com um sobressalto.

— Hum... Achei que esse fosse o nosso quarto — respondeu ele, rindo e se levantando para lhe dar um beijo.

— Mas quando você chegou da Tailândia?

— Há uma hora, no avião do príncipe Jirasit. Adivinha que tipo de café eles tinham a bordo?

— Meu Deus! Eu achei que estivesse sonhando com esse cheiro! — exclamou ela quando Nick lhe entregou uma xícara e se sentou na cama de pernas cruzadas, ao lado dela.

— Ahhh — suspirou Rachel, toda feliz, após tomar o primeiro gole.

— Adoro ver você satisfeita — disse Nick, sorrindo.

— Achei que você fosse ficar em Chiang Mai até o fim da semana.

— Sabe, eu fui até lá esperando conhecer um cara que iria me emprestar alguns bilhões de dólares. Mas descobri que existem tesouros que eu nunca poderia ter imaginado, coisas que não têm valor monetário. Eu estava lendo os diários de Ah Ma, e o que encontrei neles foi tão importante que não pude esperar nem mais um dia. Tive que voltar para dividir tudo com você.

Rachel se recostou nos travesseiros. Fazia muito tempo que ela não via Nick assim tão animado.

— O que você descobriu?

— É tanta coisa que nem sei por onde começar. Acho que a primeira revelação é que o príncipe Jirasit foi o primeiro amor da minha avó. Eles se conheceram na Índia, para onde ela tinha fugido pouco antes dos japoneses invadirem Cingapura, durante a Segunda Guerra Mundial. Ela tinha 22 anos, e eles tiveram um caso amoroso durante a guerra e viajaram juntos pela Índia.

— Isso não é assim tão surpreendente. Quero dizer, ela confiou os diários pessoais dela a ele.

— Sim, mas a surpresa é a seguinte: no auge da invasão japonesa, minha avó conseguiu voltar escondida para Cingapura com a ajuda de Jirasit. Foi uma grande loucura, porque os japoneses estavam torturando muitas pessoas para conseguir informações. E ela encarou mesmo assim. Quando ela se reencontrou com o pai, descobriu que tinha sido prometida em casamento para um homem que nunca tinha visto.

Rachel assentiu, se lembrando de uma história que Ah Ma havia lhe contado.

— Quando tomamos chá, há cinco anos, sua Ah Ma me contou que o pai dela tinha escolhido James especialmente para ela, e que ela era grata pela decisão dele.

— Bem, na verdade ela foi arrastada para o altar pelo pai, esperneando, e, durante os primeiros anos de casamento, ela ficou ressentida com meu avô e o tratava muito mal. Depois da guerra, ela se reencontrou com Jirasit em Bangcoc e, embora os dois fossem casados com outras pessoas, eles não resistiram e retomaram o relacionamento.

Rachel arregalou os olhos.

— Sério?

— Sim, mas essa nem é a parte mais chocante da história. Ela descobriu que estava grávida.

—Não!!!! — exclamou Rachel, quase derramando o café. — Quem é o bebê?

—Minha tia Catherine.

—Ai, meu Deus. Agora tudo faz sentido. É por isso que a tia Cat conhece o príncipe Jirasit e foi por isso que Ah Ma deixou uma casa em Chiang Mai para ela! Além dela, você é o único que sabe disso?

Nick assentiu.

—Na verdade eu peguei um voo de volta para Bangcoc ontem à noite e tive uma conversa muito interessante com ela. Nós nos sentamos no jardim dela, de frente para o rio Chao Phraya, e ela me contou a história toda. Minha avó estava numa enrascada, é claro, quando descobriu que estava grávida. Jirasit não podia se separar da esposa. Ele era um príncipe e estava preso a toda a política familiar, além de ter dois filhos pequenos. Então minha avó tinha duas escolhas: ela poderia se separar do meu avô e viver sozinha como mãe solteira com uma filha ilegítima, malvista pela sociedade, ou poderia contar toda a verdade para ele e implorar que ele a aceitasse de volta.

— Não consigo nem imaginar como deve ter sido difícil para ela naquela época, especialmente para uma mulher de família tradicional — avaliou Rachel, sentindo uma súbita pena de Su Yi.

— Bem, eu sempre soube que meu avô era um santo, mas nunca pensei que fosse nesse nível. Ele não apenas aceitou minha avó de volta, como aparentemente nunca causou nenhum sofrimento a ela por causa da traição. Quando eles se casaram, meu avô sabia que ela não o amava, mas estava determinado a conquistá-la. E ele conseguiu. Como um bom cristão, ele perdoou Ah Ma completamente e tratava tia Cat exatamente como tratava os outros filhos. Na verdade, eu sempre achei que ela era a favorita dele.

— Então você acha que sua avó passou a amá-lo? — perguntou Rachel.

—De acordo com tia Cat, minha avó se apaixonou por ele... de verdade, profundamente, quando ela viu o tipo de homem que meu avô era. Sabe, antes de ir embora ontem à noite, tia Cat me contou uma coisa que não falou para mais ninguém, algo que aconteceu no dia que Ah Ma morreu. Ela estava sozinha no quarto com Ah Ma.

— A voz de Nick ficou embargada, enquanto relembrava as palavras da tia: *Quando cheguei a Cingapura, sua avó me disse que estava recebendo visita de alguns espíritos. Ela me falou que o irmão, Ah Jit, tinha aparecido e que seu pai também estivera no quarto. É claro que eu pensei que toda aquela morfina estava causando alucinações. Então, na tarde que ela morreu, eu estava sentada ao lado da cama quando a respiração dela começou a ficar cada vez mais difícil. Fiquei de olho nos monitores, mas tudo parecia bem e eu não quis alarmar ninguém. Então, de repente, mamãe abriu os olhos e agarrou minha mão. "Querida, seja boazinha e dê sua cadeira para ele." "Para quem?", eu perguntei e então vi a expressão no rosto dela, um olhar de puro amor. "James!", respondeu ela, num tom alegre, e essa foi a última coisa que ela disse. Eu juro para você, Nicky, eu senti a presença dele. Eu senti a presença do meu pai no quarto, sentado naquela cadeira, e pude sentir os dois indo embora juntos.*

Rachel se sentou na beirada da cama, enxugando as lágrimas.

— Uau! Estou arrepiada. Tudo faz sentido agora... O motivo da sua avó ser contra o nosso casamento.

— Ela achava que o pai dela tinha feito a coisa certa ao escolher meu avô para ela e achava que deveria ter obedecido às ordens dele desde o começo. *Por isso* queria tanto que eu lhe obedecesse! — disse Nick.

Rachel assentiu, devagar.

— Sim. E imagine quando ela descobriu que minha mãe tinha tido um caso com um homem casado e que eu sou fruto desse relacionamento? Isso deve ter trazido à tona todas as memórias e a culpa por causa da traição.

Nick suspirou.

— Foi um grande engano, mas ela achou que estava me protegendo. Deixa eu mostrar uma coisa para você. Essa carta caiu de um dos diários dela. — Nick pegou um papel dobrado e o entregou a Rachel. Em vermelho, abaixo de um brasão de armas, estavam as seguintes palavras:

CASTELO DE WINDSOR

Minha cara Su Yi,

Não tenho como expressar meu débito de gratidão por tudo que você e seu irmão Alexander fizeram durante os dias sombrios da guerra. Permitir que Tyersall Park fosse um abrigo seguro para alguns de nossos oficiais mais essenciais dos Exércitos britânico e australiano desempenhou um papel essencial em salvar inúmeras vidas. Seus atos de heroísmo, que são muitos para serem contados aqui, jamais serão esquecidos.

Sinceramente,
George R.I.

— George R.I. ... — Rachel olhou para Nick, incrédula.

— Sim, o pai da rainha Elizabeth. Ele era o rei durante a guerra. Rachel, você nunca iria acreditar em algumas das histórias que estão nos diários da minha avó. Sabe, quando eu era criança, ouvi tantas histórias que diziam que meu avô era um herói de guerra, que ele tinha salvado inúmeras vidas como cirurgião. Mas, no fim das contas, minha avó e o irmão dela também foram essenciais. Assim que a ocupação começou, Alexander estava na Indonésia, oficialmente para tomar conta dos negócios da família, mas ele estava secretamente ajudando a retirar pessoas importantes do país. Ele ajudou a esconder alguns dos ativistas antijaponeses mais importantes de Cingapura. Pessoas como Tan Kah Kee e Ng Aik Huan, na Sumatra. No final, ele foi torturado até a morte por um agente japonês que tentava descobrir seus segredos.

— Oh, não! — lamentou Rachel, cobrindo a boca com a mão.

— Sim. E minha avó tinha voltado secretamente para Cingapura no auge da ocupação japonesa. E fez uma viagem ousada para ver o irmão Alexander na Indonésia logo antes de ele morrer. Ela adorava o irmão, e foi essa tragédia que a fortaleceu para continuar a luta dele. Tyersall Park se tornou um tipo de trilho subterrâneo para os oficiais que passavam por Cingapura vindos da Malásia, tentando chegar à Indonésia ou à Austrália. Acabou se tornando o lugar onde aconteciam as reuniões secretas dos altos oficiais e um local seguro para algumas pessoas-chave que estavam sendo caçadas pelos japoneses.

— Impressionante! Nunca imaginei que uma casa como essa pudesse ser um local secreto! — comentou Rachel.

— Não poderia, mas o líder das forças de ocupação japonesas, conde Hisaichi Terauchi, exigiu utilizar Tyersall Park e assumiu o controle da casa principal. Então minha avó e todos os criados foram forçados a morar na ala de serviço, e foi assim que ela conseguiu esconder tantas pessoas bem debaixo do nariz do general. Ela os disfarçou, era como se fizessem parte da equipe de empregados da casa. E, como tinha muita gente, as tropas japonesas nunca perceberam nada. Ela conseguia fazer todo mundo entrar e sair através da passagem secreta que vai do jardim de inverno até o Jardim Botânico.

— A passagem que você usava para sair de casa escondido! — exclamou Rachel.

Nick levantou a carta.

— Não estamos mais falando sobre mim, sobre perder a casa da minha infância ou minha conexão com o passado. É muito mais do que isso. Essa casa deveria ser um marco histórico, um patrimônio público para *todos* os cingapurianos. É importante demais para sofrer qualquer tipo de alteração e acredito que ambientalistas iriam concordar que ela tem que ser preservada a todo custo.

— Isso quer dizer que você pode impedir a venda para os Bings?

— É o que estou tentando confirmar. Mas, conhecendo Jack Bing, tenho certeza de que ele não vai deixar barato.

— Suas tias também vão lutar contra. Elas querem o dinheiro da venda. O que aconteceria se você as privasse daquilo que elas veem como herança de direito?

— E se existisse outra maneira? E que ninguém fosse privado de nada? Tenho pensado muito sobre isso nos últimos dias e acho que tenho um plano que pode salvar esse patrimônio histórico e transformá-lo em algo viável para o futuro.

— Sério?

— Sim, mas vamos precisar de pessoas com muito dinheiro e que acreditem na gente.

A mente de Rachel começou a trabalhar.

— Acho que talvez eu conheça as pessoas certas para isso.

9

•

Ilha Matinloc, Palawan

Charlie e Astrid estavam de pé na praia da lagoa, abraçados.

— Nunca mais vou deixar você ir embora! — disse Charlie, suspirando, enquanto Astrid sorria para ele. Eles se sentaram na areia, mergulhando os dedos na água morna, observando a paisagem incrível das rochas que cercavam aquele paraíso escondido, de mãos dadas, em silêncio.

Astrid foi a primeira a falar.

— Eu não queria deixar você preocupado. Não tinha percebido que você estava tão atordoado até Diego me contar da briga na casa da China. Como está seu queixo? Parece meio roxo.

— Eu estou bem — respondeu Charlie, massageando o queixo sem perceber. — Para ser sincero, não estava nem pensando nisso. Como você pôde ter pensado que eu não ia ficar preocupado? Você sumiu por quase seis semanas!

— Eu não sumi. Tenho falado com o Cassian a cada dois dias pelo FaceTime e minha família sabe que estou bem. Mas acho que minha mãe não comentou nada disso com você, não é?

— Não! Na última vez que falei com ela ao telefone, ela me disse que não tinha notícias suas e que preferia que fosse assim. Então desligou na minha cara — contou Charlie, irritado.

— Vai entender... — falou Astrid, balançando a cabeça. — Está tudo bem comigo, Charlie. Na verdade, está mais do que bem. Eu precisava de um tempo só para mim. Você sabe, assim que cheguei a esse lugar percebi que nunca tinha feito isso. Todas as viagens que já fiz envolviam ou família ou trabalho, ou era algum casamento ou algum compromisso social. Nunca fui a lugar nenhum sozinha, nunca fiz uma viagem *só minha*.

— Eu entendo, sabia que você precisava de um tempo sozinha. Mas também fiquei com medo de que você estivesse entrando em parafuso, sem saber o que estava acontecendo em Cingapura.

— Eu não queria saber, Charlie. Na verdade, nem sei se eu quero saber agora. É disso que estou falando. Eu precisava ir para um lugar onde pudesse me desligar de tudo para que conseguisse entender o que estava se passando na minha cabeça.

Charlie olhou para a água cristalina, que ficava mais azul com o passar do dia

— Como você encontrou esse lugar?

— Há anos tenho uma pequena ilha aqui. Não é essa, essa é Matinloc e pertence ao Estado. Mas tenho um pedacinho de terra não muito longe daqui. Foi minha tia-avó Matilda Leong quem deixou para mim, mas em segredo. Você sabe que ela era um pouco excêntrica... Ela acreditava em teorias da conspiração e achava que o mundo algum dia iria se acabar numa guerra nuclear. Por isso, ela comprou uma ilhota em Palawan e construiu uma casa. "O refúgio máximo", dizia ela. Ela queria que eu mantivesse a ilha como último recurso. Eu nunca a tinha visitado até então e não consigo acreditar que tenha esperado tanto tempo para isso.

— Isso aqui é um paraíso. Espero ver Brooke Shields saindo da água nua a qualquer momento!

— Bem que você queria!

— Na verdade, tenho uma visão bem melhor aqui na minha frente — disse Charlie, admirando a pele bronzeada de Astrid, contrastando com sua saída de praia branca. Como se lesse a mente dele, Astrid se levantou.

— Você já nadou nu numa lagoa escondida? — perguntou ela, despindo a saída de praia.

— Hum... Marco não vai voltar daqui a pouco? — perguntou Charlie, um pouco preocupado.

— Marco vai demorar algumas horas para voltar — respondeu Astrid, tirando o biquíni branco e mergulhando na lagoa. Charlie olhou ao redor, por puro reflexo, para ter certeza de que estavam sozinhos, tirou o calção de banho e mergulhou atrás dela.

Eles ficaram boiando na água cristalina por alguns minutos, apreciando os peixinhos coloridos que nadavam próximos ao coral, as anêmonas balançando ao sabor da corrente, os mariscos enterrados na areia, que se abriam para sugar a água, depois se fechavam rapidamente. Eles boiaram olhando para o céu no meio da lagoa, observando as nuvens passando lá em cima, então Charlie pegou Astrid nos braços, tirou-a da água e fez amor com ela na areia branca da praia. Seus gemidos de prazer ecoando na lagoa enquanto eles se tornavam um só com a natureza, o céu e o mar.

Depois de transarem, Charlie se deitou na areia fofa. Ele já estava começando a dormir sob o sol, levemente hipnotizado pela dança das folhas de palmeira. De repente, despertou com o som de vozes.

— O que é isso? — perguntou ele, ainda meio adormecido.

— Provavelmente alguns turistas — respondeu Astrid.

— Turistas? O quê?

Charlie deu um pulo e viu um grupo de pessoas com camisetas amarelas entrando na lagoa pela caverna, que agora estava apenas parcialmente coberta devido à maré estar baixando.

— Puta merda! Onde está meu calção? — Charlie ficou procurando, tentando encontrá-lo. — Você não me disse que tinha turistas aqui!

— É claro que tem! Essa é uma das atrações mais populares em Palawan! — revelou Astrid, rindo, ao ver Charlie correndo nu pela praia, procurando o calção.

— Ei, cara! Você está procurando isso aqui? — gritou um surfista australiano do outro lado da lagoa, segurando o calção azul e branco de Charlie.

— Sim, obrigada! — gritou Astrid, em resposta. Ela se virou para Charlie, que estava escondido atrás de uma palmeira, ainda rindo. — Ah, saia daí! Você não tem nada do que se envergonhar!

*

— Você mudou *mesmo*! Não sei se a Astrid que eu conhecia teria feito amor assim, do nada, numa lagoa, ou caminhado nua na frente de um monte de turistas australianos — disse Charlie, quando estavam sentados para almoçar no terraço da espetacular *villa* de Astrid, empoleirada no alto de um morro da sua ilha particular.

— Sabe... Pode até parecer clichê, mas me afastar de tudo foi uma experiência transformadora para mim. Percebi que vários dos meus medos não são de fato meus. São medos da minha mãe, do meu pai, dos meus avós. De forma inconsciente, eu simplesmente os internalizei e deixei que afetassem todas as minhas decisões. E daí que algumas pessoas me viram nua numa praia secreta num dos lugares mais remotos do planeta? Que liga? Tenho orgulho do meu corpo, não tenho nada a esconder. Mas é claro que, automaticamente, uma voz na minha cabeça diria: *"Astrid, coloque suas roupas. Isso não é apropriado. Você é uma Leong e vai envergonhar sua família."* E aí percebo que, na maioria das vezes, a voz repressora que escuto é a da minha mãe.

— Sua mãe sempre deixou você doida — disse Charlie, enquanto se servia de outra porção generosa de *guinataang sugpo** sobre seu arroz com alho.

— Eu sei... E sei também que não é tudo culpa dela. Ela me disse coisas terríveis, mas eu já a perdoei. Ela também tem muitas feridas... Nasceu durante a Segunda Guerra Mundial, em meio aos maiores horrores que já aconteceram em Cingapura. Como ela podia não internalizar as experiências dos meus avós? Meu avô foi preso pelos japoneses e quase não escapou do pelotão de fuzilamento, minha avó ajudou a resistência sem que ninguém soubesse enquanto cuidava de um bebê e tentava se manter viva.

Charlie assentiu.

— A infância inteira da minha mãe foi no campo de concentração Endau, na Malásia. Sua família foi forçada a cultivar o próprio alimento, e eles quase morreram de fome. Tenho certeza de que é por isso que ela é do jeito que é hoje em dia. Ela faz o cozinheiro economizar dinheiro comprando pão velho no supermercado, mas

---

* Camarões frescos no leite de coco. Uma iguaria de Palawan.

ao mesmo tempo gasta 30 mil dólares numa cirurgia plástica para o peixinho de estimação dela. É algo completamente irracional — disse Charlie.

Astrid observou a vista tranquila da enseada lá embaixo.

— Segundo os cientistas, nós herdamos problemas de saúde dos nossos pais através dos nossos genes e também herdamos uma grande carga de medo e dor, gerações e gerações disso. Consigo reconhecer quando minha mãe está influenciada por esse medo, mas a coisa mais forte que percebi é que *eu não sou responsável pela dor dela*. Não vou mais deixar que os medos dela sejam os meus, e não quero tranferi-los para o meu filho!

Charlie olhou para Astrid, ponderando as palavras que havia acabado de ouvir.

— Gostei de ouvir esse discurso todo, mas preciso perguntar — *quem é você*? É como se você estivesse falando um novo idioma.

Astrid sorriu enigmaticamente.

— Preciso confessar. Estou aqui há cinco semanas, mas não estou sozinha. Quando saí de Cingapura, fui primeiro a Paris e visitei meu amigo Grégoire. Ele me contou sobre uma amiga que estava morando em Palawan. Foi por isso que vim para cá. Eu não tinha a menor intenção de ficar na Ásia, estava indo para o Marrocos, para um lugar que conheço na Cordilheira do Atlas. Mas Grégoire me encorajou a conhecer essa amiga dele.

— Quem é essa pessoa?

— O nome dela é Simone-Christine de Ayala.

— Ela é parente do Pedro Paulo e da Evangeline, de Hong Kong?

— Eles são primos... A família é grande. Bom, de qualquer forma, não sei exatamente como descrevê-la. Algumas pessoas a chamam de curandeira. Para mim, ela é uma alma sábia e tem uma linda casa na ilha vizinha. Temos nos encontrado quase todos os dias desde que cheguei, e nossas conversas são incríveis. Ela me introduziu a meditações guiadas que me levaram a descobrir coisas incríveis.

— Tipo o quê? — perguntou Charlie, com medo de que Astrid estivesse sob influência de algum guru charlatão.

— Bom, a mais importante foi perceber que passei minha vida inteira tentando antecipar os medos dos meus pais, tentando ser a filha perfeita a todo custo, sem nunca pisar em falso, sem nunca falar com a imprensa. E aonde isso me levou? Ao tentar me esconder por trás dessa fachada de perfeição, ao tentar manter minha vida só para mim e meus relacionamentos em segredo, acabei causando mais estragos do que se tivesse vivido simplesmente minha vida como eu sempre quis!

Charlie assentiu, levemente aliviado.

— Acho que você está certíssima. A sensação que eu tinha é que você sempre viveu nas sombras. Você é muito mais inteligente e talentosa do que as pessoas imaginam, e sempre achei que você podia fazer muito mais.

— Você sabe quantas coisas eu queria fazer e acabei não fazendo por causa dos meus pais? Quando me formei na faculdade e recebi aquela proposta fantástica para trabalhar com Yves Saint-Laurent em Paris, eles me mandaram voltar para casa. Depois, não me deixaram começar minha própria grife de moda. Era algo banal demais para eles. Quando eu quis trabalhar com algumas causas muito *fora de moda*, como o terrível problema do tráfico humano e da prostituição infantil no Sudeste Asiático, eles não quiseram nem ouvir. A única coisa aceitável para Astrid Leong era fazer parte do conselho de algumas instituições bem conceituadas, e mesmo assim tinha que ser em comitês supersecretos, nada que pudesse me colocar aos olhos do público. É como se a minha família vivesse com medo da própria riqueza há gerações, com medo de que alguém nos acuse de ser ricos, vulgares e extravagantes. Para mim, é justamente a nossa riqueza que nos coloca numa posição privilegiada e capaz de fazer um bem enorme para o mundo. Não deveríamos nos esconder do mundo!

Charlie bateu palmas, animado.

— Então volte, Astrid. Volte comigo e vamos fazer isso juntos. Eu sei que sua cabeça estava em outro lugar quando você escreveu aquela carta para mim, por isso vou esquecer aquilo. Eu quero ficar com você, quero que você seja minha mulher, que você viva a sua vida do jeito que quiser e que possa ser tudo o que sempre quis ser.

Astrid ficou olhando para o horizonte por uns instantes.

— Não é assim tão simples... Não sei se já estou pronta para voltar. Acho que preciso cuidar de mim mais um pouco antes de encarar o mundo que deixei para trás.

— Astrid! O mundo que você deixou para trás mudou tanto! Por favor, posso contar tudo o que aconteceu? Acho que vai ajudar — pediu ele.

Astrid respirou fundo.

— Tudo bem, diga o que você quer me contar.

— Bom, para início de conversa, Isabel acordou do coma e parece que está no caminho certo para se recuperar. Ela sofreu perda de memória e não faz ideia do que aconteceu naquela noite, mas vai ficar bem.

— Graças a Deus — murmurou Astrid, fechando os olhos.

— A próxima grande notícia que você precisa saber é que Michael assinou os papéis do divórcio sem nenhuma objeção.

— O quê? — Astrid deu um pulo da cadeira, completamente chocada. — Como foi que isso aconteceu?

— Bem, a história é bem esquisita, mas vamos começar com o vídeo. No fim das contas, descobrimos que foi Isabel que obteve o vídeo primeiro, não Michael. Ela estava nos mantendo sob vigilância o tempo todo. Os *paparazzi* que nos seguiram na Índia, o vídeo de nós dois no meu quarto... foi tudo obra dela.

Astrid balançou a cabeça, incrédula.

— Como ela fez isso tudo?

Charlie sorriu.

— Você não vai acreditar. Sabe aquela girafa esfarrapada de pelúcia que Delphine tem?

— Sei! Aquela com a qual ela não dorme sem?

— Foi um presente da Isabel, e dentro dela havia uma câmera bastante sofisticada.

— Meu Deus...

— Delphine levava a girafa de uma casa para a outra, por isso Isabel sempre sabia de todos os meus passos. E a gravação de nós dois foi um acidente. Delphine tinha dormido no meu quarto na noite anterior à da gravação e deixado a girafa no baú, aos pés da cama.

— Por isso que o ângulo da filmagem era tão estranho! — comentou Astrid, achando graça. — Mas como ela conseguiu essa microcâmera tão sofisticada?

— Michael a ajudou. Eles estavam de conluio esse tempo todo. A história veio à tona depois da tentativa de suicídio da Isabel. Como a polícia foi envolvida no caso, eles fizeram uma investigação para saber de onde vinha o vídeo que estava no telefone dela.

Astrid balançou a cabeça, triste.

— Então eles se juntaram... nossos amargos ex.

— Sim. Mas a parceria deles é também o lado bom disso tudo. Algumas semanas atrás, fui para Cingapura e tive uma conversa longa e interessante com Michael. Falei que ou ele retirava o processo, assinava os papéis do divórcio e aproveitava a vida de solteirão bilionário ou poderia fazer o seguinte: primeiro, ele poderia ir preso por ajudar e incitar Isabel a fazer espionagem ilegal. Segundo, podia ir preso por extorsão, já que ele foi idiota o bastante para mandar o vídeo para você exigindo 5 bilhões de dólares. E terceiro, ele poderia ir preso por ter ligação com o vazamento do vídeo. Levando em conta o sistema penal de Cingapura, a sentença dele podia muito bem ser prisão perpétua, ou, pior, ele poderia ser extraditado para Hong Kong e depois mandado para a prisão no Noroeste da China, perto da fronteira com a Rússia, onde caras bonitos como ele teriam uma estadia bem... *dolorosa*.

Astrid se recostou na cadeira, absorvendo aquilo tudo.

Charlie sorriu.

— Michael prometeu que nunca mais ia causar nenhum problema para você ou para Cassian. Nunca mais. Assim que você assinar aqueles papéis, será uma mulher livre.

— Uma mulher livre — murmurou Astrid para si mesma. — Charlie, eu te amo e agradeço muito a você por tudo o que fez por mim nessas últimas semanas. Sendo bem sincera comigo mesma, com a nova Astrid, e sendo completamente honesta com você, não sei se quero me casar de novo agora. Não sei se já estou pronta para voltar para Cingapura. Tenho explorado bastante essas ilhas, estou conhecendo os moradores locais e me sentindo conectada a esse lugar. Acho que posso fazer muitas coisas aqui para ajudar o povo nativo. Me faria muito bem passar mais tempo aqui, e o que quero agora é mandar buscar Cassian. Tenho percebido que as crianças são muito felizes nessas ilhas... A vida delas é tão integrada à natureza, elas são livres e aventureiras. Elas correm pelas proas estreitas dos barcos de madeira como marinheiros, sobem em árvores como acrobatas e pegam os cocos maduros. Elas riem e riem. Isso me lembra um pouco a minha infância em Tyersall Park. A vida de Cassian hoje em dia é fazer o dever de casa, aprender chinês, ir às aulas de tênis, a competições de piano e, quando ele não está fazendo nenhuma dessas coisas, está grudado no videogame, em algum jogo violento. Não me lembro da última vez em que o vi sorrir. Se eu vou viver uma nova vida de total liberdade, quero o mesmo para ele também.

Charlie olhou no fundo dos olhos de Astrid.

— Eu quero que você tenha exatamente a vida que sempre sonhou, para você e para Cassian. Minha única pergunta é: nessa sua nova vida existe lugar para mim?

Astrid olhou para Charlie sem saber o que dizer.

10

•

ANTUÉRPIA, BÉLGICA

Kitty estava de pé no meio da sala, apreciando a alquimia requintada de móveis, *objetos*, natureza e luz. Havia uma simplicidade elegante na maneira como tudo estava disposto, e o ambiente emanava uma energia revigorante e tranquila.

— É isso que eu quero! É assim que quero que Tyersall Park seja — disse ela a Oliver.

Eles estavam caminhando por Kanaal, um complexo industrial do século XIX, próximo a um antigo silo no Canal Alberto, que tinha sido transformado no magnífico ateliê e *showroom* privativo de Axel Vervoordt, um dos mais respeitados designers de interiores do mundo.

— Já estamos a meio caminho andado, Kitty. Tyersall Park tem uma estrutura maravilhosa, com a pátina perfeita de antiguidade que dinheiro nenhum pode comprar. Não teremos que importar pisos antigos nem criar novas paredes que pareçam ter vindo direto do século XVII. Veja como esse machado de bronze do período Neolítico muda toda a *vibe* do ambiente. E essas samambaias caindo perfeitamente sobre a mesa de jantar. Tem tudo a ver com a forma como você dispõe os objetos, e Axel é mestre nisso.

— Quero conhecê-lo imediatamente — disse Kitty.

— Não se preocupe, ele estará aqui logo, logo. Você não ouviu o que o assistente dele falou? Ele está almoçando com a rainha Mathilde da Bélgica no momento — sussurrou Oliver.

— Oh, eu não entendi o sotaque dele. Achei que ele tivesse dito que Axel estava lendo *Matilda*. Fiquei pensando, *por que esse homem está lendo um livro infantil quando vim de tão longe para me encontrar com ele?*

— O trabalho de Axel é tão estimado que, entre seus clientes, estão algumas das famílias reais do mundo — explicou Oliver, enquanto ele e Kitty seguiam por uma câmara dramaticamente iluminada que, por coincidência, tinha várias antigas cabeças de Buda feitas de pedra.

— Podemos fazer algo assim em algum lugar no jardim? Acho que ficaria tão legal caminhar pela floresta e encontrar várias cabeças de Buda por todo lado — sugeriu Kitty.

Oliver riu consigo mesmo, tentando imaginar como Victoria Young reagiria à visão de dezenas de cabeças de Buda espalhadas por Tyersall Park. Ainda assim, a ideia de Kitty não era tão ruim. Talvez a maneira certa de lançar Kitty à estratosfera social seria pintá-la como a resposta cingapuriana a Peggy Guggenheim e transformar Tyersall Park num local de referência para arte contemporânea, como Storm King, em Nova York, ou a Fundação Chinati, em Marfa. Eles poderiam contratar os maiores artistas do mundo para fazer algumas instalações específicas. Christo poderia envolver a casa inteira com tecido prateado, James Turrell poderia criar uma projeção de luz no jardim de inverno e talvez Ai Weiwei pudesse fazer algo ousado com o lago de lírios.

No meio de seu devaneio, Oliver percebeu um movimento, e subitamente Axel Vervoordt entrou, impecavelmente vestido com um terno cinza e uma camisa de gola rulê preta, cercado por uma entourage de assistentes.

— Oliver T'sien, que prazer ver você novamente! — disse o lendário antiquário.

— Axel! O prazer é todo meu. Gostaria de apresentá-lo à Sra. Jack Bing.

— Bem-vinda a Kanaal — disse Axel, fazendo uma breve cortesia.

— Obrigada. Axel, estou maravilhada com suas criações! Nunca vi nada parecido antes e a vontade que me dá é de me mudar para cá imediatamente — disse Kitty, animada.

— Obrigado, Sra. Bing. Se a senhora gostou tanto do que viu, talvez eu pudesse convidá-la para visitar minha residência em Kasteel van's-Gravenwezel enquanto estiver em Antuérpia.

— Você não pode perder essa oportunidade, Kitty. Kasteel van's--Gravenwezel é um dos castelos mais bonitos do mundo — explicou Oliver.

Kitty piscou para Axel.

— Eu adoraria!

— Se eu soubesse com uma antecedência maior que viriam hoje, teria convidado vocês para almoçar. Sua Majestade nos honrou com sua presença e trouxe consigo um casal adorável.

— Espero que tenha sido um almoço agradável.

— Foi sim, foi sim. Esse jovem casal acabou de adquirir a propriedade mais magnífica de Cingapura. Aparentemente é a maior propriedade privada da ilha.

Kitty ficou pálida.

Axel continuou.

— Esperem um minuto... Eu esqueci completamente. Você é de Cingapura, não é, Oliver?

— Sou, sim — respondeu Oliver, forçando um sorriso.

— Você conhece essa propriedade? Aparentemente é uma loucura arquitetônica, uma grande mistura de estilos e períodos no meio de 260 mil metros quadrados. Acho que se chama Tivoli Park — disse Axel, inclinando a cabeça.

Kitty foi até a varanda, tentando manter a calma, enquanto digitava freneticamente um número em seu iPhone.

— Na verdade, acho que você quer dizer Tyersall Park — corrigiu-o Oliver.

— Sim! É esse o lugar. Aparentemente o pai da moça comprou a propriedade para ela como presente de casamento e ela quer minha ajuda para redecorar tudo. Vai ser um projeto e tanto.

Oliver olhou pela janela e viu Kitty gritando em mandarim e gesticulando loucamente ao telefone.

— Eu sei que você nunca revela quem são os seus clientes, mas por acaso esse casal é um jovem lorde inglês e sua esposa chinesa?

Axel sorriu.

— Nada escapa a você, não é? Eu nunca tentei nada dessa magnitude na Ásia antes, e acredito que irei precisar da sua ajuda.

— Parabéns, Axel. Será o maior prazer — disse Oliver, sentindo que ia vomitar.

— Agora, o que podemos fazer por você e pela Sra. Bing?

Oliver observou Kitty atirar o telefone no canal lá embaixo.

— Ah, nós só estávamos passando por aqui. Vou levá-la para conhecer Dries no Het Modepaleis, por isso achei que poderíamos dar uma passadinha aqui.

*

— Ele disse que Colette é uma nova mulher. Que ela hoje tem uma vida completamente diferente e que ele estava muito orgulhoso dela por querer fazer algo de bom pelo planeta. E era por isso que ela precisava de uma casa em Cingapura. Como ele pode ser tão inocente? — gritou Kitty.

— Isso, libere tudo, libere toda a raiva — disse uma voz acima dela, consolando-a.

— Ele falou que Colette foi visitá-lo em Xangai sem ninguém saber. Ela se jogou aos pés dele pedindo perdão. Dá para acreditar nisso? — Kitty estava deitada na maca de massagem, com a cabeça no apoio para rosto enquanto sua massagista, Elenya, aplicava uma fileira de pedras quentes ao longo de sua coluna.

— Bom, bom. Enquanto eu coloco essa pedra na sua lombar, quero que você a sinta queimando seu segundo chacra e quero que você vá bem no fundo da sua raiva e a libere! — encorajou-a Elenya.

— Ele disse *"Não me faça escolher entre você e minha filha, porque você vai perder. Eu tenho só uma filha, mas posso arranjar outra mulher."* Que ódio, que ódio, que ódio! — gritou Kitty, as lágrimas correndo livremente no chão forrado de tatame.

De repente, o chão tremeu violentamente e duas pedras rolaram das costas dela, caindo ao lado da maca. Oliver, que estava numa poltrona ao lado da maca, apertou o cinto de segurança mais um pouco.

— Isso não foi turbulência, Kitty. Foi sua raiva sendo liberada para o universo. Como você se sente? — perguntou Elenya, enquanto massageava os pés de Kitty com uma toalha morna.

— Bem pra caramba! Quero dizer aos pilotos que mudem a rota e enfiem esse avião na cara dele! — gritou Kitty de novo, antes de começar a soluçar.

Oliver suspirou enquanto olhava pela janela do spa no segundo andar do Boeing 747-81 VIP de Kitty. Eles estavam sobrevoando o Canal da Mancha e logo estariam aterrissando em Londres.

— Não sei se uma vingança imediata é a resposta, Kitty. Acho que você tem que planejar uma jogada a longo prazo. Olhe tudo o que Jack deu para você. Você tem três aviões à sua disposição, a maravilhosa Elenya aqui para fazer massagens nos momentos que você mais precisa e todas as suas outras lindas residências ao redor do mundo. E, acima de tudo, não vamos nos esquecer do pequeno Harvard. Você deu um filho ao Jack e, quando ele crescer, irá ofuscar Colette. Kitty, você já ouviu falar da imperatriz viúva Cixi?

— É a velha que morre na abertura do filme O *último imperador*, não é? — perguntou Kitty, mais calma.

— Sim. A imperatriz Cixi foi uma das concubinas do imperador Xianfeng e, depois que ele morreu, ela planejou um golpe e se tornou a verdadeira força e o poder na China. Cixi causou mais impacto do que qualquer outro imperador da história do país. Ela transformou o país de um império medieval em uma nação moderna, abrindo a China para o Ocidente e abolindo os pés de lótus, a tradição chinesa de amarrar os pés das mulheres. E ela fez tudo isso, Kitty, muito embora, tecnicamente, não tivesse nenhum poder porque era mulher.

— Então como ela conseguiu? — perguntou Kitty.

— Ela governou indiretamente, através do filho de 5 anos, que sucedeu o imperador no trono. E, depois que ele morreu, ainda adolescente, ela adotou outro menino e o colocou no trono para que pudesse governar através dele também. Como era imperatriz, a etiqueta da corte dizia que ela não podia ser vista por nenhum homem, por isso ela participava das reuniões com seus ministros por trás de um painel de seda. Você poderia aprender bastante com Cixi, sabia? Você precisa esperar a hora certa e fortalecer a sua posição se tornando a melhor mãe para Harvard. Você precisa ser a pessoa mais influente na vida dele e, com o tempo, ele será o responsável pelo império Bing e você será o poder por trás do trono. Nós vimos ao longo da história, Kitty, que as pessoas que detinham mais poder nem sempre eram aquelas sob os holofotes. A imperatriz Cixi, o cardeal de Richelieu, Cosme de Medici. Essas pessoas agiam nos bastidores, mas detiveram todo o poder e influência e conquistaram isso com paciência, inteligência e jogo de cintura.

— Paciência, inteligência e jogo de cintura — repetiu Kitty. Ela rolou na cama de massagem e se sentou, derrubando as pedras quentes no chão e fazendo Elenya correr para pegá-las. — O contrato de Tyersall Park já foi assinado?

— Acho que os advogados ainda estão preparando os documentos.

— Então o negócio ainda não foi fechado?

— Não. Foi um acordo de cavalheiros, mas não será oficial até que o contrato esteja assinado. — Oliver se perguntou aonde ela estava querendo chegar.

— Você não me disse que havia outra pessoa interessada em Tyersall Park antes de Jack comprá-lo?

— Sim. Meu primo Nick estava tentando comprar a casa, mas não conseguiu angariar fundos suficientes para bater a oferta de Jack.

— E de quanto ele precisava?

— Acho que faltavam cerca de 4 bilhões de dólares.

Os olhos de Kitty brilharam.

— E se eu me tornasse uma investidora secreta? E se eu colocasse dinheiro na compra e roubasse a casa de Jack?

Oliver olhou para ela, surpreso.

— Kitty, você tem esse dinheiro todo no seu nome?

— Ganhei 2 bilhões no meu divórcio de Bernard e investi tudo em ações da Amazon. Você sabe o quanto elas valorizaram no último ano? Tenho mais de 5 bilhões de dólares, e esse dinheiro está parado numa conta administrada pelo Liechtenburg Group — anunciou Kitty, orgulhosa.

Oliver se inclinou na cadeira.

— Você realmente estaria disposta a investir todo esse dinheiro com meu primo?

— Você ainda ganharia a comissão, não é?

— Ganharia, mas fico preocupado com você investindo tanto dinheiro em um único negócio.

Kitty ficou em silêncio, tocada por saber que Oliver se preocupava com ela.

— Vai valer cada centavo saber que Colette não vai colocar as mãos naquela casa!

— Bom, então vou fazer umas ligações.

Oliver desafivelou o cinto de segurança e saiu da cabine de spa. Cinco minutos depois, ele voltou com um sorriso nos lábios.

— Kitty, houve uma mudança interessante. Acabei de falar com meu primo Nicky. Tyersall foi considerada Patrimônio Histórico e ele, junto com um grupo de investidores, está preparando uma proposta radical para contrapor a oferta de Jack Bing.

— Isso quer dizer que Colette não vai ficar com a casa?

— Bom, é provável que não. Entretanto, eles precisam desesperadamente de mais um investidor. Precisam de 3 bilhões de dólares.

— Só 3 bilhões? Negócio fechado!

— Devo falar com os pilotos para mudarem a rota?

— Por que não?

Oliver pegou o interfone.

— Mudança de planos. Precisamos ir para Cingapura, e rápido!

— Não tão rápido. Quero continuar minha massagem — murmurou Kitty, enquanto se esticava languidamente em sua maca de massagem.

Epílogo

•

Tyersall Park, Cingapura

UM ANO DEPOIS...

— Mal posso esperar para ver a noiva! Qual estilista ela terá escolhido para fazer seu vestido? — comentou Jacqueline Ling com Oliver T'sien durante a recepção antes da reservada cerimônia de casamento.

Duzentos convidados das famílias dos noivos caminhavam pelo claustro andaluz degustando coquetéis e canapés, enquanto admiravam os efeitos de iluminação criados pelo artista James Turrell nas colunas que cercavam o pátio.

— Vamos fazer uma aposta — propôs Oliver.

— Do jeito que você está cheio da grana esses dias, não sei se quero apostar com você. A propósito, parabéns pelo novo projeto em Abu Dhabi.

— Obrigado. Por enquanto é apenas um palácio. A princesa ficou tão impressionada com o que fizemos aqui que me colocou na sua folha de pagamento para garantir meus serviços. E não foi pouco. De qualquer maneira, vamos apostar um almoço no Daphne's da próxima vez que ambos estivermos em Londres, e meu palpite é que o vestido será de Giambattista Valli — arriscou Oliver.

— Tudo bem, almoço no Daphne's. Bom, minha aposta é que o vestido da noiva será um Alexis Mabille. Eu sei o quanto ela adora o trabalho dele.

O quarteto de cordas que estava tocando parou subitamente quando as portas no canto do pátio se abriram para revelar um belo jovem de terno segurando um violino ao queixo.

— Oh, veja! Charlie Siem! Ele está em todas ultimamente, não é? — comentou Oliver, enquanto o belíssimo virtuoso caminhava pelo pátio tocando "Salut d'Amour", de Elgar. As portas no outro extremo do pátio se abriram lentamente e Charlie veio andando, olhando para trás para se certificar de que os convidados iam segui-lo, enquanto continuava a tocar. Lá fora, um caminho iluminado por milhares de velas ia do jardim de rosas, passando pela maravilhosa piscina de água salgada recém-instalada, feita com azulejos mouros do século XIII, até a parte arborizada da propriedade.

Seguindo o músico enquanto ele avançava tocando o violino, os convidados ficaram maravilhados quando chegaram ao lago dos lírios, onde cadeiras pretas de madeira haviam sido arrumadas em meia-lua ao longo de um dos lados do lago. Centenas de lanternas num tom claro de cor-de-rosa pendiam das árvores, cascateando pelos galhos mais baixos e se misturando a milhares de ramos que haviam sido enfeitados com orquídeas *dendrobium* brancas, peônias e jasmim-branco. Uma bela ponte arqueada construída especialmente para o casamento levava de uma margem à outra do lago e estava completamente coberta de rosas coloridas, parecendo uma pincelada impressionista, como uma das pontes de Monet em Giverny.

Depois que os convidados se sentaram, quatro músicos tocando violoncelos e posicionados na direção dos quatro ventos começaram a tocar a Suíte para Violoncelo N°. 1, de Bach, em Sol Maior, enquanto dava-se início à procissão do casamento. Uma adorável dama de honra levando flores e usando um Marie-Chantal branco espalhava pétalas de rosa pelo corredor central, seguida de Cassian Teo, que usava um terno de linho branco (mas descalço), completamente concentrado em não deixar as alianças caírem da almofada de veludo.

Depois entraram Nick e Rachel, caminhando de braços dados. Eleanor se encheu de orgulho ao ver Nick, lindo em seu terno Henry Poole azul-marinho, guiar Rachel — que ela tinha de admitir que estava belíssima num simples Narciso Rodriguez de crepe de seda rosa.

— *Aiyah*, é como se fosse o casamento deles de novo! — fungou Eleanor ao lado do marido, enxugando as lágrimas.

— Tirando a sua invasão maluca de helicóptero — comentou Philip.

— Não foi loucura! Eu salvei o casamento deles, esses ingratos!

Nick e Rachel se separaram no final do corredor e assumiram seus lugares como madrinha e padrinho em lados opostos da ponte. De repente, um grande piano se iluminou atrás da ponte, parecendo flutuar no meio do lago. Sentado ao piano estava um jovem com cabelos ruivos ligeiramente despenteados.

Irene Wu disse, surpresa:

— *Alamak*, é aquele Ed Saranwrap! Eu amo as músicas dele!

Quando Ed Sheeran começou a tocar uma música bastante conhecida "Thinking Out Loud", o noivo, elegante num terno Gieves & Hawkes, foi andando em direção ao meio da ponte com o pastor americano da Igreja Stratosphere em Hong Kong. E então, enquanto uma banda completa se reunia no outro extremo do lago para acompanhar Ed em sua música, a noiva fez sua grande entrada.

Os convidados se levantaram de seus assentos ao mesmo tempo enquanto o orgulhoso pai da noiva, Goh Wye Mun, acompanhava, nervoso, a filha Peik Lin pela nave. A noiva usava um vestido tomara que caia, composto de um corpete branco e uma saia longa com flores de seda num tom claro de cor-de-rosa em apliques. Os cabelos dela estavam presos num elaborado coque trançado com uma tiara *vintage* de pérolas e diamantes da G. Collins & Sons.

Jacqueline e Oliver olharam um para o outro e disseram ao mesmo tempo:

— McQueen!

Enquanto Peik Lin passava por eles, Jacqueline assentiu, satisfeita.

— Sublime. Sarah Burton acertou de novo!

— Nós dois perdemos, mas o almoço no Daphne's continua de pé. É claro que você paga, Jac. Você tem muito mais grana para torrar do que eu — disse Oliver, com uma piscadela.

Peik Lin foi andando até a metade da ponte, onde se encontrou com o pastor, que estranhamente se parecia muito com Chris Hemsworth e com o homem com quem ela iria se casar: Alistair Cheng.

Nick e Rachel olhavam felizes para o casal, que trocaram seus votos enquanto Neena Goh, usando um vestido dourado de lantejoulas Guo Pei com um decote bastante cavado, chorava copiosamente. As irmãs Young — Felicity, Catherine, Victoria e Alix — olharam para a mãe da noiva com vários níveis de reprovação enquanto choravam discretamente.

— Não consigo acreditar que meu bebê Alistair está se casando — fungou Alix para as irmãs. — Parece que foi ontem que ele ia para a minha cama, com medo de dormir no escuro. Olhem para ele agora!

— Bom, o rapaz foi esperto o bastante para se casar com uma mulher tão capaz quanto Peik Lin! Devo admitir que estou muito impressionada com o que ela e Alistair fizeram com Tyersall Park — disse Felicity.

— Estou impressionada com o que todos eles fizeram! — completou Catherine.

No fim das contas, havia sido dela o voto de minerva um ano atrás, quando Nick apresentara às tias uma proposta radical horas antes da assinatura do contrato com Jack Bing.

O resultado da proposta de Nick tinha tomado vida no recém-terminado Hotel e Museu Tyersall Park, que preservava a casa principal como patrimônio histórico ao mesmo tempo que dava novos ares ao local, com um incomparável hotel boutique administrado por Colin Khoo e Araminta Lee. Entre 77 mil metros quadrados de jardins exuberantes próximos à casa principal estavam quarenta vilas belamente projetadas por Oliver T'sien em parceria com Axel Vervoordt. Além delas, se erguia Tyersall Village, uma comunidade de 182 mil metros quadrados de casas sustentáveis especificamente elaboradas para artistas e famílias de classe média, construídas pela Goh Desenvolvimentos Imobiliários — a construtora da família de Peik Lin.

— Acredito que papai teria ficado muito orgulhoso de Nick. Acho que ele jamais se sentiu completamente confortável ao voltar para casa todos os dias depois de atender os pacientes mais carentes da ilha — disse Alix, orgulhosa.

Da fileira de cadeiras atrás das irmãs Young, Cassandra Shang se inclinou para a frente e suspirou:

— Fiquei sabendo que todas as casas de Tyersall Village foram vendidas no primeiro dia de oferta, porque por muito tempo ninguém com menos de 10 milhões de dólares podia arcar com uma casa com jardim em Cingapura! Mas aparentemente as pessoas que moram nas mansões ao longo de Gallop Road estão furiosas que os *hoi polloi* vão se mudar para esse bairro.

— Não me importo com o que fizeram com Tyersall Village, mas todas aquelas cabeças de Buda no jardim têm que sair de lá! — bufou Victoria. — Será que Peik Lin tem algo a ver com isso? Os pais dela podem ser budistas.

Felicity balançou a cabeça.

— Acho que Peik Lin não teve nada a ver com isso. Acho que os Budas pertencem ao investidor secreto que entrou com 3 bilhões no negócio do Nick. Eu queria saber quem é!

Quando a cerimônia acabou, os convidados seguiram para o banquete no Alexander's, o novo restaurante encantador construído no antigo jardim de inverno, administrado pelo Grupo de Hospitalidade Araminta Lee. As orquídeas premiadas de Su Yi dominavam o espaço, mas agora pendiam de vasos de vidro artesanais do teto. Iluminadas pela luz de velas, as orquídeas pareciam dançar no ar como se fossem criaturas celestiais sobre as longas mesas do século XVII.

Eddie foi o primeiro a propor um brinde ao novo casal:

— Peik Lin, quero lhe dar oficialmente as boas-vindas à família Cheng, embora você saiba que já mora em nosso coração. E, Alistair, meu irmãozinho, nunca estive tão orgulhoso de você e queria dizer o quanto eu te admiro e aprecio. Eu te amo, meu irmão! — disse Eddie, envolvendo Alistair num abraço de urso enquanto chorava no ombro do irmão.

Sentada à mesa da família, Astrid se virou para Fiona:

— Está tudo bem com o Eddie?

Fiona sorriu:

— Ele está bem. Depois que Ah Ma faleceu, eu o forcei a fazer terapia. Dei a ele um ultimato: ou ele se tratava, ou eu me separaria dele. Ele ficou bem resistente no começo, mas agora a vida dele mudou completamente. E a nossa também. Ele largou todas as amantes, ficou totalmente devotado a mim e às crianças e está aprendendo a processar seus sentimentos de forma saudável.

— Bom, faz mais de um ano que não o vejo, então, para mim, parece que foi uma transformação e tanto — disse Astrid, observando Eddie chorar no ombro do irmão.

— Você conhece o meu Eddie. Qualquer coisa que ele faz, ele vai até o final. E você, como está? Estou vendo que a vida na ilha fez bem a você. Você está maravilhosa! — comentou Fiona, admirando a pele bronzeada de Astrid, os cabelos naturalmente claros pelo sol e seu novo estilo, que parecia uma mistura perfeita de despojado chique com esplendor imperial. Astrid usava um sarongue azul simples com uma incrível gargantilha de pérola, composta de voltas e mais voltas de pérolas trançadas começando abaixo do queixo e cascateando até o meio do peito.

— Obrigada!

— Essa gargantilha é *tudo*! É uma das peças de Ah Ma?

— Não, é do Chantecler Capri. Charlie me deu de presente de aniversário.

— Preciso perguntar onde você comprou esse vestido. Parece tão refinado, mas ao mesmo tempo é superdescolado!

Astrid sorriu, envergonhada.

— Na verdade, fui eu que fiz o vestido.

— Fale sério! Achei que você ia dizer que era um Yves Saint--Laurent de alguma coleção obscura dos anos oitenta.

— Não. É Astrid Leong Resort Wear 2016. Aprendi a costurar e também estou desenvolvendo os tecidos. Esse é na verdade algodão de bambu, tingido à mão na água do mar.

— Meu Deus, Astrid. É maravilhoso! Posso comprar um vestido seu?

Astrid riu.

— Claro. Eu desenho um vestido para você, se quiser.

— Parece que você não ficou entediada no paraíso não é?

— De jeito nenhum. Estou completamente apaixonada pela vida em Palawan, e cada dia é uma aventura. Charlie e eu também abrimos uma escola em parceria com uma instituição no Brooklin voltada para artes, chamada Saint Ann's. Charlie descobriu uma nova paixão: ensinar! Ele dá as aulas de matemática e ciências, e Cassian é um dos alunos dele. Os meninos nunca estiveram tão felizes numa sala de aulas sem paredes e com a brisa do mar soprando. Você deveria levar as crianças para uma visita.

Charlie chegou com duas taças de champanhe para as damas.

— Obrigada, Charlie. E, então, a festa de hoje serviu para inspirar vocês dois? — brincou Fiona.

— Haha. Um pouco, talvez. Mas no momento estou gostando de viver no pecado com meu amante maravilhoso. E, além do mais, isso deixa meus pais furiosos! — disse Astrid, dando um beijo demorado em Charlie no momento em que a mãe dela olhava na direção deles.

*

Depois do banquete, a noiva estava no topo da escadaria do jardim de rosas, de costas para uma multidão de mulheres animadas para pegar o buquê. Peik Lin jogou o buquê para cima com vontade e os lírios do vale fizeram um arco quase perfeito, caindo nas mãos de Scheherazade Shang. A multidão celebrou enquanto Scheherazade corou.

Percebendo a expressão surpresa de Carlton, Nick falou, brincando:

— Agora a pressão vai aumentar, cara!

— Nem me fale — disse Carlton, assentindo meio bravo, antes de abrir um sorriso enorme.

Um salão externo havia sido montado no jardim, com chão de marchetaria e enormes espelhos barrocos, posicionados estrategicamente ao redor do perímetro, para que os convidados tivessem a sensação de estar dançando no salão do Palácio de Peterhof. Enquanto a banda tocava animada e os convidados dançavam, Nick,

Rachel e Kitty ficaram admirando o bebê de 2 meses de Colin e Araminta, Auberon.

— Ele é tãããão fofo!!!! — elogiou Kitty. — Olhe, Harvard, você era pequenininho assim há bem pouco tempo.

— Eu era assim desse tamanho? — perguntou o menino de 3 anos.

— Óbvio que era, meu amor! Você era a minha bolinha.

— Acho que devemos levar Auberon para casa. Ele está ficando meio agitado e não vai dormir com essa música — disse Araminta, levemente ansiosa.

— Tudo bem, tudo bem. Detesto ter que ir tão cedo, pessoal, mas a mamãe é quem manda agora — disse Colin, desculpando-se. — Mas esse evento marca um bom começo para o nosso negócio, não acham? Dois de nossos sócios se casaram em grande estilo e tudo isso aconteceu sem nenhum problema! O Hotel e Museu Tyersall Park vai ser o espaço de eventos mais cobiçado de Cingapura!

— Não. Vai ser o espaço de eventos mais cobiçado de toda a Ásia! — insistiu Kitty.

— Ah, esqueci de comentar... Acabei de receber o pedido de um tal príncipe europeu que quer reservar o hotel inteiro por uma semana para fazer uma grande festa de aniversário! — exclamou Araminta.

— Já estamos atraindo a realeza! Talvez a condessa de Palliser nos contrate em seu próximo evento de gala! — observou Rachel, com um sorriso malicioso.

— Por falar nisso, como ela está? — perguntou Araminta a Kitty.

Todos ficaram sabendo que Colette tinha sofrido um terrível acidente em seu Baile Salve os Orangotangos do ano passado, no histórico Goodwood Park Hotel. Colette havia insistido em recriar o espaço para parecer exatamente como o *chatêau* francês onde o Baile Proust aconteceu originalmente, em 1971, com as luzes originais de 1971. No meio de seu discurso, a fiação elétrica do refletor da década de setenta no palco entrou em curto-circuito, e tudo teria corrido bem se Colette não estivesse usando seu Giambattista Valli forrado com oitocentos discos de ouro 18 quilates.

— Pelo que o pai dela me conta, ela está melhorando a cada dia. Está numa instituição maravilhosa na Inglaterra e já consegue até falar sem babar, mas vai levar algum tempo até que ela possa voltar a Sumatra — disse Kitty.

Harvard puxou a manga da mãe.

— Mamãe, estou com fome.

— Tudo bem, meu amor — falou Kitty.

Ela o levou até um canto tranquilo da floresta, abriu o corpete de seu Raf Simons preto feito especialmente para esse propósito e tirou o seio. Kitty havia se tornado uma adepta ferrenha dos princípios da criação com apego e, enquanto seu filho sugava seu seio alegremente, ela admirava as cabeças de Buda iluminadas que olhavam para ela, sentindo-se extremamente satisfeita com sua sugestão de decoração. Todos esses Budas com certeza trariam um bom carma àquele lugar.

Do outro lado do jardim, Nick e Rachel caminhavam ao redor, apreciando o resultado das obras na propriedade.

— É inacreditável o quão rápido eles trabalharam! — comentou Nick, observando um dos bangalôs.

— É. Quando passamos aqui no Natal, tudo isso era um enorme canteiro de obras, e agora essas lindas vilas já estão prontas, como se sempre tivessem estado aqui! — disse Rachel, encantada, enquanto acariciava a hera que subia pelas paredes de pedra.

— Sabia que nada disso teria acontecido se não fosse por você? Foi você que teve a ideia de colocar Peik Lin, Alistair, Colin e Araminta juntos para formar esse time dos sonhos. E olhe só o que eles conseguiram fazer? Em um ano, eles criaram uma vila sustentável, e Araminta ainda arrumou tempo para ter um bebê! Auberon não é uma fofura?

— Ele é um fofo! — Rachel hesitou por um momento, como se estivesse tomando coragem para falar alguma coisa. — Estou tão feliz que ela tenha tido um bebê agora... Porque ele vai ser o companheiro perfeito para o nosso.

Nick olhou para a mulher com os olhos arregalados.

— Você está querendo dizer o que eu acho que está?

Rachel assentiu, sorrindo.

Nick a abraçou, todo feliz.

— Quando? Por que você não me contou?

— Eu estava esperando o momento certo. Fiz o teste há alguns dias... Estou com cerca de seis semanas.

— Seis semanas! — Nick se sentou em um banco de pedra do lado de fora da *villa*. — Meu Deus, fiquei meio tonto!

— Você vai ficar bem? — perguntou Rachel.

— Com certeza! Só estou muito feliz! — disse Nick. De repente ele olhou para Rachel. — Escute, não podemos mencionar nada disso para a minha mãe.

— Não mesmo!

Nick se levantou e pegou Rachel pela mão, enquanto caminhavam pela passarela de volta à festa.

— Talvez, se mamãe se comportar, podemos apresentar o bebê a ela quando ele tiver 18 anos.

Rachel pensou um pouco.

— Acho que seria melhor esperar até os 21 anos.

Nick acompanhou Rachel até a pista de dança no momento que a banda começou a tocar uma música lenta. Ao segurar o corpo dela colado ao seu, Nick fechou os olhos, tendo a sensação de que quase podia sentir os batimentos cardíacos do filho. Ele abriu os olhos de novo, admirando sua linda mulher, olhando pela pista de dança para Astrid e Charlie, abraçadinhos, e, por fim, ele observou a casa principal, com todas as suas luzes acesas, viva, renascida.

Agradecimentos

Tenho profunda gratidão pelos seguintes anjos da guarda por terem tão graciosamente compartilhado de seus conhecimentos, talentos, conselhos, de sua inspiração e de seu apoio durante o processo de escrita deste livro:

Nigel Barker
Ryan Chan
John Chia
Cleo Davis-Urman
Todd Doughty
David Elliott
Richard Eu
Grant Gers
Simone Gers
Cornelia Guest
Doris Magsaysay Ho
George Hu
Jenny Jackson
Judy Jacoby
Wah Guan Lim

Lydia Look
Alicia Lubowski
Alexandra Machinist
Julia Nickson
Anton San Diego
David Sangalli
Alexander Sanger
Jeannette Watson Sanger
Shane Suvikapakornkul
Nellie Svasti
Sandi Tan
Jami Tarris
Lynn Visudharomn
Eric Wind
Jackie Zirkman

Este livro foi composto na tipologia Sabon LT Std,
em corpo 11,5/15, e impresso em papel offwhite,
no Sistema Cameron da Divisão Gráfica
da Distribuidora Record.